Von Ralf Isau ist bei Bastei-Lübbe Taschenbücher erschienen:

15 234 Der Silberne Sinn
15 318 Der Kreis der Dämmerung 1: Das Jahrhundertkind
15 319 Der Kreis der Dämmerung 2: Der Wahrheitsfinder
15 320 Der Kreis der Dämmerung 3: Der Weiße Wanderer
15 321 Der Kreis der Dämmerung 4: Der unsichtbare Freund

*Über den Autor:*

**Ralf Isau** wurde 1956 in Berlin geboren. Er arbeitete zunächst als Organisationsprogrammierer, Computer-Verkäufer, Systemanalytiker, Niederlassungsleiter eines Software-Hauses, Projektmanager und seit 1996 als selbständiger EDV-Berater. Zu dieser Zeit hatte er bereits ein Kinderbuch und drei Romane veröffentlicht.

Zum Schreiben ist er 1988 gekommen, als er mit der Arbeit an der inzwischen legendären »Neschan«-Trilogie begann. 1992 überreichte er Michael Ende anlässlich einer Lesung ein kleines, selbstgebundenes Märchenbuch, das er für seine Tochter geschrieben hatte. Ende empfahl ihn dem Thienemann Verlag, wo Ralf Isau über ein Dutzend Romane für jüngere und ältere Leser veröffentlichte, die in zwölf Sprachen übersetzt und mit mehreren Preisen ausgezeichnet worden sind. Mit Romanen wie »Der silberne Sinn« (2003) und »Der Herr der Unruhe« (2004) gelang Ralf Isau der Schritt über das Jugendbuch hinaus in die Erwachsenenliteratur.

# RALF ISAU

# DER KREIS DER DÄMMERUNG

*Roman*

Teil 1: Das Jahrhundertkind

BASTEI LÜBBE TASCHENBUCH
Band 15 318

1. Auflage: Mai 2005
2. Auflage: Juni 2005
3. Auflage: August 2005

Vollständige Taschenbuchausgabe
Bastei Lübbe Taschenbücher in der Verlagsgruppe Lübbe
© 1999 by Thienemann Verlag GmbH, Stuttgart / Wien
Lizenzausgabe: Verlagsgruppe Lübbe GmbH & Co.KG,
Bergisch Gladbach
Titelbild: Peter Gric
Umschlaggestaltung: Bianca Sebastian
Satz: KCS GmbH, Buchholz/Hambzrg
Druck und Verarbeitung: Nørhaven Paperback A/S, Viborg
Printed in Denmark
ISBN: 3-404-15318-9

Sie finden uns im Internet unter
www.luebbe.de

Der Preis dieses Bandes versteht sich einschließlich
der gesetzlichen Mehrwertsteuer.

*Nichts ist verblüffender als die einfache Wahrheit,
nichts ist exotischer als unsere Umwelt,
nichts ist phantasievoller als die Sachlichkeit.*

EGON ERWIN KISCH (»Der rasende Reporter«)

ERSTES BUCH
# Jahre des Erwachens

*Für religiöse Fanatiker ist es ganz typisch, … dass die*
*»Befehle«, die sie von Gott erhalten, im Wesentlichen immer*
*eines besagen: »Du sollst töten.« Der Gott aller Fanatiker*
*scheint eher der Teufel zu sein.*

AMOS OZ

## Ein unwiderstehliches Angebot

Tage wie diese sollte es wirklich nicht geben. Jeff tunkte das letzte Stück Brot in die Schale, wartete, bis es ganz mit Milch voll gesogen war, und schob es sich in den Mund. Wieder eine »letzte Mahlzeit«. Wie viele davon hatte er in den vergangenen zwei Jahren nun schon zu sich genommen!

Er blickte trübe durch das kleine Fenster auf die Straße hinaus. Der Spätsommer protzte da draußen mit Licht und Farben, als wolle er sich über den ernsten Jungen im Gasthaus lustig machen. Aber Jeff dachte gar nicht daran, sich von diesem eitlen Gehabe anstecken zu lassen. Gute Laune war das Letzte, was er jetzt gebrauchen konnte. Er wollte leiden. Gründe dafür gab es jedenfalls genug.

Bei Sonnenaufgang hatte George ihn im Stall aufgesucht und ihn unsanft wachgerüttelt. Jeff war zunächst wie benommen. Er streckte sich wie ein Kater und rieb sich gähnend den Schlaf aus den Augen. Dann erst bemerkte er das Unbehagen auf dem versteinerten Gesicht des alten Mannes. Ehe der Wirt von *Raven's Court* noch den Mund öffnete, wusste Jeff bereits, was ihn erwartete. Zu oft schon hatte er Worte wie diese gehört.

Er könne nicht länger im Gasthaus arbeiten, brummte der Alte missgelaunt. Ethelbert, sein Sohn, werde in Zukunft die Aufgaben des Hausknechtes übernehmen. Dessen angeschlagene Gesundheit mache ihm die Rückkehr zur Navy unmöglich. Und *Raven's Court* werfe nicht genug ab, um noch mehr Mäuler zu stopfen. »Es tut mir Leid«, schloss George. »Blut ist eben dicker als Wasser. Nimm's nicht persönlich, Junge.«

Jeff schlürfte den letzten Rest der Milch aus der Schale. Das warme Frühstück war Georges Abschiedsgeschenk, der Preis, mit dem er sein Gewissen freikaufte. Jeff seufzte. Es war Zeit, Tunbridge Wells den Rücken zu kehren. Das Unglück schien ohnehin auf der Stadt zu lasten wie ein dunkler Fluch.

Die besseren Tage des Badeortes südöstlich von London waren jedenfalls schon lange vorbei. Diese Einsicht gehörte zu Jeffs neuesten Errungenschaften. Zu Beginn des Sommers hatte er sich noch der trügerischen Hoffnung hingegeben, hier seinen Sorgen auf Dauer zu entkommen. Oder wenigstens für eine längere Zeit. Die wohlhabenden Gäste aus der Hauptstadt versprachen ein gesichertes Einkommen, entweder durch lukrative Hilfsarbeiten oder mittels gelegentlicher Diebereien. Jeff war kein Dieb aus Überzeugung, aber seit er sich als Vollwaise durchs Leben schlug, hatte er Sitte und Anstand doch gelegentlich seinem Hunger geopfert – mit zunehmendem Geschick.

Ein letztes Mal ließ er den Blick durch den leeren Gastraum schweifen. Sonntags um neun, noch vor Pater Garricks Predigt, war hier nie etwas los. Allerdings verlief sich auch sonst immer seltener jemand in das Gasthaus unweit der Flanierpromenade von Tunbridge Wells. George war oben bei seinem Sohn. Vor gut drei Wochen hatte die Influenza Ethelbert aufs Krankenlager geworfen. Inzwischen war der junge Seemann wieder auf dem Wege der Besserung.

Sein Sieg über das Fieber kam einem Wunder gleich. Anderen in Tunbridge Wells war es nicht so gut ergangen. Im September hatte die heimtückische Krankheit schon vierzehn Einwohner des Ortes dahingerafft und etliche mochten noch folgen. Nein, Jeffs Zukunft lag ganz bestimmt nicht hier. Zum Sterben fühlte er sich noch zu jung.

Er erhob sich von seinem Stuhl. Der alte George Ames hielt nicht viel von rührseligen Abschiedsszenen. Wenn er wieder herunterkam, würde Jeff schon fort sein. Möglicherweise nicht einmal mehr in der Stadt. Er griff nach dem Bündel, das seine wenigen Habseligkeiten barg, packte seinen Wanderstab und ging zur Tür. Als er die Hand nach dem Griff ausstreckte, schien dieser förmlich vor ihm zurückzuschrecken.

Jeffs Augen waren noch an das schwache Licht der Gaststube gewöhnt. Doch nun blickte er unvermittelt auf ein sonnengleißendes Rechteck, in dem eine dunkle Silhouette aufragte. Entsetzt taumelte er zurück. Dieser Fremde – wer immer es auch sein mochte – hatte ihm einen fürchterlichen Schrecken eingejagt. Dabei hätte Jeff nicht einmal sagen können, was ihn an dieser Gestalt im Gegenlicht so verängstigte. Zugegeben, sie war riesig, wohl mindestens sechseinhalb Fuß hoch, und außerdem auch deutlich breiter als jeder Gast, den Jeff bisher im Wirtshaus gesehen hatte. Aber das allein war es nicht. Diesem Schemen haftete noch etwas anderes an, das den Jungen frösteln ließ, etwas … *Unerklärliches*.

»Warum starrst du mich so an, Junge?«, fragte der Schatten mit einer hohen, leicht vibrierenden Stimme, die nicht unfreundlich klang, aber auch nicht besonders herzlich.

Es verliefen sich nur selten Angehörige der besseren

Gesellschaft in dieses Gasthaus – *Raven's Court* gehörte nicht gerade zu den Etablissements der gehobenen Klasse. Im Sommer hatte Jeff hin und wieder die herablassende Art dieses speziellen Menschenschlages zu spüren bekommen. Der Schemen in der Tür beherrschte diesen Ton auf eine bemerkenswert kalte und distanzierte Art, fast so, als spräche er nicht mit einem Knaben, sondern mit einem nicht ganz einwandfrei funktionierenden Regenschirm.

»Ich … ich wollte nur …« Jeff war zu eingeschüchtert, um auch nur ein vernünftiges Wort herauszubringen.

»Wer bist du, Junge?«

»Mein Name ist … Jeff.«

»Ist das schon alles? Nur Jeff?«

»Eigentlich Jeff Fenton, aber so nennt mich hier niemand.«

Der lebendige Schattenriss machte einen großen Schritt auf den Jungen zu und ließ die Tür hinter sich ins Schloss fallen. Dadurch wurden Jeffs Augen aufs Neue irritiert. Er konnte nur einen schwarzen, wallenden Umhang und einen Hut mit breiter Krempe erkennen.

»Wie alt bist du, Jeff?«

»Vierzehn«, murmelte der Junge zögernd. Erst ganz allmählich wich die Starre aus seinen Gliedern. Warum wollte der Fremde das wissen?

»Hättest du Lust dir etwas Geld zu verdienen?«

Jeff wurde hellhörig. »Wie viel Geld für welche Arbeit?«

»Du scheinst mir ein recht geschäftstüchtiger junger Mann zu sein«, antwortete der Schemen amüsiert. Sein Gesicht war unter dem weiten Schlapphut nur zu erahnen. »Da ich jetzt deinen Namen kenne, sollte auch ich mich zuerst vorstellen. Ich bin Negromanus, die rechte Hand von Lord Belial. Und nun zu deinen Fragen: Du müsstest heute von zwei bis gegen Mitternacht auf *The Weald House*, dem Landsitz meines Herrn, als Küchenjunge arbeiten. Dein Lohn beträgt einen Florin.«

Der Name des geheimnisvollen Adligen ließ einen weiteren Schauer über Jeffs Rücken laufen. Wie ein lauernder Wolf versteckte sich Lord Belials Anwesen in dem bewaldeten Hügelland außerhalb von Tunbridge Wells. Allein seine einsame Lage gab den Bewohnern der Stadt Anlass zu zahlreichen Gerüchten. Manche meinten zu wissen, dass *The Weald House* der Treffpunkt einer geheimen Freimaurerloge sei. Andere behaupteten, da draußen würden unheimliche Dinge vor sich gehen. Wer sich derart absondert, der *kann* nichts Gutes im Schilde führen, lautete eine weit verbreitete Ansicht.

In Jeffs Kopf tobte ein Bienenschwarm. Er war hin- und hergerissen. Ein Florin! Das waren *zwei* ganze Schillinge. *Vierundzwanzig Pence!* Ein unverhoffter warmer Regen, der ihn aus Tunbridge Wells fortspülen würde. Und das für nur zehn Stunden Küchendienst? Er konnte es nicht fassen, sah sich bereits auf der Suche nach einem besseren Ort unbekümmert über sonnige Landstraßen schlendern, ohne die Zeit mit Arbeit oder nächtlichen Beutezügen verschwenden zu müssen. Der Gedanke war verlockend.

Negromanus bemerkte das Zaudern des Jungen. Deshalb fügte er erklärend hinzu: »Der Lord hat ein knappes Dutzend Gäste eingeladen und besteht auf einem perfekten Ablauf des Abends. In der letzten Nacht ist uns unerwartet eine Küchenhilfe ausgefallen – das Fieber, du weißt schon. Deshalb zahlen wir dir diesen fürstlichen Preis, wenn du dich gleich jetzt entscheidest.«

Durch Jeffs Gedanken wirbelten unzählige Fragen: Kannte er den Bedauernswerten, dessen Unglück ihm nun zur Chance werden sollte? Er war »ausgefallen« – hieß das, er rang vielleicht schon mit dem Tod? Und weshalb bot Negromanus einem Küchenjungen so viel Geld? Sollten damit etwa die Bedenken erstickt werden, die in der Stadt kursierten? In Tunbridge Wells wurde viel über *The Weald House* geflüstert. Manche wollten sogar einen Zusammenhang zwischen dem Auftauchen des geheimnisvollen Lords und der gefährlichen Epidemie sehen. Ach was! »Wer auf den Wind achtet, wird nicht Samen säen; und wer nach den Wolken schaut, wird nicht ernten«, hatte Pater Garrick in einer seiner Predigten einmal gesagt: Übertriebene Vorsicht brachte keinen Lohn. Schon gar nicht zwei ganze Schillinge. Jeff rief sich ins Gedächtnis, dass Lord Belial erst im Frühjahr auf *The Weald House* Einzug gehalten hatte. Für die einsame Lage des Landsitzes konnte der menschenscheue Adlige wirklich nichts. Und das abergläubische Gerede der Leute …?

»Ich mach's«, entfuhr es Jeff. Die unangenehmen Fragen schluckte er wie eine bittere Medizin herunter. Auch vermied er es tunlichst, seine Augen länger als nötig bei der beklemmenden Erscheinung des Negromanus verweilen zu lassen; der Diener des Lords schien die Dunkelheit förmlich anzuziehen.

»Ich gratuliere dir zu deiner Entscheidung«, erwiderte dieser. Seine Stimme klang amüsiert. »Du kennst den Weg zum Landsitz des Lords?«

»Ich denke, ich werde ihn finden.«

»Dies hier soll dir bei der Suche helfen. Also dann, bis um zwei. Sei pünktlich, Jeff Fenton.«

Der Junge hörte ein klimperndes Geräusch, dann das Öffnen der Tür. Sehen konnte er diesen Vorgang nicht, denn Negromanus hatte sich in einer schnellen Bewegung umgedreht und die Wolke seines wallenden Umhangs füllte für einen Augenblick den ganzen Türausschnitt. Dann war er verschwunden.

Erst jetzt hörte Jeff ein Klappern auf den Dielen. Er musste blinzeln, denn nun blendete ihn wieder das Sonnenlicht durch die offen stehende Tür. Dann sah er es aufblitzen, das Sixpencestück. Schnell bückte er sich und hob die Münze auf. Noch im Aufrichten blickte er auf die Straße hinaus. Von dem dunklen Boten fehlte jede Spur. Merkwürdig. Jeff zuckte mit den Schultern, auf den Lippen ein diebisches Grinsen. Und wenn schon. Ungeachtet aller Bedenken hatte sich diese Begegnung doch gelohnt. Vielleicht war der Diener des Lords ja einfach nur ein ruheloser Geist. Wie würde da erst sein Herr sein?

## Warnsignale

Vielleicht hat dieser Tag ja auch sein Gutes, dachte Jeff, nicht weiter auf die Leute achtend, die selbst heute vor Dr. Bloomys Apotheke Schlange standen. Aus eigenem Entschluss hätte er Tunbridge Wells jedenfalls nicht so schnell den Rücken gekehrt. Aber nun hatte George Ames ihm die Entscheidung abgenommen.

Während Jeff die Pantiles Parade hinunterschlenderte, eine gepflasterte, von Säulen gesäumte Promenade, überlegte er, wohin er seine Schritte lenken sollte, wenn er erst den ganzen Lohn für seine Eintagsstelle in der Tasche hatte. Vierundzwanzig Pence! Er konnte es immer noch nicht glauben. Vielleicht wäre die Englische Riviera genau das Richtige für ihn. Das milde Klima von Torquay zog die wohlhabenden Leute aus ganz England wie ein Magnet an.

Dort ein Auskommen zu finden, dürfte keine unlösbare Aufgabe sein.

An der Pforte der Kirche von St. Charles dem Märtyrer blieb er stehen. Jemand rempelte ihn an, murmelte eine Entschuldigung und eilte weiter dem Eingang des Gotteshauses entgegen. Um diese Zeit drängten die Menschen voller Erwartung unter Pater Garricks Kanzel, um wieder einmal eine seiner denkwürdigen Sonntagspredigten zu hören. Jeff kratzte sich hinter dem Ohr. Sollte auch er hineingehen, ein letztes Mal der feurigen Rede Pater Garricks lauschen und vielleicht noch ein Gebet sprechen? Immerhin lag eine ungewisse Zukunft vor ihm, möglicherweise auch Gefahren. Ein wenig himmlische Leitung konnte da gewiss nicht schaden.

Obwohl das Leben Jeff in den letzten Jahren arg mitgespielt hatte, besaß er noch immer seinen Glauben an Gott. Es musste mehr geben als nur das sichtbare Universum. Manchmal stellte er sich den Himmel wie London vor: Auf dem Thron saß der Allmächtige, erhabener noch als Queen Victoria im Buckingham Palace, und davor drängten sich die Cherubim, Seraphim, alle möglichen Engelssöhne eben. Einige waren dem Thron ganz nahe, damit sie ihrem Vater jeden Wunsch von den Augen ablesen konnten, und andere, die Rebellen, schmachteten im Tower (der heilige Petrus hatte diesen Ort *Tartarus* genannt). Diese gefallenen Engel hatten sich selbst zu Dämonen gemacht, indem sie Gottes größtem Widersacher nachfolgten: Satan, dem Teufel.

Jeff betrat die Kirche und suchte sich einen freien Platz in einer der hinteren Bänke. Vor ihm saß ein hoch gewachsener Mann in einfacher Kleidung, eine ideale Deckung, um dem bohrenden Blick des Geistlichen zu entgehen.

Schon bald erschien der Pater. Er betrat das Gotteshaus durch einen Seiteneingang. Obwohl das Gesicht des asketisch schlanken Mannes in Kontrast zu seinem schwarzen Habit nie wirklich rosig gewirkt hatte, kam es Jeff an diesem Tage noch blasser vor als sonst, geradezu aschfahl. Pater Garricks Miene prägte eine ungewohnte Verbissenheit. Vielleicht plagte den Gottesmann mit dem schütteren Haar ein verborgenes Leiden. Oder die Last der Worte, die er nun gleich zu Gehör bringen musste.

Pater Garrick erklomm in seltsam steifer Haltung die Kanzel, die mittig im Kirchenschiff aufgestellt war. Von hier aus konnte er seine Herde von Gläubigen gut überschauen. Er zog einige Blätter Papier aus seiner Robe, breitete sie auf dem Pult aus und schürzte die Lippen. Sein Blick wanderte über die Gemeinde. Hin und wieder runzelte er unwillig die Stirn, offenbar wenn er ein bestimmtes Gesicht nicht finden konnte. Jeff vermutete, dass der Gottesmann im Geiste eine Anwesenheitsliste führte, die er bei dieser Gelegenheit auf den neuesten Stand brachte. Endlich kam der Pater zum eigentlichen Zweck der Zusammenkunft: der Erbauung seiner Gemeinde.

Die Predigt ruhte auf einigen Grundpfeilern, die fast alle Ansprachen des Geistlichen trugen. Pater Garrick verfügte über ein bewundernswertes Geschick die gleichen Gedanken in immer neue Worte zu kleiden. Ebenso bunt fielen auch die Reaktionen seiner Zuhörer aus: Manche waren von Herzen gerührt, einige zu Tode gelangweilt und andere zutiefst erschüttert. Noch heute erinnerte sich Jeff an jedes Wort der ersten dieser Predigten, der er am zweiten Sonntag nach seiner Ankunft in Tunbridge Wells gelauscht hatte. In den Tagen davor hatte er sich zwei-, dreimal mit kleineren Diebereien über Wasser gehalten, aber dem setzte Pater Garrick mit seinen anschaulichen Worten vorerst ein Ende. Jeffs Frömmigkeit ging zwar nicht so weit, dass er dem Pater seine Sünden beichten mochte, aber in einer persönlichen Aussprache mit Gott versuchte er dennoch reinen Tisch zu machen.

Anschließend erhielt er die Stellung als Hausbursche in *Raven's Court*, für Jeff eindeutig eine Antwort des Himmels. Es folgten sonnige Wochen ohne Hunger, mit einem festen Dach über dem Kopf, auch wenn es nur das eines Pferdestalls war. Seit dem Tod seines Vaters war Jeff nie mehr so lange an einem Ort geblieben wie hier in Tunbridge Wells. Er hatte sich geborgen gefühlt in diesem etwas heruntergekommenen Gasthof von George Ames und seiner Frau Amy.

Jeffs Mutter war schon im Kindbett gestorben. Sein Vater Adam, ein Silberschmied, hatte sich redlich um seine Erziehung bemüht, ihn später regelmäßig in die Schule geschickt, einen rundherum glücklichen Jungen aus ihm gemacht. Doch als der Vater dann vor zwei Jahren an einer Lungenentzündung starb, stellte sich heraus, dass er mit Geld weit weniger gut hatte umgehen können als mit Silber und Kindern. Von einem Tag auf den anderen wurde aus Jeff eine mittellose Waise. Er sollte in ein Heim gesteckt werden. Doch vorher hatte er sich aus dem Staub gemacht.

Jeff nahm seine Gedanken an die Kandare und versuchte sich wieder auf Pater Garricks Vortrag zu konzentrieren. Was der Geistliche da, gleichsam aus göttlicher Perspektive, auf seine Schäflein herniederprasseln ließ, glich einem Hagelschauer düsterer Visionen. »Und der Herr sagt: ›Hernach werde ich nicht mehr viel mit euch reden, denn es kommet der Prinz der Welt.‹ So steht es im Evangelium des Johannes geschrieben, Kapitel vierzehn, Vers dreißig. Wo werdet ihr dann stehen, wenn jener kommt, vor dem der Herr Jesus uns da warnt?« Der Seelenhirt ließ die Frage hinreichend lang in das Bewusstsein seiner Gemeinde einsickern, während sein Blick über eingeschüchterte Gesichter streifte. »Glaubt nicht, ihr könntet ohne Beistand des Herrn jenem Prinzen widerstehen, der so viele Namen hat: Beelzebub, Luzifer, Satan, Teufel – unmöglich sie alle aufzuzählen! Nehmt euch die Worte des heiligen Paulus zu Herzen: ›Und euch hat er lebendig gemacht, die ihr tot wart in euren Verfehlungen und Sünden; in welchen ihr einst wandeltet gemäß dem Lauf dieser Welt, gemäß dem Prinzen der Gewalt der Luft, dem Geist, der nun wirket in den Kindern des Ungehorsams.‹«

Auf Pater Garricks Stirn standen Schweißtropfen. Er atmete schwer. Ließ seine Worte abermals wirken. Oder war es Erschöpfung, die ihn zum Innehalten zwang? Derart hat er sich noch nie verausgabt, dachte Jeff und beobachtete aus seiner Deckung, wie der Geistliche seine Predigt fortsetzte.

»Anscheinend gibt es einige in Tunbridge Wells – oder soll ich sagen, in dessen näherem Umkreis? –, die sich dieser Hilfe nicht versichern wollen. Nie besuchen sie eine unserer Andachten. Sie scheuen dieses Haus wie der Teufel das Weihwasser. Was Wunder, wenn der fromme Mann sich da zu fragen beginnt, welch unheiligem Treiben diese verirrten Seelen wohl frönen.«

Pater Garrick stockte. Jeff konnte deutlich sehen, wie er schwankte, sich mit knöchernen Fingern an der Brüstung der Kanzel festklammerte. Ein Murmeln ging durch die versammelte Gemeinde.

»Wenn uns Gott mit seinem Fluch bestraft, wenn er das Fieber über diese Stadt ausgießt wie einst Feuer und Schwefel über Sodom und Gomorra, dann wird er dafür auch einen Grund haben. Hütet ...« Pater Garrick stockte. Er schien kaum noch seinen Kopf gerade halten zu können. Sein Oberkörper war weit vorgebeugt. Der Atem rasselte. Auf dem Gesicht des hageren Mannes vereinten sich tausende feiner Schweißtröpfchen zu einer glänzenden Maske. Einige Zuhörer waren erschrocken von ihren Plätzen hochgefahren. Aber der zähe Geistliche wollte noch nicht aufgeben.

»Hütet ... euch vor dem, der böse ist. Die Schrift sagt: ›Unterwerft euch Gott; doch widersteht dem Teufel, und er wird von euch fliehen.‹ Wie ... wie könnten wir da jenen dienen, die selbst Knechte des Prinzen dieser Welt sind? Wieder sagt die Schrift: ›Fliehet ...!‹«

Pater Garrick bäumte sich unvermittelt auf, als hätte ihn ein unsichtbarer Dolch von hinten getroffen. Dabei verlor er das Gleichgewicht, stürzte rückwärts die Stiege hinunter und blieb mit grässlich verkrümmtem Rücken auf dem steinernen Kirchenboden liegen. Im gleichen Moment flog das Portal auf und ein Schwall hellen Sonnenlichts ergoss sich in das Mittelschiff. Wer wie Jeff nahe am Gang saß, konnte auf dem Fußboden einen grotesk in die Länge gezogenen Schatten sehen, der einem Mann zu gehören schien. Doch als sich zahllose Gläubige umdrehten, sahen sie nur ein leeres Tor.

Von des Paters letztem Ausruf bis zu dem allgemeinen Wenden der Köpfe waren nur wenige Augenblicke vergangen. Dennoch hatte diese Zeit vollauf genügt, um die andächtige Stille in das reinste Tohuwabohu zu verwandeln. Der Pater lag am Boden, als hätte er einen unsicht-

baren Strick um den Hals, dessen anderes Ende seine Fuß-
gelenke fest hielt und dadurch seinen Kopf auf abnorme
Weise zurückzog. Vier oder fünf Helfer knieten schon bei
ihm. Mit jeder Sekunde gesellten sich weitere hinzu. Andere rannten in Panik dem Ausgang entgegen. Die weitaus größte Zahl formierte sich jedoch zu tuschelnden
Grüppchen, kleinen Festungen aus menschlichen Leibern, von denen aus der Fortgang des schrecklichen Geschehens im Schutze Gleichgesinnter verfolgt werden
konnte.

Jeff für seinen Teil war wie betäubt. Ungläubig starrte er
in die Richtung der größten »Menschenburg«, unter der
sich Pater Garricks hingestreckter Leib befand. Am Rande
des Gedränges bemerkte er einen geschniegelten jungen
Mann, der sich zu einem der Spähtrupps im Kirchenschiff
umwandte und traurig den Kopf schüttelte – eine stille
Geste in der aufgewühlten See aus Jammern und Klagen,
zum Himmel gerichteten Hilferufen und Unheil abwehr-
renden Sprüchen. Jeff verstand diese lautlose Botschaft
sehr gut: Pater Garrick lebte nicht mehr. Was für eine Ironie des Schicksals! Ausgerechnet ihn, den wortgewaltigen
Herold gottgesandter Heimsuchungen, hatte es nun selbst
getroffen. War das ein himmlisches Versehen? Was nur
hatte ihn so unerwartet dahingerafft? Oder sollte Jeff sich
besser fragen, *wer* hatte es getan?

## Das Haus im Wald

Jeff verabscheute Tage wie diesen. Seine Gefühle
spielten verrückt. Er war hin- und hergerissen. Am Morgen hatte ihm George den Laufpass gegeben, wenig später

war dieser dunkle Bote mit seinem Füllhorn voller Geld erschienen. Und nun das!

*Fliehet!* Pater Garricks letzte Worte hallten noch immer wie eine Unheil verkündende Warnung durch Jeffs Geist, während er mit weit ausholenden Schritten das Ende der Kolonnade passierte. Für gewöhnlich traf man hier auf eine Vielzahl von Menschen, die von dem Wasser der eisenhaltigen Quelle tranken, der Tunbridge Wells Namen und Ansehen verdankte. Jetzt jedoch war weit und breit niemand zu sehen. Die Nachricht von Pater Garricks plötzlichem Dahinscheiden konnte sich doch unmöglich so schnell verbreitet haben.

*Fliehet!* Warum hatte der Geistliche nicht gesagt, wohin? Und vor allem vor wem? Wohl die Mehrzahl der Gemeinde hatte Pater Garricks letzte Worte auf Lord Belial bezogen. *The Weald House* war nicht gerade als Hort frommer Gebete bekannt. Aber es gab, allem Gemunkel zum Trotz, auch keine Beweise für das Gegenteil. Den Gerüchten um das einsame Anwesen im Wald nachzugehen, glich dem sprichwörtlichen Haschen nach Wind. Offenbar hatte niemand diesen geheimnisvollen Lord bisher wirklich gesehen.

Der schnelle Marsch – oder war es eher eine überstürzte Flucht? – hatte für Jeff auch etwas Gutes: Seine Gedanken beruhigten sich endlich. Nachdem es am Ableben des Geistlichen nichts mehr zu deuten gegeben hatte, war er mehr oder weniger kopflos aus der Kirche gerannt. Doch nun kehrte allmählich wieder jene klare Denkweise ein, die ihn in den letzten beiden Jahren am Leben erhalten hatte. Er kniete sich an einer ruhigen Stelle des kleinen Baches nieder, der aus der Heilquelle unterhalb der Pantiles Parade entsprang, und führte das kühle Nass in der hohlen Hand einige Mal zum Mund. Nachdem er genug getrunken hatte, wusch er sich das erhitzte Gesicht und betrachtete sein Antlitz in dem ruhiger werdenden Wasser.

Er hatte ein wenig zugenommen in den letzten drei Monaten. Die alten Kleider von Ethelbert passten nun sogar, einigermaßen jedenfalls. Mit seinen strahlend blauen Augen und dem dichten, über die Ohrenspitzen reichenden Haar sah er darin sogar ganz passabel aus. Die breiten Hosenträger sorgten zuverlässig dafür, dass die braunen Beinkleider aus derbem Stoff auf richtiger Höhe schwebten. Das helle kragenlose Leinenhemd darunter bot noch genügend Spielraum für Wachstum in jedwede Richtung. Die braunledernen Halbschuhe waren sogar neu besohlt. Alles in allem konnte Jeff zufrieden sein. Es ging ihm so gut wie lange nicht mehr. Zugegeben, auf jeden Fremden hätte er nur wie ein spindeldürrer Halbwüchsiger gewirkt, aber wer ihn heute sah, konnte ja auch nicht ahnen, dass dieser schlaksige Blondschopf vor einem Jahr nur Haut und Knochen gewesen war, zerlumpt und schmutzig wie ein Straßenköter.

Jeff hatte seine Lehrzeit für das Überleben unter freiem Himmel im Eiltempo absolviert. Er war den Sklavenfängern entkommen, die ihn als Karrenburschen für die Kohlengruben eingeplant, den Räubern, die es auch noch auf sein letztes Hemd abgesehen hatten; er lernte, wie man in der Natur seinen Hunger stillt und wie man lautlos in ein Haus einsteigt.

Dieser unrühmliche Teil seines Lebenslaufes machte ihm noch immer zu schaffen. Pater Garricks Predigt hatte ihn tief beeindruckt, nicht nur wegen des dramatischen Schlussakkords. Jeff wollte nicht zu den »Kindern des Ungehorsams« gehören, die dem Geist des »Prinzen der

Welt« hörig waren. Aber was für eine Chance hatte er wirklich, etwas anderes zu sein als ein ungehorsames Kind, eben doch nur ein ganz gewöhnlicher Dieb?

Jeff schlug mit der Hand ins Wasser und zerstörte damit sein Spiegelbild. Schnell stand er auf, klopfte sich den Schmutz von den Knien und setzte seinen Marsch fort, im Stillen hoffend, dass der »Prinz der Welt« sich mit seinem Kommen noch etwas Zeit lassen würde.

Vorbei an viktorianischen Villen, den noblen Sommerhäusern der noch viel nobleren Londoner Gesellschaft, strebte er auf der Straße nach Norden dem Ortsausgang zu. Der kürzeste Weg zur Englischen Riviera war dies nicht, aber Jeff hatte beschlossen, sich nicht mit einem Viertel des Lohnes zufrieden zu geben, wenn er auch die ganzen zwei Schillinge bekommen konnte. Außerdem konnte er schwerlich auf dem Pfad der Tugend in Richtung Südwesten wandeln, wenn er noch eine unrechtmäßig erworbene Anzahlung in der Tasche trug.

Was immer man über diesen Lord Belial sagen mochte, das meiste davon dürfte auf dummem Geschwätz und der Rest auf kindischem Aberglauben beruhen. Wenn Pater Garricks letzte Andeutungen wirklich dem Lord gegolten hatten, dann doch wohl eher, um seiner Gemeinde die Ohren zu kitzeln. Die Leute hörten eben gern solch düsteres Gerede. Gruseln gehörte zum allgemeinen Zeitvertreib, nicht nur der besseren Gesellschaft. Das Prickeln an den Haarwurzeln hatte eine in vielerlei Hinsicht belebende Wirkung. Das konnte einem so spirituellen Menschen wie Pater Garrick nicht entgangen sein. Bei manchem förderte es eine bußfertige Haltung. Andere – wohl die meisten – würden aber auf jeden Fall auch zu seiner nächsten »Vorstellung« kommen. Leider hatte der gestrenge Gottesmann dabei sein vorzeitiges Ableben nicht mit ins Kalkül gezogen.

Es muss das Fieber gewesen sein. Jeff rief sich das auffällige Gebaren des Paters in den Sinn. Die steifen Bewegungen. Der Schweiß auf der Stirn. Der Schwindel. All das hatte er auch bei Ethelbert beobachtet, als ihn das Fieber auf das Krankenlager warf. Nur der Ausgang der Geschichte war unterschiedlich.

Und der Schemen? Hatte er nicht ganz auffällig jener Silhouette geglichen, mit der Negromanus in der Wirtshaustür erschienen war? »Unsinn!«, beschimpfte sich Jeff selbst. Noch einmal steigerte er das Tempo; sein schneller Atem würde ihm die düsteren Gedanken schon aus dem Kopf blasen. Der dunkle Schatten war nur für einen winzigen Augenblick am Kirchenfußboden erschienen. Und auch nur dort. Im Portal hatte niemand gestanden, um das Sonnenlicht am Eindringen zu hindern. Jeff schob die unangenehme Erinnerung beiseite. Warum sich mit dem trügerischen Spiel des Lichts aufhalten, wenn es doch viel handfestere Dinge im Leben gab, die seiner Aufmerksamkeit bedurften? Welche Personen mochten bei diesem Empfang wohl geladen sein, dass schon ein einfacher Küchenjunge wie ein Fürst entlohnt wurde?

Ein Florin, zwei Schillinge! Dafür bekam man gleich *zwei* gebundene Bücher wie die *Railway Library*, diese aufregende Geschichtensammlung von George Routledge. Jeff war ein begeisterter Leser. Seit er sich der Obhut des Königlichen Waisenhauses von Waltham Abbey entzogen hatte, war ihm dieses Vergnügen jedoch nur selten vergönnt gewesen. So würde er wohl auch dieses Mal seinen Lohn in Brot und anderem Lebensnotwendigem anlegen. Wenn er das Geld erst hatte.

*The Weald House* lag am Ende einer drei Meilen langen Zufahrt, die von der Straße nach London abging. Es war mitten in das dicht bewaldete Gebiet eingebettet, das man gemeinhin als The Weald of Kent bezeichnete. Das plötzliche Auftauchen des Anwesens zwischen den Laubbäumen hatte Jeff regelrecht überrascht. Er blickte zum Himmel empor. Die Sonne stand noch fast im Zenit: Er würde pünktlich sein.

Das graue Landhaus lag wie ein schlafender Drache im Wald. Es bestand größtenteils aus grob bearbeiteten Steinblöcken; nur im drei Stockwerke hohen Mittelteil konnte Jeff auch rötliches Fachwerk entdecken. Er lief direkt auf die Giebelseite dieses zentralen Baus zu, der weit aus den beiden flachen Seitenflügeln herausragte. Alle Gebäudeteile waren mit Spitzdächern versehen, auf denen eine nicht näher zu bezeichnende Anzahl Schornsteine thronte – offenbar verfügte hier jedes Zimmer über einen eigenen Kamin.

Wie weit sich der Bau hinter dieser Vorderansicht noch in die Tiefe erstreckte, konnte Jeff von seiner augenblicklichen Position aus nicht erkennen. Dafür entdeckte er auf der linken Seite, leicht versteckt unter den Bäumen, eine Hand voll Wirtschaftsgebäude, darunter auch die Stallungen. Es standen sechs oder acht Kutschen davor. Offenbar war die Mehrzahl der Gäste schon eingetroffen.

Jeff überquerte einen runden, mit Kies bestreuten Vorplatz und stieg die drei flachen Stufen zum überdachten Haupteingang empor. Er wollte gerade den Messingklopfer betätigen, als sich die Tür schon öffnete.

Diesmal wurde er weder geblendet noch von undurchdringlichen Schatten irritiert. Vor ihm stand ein molliges

Dienstmädchen mit roten Haaren und einem schüchternen Lächeln auf dem Gesicht.

»Guten Tag«, sagte Jeff höflich. »Mein Name ist Jeff Fenton und ich komme, um hier zu arbeiten.«

Das Mädchen kicherte.

»Bei wem muss ich mich melden?«, fasste Jeff nach. Seine Stimme klang nun schon etwas fordernder. Er konnte kichernde Mädchen nicht ausstehen.

»Ich bin Dorothy«, gluckste die sommersprossige Magd, die etwa in Jeffs Alter sein musste. »Wer hat dich denn eingestellt, Jeff?«

»Die rechte Hand deines Herrn.«

»Du meinst …?« Die Fröhlichkeit verflüchtigte sich jäh aus Dorothys pausbackigem Gesicht.

Nicht ganz unzufrieden über diese Entwicklung, bestätigte Jeff flüsternd: »Negromanus. Ein dunkler Geselle, nicht wahr? Er hat mich für Lord Belials heutigen Empfang engagiert.«

»Und was sollst du hier tun?«

»Eurem Küchenchef assistieren.«

Dorothy musste erneut kichern. Jeff verdrehte die Augen.

Als die Magd ihre Fröhlichkeit wieder einigermaßen im Griff hatte, erwiderte sie: »Ach, *du* bist der Aushilfsküchenjunge für die kranke Lissy. Das hättest du ja auch gleich sagen können.«

Jeff stöhnte innerlich. Eine Aushilfe für ein *Mädchen!* Vermutlich noch so ein gackerndes Huhn, das sich nun im Fieber wälzte. Er verkniff sich eine passende Bemerkung und antwortete betont gelassen: »Wo muss ich mich also melden?«

»Geh links ums Haus herum. Da findest du einen

Dienstboteneingang. Den nimmst du und fragst dann den Nächstbesten.«

»Und warum kann ich nicht wie du den Haupteingang benutzen?«

»Der Haupteingang ist nur für die Herrschaften. Und natürlich für das Stammpersonal! Hilfskräfte müssen hinten rein.«

Dorothy ließ die Tür hinter sich ins Schloss fallen und marschierte mit erhobener Nasenspitze in Richtung Stallungen an dem neuen Aushilfsküchenjungen vorbei.

Nach verhältnismäßig kurzer Zeit hatte Jeff seine Niederlage überwunden. Er schlug den von Dorothy beschriebenen Weg ein, fand den Dienstboteneingang und kollidierte hiernach fast mit einem der Hauspagen. Dieser wies ihm den Weg in die Küche, wobei er keinen Hehl daraus machte, was er von einem Ersatz für eine Hilfskraft hielt.

*The Weald House* verfügte zurzeit über den Luxus zweier Küchenchefs. Der eine war Italiener und hieß Alberto Rodari, der andere stammte aus Japan und kochte unter dem Namen Ohei Ozaki. Er war mit seinem Herrn eigens für dieses Treffen angereist und wurde vom übrigen Dienstpersonal der Einfachheit halber Double-O genannt. Weil niemand mit dem exotischen Zwerg aus dem Land der aufgehenden Sonne zu tun haben wollte, ordnete man ihm kurzerhand den Neuen zu – also Jeff.

Double-O war quirlig, ungefähr Anfang dreißig und konnte Englisch sprechen. Sogar recht ordentlich, wenn man bedachte, dass er mit Stäbchen im Mund aufgewachsen war (Jeff hatte das einmal in einer Zeitung gelesen). Der pummelige japanische Koch spannte seinen neuen Küchenjungen sofort ein. Jeff musste aus den Speisekammern hundert verschiedene Zutaten heranschleppen: Gemüse aus Kent, Fleisch von schottischen Rindern und Fisch aus der Straße von Dover.

Nach etwa einer Stunde wurde Double-O leutseliger. Während Jeff ihm riesige Töpfe mit Wasser heranschleppte, Gemüse putzte und andere Handreichungen verrichtete, lauschte er den Schwärmereien des schnurrbärtigen Kochs über dessen Heimatland. Mindestens in jedem dritten Satz erwähnte Double-O die Großtaten des Tenno. Auf Jeffs Frage hin, wer oder was denn ein Tenno sei, erging sich Ozaki ungefähr eine weitere Viertelstunde über den »himmlischen Kaiser« – dies nämlich sei die Bedeutung des japanischen Herrschaftstitels. Der göttliche Kaiser Meiji befände sich auf dem besten Wege Nippon zu jenem Ruhm zu verhelfen, der dem Inselreich von alters her zustehe. Er treibe seit 1868 umfangreiche Reformen voran, die Nippon – oder Japan, wie Jeff es nannte – bald an die Seite der großen westlichen Nationen stellen würden. In den letzten vierzehn Jahren habe Kaiser Meiji sein Land um mindestens einhundertvierzig Jahre vorangebracht. Dabei hätte man viel von Großbritannien gelernt, räumte Double-O ein. Er sprach sich anerkennend über das britische Militärwesen aus, insbesondere die Marine. Auch das englische Königshaus habe ihn sehr beeindruckt – wenn auch der Umstand, dass mit Victoria eine Frau auf dem Thron sitze, ihn ein wenig irritiere.

Im Verlaufe von zwei Stunden hatte es der kleine Asiate mit dem halblangen dicken schwarzen Haar und dem herabhängenden Schnurrbart geschafft, aus einem englischen Jungen einen Liebhaber japanischer Lebensart zu machen. Double-O sprach – abgesehen vom Tenno natürlich – über die Landschaft, das Essen, die Bräuche, das

Kabuki-Theater, die verschiedenen unter dem Begriff Budo zusammengefassten Kampfkünste, die Musik, den heiligen Berg Fuji-yama, die Tuschmalerei, die Kettengedichte des Renshi und von so vielen anderen Dingen, dass Jeff gar nicht bemerkte, wie die Haut seiner Finger unter allerlei feuchten Verrichtungen immer schrumpliger wurde.

Etwa um die Zeit, als man für die Gäste auf den Zimmern Tabletts mit Tee und Gebäck herrichtete, nahm Jeffs kurzweiliger Küchendienst eine unerwartete Wende. Er war gerade dabei, Double-O in großspurigen Tönen von seinen Plänen in Hinblick auf die Englische Riviera zu berichten, als Alberto Rodari, der Küchenchef des Hauses, und ein weiterer Mann, den Jeff zuvor schon mehrmals hektisch durch den Raum hatte fegen sehen, sich unvermittelt vor dem japanischen Chefkoch aufbauten. In ihrem Schlepptau befand sich ein vielleicht fünfzehnjähriges Mädchen, das Jeff bisher noch nicht aufgefallen war. Rodari hüstelte, bis Double-O, der gerade mit einem großen Messer in atemberaubender Geschwindigkeit einen Schikoree in Gemüsegries verwandelte, von seiner Arbeit aufsah.

»Ihr wünscht, Meistel Lodali?«, fragte Double-O stirnrunzelnd. Er konnte das R nicht richtig aussprechen, was seinem Unmut über die Störung eine gewisse exotische Note verlieh.

»Verzeiht, Meister Ozaki. Aber dies hier ist William Bloomberry. Er beaufsichtigt den reibungslosen Ablauf des Abends und wünscht Euch etwas zu sagen.«

Double-O verneigte sich in Richtung des besagten Mannes. Bei allem Respekt, aber was immer Bloomberry wolle, das sein hochverehrter Kollege Rodari ihm nicht selbst sagen könne, er möge sich bitte kurz fassen.

Bloomberry deutete ein Nicken an. »Das ist auch in meinem Sinne, verehrter Meister Ozaki. Ich habe hier«, dabei trat er einen Schritt zur Seite und zerrte das verschüchterte Mädchen in die hierdurch entstandene Lücke zwischen ihm und Rodari, »die kleine Maria. Sie ist die Tochter Rodaris. Eigentlich sollte Maria für die erkrankte Elizabeth einspringen, aber durch ein Versehen haben die Herrschaften erst zu spät davon erfahren und so wurde, völlig unnötigerweise, dieser Junge da eingestellt. Kurzum: Maria wird Ihnen von nun an weiter zur Seite stehen. Der Junge kann gehen.«

Jeff glaubte, der Himmel bräche über ihm zusammen. Doch er versuchte sich seine Enttäuschung nicht anmerken zu lassen. Er hatte natürlich sofort durchschaut, was dieses Manöver Rodaris bedeutete. Bestimmt war nicht nur Jeff ein so ausgesprochen großzügiger Lohn für seinen sonntäglichen Arbeitseinsatz versprochen worden. Rodari wollte das Familieneinkommen aufbessern, indem er auch noch seine Tochter in den Kreis des Hilfspersonals bugsierte.

Jeff schätzte seine Chancen ab. Wenn er um seine Anstellung kämpfte, dann konnte er womöglich auch noch den Vorschuss verlieren. Die Aussicht, gegen den etablierten Küchenchef und den Obersten der Dienerschaft zu siegen, war wohl eher gering. Trotzdem – er erinnerte sich an Dorothys Reaktion bei der Erwähnung eines bestimmten Namens – wollte er sich nicht ganz kampflos geschlagen geben.

»Aber ich bin von *Negromanus* persönlich eingestellt worden.«

Die selbstgefälligen Mienen Rodaris und Bloomberrys gefroren jäh. Der Schlag hatte gesessen. Jeff wollte schon

– 31 –

neue Hoffnung schöpfen, doch nach einer gewissen Erholungspause rappelte sich der Zeremonienmeister wieder auf. »Der ehrenwerte Negromanus hat sicher selbst erst zu spät von Marias freundlichem Hilfsangebot gehört. Er hat stets den Grundsatz verfolgt, nur in Ausnahmefällen auf fremdes Personal zurückzugreifen. Und er ist sehr gewissenhaft! Ich zweifle daher nicht, in seinem Sinne und vor allem im Interesse von Lord Belial zu handeln. Sollte dir Sir Negromanus auf deinem Weg nach draußen begegnen, dann kannst du ihn ja fragen, ob er nicht noch etwas anderes für dich hat.«

Ein geschickter Zug, dachte Jeff zähneknirschend. Was konnte er darauf noch erwidern? Bloomberry und Rodari hatten ihn schachmatt gesetzt. Double-O protestierte zwar noch eine Weile, aber Jeff hörte schon gar nicht mehr richtig hin. Zu oft schon hatte er solche Kämpfe geführt, manche gewonnen, aber viel zu viele auch verloren. Er verabschiedete sich mit einer Verbeugung von dem japanischen Koch und verließ die Küche.

Als die Tür hinter Jeff zugefallen war, befand er sich allein in einem langen Flur. Zu seiner Linken sah er die Treppe, durch die er zur Küche heruntergekommen war. Am Ende des Ganges befand sich eine zweite Stiege. Wenn er nicht völlig seine Orientierung verloren hatte, dann müsste das die Richtung zum zentralen Hauptbau sein. Hatte Bloomberry nicht gesagt, er könne Negromanus fragen, ob es noch andere Arbeiten für ihn gäbe? Jeff fasste dies als Einladung zu einem kleinen Streifzug durch das Haus auf.

Zuerst lief er durch den Kellergang und nahm dann die hintere Treppe hinauf zum Erdgeschoss. Bald stand er in einem weiteren Flur, breit und ganz mit Holz getäfelt. An

– 32 –

den Wänden hingen langweilige Ölgemälde, ausnahmslos Porträts von Leuten mit bitterernsten Mienen. Auffällig war die Reihe geschmiedeter Ständer, größer als er selbst, die sich durch den Gang zog. Sie hatten oben Schalen, vermutlich Feuerbecken, mit denen nachts die finsteren Flure erleuchtet wurden. Er blickte nach links, folgte mit den Augen der Kette von Leuchtern und entdeckte so das Ende des Ganges. Dieser mündete in eine große Eingangshalle. Von dort musste die Magd Dorothy das Haus verlassen haben.

In der Zwischenzeit war Jeffs Unmut über das ihm zugefügte Unrecht in den Boden seines Bewusstseins gesickert und hatte dort die dünne Krume guter Vorsätze fortgespült. Diebische Instinkte regten sich nun in ihm. Er wusste, wie man ein Haus lautlos und ungesehen durchstöberte. Es war vielleicht nicht der Vorsatz, wirklich etwas zu stehlen, der ihn dazu veranlasste, nach rechts abzubiegen, aber warum konnte er nicht wenigstens dem Zufall etwas auf die Sprünge helfen? Wenn er Negromanus nur lange genug suchte, dann würde er ihm früher oder später auch über den Weg laufen – rein »zufällig« natürlich.

Jeff ließ sich Zeit. Er erkundete zuerst den südlichen Seitenflügel. Hier mussten sich die Zimmerfluchten der Gäste befinden. Hinter manchen der durch kunstvolles Schnitzwerk reich verzierten Türen hörte er Stimmen. Mehrmals wäre er um ein Haar irgendwelchen Lakaien in die Arme gelaufen, aber da sein geübtes Auge ständig nach dunklen Winkeln und Nischen Ausschau hielt, gelang es ihm immer wieder, rechtzeitig ein Versteck zu finden.

Im Erdgeschoss blieb Jeffs Suche erfolglos. Deshalb widmete er sich nun den oberen Stockwerken. Durch ein

– 33 –

Fenster konnte er in den großzügigen Park hinausblicken, der sich hinter dem lang gestreckten Querbau befand. Der Garten wirkte ein wenig verwildert: Aus den niedrigen Hecken ragten lange Triebe und der Rasen war viel zu lang. Das mittlere Gebäude reichte weit in diese Anlage hinein. Für einen Vogel am Himmel musste Lord Belials Landsitz also wie ein riesiges Kreuz aussehen. Ob Pater Garrick das wohl gewusst hatte?

Wie schon unten entdeckte Jeff auch hier im Obergeschoss zahlreiche Anzeichen beachtlichen Reichtums. Abgesehen von den hässlichen Gemälden an den Wänden und den hohen Feuerschalen im Flur sah der Junge in den Zimmern goldene Leuchter, wertvolles Chinaporzellan und immer wieder Waffen. Ganze Räume waren ausgestattet mit Schwertern, Musketen, Hellebarden, Speeren, Armbrüsten und anderem martialischen Gerät.

Bald erreichte Jeff den Mittelbau. Seltsam, so hektisch es in der Küche zugegangen war, so ruhig bot sich ihm nun das Übrige dieses ausgedehnten Landsitzes dar. Von Negromanus fehlte noch immer jede Spur. Die Erforschung des größten Gebäudeteils brachte wenig Überraschungen.

Jeff entdeckte eine umfangreiche Bibliothek, spähte durch Schlüssellöcher weiterer Gästezimmer und fand Räume für kleinere wie auch größere Festlichkeiten. Dabei stieß er zwangsläufig auch auf den Saal, der dem abendlichen Empfang den passenden Rahmen verleihen sollte, unschwer daran zu erkennen, dass eine Schar von Dienern damit beschäftigt war, Tafelsilber auf dem runden Tisch zu verteilen.

Jeff blickte von einer Galerie in die Halle hinab, die über zwei Stockwerke reichte. Die beiden Längsseiten des

Raumes schimmerten matt in dem Sonnenlicht, das durch die dunkel gefärbten Bleiglasfenster drang. An den holzgetäfelten Wänden der Stirnseite sowie am Geländer der Galerie waren zahlreiche farbige Wappen angebracht. Die große Festtafel in der Mitte des Raumes besaß die Form eines Ringes. Der obere Scheitelpunkt dieser Tafel lag unter einem nachtblauen Baldachin. Die Seitenteile des Gestells, das besser zu einem Himmelbett gepasst hätte, waren ebenfalls mit Samtbahnen verhängt. Nur von vorne, vom Tisch her, konnte man in diesen fürstlichen Unterstand hineinsehen, der zweifellos dem Gastgeber des Abends vorbehalten war.

Auch Jeff kauerte auf der Empore hinter einem blauen Samtvorhang und amüsierte sich über die akribischen Bemühungen eines einzelnen Herrn die nötige Akkuratesse in das blitzende Arrangement der Tafel zu bringen. Es musste sich wohl um den Obersten des Servierpersonals handeln, der da mit einem Zollstock den Abstand zwischen Messern und Gabeln maß, Teller um Haaresbreite verrückte, den Faltenwurf der Seidenservietten korrigierte oder hier und da ein Stäubchen vom weißen Tischtuch fächelte. Als ein Page den Wappensaal betrat und dem livrierten Pedanten etwas ins Ohr flüsterte, war das interessante Schauspiel vorbei. Jeff erinnerte sich wieder an den eigentlichen Zweck seines Hierseins und setzte den Erkundungsgang fort.

Nachdem er den Mittelbau ohne den erhofften Erfolg durchforstet hatte, kam nun der nördliche Seitenflügel an die Reihe. Auch hier reihten sich die hohen Ständer mit den Feuerbecken auf dem Boden und die griesgrämigen Gesichter an den Wänden. Mit jedem Zimmer, das Jeff – mal lauschend, mal spähend – untersuchte, schwand seine

Hoffnung immer mehr. Negromanus blieb unauffindbar. Gleichzeitig wuchs die Versuchung, sich auf anderem Wege eine Entschädigung für das entgangene Entgelt zu verschaffen. Eigentlich wäre das nur gerecht, sagte eine Stimme hinter seiner Stirn, aber eine andere antwortete: Du Dummkopf, solange du nicht aufhörst zu klauen, wird nie etwas Gescheites aus dir werden. Denk an Pater Garricks Worte! Den Kindern des Ungehorsams wird es über kurz oder lang schlecht ergehen. Ist es das, was du willst?

Nein, sagte sich Jeff, während er die Treppe zum Erdgeschoss hinabstieg. Das wollte er natürlich nicht. Mutlos graste er die Räume dort ab. Als er die Eingangshalle schon fast erreicht hatte, hörte er plötzlich Schritte. Schnell verbarg er sich hinter einer großen Standuhr.

Zwischen dem hölzernen Uhrenkasten und der Wand befand sich ein schmaler Spalt, gerade weit genug, um Jeff hindurchspähen zu lassen. Es war der Herr über Messer und Gabeln, der sich da mit besorgter Miene vom Entree her näherte, ein kleiner, rundlicher Mann. Er hielt noch immer seinen Messstab in der Hand.

Jeff stockte der Atem. Wenn der Mann nicht völlig in Gedanken versunken war, musste er ihn im Vorbeigehen unweigerlich entdecken. Hastig sah sich Jeff nach einem besseren Versteck um, fand jedoch keines, das er erreichen konnte, ohne sich selbst zu verraten. Der Livrierte kam immer näher. Jeff schloss die Augen, als würde er dadurch unsichtbar. Noch drei, vier Schritte …

Ein unerwartetes Klopfen ließ ihn aufmerken. Vorsichtig hob er die Lider und spähte durch den Schlitz hindurch. Auf der anderen Seite des Uhrenkastens stand der Diener, das Gesicht gegen die Wand gerichtet … Nein, es war eine Tür – Jeff hörte ein knarrendes Geräusch, sah fahles Licht auf dem bangen Gesicht des Mannes und vernahm dann die unverkennbare Stimme.

»Tretet näher, Joseph. Gibt es irgendwelche Probleme?«

Negromanus! Dieses hohe Timbre, dieses schnelle Schwingen wie von einer losgelassenen Bogensehne und dazu dieser gleichgültige, kühl distanzierte Ton – Jeff hatte ihn sofort wieder erkannt. Durch den Spalt hinter der Wanduhr sah er den Bediensteten in das Zimmer treten.

»Entschuldigt, Sir Negromanus, dass ich Euch damit belästigen muss, aber Ihr selbst habt angeordnet Euch über jede, wenn auch noch so kleine Unregelmäßigkeit in Kenntnis zu setzen.«

»Schon gut, Joseph. Warum schwitzt Ihr so?«

»Einer unserer Aushilfspagen ist nicht zum Dienst erschienen.«

»Ihr redet von Eurer Serviermannschaft? Wollt Ihr damit sagen, dass Euch für das heutige Dinner keine elf Diener zur Verfügung stehen?«

»Es handelt sich um den Neffen des Paters von Tunbridge Wells, der sich – ein Bote der Familie hat die Nachricht soeben überbracht – außerstande sieht seinen Dienst anzutreten. Pater Garrick habe das Fieber niedergestreckt oder der Schlag getroffen oder ...«

»Mir ist bekannt, was mit dem Pfaffen passiert ist«, schnitt Negromanus dem Untergebenen das Wort ab. »So wie er immer gegen unseren Herrn gewettert hat, fällt es mir schwer, sein Ableben zu bedauern. Aber nun zu unserem eigentlichen Problem. Die ganze Küche ist doch voll von Personal. Könnt Ihr nicht von dort einen Servierburschen ausleihen?«

»Rodari will keinen von seinen Leuten zur Verfügung

stellen. Wenn er denn jemanden entbehren könne, dann höchstens eine Frau.«

»Lächerlich! Der Lord duldet kein Weib an seiner Tafel. Ihr wisst das. Was ist mit dem Jungen aus Tunbridge Wells?«

»Sir?«

»Er heißt Jeff Fenton. Ich habe ihn heute morgen persönlich für den Küchendienst eingestellt.« Negromanus' Vibratostimme verbreitete jetzt eine geradezu spürbare Kälte, aber auch die Furcht in Josephs Antwort war nicht zu überhören.

»Mir ist zu Ohren gekommen, Sir, dass ein Junge fortgeschickt wurde, weil Rodari lieber seine Tochter als Ersatz für das erkrankte Küchenmädchen einsetzen wollte.«

Inzwischen hatte sich Jeff leise von seinem Horchposten entfernt, hauptsächlich in der Absicht eine sichere Fluchtposition zu beziehen. Doch nun war plötzlich eine unangenehme Stille in dem Zimmer eingetreten, die ihn zur Bewegungslosigkeit verurteilte, wollte er sich nicht verraten.

Jeff schaute durch die halb geöffnete Tür, die zuvor den Obersten des Servierpersonals verschluckt hatte. Zum Glück war der gerade außer Sichtweite. Dadurch hatte der Junge einen unverstellten Blick auf einen wuchtigen Schreibtisch aus Buchenholz. Der Dieb in ihm bemerkte sogleich das wichtigste Detail des wuchtigen Möbels: Auf der Schreibplatte blitzte ein Kreis goldener Ringe.

Es mochten nur zwei Herzschläge gewesen sein, die Jeff zur Betrachtung dieser ungewöhnlichen Konstellation hatte. Aber diese genügten, um seine Neugier zu wecken. Wozu brauchte ein einzelner Mensch so viele Ringe? Und diese kreisförmige Anordnung auf einem hellen Blatt

Papier oder Pergament – fast so, als hätte Negromanus aus Langeweile damit herumgespielt. Der Schreibtisch stand vor einer zweiflügligen Glastür. Durch das in viele viereckige Flächen unterteilte Fenster konnte man auf den Park des Landsitzes blicken. Das warme Licht des Nachmittags flutete ungehindert in den Raum. Ja, da befand sich ein gezeichneter Kreis auf dem bräunlichen Papier, trotz des ungünstigen Betrachtungswinkels war sich Jeff jetzt ganz sicher. Die schweren Siegelringe reihten sich auf der dunklen Linie aneinander wie die Stundenmarkierungen eines Zifferblatts. Oder wie die Stühle an der runden Tafel im Wappensaal.

Negromanus' schneidende Stimme beendete das Schweigen im Zimmer.

»Ihr wisst, dass unser Herr nur durch mich zum Personal redet. Wenn ich irgendwelche Anweisungen gebe, ist das für euch genauso, als hätte Lord Belial persönlich sie ausgesprochen. Ich werde mir zu gegebener Zeit eine Bestrafung für den Küchenchef einfallen lassen. Lasst Euch dies eine Lehre sein, Joseph. Es war jedoch gut, dass Ihr mir von dem eigenmächtigen Handeln Rodaris berichtet habt. Und nun schnell: Schickt jemanden dem Jungen hinterher, um ihn wieder zurückzuholen.«

Vor Schreck vergaß Jeff ganz zu atmen. Sein Glück hatte sich an diesem Tag schon so oft gewendet, dass er für einen Augenblick ganz durcheinander war. Wenn der Herr über Messer und Gabeln ihn hier vor der Tür erwischte, dann konnte er die gerade zurückgewonnene Anstellung gleich wieder verlieren. Erfreulicherweise schien der Bedienstete noch aus irgendeinem Grund zu zögern, denn aus der offenen Tür klang die ungeduldige Frage seines Vorgesetzten.

»Was ist denn noch, Joseph?«

Jeff schlich sich auf Zehenspitzen davon. Das Letzte, was er verstand, waren die Worte: »Ich bin es gewohnt, mit geschultem Personal zu arbeiten. Unser Herr ist sehr streng ...«

Ungesehen hatte Jeff die Eingangshalle erreicht. Erst jetzt fiel sein Atem wieder in den gewohnten Rhythmus zurück. Er blickte durch die Fenster im Hauptportal auf den Kiesplatz hinaus und entdeckte Dorothy, die gerade von den Ställen herüberkam; sie schien hier so eine Art Botengängerin zwischen den Kutschern der Gäste und dem Befehlshaber der Küche zu sein.

Ohne lange nachzudenken, öffnete Jeff die Tür etwa zwei Handspannen weit und ließ sie sogleich wieder geräuschvoll ins Schloss zurückfallen. Dann wandte er sich mit betont festem Schritt dem nördlichen Seitenflügel zu. Als er in diesen einbog, traf er auch schon auf den Bediensteten mit der Messlatte.

»Wer bist du? Ich habe dich hier noch nie gesehen«, fragte der streng, doch zugleich auch mit einem erwartungsvollen Unterton.

»Mein Name ist Jeff Fenton. Bloomberry meinte, Sir Negromanus habe vielleicht eine Arbeit für mich. In der Küche wollen sie nur Mädchen haben.«

Das runde Gesicht des Mannes erhellte sich. »Dich schickt der Himmel, Junge!«

Im Augenblick maß Jeff dieser Äußerung keine besondere Bedeutung bei. Das sollte sich erst später ändern. Jetzt war er einfach nur zufrieden, wie er den festgefahrenen Karren dieses verflixten Tages doch noch aus dem Dreck gezogen hatte. Der Florin war nun wieder in greifbare Nähe gerückt.

Joseph Frederick Dudley – so hieß der Oberste der Servierpagen mit vollständigem Namen – verpasste Jeff nun eine blaue Livree und anschließend einen Schnellkursus in hochherrschaftlicher Servierkunst. Dabei beschränkte er sich auf das Wesentliche und bläute dem Jungen wiederholt ein, er solle nachher im großen Wappensaal die anderen Diener aufmerksam beobachten und ihrem Beispiel folgen. Besser einen Moment zu spät servieren als falsch.

Das Wichtigste aber – Dudley erwähnte das fast so oft wie Double-O seinen Tenno – sei die Tagesorder des Lords: Vor und nach dem Dinner habe sich *niemand* von der Dienerschaft im Hauptgebäude aufzuhalten. Und wenn er, Dudley, niemand sage, dann meine er auch niemand.

Jeff nickte ergeben, hätte aber doch zu gern gewusst, was denn so geheim an dieser Zusammenkunft sein könne, dass man daraus eine derartige Staatsaktion machte. Vielleicht war an der Freimaurer-Theorie ja doch etwas dran. Er hatte darüber schon einiges gelesen. Angeblich gab es wirklich Geheimlogen, die sich mit allerlei abscheulichen Bräuchen die Zeit vertrieben.


## Die Verschwörung

The Weald House besaß auf dem Dach seines Mittelgebäudes einen kleinen Uhrenturm. Gerade hatte die Glocke sechs geschlagen. Die Sitzung des Lords und seiner elf Gäste musste also in diesen Minuten begonnen haben. Dudley hatte noch einmal unmissverständlich das Verbot wiederholt, den Hauptbau in den nächsten sechs Stunden zu betreten. Nur diejenigen, die den Herrschaften in drei Stunden das Abendessen servieren sollten, würden für kurze Zeit Zutritt haben.

Jeff saß in dem Aufenthaltsraum für die Dienerschaft, der sich im südlichen Seitenflügel direkt neben dem Küchentrakt befand. Er blickte zu einem der drei Lichtschächte hinauf, die sich dicht unter der Decke befanden. Jetzt, im September, wurden die Tage schon merklich kürzer. Die Sonne konnte daher nur wenig zur Besserung der gedrückten Stimmung im Raum beitragen. Einige von der Dienerschaft spielten Karten. Andere unterhielten sich leise miteinander. Es war schon seltsam, wie wenig Enthusiasmus diese Männer für ihre Arbeit zeigten, wenn sie doch so reich dafür entlohnt wurden. Viele der Pagen waren wie Jeff nur Aushilfskräfte, wenn sie auch, im Gegensatz zu ihm, nicht zum ersten Mal an einer herrschaftlichen Tafel Speisen auftrugen. Möglicherweise hatten sie sich ja von dem Gerede in der Stadt anstecken lassen und schwankten nun zwischen frommen Bedenken und monetären Interessen.

Für Jeff war die Sache klar. Wenn er sich einmal für etwas entschieden hatte, dann stand er auch dazu. Er würde diese Arbeit hinter sich bringen und nachher noch lange von ihren Früchten zehren, vielleicht sogar darauf ein neues Leben aufbauen. Punkt und Schluss. Wenn er sich nur nicht so langweilen würde!

Der Laut einer hellen Glocke ließ ihn aus seinen Gedanken hochfahren. Dieses Schellen wurde in der Küche ausgelöst, so viel wusste Jeff schon. Er beobachtete, wie Dudley das messingfarbene Endstück eines Schlauches aus seiner Halterung befreite und hineinpustete. Dann hielt er den wie eine kleine ovale Schale geformten Messingstutzen gegen den Mund, sprach etwas Unverständliches hinein und drückte sich das Schlauchende anschließend gegen das rechte Ohr. Nachdem er die seltsame Vorrichtung wieder in ihrer Halterung verstaut hatte, rief er in die Runde der Dienerschaft: »Die Küche hat heißen Tee für die Kutscher draußen zubereitet. Zwei große Kannen. Irgendwelche Freiwilligen, die den Tee zu den Ställen bringen?«

»Hier, ich!«, rief Jeff, ohne lange nachzudenken. Jede Arbeit war besser als dieses tatenlose Herumsitzen.

Fünf Minuten später stolperte er mit zwei emaillierten Riesenkannen über den Hof, immer darauf bedacht, sich dabei nicht die Füße zu verbrühen. Die Knechte und Kutscher empfingen ihn mit einem vielstimmigen Vivat. Nun, vielleicht waren es eher Spott- als Hochrufe, die sie auf den nicht einmal fünfeinhalb Fuß großen Knaben mit seinen nur unwesentlich kleineren Kannen ausbrachten, aber Jeff machte sich nicht viel daraus, war er auf diese Weise doch wenigstens dem miefigen Maulwurfsloch im Landhaus entkommen. Dudley hatte ihm gesagt, er könne sich ruhig Zeit lassen. Es genüge vollauf, wenn er gegen halb neun wieder zurück sei. Sollte die persönliche Dienerschaft der erlauchten Gäste noch irgendwelche Wünsche haben, dann solle er es ihn wissen lassen.

Das Angebot hatte Jeff gerne angenommen, wenn ihm auch nicht sonderlich viel an der Gesellschaft dieser Kutscher lag, die sich allesamt für etwas Besseres hielten. Deshalb verabschiedete er sich schnell wieder, ertrug geduldig die Ermahnungen, sich nicht im Hauptgebäude blicken zu lassen, und versprach, später noch einmal vorbeizuschauen.

Gemächlich schlenderte Jeff zum Dienstboteneingang

zurück. Als er den südlichen Seitenflügel umrundete, fiel sein Blick auf den Park. Noch war es nicht völlig dunkel und er beschloss im Garten des Lords ein wenig lustzuwandeln, so wie es sonst wohl nur die erlauchten Herrschaften dieses Hauses taten.

Während er die kiesbestreuten Wege abschritt, behielt er den langen Mittelbau im Auge. Dort, wo sich der große Wappensaal befand, schimmerte gedämpftes Licht aus den bunten Bleiglasfenstern. Sonst ließ sich nichts ausmachen – kein Schatten, der sich rührte, kein Laut, der in den Garten drang. Vielleicht war es ja auch besser so, sagte sich Jeff, hauptsächlich, um seine immer größer werdende Neugierde zu zügeln. Er umrundete die westliche Stirnseite des Mittelbaus und gelangte dadurch in die andere Hälfte des Parks.

Unbewusst zog sich Jeff in den Schatten eines Baumes zurück und spähte zum Nordflügel hinüber. Dort lag das Zimmer, in dem Negromanus mit Mr Dudley gesprochen hatte.

Der Raum war schwach erleuchtet. Jeff konnte vage eine dunkle Gestalt erkennen, die sich durch das Arbeitszimmer bewegte. Der gelbe Schein des Lichts zog ihn wie magisch an. Vorsichtig schlich er auf den Nordflügel zu.

Wie schon seine vorherige Flucht in die Deckung der Schatten, so entsprang auch die raubtierhafte Annäherung an das erleuchtete Zimmer einer Art Reflex. Es war ein Verhalten, das er sich in den letzten beiden Jahren anerzogen hatte. Erst kurz vor dem Fenster wurde ihm bewusst, was er da tat. Doch nun, da er schon einmal hier war, konnte er seine Beobachtung genauso gut fortsetzen.

Er zählte insgesamt fünf dicht gestaffelte zweiflüglige Glastüren, die in den Park hinausführten. Das Mauerwerk zwischen den hohen weiß gestrichenen Rahmen war höchstens eine Hand breit. Dadurch konnte Jeff, anders als am Nachmittag, nun den ganzen Raum überblicken – allerdings mehr schlecht als recht. Die einzige Lichtquelle in dem mit Regalen voll gestopften Zimmer war nämlich eine Petroleumlampe auf der Schreibtischplatte. Andere Teile des ungewöhnlich großen Arbeitszimmers waren in tiefe Schatten getaucht.

Jeff kauerte hinter einem Busch. Ein Frösteln überlief ihn, als er die dunkle Gestalt hinter den Fenstern wieder erkannte: Kaum zehn Schritte von ihm entfernt stand Negromanus, sein langer Schatten schien regelrecht vor der Schreibtischlampe über Fußboden und Wände zu fliehen. Doch dann stutzte Jeff. War es wirklich die rechte Hand des Lords, die er da sah? Er kniff die Augen zusammen.

Die Figur kam ihm jetzt kleiner und weniger massiv als noch am Morgen vor, auch fehlte der breitkrempige Hut. Zu dumm, dass diese Person nicht näher beim Licht stand. Alles war so undeutlich! Da gab es ein wallendes schwarzes Gewand, das fast jede Kontur des hohen Körpers verwischte. Auch der Kopf des Mannes lag unter einem Schleier tiefer Schatten; man konnte fast glauben ihn nur durch eine beschlagene Fensterscheibe zu sehen. Augen und Mund ließen sich nur erahnen. Die Existenz einer Nase war reine Spekulation. Der Schemen schien mit jemandem zu sprechen, aber Jeff vermochte weder zu erkennen, mit wem, noch ließ sich auch nur ein einziges Wort verstehen. Er hätte zu gerne gewusst, was dieses seltsame Selbstgespräch bedeutete.

In diesem Moment bemerkte er, dass eine der quadratischen Scheiben zersprungen war. Es handelte sich um die

Tür ganz rechts, dort wo der Raum am dunkelsten war. Dicht daneben befand sich ein Busch. Jeff überlegte nicht lange. Er schlich sich noch näher heran.

Im Gittermuster der Terrassentür befand sich das beschädigte Fensterquadrat in der zweitletzten Reihe von unten. Ein kleiner Riss zog sich diagonal durch das Glas und an der oberen Ecke war ein ganzes Stück herausgebrochen. Jeff hatte sich inzwischen so weit an den Durchlass herangearbeitet, dass er im Knien sein Ohr ganz dicht an das Fenster heranbringen und gleichzeitig das Geschehen hinter der Tür weiter im Auge behalten konnte.

Die Gestalt im Zimmer stand jetzt nicht mehr still. Wie ein dunkler Mönch bei einer Prozession schritt sie langsam durch den Raum, mal ihren Schatten mit sich schleifend, dann wieder ihn vor sich her schiebend. Wortlos. Jeff war enttäuscht. Er hatte seinen Lauschposten umsonst bezogen. Als der wandelnde Schemen seinem Versteck auf einmal ganz nahe kam, packte den Jungen jäh die Angst. Bei der nächstbesten Gelegenheit zog er sich wieder leise zurück und setzte seine Beobachtungen aus sicherer Entfernung fort.

Noch immer wanderte die Gestalt durch das Zimmer. Was tat sie da? Warum befand sie sich nicht drüben im Wappensaal? Jeff meinte bleiche Hände zu erkennen, die sich wie zum Gebet vor der Brust umfassten. Aber angesichts dieses unheimlichen Anblicks zweifelte er daran, hier einem frommen Akt beizuwohnen. Als der Schatten gerade von einer Glastür zur nächsten wechselte, bemerkte Jeff ein kurzes Aufblitzen an den gefalteten Händen. Im nächsten Augenblick waren die bleichen Finger hinter dem schmalen Mauersteg verschwunden. Unwillkürlich musste er zum Schreibtisch hinübersehen. Täusch-

te er sich oder fehlte tatsächlich in dem Kreis aus Siegel-
ringen einer, den er am Nachmittag noch gesehen hatte?
Doch, es war der auf der Zwölfuhrposition, vom Fenster
aus betrachtet. Als Jeff wieder zu dem wandelnden Schatten hinblickte, fuhr ihm der Schreck in die Glieder – denn
nun sah er *zwei* Gestalten im Raum.

Er war so benommen, dass er aus der Hocke rücklings
auf sein Hinterteil rutschte. Seine Beine fühlten sich wie
Pudding an. Sein Herz raste mit einem Mal in der Brust.
Wie war das möglich? Dieser neue Schatten musste Negromanus sein, am Hut und an der kräftigeren Statur unzwei-
felhaft zu erkennen. Der andere hielt den goldenen Ring
nun zwischen den Fingerspitzen. Auf der gravierten Siegelfläche spiegelte sich das Petroleumlicht. Jeff glaubte in
dem goldenen Schimmer ein rotes Funkeln zu erkennen.
Keuchend stieß er die Luft aus; er hatte ganz vergessen zu
atmen. Mit einem Mal wusste er, wen er da vor sich hatte.
Dieser zweite Schemen musste Lord Belial sein!

Verwirrt wanderten Jeffs Augen zur Tür. Es hätte ihm
auffallen müssen, wenn Negromanus von dort gekommen
wäre. Doch einen zweiten Eingang gab es nicht. Vom Garten her war der Raum praktisch lückenlos zu überblicken.
Und die schlanken Mauerstege zwischen den Glastüren?
Unmöglich. Eine Person von so baumstarker Statur wie
Negromanus hätte sich niemals dahinter verstecken können. Aber er konnte doch unmöglich einfach so aus dem
Nichts aufgetaucht sein!

Für einen Moment führten Furcht und Neugierde in Jeff
einen erbitterten Kampf. Sein Wissensdrang obsiegte
überraschend schnell. Er musste unbedingt hinter das Geheimnis kommen. Was war an dem Gerede der Leute wirklich dran? Obwohl seine Knie noch ganz weich waren,

schlich er wieder zu dem beschädigten Fenster. Die beiden Schemen standen mitten im Raum. Etwas an ihrem Anblick beunruhigte Jeff noch über das Maß seiner bisherigen Erregung hinaus, doch darauf konnte er sich jetzt nicht konzentrieren. Er musste lauschen. Denn die Gestalten sprachen miteinander.

»… muss alles ganz schnell gehen. Hast du mich verstanden? Schnell und ohne Fehl. Nie darf jemand erfahren, was wirklich heute Nacht an diesem Ort geschehen ist.«

Jeffs Herz setzte einen Moment aus und begann gleich darauf wie wild zu rasen. Wenn ihn schon Negromanus' Stimme hatte erzittern lassen, dann verwandelte ihn diese nun in einen lebendigen Eiszapfen. Es musste der Lord sein, der da zur Eile drängte, zu welchem Zweck auch immer. Obwohl seine Worte für Jeff keinen Sinn ergaben, übten sie auf ihn eine Kraft aus, der er sich kaum widersetzen konnte. Er verspürte den unerklärlichen Drang sich dem Lord zu unterwerfen. Doch Jeff war stark. Während die Unterhaltung in dem Raum ihren Gang nahm, kämpfte sein Wille gegen die zwanghafte Vorstellung an.

»Ich werde alles tun, wie Ihr es mir befohlen habt, mein Herr«, antwortete Negromanus unterwürfig.

»Gut. Dann werde ich jetzt in den Wappensaal zurückkehren. Nach dem Nachtmahl wirst du das Werk vollenden, das ich dir aufgetragen habe. Aber vergiss nicht: Du bist mein Schatten. Kehre zu mir zurück, so schnell es irgend geht. Getrennt mögen wir zwar manche Angelegenheit geschickter handhaben können, aber dennoch sind wir so kaum mehr als gewöhnliche Menschen. Wir müssen unsere Macht wieder verschmelzen, damit wir unbesiegbar sind.«

»Das weiß ich, Herr, und ich werde zurückkehren, sobald Ihr die Ringe verteilt und ich meinen Auftrag erfüllt habe.«

»Dann geh jetzt.«

Negromanus bewegte sich lautlos zur Tür und verließ den Raum. Nun war Lord Belial allein – abgesehen von dem stillen Beobachter, der draußen wie eine Steinfigur unter einem Busch hockte. Langsam, als würde er über etwas nachdenken, begann der Lord wieder im Raum auf und ab zu gehen. Als er von Jeffs Versteck weit genug entfernt war, zog sich der Junge vorsichtig zurück.

Während Jeff sich auf allen vieren vom Haus entfernte, ließ er die schattenhafte Gestalt des Lords keinen Moment aus den Augen. Er hoffte, die Petroleumlampe würde sich drinnen stark genug in den Glastüren spiegeln, denn sonst musste ihn Belial zwangsläufig entdecken, wenn er jetzt zufällig zum Fenster hinaussah. Jeffs Herzschlag setzte erneut aus, als der Lord mit einem Mal zielstrebig auf seinen Schreibtisch zuging. In der fahl schimmernden Hand hielt er noch immer den funkelnden Siegelring. Behutsam, als setze er den letzten Stein in ein kompliziertes Mosaik, legte der Lord den Ring auf den Tisch. Dann drehte er sich um und verließ den Raum.

Jeff verharrte noch einen Moment in seiner gebückten Haltung. In seinem Kopf drehte sich ein Knäuel wirrer Gedanken. Was er gehört hatte, beunruhigte ihn zutiefst, obwohl er nicht wusste, warum. Vielleicht lag es an dem ganzen Rahmen dieses verschwörerischen Gesprächs, dessen Zeuge er geworden war. Alles hatte so mysteriös geklungen. *Du bist mein Schatten … Wir müssen unsere Macht wieder verschmelzen, damit wir unbesiegbar sind.* Was sollte dieser Unsinn? Hielt sich der Lord etwa für ein höheres Wesen?

Mit einem letzten Blick zum verlassenen Schreibtisch hin riss sich Jeff von der geheimnisvollen Szene los. Der Ring des Lords thronte wieder über dem Kreis der anderen, genau auf der Zwölfuhrposition. Zwar hatte Jeff das von seinem Platz aus nicht erkennen können, aber er war sich dessen dennoch sicher.

Während er auf leisen Sohlen durch den Park schlich, versuchte er Ordnung in das Chaos seiner Gedanken zu bringen. Er glaubte eine Gefahr zu spüren, war aber nicht fähig sie beim Namen zu nennen. All die Gerüchte aus Tunbridge Wells …! Womöglich steckte mehr dahinter, als er sich hatte eingestehen wollen. War *The Weald House* vielleicht doch der Schlupfwinkel einer Geheimloge, die irgendeinen verschwörerischen Plan verfolgte? *Nie darf jemand erfahren, was wirklich heute Nacht an diesem Ort geschehen ist.* Was war das für ein »Werk«, von dem Belial gesprochen hatte?

Vielleicht sollte die Welt außerhalb des Waldes von Kent davon erfahren, vielleicht *musste* sie es (möglicherweise ließen sich dabei auch einige Pence hinzuverdienen).

Als Jeff das Haus wieder durch den Dienstboteneingang betrat, war der Entschluss in ihm gereift: Er musste herausfinden, was hier gespielt wurde. Zu deutlich klangen noch die warnenden Worte Pater Garricks durch seinen Sinn. *Wie könnten wir da jenen dienen, die selbst Knechte des Prinzen dieser Welt sind?* Vielleicht hatte er, Jeff, sich zu leichtfertig an diesen Lord Belial verkauft. Auch wenn er ein Dieb war, wollte er sich nicht zum Spielball finsterer Mächte machen lassen. Er musste wissen, auf was für einen Handel er sich da eingelassen hatte.

Ungesehen schlich Jeff in den ersten Stock des Südflü-

– 50 –

gels hinauf. Vorbei an den nun entzündeten Feuerschalen stahl er sich den Flur entlang auf den Mittelbau zu. Hier oben herrschte Totenstille. Der Bannkreis des Lords hielt jede Menschenseele fern.

Jeff erreichte unbehelligt das Hauptgebäude und schlug nun den Weg zum Wappensaal ein. Wenig später schlich er sich lautlos auf die Galerie hinaus. Zum Glück hatte er die Tür zur Empore schon am Nachmittag ausprobiert und wusste, wie weit er sie öffnen durfte, bevor sie zu knarren begann. Er bezog wieder sein altes Versteck hinter dem schweren Samtvorhang. Aus dem Saal unten drang nur eine einzige Stimme zu ihm herauf. Er hätte sie unter Millionen wieder erkannt. Sie gehörte Lord Belial.

»Nachdem Wir mit Genugtuung Eure Berichte aus aller Welt gehört haben, wollen Wir Euch Unser Lob aussprechen. Kein anderer Bund hat jemals Gleiches vollbracht wie *Der Kreis der Dämmerung*. Doch nun wollen wir uns zu noch viel größeren Taten aufschwingen. Ein Werk liegt vor uns, mit dem wir das Angesicht der Welt verändern werden.«

Ein vielstimmiges Raunen ging durch den Saal. Vorsichtig spähte Jeff zu der gedeckten Tafel hinunter. Es sah so aus, als wäre er gerade noch rechtzeitig erschienen, um eine wichtige Ankündigung des Lords zu hören. Bisher hatte er noch keinen einzigen der erlauchten Gäste gesehen, nur deren Dienstpersonal. Sein Blick wanderte über die unterschiedlichen Gesichter. Da waren alle Hautfarben vertreten. Die Delegierten dieser geheimen Sitzung schienen aus sämtlichen Erdteilen zu stammen. Auch ein ungewöhnlich hoch gewachsener Asiate fiel ihm auf. Das musste Double-Os Herr sein.

Am hinteren Ende der runden Tafel, unter den Schatten des blauen Baldachins, saß Lord Belial. Seine Gestalt war nur ein etwas tieferes Schwarz in der Finsternis seiner Umgebung, sein Gesicht eine helle Wolke, die fast bewegungslos in der Luft zu schweben schien. Aber seine Stimme war wie ein scharfes Schwert, das sich in die Gehörgänge der Anwesenden bohrte.

»Die Menschenwelt ist entartet!«, geiferte Belial mit unerwarteter Heftigkeit. »Das niedere Volk spielt sich als Souverän auf, ohne je gelernt zu haben, was es heißt zu herrschen. Seine Könige macht es zu Marionetten und nennt das Ganze ›konstitutionelle Monarchie‹. Und die Machthaber, die Männer von Rang und Ansehen? Anstatt dem niederen Volk Vorbild zu sein, treiben sie den Verfall von Sitte und Moral noch auf die Spitze. Am schlimmsten sind die Geistlichen aller Glaubensrichtungen. Sie haben mehr Blut vergossen als jede andere Gruppe, haben gehurt und das Volk ausgebeutet. Der Mann auf der Straße lacht über sie – und wünscht gleichzeitig, sich nur ein einziges Mal so austoben zu dürfen wie sie. Unter dem Deckmantel der Aufklärung breitet sich die Anarchie in der Welt aus wie Gangrän.«

Im Saal herrschte jetzt Totenstille. Jedes Murmeln war erstorben. Nur Belials anklagende Stimme schwebte wie ein betäubender Nebel im Raum. Jeff kannte diese Wirkung und er tat alles, um seinen Willen dagegen zu wappnen. Er sandte sogar in regelmäßigen Abständen Stoßgebete gen Himmel, in der Hoffnung, dieser würde ihm einen unsichtbaren Panzer herabschicken, mit dem er die giftigen Geschosse aus Belials Mund abwehren konnte.

»Die Menschenwelt ist zum Untergang verurteilt«, fuhr der Lord nach einer angemessenen Pause fort.

»Daran lässt sich nichts deuteln. Ihre Dekadenz und moralische Verkommenheit, ja, der fortschreitende Verfall jeglicher Werte wirkt wie eine schleichende Krankheit, die über kurz oder lang die Erde zerfressen würde wie Aussatz das Fleisch eines Menschen. Ihr alle wisst das, Brüder. Nicht von ungefähr hat der Kreis der Dämmerung all die Jahrhunderte hindurch seinen Einfluss vermehrt, um einen neuen Morgen für die Menschheit herbeizuführen. Jetzt ist unser Ziel zum Greifen nah! Die Jahre des Erwachens sind angebrochen, die Dämmerung steht bevor!«

Belial erlaubte seinen Zuhörern ein erwartungsvolles Raunen, ließ einen seiner Gäste – der Hautfarbe nach zu urteilen ein Afrikaner – sogar die Stimme zu einer Frage erheben.

»Ehrenwerter Großmeister Belial, wir alle kennen die Geschichte unseres Geheimzirkels. Die meisten von uns sind Söhne einer langen Reihe von Ahnen, die ebenfalls schon dem Kreis der Dämmerung verpflichtet waren. Doch wie wollt Ihr den von Euch erwähnten neuen Tagesanbruch herbeiführen? Wie soll die Menschheit von ihrem Übel befreit werden?«

Belial antwortete mit einer Gegenfrage. »Wie würdet Ihr ein eitriges Geschwür in der Haut bekämpfen, Kamboto?«

»Man muss es ausbrennen oder mit einer scharfen Klinge herausschneiden, Großmeister.«

»Ihr sagt es, mein Bruder. Was krank ist, muss weggeschnitten werden. Schon in der Heiligen Schrift der Christen wird gesagt: ›Und jeder, der nicht im Buch des Lebens geschrieben stand, wurde in den Feuersee geschleudert.‹ Ergo braucht die Erde einen Neuanfang, sie muss geläutert werden, *bevor* die Menschen sich und ihre Welt zur Gänze vernichtet haben.«

»Einen Neuanfang?«, warf ein anderes Mitglied der Runde ein. Die Gesichtszüge des Mannes deuteten auf eine spanische oder südamerikanische Herkunft hin. »Bei allem Respekt, ehrenwerter Großmeister, aber das klingt für mich nach einem Weltenbrand. Wären wir nicht ebenso entartet, wenn wir einen solchen ›Heilungsplan‹ entfachten, wie jene, die Ihr, ehrenwerter Großmeister, gerade eben erst – und das zu Recht – verurteilt habt? Müsste es nicht den Tod zahlloser Unschuldiger bedeuten, wenn …«

»Graf Zapata!«, zischte Belial und schnitt dem Bedenkenträger damit das Wort ab. »Dieser sensible Zug an Euch ist Uns völlig fremd. Es sind doch nicht nur Kaffeeplantagen, die Ihr von São Paulo aus dirigiert. Ihr seid in ganz Südamerika ein mächtiger und gefürchteter Mann. Euer Einfluss reicht bis zum brasilianischen Kaiser hinauf und Wir wissen, dass Ihr bisher auch nicht zimperlich wart, wenn Ihr für die Interessen unseres Bundes – und wohl auch für die Euren – gestritten habt. Warum also jetzt diese plötzlichen Skrupel?«

»Ich sehe da gewisse Unterschiede, ob man von der Eliminierung einiger Dutzend oder gar von Millionen Menschen spricht, Großmeister.«

»Ihr habt die Dimension Unseres Plans sehr gut erkannt, Graf Zapata. Nichts anderes haben Wir von einem Mann wie Euch erwartet. Aber wenn es denn wirklich diese Ungleichheiten gibt, die Euch zu schaffen machen, dann bedenkt, was auf dem Spiel steht: Die *ganze* Menschheit ist dem Untergang geweiht. Wenn man ein Geschwür herausschneidet, dann muss man auch etwas von dem gesunden Fleisch entfernen. Das ist unvermeidbar. Sonst würde die Krankheit bald von neuem ausbrechen, vielleicht sogar schlimmer und tödlicher als beim ersten Mal.«

»Ehrenwerter Großmeister.« Es war der japanische Delegierte, der sich da zu Wort meldete, ein hagerer Mann, der alle seine Tischnachbarn um fast einen ganzen Kopf überragte.

»Teruzo«, antwortete Lord Belial fast liebevoll. »Ihr seid Uns der treueste Unserer Brüder. Habt Ihr etwas zu sagen, das Unserem Grafen dabei helfen kann, seine Bedenken zu zerstreuen?«

Der Asiate verneigte sich höflich. »Wenn es denn so etwas gäbe, ehrenwerter Großmeister, dann dies: Ihr habt in Euren Entscheidungen nie gefehlt. Warum also sollte es diesmal anders sein? Aus Euren Worten spricht die Weisheit unseres höchsten Meisters. Das sollte einem jeden in dieser Runde Ansporn genug sein Euch mit jeder Faser seines Körpers zu dienen.«

»Ihr habt klug gesprochen, Bruder Toyama. Doch Uns scheint, es gibt da noch etwas anderes, das Euch bewegt.«

»Ich kann es nicht leugnen, ehrenwerter Großmeister. Wie soll der Kreis der Dämmerung das schaffen? Mit Euch sind wir zwölf. Wir verfügen zwar über ein Heer von Zuträgern. Auch benutzt jeder von uns – ebenso wie Graf Zapata – sein Vermögen, um Kontakte bis in die höchsten Kreise der verschiedensten Länder zu pflegen. Und dennoch: Wie könnten wir der *ganzen* Menschheit einen Neuanfang geben?«

»Vielen Dank, Teruzo, dass Ihr Uns mit Eurer Frage Gelegenheit gebt, nun eingehender über das zu verrichtende Werk zu sprechen.«

Lord Belial holte nun weiter aus, um das »Läuterungswerk«, wie er es nannte, zu umreißen. Je länger Jeff von seinem Versteck aus zuhörte, desto aberwitziger kam ihm das Ganze vor. Der Kreis der Dämmerung, *The Circle of the Dawn* oder wie immer noch der Geheimbund in den Sprachen der zwölf genannt wurde, habe eine Arbeit zu verrichten, die sich nicht in einigen Jahren bewältigen ließ. Es sollte ein *Jahrhundertplan* werden. Nach einer gewissen Vorbereitungszeit in den nächsten achtzehn Jahren wolle man zum Anbruch des zwanzigsten Jahrhunderts damit beginnen, genauer gesagt am 1. Januar 1900. Das Ziel sei klar: Nicht der Kreis der Dämmerung würde die verdorbene Menschenwelt vernichten, sondern diese würde es selbst tun.

Jeff hielt den Atem an. Diese Geheimsitzung da unten kam ihm wie ein absurdes Bühnenstück eines geistesgestörten Federfuchsers vor. Ungläubig verfolgte er Lord Belials weitere Vorschläge.

»Destabilisierung ist das Zauberwort!«, verkündete der. Da sei zunächst die Familie. »Tötet sie!«, verlangte Belial. Seit Äonen gelte sie als das tragende Element jeder Gesellschaft. Es müsse eine neue Ära eingeläutet werden, in der schon das Schließen eines Ehebundes zu mitleidigem Lächeln provoziere, besser noch zu feindseligen Reaktionen. Treue müsse als Dummheit verstanden werden. Kindererziehung als Zeitverschwendung. Wenn die Menschen Moral und Ethik und jede Art von Tabu nur als Ausdruck eines rückständigen und verklemmten Geistes auffassten, dann sei damit der Boden bereitet, der ihre baldige Selbstzerstörung nur zu einer Frage der Zeit mache.

Dennoch müsse ein langer und steiniger Weg zurückgelegt werden, um den Jahrhundertplan zu verwirklichen, konstatierte der Schattenlord. Jetzt, weniger als zwei Dekaden vor dem Ende des neunzehnten Jahrhunderts, mochte es – schon rein technisch gesehen – unmöglich erscheinen, dass sich die Menschheit selbst vernichtete. Außerdem fehle es ihr dafür momentan wohl noch an der nötigen Bosheit. Aber die »Krone der Schöpfung« werde nicht umsonst so genannt. »Die Menschen sind erfinderisch! Nutzen wir doch dieses gottgegebene Geschenk zu ihrer eigenen Läuterung«, lud Belial seine Zuhörer mit einem zynischen Unterton ein.

Es müssten Waffen entwickelt werden, die eine globale »Reinigung« ermöglichten, und es seien die politischen Voraussetzungen dafür zu schaffen. Auch hier könne Destabilisierung Wunder wirken. Blutige Revolutionen und Kriege müssten zur Tagesordnung gehören. Auch Attentate seien ein adäquates Mittel, um die stützenden Elemente der Gesellschaft zu entfernen und radikaleren Geistern den Weg zu ebnen. Natürlich müsse man den Menschen dabei helfen, ein neues Verhältnis zur Gewalt zu entwickeln. Nur so würden sie diese auch zum rechten Zeitpunkt einsetzen.

Ob die Religionsführer, so verdorben sie auch sein mögen, da nicht hinderlich wären, wollte ein Mitglied der Runde wissen. Belial ließ diesen Einwand gelten. Nächstenliebe und Frömmigkeit seien fürwahr eine Erschwernis. »Erst wenn wir Gott töten, werden die Menschen bereit sein sich selbst umzubringen«, hörte Jeff in seinem Versteck schaudernd den dunklen Lord sagen. »Geben wir ihnen doch neue Götter: Geld, Ruhm, Macht und Vaterland – das raubt jedem den Verstand.«

Belial erlaubte sich ein hämisches Lachen und Jeff überlief es eiskalt.

»Ehrenwerter Großmeister«, meldete sich ein bronzehäutiger Logenbruder, der einen Turban trug. »All das erfordert ein Maß an Verrohung und Zynismus, das ich mir selbst in einhundert Jahren nicht vorstellen kann. Wie soll unser Zirkel eine solche Veränderung unter den Menschen herbeiführen?«

»Dieser Einwand ist berechtigt, Scheich Abufari. Hat jemand von den anderen Brüdern hierzu einen Vorschlag zu machen?«

»Ein alter Baum biegt sich nicht gern«, sagte Teruzo Toyama leise, auf den Lippen ein maskenhaftes Lächeln. Er musste bei Belial wirklich über großes Ansehen verfügen, wenn er einfach so unaufgefordert das Wort ergriff. »Man könnte es auch so ausdrücken: Willst du ein Land ohne Schwertstreich erobern, dann musst du dir nur seine Kinder nehmen.«

Belials schattenhafter Kopf schien ein Nicken anzudeuten. »Sehr weise, Teruzo!« Und sich an die anderen wendend fügte er hinzu: »Unser Bruder Toyama spricht, als könnte er Unsere Gedanken lesen. Es nützt nichts, wenn wir alles bisher Besprochene im Falle einiger Könige und Minister, Admiräle und Feldmarschälle, Bischöfe und Ayatollahs sowie Handelszaren und Bankiers verwirklichen. Der Kreis der Dämmerung muss sein Programm in die Köpfe von Kindern und jungen Menschen pflanzen.« Natürlich müsse die globale Verbreitung eines bestimmten Gedankenguts den Logenbrüdern angesichts der immensen Entfernungen und der unterschiedlichen Kulturen auf diesem Planeten wie ein aussichtsloses Unterfangen erscheinen, dozierte Belial wie über einen erdumspannenden Bekehrungsfeldzug. Auch das sei ein Grund für die Langfristigkeit des Jahrhundertplans. Es werde der Zeitpunkt kom-

– 58 –

men, vielleicht noch vor Ablauf der halben Frist, und die Menschen würden ein Mittel erdenken, mit dem schon der Geist kleinster Kinder manipuliert werden konnte. Sie würden Bilder sehen, als hätten sie Visionen. Anfangs würden sie darüber lächeln, sie für Märchen halten, aber irgendwann würden diese Bilder zu ihren Gedanken und dann begännen sie, daraus eine neue Wirklichkeit zu schaffen.

Jeff hatte jedes Zeitgefühl verloren. Er hockte hinter dem Vorhang und verfolgte wie benommen die »Visionen« des Lords. In vielen Einzelheiten legte der seinen Brüdern dar, wie die Menschen im Laufe von einhundert Jahren präpariert werden müssten, um sich zuletzt selbst das Messer an die Kehle zu setzen. »Womöglich werden sie sogar dann noch vor dem letzten, entscheidenden Schritt zurückschrecken«, schloss der Schattenlord seine Ausführungen. »Das wird unser Tag sein. Zu diesem Zeitpunkt wird Unser Auserwählter die Klinge führen. Eine winzige Kleinigkeit wird ausreichen, um das Pulverfass zum Explodieren bringen: Die alte Erde wird in einem Feuersturm vergehen, damit wir aus ihrer Asche eine neue erstehen lassen können. Das ist der Zeitpunkt der Dämmerung.«

Unvermittelt schwieg Belial. Niemand sonst wagte jetzt das Wort zu erheben. Bei Jeff bewirkte die unerwartete Stille genau das Gegenteil. Er erwachte aus seiner Erstarrung und sah sich nach dem Ausgang um. Wie spät war es? Lief Mr Dudley womöglich schon schimpfend durch den Keller und rief seinen Namen? Jeff war sich nicht sicher, ob das, nach allem, was er gehört hatte, überhaupt noch eine Rolle spielte. Sollte er sich nicht besser hinausschleichen und so viele Meilen wie möglich zwischen sich und *The Weald House* bringen? Er war doch nur ein Junge, erst vierzehn. Selbst wenn er ein sehr hohes Alter erreichte, würde er die schreckliche Erfüllung des Jahrhundertplans niemals erleben.

Während er sich schon zur Tür der Galerie hin orientierte, hörte er jemand fragen: »Ehrenwerter Großmeister, wir alle werden zu unseren Vorvätern gehen, bevor der Plan erfüllt sein wird. Sollen wir unser Vermächtnis an unsere Söhne weitergeben, so wie es auch bisher geschehen ist? Oder verlangen die vermehrten Anstrengungen unseres Läuterungswerkes eine andere Vorgehensweise?«

»Das wollen Wir Euch gerne verraten, Bruder von Papen. Ein jeder von Euch, der dem Jahrhundertplan treu dient, erhält dafür einen reichen Lohn: Euer Leben soll um ein Zwölffaches verlängert werden. Sobald Ihr Uns Euren Schwur geleistet habt, wird ein jeder von Euch das Leben all seiner Brüder in sich tragen. Damit wird der Kreis der Dämmerung ein Bund auf Leben und Tod, denn wenn nur *einer* von Euch den Treueschwur bricht oder aus einer Unvorsichtigkeit heraus sein Leben einbüßt, werden auch alle anderen das Maß eines Menschendaseins, ein Zwölftel ihrer eigenen Lebensspanne, verlieren. Seid Ihr alle bereit hier und jetzt diesen Bund mit Uns zu schließen?«

Jeff bekam es mit der Angst zu tun. Was da unten im Saal geschah, war entweder ein grandioser Schwindel oder ein Treiben, wie es sich selbst Pater Garrick nicht hätte träumen lassen.

An der Tafel bezeugte einer nach dem anderen seine Bereitschaft, den Treueschwur abzulegen – bis die Reihe an Graf Zapata kam.

»Ich will damit nichts zu tun haben«, wehrte sich der angeblich so skrupellose Mann. Jeff konnte erkennen, wie der Brasilianer schwitzte.

»Warum seid Ihr so erregt?«, fragte Belial auf eine grauenvoll lang gezogene Weise. »Wir hätten Euch nicht gefragt, wenn es nicht ganz bei Euch stände, unseren Plan zu unterstützen. Aber bedenkt: Ihr büßt ein Leben von achthundert, vielleicht tausend Jahren ein, wenn Ihr den Schwur ablehnt. Ihr könntet der Stammvater eines neuen, reinen Menschengeschlechts werden. Euch ist freigestellt, welche und wie viele Weiber Ihr dazu in den ›neuen Morgen‹ führen wollt.«

»Alles Geld, das ich besitze, würde ich für diesen Lohn hingeben, ehrenwerter Großmeister, aber das Leben von Millionen …? Nein. Ich *kann* es nicht.«

»Eure Entscheidung betrübt Uns, Graf. Es wird nicht leicht sein, Euch zu ersetzen. So wird denn unser gemeinsames Nachtmahl auch Euren Abschied besiegeln. Nachher werdet Ihr von uns gehen müssen. Wir hoffen, Ihr versteht das, Graf.«

»Selbstverständlich, ehrenwerter Großmeister. Ich danke Euch für Euer Verständnis.«

»Dankt Uns nicht zu früh, Graf. Euer Schweigen ist der Preis für die Freiheit, die Wir Euch geben. In gewisser Hinsicht werdet Ihr ewig ein Mitglied unseres Zirkels bleiben. Nichts von dem, was heute hier besprochen wurde und im weiteren Verlauf des Abends noch gesagt werden wird, darf jemals nach außen dringen. Das gilt für alle in diesem Raum, Brüder. Die Dienerschaft Eures Großmeisters wird gewiss nichts ausplaudern, dafür haben Wir gesorgt. Nachher werdet Ihr einen Schwur leisten, den Wir mit Euch besiegeln wollen. Denkt an diesen Eid, wenn Ihr darüber entscheidet, wie Ihr Eure Lakaien zum Schweigen bewegt.«

Die letzten Worte des dunklen Lords hatten Jeff erneut

mit einer lähmenden Furcht betäubt. Er musste an das Gespräch Belials mit Negromanus denken. Wenn der Großmeister nun freiheraus zugab, alles in die Wege geleitet zu haben, um seine Dienerschaft zum Schweigen zu bringen, dann konnte das doch nur bedeuten …

Jeff hörte, wie Belial in die Hände klatschte. Der Lord hatte sich soeben unter dem blauen Baldachin erhoben und ordnete nun eine fünfzehnminütige Pause an. Anschließend werde das Nachtmahl aufgetragen. Niemand bemerkte den Jungen, der oben auf der Galerie durch einen Türspalt entschwand.

## Die Feuerprobe

Sollte er fliehen? Nicht nur einmal hatte Jeff sich gerettet, indem er wie ein gejagter Fuchs davongelaufen war. Aber dann fielen ihm all die Menschen ein: das Küchenpersonal, die Servierpagen, die kichernde Dorothy. Selbst Rodari und Bloomberry hatten das ihnen von Lord Belial zugedachte Schicksal nicht verdient. Und Double-O? Nun, der gehörte ja offensichtlich zum »Lieblingsjünger« des Lords und erhielt vielleicht eine Sonderbehandlung.

Wider besseren Wissens lenkte Jeff seine Schritte zum Keller hinab. Er musste einen Weg finden den Plan dieses Geheimzirkels zu durchkreuzen. Nein, nicht den »Jahrhundertplan«. Der war für ihn nur die Ausgeburt eines kranken Geistes, die fixe Idee eines religiösen Fanatikers …

»Da bist du ja, Freundchen! Und wie du aussiehst! Als hättest du dich mit den Pferdeknechten im Stall gewälzt. Komm her, ich prügel dich windelweich.«

– 62 –

Dudley hatte Jeff kalt erwischt. Er klang aufgebracht. Jeff hatte sich gerade die Südtreppe hinuntergeschlichen, die Tür des Dienstbotenzimmers fest im Visier, als der Herr über Messer und Gabeln wie ein Bussard auf ihn niedergegangen war. Jeff kassierte eine schallende Ohrfeige.

Das Gesicht des untersetzten Mannes war hochrot. »Leider fehlt mir für eine angemessene Disziplinarmaßnahme die Zeit. Wir werden das auf später verschieben müssen. Jetzt komm mit hinauf zum Speiseaufzug in den ersten Stock und klopf dir unterwegs den Schmutz aus den Kleidern. Den Herrschaften knurrt schon der Magen.«

Auf später verschieben? Während Jeff von Dudley die Treppe hinaufgeschoben wurde, arbeiteten seine Gedanken fieberhaft. Wenn er dem Obersten des Servierpersonals jetzt anvertraute, dass diese hungrigen Gentlemen sie alle umbringen wollten, dann würde der ihm vermutlich noch eine Ohrfeige verpassen. Und wenn Jeff den »Jahrhundertplan« erwähnte? Ach was, die ganze Menschheit in den Selbstmord zu treiben, war ja selbst für einen Straßenjungen ein so abwegiges Unterfangen, dass es bestenfalls für eine mittelmäßige Gruselgeschichte taugte. Aber sollte er es nicht wenigstens versuchen?

»Mr Dudley, Sir, ich muss Ihnen etwas Dringendes sagen.«

»Ich habe jetzt wirklich keine Zeit mir deine Ausreden anzuhören, Junge.«

»Nein, Sir! Es ist …«

Dudley wandte sich ab und bellte einige laute Befehle. Sie waren inzwischen im Erdgeschoss angelangt. Dort wartete schon eine Gruppe von elf livrierten Pagen. Jeffs Dienstfrack sah wieder einigermaßen sauber aus. Jetzt bekam er – von Dudley persönlich – ein weißes Tuch über den Arm gelegt, ein silbernes Tablett mit einer Suppenterrine in die Hände gedrückt und einen Platz am Ende der Lakaienkette zugewiesen.

»Denk daran, was ich dir gesagt habe, Junge. Immer erst genau hinsehen, wie es die anderen machen. Du bist nicht auf den Kopf gefallen, das habe ich bemerkt. Und halt dich von Seiner Lordschaft fern, damit er deine zitternden Hände nicht sieht.«

Dudley hatte gut reden. Jeffs Hände zitterten tatsächlich, aber wohl weniger wegen seines Debüts als Servierpage. Er wollte einfach noch ein bisschen länger leben. Was sollte er nur tun, damit man ihm Glauben schenkte?

Der lange Marsch durch den Flur zum Mittelbau hinüber war einer der vielen Unsinnigkeiten, die man in englischen Herrschaftshäusern pflegte. Die Suppe würde vermutlich kalt sein, wenn sie erst ihren Weg zwischen Küche und Festtafel absolviert hatte. Aber das bereitete Jeff weniger Kopfzerbrechen. Er war endlich zu dem Schluss gekommen, dass nur drastische Maßnahmen eine Katastrophe verhindern konnten. Während er zwischen den brennenden Feuerbecken hindurchhastete, konzentrierte er sich mehr auf eine Lösung dieses schwierigen Problems als auf die schwappende Flüssigkeit in seiner Terrine.

Die Pagenschlange bewegte sich in viel zu hohem Tempo durch den Gang, wand sich durch die Eingangshalle nach links und schob ihren Kopf wenig später in den von weiteren Leuchtern erhellten Wappensaal. Erst dort begann sie zu zerfallen: Ein Diener ging nach links, der nächste nach rechts, der übernächste wieder – man kann es sich denken.

Jeff blieb die Umrundung der Tafel erspart, denn er

durfte dem Logenbruder servieren, der dem Portal am nächsten saß. Es war der Graf aus São Paulo. Nachdem alle Pagen hinter ihren Herrschaften Stellung bezogen hatten, begann wie auf ein geheimes Zeichen hin das Servieren. Jeff kannte zwar den Ablauf, vollzog aber dennoch jeden einzelnen Schritt mit leichter Verzögerung, um sich zuvor an seinen Kameraden zu orientieren. Die Tablettträger traten an die rechte Seite ihres persönlich zugeteilten Herrn und füllten mit einer silbernen Schöpfkelle Suppe in die hierzu bereitgestellten Teller. Anschließend überbrückten sie rückwärts gehend eine Distanz von exakt vier Schritten, um dem Esser das Gefühl des Beobachtetseins zu nehmen, dennoch aber etwaigen Wünschen einen Nachschlag betreffend umgehend entsprechen zu können. Von der Galerie aus musste die Szene wie ein sehr modernes Ballett anmuten, das auch die hohen Herrn mit einbezog: Wie einstudiert griffen sie alle nach ihrem Löffel und tauchten ihn in die Brunnenkressesuppe.

Mit steifem Hals, nur die Augen bewegend, wanderte Jeffs Blick die Tafel entlang. Die Sitzordnung hatte sich nicht geändert. Rechts neben dem Baldachin saß Teruzo Toyama, der als Einziger eine wie klare Brühe aussehende Suppe schlürfte. Dem Grafen Zapata direkt gegenüber saß Lord Belial. Jeff kämpfte gegen das starke Frösteln an, das ihn beim Anblick der dunklen Gestalt ergriff. Er konnte sich des Eindrucks nicht erwehren, Belials Augen seien direkt auf ihn gerichtet.

Ein helles Klirren befreite den Serviereleven von diesem fast hypnotischen Blick – Jeff hatte so stark zu zittern begonnen, dass die Suppenterrine zum Rand des Tabletts gewandert war. Der Junge riss sich von dem Schattenlord los und beobachtete wieder den brasilianischen Grafen. Es war kaum eine Minute vergangen, als Zapatas Kopf plötzlich nach oben schnellte. Jeff zuckte vor Schreck zusammen. Was dann geschah, war grauenhaft.

Zapata saß für einen Augenblick da, als hätte ihn von unten ein Speer durchbohrt und ihn gleich darauf zu Stein erstarren lassen. Dann fiel der schwere Löffel des Grafen in den Teller, Suppe spritzte über das weiße Tischtuch. Jeff ließ entsetzt das Tablett fallen. Zapata stieß einen markerschütternden Schrei aus und warf seinen Stuhl nach hinten um. Sein Rücken war auf groteske Weise zurückgebogen. Einen Atemzug lang stand er noch so vor der Tafel. Anschließend vollzog er eine halbe Drehung, glotzte Jeff mit schreckgeweiteten Augen an und kippte sodann nach vorne um.

Stille.

Lakaien wie auch Herrschaften starrten auf den gekrümmten Körper, der noch am Boden schaukelte und nur langsam zur Ruhe kam. Jeffs Blicke sprangen zwischen den Anwesenden hin und her wie ein gejagtes Wild im Kessel seiner Treiber. Selbst Lord Belial hatte sich unter seinem Baldachin erhoben. Waren seine dunklen Augenhöhlen auf den Toten gerichtet oder auf den Knaben dahinter?

Graf Zapatas Körper hatte aufgehört zu wippen. Im unsteten Licht der Feuerschalen huschten Trugbilder über die Wände. Jeff hätte schwören können aus den Augenwinkeln eine schattenhafte Gestalt gesehen zu haben, drüben an der nördlichen Fensterfront. Ein anderes Ereignis, das kaum zwölf Stunden zurücklag, kehrte in seinen Sinn zurück. Er hatte außer Pater Garrick und Zapata auch schon andere Tote gesehen. Des Grafen Anblick allein hätte ihn nicht dermaßen schockiert. Es war etwas anderes. Etwas Unfassliches: Lord Belial hatte *alles* ernst gemeint! Und irgendwo in diesem Haus schlich ein todbringender Schemen herum, der mit Eifer jeden Befehl seines Herrn befolgte.

Jeff löste sich aus seiner Erstarrung, taumelte zwei, drei Schritte fort von dem gekrümmten Leichnam Zapatas. Dann wirbelte er herum und rannte hinaus in den kurzen Flur, der zur Eingangshalle führte. Panik bestimmte nun sein Handeln. Er wollte nur noch eins: *leben!* Was sonst hätte er auch tun können, um diesen Wahnsinnigen aufzuhalten? Nichts. Er war doch nur ein Junge.

Am Eingang zur Halle holte ihn eine eiskalte Stimme ein, die ihn wie von einer Gewehrkugel getroffen herumschleudern ließ. »Jeff! Jeff Fenton, bleib stehen! Du brauchst nicht zu fliehen …«

Es war der Schattenlord. Jeff konnte sehen, wie der Schemen unter dem Baldachin eine fahle Hand nach ihm ausstreckte. Vom eigenen Schwung vorangetrieben, stolperte Jeff erst mit der Schulter gegen die linke Wand des Flurs und spürte gleich darauf einen stechenden Schmerz im Rücken. Hinter ihm fauchte etwas wie eine gereizte Raubkatze. Dann hörte er ein schepperndes Krachen.

Als er sich wieder umwandte, blickte er auf eine brennende Lache. Er war gegen einen der hohen Leuchter gestoßen. Im Sturz hatte das Feuerbecken seinen flüssigen Inhalt in die Eingangshalle entleert. Die Flammen breiteten sich rasend schnell über den Boden aus, leckten bereits an den getäfelten Holzwänden. Einen Moment lang starrte Jeff wie gebannt auf das Inferno, das er angerichtet hatte. Durch den Haupteingang zu fliehen war unmöglich. Auch der Flur zur Küche brannte lichterloh. Der einzige noch freie Weg führte in den Nordflügel. Ein kurzer Blick zurück zum Wappensaal ließ ihn jegliche Bedenken vergessen. Er rannte auf Belials Arbeitszimmer zu. Endlich war ihm klar, was er tun musste, und er zweifelte keinen Moment daran, dass auch der Lord seine Absicht durchschaute. Warum sonst hätte er sich so eilig an Jeffs Verfolgung gemacht?

Es waren nur fünfzehn oder zwanzig Schritte und doch kamen sie Jeff wie eine Meile vor. Jeden Moment erwartete er Negromanus' Schatten aus einer Türnische springen zu sehen, aber wenigstens das blieb ihm erspart. Als er sich jedoch an der Tür des Arbeitszimmers zum Foyer hin umsah, erlitt er einen weiteren Schock: Die ganze Eingangshalle stand in Flammen – und mittendurch kam Belial auf ihn zu. Ohne weiter über den Sinn oder vielmehr Unsinn seines Handelns nachzudenken, machte Jeff noch einmal drei Schritte auf den Verfolger zu und stieß ein weiteres Feuerbecken um, genau in Richtung des Lords. Fast augenblicklich stand der ganze Flur in Flammen.

Dann entschwand Jeff in das Arbeitszimmer. Zum Glück war es unverschlossen (für Belial musste es ein aberwitziger Gedanke gewesen sein, dass sich je einer ungebeten in sein Reich wagen könnte). Der Junge rannte auf die Glastüren zu. Hierzu musste er den Schreibtisch umrunden. Im Licht der Petroleumlampe fiel sein Blick auf den Kreis der Ringe.

Obwohl die Zeit dafür alles andere als passend war, ließ der Anblick des golden funkelnden Runds ihn doch einen Moment innehalten. Vielleicht besaß dieser Kreis aus zwölf Ringen ja etwas, das ihn einen Herzschlag lang alles um sich herum vergessen ließ. Jeffs Augen wanderten über die völlig identischen Schmuckstücke und blieben an einem einzelnen Ring auf der Zwölfuhrposition hängen. Er

– 68 –

unterschied sich in einem winzigen Detail von den anderen: Auf seiner Siegelfläche – die selbst einen Kreis mit zwölf halbrunden Ausbuchtungen darstellte – glitzerte ganz oben ein winziger Rubin. War es ein letztes Aufflammen seiner diebischen Instinkte oder eben doch die unbewusste Erkenntnis nur so dem Lord Paroli bieten zu können? Wie auch immer, Jeffs Hand schnellte zu dem rubingeschmückten Ring hin, pflückte ihn wie eine reife Kirsche aus dem Bund der anderen und ließ ihn in der Hosentasche verschwinden. Schon reckte sich seine Hand ein zweites Mal nach dem Kreis aus Gold, als vor ihm ein wütendes Zischen erscholl.

»Wage es nicht! Du bist des Todes.« Die Stimme Belials war wie ein Degenstoß, den Jeff nur unter Aufbringung seines ganzen Willens abwehren konnte. Zwischen dem Schatten unter der Tür und ihm befand sich nur der Schreibtisch. Jeff reagierte instinktiv: Er wischte mit dem Handrücken über den Kreis – die Ringe stoben im Licht des Feuers wie kleine Sternschnuppen davon –, dann packte er die Petroleumleuchte und schleuderte sie dem Lord vor die Füße. Der gläserne Lampenkörper zerschellte am Boden und schickte dem Verfolger eine weitere flammende Welle entgegen. Jeff nahm sich nicht die Zeit, die Wirkung seiner Riposte zu überprüfen. Er drehte sich um, öffnete die Terrassentür und stürzte in den Garten hinaus.

Erst nach einer ganzen Weile drehte er sich im Schatten eines Baumes um.

Das Feuer hatte im Erdgeschoss bereits große Teile des Mittelbaus und des Nordflügels erfasst. Aus den bunten Bleiglasfenstern des Wappensaals drang ein flackerndes Schimmern in den Park, im wahrsten Sinne des Wortes

– 69 –

schauerlich schön. Doch am unheimlichsten war Belials Arbeitszimmer. Während Jeff keuchend nach Atem rang, glaubte er in einen überheizten Kamin zu blicken. Die Bücher an den Wänden brannten, als sei dies ihr eigentlicher Daseinszweck. In kurzer Folge zerbarsten die Scheiben in den Türen und schickten eine glitzernde Glaswolke in die Nacht hinaus. Und mittendrin wandelte der Schattenlord.

Ein eisiger Schauer lief über Jeffs Rücken. Er zitterte am ganzen Leib. Obwohl er schon einhundert Yards oder weiter vom Nordflügel entfernt sein musste, konnte er jede Einzelheit wie durch ein Fernrohr sehen. Belial schien etwas zu suchen. Er lief in der Nähe des Schreibtisches hastig hin und her. Ab und zu bückte er sich. Das Feuer schien ihn überhaupt nicht zu interessieren. Dann verharrte er für einen Moment wie eine Basaltfigur und stieß einen markerschütternden Schrei aus, einen Laut, der so unnatürlich war, dass die Tiere im weiten Umkreis erwachten und in Panik aus dem Wald flüchteten. Selbst in Tunbridge Wells konnte man diesen grauenhaften Ruf noch hören und die Leute flüsterten Gebete, machten mit den Fingern Zeichen in der Luft oder stellten andere Dinge an, um das Böse abzuwehren.

Auch Jeff konnte seine lähmende Furcht nur langsam abschütteln. Starr vor Schreck beobachtete er, wie Lord Belial weg vom Eingang quer durchs Zimmer lief. Der Schemen verließ das Gittermuster der ersten Terrassentür, passierte die zweite und gelangte von dort hinter die dritte. Als Belials Gestalt im vorletzten Fenster erschien, geschah etwas Überraschendes: Der Schatten verschwand genau da, wo sich die beiden Türflügel trafen, hinter einem senkrecht stehenden Holm, der nicht breiter war als eine Hand.

Als hätte ihn mit dem Entschwinden des unheimlichen Schemens eine Faust aus ihren unsichtbaren Klauen entlassen, rannte Jeff nun wieder los. Er wandte sich nach Norden und umrundete den brennenden Seitenflügel, stets die Deckung des Waldes suchend. Zwischen den Stämmen hindurch sah er aufgeregte Menschen über den Kiesplatz laufen. Wenigstens das hatte er geschafft, diese Unschuldigen vor einem grauenhaften Tod zu bewahren. Dann lief er weiter.

Zum Glück war es eine sternenklare Nacht. Als Jeff den Zufahrtsweg erreichte, konnte er seine Flucht fortsetzen, ohne ständig nach Baumwurzeln und vorstehenden Steinen tasten zu müssen.

Für ihn stand außer Frage, dass es noch immer eine Flucht war. Er hatte gesehen, wie der Lord durch die Flammen gelaufen war. Also musste er noch leben. Beinahe hätte er den Knaben erwischt, durch den die Vereidigung seiner Waffenbrüder sabotiert worden war. Jemand wie Belial, der selbst dem Feuer trotzte, würde seine Jagd bestimmt nicht so schnell aufgeben.

Als Jeff die Hauptstraße erreichte, blieb er kurz stehen. Wohin sollte er sich wenden? Zurück nach Tunbridge Wells? Lächerlich! Da würde ihn der Lord als Erstes suchen. Und wenn er sich wie geplant auf den Weg nach Südwesten machte? Er blickte die dunkle Zufahrtsstraße zurück. Nein, Double-O wusste von seinen Zukunftsplänen. Belials Lieblingsjünger, Teruzo Toyama, würde seinen Koch zweifellos auspressen wie eine Zitrone. Und dann …

Schlagartig wurde Jeff die Ursache seiner Verwirrung bewusst, als er Belial und Negromanus zusammen beobachtet hatte. Der dunkle Herr des Waldhauses war *schat-*

*tenlos* gewesen! Das heißt, nicht wirklich – jetzt fiel es Jeff wie Schuppen von den Augen. Negromanus *war* Belials Schatten. Der Lord hatte es ja selbst gesagt, aber Jeff war das nur wie eine bildhafte Äußerung vorgekommen, ein Ausdruck der engen Verbundenheit zwischen Herr und Diener. Aber dass sie *so* eng zusammengehörten …!

Es musste mit dem Ring zusammenhängen, den Jeff jetzt in der Tasche trug. Nachdem der Lord ihn vom Finger gestreift hatte, war Negromanus, seine rechte Hand, wie aus dem Nichts erschienen. Jeff begann wieder zu laufen. Es tröstete ihn nicht im Geringsten, was Lord Belial über seine verminderte Macht gesagt hatte während der Zeit, da sein Schatten allein durch die Gegend strich. *Wir müssen unsere Macht wieder verschmelzen, damit wir unbesiegbar sind.* Jetzt stand ein vierzehnjähriger Junge dieser unseligen Vereinigung im Wege. Jeff konnte sich ausmalen, was das für ihn bedeutete.

Nein, Tage wie diese sollte es wirklich nicht geben. Nur wenn ihn gleichsam der Erdboden selbst verschluckte, würde er sich vielleicht vor dem dunklen Jäger des Schattenlords verstecken können. Aber Jeff war kein Maulwurf. Daher wählte er die einzige ihm vernünftig erscheinende Alternative.

Ein einzelner Mensch war da am schwersten zu finden, wo es noch Millionen andere gab. Und auf welchen Ort traf das mehr zu als auf die größte Stadt der Welt? Wenn überhaupt, dann würde er in London überleben.

## Zweites Buch
# Jahre des Wahnsinns

*Wer sein eigenes Leben ... als sinnlos empfindet, ist nicht nur unglücklich, sondern auch kaum lebensfähig.*
Albert Einstein

## Das Jahrhundertkind

Der Schrei erscholl mit dem ersten Glockenschlag. Eigentlich war es nur ein dünnes Krähen über den
Dächern von Tokyo, aber dennoch konnte das laute Ge-
dröhn der Turmuhr es ebenso wenig niederzwingen wie das
hysterische Lachen einer offenbar ziemlich angeheiterten
Dame ganz in der Nähe. Vielleicht lag es daran, dass hier
weder Leid noch Lust, weder Furcht noch Tod Laut gaben.
Es war etwas viel Machtvolleres: die Melodie eines neuen
Lebens.

Gleichwohl nahmen nur wenige dieses empörte Aufbe-
gehren wahr, das sich da, scheinbar ohne Aussicht auf
Erfolg, gegen die so viel größeren Gegner stemmte. Doch
als die aufgekratzte Dame ihr Gelächter einstellte und
auch die Turmuhr von St. Ambrosius nach dem zwölften
Stundenschlag verstummte – wohl meinend, dies sei mehr
als genug, um den Anbruch des zwanzigsten Jahrhunderts
gebührend einzuläuten –, krakeelte der Winzling noch
immer. So klein er auch war, hatte er damit schon den ersten Wettstreit seines Lebens gewonnen. Vielleicht war das
der Grund, weshalb ihn seine Eltern David nannten.

Wenn man einmal von der zahlenmäßig unterlegenen
Schar von Europäern und Amerikanern absah, dann
spielte der 1. Januar des Jahres 1900 hier nicht gerade die

– 75 –

erste Geige im Konzert der *matsuri*, der für dieses Land so wichtigen Festtage. Offiziell benutzte man den gregorianischen Kalender zwar schon, aber das traditionelle Japan zählte noch die Jahre nach der Regierungszeit seines Kaisers, den es für mindestens ebenso göttlich hielt wie die christliche Welt ihren Heiland. Als daher die Glocken von St. Ambrosius ausklangen, das heisere Brüllen des kleinen David Camden dagegen immer kräftiger wurde, entstand hinter zahllosen Fenstern ein stilles Lächeln. Das Wunder der Geburt galt auch hier als Anlass des Glücks – umso mehr, wenn das Ergebnis die Anatomie eines Knaben besaß.

Im Hause der Camdens gab es keinen Platz für Ruhe und Besinnlichkeit, schon seit Stunden nicht mehr. Das lag hauptsächlich an Geoffreys hektischem Gebaren. Der englische Adlige im Stande eines Earls war ein hochgewachsener, schlanker Mann mit sauber gestutztem Vollbart, im Augenblick aber vor allem ein ziemlich nervöser Vater. Seit einer Ewigkeit hatte er nun schon den Teppich vor der Tür mit seinen Füßen traktiert. Im Raum nebenan lag Margret in den Wehen. Maggy, wie er sie liebevoll nannte, hatte sich vor einer Stunde mit ihrer japanischen Hebamme Suda gegen ihn verschworen und ihn kurzerhand auf den Flur verbannt, weil sie sich, wie sie sagte, nicht um zwei Kinder gleichzeitig kümmern könne. In gewisser Hinsicht war Geoffrey ihr jetzt sogar dankbar dafür, denn so dämpfte die Tür wenigstens etwas ihre Schmerzensschreie, die ihm jedes Mal wie Schwertstiche durch den ganzen Leib gingen. Er hätte nie gedacht, dass eine Geburt für die werdende Mutter derart unerquicklich sein konnte.

Als dann das neue Stimmchen beherzt gegen die Kirchturmuhr von St. Ambrosius antrat, wuchs auch Geoffreys Mut zum Handeln. Nach reiflichem Zögern wagte er die Rückeroberung des verlorenen Terrains. Er drehte mutig am Türknauf und stürmte das Geburtszimmer. Sein Erscheinen traf exakt mit jenem Augenblick zusammen, als Maggy von Suda ein in Tücher gewickeltes Bündel gereicht bekam.

Aus jeder Bewegung der Hebamme sprach eine selbst für japanische Verhältnisse ungewöhnliche Ehrerbietigkeit. Suda gehörte nicht zum Personal der Camdens. Sie war für Maggy fast so etwas wie eine Freundin. Immer wieder hatte sie der englischen Countess gelobt zur Stelle zu sein, wenn deren Niederkunft sie schneller überkäme, als ein Arzt von der britischen Botschaft herbeigerufen werden könne.

Die Wehen waren zwei Wochen zu früh eingetreten und das mit einer Heftigkeit, die selbst Suda überraschte. *New Camden House,* das Anwesen des Earl of Camden und seiner Gemahlin, befand sich von Stund an in einem Zustand höchster Konfusion. Das begann bei den Dienstmädchen, die im Souterrain schnatternd die Köpfe zusammensteckten, um untereinander haarsträubende Geschichten über Kaiserschnitte, Kopf- und Steißlagen, Früh-, Fehl- und Zangengeburten auszutauschen, und es endete, wie bereits erwähnt, beim Earl, der seine Füße nicht mehr still halten konnte.

Jetzt aber waren der Hausherr und seine soeben niedergekommene Gemahlin ganz ruhig. Beide blickten auf das Kind in Sudas ausgestreckten Armen. Der Kleine strampelte sich aus den Tüchern frei und protestierte dabei immer noch, als wolle er seine Eltern wegen irgendeines Mangels umtauschen, bevor alles zu spät wäre. Aber *das*

– 77 –

störte die beiden weniger. Auch die überraschende Länge des Erstgeborenen ließ sich verkraften, die ihm im Verein mit den erschreckend dünnen Gliedern ein irgendwie unfertiges Aussehen verlieh. Was sie wirklich erschreckte, waren die schneeweißen Haare ihres Sprösslings.

»Ist er krank?«, fragte Maggy mit schwacher Stimme. Sie und Geoffrey sahen besorgt in Sudas schwarze Augen.

»Nicht krank«, antwortete die Hebamme in gebrochenem Englisch. Ihr verstörter Tonfall ließ die Eltern aufhorchen.

Maggy hatte der Geburtshelferin endlich das Kind abgenommen und legte es sich auf die Brust. »Aber sein Haar! Warum ist es so … *weiß?*«

»*Seiki no ko!*«, hauchte Suda. Maggy und Geoffrey sahen sich nur ratlos an.

»Ein Kind des Jahrhunderts«, übersetzte die kleine Frau daher.

Ein *Jahrhundertkind?* Noch immer war den Eltern nicht klar, was Suda damit meinte. Geoffrey betrachtete das dünne Wesen in Maggys Armen und kam zu dem Schluss, es sei doch nicht so hässlich, wie er im ersten Augenblick gedacht hatte. Abgesehen von dem seltsam farblosen Haar gefiel ihm sein Erstgeborener sogar ganz gut. Mit der Contenance eines erfahrenen Diplomaten fragte er daher: »Was hat das zu bedeuten, Suda? Ich kenne mich in euren Mythen und Legenden noch immer viel zu wenig aus. Was ist ein *seiki no ko?*«

Die Hebamme verbeugte sich vor den Eltern, lächelte scheu und erzählte sodann eine Geschichte, die für Geoffrey und Maggy so wundersam klang, dass auch sie sich nicht länger der ehrfürchtigen Stimmung erwehren konnten, die zuvor schon Suda in ihren Bann geschlagen hatte. Seit Anbeginn der Zeit, so erzählte die kleine Japanerin leise, gebe es Legenden von ganz besonderen Menschen. Sie seien mit außergewöhnlichen Gaben gesegnet und besäßen schneeweißes Haar. Nein, keine Albinos, stellte Suda richtig, als Geoffrey eine diesbezügliche Anmerkung machte. Sie deutete auf die Augen des Kindes, die blau und nicht rot waren.

Ob dies nur eine Laune der Natur sei, wollte Maggy wissen und küsste bei ihrer Frage den Kopf des Stramplers, als müsse sie ihn schützen.

Suda lächelte wie um Nachsicht suchend. Sie wisse nicht, was man in anderen Teilen der Welt glaube, aber in China und Japan gebe es einen Hang, alles den guten oder den bösen Kräften zuzuschreiben, die das Universum zusammenhielten. So mancher Sohn Nippons würde kein wichtiges Vorhaben an einem Tag beginnen, der unter dem Vorzeichen des *yin* stände, des Negativen, Dunklen, Unheilvollen. Ein Datum, bei dem der Aspekt des *yang* vorherrsche, sei in jedem Fall zu bevorzugen. Im Allgemeinen seien diese Kräfte ausgeglichen und das Weltengefüge stabil, aber hin und wieder trete eine Ära ein, in der das *yin*, das Böse, die Überhand zu gewinnen drohe. In diesen dunklen Zeiten, so glaubte Suda, würden die Mächte des Guten ein Jahrhundertkind senden, um das Gleichgewicht wiederherzustellen.

Maggy gefiel diese Erklärung überhaupt nicht. Sosehr sie den Glauben und die Tradition ihres Gastlandes auch respektierte, so wenig wollte sie doch als gute Christin mit derart heidnischem Gerede zu tun haben. Aber jetzt war nicht die Zeit für einen religiösen Disput mit Suda. Dazu fühlte sich Maggy viel zu schwach. Die Schilderungen der

Hebamme machten ihr einfach nur Angst. Heftiger, als es sonst ihrer Art entsprach, schmetterte sie die Erklärungen Sudas ab: Alles nur abergläubisches Geschwätz, für das Seelenheil eines Christenmenschen höchst abträglich. Ihr Sprössling ein Bote des *yang*? Ausgeschlossen!

Geoffrey bewahrte einen klaren Kopf. Der Earl of Camden rangierte in der Hierarchie der hiesigen britischen Gesandtschaft gleich hinter dem Botschafter. Er war es gewohnt, mit heiklen Situationen umzugehen. Sein analytischer Verstand genoss bei den Japanern ein hohes Ansehen.

»Sei Maggy bitte nicht böse, Suda. Sie meint es nicht so.«

»Ich weiß«, antwortete die Hebamme lächelnd. »Gedanken von junger Mutter sind manchmal wie Teeblätter im Aufguss: Alles geht durcheinander und man kann nicht blicken durch.«

Geoffrey bedankte sich für Sudas Nachsicht und kam dann noch einmal auf deren Erläuterungen zurück. »Warum nennt ihr die weißhaarigen Neugeborenen ›Jahrhundertkinder‹ und was sind das für besondere Gaben, von denen du gesprochen hast?«

Ein »Kind des Jahrhunderts« heiße so, weil seine Lebensspanne auf genau einhundert Jahre bemessen sei, antwortete Suda. Das japanische *seiki no ko* könne jedoch auch mit »Kind der Jahrhunderte« wiedergegeben werden – die alten Legenden seien sich nicht ganz einig darin, ob dieses Kind die Wiedergeburt ein und desselben Befreiers war oder ob sich in seinem Namen nur die gemeinsame Bestimmung aller Kinder ausdrückte. Ein buddhistischer Weiser habe ihr einmal von den »himmlischen Bodhisattwas« erzählt, erinnerte sich Suda. Diese

– 80 –

zukünftigen Buddhas verschöben selbstlos ihren verdienten Eingang in das Nirwana, um in zahllosen Leben anderen zu dienen und ihnen zu helfen auch dieses höchste aller Ziele zu erreichen. Suda räumte Zweifel an dieser Darstellung ein. Unbestreitbar sei jedoch der Gedanke an einen wiederkehrenden Retter tief im Glauben der Menschen verwurzelt. Die verschiedenen Legenden mussten einen gemeinsamen Ursprung haben. Wie sonst wäre ihr bemerkenswerter Einklang in Bezug auf die Lebensspanne des Befreiers von haargenau einhundert Jahren zu erklären? Das sei mehr Zeit, als die meisten Menschen zur Verfügung hätten, um aus ihrem Erdendasein etwas Sinnvolles zu machen, bemerkte Suda weise. Für die Jahrhundertkinder bedeute ihre ungestüme Lebenskraft eine machtvolle Waffe im Kampf gegen das übermächtige Böse. Deshalb würden sie geboren, um das Gleichgewicht des *yin* und *yang* wiederherzustellen. Die Gaben, die sie hierzu in die Wiege gelegt bekämen, seien leider nicht vorhersehbar. Jedes Kind müsse diese selbst entdecken und lernen sie im Sinne seiner Bestimmung weise einzusetzen.

Maggy begehrte erneut gegen Sudas ketzerisches Gerede auf, und um sie nicht weiter zu ängstigen, ließ Geoffrey es bei dem Gehörten bewenden. Obwohl – er konnte es nicht verbergen – die Worte der Hebamme ihn gehörig aufgewühlt hatten, wirkte er beruhigend auf die Mutter ein. Er streichelte, noch ein wenig unbeholfen, den Kopf des nun eingeschlafenen Kindes und redete mit sanfter Stimme auf Maggy ein. Auch er halte sich durchaus für einen guten Christen, wenn auch sein Glaube eher von praktischer Natur sei. Sie solle es einmal so sehen: Der Allerhöchste würde sich seine Pläne mit der Erde wohl weder durch Menschen noch durch gefallene Engel durchkreuzen lassen. Und wenn es doch jemand versuche, dann müsse er wohl oder übel etwas dagegen tun. Warum nicht durch einen außergewöhnlichen Menschen? In biblischen Zeiten hätten die Richter und Propheten doch auch vermittels übernatürlicher Taten das Recht Gottes verteidigt. Womöglich drohe der Menschheit in diesem neuen Jahrhundert ja wirklich eine große Gefahr. Wolle sie, Maggy, Gott wirklich vorschreiben, wie er das Problem aus der Welt zu schaffen habe?

Damit hatte er bei seiner Frau genau den richtigen Ton getroffen. Niemals würde sich Maggy anmaßen himmlische Planungen zu kritisieren. Und doch, etwas im Tonfall ihres Mannes hatte sie aufhorchen lassen, als er von einer möglichen Bedrohung für die Menschheit sprach.

In den ersten Wochen seines Lebens fiel David durch keinerlei außergewöhnliche Begabungen auf. Abgesehen von seinen weißen Haaren war er ein Säugling wie jeder andere: Er klagte lautstark seine Muttermilch ein, verlangte Aufmerksamkeit bei jeder passenden und unpassenden Gelegenheit und schlief so viel, wie es sich nur jemand erlauben konnte, dessen Hauptbeschäftigung im Wachsen lag.

Der Earl of Camden hatte Suda gebeten, in der Nachbarschaft möglichst nicht über die Haarfarbe seines Erstgeborenen zu reden. Als Diplomat hätte er wissen müssen, dass derartige Anweisungen wie kaum etwas anderes eine flächendeckende Verbreitung von Neuigkeiten förderten. Schon am 1. Januar, Davids offiziellem Geburtstag, stapelten sich aufwändig verpackte Geschenke im Salon von *New Camden House*. Zahllose Menschen kamen, um zu gratulieren. Gerne hätte man auch das Jahrhundertkind angesehen, ihm vielleicht sogar ins Ärmchen oder ins Beinchen gezwickt, um von seiner Glück bringenden Ausstrahlung zu profitieren. Aber so weit ließen es die jungen Eltern dann doch nicht kommen.

Die Camdens besaßen viele Freunde unter der einheimischen Bevölkerung. Hierzu trug vor allem Geoffreys ungezwungene Art bei auf Menschen zuzugehen. Seine Offenheit beschränkte sich dabei keineswegs auf die Aristokratie des Gastlandes oder andere Personen der gesellschaftlichen Oberschicht. Selbst Leute von einfacher Herkunft wie Suda fühlten sich in seiner Gegenwart wie unter ihresgleichen. Margret Camden stammte selbst aus einem bürgerlichen Haus und unterstützte die liberale Einstellung ihres Mannes. Andere Mitglieder der europäisch-amerikanischen Gemeinde von Tokyo taten sich da erheblich schwerer.

Umso größer war die Überraschung für die Camdens, als ihnen Baron Albert d'Anethan, der Doyen des diplomatischen Korps, am 2. Januar nebst Gemahlin seine Aufwartung machte – vermutlich, weil die Baroness ihn dazu gedrängt hatte. Sie war eine zwar wohlbeleibte, doch gleichwohl elegante Dame, die selbst schon über eine Schar von Enkeln verfügen musste. Es lag also durchaus etwas von Glaubwürdigkeit in ihren Worten, als sie Maggy versicherte, allein die Haarfarbe ihres Sprösslings müsse sie nicht beunruhigen, solange es sonst nichts an ihm zu beanstanden gebe.

Die in Sachen Kinder so beschlagene Baroness und ihr Gemahl jedenfalls konnten an dem Knaben keine weiteren Mängel entdecken und kürten ihn daher zum Maskottchen des Corps diplomatique. Maggy bedankte sich

– 83 –

höflich, wobei sie ihren Abscheu gegen jeglichen Fetischzauber wohlweislich verbarg.

Diese Vorgänge, so nebensächlich sie zunächst erscheinen mögen, sollten sich nachhaltig auf Davids weiteres Leben auswirken. Zunächst hatte der Besuch des betagten Belgiers und seiner Gattin einen Dammbruch zur Folge – von nun an hagelten Glückwünsche von Vertretern aus aller Herren Länder auf den kleinen Strampler hernieder. Man hatte dem Earl of Camden seine liberalen Anwandlungen verziehen. Was allein noch zählte, war das Kind, dieser zwar kleine, aber stimmgewaltige Herold des neuen Jahrhunderts.

Nach kaum sieben Tagen mischten sich zunehmend Schaulustige unter die Besucher, woraufhin die schon wieder erstaunlich kräftige Margret eines Morgens rief: »Ist *New Camden House* jetzt ein Museum geworden oder vielleicht ein Zoo? Für das eine ist mein Sohn noch nicht alt genug und für das andere fehlt ihm der Pelz – er ist doch kein *Affe!*«

Maggy, so hübsch diese zierliche Person mit ihrem hoch aufgesteckten, brünetten Haar auch war, konnte ziemlich energisch sein. Ihr förmlicher Protest läutete eine ruhigere Zeit für die Familie ein. Die Gratulanten wurden mit englischer Höflichkeit nun gleich an der Haustür abgefertigt. Allmählich ebbte die Besucherflut ab. Zuletzt kamen fast nur noch Japaner, die dem Jahrhundertkind kleine Geschenke überbrachten: winzige Duftkissen mit Kräuterfüllung, filigran gefaltete Papierdrachen und Karpfen sowie himmlische Gestecke aus getrockneten Blumen.

Einmal jedoch stand ein alter Mann in ärmlicher Kleidung, der mit seinem langen dünnen Schnurrbart wie ein chinesischer Weiser aussah, vor *New Camden House.* Er überraschte die Eltern mit einer kostbaren Gabe für das Kind, einer goldenen Kette aus zierlich verschlungenen Gliedern, die so kunstvoll war, dass sogar Maggy sich ihres Zaubers nicht entziehen konnte. Ungeachtet der für den kleinen Hals doch recht beachtlichen Länge legte sie das edle Stück sogleich ihrem Sohn an. Es geschah ganz geschwind und sollte doch ein Leben lang währen.

Zur Zeit der Kirschblüte versiegte der Menschenstrom fast völlig, weil ein anderes Ereignis Nippons Aufmerksamkeit beanspruchte. Kronprinz Yoshihito hatte sich eine Gemahlin erwählt und nun nahte die Hochzeit. Anfang April wurden die rosafarbenen Blütenblätter vom Wind davongetragen und einen Monat später entschwand mit der feierlichen Vermählung der sechzehnjährigen Braut und ihres Prinzen die Pracht des höfischen Spektakels aus der Stadt. In Tokyo kehrte wieder der Alltag ein und nicht wenige erinnerten sich des kleinen David.

Über ein Jahr lang kreuzten immer wieder Menschen vor den Pforten von *New Camden House* auf, um dort ihre Segenswünsche für das Jahrhundertkind abzugeben. Maggy beobachtete die Huldigungen durch das Fenster des Kinderzimmers mit zunehmendem Missbehagen. Einem einzelnen Menschen, gar einem so unfertigen wie ihrem Sohn, gebühre wohl kaum eine solche Verehrung, lautete ihre Begründung. Die Menschen sähen in dem Kleinen doch nur das Symbol einer besseren Zukunft, hielt Geoffrey dagegen und verwies auf die Worte des Präsidenten der Pariser Weltausstellung, der kürzlich in seiner Eröffnungsrede gesagt hatte: »Bald werden wir einen wichtigen Schritt in der langsamen Entwicklung der Arbeit auf Glück und Menschlichkeit hin getan haben.«

»Ist es denn wirklich so etwas Schlimmes, wenn sie

unseren David als Sinnbild für ›Glück und Menschlichkeit‹ ansehen, Schatz?« Geoffreys diplomatisches Geschick half seiner Frau über so manchen Stolperstein hinweg, der ihr in Davids ersten fünfzehn Lebensmonaten im Wege lag.

Dann wurde der rosige Kirschblütenschleier erneut gelüftet und diesmal präsentierte er dem Land ein neues Kind: Kronprinzessin Sadako brachte am 29. April 1901 einen Sohn zur Welt. Die Geburt von Kaiser Meijis Enkel sollte Davids Leben stärker beeinflussen, als damals zu erwarten war. Am Hofe munkelte man zwar, der Thronerbe sei »beängstigend klein«, doch allen Gerüchten zum Trotz schaffte es Prinz Hirohito dennoch, David Camden die Last der allgemeinen Aufmerksamkeit abzunehmen.

In Davids ersten Lebensjahren gab es nur wenige Signale, die darauf hinwiesen, dass mit dem Kind etwas nicht stimmte, besser gesagt, dass es nicht so war wie alle anderen. Gleichwohl konnte sich Maggy später, wenn sie ihr Gedächtnis bemühte, noch sehr gut daran erinnern. Für die ersten Überraschungen sorgte er schon im zarten Säuglingsalter.

Maggy stillte ihren Sohn, auch wenn das in vornehmen Kreisen immer mehr aus der Mode kam. Wie jedes andere Kind nutzte David seine Stimmbänder, um den Grad seines Hungergefühls anzuzeigen. Aber noch bevor Maggy ihm die Brust geben konnte, fing er plötzlich an aufgeregt zu strampeln und mit halb herausgestreckter Zunge zu nuckeln. Zuerst glaubte Maggy, ihr Sohn verfüge über eine außergewöhnliche Beobachtungsgabe, könne sich vielleicht schon denken, was da passiere, wenn sie mit ihren Fingern an den Knöpfen der Bluse herumnestelte, aber das war es nicht. Sogar wenn sich Maggy hinter dem Baldachin seiner Wiege versteckte, hörte sie schon sein Schmatzen, sobald sie nur daran *dachte*, sich fürs Stillen bereitzumachen.

Nun sagte man Säuglingen schon damals nach, sie hätten ein besonders inniges Verhältnis zu ihren Müttern. Maggy schob daher Davids ungewöhnliches Verhalten auf diese wissenschaftlich erforschte Tatsache. So musste sie sich nicht mit anderen Erklärungen belasten. Suda, die immer noch ein regelmäßiger Gast im Hause der Camdens war, hatte nämlich viel sagend gelächelt, als sie von Davids erstaunlicher Begabung hörte. Sie dürfe ja in der Gegenwart Maggys nicht mehr vom »Jahrhundertkind« sprechen, bemerkte sie knapp – womit sie das Unwort auch schon aufs Neue wie einen Splitter in das Bewusstsein der Mutter getrieben hatte.

Über die Jahre meldete sich dieser »Dorn im Geiste« immer wieder. Wenn man nur wusste, worauf man zu achten hatte, dann konnte man diese Hinweise kaum übersehen. In Maggys Kopf gab es ein Fach mit der, zugegeben, etwas weitschweifigen Aufschrift »Jahrhundertkindbegabungen«. Dort hinein legte sie all diese Merkwürdigkeiten, mit denen sich ihr Verstand so schwer tat.

Zu den fraglos *unwesentlichen*, ja sogar schädlichen Dingen gehörte ihrer Ansicht nach Davids Budo-Ausbildung. Neben dem Schwertkampf schloss diese auch den Unterricht im *ju jutsu* ein. Was der Name hier als »sanfte Kunst« verkaufte, war eine Methode sich waffenlos nicht nur zu verteidigen, sondern dem Gegner notfalls auch tödliche Verletzungen beizubringen. Bei einem Menschen wie Maggy, der sich der christlichen Nächstenliebe verpflichtet fühlte, musste ein derart martialisches Getue

– 87 –

unweigerlich auf Ablehnung stoßen. Folgerichtig waren Davids beachtliche Fortschritte in der Budo-Kunst auch eher für den Vater ein Anlass zur Freude als für die Mutter. »Denn alle, die zum Schwert greifen, werden durch das Schwert umkommen«, hatte die bibelfeste junge Frau gewettert und der kaum weniger belesene Mann darauf erwidert: »Und womit hat dann David dem Riesen Goliath den Kopf abgeschlagen? Etwa mit einem Stein? Maggy, stell dir nur diese Schweinerei vor! Nein, er hat es mit dem *Schwert* des Riesen getan. So steht's in der Heiligen Schrift.«

Der Disput ging noch eine ganze Weile weiter, aber am Ende fügte sich Maggy dem Willen ihres Gatten. Schließlich war sie keine Emmeline Pankhurst oder eine ihrer »Suffragetten«, dieser Frauenrechtlerinnen, die sich an den unpassendsten Stellen an Eisengitter ketteten oder unbescholtene Polizisten ohrfeigten. Bei allem Selbstbewusstsein glaubte Maggy noch an eine von Gott bestimmte Ordnung in der Ehe, die auf gegenseitigem Respekt gegründet war. Sich Geoffrey unterzuordnen fiel ihr nicht einmal schwer, weil sie dessen innere Nöte spürte und ihm helfen wollte.

Geoffrey schien nämlich von der unbegreiflichen Furcht besessen, David könne eines Tages in eine Lage geraten, in der ihm fromme Sprüche allein nichts nützten. Er, Geoffrey, wisse, was er da sage. Im Übrigen gehöre mehr zu einem guten Schwertkämpfer als Kraft und Schnelligkeit. Die Übungen würden den Charakter und die Disziplin des Jungen formen, Tugenden also, die man in Japan so sehr wie in England schätze. Und nur wenn Körper und Geist in Harmonie zusammenwirkten, könne jene Kunst entstehen, die den Meister vom Dilettanten unterscheide.

Nun gehörte es nicht gerade zu den alltäglichen Selbstverständlichkeiten, dass ein englischer Knabe im Budo, also in den japanischen Kampfeskünsten, unterwiesen wurde. Seit dem Beginn der Meiji-Reformen hatte Japan zwar das Wissen der Europäer und Amerikaner aufgesogen wie ein trockener Schwamm, aber mit zunehmendem Wachstum des Selbstvertrauens schwand im Land auch das Ansehen der ausländischen »Langnasen«.

Geoffrey hatte ein gutes Dutzend Monate nach seiner Akkreditierung, drei Jahre vor Davids Geburt, einen Japaner namens Yukio Ito kennen gelernt, der ihm bald zum Freund wurde. Yukio bekleidete in der Regierung des Landes das Amt eines untergeordneten Rats für auswärtige Angelegenheiten. Damit trat er in die Fußstapfen seines großen Oheims, des Marquis Hirobumi Ito. Dieser genoss beim Kaiser allerhöchstes Ansehen. Der Marquis war gewissermaßen der Vater der japanischen Verfassung und, als Geoffrey dessen Neffen kennen lernte, schon zweimal Premier des Landes gewesen (und daraus wurde bald so etwas wie eine Marotte).

Sein Neffe Yukio teilte mit dem Vaterbruder die Liebe zu Europa und zum *bushido*, dem »Weg des Kriegers«. Die adlige Kriegerkaste der Samurai, der Hirobumi Ito seit seinem zweiundzwanzigsten Lebensjahr angehörte, folgte diesem Moralkodex, dessen tragende Säulen die religiöse Verehrung von Kaiser und Vaterland sowie stoische Ausdauer und Todesverachtung, Loyalität und Ehre waren. Als Yukio dann selbst Vater eines Knabens wurde, kaum drei Monate nach Geoffrey, machte dieser seinem englischen Freund das ungewöhnliche Angebot, die beiden Söhne gemeinsam im Budo unterrichten zu lassen. Da Oheim Hirobumi gerade wieder einmal Premierminister war, erbat Yukio von diesem höchstpersönlich, das populäre Jahrhundertkind in jenen Künsten ausbilden zu dürfen, die aus japanischen Knaben Helden formten. Oheim Hirobumi stimmte zu.

Maggy war entsetzt. Einige Tage lang rang sie mit Geoffrey um die friedvolle Erziehung des Kindes. Ihre Einwände schienen bei dem Gatten Gehör zu finden. Aber dann vollzog sich an ihm eine seltsame Veränderung. Es begann in Davids erstem Sommer.

Der kleine Yoshiharu, Yukios Sohn, war noch keinen Monat alt, als am 20. Juni Klemens Freiherr von Ketteler ermordet wurde. Im diplomatischen Korps fand das Ereignis vor allem deshalb Beachtung, weil es sich bei Ketteler gewissermaßen um einen Kollegen handelte. Der deutsche Freiherr wurde in Peking auf offener Straße von dem Mitglied einer fremdenfeindlichen Bewegung ermordet, die man »die Boxer« nannte.

Geoffrey war schockiert. Sein Entsetzen nahm innerhalb von Minuten ein Ausmaß an, das selbst Maggy, die ohnehin für jede Form von Gewalt nur Abscheu empfand, ratlos machte. Im Februar hatten die Buren seinen Cousin Henry bei Bloemfontein im Oranje-Freistaat massakriert, aber nicht einmal da war Geoffrey so außer sich gewesen wie jetzt. Tagelang wirkte er nervös, seine Bewegungen fahrig. Maggy wollte schon einen Arzt kommen lassen, als sich der Zustand ihres Gemahls endlich besserte. Leider nur für wenige Tage.

Am 29. Juli fiel der italienische König Umberto I. einem Attentat zum Opfer. Als Geoffrey davon erfuhr, wurde er beinahe ohnmächtig. Seine nachfolgende Verstörtheit, die Maggy irgendwie überzogen vorkam, hielt diesmal noch länger an. Nur mit Mühe konnte sie ihm die

Idee ausreden sich einen Leibwächter anzuschaffen. Nach Monaten der Ruhe erlitt Geoffrey dann im September 1901 einen weiteren Anfall übersteigerter Furcht.

Am sechsten des Monats hatte ein gewisser Leon Czolgosz auf den Präsidenten der Vereinigten Staaten ein Attentat verübt. Acht Tage später erlag Präsident McKinley seinen Verletzungen. Als Geoffrey die Nachricht im fernen Japan zu Ohren kam, wurde er aschfahl. Drei Attentate, denen ein Diplomat und zwei Staatsoberhäupter zum Opfer gefallen waren, das sei zu viel, jammerte er Maggy die Ohren voll.

»Zu viel wofür?«, fragte die. Sie fürchtete, nicht ganz zu Unrecht, die seelische Verfassung Geoffreys könne erneut ernsten Schaden nehmen.

Ihr Mann blickte sie nur mit schreckgeweiteten Augen an.

»Aber Geoff …«

»Ich habe dir schon tausendmal gesagt, du sollst mich nicht *Geoff* nennen!«, fiel dieser ihr erregt ins Wort.

»So beruhige dich doch, Schatz. In der Zeitung stand, die Anschläge gehen auf das Konto der Anarchisten. Natürlich ist das schrecklich, Geoffrey, aber es ist doch nichts Neues! Umbertos Mörder war auch ein Anarchist, ebenso wie früher schon diejenigen, die den französischen Präsidenten Carnot oder Österreichs Kaiserin Elisabeth umgebracht haben. Diese Menschen sind Fanatiker. Der Terror ist für sie ein legitimes Mittel, um die stützenden Elemente der Gesellschaft zu entfernen. So glauben sie jedem Individuum unbeschränkte Freiheit geben zu können. Für mich sind sie nur irregeleitete Utopisten. Warum machen dir diese Leute nur eine solche Angst?«

Geoffrey war nicht gleich im Stande seiner Frau zu ant-

worten. Lange blickte er sie nur wie ein weidwundes Tier
an, beinahe so, als hätte sie sich gerade zur Komplizin der
Meuchelmörder erklärt. Als er endlich doch seine Sprache
wieder fand, war seine Erwiderung kaum zu hören.

»Vielleicht, weil sie dadurch radikaleren Geistern den
Weg ebnen könnten.«

## Weggefährten

David und Yoshiharu waren unzertrennlich.
Wann immer sich ihnen die Gelegenheit bot, planten sie
ihre Streiche gemeinsam. Sie bewegten sich dabei auf dem
festen Grund japanischer Traditionen. Diese nämlich verordneten Eltern annähernd unbegrenzte Nachsicht ihren
Kindern gegenüber. Bis zum Alter von zehn oder elf wurde
den lieben Kleinen fast alles verziehen. Ja, man ermunterte sie sogar zu tun, was sie wollten. Sie durften Schaber-
nack treiben, dickköpfig sein, sich wichtig machen, über-
mäßig laut lachen, übertrieben rasch weinen, sich
tyrannisch oder feige verhalten. Spätestens mit zwölf wurden sie dann auf erwachsen getrimmt. In Japan bedeutete
das, sich steif zu benehmen, Gefühle zu beherrschen und
sich auch nicht den geringsten Schnitzer zu erlauben.
Aber bis dahin war es noch ein weiter Weg.

Da *New Camden House* ein weniger geeignetes Terrain
für derart ungehemmtes Kindsein war, verbrachte David
viel Zeit bei Yoshi, wie er seinen Freund Yoshiharu nannte.
Im Haus des Grafen Ito konnte man herrlich herumtollen.
Die Tatami-Matten auf dem Fußboden eigneten sich vor-
züglich zum Purzelbäumeschlagen. Es gab keine Stühle, die
im Wege standen. Sogar die Tische waren für die beiden

Knirpse nicht zu hoch. Selten kullerte einmal ein Kind durch die dünnen Reispapierwände. Und fast nie gingen Blumenvasen zu Bruch – dafür sorgte schon Yoshiharus Mutter.

Wenn es ihr doch einmal zu bunt wurde, schickte sie die beiden Zwergtaifune hinaus in den Garten. In einem stillen Winkel des Ito-Anwesens lagen nur Steine verschiedener Größen und Formen herum. Yoshis Vater ließ es sich nicht nehmen, im Steingarten regelmäßig mit einem großen Rechen parallele Furchen in ein Bett aus runden Flusskieseln zu ziehen – vor allem dann, wenn David und Yoshi dort zuvor ihre Bambusschwertkämpfe ausgetragen hatten. In dem pflanzenlosen Gartenareal gab es auch einen »toten Briefkasten«, eine steinerne Schildkröte, unter der die beiden Nachwuchssamurais ihre streng geheimen Botschaften versteckten.

Der kleine Viscount Camden und der noch kleinere Viscount Ito waren schon ein seltsames Paar. Ersterer kam gertenschlank und weißhaarig daher, Letzterer klein, pummelig und mit rabenschwarzem Schopf. Durch die Freundschaft mit Yoshi wuchs David in einer Mischung aus abendländisch-britischen und fernöstlich-japanischen Sitten und Gebräuchen auf.

Als Zweijähriger hatte Yoshiharu seinem Freund David einen neuen Namen verliehen. Seit diesem Tage war der weißhaarige Sohn der Camdens für ihn nur noch *Seiki-kun* – eine kindliche Verballhornung des japanischen *seiki no ko*. Maggy mochte diesen Namen nicht besonders, was David umso mehr verwirrte, weil ihm bisher niemand von der Weissagung der Hebamme Suda anlässlich seiner Geburt berichtet hatte.

Seiki-kun, das Jahrhundertkind, bemerkte lange nichts

von seinen besonderen Gaben. Hauptsächlich deshalb, weil sie für ihn so normal waren. Er benutzte sie unbewusst. Wenn er die Händchen ausstreckte, um einen *Mah-Jongg*-Stein aufzufangen, der Yoshi erst Sekunden später entgleiten würde, dann dachte er nicht weiter darüber nach, was es hieß, ein *Sekundenprophet* zu sein. Oder wenn er beim Mühlespiel mit seinem Vater die Zeit für dessen Taschenuhr so langsam vergehen ließ, dass sie beinahe stehen blieb, dann fühlte er sich nicht als *Verzögerer*, sondern er verlängerte nur die Minuten, in denen er Sicherheit und Geborgenheit verspürte. Noch weniger wusste er, was ein *Farbgeber* war, als er zum ersten Mal das tat, was er später »den Namen eine Farbe geben« nannte.

Diese vielleicht auffälligste seiner Gaben trat zum ersten Mal in Erscheinung, als David fünf Jahre alt war und verdient aus vielerlei Gründen eine besondere Erwähnung. Die Situation ist jedem bekannt: Man hört von einer Begebenheit aus der eigenen Kindheit und ist mit einem Mal völlig überzeugt sich tatsächlich daran erinnern zu können. Nach einer Weile beginnt man dann zu zweifeln, ob es nicht eher die vielmalige Wiederholung des Geschehens aus dem Munde der Eltern war, die einen diese trügerische Sicherheit hatte spüren lassen. Dann aber gibt es Vorfälle, die, dicken Knoten gleich, am Seil der eigenen Erinnerungen ganz tief unten hängen. Dieses Seil verschwindet irgendwo im Finstern der Vergangenheit, aber die Knoten stehen einem so klar vor dem inneren Auge, dass sie einem Sicherheit geben. Man weiß, bis dahin ist das Seil noch nicht zu Ende, bis dort kann man sich noch hinunterhangeln. Den ersten dieser »Erinnerungsknoten« bildete für David das besagte Ereignis aus seinem sechsten Lebensjahr.

Kein Geringerer als der Tenno – Kaiser Meiji also, der eigentlich Mutsuhito hieß – hatte sich dazu entschlossen, von seinem göttlichen Thron im Palastbezirk zu klettern und sich zum Shimbashi-Bahnhof zu begeben. Dort wollte er den aus Yokohama eintreffenden Zug empfangen oder vielmehr dessen wichtigsten Passagier: den Herzog von Connaught und Sohn des englischen Königs Edward VII. Um die Bedeutung dieses historischen Ereignisses zu begreifen, ist es notwendig, noch einmal einen Blick über die Mauer zu werfen, die das neunzehnte vom zwanzigsten Jahrhundert trennt.

Nippon hatte während der Tokugawa-Periode etwa zweihundertsechzig Jahre lang dem Frieden, den Künsten und der Rückständigkeit gefrönt – Letzteres war jedenfalls die Ansicht der Amerikaner. Die konnten es nämlich nicht verwinden, dass ausländische Schiffe nur in Nagasaki ihre Ladung löschen durften, wobei man streng darauf achtete, dass sich unter den Fremden möglichst nur Holländer, Portugiesen und Chinesen befanden.

Im Jahre 1853 kreuzte dann Commodore Perry von der amerikanischen Marine in der Bucht von Uraga, nahe von Edo auf, um seine schussbereiten Kanonen vorzuführen. Seine »schwarzen Schiffe« hinterließen einen nachhaltigen Eindruck: Der Shogun gab den Zugang zu den Häfen von Shimoda und Hakodate frei. Damit öffnete er das Land nicht nur für den freien Handel, sondern besiegelte auch das baldige Ende der Militärherrschaft der Tokugawa-Dynastie.

Nicht einmal fünfzehn Jahre später vertrieb das Volk die alten Herrscherfamilien mit der Parole: »Gebt dem Kaiser die Macht zurück und verjagt die Barbaren!« Der letzte

Shogun gab Fersengeld und Mutsuhito zog von Kyoto nach Edo, das hinfort Tokyo heißen sollte. Dort, in der »Östlichen Hauptstadt«, wurde aus dem fünfzehnjährigen Jungen ein Gott-Kaiser und der »Vater des neuen Japans«. Von nun an durfte er sich mit dem amtlichen Titel *Mikado* schmücken. Wichtiger war jedoch das Motto seiner neuen Herrschaft: *Meiji*. Der Name war zugleich Programm, verkündete er doch eine »erleuchtete Regierung«.

Erleuchtung. Das mochte pathetisch klingen, aber es war ernst gemeint. Der Tenno, dessen Dynastie von der Sonnengöttin Amaterasu höchstselbst gegründet worden war, blickte auf die Amtsperioden von einhunderteinundzwanzig Vorgängern zurück. Möglicherweise entdeckte Mutsuhito, vulgo Meiji, dabei so viel Widersprüchliches und Verwirrendes, dass er beschloss in seinem Land einmal gründlich aufzuräumen. In seinem kaiserlichen Edikt vom 6. April 1868 verlas er daher: »Überall in der Welt sollen Kenntnisse gesammelt werden, damit sich das Fundament der kaiserlichen Regierung festigt.«

Neben dem Tenno profitierten vor allem zwei große Clans vom Untergang der Tokugawa-Dynastie: die Satsuma und die Choshu. Sie stellten fast ausschließlich die »weisen Staatsmänner« des Landes, die *Genro*. Obwohl einander spinnefeind, webten sie doch gemeinsam das Netz des neuen Nippon. Die Genro besaßen zwar keine offiziellen Funktionen in der Regierung, aber sie waren dennoch die mächtigsten Männer des Landes.

Der Kaiser oder die Genro oder vielleicht auch alle zusammen holten immer mehr der verhassten *Gaijin*, der fremden »Barbaren«, ins Land, anstatt sie zu verjagen, wie das Volk es doch gefordert hatte. So ziemlich alles im Westen – von der Rezession dieser Tage einmal abgesehen –

weckte Begehrlichkeiten: Dampfmaschinen, Gaslaternen, Kameras, Telegramme, Blitzableiter, Zeitungen, Postkarten, Dampfschiffe und zweirädrige Droschken, so lautete die Aufzählung der neuen Grundbedürfnisse in einem Lied, das die Kinder auf der Straße sangen, als David gerade Krabbeln lernte.

Die Kleinen hatten in ihrem Liedchen eines vergessen, das den mächtigen Genro besonders am Herzen lag. Ihr Motto lautete *fukoku kyohei*, »gesundes Land und starke Waffen«. Die Überlegung ist klar: Wenn Nippon von der Sonnengöttin aus der Taufe gehoben worden war, dann gebührte ihm auch eine Stellung an der Seite der mächtigsten Länder der Welt – nach Möglichkeit noch ein wenig darüber.

Zur Entlastung Japans sei angemerkt, dass die Ausdehnung des eigenen Macht- und Einflussbereichs in dieser Zeit nichts Anstößiges war. Überall spukte in den Köpfen die fixe Idee von der Bestimmung großer Nationen zur Weltmacht. Fremde Völker waren wie herrenloses Strandgut, das man einfach aufsammelte, bevor es jemand anderes tat. Und wenn die Lehrmeister dem Imperialismus frönten, dann konnte man von ihrem Musterschüler Japan wohl kaum Selbstgenügsamkeit verlangen. England hatte es doch auf beispiellose Weise vorgemacht: Seine Kolonien umfassten ein Fünftel der Welt. Wenn im britischen Imperium nie die Sonne unterging, dann war dies vor allem ein Verdienst seiner beherrschenden Macht zur See.

Eine Marine wie die der Engländer stand daher ganz oben auf der Wunschliste der Genro. Britische Kriegsschiffe hatten die Hauptstadt des Satsuma-Clans dem Erdboden gleichgemacht. Beeindruckend! So etwas wollte man auch haben. Bis 1894 arbeitete man mit jener Ausdauer, die zum Wesen des *bushido* gehörte, an der Erreichung dieses Ziels. Dann glaubte Yukios Oheim – er war gerade zum zweiten Mal Premierminister –, der Zeitpunkt für eine erste Erprobung des bisher Erreichten sei gekommen. Ein Krieg musste her. Binnen kurzem wurden die Chinesen von der koreanischen Halbinsel vertrieben, die südliche Mandschurei besetzt und die chinesische Flotte vernichtet. Die Ergebnisse waren ermutigend, die Ausdauer belohnt worden. Japan hatte Muskeln angesetzt.

Kurz nach der Ermordung des amerikanischen Präsidenten McKinley wurde Geoffrey in einen Verhandlungsstab berufen, dessen Aufgabe in der Ausarbeitung eines Abkommens bestand, das Nippons neuer Stärke Rechnung tragen sollte. In dem fertigen Papier bescheinigten die Westmächte Japan im Jahre 1902 seine neue Stellung im Reigen der Weltmächte. Großbritannien ging sogar noch weiter: Als größte Seemacht seiner Zeit versprach es Japan Beistand, sollte das Inselreich während eines Krieges von einer dritten Macht angegriffen werden.

Im Februar 1904 wagte sich Nippon an eine neue Aufgabe, die seiner hinzugewonnenen Größe Geltung verschaffen sollte. Es griff Port Arthur an. Außerhalb Japans nahmen manche Zeitungen den Ansturm des »gelben Zwerges« auf den »russischen Bären« nicht ganz ernst, aber das sollte sich schnell ändern. In nicht ganz sechzehn Monaten stutzte der Zwerg dem Bären an seinem mandschurischen Hinterlauf die Krallen. Mit der Seeschlacht von Tsushima errang Admiral Heihachiro Togo den »größten Sieg zur See seit Trafalgar«. Der Russisch-Japanische Krieg war ein blutiger Auftakt für das noch so junge Jahrhundert.

Damit das Ganze nicht nur wie eine unnütze Vergeudung von Menschenleben aussah, stellte man in der Mandschurei die chinesische Souveränität wieder her. Als Honorar für diesen Dienst annektierte Japan die den Russen entrissene Hafenstadt am Gelben Meer und errichtete ein Protektorat über Korea. Admiral Togo war der Held der Stunde. Seine Großtat hatte schließlich dafür gesorgt, dass der Geselle Großbritanniens jetzt den Meisterbrief ausgestellt bekam. Im Falle Togos bestand dieser in dem *Order of Merit*, Englands angesehenster Auszeichnung. Kaiser Meiji sollte vom englischen König sogar noch hervorragender geehrt werden. Für ihn hatte Edward VII. den Hosenbandorden ausgesucht.

Der Überbringer dieser Ehrung musste sowohl vertrauenswürdig als auch dem Empfänger, einem leibhaftigen Gott, angemessen sein. König Edwards Wahl fiel auf seinen Sohn, den Herzog von Connaught. Und damit wären wir wieder bei Davids erstem »Erinnerungsknoten«.

Auf dem Shimbashi-Bahnhof herrschte dichtes Gedränge. Davids kleine Hand schmiegte sich eng in diejenige der Mutter. Das Gewimmel war ihm nicht geheuer.

Schon der Weg zum Bahnhof war zu einem abenteuerlichen Unternehmen geraten. Da Sam, dem Kutscher der Camdens, keine speziellen Instruktionen vorlagen, lenkte er die beiden Apfelschimmel des Gespanns auf dem bekannten Kurs zum Shimbashi. Dabei berührte er die Wegstrecke des Tenno. Von einem Augenblick zum nächsten gab es kein Durchkommen mehr, auch wenn Kaiser Meiji selbst noch nicht zu sehen war.

Daran würde sich für die meisten Schaulustigen auch nichts ändern, erklärte Geoffrey seinem Sohn. Die seltenen Dienstgänge folgten alle einem festgelegten Muster:

Sobald sich der Kaiser nämlich durch die Straßen bewegte, beugte ein jeder ehrfürchtig den Kopf. Manche Leute täten das aus Aberglauben, weil sie fürchteten im Angesicht des göttlichen Tenno verglühen zu müssen, die Patrioten hielten es dagegen einfach für ungehörig, ein derart erhabenes Wesen anzublicken. Der Rest zügelte sich, weil er keine Scherereien mit der Polizei haben wollte, die akribisch jeden Versuch ahndete den Göttlichen mit »unverschämten« Blicken zu besudeln. Zu den Aufgaben der Ordnungshüter entlang der Strecke gehörte übrigens auch das Verschließen sämtlicher Fensterläden oberhalb des Erdgeschosses. So konnte niemand den Kaiser dadurch beleidigen, dass er auf ihn herabsah.

Für David, noch nicht einmal sechs Jahre alt, hörte sich das alles ziemlich staunenswert an. Selbst ihm leuchtete ein, dass ein Weiterkommen auf dem Weg des Tennos ebenso ausgeschlossen war wie das Überqueren desselben. Die Kutsche der Camdens musste also wieder kehrtmachen und sich eine andere Route suchen.

Über der Stadt lag der Geruch von Pferdedung und orientalischen Gewürzen – eine sehr eigenwillige Mischung. Während der Fahrt vorbei an Fußgängern und Rikschas machte der kleine David ein ernstes Gesicht. An den Erklärungen seines Vaters gab es einen unklaren Punkt, der ihn beschäftigte. Am Morgen – David hatte viel zu früh aufstehen müssen und sich dementsprechend quengelig gegeben – war er nämlich mit einem Versprechen geködert worden, das sich mit der verordneten Unsichtbarkeit des Tennos schwer vereinbaren ließ.

»Wir holen heute den Herzog von Connaught vom Bahnhof ab«, hatte Mutter gesagt. »Dort wirst du auch den kleinen Hirohito sehen.«

»Kommt sein Opa auch mit?«, wollte David wissen.

Mutter streichelte ihm die Wange. »Das ist doch gerade das Besondere an der Empfangszeremonie, Schatz. Kaiser Meiji zeigt sich fast nie in der Öffentlichkeit. Es ist eine große Ehre für den Herzog, dass der Tenno ihn gleich am Zug willkommen heißt.«

»Darf ich den Kaiser etwas fragen?«

Maggy runzelte die Stirn. »Du wirst dem Herzog einen Blumenstrauß überreichen und wenn er dich etwas fragt, darfst du ihm antworten. Aber den Tenno lässt du bitte in Frieden. Hast du mich verstanden?«

David nickte ernst. Er hatte noch keine Ahnung, warum sich Könige und Politiker in der Öffentlichkeit so gerne mit kleinen Kindern zeigten. Gegen Maggys nun bald sechsjährigen Widerstand, bekleidete ihr Sohn noch immer den Rang eines Maskottchens des diplomatischen Korps. Ein Zeitungsartikel nannte ihn gar die »Inkarnation des zwanzigsten Jahrhunderts«. Damit war er prädestiniert aufseiten der britischen Botschaft den Kontrapunkt zum kleinen Hirohito zu setzen. David sollte dem britischen Thronfolger einen artigen Begrüßungsspruch aufsagen, ihm einen Strauß Blumen überreichen und sich gegebenenfalls von ihm auf den Arm nehmen lassen. Alles Weitere würde sich dann schon ergeben, hatte der Botschafter Seiner Majestät gemeint.

Nun stand er also da auf dem Bahnhof und harrte an der Seite seiner Mutter der Dinge, die da kommen sollten. Er steckte in einem unbequemen braunen Tweedanzug und sah aus wie ein zu heiß gewaschener Dandy. Um die Station hatten sich zahlreiche Menschen versammelt. Ganz außen verlieh das gemeine Volk seiner Freude Ausdruck. Aus dem Stimmengewirr stieg ein Wort immer wieder auf:

»*Banzai! Banzai!*« Zehntausend Jahre! Diese wünschten die Untertanen ihrem Tenno – selbstverständlich unter der gestrengen Kontrolle der Blick-Abwehr-Einheiten des Kaisers. Schon etwas näher am Bahnsteig befanden sich ausgewählte Pressevertreter, niederrangige Angehörige des Corps diplomatique sowie die weitläufige Verwandtschaft des Kaisers und der weisen Staatsmänner. Den inneren Zirkel bildeten der Botschafter des Vereinigten Königreiches in Begleitung des »Glückskindes« und seiner Eltern sowie der Tenno und Hirohito.

David hielt einen blauen Ball in der Hand und starrte den Enkel des Kaisers mit offenem Mund an. Man hatte den kleinen Hirohito in eine Uniform gesteckt, die ihm eigens für diesen Anlass auf den zierlichen Leib geschneidert worden war. Nach Davids Meinung sahen weder der Tenno noch sein Enkel ausgesprochen göttlich aus. Irgendwie tat ihm der andere Junge sogar Leid, der da steif bis ins Gesicht hinter seinem Großvater stand, als hätte er ein Bambusschwert verschluckt. Vielleicht galt ja am Hof des Kaisers eine Ausnahmeregelung, die den Nachkommen des Tennos schon von Geburt an das Erwachsensein verordnete.

Die Vertreter der britischen Botschaft und den Kaiser trennte ein Abstand, der hinreichend die Distanz zwischen einem normalen und einem göttlichen Wesen ausdrückte. Außerdem waren die zwei Gruppen beiderseits eines roten Teppichs angeordnet, der Tenno etwas dichter am vorherbestimmten Aussteigepunkt des Herzogs und der Botschafter etwas weiter davon entfernt. Während man in dieser Aufstellung dem Zug entgegensah, der sich aus irgendeinem Grunde verspätet hatte, kullerte plötzlich eine kleine blaue Kugel quer über den roten Teppich und stieß gegen die schwarzen Hochglanzstiefel des blassen Hirohito.

Dieser Vorfall rief die unterschiedlichsten Reaktionen hervor: David kicherte; Geoffrey blieb fast das Herz stehen; Maggy lief rot an und glaubte im Boden versinken zu müssen; der Botschafter versprühte böse Blicke in Richtung seines Ersten Sekretärs; der Tenno tat so, als hätte er nichts bemerkt; die kaiserliche Leibwache stürzte sich auf die vermeintliche Bombe; Hirohito bückte sich interessiert und hob den Kautschukball vom Boden auf.

Noch ehe die Beschützer der Majestäten das blaue Gummiding in Sicherungsverwahrung nehmen konnten, ereignete sich etwas Ungeheuerliches: Hirohito lächelte. Er hatte zuvor den Ball mit seinen Händen zusammengedrückt, worauf diesem ein alberner Piepston entwichen war. Der musste Kaiser Meiji davon überzeugt haben, dass an dem Ball nichts Bedrohliches war, denn auch er lächelte seinen Enkel unvermittelt an und nickte. Diese Geste veranlasste die Leibwächter von dem Knaben abzulassen. Und dann geschah etwas noch Außergewöhnlicheres, wodurch bewiesen wurde, dass selbst ein Tenno-Spross noch ein wenig von jener Narrenfreiheit besaß, die für gewöhnliche japanische Kinder so selbstverständlich war: Hirohito überquerte den roten Teppich.

Der vierjährige Offizier kam direkt auf David zugestapft, einen Schweif von Leibwächtern hinter sich herziehend. Ein winziger Degen erschwerte ihm das Vorankommen, aber davon ließ er sich nicht beirren. Der Botschafter bekam große Augen, Geoffrey und Maggy mussten sich gegenseitig stützen, die Presseleute hinter der Absperrung machten Notizen.

Einige Sekunden lang sahen sich die beiden Jungen

schweigend und mit großem Ernst an. Hirohitos besonderes Interesse galt den weißen Haaren des anderen. Ganz in die Betrachtung versunken hatte der kleine Offizier den Kopf in den Nacken gelegt (er war erheblich kleiner als der englische Knabe) und den Mund in ehrfürchtigem Staunen halb geöffnet. Davids Bewunderung galt in erster Linie Hirohitos Uniform.

»Ihr seht aus wie ein alter Mann. Und wie ein Kind«, sagte Hirohito unvermittelt. Seine Aussprache hatte einen seltsam altertümlichen Tonfall. »Seid Ihr ein Gott?«

David wusste, was der andere meinte. Er war es gewohnt, auf seine schneeweißen Haare angesprochen zu werden. Dennoch kam ihm Hirohitos Frage seltsam vor. »Das bin ich so sehr wie du«, antwortete er. Maggy stöhnte ob seiner Respektlosigkeit.

Der kleine Offizier nahm den Blick von Davids Schopf und sah nachdenklich in sein Gesicht. Nach einer Weile nickte er zufrieden und hob die Hand mit dem Ball. »Ihr habt das verloren, *seiki no ko*. Ich bringe es Euch zurück.«

»Willst du den Ball nicht behalten?«

Hirohito drehte einen Moment lang den blauen Ball in seiner ausgestreckten Hand und sah ihn begehrlich an. David fühlte, dass der andere schon wollte, aber dann erwiderte Hirohito höflich: »Vielen Dank, ehrenwertes *seiki no ko*, aber der Ball gehört Euch.«

David nahm die kleine Kugel entgegen und hörte Hirohito mit einem Mal schüchtern sagen: »Meister Maruo mag das nicht. Einen goldenen Ball darf ich haben, aber keinen blauen.«

Die Antwort des Prinzen war für David völlig rätselhaft. Er hatte zu dieser Zeit ja noch keine Ahnung, dass Kinsaku Maruo der gestrenge Zuchtmeister des kleinen Hirohito war. Und das mit den Farben wollte ihm schon gar nicht einleuchten. Er empfand Mitleid für den traurigen kleinen Prinzen in seiner Paradeuniform und aus diesem Gefühl heraus tat er unbewusst etwas, zu dem nur er, nur das Jahrhundertkind, fähig war.

Er sagte zu Hirohito: »Der Ball ist gut. Die Farbe ist gar nicht wichtig. Und wenn du willst, dann ist er ab jetzt auch nicht mehr blau. Hier, nimm deinen *goldenen* Ball.«

Was den Erwachsenen wie unverständliches Kindergeschwätz vorkam, hatte der Prinz sogleich verstanden. Keiner der Anwesenden, nicht einmal David, ahnte zu dieser Zeit, dass gerade eine weitere seiner außergewöhnlichen Gaben aufgeblitzt war: Er hatte den kleinen Hirohito die Wahrheit erkennen lassen. Gerade diese zu sehen, fällt vielen Menschen so unendlich schwer, weil an sich lächerliche Vorbehalte ihren Blick verschleiern. Erziehung, Bildung, die Meinung anderer, besondere Vorlieben oder Abneigungen – es gibt viele Dinge, die das Offensichtliche vernebeln und das Wahre zuschütten, bis man es nicht mehr sieht.

Der *Wahrheitsfinder* David hatte dem Wahrheitssucher Hirohito gezeigt, dass Äußerlichkeiten beim Erkennen des wahren Wesens einer Sache oft nur hinderlich sind. Und in Worten, die so einfach waren, dass sie den Älteren nur wie Rätsel erschienen, zeigte er, was Kinder den Erwachsenen voraushaben: In ihrer Vorstellung können sie den einfachsten Dingen die prächtigste Gestalt geben.

Als David seine Arme daher wieder ausstreckte und seine schmalen Hände sich öffneten, erblickte der kleine Offizier eine goldene Kugel.

Davids Mutter stieß einen erstickten Schrei aus. Hirohito lächelte ein weiteres Mal. Unter den anderen Umstehenden verbreitete sich ein überraschtes Gemurmel. Wie hatte der Junge das gemacht, eine blaue in eine goldene Kugel zu verwandeln?

Selbst David konnte sich diesen Vorgang nicht erklären, aber das kümmerte ihn auch nicht. Hier, nimm deinen *goldenen* Ball. Mit diesen einfachen Worten hatte er dem Spielzeug eine neue Farbe gegeben. Das runde Ding war noch immer aus Kautschuk. Es hatte sich nicht wirklich in eine goldene Kugel verwandelt. Aber der *Farbgeber* hatte sein Aussehen verändert.

Aus der Ferne wehte das Pfeifen einer Dampflokomotive herüber. Hirohito bedankte sich schüchtern bei David und gab endlich dem Drängen der Leibwächter nach, die ihn gerne wieder in der Nähe des Großvaters gewusst hätten. Mit dem glänzenden Ball in der Hand stiefelte der kleine Offizier zurück.

Über den Empfang des Herzogs von Connaught an sich gibt es wenig zu berichten. Kaiser Meiji begrüßte ihn mit aller Herzlichkeit, zu der ein so erhabenes Wesen im Stande war. Auch der englische Thronerbe war in bester Stimmung, gab sich beinahe ausgelassen. Man wechselte höfliche Worte, die im Geschepper der Empfangskapelle fast völlig untergingen. Der kleine Offizier erhielt ein Kompliment für seine gut sitzende Uniform. Zuletzt überreichte David seine Blumen, wurde programmgemäß auf den Arm genommen, den Herren von den Gazetten gezeigt und erhielt zuletzt noch einen außerplanmäßigen Kuss auf die Wange.

»Na, Schatz, wie fühlst du dich?«, fragte die Mutter auf dem Heimweg, die unerwartete Vertraulichkeit des Herzogs ansprechend.

»Es hat gekitzelt«, entgegnete David und wischte sich demonstrativ über die Wange. Er mochte es nicht besonders, von Männern mit Bärten geküsst zu werden.

Während Sam seine Apfelschimmel geschickt durch das Gewimmel der Straßen dirigierte, vorbei an Bade-, Tee- und Geishahäusern, musste David immer wieder an den traurigen Jungen denken. Er hatte ihm zweimal ein Lächeln geschenkt. Das machte David zufrieden, auch wenn es ihm lieber gewesen wäre, er hätte dafür nicht seinen Ball opfern müssen.

Jemand, der beim Niesen die Augen schließt, macht sich darüber wenig Gedanken. Das geht wohl jedem so. Andere vollbringen Bedeutenderes, das sie der Masse ihrer Mitmenschen enthebt. Sie können vielleicht in schwindelnder Höhe auf einem schmalen Seil entlangbalancieren, ohne auch nur zu schwanken. Solche akrobatischen Leistungen mögen für sie etwas ganz Normales sein. Genauso verhielt es sich für David mit seinen Begabungen.

Ob er voraussah, was im nächsten Augenblick geschehen würde, einem Ding eine neue Farbe verlieh oder jemanden mit wenigen Worten die Wahrheit erkennen ließ und diesen Menschen dadurch für sich gewann – er tat alles mit einer schlafwandlerischen Sicherheit, die man wohl nur haben kann, wenn man sich seiner Fähigkeiten überhaupt nicht bewusst ist.

So verwundert es nicht, dass David in den Tagen nach der Bahnhofsepisode weniger über die Verfärbung seines Balles nachdachte als über diesen anderen Jungen, dem ein gewisser Herr Maruo das Lachen verboten hatte. Selbst wenn er mit Yoshi in die Rolle der Siebenundvierzig Ronin schlüpfte (diese legendären Samurai, deren Landesfürst von hundsgemeinen Schurken zum rituellen Selbstmord gezwungen worden war) und sie durch den Garten der Itos fegten, um die nur für sie sichtbaren Meuchler mit ihren Bambusschwertern zu bearbeiten, hielt er manchmal inne und verfiel in eine tiefe Nachdenklichkeit. Dieses fast an Meditation grenzende Insichgekehrtsein war für einen Fünfjährigen ungewöhnlich, für David aber durchaus typisch.

Ungefähr zwei Wochen nach der Darbringung seines Ballopfers klopfte ein Bote an die Tür von *New Camden House*, der die Kleidung eines kaiserlichen Hofbediensteten trug. Er verlangte den Viscount Camden persönlich zu sprechen. Gemeinhin galt es als Affront, wenn ein Mann von Adel zuerst mit seinem geringerwertigen Titel angesprochen wurde. Aber Geoffrey konnten solche peinlichen Schnitzer nur ein Schmunzeln entlocken. In seiner vorurteilslosen und freundlichen Art war er kein Aristokrat wie die anderen – und gerade das adelte ihn.

Zufällig war der Earl of Camden an jenem Morgen gerade zu Hause, als des Kaisers Bote aufkreuzte. Für Geoffrey konnte der unerwartete Besuch nur eine Ursache haben, die mit seinen diplomatischen Aufgaben zusammenhing, auch wenn die Art der Zustellung in seiner Privatresidenz mehr als ungewöhnlich war. Umso mehr wunderten sich Maggy und er, als der Bote ein gerolltes Dokument überreichte, das an ihren Sohn adressiert war! Der Überbringer selbst hatte nicht die geringste Ahnung, worin der Zweck seines Auftrages bestand, und konnte lediglich auf den Absender hinweisen: Seine Hoheit Kaiser Meiji persönlich hatte das Schreiben mit seinem Siegel beglaubigt.

Der Bote verabschiedete sich mit einer größeren Anzahl

von Verbeugungen und überließ die Camdens der kaiserlichen Nachricht. Schnell begaben sich Geoffrey und Maggy über die geschwungene Treppe des Entrees hinauf in den ersten Stock. Dort befand sich das Zimmer des jungen Viscount Camden. Zur Ehrenrettung des kaiserlichen Boten sei bemerkt, dass David noch kein Earl war, weil er diesen Titel erst nach dem Ableben seines Vaters erben würde. Insofern hatte der Kurier sich also exakt an das Protokoll gehalten. Der kleine Viscount befand sich beim Eintreffen seiner Eltern gerade in der Schlussphase eines größeren Bauprojekts, eines Modells des Shimbashi-Bahnhofs, das er mithilfe von Holzklötzen zu realisieren gedachte. Als er jedoch hörte, der Tenno habe ihm einen Brief geschrieben, verschob er die Einweihung des Gebäudes bis auf weiteres.

Die Mitteilung war eine wunderschöne Kalligrafiearbeit. Mit Pinsel und schwarzer Tinte hatte der kaiserliche Schreiber die für westliche Augen verwirrenden Schriftzeichen untereinander gesetzt. Der Earl und die Countess of Camden konnten sich zwar leidlich in der Sprache ihres Gastlandes verständigen, aber mit der kaiserlichen Note waren auch sie überfordert. Zum Glück verfügte *New Camden House* über eine Anzahl japanischer Bediensteter, und Sawasaki, Davids Kalligrafielehrer, hatte mit den höfischen Schriftzeichen keine Schwierigkeiten.

In getragenem Ton, als lese er tatsächlich eine göttliche Botschaft vor, übersetzte Sawasaki die Einladung. Darum handelte es sich nämlich, um eine Offerte, die dem »ehrenwerten *seiki no ko*« galt, also David. Kaiser Meiji klagte in dem Schreiben, dass ihm sein Enkel seit jenem denkwürdigen Tag, da der Herzog von Connaught in Tokyo eingefahren sei, keine Ruhe mehr lasse. Er wolle unbedingt das Jahrhundertkind wieder sehen, das ihm den goldenen Ball geschenkt habe. Nun sei dergleichen höchst ungewöhnlich, um nicht zu sagen gegen jedes höfische Protokoll. Ein Thronerbe konnte sich nicht so einfach mit anderen Kindern treffen. Schon gar nicht, wenn diese aus dem Ausland stammten. Normalerweise sei Hirohito ein sehr einsichtiges und gehorsames Kind, schrieb Kaiser Meiji – man konnte fast sein Seufzen hören –, aber dieses Mal habe er weder auf seinen Pflegevater Kinsaku Maruo noch auf den Großvater hören wollen.

So kam es, dass Meiji, der Kaiser, Camden-*kun*, den kleinen Viscount, in aller Form zu einem Besuch in den Palast einlud. Ob wohl der nächste Montag genehm wäre? Die Eltern, der Earl und die Countess, dürften auch mitkommen. Hirohito, der Thronerbe, würde sich im Falle einer Zusage außerordentlich freuen – und anschließend vielleicht endlich wieder seiner Ausbildung mehr Aufmerksamkeit schenken. Aus Gründen der Staatsräson sei es jedoch nötig, das Treffen im Geheimen stattfinden zu lassen. Man hält es kaum für möglich, aber der erhabene Kaiser Meiji entschuldigte sich sogar für diese an sich wenig ehrerbietige Behandlung seiner Gäste.

Vier Tage später fuhr die Kutsche der Camdens, eskortiert von vier Offizieren der Leibgarde, durch ein Nebentor von Westen her in den Park der Kaiserresidenz ein. Wenn der Tenno sein grünes Areal verließ, dann benutzte er gewöhnlich die Doppelbrücke Nijubashi, aber man wollte ja kein Aufsehen erregen.

Der Palastgarten war riesig groß. Bäume, Sträucher, Wasserflächen, kunstvoll beharkte Steingärten – ständig gab es etwas Neues zu sehen. David war hingerissen. Ab

– 110 –

und zu quietschte er vergnügt auf, wenn zwischen den Bäumen das geschwungene Dach eines Pavillons oder eines kleinen Palastes auftauchte, und gab nicht eher Ruhe, bis die Augen der Mutter seinem ausgestreckten Fingerchen folgten. Geoffrey staunte in stiller Verzückung. Eine Audienz beim Tenno – das war die Krönung seiner diplomatischen Laufbahn.

Bald tauchte hinter den Bäumen ein gewaltiger Gebäudekomplex aus weiß lackiertem Holz und grauen Ziegeln auf. Die Kutsche kam auf einem glatten, beinahe fugenlosen Pflaster zum Stehen und ein Offizier der Leibgarde nahm die Besucher in Empfang. Die Camdens wurden in eine große Halle geführt, von dort durch einen langen Gang in einen kleineren Saal. An der Westseite des Raumes befand sich ein großes Fenster, das aus vielen quadratischen Scheiben bestand. In dieser Himmelsrichtung lag der heilige Berg Fujiyama.

David und seine Eltern harrten stehend des Gastgebers. Bald kündigte ein Diener, der beim Eingang stand, durch laute Rufe das Herannahen des Tennos an.

Kaiser Meiji kam in Begleitung von Hirohito. Beide waren in traditionelle Kimonos gekleidet, keine Selbstverständlichkeit, denn der Kaiser hatte eine allseits bekannte Schwäche für westliche Kleidung. Diese Neigung verriet noch die Kombination aus Schnurr- und Spitzbart, die dem schmalen kleinen Monarchen eine frappierende Ähnlichkeit mit dem bayerischen »Märchenkönig« Ludwig II. verlieh.

Der Vater des Thronerben Hirohito fehlte übrigens auf der Liste der Gäste. Es wurde gemunkelt, er leide hin und wieder unter heftigen Anfällen von Schwachsinn – vielleicht wollte man das den europäischen Besuchern ersparen. Auf die Mutter, die Kronprinzessin Sadako, wurde bei solchen Anlässen üblicherweise ebenfalls verzichtet. Dafür befanden sich unter den Bediensteten auch einige Geishas. Sie sollten mit Musik, Tanz und Gesang für die Unterhaltung der Gäste sorgen.

Mit dem Eintreffen des Kaisers hatte für die Besucher auch das Stehen ein Ende. Gemeinsam nahm man auf dem Boden an einer niedrigen Tafel Platz. Dabei wurde immer streng darauf geachtet, dass nie das Haupt eines anderen höher war als das des Tennos. Aus diesem Grunde war selbst das *zabuton*, das prunkvolle Sitzkissen des Kaisers, ein wenig stärker gepolstert als das seiner Gäste.

Als alle auf protokollgerechtem Niveau saßen, eröffnete Kaiser Meiji die Konversation. Dabei zeigte sich der Tenno erstaunlich aufgeschlossen. Das war natürlich nur möglich, weil dieser Nachmittagsempfang einen inoffiziellen Charakter hatte. Nur wenige Dutzend Diener sorgten für das leibliche Wohl des Tennos und seiner Gäste – man war also ganz unter sich.

Kaiser Meiji verwies auf den eigentlichen Anlass des Treffens. Er habe seinem Enkel versprechen müssen den Jungen mit den weißen Haaren in den Palast einzuladen. Hirohito sei sonst immer ein Ausbund an Gehorsam. Umso mehr habe es ihn, seinen Großvater, interessiert, was das Geheimnis dieses fremden Kindes war. Gewiss, fügte Meiji hinzu, er habe den weißhaarigen Jungen im Bahnhof auch gesehen und er kenne dessen Geschenk, den goldenen Ball. Sehr nett. Aber was mache diesen englischen Knaben zu etwas derart Besonderem? Selbst Hirohitos Erzieher, Kinsaku Maruo, sei der Verzweiflung nahe, weil sein Schützling nur noch zu träumen schien.

Davids Eltern waren erstaunt, weil der Tenno so mun-

– 112 –

ter drauflosplauderte. Geoffrey erzählte ein wenig über seinen Sohn. Dabei übte er sich in Bescheidenheit: Abgesehen von seinen weißen Haaren sei David ein ganz normaler Junge, etwas sensibel vielleicht, aber sonst … Obwohl, das müsse er zugeben, der Junge erstaunliche Fortschritte darin mache, die japanischen Schriftzeichen zu erlernen. In zwei oder drei Jahren werde er das *kanji* und *hiragana* wahrscheinlich ebenso gut lesen und schreiben können, wie er heute schon Japanisch spreche.

Geoffrey erwähnte mit keinem Wort die Weissagung der Hebamme Suda. Die ursprüngliche Bedeutung des Begriffs *seiki no ko* schien ohnehin immer mehr in Vergessenheit zu geraten. So wie sich die Leute in anderen Ländern auf der Suche nach Glück von Schornsteinfegern anfassen lassen, berührte man hier das Jahrhundertkind. Von den alten Legenden wusste anscheinend kaum mehr jemand etwas. Geoffrey war das nur recht – nicht nur der Abneigung seiner Frau gegen jede Art von Aberglauben wegen.

Mit diplomatischem Geschick steuerte er die Unterhaltung bald aus den Untiefen dieses für Maggy so heiklen Themas hinaus auf das Meer der Politik. Bald entspann sich eine fast schon zwanglose Unterhaltung. Eine Teezeremonie sorgte zwischendurch für einige andächtige Augenblicke. Anschließend überraschte der Tenno seine Gäste mit dem Vortrag seiner *haiku*, dreizeiliger Kurzgedichte mit einem festen Silbenmaß. Es hieß, Kaiser Meiji habe tausende dieser Verse verfasst, und die Camdens fürchteten schon, der Kaiser würde sich dazu hinreißen lassen, sein Gesamtwerk zu deklamieren, aber dann endete die Darbietung auch schon wieder, so schnell wie sie begonnen hatte. Kaiser Meiji lächelte bescheiden und begann nun mit einem Loblied auf Geoffreys Heimatland. Japan habe England viel zu verdanken. Vielleicht verstünden sich die beiden Nationen so ausgezeichnet, weil sie sich so ähnelten: Das Herzland einer jeden von ihnen lag auf Inseln verstreut in einem großen Ozean.

Wie gern hätte Kaiser Meiji dem englischen König einen Gegenbesuch abgestattet, sinnierte er und drückte sein Bedauern aus nie das eigene Land verlassen zu haben. Daran werde sich wohl auch in Zukunft nichts ändern. Er verwies aber stolz auf einige der Genro, der »weisen Staatsmänner«, die Europa bereist und teilweise sogar dort studiert hätten – der Marquis Hirobumi Ito gehöre übrigens auch zu ihnen.

Geoffrey hatte Maggy und David eingeschärft nur zu reden, wenn der Tenno etwas fragte. Als *ganze* Familie hier zu sitzen und an Kaiser Meijis Fernweh teilzuhaben, war sowieso schon unglaublich genug. Margrets Anwesenheit grenzte fast an ein Wunder. Anfang des Jahrhunderts verstand man Frauen nämlich noch nicht als biologisch eigenständige Organismen, sondern bestenfalls als schmückende Anhängsel ihrer Ehemänner. In Japan rangierten sie auf einer Stufe mit der beweglichen Habe. Wenn man einer Einladung nachkam, ließ man sie daher ebenso zu Hause wie seine Kochtöpfe. Unter diesen Vorzeichen mochte die Besetzung des Teekränzchens wie eine exzentrische Schrulle Kaiser Meijis anmuten. Aber das täuschte. Es war vielmehr ein großes Zugeständnis an den europäischen Earl und den Ehrengast: David.

Während nun der Kaiser dem Gespräch, wann immer er wollte, eine neue Richtung gab, hielt sich Geoffrey eher in einer flexiblen Defensive. Mal konterte er mit Witz und Intelligenz, dann wieder brillierte er durch tief schürfende

Gedankengänge. Politische Themen bildeten weiterhin den Schwerpunkt.

Maggy beschränkte sich auf ehrfürchtiges Lächeln, wie man das von einer Frau erwartete. David langweilte sich. Ab und zu warf er einen verstohlenen Blick zum kleinen Hirohito hinüber, der mit ernster Miene auf der anderen Seite des Tisches zur Rechten seines Großvaters saß. Der Kaiserenkel lauschte still dem Gespräch der Erwachsenen, als müsse er darüber nachher einen schriftlichen Bericht anfertigen. Am liebsten wäre David aufgestanden und mit dem traurigen Jungen in den Garten hinausgelaufen, aber das ging natürlich nicht. Also langweilte er sich weiter.

Mit einem Mal sagte Kaiser Meiji etwas, das David aufhorchen ließ. Es war für ihn wie eine atmosphärische Störung, so als wäre gerade in seiner Nähe ein Blitz eingeschlagen. Schon als Fünfjähriger besaß er ein sehr feines Gespür für das wirkliche Gewicht einer scheinbar beiläufigen Bemerkung. Diese Sensibilität musste etwas mit seiner Gabe der Wahrheitsfindung zu tun haben. David spitzte die Ohren. Gerade hatte der Kaiser mit einem Lachen gesagt: »Ich glaube, wenn ich je ein Schiff bestiege, um in London Eurem ehrenwerten König Edward persönlich für den Hosenbandorden zu danken, dann würde mich der Schwarze Drache bei meiner Rückkehr zum *seppuku* zwingen.«

»Zum rituellen Selbstmord? Aber Hoheit!«, entsetzte sich Geoffrey in aller Aufrichtigkeit. »Ihr seid doch der Tenno. Euer Volk liebt und verehrt Euch. Ich weiß zwar nicht, wer dieser Schwarze Drache ist, aber was Ihr da sagt, kann ich nur als Scherz auffassen.«

»Wenn ich mir da nur so sicher sein könnte wie Ihr!«, antwortete Kaiser Meiji leichthin. »Es wundert mich, dass Ihr die Amur-Gesellschaft nicht kennt, Earl.«

Geoffrey hob die rechte Augenbraue und sein Gesicht wurde ernst. »Die Amur-Gesellschaft, sagt Ihr? Die ist mir sehr wohl ein Begriff – sofern man das von einem Geheimbund überhaupt sagen kann.«

Kaiser Meiji lächelte. »Auf dem Papier verwendet man für beide Namen die gleichen Schriftzeichen und sie stehen auch für ein und dieselbe Vereinigung.«

»Das war mir neu. Wie ich hörte, wurde die Gesellschaft Amur oder ›Schwarzer Drache‹, wie Eure Hoheit sie nannten, kurz nach dem Jahrhundertwechsel gegründet?«

»Im Jahre Meiji 34, das ist richtig. Schon zu dieser Zeit – Euch wohl eher als das Jahr 1901 geläufig – hatten sich einige Patrioten zusammengetan, um unser Land auf einen Krieg mit Russland vorzubereiten. Sie sandten Kundschafter nach Sibirien und in die Mandschurei.«

»Und warum, wenn Eure Hoheit diese Frage gestatten, sollten *patriotische Kundschafter*« – Geoffrey gebrauchte bewusst Kaiser Meijis Ausdrucksweise, obwohl der Begriff »nationalistische Spione« ihm zutreffender erschien – »ihren Kaiser zum Harakiri zwingen wollen?«

»Weil der Kopf der Amur-Gesellschaft eine sehr individuelle Vorstellung von Vaterlandsliebe hat. Er pflegt sie wie einen tausendjährigen *Bonsai*. Selbst der Kaiser darf den Wuchs dieses verhätschelten Bäumchens nicht stören. Für die Patrioten ist der Tenno ein Gott und als solcher an die Grenzen Nippons gebunden. Im Ausland liefe er Gefahr sich zu beflecken.«

»Und um das zu verhindern, droht er Euch mit dem Tod? Verzeiht, Hoheit, wenn ich so offen spreche, aber als Engländer kann ich mir diese Situation nur schwer vorstellen: Da legt jemand King Edward nahe sich zu entleiben, weil dieser für ein paar Wochen außer Landes reisen will? Was für ein Mann ist denn dieser ›Kopf‹, dass er sich befleißigt, Euch solche Ratschläge zu geben?«

»Bisher hat er es ja noch nicht getan«, korrigierte Kaiser Meiji mit so einem heiteren Gesicht, als spräche er vom Beschneiden japanischer Kirschbäume. »Andere – hauptsächlich Angehörige der Armee und der Marine – sind seinem Ruf gefolgt. Und wenn jemand sich gar zu starrköpfig verhielt und seine Ehre nicht mit dem Kurzschwert wiederherstellen wollte, dann haben Mitsuru Toyamas Gefolgsleute auch schon mal nachgeholfen, aber ... Was ist mit Euch, Earl? Fühlt Ihr Euch nicht wohl?«

Auch David war die Veränderung im Gesicht seines Vaters aufgefallen. Seit Kaiser Meiji zum ersten Mal von dem Schwarzen Drachen gesprochen hatte, war dem Jungen kein einziges Wort der Unterhaltung entgangen. Er hatte zwar nur Bruchstücke des Gesagten verstanden, aber sein Gefühl verriet ihm die Wahrheit hinter dem saloppen Geplauder: Der Kaiser fürchtete den Schwarzen Drachen und Davids Vater suchte nach etwas, das er nicht offen auszusprechen wagte. Jetzt war Geoffrey offenbar fündig geworden. Warum sonst sah er mit einem Mal so blass aus?

»Vielen Dank, es geht schon«, antwortete der Earl of Camden leise. Mit zitternden Fingern führte er die Teeschale an die Lippen und nippte daran.

»Man könnte fast glauben, Euch sei der Name Mitsuru Toyamas in unangenehmer Erinnerung, Earl.«

»Zuerst dachte ich es«, antwortete Geoffrey. Das Zittern seiner Hände nahm allmählich ab. »Aber der Vorfall, an den ich denke, liegt schon über zwanzig Jahre zurück.«

»Ich weiß zwar nicht genau, wie alt Mitsuru Toyama ist. Aber vor zwanzig Jahren dürfte er nicht einmal volljährig gewesen sein. Und wenn ich Euer Alter richtig einschätze, dann wart Ihr damals wohl noch ein viel versprechender Knabe im englischen Palast Eures Vaters, Earl. Ich kann mir daher auch nicht vorstellen, dass Ihr Toyama anderswo als hier in Nippon begegnet seid.«

Geoffrey zwang sich zu einem Lächeln. »Ihr habt ein scharfes Auge, Hoheit. Ich bin für einen stellvertretenden Botschafter noch recht jung, offen gestanden erst siebenunddreißig. Aber was den Namen Toyama betrifft … Dürfte ich Euch noch etwas fragen, Hoheit?«

»Wenn es keine Staatsgeheimnisse sind«, antwortete Kaiser Meiji freundlich.

»Kennt Ihr einen *Teruzo* Toyama?«

»Nicht persönlich. Aber Teruzo, so sagt man, sei Mitsurus Vater gewesen. Habt Ihr Teruzo einmal kennen gelernt?«

»Ich bin mir nicht sicher«, antwortete Geoffrey ausweichend, aber David fühlte immer noch die große Unruhe, die seinen Vater erfüllte.

Kaiser Meiji versuchte seinen Gast zu beruhigen. »Toyama ist zwar ein Schurke – und wie allen großen Gaunern kann man ihm kein Vergehen nachweisen –, aber selbst er weiß, was Japan seinen englischen Freunden zu verdanken hat. Solange Ihr also über den Thron keine Spottlieder verbreitet, wird er sich für Euch nicht interessieren.«

»Das hoffe ich«, murmelte Geoffrey mit gezwungenem Lächeln. »Aber wer kann schon wissen, was in so einem Menschen vor sich geht?«

»Manchmal trägt er mich sogar auf den Schultern.«

»Der Kaiser?« David war beeindruckt. Endlich hatte man ihn und den traurigen Jungen allein gelassen, abgesehen von den zwei Leibwächtern bei der Tür, die sie zwar beobachteten, aber sonst so stumm waren wie Buddhastatuen.

»Na ja, ich bin nicht sehr schwer.«

»Mein Vater spielt ab und zu Mühle mit mir. Kannst du *Mah-Jongg?*«

»Meister Maruo sagt, ich bin noch zu klein dazu.«

»Machst du immer alles, was er sagt?«

Hirohito zuckte die Achseln. »Meistens schon.«

»Ist das nicht langweilig?«

»Ja.«

»Und warum tust du's dann?«

»Ich muss viel lernen, weil ich einmal Tenno werden soll.«

David nickte. »Verstehe.«

Er sah sich in dem großen Raum um, in dem sie bewegungslos am Boden saßen wie zuvor ihre Väter. Das Zimmer gehörte zu dem Palast des Prinzen, der allerdings diesen Namen kaum verdiente. Es war ein schönes, aber nicht gerade monumentales Haus im traditionellen Stil. Die Ausstattung im Raum entsprach mehr jener, die David von Yoshis Zuhause oder anderen japanischen Häusern kannte, nur war hier alles ein wenig größer und edler. Beide Jungen hatten wie üblich ihre Schuhe vor dem Zimmer ausgezogen, weil die Tatami-Matten nur barfüßig oder auf Strümpfen betreten werden durften. An den Wänden hingen Rollbilder mit bunten Aquarellzeichnungen. Hier und da standen einige überdimensionale Blumenvasen herum, ansonsten wirkte der Raum sehr karg. Spielzeug war nirgends zu sehen.

»Bist du gerne in diesem Palast?«, erkundigte sich David, nachdem er den Raum ausführlich inspiziert hatte.

»Im Landhaus vom Grafen Kawamura war es schöner.«

»Mein Vater ist auch ein Graf.«

»Sumiyoshi Kawamura war immer nett zu mir. Und zu Chichibu auch.«

Letzterer war Hirohitos Bruder. David erinnerte sich.

»Ich habe keinen Bruder. Aber einen Freund! Er heißt Yoshi.«

Und so ging die Unterhaltung des Vier- und des Fünfjährigen noch eine ganze Weile weiter. David erzählte von Yoshiharu und wie sie gemeinsam in der Rolle der Ronin fast jede Woche gefährliche Abenteuer bestanden und Hirohito berichtete von seinem kleinen Bruder Chichibu, obwohl erst drei schon ein richtiger Wildfang, von dem er einfach nur »Hito« genannt wurde. Ob es David gefallen würde, ihn auch Hito zu nennen, fragte der traurige Junge mit einem Mal.

»Gerne, Hito«, antwortete David. Er war noch zu jung, um sich von jener Scheu den Blick verkleistern zu lassen, die alle Erwachsenen jedes Mal befiel, wenn sie einem Angehörigen der Kaiserfamilie gegenübertraten. Für ihn war Hirohito hauptsächlich ein Junge in einer wenig beneidenswerten Lage. Kaiser Meijis Enkel erinnerte ihn an einen Kanarienvogel in einem goldenen Käfig und es bereitete ihm Freude, wenn er die Tür zu diesem Gefängnis wenigstens für eine kurze Zeit aufstoßen und seinem neuen Freund die Welt der Kinder draußen zeigen konnte.

Die beiden verstanden sich hervorragend. David erzählte ausführlich von seinem Zuhause, das unweit des westlichen Tores lag, durch das sie in den Palastbezirk eingelassen worden waren. Hito stellte immer wieder Fragen: Was tut dein Vater? Was deine Mutter? Was ist dein Lieblingsessen? Ob David beim letzten *koi nobori*, dem Knabenfest, auch einen Papierkarpfen bekommen habe. Und dann fragte er: »Wie hast du den Ball golden gemacht?«

David hob die Schultern. »Ich wollte gerne dein Lachen sehen.«

Hirohito sah den englischen Jungen eine Weile lang nachdenklich an. »Mehr hast du nicht getan?«

»Ich habe gesagt, dass er golden ist. Ich glaube, ich wollte ihn auch für dich so machen. Also wurde er es.«

Die Erklärung schien den zarten Kaiserenkel zu befriedigen. Er fragte nie mehr nach der Gabe des Farbgebens.

Während die Kutsche der Camdens durch die Gassen von Koji-machi und Ichiban-cho heimwärts zuckelte, beschäftigten David ernste Gedanken. Nein, er grübelte weniger über seine zwei Stunden mit Hito nach – wie hätte er auch ahnen können an diesem Tag den Keim zu einer langjährigen Freundschaft gelegt zu haben? –, sondern über den auffälligen Stimmungswechsel seines Vaters.

»Hast du Angst?«, fragte er den Vater unvermittelt.

Geoffrey zuckte zusammen. Er saß auf der Bank gegenüber von Maggy und seinem Sohn. »Was hast du gesagt?«

»Kaiser Meiji hatte Angst, als er von dem Schwarzen Drachen gesprochen hat. Ich habe es gemerkt.«

Geoffrey sah seinen Sohn mit großen Augen an, ohne etwas zu erwidern.

»Du kennst den Mann auch, Papa. Den Toyama-Kopf von dem Drachen. Warum fürchtest du dich vor ihm?« David fühlte, wie seine Hand von derjenigen Maggys umschlossen wurde. Bestimmt war auch seiner Mutter nicht entgangen, wie sehr dieser Name den Vater aus der Fassung gebracht hatte.

»Kennen ist vielleicht nicht das richtige Wort«, antwortete der ausweichend. »Aber diese unselige Geschichte liegt lange zurück, David. Wenn ich sie dir erzählen würde, dann hättest du nur schlechte Träume. Vielleicht irgendwann einmal, wenn du größer bist.«

Der Besuch im Kaiserpalast war ein weiterer jener »Erinnerungsknoten«, an denen David sich noch Jahre später bis in die frühe Kindheit zurückhangeln konnte. In den folgenden Jahren hatte er noch oft über die unzähligen Eindrücke dieses Tages nachgedacht.

Seine Wirkung auf Hirohito war von bleibender Dauer. Immer wieder verlangte der Kaiserenkel nach Seiki-kun (er hatte schon bald nach ihrem ersten Treffen Davids Spitznamen übernommen). Manchmal vergingen Monate, bevor sich die beiden Jungen wieder sahen, aber sie blieben Wegbegleiter, die sich nie aus den Augen verloren. Ihre unverbrüchliche Freundschaft blieb für den späteren Kaiser von Japan eine glückliche Ausnahme. Nur zu seinem langjährigen Biologielehrer Dr. Hirotaro Hattori pflegte er ein ähnlich inniges Verhältnis. Doch dazu später mehr.

Von der Öffentlichkeit blieb die Freundschaft der beiden Jungen weitgehend unbemerkt, da David den Palast nie durch die Vordertür betrat oder verließ. Die Treffen hatten einen konspirativen Charakter, der die Knaben nicht störte, sondern eher ihre Phantasie beflügelte. Mal verbrachten sie ihre gemeinsame Zeit mit Spielen, die nicht immer den anspruchsvollen Anforderungen des gestrengen Zuchtmeisters Maruo entsprachen, dann wieder wanderten sie einfach nur durch den Park und führten miteinander erstaunlich ernste Gespräche.

Hirohito zeigte sich hauptsächlich an allem interessiert,

– 122 –

was unjapanisch war. Wie die süßen Kirschen aus Nachbars Garten pflückte er diese verbotenen Früchte aus Davids Mund. Der erzählte im wahrsten Sinne des Wortes von Gott und der Welt. In religiösen Fragen stützte er sich vor allem auf das, was seine Mutter ihm in die Wiege gelegt hatte, in den weltlichen Themen konnte er sich schon bald auf seine Lehrer von der englischsprachigen Schule berufen. Außerdem schwärmte er von den Büchern, die er las, und vor allem von England, jenem »Heimatland«, das er nie selbst gesehen hatte und das ihm vielleicht gerade deshalb wie ein ferner Garten Eden erschien. Tatsächlich mochten diese verklärten Schilderungen der wahre Grund gewesen sein, weswegen Hirohito später ein Schiff besteigen und England besuchen sollte, ungeachtet dessen, was die Schwarzen Drachen davon hielten.

Von dieser Geheimgesellschaft wurde im Übrigen zu Hause lange nicht mehr geredet. Ab und zu versuchte David das Gespräch bei Tisch auf dieses für ihn so interessante Thema zu lenken, aber sein Vater schmetterte es jedes Mal ab, beinahe genauso rüde, wie er reagierte, wenn man ihn Geoff nannte.

Abgesehen von diesem geheimnisvollen Benehmen und den sporadischen Stippvisiten im Palast beschäftigten David aber auch ganz alltägliche Dinge. Yoshi kam mit sechs auf die Adelsschule Gakushuin. David genoss schon ein Jahr länger die Früchte des staatlich verordneten Bildungswesens (alle Kinder englischer Diplomaten, Ingenieure, Offiziere und sonstiger Ansässiger besuchten eine eigens für sie eingerichtete Ausländerschule). Jetzt konnten die beiden Freunde also nicht mehr so viel Zeit miteinander verbringen. Sie wurden »auf das Leben vorbereitet«, was immer das heißen mochte.

– 123 –

Für Yoshiharu musste diese Prozedur erheblich anstrengender sein als für David. Das jedenfalls war seine Einschätzung der Verhältnisse am Gakushuin. Die wichtigste Fertigkeit, die den Kindern an japanischen Schulen beigebracht wurde, war das Stillsitzen. Obwohl auch englische Lehrer ziemlich steif sein konnten, wurde hier die Bewegungslosigkeit in ihrer höchsten Vollendung erlernt. Die Lehrer trugen den Stoff vor und die Schüler saßen dabei auf dem Boden und lauschten in ehrfurchtsvoller Starre (nur bei den Schreibübungen wurde manchmal eine Ausnahme gemacht).

Rektor des Gakushuin war damals Graf Maresuke Nogi, ein alter Recke, der in vielen Schlachten versucht hatte sein Leben für den Kaiser zu opfern. Mehrmals sei ihm das auch fast gelungen, versicherte Yoshi glaubhaft. Zahllose Pfeile und Schwerter, Bajonette und Schrapnells hätten eine Ode des *bushido* auf Nogis Körper geschrieben. Und dieser »Weg des Kriegers« war es auch, den der alte Soldat seinen naseweisen Schützlingen anbefahl.

Jeden Morgen vollzog Nogi eine Zeremonie, an der sämtliche Schüler teilnehmen mussten. Eine halbe Minute lang verbeugten sich alle Anwesenden in Richtung Kaiserpalast – das war das Ritual der »Verehrung aus der Entfernung«, wie Yoshi erklärend anmerkte – und dann rezitierten die Schüler den kaiserlichen Erziehungserlass, der ihnen zuvor eingetrichtert worden war. Hiernach wurde miteinander die Nationalhymne gesungen.

»Was ist euer höchstes Streben?«, beschloss Nogi den Ritus.

»Für den Kaiser zu sterben!«, antworteten die Schüler im Chor.

David kannte zwar auch die Lobhudelei auf den König,

das englische Gegenstück zum Tenno, aber seiner Mutter verdankte er ein eher distanziertes Verhältnis zu jeder Art von Menschenverherrlichung. Yoshi genoss sein aufrichtiges Mitgefühl. Noch war für David der Tag nicht gekommen die treibende Kraft hinter derartigen Übungen zu durchschauen und ihren wahren Sinn zu erfassen. Aus Kindern, die man im widerspruchslosen Gehorsam dem Tenno oder auch irgendeiner anderen Idee gegenüber aufzog, wurden später Erwachsene mit einer für die Mächtigen wünschenswerten Eigenschaft: Sie waren eine leicht manövrierbare Masse, die sich zu fast jeder Schandtat einsetzen ließ. Das japanische Volk sollte diese Lektion noch leidvoll erlernen.

Im April 1908 erlebten David und Yoshi eine Überraschung. Eigens für Hirohito wurde am Gakushuin eine Klasse eingerichtet, die ausschließlich den Kindern des Hochadels vorbehalten war. Als naher Verwandter des vielmaligen Premiers Hirobumi Ito wurde Yoshi auch in diesen neuen Kader aufgenommen. Nun waren Davids beste Freunde also unversehens Klassenkameraden geworden.

Die Kommunikation mit dem Vogel im goldenen Käfig wurde dadurch erheblich erleichtert. Yoshi musste ein ums andere Mal als Botengänger herhalten und die Kassiber überbringen, die David und der Prinz untereinander austauschten. Hirohito brachte darin seine Freude zum Ausdruck endlich den alten Zuchtmeister Kinsaku Maruo abgehängt zu haben. Künftig sollte Graf Nogi für sein geistiges Wachstum sorgen. David äußerte Zweifel, ob sich für Hito dadurch etwas zum Vorteil wende, aber der Kaiserenkel hielt große Stücke auf den alten Recken und seine vielfältigen Fähigkeiten, die sich beileibe nicht nur auf das

Kriegshandwerk beschränkten, sondern von der Bonsai-zucht über die Kalligrafie bis hin zum Ikebana, der Kunst des Blumensteckens, reichten.

Obwohl es Dàvid schwer fiel, Hitos Begeisterung für diesen von Yoshi in so ganz anderen Farben beschriebenen Mann zu teilen, freute er sich doch, dass sein sensibler Freund nun einen festen Bezugspunkt im Leben hatte, etwas, das ihm sein kränkelnder Vater, der Kronprinz Yoshihito, nie hatte geben können, dürfen und vielleicht auch nicht wollen.

Abgesehen davon freute sich David in diesen Tagen hin und wieder sogar einige Minuten in der Gemeinschaft sei-ner *beiden* Freunde zu verbringen. Das ist insofern von Wichtigkeit, weil es mit einer anderen bedeutenden Ent-wicklung in seinem Leben zusammenfiel: der gezielten Nutzung seiner Gaben.

Wie bereits erwähnt, war sich David spätestens seit der Begegnung mit Hirohito auf dem Shimbashi-Bahnhof sei-ner außergewöhnlichen Fähigkeiten bewusst, ohne jedoch viel darüber nachgedacht zu haben. Alles, was andere Menschen staunen machte, bedeutete für ihn nicht mehr als das Fangen eines Balls. Und nichts anderes hatte er jah-relang während der Budo-Übungen getan, die seiner Mut-ter solche Seelenpein bereiteten. Seit Yoshi das Gaku-shuin besuchte, erhielt David nämlich genau hier seine Ausbildung in den japanischen Kampfeskünsten.

Dort fiel den Meistern auch bald schon die geradezu beängstigende Reaktionsschnelligkeit des Knaben auf. Das zeigte sich vor allem im *ken-no-michi*, auch *gekken* genannt, dem japanischen Schwertkampf also, den die Schüler jedoch aus verständlichen Gründen nicht mit geschmiedetem Stahl, sondern mit gestutztem Bambus ausfochten. Noch bevor ein Gegner auch nur ausholen konnte, um sein Bambusschwert mit lautem Kampfgeschrei auf Davids *Bogu*, seine Rüstung, zu dreschen, sah dieser den Angriff schon voraus und traf den Kontrahenten genau da, wo er sich im Augenblick der Attacke die größte Blöße gab.

Eines Tages führte sein Gekken-Meister Jutaro Yoneda mit ihm ein Experiment durch. Unter den Augen aller Mitschüler verband er dem Achtjährigen mit einer schwarzen Binde die Augen und unternahm dann eigenhändig einige heftige Angriffe auf ihn. Kein einziger Streich traf sein Ziel. Eine ganze Weile wehrte David die Hiebe geduldig ab und als ihm das Spiel zu langweilig wurde, versetzte er seinem Lehrer einen regelwidrigen Schlag gegen den ungeschützten Fußknöchel. In den folgenden vier Wochen wurde David von den Übungsstunden befreit.

An diesem Tage hatte er sie zum ersten Mal bewusst eingesetzt, jene Gabe, die er selbst später *Sekundenprophetie* nannte, weil sie ihn nie weiter als wenige Augenblicke in die Zukunft sehen ließ. Nun, es war keine große Angelegenheit für ihn. Er hatte einfach nicht länger von Meister Yoneda wie ein Zirkuspferd vorgeführt werden wollen. Aber der Entschluss, dem sinnlosen Schlagabtausch ein Ende zu bereiten, war dennoch eine planmäßige Handlung gewesen. Ja, von stiller Befriedigung erwärmt, hatte er den Meister nachher noch wortreich bedauert und ihm angekündigt, sein Knöchel würde wohl bald *blau* wie der Himmel über dem Fuji-yama sein. Kaum drei Atemzüge später erfüllte sich seine Vorhersage. Das Fußgelenk nahm eine Farbe an, die so unnatürlich war wie die Gesichtsbemalung eines Kabuki-Darstellers.

Hito ahnte als Einziger der ernst zuschauenden Schüler, wer sich hier einen geheimen Farbwunsch erfüllt hatte, aber seine Miene deutete nicht das geringste Vergnügen an.

Einige Tage nach seinem Sieg über den Schwertmeister Yoneda streifte David gelangweilt durch *New Camden House*. Es war um die Nachmittagsstunde, die sonst seinen Budo-Übungen vorbehalten war. Auf dem Erkundungsgang kam er auch am Arbeitszimmer des Vaters vorbei. Die Tür, die im Erdgeschoss vom Entree abging, war nur angelehnt. Aus dem Zimmer klang ein Knarren und Klappern, das Davids Neugierde weckte.

Vorsichtig schlich er zur Tür. Durch den Spalt sah er seinen Vater. Dieser drehte sich gerade vom Schrank weg, der hinter dem Schreibtisch stand, in der Hand eine sperrige lackierte Holzschatulle. Er öffnete sie und legte ein großes in Leder gebundenes Diarium hinein, ein Schreibbuch von der Art, wie es in manchen Häusern auslag, damit sich ihre Gäste darin verewigen konnten. Als der Deckel der mit Intarsien verzierten Kiste wieder zuklappte, trat David in den Raum.

»Guten Tag, Papa.«

Geoffrey erschrak. »David! Ich habe noch gar nicht mit dir gerechnet. Müsstest du nicht längst ... Ach, ich vergaß! Meister Yoneda hat dich ja ›beurlaubt‹. Du hättest ihm diese Schmach wirklich nicht antun dürfen, mein Sohn.« Der Tadel klang eher wie das Lob eines stolzen Vaters, der den Sieg seines Sohnes mit klammheimlicher Freude genoss. Geoffrey kämpfte unübersehbar gegen ein Lächeln an.

Mehr Bestätigung brauchte David gar nicht. Mit perfekter Unschuldsmiene beteuerte er: »Meister Yoneda wollte aus mir eine Marionette machen. Ich sollte immer die Arme heben, wenn er zuschlug. Das hat mir nicht besonders gefallen.«

Davids Vater nickte verständnisvoll. In seinen Händen hielt er noch immer die Schatulle. Ihm war anzusehen, dass er sich ertappt fühlte. »Ich muss heute nicht mehr in die Botschaft. Hast du Lust nachher mit mir etwas zu spielen?«

»Gerne«, antwortete David und ehe sein Vater sich wieder dem Schrank zuwenden konnte, um die geheimnisvolle Kiste darin zu verschließen, fragte er: »Schreibst du ein Tagebuch?«

»W-was?«

»Ich habe es von draußen gesehen. Es liegt da in dem Kasten, den du dir gerade so fest an die Brust drückst. Darf ich es mir mal ansehen?«

»D-das ist kein Tagebuch«, stotterte der Vater. Und als ob er ahnte, dass er seinem Sohn nichts vormachen konnte, fügte er hastig hinzu: »Jedenfalls kein richtiges. Ich habe darin einige Erinnerungen aufgezeichnet, Episoden aus meinem Leben. Ich … ich möchte sie für dich bewahren.«

»Aber warum darf ich sie dann nicht jetzt schon lesen?«

»Weil du dafür noch zu klein bist, David.« Die Antwort kam schnell und bestimmt wie ein abschließender Bescheid. David spürte durchaus, hier an eine empfindliche Stelle gerührt zu haben, aber dann fügte sein Vater doch beschwichtigend hinzu: »Na ja, in manchen Dingen bin ich mir selbst im Unklaren. Irgendwie habe ich gehofft die Erlebnisse aus meiner Vergangenheit besser verstehen zu können, wenn ich meine Gedanken ordne und sie aufschreibe. Klingt das seltsam für dich?«

»Überhaupt nicht«, antwortete David sofort. Er fühlte, wie sich sein Vater ihm öffnete und das allein schon entschädigte ihn für den entgangenen Blick in das geheimnisvolle Buch.

»Lass mir einfach noch etwas Zeit, David.« Geoffrey stellte die Schatulle nun wirklich in den Schrank zurück. Während er den Schlüssel herumdrehte und ihn sich in die Westentasche schob, bemerkte er noch: »Ich verspreche dir, dass du dieses Buch eines Tages lesen wirst, mein Sohn. Bis dahin mögen noch einige Jahre ins Land gehen, aber glaube mir, je länger dir diese Lektüre erspart bleibt, umso unbeschwerter wird dein Leben sein.«

## Der Schatten des Schwarzen Drachens

Mit dem Sieg über den Gekken-Meister Yoneda hatte für David ein neuer Lebensabschnitt begonnen. Seine Wahrnehmung blühte auf wie eine Seerose im Licht der Morgensonne, und das nicht nur in Bezug auf die eigenen Fähigkeiten. Hatte er seine Umgebung früher noch mit dem manchmal begeisterten, dann wieder ehrfürchtigen Staunen eines kleinen Kindes erforscht, so begann er nun nach den Ursachen zu fragen. Er wollte wissen, warum sich die Dinge so verhielten, wie man sie sah. Vor allem aber interessierte ihn, weshalb vieles in Wirklichkeit anders war, als es den Eindruck erweckte. Das traf vor allem auf seinen eigenen Vater zu.

Seit dem Tag, als er ihn mit der hölzernen Schatulle im Arbeitszimmer aufgeschreckt hatte, war über ein Jahr vergangen. In dieser Zeit entwickelte David ein Auge für bestimmte Verhaltensmuster seines Vaters, die ihm früher nie aufgefallen waren: unmerkliche Gesten, eine überraschende Äußerung oder eine dunkle Wolke auf dem bärtigen Gesicht, die schon wieder verflogen war, ehe man ihrer so richtig gewahr wurde. Diese unauffälligen Signale bestärkten David in der Überzeugung unter dem Schatten eines düsteren Geheimnisses zu leben, das über der ganzen Familie schwebte.

Immer wieder gab es auch Anlässe, die Geoffreys innere Zerrissenheit ganz ungeschminkt zutage treten ließen. Als daher Maggy an einem Novembermorgen beim Familienfrühstück mit der Nachricht aufwartete, der chinesische Kaiser Kuang-hsü sei gestorben, veränderte sich sein Gesicht wie schon zuvor während der Audienz beim Tenno: Es wurde aschfahl, als versteinerte es vor den Augen von Ehefrau und Sohn.

»Ist er …?« Davids Vater hielt seine Gedanken zurück.

Aber die Mutter schien zu ahnen, was in ihm vorging, denn sie lächelte beruhigend und antwortete sogleich: »Nein, nicht, was du denkst. Er ist eines natürlichen Todes gestorben.«

Später, Geoffrey hatte sich mit seltsam schwerem Gang aus dem Haus begeben, fragte David die Mutter, was denn an der Nachricht vom Ableben des Kaisers für den Vater so bestürzend sei. Und als Maggy nur ausweichend antwortete, sagte er: »Mama, ich weiß, dass sich Papa vor etwas fürchtet. Es gibt etwas ganz Bestimmtes, das ihm Angst macht. Er schreibt es in ein Buch, das er in seinem Arbeitszimmer einschließt. Warum darf ich es nicht wissen? Hängt es mit mir zusammen? Manche Kinder verspotten mich wegen meiner weißen Haare und …«

»Nein, David«, fiel Maggy ihm ins Wort. Sie wirkte erschrocken. »Glaub doch so etwas nicht. Es hat bestimmt

– 131 –

nichts mit dir zu tun. Ich wünschte, ich könnte dir mehr sagen, aber dein Vater will mit niemandem über sein Geheimnis sprechen. Selbst mit mir nicht. Vielleicht hat er als Kind einmal mit ansehen müssen, wie ein Mensch ermordet wurde, und fürchtet sich deshalb so übertrieben vor Attentaten. Das würde erklären, weshalb er dich unbedingt in der Kunst der Selbstverteidigung ausbilden will.«

»Aber wer sollte uns etwas antun wollen, Mama?«

»Ich weiß es nicht, David. Ich kann es dir wirklich nicht sagen. Nur eines ist mir bisher aufgefallen: Immer wenn ein Mensch ermordet wurde, der – wie soll ich mich ausdrücken? –, der für die feste Ordnung in seiner Heimat stand, erschütterte das deinen Vater ganz besonders. In den letzten Jahren sind seine Reaktionen immer heftiger ausgefallen. Als Anfang Februar letzten Jahres der portugiesische König Karl I. und Kronprinz Ludwig Philipp durch die Karabinerkugeln eines Meuchlers hingestreckt wurden, konnte er sieben Tage lang nicht in die Botschaft gehen. In den folgenden drei Wochen war er ein einziges Nervenbündel. Selbst beim Tod von Königin Victoria, ein Jahr nach deiner Geburt, war seine Reaktion nicht so heftig gewesen. Für mich ist sein Verhalten genauso schleierhaft wie für dich, mein Schatz. Ich wünschte, ich könnte dir mehr sagen, David, aber …«

Maggy nahm ihren Sohn in die Arme. David spürte ihre Hilflosigkeit und mit einem Mal wollte er seine Mutter nur noch trösten.

»Dann werde *ich* Papa beschützen. Wir müssen ihm beide helfen, damit er sich nicht länger zu fürchten braucht«, sagte er.

Maggy schluchzte. »Ja, mein Schatz. Bei Gott, das müssen wir.«

Nachdem Davids Strafzeit bei Meister Yoneda abgelaufen war, stürzte er sich mit Hingabe wieder in seine Schwertkampfausbildung. Auch im *ju jutsu* vervollkommnete er seine schon beachtlichen Fähigkeiten, die sich zu mindestens zwei Dritteln auf seine Gabe der Sekundenprophetie stützten – den Rest steuerte die enorme Gelenkigkeit seines so schlaksig anmutenden Körpers bei. Davids Gelöbnis, seinen Vater zu schützen, war mehr als das kindliche Gerede eines Achtjährigen. Er hatte es damit ernst gemeint.

Das Jahr 1909 begann, wie das vorausgegangene geendet hatte: weitgehend friedlich. Keine neuen Hiobsbotschaften erschütterten Geoffreys seelisches Gleichgewicht, einzig das immer stärkere Wettrüsten zur See bereitete ihm etwas Sorge. Großbritannien hatte mit der *Dreadnaught* eine neue Klasse riesiger Kriegsschiffe in Dienst gestellt, der bald weitere folgten, und nun kündigte die Kaiserliche Werft Wilhelmshaven und die Werft A. G. Weser in Deutschland noch größere Liner an. Über einhundertsiebenunddreißig Meter sollten die neuen deutschen Linienschiffe *Nassau* und *Westfalen* messen. »Wo wird das nur hinführen?«, murmelte Geoffrey über seinem Morgenblatt.

David dagegen zollte den immer neuen Triumphen der Technik seine Bewunderung. Welcher Junge tat das nicht? Die Brüder Wright bauten Flugmaschinen in nie geahnter Perfektion. Man konnte mit ihnen im dreidimensionalen Raum richtig lenken! Wie zur See, so hielten die Deutschen auch in der Luft mit Größe dagegen. Ihre fliegenden Würste, die sie Zeppeline nannten, brachen einen Entfernungsrekord nach dem anderen.

So hatte David die unbekannte Last, die seinen Vater

bedrückte, schon beinahe vergessen, als im Oktober Ereignisse ihren Lauf nahmen, deren volle Bedeutung er erst Jahre später überblicken sollte.

Der Earl of Camden bekam eine Einladung zum kaiserlichen *Kanname*-Fest. Nach shintoistischem Brauch musste der Tenno in jedem Herbst den ersten neuen Reis darbringen, um die Götter auch für das kommende Jahr gnädig zu stimmen. Obgleich Ausländer das eigentliche Ritual nicht beobachten durften, bot es doch Anlass für allerlei Feierlichkeiten. Geoffrey war zu einem Empfang ins japanische Außenministerium geladen worden. Es wurde um Respektierung der Tradition des Gastgebers gebeten – die Ehefrauen mussten also zu Hause bleiben.

Für Geoffrey war es anfangs ein Empfang wie jeder andere. Diplomaten der verschiedensten Nationen standen oder saßen in den Festräumen herum, führten leise Gespräche von mehr oder minder staatstragender Bedeutung oder sprachen den einheimischen Delikatessen zu. An diesem Abend war der Cutaway obligatorisch. In diesem schwarzgrauen Rock mit seinen langen, abgerundeten Schößen sahen alle Herren irgendwie gleich aus. Dazwischen leuchteten die Geishas in ihren seidenen Kimonos wie Lotusblüten in einem See dunkler Algen. Sie übernahmen die Rolle der Gastgeberinnen, sorgten sich um das leibliche Wohl der Diplomaten, pflegten Konversation und wehrten Annäherungsversuche ab.

Geoffrey unterhielt sich gerade mit dem belgischen Baron d'Anethan, der sich nach dem Befinden Davids und Margrets erkundigt hatte, als sich von der Seite Yukio Ito näherte. Yukio wartete in diskretem Abstand, bis der Doyen des Corps diplomatique sich empfahl und Geoffrey seinem Freund überließ.

»Ich wüsste nur zu gerne, warum die Diplomaten immer ein Fest vortäuschen müssen, wenn sie miteinander palavern wollen«, stöhnte Geoffrey in gespielter Erschöpfung.

Yukio lächelte unauffällig. »Unsere *matsuri*, die religiösen Feste, waren früher das seidene Band, das unsere Dorfgemeinschaften zusammengehalten hat. Gäbe es sie nicht, wäre der Reisanbau unmöglich gewesen. Und ohne diesen hätten die Menschen hungern müssen.«

»Wie immer hast du natürlich Recht, mein Freund. Ohne diese langweiligen Empfänge wäre wohl so manches Abkommen nicht zustande gekommen. Allerdings, was das Hungern betrifft – also wenn ich mich hier umsehe, sind wir doch wohl alle ziemlich weit entfernt davon.«

»Du klingst, als wüsstest du, wovon du sprichst.«

Geoffreys Blick verklärte sich. »Auch wenn du es mir nicht glauben magst, aber ich habe tatsächlich einmal hungern müssen. Doch wie sagte unser großer Dichter Shakespeare so schön? ›Lasst die Erinnerung uns nicht belasten mit dem Verdrusse, der vorüber ist.‹ Hat es einen bestimmten Grund, warum du deine Gäste für mich vernachlässigst, Yukio?«

»Du bist auch mein Gast, Geoffrey-*kun*. Aber du hast Recht, ich wollte dich meinem Oheim vorstellen.«

»Doch nicht etwa …?«

»Ganz richtig, dem ehrenwerten Prinzen Hirobumi Ito.«

Geoffrey erinnerte sich: Der Marquis war zwei Jahre zuvor in einen Adelsstand befördert worden, der dem eines Herzogs oder Prinzen entsprach. »Wo ist denn dein erlauchter Oheim?«

Yukio deutete mit der Hand zu einem Durchgang hin. »Dort drüben im Raucherzimmer.«

Der den Rauchern vorbehaltene Raum erinnerte Geoffrey an London im Winter: Die Luft war zum Schneiden und man sah die Hand vor Augen nicht. Irgendwie gelang es den beiden Jungdiplomaten dann aber doch, den vielmaligen Premierminister aus den blauen Rauchschwaden zu fischen. Geoffrey kannte Hirobumi Ito von anderen Empfängen, allerdings war er ihm nie persönlich vorgestellt worden. Das holte Yukio nun nach.

»Ich möchte Euch noch einmal dafür danken, dass Ihr meinem Sohn die Budo-Ausbildung ermöglicht habt«, sagte Geoffrey, nachdem der förmliche Teil der Begrüßung absolviert war.

Der asiatisch kleine Prinz wirkte einen Moment verwirrt, aber nachdem ihm sein Neffe etwas ins Ohr geflüstert hatte, begannen seine listigen Augen zu leuchten. Er nickte generös und antwortete: »Entschuldigt, wenn ich nicht sogleich darauf kam, Mylord, aber die Jahre meiner vierten Amtszeit als Premier dieses Landes liegen schon etwas zurück. Es ist mir eine Ehre, dem *seiki no ko* diesen Dienst erwiesen zu haben. Ich hoffe, Euer Sohn gedeiht wie die Reisschösslinge, denen unser heutiges *kanname-sai* gewidmet ist.«

»Vielen Dank, Euer Hoheit, er macht sich ausgezeichnet. Ich hoffe, ihm wird einmal ein so erfülltes Leben wie das Eure vergönnt sein.«

»Ihr seid ein Schmeichler, Mylord – also wohl auch ein geschickter Diplomat. Aber lasst Euch gesagt sein, solange ich noch das Herz einer Frau höher schlagen lassen kann, solange will ich mich auch für mein Land verwenden. Es gibt noch so viel zu tun. In Korea, in der Mandschurei – schon übermorgen reise ich in offizieller Mission nach Nordchina.«

»Dann wünsche ich Euch, dass Eure Erwartungen sich erfüllen.«

»Sie sollten besser von den Perspektiven Nippons reden als von denen eines alten Mannes«, drängte sich mit einem Mal eine neue Stimme in das Gespräch.

Geoffrey schreckte zusammen. Schlagartig wurde ihm kalt, gleichzeitig begann er zu schwitzen. Mit steifem Hals drehte er den Kopf und blickte in das Antlitz eines ungewöhnlich großen Japaners. Er hatte dieses maskenhafte Gesicht schon einmal gesehen, vor vielen Jahren, in einer anderen Zeit.

»Toyama-*san*«, sagte Hirobumi Ito verärgert. »Was soll dieses ungehörige Benehmen? Seht Ihr nicht, dass ich mich unterhalte?«

»Verzeiht«, entgegnete der große Mann und machte mit seinen in weißen Handschuhen steckenden Pranken eine beschwichtigende Geste. Dabei lächelte er eher belustigt als reumütig. »Hier drin ist die Sicht so schlecht, da muss mir dieses Detail entgangen sein. Wer ist dieser Ausländer, dass Ihr mit ihm die politischen Pläne Nippons erörtert?«

Erst jetzt blickte Mitsuru Toyama in das Gesicht des englischen Earls. Obwohl seine Miene ausdruckslos blieb, blitzte in seinen Augen Verachtung. Oder gab es da noch mehr? Vielleicht Erkennen? Nein, unmöglich. Im Laufe eines Vierteljahrhunderts hatte Geoffrey sich verändert, war nun größer, etwas kräftiger und trug einen Vollbart. Dennoch durchlebte er einen langen Moment der Furcht. Äußerlich unterdrückte er noch das Zittern, vor dem er im Innern längst kapituliert hatte. Aber dann wandte sich der »Kopf« der Gesellschaft Schwarzer Drache wieder dem Prinzen Ito zu. Geoffrey atmete auf. Er war für Toyama nur ein *Gaijin*, ein Barbar unter vielen anderen in diesem Haus.

»Ich hörte, Hoheit, in der Mandschurei gäbe es Widerstand gegen Nippons Protektorat«, sagte Toyama zu dem fast siebzigjährigen Politiker, weil seine letzte Frage unbeantwortet geblieben war. Obwohl seine Züge ein Lächeln andeuteten, tänzelte auf seiner Stimme ein spöttischer Unterton. »Wenn Ihr die Chinesen genauso mit Samthandschuhen anfasst wie die Koreaner, dann werden sie bald auf unseren Kaiser spucken. Ich fürchte fast, die Patrioten in unserem Lande werden eine solche Befleckung des Göttlichen nicht zulassen. Sagt das den Chinesen, wenn Ihr dort seid. Vielleicht hilft es ihnen zu erkennen, dass ein wenig mehr Dankbarkeit für Nippons Schutz durchaus angebracht wäre.«

»Ich danke Euch für Euer Interesse an meiner Mission«, antwortete Ito unterkühlt. »In der Vergangenheit konnte ich für unser Land so manchen Kompromiss erringen. Ich dürfte inzwischen gelernt haben, wie man eine Verhandlung führt.«

»Es war nur ein gut gemeinter Rat.« Mitsuru Toyama verbeugte sich in Richtung der beiden Landsleute. Geoffrey ignorierte er. »Doch nun entschuldigt mich. Ich bin ein ruheloser Geist, von meinen Geschäften hierhin und dorthin getrieben. Es gibt für mich noch ein paar wichtige Dinge zu erledigen.«

»Ein unangenehmer Zeitgenosse«, sagte Yukio, nachdem Toyama im blauen Dunst verschwunden war.

Geoffrey erwiderte nichts. Er war nicht in der Lage dazu.

»Meinetwegen kann er so penetrant sein, wie er will«, antwortete Hirobumi Ito mit düsterer Stimme. »Aber Mitsuru Toyama ist außerdem noch gefährlich. Vielleicht der gefährlichste Mann im ganzen Land.«

Nicht sehr viel später an diesem Abend kehrte der Earl

of Camden in ziemlich desolatem Zustand nach Hause zurück. Bei seinem Botschafter hatte er sich entschuldigt: ein Anfall von Migräne. Furchtbare Schmerzen! Es täte ihm Leid.

Maggy merkte sogleich, dass mehr dahinter steckte. Als Geoffrey *New Camden House* betrat, empfing sie ihn im Entree. Weder sie noch Geoffrey ahnten, dass weiter oben auf der geschwungenen Treppe ihr Sohn Posten bezogen hatte.

David war kurz zuvor aus dem Schlaf hochgeschreckt. Ein böser Traum hatte ihm eingeflüstert, sein Vater sei in Gefahr. Um die Trockenheit im Mund zu vertreiben, beschloss er in die Küche zu schleichen und ein Glas Milch zu trinken. Dabei hörte er die Stimmen in der Eingangshalle.

»Was ist mit dir, Geoffrey? Du siehst aus, als hättest du ein Gespenst gesehen.«

»Vielleicht habe ich das, Maggy. Komm ins Arbeitszimmer. Ich möchte nicht, dass jemand vom Personal uns hört.«

David spürte in diesem Augenblick, dass etwas Schreckliches geschehen war. Die Furcht hatte seinen Vater wieder gefunden und hielt ihn nun in ihren kalten Klauen fester als je zuvor. Leise schlich er die Treppe hinab zur Tür des Arbeitszimmers. Seine Eltern waren soeben dahinter verschwunden. Unter Nichtachtung sämtlicher Vorschriften spähte er durchs Schlüsselloch. Dies war ein Notfall. Er hatte seinem Vater geschworen ihn zu beschützen. Und nun, das spürte David, brauchte dieser ihn.

Geoffrey hatte sich gerade erschöpft in den Schreibtischsessel sinken lassen. Maggy stand neben ihm, den

Arm um seine Schulter gelegt. »Was ist passiert, Liebling?«, fragte sie besorgt.

David drückte das Ohr gegen das Schlüsselloch, damit er nichts verpasste.

»Ich bin auf dem Empfang Mitsuru Toyama begegnet«, sagte Geoffrey.

»Etwa dem Prinzipal dieser Amur-Gesellschaft?«

»Genau dem. Er ist ein sehr ›unangenehmer Zeitgenosse‹ – so hat Yukio ihn beschrieben.«

»Und *deshalb* bist du so außer dir? Da gibt es doch noch etwas, das dich bedrückt. Ich habe es schon damals bemerkt, als wir im Kaiserpalast waren. Und David auch. Willst du es mir nicht verraten?«

»Vor David kannst du sowieso nichts geheim halten. Manchmal habe ich das Gefühl, der Junge sieht mir bis auf den Grund meiner Seele …«

»Und was er dort findet, benutzt er dann, um dir irgendwelche Zugeständnisse abzuringen. Ich weiß, Liebling, mir geht es genauso mit ihm. Aber das ist nicht die Antwort auf meine Frage. Wovor fürchtest du dich, Geoffrey?«

»Ich bin Mitsuru Toyama schon einmal begegnet. Vor langer, langer Zeit. Eigentlich ist das unmöglich, denn er scheint in all den Jahren überhaupt nicht gealtert zu sein, aber ich bin mir ganz sicher.«

»Wäre es nicht denkbar, dass du seinen Vater kennst? Der Tenno hatte doch den Namen erwähnt. Warte mal …«

»Teruzo. Teruzo Toyama. Ich kenne den Namen genau, Maggy. Er ist seit damals in mein Gedächtnis eingebrannt wie ein hässliches Mal.«

»Es war in England, stimmt's?«

»Ja.«

– 140 –

»Hat es etwas mit dem Teil deiner Vergangenheit zu tun, über den du nie sprechen wolltest?«

»Maggy!« David bemerkte den flehentlichen Klang in der Stimme seines Vaters. »Als wir uns das Jawort gaben, haben wir eine Vereinbarung getroffen. Ich sagte dir, dass es dunkle Punkte in meinen jungen Jahren gibt – aber nichts, was Gott nicht verzeihen würde –, und du hast versprochen die Vergangenheit auf sich beruhen zu lassen.«

»Das habe ich nicht vergessen, Geoffrey. Aber nun hat sich die Situation geändert. Wir haben einen Sohn und ich glaube, dass deine Furcht eine berechtigte Ursache hat. Wenn es etwas gibt, das unserer Familie schaden kann, dann müssen wir *gemeinsam* versuchen die Gefahr abzuwenden. Es hat mit diesem Toyama zu tun, das stimmt doch, oder?«

Geoffrey nickte mit schwerem Haupt. »Du hättest seine Worte heute hören sollen, als wir mit Hirobumi Ito zusammenstanden. Wenn du mich fragst, dann hat er dem Prinzen ganz offen gedroht, aber Yukio meinte, das sei nichts als Wichtigtuerei. Einschüchterung gehöre zu den Geschäftsprinzipien der Gesellschaft Schwarzer Drache.«

»Und – verstehe mich bitte nicht falsch – was hat das mit *uns* zu tun?«

»Ich fürchte, ich weiß, was dieser Toyama bezweckt, aber ich kann gar nichts dagegen tun. Als wir beide hierher nach Japan kamen, tat ich es nicht nur, weil dieses Land mich seit meinen Jugendtagen fasziniert hat. Ich glaubte auch, eine gewaltige Verschwörung entlarven zu können. Aber seit Davids Geburt begreife ich immer mehr, wie unmöglich das ist. Der Russisch-Japanische Krieg, all die Attentate – was hätte ich schon dagegen tun können?«

»Willst du damit sagen, diese Ereignisse haben alle eine gemeinsame Ursache? Aber Geoffrey! Wie kannst du nur glauben, ein Einzelner oder auch eine Organisation könne so mächtig sein die *ganze Welt* in Unordnung zu bringen?«

»Ich sage gar nichts mehr«, entgegnete Davids Vater wie ein trotziges Kind. »Ich bringe uns dadurch alle nur in Gefahr.«

In den Tagen nach dem *kanname-sai* führte David das Dasein eines Geheimagenten. Er beobachtete. Wann immer nötig, machte er im Geiste Notizen. Er wusste, es hatte keinen Zweck, den Vater nach der Ursache der gedrückten Stimmung im Haus zu fragen, selbst mit der Gabe der Wahrheitsfindung nicht. Davids Überredungskunst taugte weder zum Auskundschaften der Wirklichkeit noch zum Ablenken von derselben, sondern nur zu ihrem Erkennen. Aber das brauchte sein Vater am allerwenigsten. Nichts anderes als das Bewusstsein einer dunklen, bedrohlichen Wahrheit war der Grund, aus dem sein Schweigen erwuchs.

Und Mutter konnte nichts sagen, weil sie nichts wusste. Für Yoshi war die Gesellschaft Schwarzer Drache keine Bedrohung, sondern ein geheimnisvoller Heldenverein zur Rettung des *bushido*. Ihr vorsätzlichen Mord zuzutrauen entzog sich seinem Vorstellungsvermögen. Wenn jemand auf Anraten der Amur-Gesellschaft *seppuku* beging, dann musste er auch etwas auf dem Kerbholz haben.

Am Abend des 27. Oktober klopfte Yukio an die Pforten von *New Camden House*. Draußen war es längst dunkel geworden und immer wieder gingen Regenschauer über Tokyo nieder. Arthur, der Butler, schälte den Freund der Familie aus seinem triefenden Mantel und führte ihn

– 142 –

in den Salon. Dann benachrichtigte er die Herrschaften, die gerade beim Dinner saßen.

Yukios ganzes Auftreten hatte den sonst immer sehr zurückhaltenden Diener beunruhigt, denn als er die Anwesenheit des Grafen Ito meldete, lag in seinem Gesicht ein alarmierter Ausdruck. Geoffrey warf sofort die Serviette auf das Tischtuch und lief aus dem Raum. Maggy und David folgten ihm dichtauf.

»Was ist geschehen?«, begrüßte Geoffrey den Freund.

Yukio vergaß für einen Moment die Traditionen seines Landes und zeigte Gefühle. »Sie haben meinen Oheim ermordet!«

»Du meinst …?« Blankes Entsetzen malte sich auf Geoffreys Gesicht.

Yukio nickte schwach. »Hirobumi Ito wurde gestern in Harbin von einem gewissen An Chung-gun erschossen.«

»Harbin?«, fragte Maggy, die den verstörten Mann zu einem Stuhl bugsierte und den noch in der Tür stehenden Butler nach heißem Tee schickte.

»Das liegt in Nordchina«, erwiderte Yukio. Seine Stimme war kaum mehr als ein Flüstern. »Der Attentäter gehört einer koreanischen Unabhängigkeitsbewegung an. Ist das nicht eine seltsame Ironie des Schicksals, Maggy-*chan*? Gerade meinen Oheim, der von Anfang an gegen die Annexion Koreas war und sich immer für eine Verbrüderung unser beider Länder eingesetzt hat, mussten sie umbringen. Weißt du, was sein letzter Ausruf gewesen sein soll? *Baka na yatsu!*«

»Was für ein Narr!«, wiederholte Geoffrey die Worte in Englisch. Er zog sich einen zweiten Stuhl heran, hauptsächlich, um seine zitternden Beine zu entlasten. »Denkst du auch, was ich denke, Yukio?«

– 143 –

Der Japaner sah seinen Freund aus schmerzerfüllten Augen an, antwortete jedoch nichts.

»Erinnerst du dich noch an den Empfang letztens, zwei Tage vor der Abreise deines Oheims?«

»Du glaubst, Mitsuru Toyama hat etwas mit seinem Tod zu tun?«

»Ich habe inzwischen einige Erkundigungen über ihn eingezogen. Er ist ein sehr mächtiger Mann!«

»Ich weiß nicht. Sein ›gut gemeinter Rat‹ an Oheim Hirobumi hatte zwar wie eine Drohung geklungen, aber …«

»›Es gibt für mich noch ein paar wichtige Dinge zu erledigen‹«, ging Geoffrey dazwischen. Seine Augen glänzten wie im Fieberwahn. »Lauteten so nicht Toyamas Abschiedsworte? Ich glaube, jetzt weiß ich, was er damit gemeint hat. Er ist seelenruhig aus dem Ministerium spaziert und hat dann einige seiner Kontakte spielen lassen, um sich für das ablehnende Verhalten Hirobumis zu revanchieren. Für die Welt sieht es jetzt so aus, als hätten koreanische Freiheitskämpfer deinen Oheim ermordet. Aber ich glaube nicht daran.«

Alle, einschließlich David, sahen Geoffrey erstaunt an. »Dafür haben wir keinerlei Beweise«, wagte schließlich Yukio zu widersprechen.

»Die wirklich großen Verschwörungen werden immer erst zu spät erkannt«, murmelte Geoffrey.

Maggy, die nicht wusste, wen sie zuerst trösten sollte, fragte: »Was wird deine Familie jetzt tun, Yukio?«

Der zuckte müde die Achseln. »Mein Oheim soll ein Staatsbegräbnis bekommen. Weiter denke ich im Moment nicht. Danach wird wohl das Leben weitergehen wie bisher.«

Geoffrey schnaubte verächtlich. Yukios Nachricht hatte ihn zu sehr erschüttert, um einfach so zur Tagesordnung überzugehen. Maggy legte ihm beruhigend die Hand auf den Arm, bevor sie sich wieder dem Freund zuwandte.

»Es ist irgendwie ungerecht, dass ein so bedeutender Mann einfach sang- und klanglos von der Bühne des Lebens gehen muss. Möchtest du Tee?«

Yukio nickte. Gerade hatte Arthur, der Butler, ein silbernes Tablett auf ein rundes Tischchen gestellt und war von Maggy wieder hinausgeschickt worden. Sie reichte dem Neffen des Hingeschiedenen eine Tasse und versorgte auch ihren stumm vor sich hin brütenden Mann sowie sich selbst mit dem dampfenden Getränk. David ging leer aus.

Nach einem ersten vorsichtigen Schluck schlich sich ein Lächeln auf Yukios Gesicht. Es wirkte noch etwas unfertig. »Euch als meinen Freunden kann ich es ja sagen: Hirobumi Ito war leider nicht nur ein geschickter Staatsmann, sondern auch ein Aufschneider und Schwerenöter. Ich weiß noch, wie er einmal lachend dichtete: ›Trunken ruht mein Kopf im Schoße einer Schönheit; erfrischt erwacht ergreife ich die Zügel der Macht.‹ Ich zweifle daran, dass man diesem Menschen Schreine bauen wird.«

Maggy sah verlegen zu David hin. Yukios freizügige Art, über das Liebesleben seines Vaterbruders zu sprechen, gehörte zu den für sie unverständlichen Sitten ihres Gastlandes. Sie hatte sich immer nach Kräften bemüht ihren Sohn vor dieser Lebenseinstellung zu schützen. Als David noch kleiner war, konnte es vorkommen, dass man mit der Kutsche durch eine Straße fuhr und unvermittelt neben einem Käfig anhalten musste, in dem eine splitternackte Prostituierte saß. Andernorts lief einem möglicherweise ein dampfender Mann im Adamskostüm über den Weg, der gerade aus dem Badehaus heimwärts strebte, über dem Arm seine säuberlich zusammengefalteten Kleider. Obwohl die japanische Regierung sich bemühte, solches Brauchtum mit Rücksicht auf die Europäer und Amerikaner einzuschränken, gab es für diese doch noch immer genügend Anlässe sich schockiert zu fühlen.

Für David war die etwas andere Beziehung der Japaner zur eigenen Körperlichkeit längst etwas Alltägliches. Dafür hatte schon Yoshi gesorgt. Nun sah er den Vater seines besten Freundes an, blickte dann zum eigenen hinüber und versuchte seine Gedanken zu ordnen. Gab es wirklich diese dunklen Mächte, deren Wirken der Vater überall zu erkennen glaubte? Oder wurde dieser langsam verrückt? Hitos Vater verlegte immerhin auch ab und zu seinen Verstand. Vielleicht gehörte das ja zum Älterwerden.

Wenn man wie der neunjährige David noch nicht über ein solches Arsenal von Erfahrungen verfügt wie, sagen wir, ein Neunzigjähriger, dann mag es ziemlich schwierig sein, die lähmenden Geschosse des Lebens abzuwehren. Als daher Yoshis Vater an diesem Abend *New Camden House* verließ, blieb nicht nur ein deprimierter Earl zurück, sondern auch ein verwirrter und verängstigter David.


## Verfolgt

Im Alter von zehn Jahren endete Hirohitos Generalamnestie für alle kindlichen Kapriolen. Schon vorher war ihm die Ausgelassenheit anderer Kinder fremd gewesen, nun lehrte ihn General Nogi die Vorteile eiserner Disziplin.

Diese Umstände erschwerten die konspirativen Treffen

zwischen David und seinem zierlichen Freund, sowohl im Kaiserpalast wie auch im Gakushuin. Von nun an sahen sich die beiden nur noch selten. Zum Glück hatte David noch Yoshi. Der war ein Energiebündel sondergleichen, obwohl das seine Beleibtheit nicht auf Anhieb erkennen ließ. Im Spiel mit ihm vergaß David manchmal sogar die beunruhigenden Stimmungsschwankungen seines Vaters.

Es gab Tage, an denen war Geoffrey ein freundlicher, weltoffener Diplomat und zu Hause ein liebevoller Ehemann und Vater – eben so, wie man ihn kannte und seit langem schätzte. Dann wiederum konnte Davids Vater in tiefe Verzweiflung stürzen, wenn er aus der Zeitung oder durch eine Depesche von neuen Nachrichten erfuhr, die sein merkwürdiges Verständnis von den treibenden Kräften im Räderwerk der Welt zu bestätigen schienen.

Er regte sich auf, wenn er hörte, dass man im britischen Unterhaus verstärkte Rüstungsanstrengungen für die Marine forderte, und applaudierte jedem Wichtigtuer – wie etwa diesem Winston Churchill –, der sich dagegen aussprach. Es versetzte ihm jedes Mal einen Schock, wenn er vom Ableben eines gekrönten Hauptes oder anderen Staatsmannes hörte, und er ließ sich nur langsam beruhigen, wenn man ihm versicherte, der Verblichene sei eines natürlichen Todes gestorben. Als dann gar König Edward VII. am 6. Mai 1910 das Zeitliche segnete, glaubte er, das angebliche Herzversagen sei in Wirklichkeit die Folge eines heimtückischen Giftanschlages gewesen. Zeit seines Lebens hielt er an dieser Theorie fest und andere, weniger mysteriöse Todesfälle bestärkten ihn in dieser Ansicht, so etwa die Ermordung des russischen Ministerpräsidenten Pjotr Stolypin im September 1911.

Im selben Monat brach in Nordafrika ein Krieg zwischen Italien und der Türkei aus, der Geoffreys Ängste weiter anheizte. Auf dem Balkan beobachtete man ein Jahr lang interessiert, wie die Italiener sich Tripolis und die Küste der Cyrenaika einverleibten, und befand das Resultat für ermutigend genug, um die Türken nun auch aus Europa zu verjagen. Das einst so riesige Osmanische Reich kränkelte seit langem, aber jetzt sprach man von Sultan Mehmet V. in seinem Serail in Konstantinopel ganz offen vom »kranken Mann am Bosporus«.

Aus Imperialismus und Nationalismus war eine explosive Mischung entstanden, die jeden Augenblick hochgehen konnte. Das schien die Allgemeinheit wenig zu beunruhigen. Für alles gab es ja, Charles Darwin sei's gedankt, eine ganz simple Erklärung. Der britische Naturforscher glaubte nämlich herausgefunden zu haben, dass die natürliche Auslese einzig den Tüchtigsten belohne, das Schwache würde notgedrungen untergehen. Man musste also nur stark sein, das Fremde und »Minderwertige« ausgrenzen, damit die eigene Nation sich im natürlichen Ausleseprozess behaupten konnte. Der rücksichtslose Kampf um die Vorherrschaft in der Welt war also gewissermaßen ein Gebot der Natur. Dachte man. Warum sonst ließen sich die Völker in Afrika, Asien oder Südamerika so leicht unterwerfen, wenn nicht wegen ihrer evolutionären »Minderwertigkeit«? Was Geoffrey allerdings zu denken gab, war die Gier, mit der die Großmächte, hungrigen Hyänen gleich, nun über einen der Ihren herfielen und ihn zerfleischten. Diese Lüsternheit ließ ihn das Gespenst einer globalen Völkerschlacht an die Wand malen. David jedoch erschien diese Befürchtung allzu weit hergeholt.

Ungefähr zu dieser Zeit betrat er nämlich eine weitere

Entwicklungsstufe auf jener Treppe, die sein Vater als »Mannwerdung« bezeichnete. Geoffreys seltsames Benehmen wurde für den Sohn allmählich eine Alltäglichkeit. Zwar hatte David seinen Entschluss, dem Vater in jeder Gefahr beizustehen, nicht aufgegeben, doch er ließ sich von dem Schrecken der Attentats- und Kriegsmeldungen nicht in dem Maße anstecken wie noch zwei oder drei Jahre zuvor. Als etwa am 21. August 1911 die seriöse Londoner Nachrichtenagentur Reuter den Ausbruch eines Krieges zwischen Frankreich und Deutschland meldete und wenige Stunden später widerrief, war Geoffrey wie aus dem Wasser gezogen. David meinte nur lachend, solche Schluderei solle er sich mal in der Schule erlauben. Die Lehrer würden ihm den Hintern versohlen.

Da gab es andere Ereignisse, die David viel mehr beunruhigten. So das Auftauchen des Halleyschen Kometen im Monat von König Edwards Hinscheiden. Für viele war der Weltuntergang in diesen Tagen eine beschlossene Sache. Als daher Wien am 11. Mai von einem kleineren Erdbeben erschüttert wurde, flohen die Menschen, wie die Zeitungen meldeten, in Panik aus der Stadt. Sie wollten wohl gerne auf dem Lande sterben. Aber der Komet nahm keine Notiz von ihnen und zog unverrichteter Dinge an der Erde vorbei.

Dieses Ereignis war auch deshalb von einiger Bedeutung für David, weil er tags zuvor wieder einmal (natürlich ganz zufällig) ein Gespräch zwischen seinen Eltern belauscht hatte. Der Vater erwähnte seine Absicht Japan zu verlassen. Gewisse Möglichkeiten für einen angemessenen Botschaftsposten in der Hauptstadt von Österreich-Ungarn, also in Wien, zeichneten sich ab. Was sie, Maggy, von einem Umzug dorthin halten würde. Davids Mutter war begeistert. Sie ermutigte ihren Gemahl die Fühler in dieses fast schon heimatliche Christenland auszustrecken.

Lauschen war nicht nur höchst unmoralisch, sondern auch ungesund. Diese Erkenntnis hatte sich David bisher noch nicht erschlossen, aber das änderte sich nun. Ihm war ganz übel bei dem Gedanken, seine vertraute Umgebung zu verlieren. Zwar wich dieses Unwohlsein schon nach verhältnismäßig kurzer Zeit einer erwartungsfrohen Abenteuerlust, aber dann klaffte ein neues Dilemma vor ihm auf: Wie sollte er seinen Eltern beibringen, dass er Yoshi mitnehmen würde? Der hatte sich nämlich spontan bereit erklärt, Tokyo für einen längeren Bildungsaufenthalt im fernen Europa zu verlassen (allerdings ohne zuvor seine Eltern zu konsultieren).

Das heimliche Anzapfen der elterlichen Privatsphäre hatte für David noch einen betrüblichen Nebeneffekt: Er wurde von seiner Ungeduld beinahe umgebracht. Woche um Woche strich ins Land, ohne dass sich etwas Neues ergab. Er traute sich auch nicht seine Mutter nach Vaters Versetzungsgesuch zu fragen. Dadurch wäre seine Indiskretion womöglich aufgeflogen. Als dann in der Nacht vom 14. auf den 15. April 1912 der englische Luxusdampfer *Titanic* mit einem Eisberg kollidierte und in seinem »unsinkbaren« Leib hunderte mit in die Tiefe riss – weitere Männer, Frauen und *Kinder* waren in den eisigen Fluten des Nordatlantiks erfroren oder ertrunken –, verpuffte Davids Reiselust fürs Erste.

Für den Durchschnittsjapaner rangierten derartige Katastrophen ziemlich weit unten auf der nach oben hin offenen Schrecklichkeitsskala, jedenfalls solange keine Landsleute zu Schaden kamen. Etwa ein Vierteljahr später sollte Nippon jedoch von einer niederschmetternden

Nachricht erschüttert werden, deren Tragik für das Land in jeder Hinsicht maßlos war. Der Kaiserpalast meldete Anfang September den Tod eines Gottes. Kaiser Mutsuhito, der Mikado, wie sein Titel in der Amtssprache hieß, war gestorben. Damit endete die Meiji-Zeit, die Ära der »Erleuchteten Regierung«.

Man hatte seit einiger Zeit gewusst, dass der Meiji Tenno krank daniederlag. Zu tausenden waren die Menschen nach Tokyo geströmt, vor dem Kaiserpalast auf die Knie gesunken und hatten für die Genesung ihres geliebten Monarchen gebetet. Als dann klar wurde, dass Amaterasu und die übrigen Shintogötter andere Pläne mit ihrem Spross hatten, entlud sich das Gefühl des Volkes in einem erschütterten Aufschrei der Trauer.

Selbst Geoffrey hielt sich in dieser Zeit mit seinen Unkenrufen zurück. Ein-, zweimal erwähnte er beiläufig, dass Arsen in kleinen Dosen verabreicht auch das langsame Hinsiechen eines Menschen bewirken könne, aber er verfolgte diese These nie mit jener Hartnäckigkeit wie im Falle des englischen Königs Edward VII. Er war einfach nur erschüttert. Maggy vergoss Tränen echter Anteilnahme. Und David bedauerte den Abgang eines Märchenkönigs, der sich nie so hatte nennen dürfen.

Mit Kaiser Meiji war ein Mann gestorben, der sein Land aus dem Mittelalter ins zwanzigste Jahrhundert geführt hatte. Aus dem kindlichen Nachahmer, der mit seinen Bambusfahrrädern westliche Ingenieure anfangs noch zum Lächeln gebracht hatte, war der Herrscher einer nicht zu unterschätzenden Imperialmacht geworden. David hatte den Initiator dieses beängstigenden Fortschritts als einen Menschen kennen gelernt, der offen war für die Welt außerhalb seines Reiches, der Gedichte schrieb und sogar

– 151 –

lachen konnte. Auch deshalb trauerte er auf seine eigene stille Weise um Hitos Großvater. Am 14. September, dem Tage nach dem prunkvollen Staatsbegräbnis des Tenno, erhielt David eine Nachricht vom Hof, ein gerolltes Dokument aus Reispapier mit wunderschönen Schriftzeichen. Wenigstens daran hatte sich nichts geändert.

Es handelte sich um eine Einladung von Hito. Oder eher um einen verzweifelten Hilferuf. Wieder einmal hatte der traurige Junge darauf bestanden, seinen weißhaarigen Freund in den Palast schmuggeln zu lassen. Dort traf David schon einen Tag später auf einen Knaben, dem wohl nichts, aber auch gar nichts ein Lachen hätte entlocken können. Selbst tausend goldene Bälle nicht.

»Es tut mir so Leid!«, sagte David, nachdem die beiden sich begrüßt hatten.

»Vielen Dank, David-*kun*.«

»Kann ich irgendetwas für dich tun?«

»Ja. Du kannst mir zuhören.«

Alsbald saßen die beiden ernsten Knaben auf Matten aus Reisstroh, in der Hand eine Schale mit Tee, und sprachen, wie Kinder es sonst nur selten tun. Hirohito berichtete von dem Schmerz, den er der Welt nicht zeigen durfte. Nicht nur sein Großvater war von ihm gegangen, sondern noch ein anderer Mensch, den er beinahe genauso geliebt hatte. David war schockiert, auch ohne zu wissen, von wem Hito sprach. Er ahnte es zumindest, kannte er doch Yoshis Schilderungen von der Welt des Gakushuin.

»Am Abend vor der Beisetzung meines Großvaters hat mich Nogi-*san* zu sich gerufen«, berichtete Hito mit leiser Stimme.

»Der General? Euer Rektor?«

»Ja. Nogi-*san* saß vor mir auf dem Tatami. Zwischen uns

– 152 –

lag die kalligrafische Arbeit, mit der ich mich zuvor beschäftigt hatte. Wir haben uns darüber unterhalten. Er hat mich hier und da gelobt, mir gezeigt, wo ich mich noch verbessern kann. Dann hat er sich meiner Kenntnisse in den verschiedensten Fächern vergewissert. Es war eine Art Prüfung. Heute weiß ich, dass es seine Abschlussprüfung für mich war.«

Ein Kribbeln lief über Davids Rücken. Seine Befürchtungen gewannen immer mehr an Substanz. »Ich denke, er ist gerade erst aus England zurückgekehrt. Warum also eine *Abschluss*prüfung?«, fragte er, um Hitos Erzählung wieder anzustoßen.

»Ich gab Nogi-*san* alle Antworten, die er hören wollte. Kein einziges Mal habe ich mich bewegt, um mir einen bequemeren Sitz zu verschaffen.«

»Du wolltest ihn nicht enttäuschen oder sogar kränken.«

Hito nickte. »Ich wusste, dass du mich verstehen würdest, David-*kun*.«

»Und was geschah dann?«

»Nogi-*san* hat genickt.«

»Du meinst, er hat eure Zusammenkunft beendet?«

»Ja. Aber vorher sagte er noch etwas zu mir, das ich niemals vergessen werde: ›Ich bin nicht unzufrieden mit den Fortschritten, die Sie während meiner Abwesenheit gemacht haben. Bitte vergessen Sie nicht, dass ich, auch wenn ich nicht physisch zugegen bin, Anteil an Ihnen und Ihrer Arbeit nehme. Ich behalte Sie stets im Auge und bin immer um Ihr Wohl besorgt. Arbeiten Sie fleißig, zu Ihrem eigenen Besten und zum Besten Japans.‹ Er verneigte sich noch einmal. Ich habe mich respektvoll verbeugt und das Zimmer verlassen.«

– 153 –

»Wusstest du, warum er so zu dir gesprochen hat?«

»Ich hatte eine Ahnung und hoffte, mein Gefühl würde mich trügen. Aber Nogi-*sans* Verehrung für meinen Großvater war leider stärker als die Wünsche eines Knaben. Der General ist nach unserer Unterredung nach Hause gegangen, wo ihn seine Frau bereits erwartete. Sie nahmen ein Bad und legten dann ihre Festgewänder an. Nachdem sie sich vor der *tokonoma*, der Nische mit Meijis Bild, niedergelassen und einen Becher Sake getrunken hatten, zog Nogi-*san* einen Dolch und erstach seine Frau. Anschließend nahm er sein *wakizashi*, sein Kurzschwert, und schlitzte sich im rituellen *seppuku* den Leib auf.«

Es entstand eine längere Pause, in der sich die beiden Jungen reglos gegenübersaßen. David konnte in Hitos dunklen Augen die tiefe Niedergeschlagenheit sehen, obwohl das Gesicht des Prinzen keine Regung zeigte – Hirohito war ein gelehriger Schüler. Wie sein Lehrer Nogi befolgte er jenen Verhaltenskodex, auf dem sich die Tradition Nippons gründete. David kannte zwar den Weg, der zu solchem Handeln führte, so wie jemand die Route durch ein finsteres Moor kennen mag, aber dennoch schauderte ihn davor, auch nur einen Fuß auf diesen trügerischen Grund zu setzen.

In diesen Minuten brach in ihm etwas entzwei. Er begann alles und jeden zu hassen, der einem Menschen verbot Gefühle zu zeigen. Er fing an diejenigen zu verabscheuen, die sich über ihresgleichen stellten und Ergebenheit bis in den Tod verlangten, etwas, das seiner Ansicht nach nur dem Allmächtigen zustand. Zwar waren bis zu jenem Tag im September seines dreizehnten Lebensjahres Könige und Kaiser für ihn auch nur Menschen gewesen, aber doch immerhin Personen, die durch ihren Glanz und ihren Hofstaat über der Masse des Volkes standen, die Bewunderung verdienten. Im Augenblick fühlte er nur Verachtung. Mit welchem Recht erwartete dieser alte Erzähler von Gedichten den Tod auch nur eines seiner Untertanen?

Es gelang David nicht so gut, seine Gefühle zu verbergen, wie Hito. Mühsam beherrscht fragte er: »Was hast du getan, nachdem man dir die Nachricht überbrachte?«

»Ich habe sie mir angehört.«

»Mehr nicht? Ich spüre doch deinen Schmerz und deine Verzweiflung, Hito. Hast du nicht einmal geweint?«

»Die Tränen eines Mannes dürfen nur an der Innenseite seiner Seele herabrinnen.«

»Wer hat dir denn diesen Unsinn erzählt? Etwa Nogi? Der …« David blickte zur Tür hin, wo die Leibwächter standen, ihre Körper wie unter Zuckerguss erstarrt, aber ihre Augen geweitet vor Schreck über die respektlosen Reden des europäischen Jungen. »Entschuldige.«

»Es ist gut, David-*san*. Wenn ich deinen Zorn sehe, ist es, als wäre ich es, der seiner Wut freien Lauf lassen kann. Das tut mir gut.«

David sah Hito wieder eine Zeit lang schweigend an. Dann fragte er: »Könnte es sein, dass General Nogi und seine Frau nicht von eigener Hand getötet wurden?«

Nach japanischer Tradition darf das Land auch nicht einen Tag unbeaufsichtigt bleiben. Deshalb wurde unverzüglich Kronprinz Yoshihito zum neuen Mikado ernannt, auch wenn seine eigentliche Inthronisierung erst wesentlich später stattfinden sollte. Das war eine interessante Entscheidung. Über Hirohitos Vater kursierten nämlich allerlei Gerüchte im Land, die wohl nicht nur bei David leise Zweifel weckten, ob er ein Kaiser von Mutsuhitos Kaliber werden könne. Dabei war sein in immer kürzeren Zyklen aufquellender Schwachsinn noch das geringste von allen Übeln.

Der angehende Tenno hatte sich zu einem Gecken und Dandy entwickelt. Getreu dem Vorbild von Kaiser Wilhelm II. lief er mit einem gewachsten und gezwirbelten Schnurrbart durch die Gegend. Wenn man ihm erlaubte sich zu zeigen, dann bevorzugte er die Präsentation auf einem Pferderücken. Konnte er sich dann noch in einer Uniform zur Schau stellen, wie sie die Totenkopfhusaren trugen, dann blühte er richtig auf. Gerne verteilte er auch Hiebe mit seiner Reitpeitsche an alle, die ihm missfielen (und das waren die meisten). Er litt zudem an unerklärlichen Lachanfällen, die ebenso unvorhersehbar in Erscheinung traten wie sein unbezähmbarer Jähzorn. Seit dem Tode Hirobumi Itos befielen ihn auch immer häufiger Schübe von Todesangst, die nicht selten in einem peinlichen Tränenfluss endeten. Davids neue Einstellung zum Club der Potentaten wurde durch die Gerüchte über Hitos Vater nicht gerade ausgehöhlt.

Während die feierliche Inthronisierung des neuen Kaisers auf sich warten ließ, frischten die Clans der Choshu und Satsuma ihre alten Fehden wieder auf. In der Botschaft hatte Geoffrey daher alle Hände voll zu tun die widerstreitenden politischen Kräfte im Auge zu behalten, Kontakte zu knüpfen und geheime Verhandlungen zu führen. So mancher vermeintlich einflussreiche Mann dieser Tage entpuppte sich als Papiertiger. Immer häufiger fiel in vertraulichen Gesprächen der Name Mitsuru Toyamas. Als Geoffrey dann Ende 1912 den diskreten Hinweis erhielt, Toyama ziehe Erkundigungen über ihn ein, tat er alles, was in seiner Macht stand, um seine Versetzung nach Wien voranzutreiben.

Zwei Tage nach Davids dreizehntem Geburtstag folgten die Camdens einer Einladung der Itos. In Japan war dies der letzte Tag des Neujahrsfestes *o-shogatsu*. Gemeinsam verbrachte man den Abend in geselliger Runde. Es war schon fast ein Familienfest gemäß englischer Tradition; nach japanischer Sitte hätten wohl nur die Männer zusammengesessen und sich von Geishas verwöhnen lassen. Für David würde dieser Abend aus zweierlei Gründen unvergesslich bleiben. Der erste war ein Geschenk, das sein Knabenherz vor Freude hüpfen ließ.

Yukio hatte sich diese Überraschung ausgedacht, bei der es sich um ein japanisches Langschwert handelte. Yoshis Vater nannte es *katana*. Der Griff der Waffe war mit Rochenhaut und flachen Bändern kunstvoll umwickelt und die leicht gebogene Klinge so scharf, dass sie eine Feder im Fallen hätte zerteilen können. Die Scheide des *Katana*-Schwertes bestand aus schwarz lackiertem Holz, ein gelbbraunes Seidenband diente zur Befestigung am Gürtel. David war selig. Nur die mahnende Fürsprache seiner Mutter verhinderte, dass seiner Klinge einige Zierkürbisse zum Opfer fielen, die ausgesprochen provokant aus einer Obstschale zu dem frisch gekürten Nachwuchs-Samurai herüberlinsten.

Die zweite Ursache, der dieser Abend seine Denkwürdigkeit verdankte, sollte sich bald auf weniger erfreuliche Weise bemerkbar machen.

Sam war nicht besonders gut gelaunt, als man kurz vor zehn Uhr abends von ihm verlangte die Herrschaften vom Koji-machi-Viertel aus nach Hause zu kutschieren. Er diente den Camdens nun schon seit fünfzehn Jahren und hatte in dieser Zeit einiges von seiner früheren Gelenkigkeit eingebüßt. Winterliche Nachtfahrten verursachten ihm Gliederreißen. Dementsprechend wortlos saß er auf seinem Kutschbock und lavierte das Pferdegespann durch die engen Gassen der Stadt.

Zu dieser Zeit gehörte eine Beleuchtung längst noch nicht zur Grundausstattung jener urbanen Einrichtungen, die man gemeinhin »Straße« nennt. »Sandpisten« oder besser noch »Schleichwege« waren sicher treffendere Umschreibungen für die Abkürzungen, die Sam seinen Rossen und deren Eigentümern zumutete. Straßennamen, eine andere Errungenschaft der westlichen Städteplaner, gab es hier ohnehin nicht. Wie in der freien Natur orientierte man sich an »Landmarken«, also Postämtern, Schreinen oder anderen eindrucksvollen Gebäuden, auch besonders auffällige Straßenführungen, Brücken oder Ähnliches konnten bei der Navigation im Häusermeer von Nutzen sein.

Als die Kutsche gerade in der Lichtblase der eigenen Laternen durch eine düstere Schneise polterte, die sich in unverständlichen Windungen durch eine Ansammlung von Holzhäusern schlängelte, geschah etwas Überraschendes: Jemand versuchte die Camdens zu töten.

Hätte David nicht unvermittelt aufgeschrien, wäre den Meuchlern ihr Unterfangen wohl gelungen. Eben noch hatte er geschlafen, sein Kopf an Maggys Schulter geschaukelt, als er plötzlich hochschreckte und rief: »Pass auf, Sam! Da greift uns jemand an. Aus dem dunklen Winkel links von dir.«

Der Kutscher reagierte nicht sofort. Er war völlig verblüfft, glaubte an einen Alptraum des jungen Viscount.

»Bieg da nach rechts ab!« Es war Maggy, die nach ihrem

– 158 –

Sohn als Erste die Fassung zurückgewann. Sam ließ die Zügel knallen und die Pferde galoppierten in die Seitengasse hinein.

Davids Warnung, gepaart mit Maggys energischem Befehl, brachte in der Dunkelheit außerhalb der Lichtblase einige Pläne durcheinander. Wütende Rufe schollen durch die Nacht, entfernten sich mehr und mehr. Schon keimte Hoffnung auf, den Wegelagerern noch einmal entwischt zu sein – da kam der zweite Angriff.

»Sam, direkt von oben!«, warnte David erneut. Und noch bevor der Angreifer selbst wusste, dass dieser Hinweis ihm gelten mochte, schoss David ein Gedanke durch den Kopf. Das *katana!* Es lag unter seinem Sitz. Im nächsten Moment hielt er es in den Händen.

»Schatz, was hast du vor?«, rief seine Mutter entsetzt.

Für eine Antwort blieb David keine Zeit. Er sprang auf den gegenüberliegenden Sitz neben den Vater und riss das Schwert nach oben. Keinen Moment zu spät, denn von einem überhängenden Hausdach fiel eine dunkle Gestalt auf den Wagen herab. Geoffrey schrumpfte in seinem Sitz zusammen, die Augen schreckensweit. Er schrie einen merkwürdigen Namen, als kenne er diesen schwarzen Todesengel. David sah eine blitzende Klinge niedersausen und reagierte ohne nachzudenken. Ein grässliches Klirren kündete vom Scheitern des Angriffs. Das Schwert des Gegners war auf das seine getroffen und kreischte nur eine Handbreit über Geoffreys Kopf ins Leere.

Die Wucht des Schlages war enorm gewesen. David keuchte. Seine Hände kribbelten. Ohne die Gabe der Sekundenprophetie hätte sein *katana* dem Angriff nie zum richtigen Zeitpunkt in der idealen Stellung begegnen können. Den Angreifer überraschte die gezielte Gegenwehr und er zögerte. David beurteilte blitzschnell seine Lage. Der Gegner befand sich im Vorteil. Er stand auf dem Bock der dahinrasenden Kutsche und blickte auf Vater und Sohn herab. Seine schwarze Kleidung hüllte ihn vollständig ein. David konnte im Licht der Laternen nur zwei dunkle Augen blitzen sehen, hart wie zwei schwarze Perlen. Ihn schauderte. Für einen Ninja war dieser Vermummte perfekt gekleidet. Doch selbst wenn der Krieger keinem Geheimbund angehörte, standen Davids Chancen in diesem Kampf auf Leben und Tod nicht zum Besten. Ein Waffengang mit *richtigen* Schwertern! – das war für ihn völlig neu.

Maggy begann zu kreischen. Geoffrey ließ sich in den Fußraum zwischen den Bänken sinken. Der Ninja drehte seine abgelenkte Klinge um und führte einen erneuten Streich, diesmal direkt gegen Davids Hals. Doch der Junge hatte den Angriff wieder vorausgesehen. Unglücklicherweise entsann sich Sam gerade in diesem Augenblick seiner Pflichten. Der schon über fünfzigjährige Kutscher holte mit seiner Peitsche aus, um damit den neben ihm stehenden Angreifer zu vertreiben.

Davids Ohr explodierte. Wenigstens glaubte er das. Diesmal begegneten sich die Klingen unmittelbar neben seinem Kopf. Die Peitsche Sams landete fast zeitgleich auf dem Gesicht des Vermummten. »Pass auf!«, schrie David, der voraussah, was nun geschehen würde: Der Ninja drehte abermals sein Schwert und sandte es gegen den Kutscher. Ein Schrei. Blut. Sam kippte mit einer klaffenden Wunde in der Brust nach vorn. Der Wagen raste jetzt führerlos durch die Nacht.

Während Sam noch herniedersank, führte David seinerseits schon einen Streich gegen den Gegner. Aber der reagierte unglaublich schnell und fing den Hieb ab. Nein, dies war kein Anfänger im Ninjakostüm. Dieser Angreifer hatte seine Waffe mit Bedacht gewählt. Ein Schwert war leiser als eine Pistole und in den Händen eines geübten Kriegers wesentlich effektiver.

David bemerkte, wie beim Aufeinandertreffen der Schwerter die Augen des Ninja schon wieder nach dem Vater suchten. Und ihn fanden. Vielleicht sah er es nicht wirklich, weil er sich ja auf sein eigenes Schwert konzentrierte, aber er wusste, dass es so war, ebenso wie er den entscheidenden Angriff des Meuchlers bereits bis ins Einzelne kannte.

Alles stand seltsam klar vor Davids Augen. Wenn er den Lauf der Dinge nicht änderte, dann würde sein Vater mit einer Klinge im Hals sterben. Schon im nächsten Moment käme die Attacke: Mit einer Finte würde der Ninja Davids *katana* in die dunkle Leere der Nacht ablenken und einen erneuten Hieb mit dem eigenen Langschwert abblocken, um dann sein *wakizashi* zu ziehen. Dieses kurze Samuraischwert würde er geradewegs auf den Vater niederfahren lassen und …

»Neiiin!« Davids Schrei kam laut und lang gezogen. Er glich den Kampfrufen, mit denen die Fechter im *ken-no-michi* ihre Angriffe einleiteten. Für gewöhnlich ließ sich ein geübter Kämpfer davon nicht beeindrucken. Gleichwohl zeigte sich der Ninja überrascht. Der hagere Knabe, der ihm da so unerbittlich trotzte, hatte die tödliche Attacke nicht nur vorausgesehen, er reagierte auch bereits, noch ehe es etwas zu reagieren gab.

Dennoch tat der Ninja, was ihm sein im Geiste zurechtgelegter Plan vorschrieb. Wohl erkannten seine Augen in der beängstigend schnellen Reaktion des Gegners ein ernsthaftes Problem, aber sein Körper führte die vom Gehirn angeordneten Bewegungen trotzdem stur zu Ende. Zum Ziehen des Kurzschwertes nahm der Vermummte eine Hand vom langen Griff des *katana*. Das würde seinem schräg nach unten geführten Hieb zwar die Kraft rauben, doch als Täuschungsmanöver genügte es. Hätte genügen sollen. Denn während seine Linke nach dem *wakizashi* griff und er blitzschnell den rechten Arm zur Finte hob, spürte er dort einen dumpfen Schlag am Ellenbogen. Fassungslos blickte er seinem herabfallenden Schwertarm nach.

Es war schon ein bisschen Glück im Spiel, als David genau das Mittelgelenk des gegnerischen *Katana*-Arms traf. Oder hatte hier jene himmlische Kraft eingegriffen, die einst den Stein eines anderen David gegen die Stirn des Riesen Goliath lenkte? Jedenfalls hob der Junge das rechte Bein und trat mit aller Kraft gegen den verbliebenen Arm, der schon das Kurzschwert hielt. Die Klinge schwirrte aus dem Lichtkreis. Noch ehe der verwundete Ninja wusste, wie ihm geschah, stieß ihn David aus der Kutsche.

## Vertrieben

Sams Wunde war genäht worden. Bandagiert lag der alte Mann in seinem Bett. Der Bursche sei zäh wie ein alter Stiefel und würde es überleben, lautete das ärztliche Bulletin. Der Schwertstreich hatte weniger Schaden angerichtet als zunächst vermutet. Dennoch war der nicht mehr ganz junge Kutscher ob des starken Blutverlustes sehr geschwächt. Es würde Wochen dauern, bis er wieder leidlich hergestellt sei.

Streiten konnte der alte Pferdelenker aber auch mit Verband noch ganz gut. Wenn der Earl ihn weiterhin behalten wolle, dann möge er es sich reiflich überlegen, ob er nicht endlich ein Automobil anschaffen wolle, eines jener Dinger, die man hier in letzter Zeit immer häufiger zu Gesicht bekam, lamentierte Sam. Diese pferdelosen Kutschen stänken zwar zum Himmel, böten bei der Abwehr von Wegelagerern aber erheblich besseren Schutz.

Geoffrey war vom Nutzen dieses Vorschlags nicht ganz überzeugt. Mit Rücksicht auf den Zustand des Kutschers lehnte er aber nicht gleich rigoros ab. Vorsichtig merkte er an, in einem einschlägigen Magazin gelesen zu haben, ein Automobilist müsse sein Gefährt mit »Kaltblütigkeit, rascher Auffassung und blitzartigen Entscheidungen« steuern. Das höre sich für ihn doch sehr nach den Eigenschaften eines jungen Samurai an und weniger nach denen seines alten Kutschers. Ob er, Sam, denn wirklich glaube für eine derart anspruchsvolle Fortbewegungsweise das körperliche und nervliche Rüstzeug mitzubringen.

Sam hatte darauf nur schmerzverzerrt gelacht. Die Seiten, auf denen der Earl das gelesen habe, seien wohl schon ziemlich vergilbt gewesen. In den letzten zehn Jahren habe sich da viel geändert. Ein Automobilführer brauche nicht mehr Wagemut als ein klassischer Pferdekutscher. Und wenn noch ein Quäntchen technischer Sachverstand hinzukomme, dann sei er praktisch perfekt.

Geoffrey gab dann schließlich nach. Sam sollte im Wortstreit nicht mehr Kraft einbüßen als im Kampf gegen die Räuber. Außerdem brauchte der Earl selbst Hilfe. Die Klinge des Meuchlers hatte ihn nicht einmal geritzt, aber dennoch war er schwer verletzt. Für ihn war der nächtliche Überfall eine Bestätigung lang gehegter Befürchtungen und jetzt, wo er endlich darüber nachdenken konnte, wurde er fast wahnsinnig.

Wenig später – es war schon weit nach Mitternacht – äußerte er seine Gedanken von einem gezielten Anschlag auf die Familie. Maggy konnte oder wollte seinen konfusen Schilderungen nicht folgen.

»Vielleicht waren es ja nur ganz gewöhnliche Straßenräuber.«

»Das glaubst du doch selbst nicht, Maggy. Der Kerl hatte es auf mich abgesehen. Er wollte mich umbringen und er wird es wieder versuchen.«

»Mit *einer* Hand?« Der Einwand kam von David, der seinem verängstigten und erregten Vater sowie seiner verwirrten und nicht weniger aufgeregten Mutter beim Familienrat im Wohnzimmer lange nur schweigend zugehört hatte. Beide sahen ihn nun verdutzt an.

»Ich rede ja nicht von diesem schwarzen Krieger«, sagte Geoffrey nach einer Weile. »Du hast ihm das Kämpfen wohl gründlich abgewöhnt, mein Sohn. Ich bin stolz auf dich.« Sich an Maggy wendend, fügte er hinzu: »Es war also doch nicht so verkehrt, ihn in den Budo-Künsten ausbilden zu lassen. Ohne Davids unglaubliches Geschick wären wir wohl jetzt schon alle tot.«

Sosehr sich David auch dagegen sträubte, er konnte sich eines gewissen Stolzes nicht erwehren. Das Lob seines Vaters tat ihm gut, zumal die Ereignisse inzwischen bis zu seinen höheren Bewusstseinssphären aufgestiegen waren und dort für einiges Durcheinander sorgten. Während des Kampfes hatte er sich so konzentrieren müssen, dass die ganze Schrecklichkeit des Geschehens an seinem Verstand vorbei direkt in sein Unterbewusstsein gerutscht war. Erst viel später kam dann der Schock.

Die Minuten nach dem Abgang des Meuchlers waren für David ein einziger Alptraum gewesen. Die Mutter hatte sich um den blutenden Sam gekümmert, der Vater hatte versucht, die durchgegangenen Pferde zu bändigen, und er, David, hatte mit seinem blutigen Schwert am Boden gehockt und auf den abgetrennten Unterarm gestarrt, der noch immer samt *katana* im Wagen lag. Der grausige Anblick würde ihn sein Leben lang verfolgen.

Meister Yoneda wäre bestimmt hellauf begeistert, wenn er wüsste, was sein Schüler da vollbracht hatte. Der Kampfbericht würde wie Sake durch seine Eingeweide rinnen. Er würde ihn wärmen, ihn nach der zweiten oder dritten Wiederholung zum Lachen reizen und nach dem fünften oder sechsten Schluck trunken machen. Warum nur konnte sich David nicht über seinen Sieg freuen?

Ein Mensch war durch ihn verstümmelt worden, möglicherweise sogar getötet. (Die Polizei hatte das Ninjaschwert nebst Arm inzwischen beschlagnahmt.) Sicher, es war Notwehr gewesen, aber das tröstete David nur wenig. Allmählich begann er zu begreifen, warum seine Mutter den Kriegskünsten gegenüber so ablehnend eingestellt war.

Ebendies riss ihn nun aus den Gedanken. An ihren Mann gewandt fragte sie: »Was war das für ein Wort, das du beim Auftauchen des Banditen gerufen hast?«

»Welches Wort?«, fragte Geoffrey ausweichend.

»Ich weiß nicht. Nadelmann oder Nagelmensch – ich hab's nicht richtig verstanden.«

David bemerkte, dass sein Vater ihm einen schnellen Blick zuwarf, die Augen aber sogleich wieder auf seine Frau richtete. »Ein alter Alptraum, der mit einem Mal Gestalt angenommen hat. Zu haben *schien*«, verbesserte sich Geoffrey.

»Also hat es wieder mit deiner geheimnisvollen Vergangenheit zu tun.«

»Maggy! Bitte, belassen wir es dabei.«

David spürte, wie der Zorn in seiner Mutter hochkochte – ein ausgesprochen seltenes Ereignis. Im nächsten Moment explodierte sie. »Verlangst du da nicht ein wenig zu viel, Geoffrey?«, fuhr sie ihren Mann heftig an. »Seit Davids Geburt hast du eine unerklärliche Angst vor Attentaten. Ich habe gesagt, der Überfall heute Nacht war nur eine Tat von Straßendieben, aber du bestehst darauf, dass uns jemand ganz bewusst aufgelauert hat, um uns die Kehlen durchzuschneiden. Bitte schön, dann glaube ich dir. Aber wenn es so ein Komplott gibt, dann haben dein Sohn und ich wohl ein Recht zu erfahren, wer unseren Tod wünscht und vor allem *warum.*«

Jetzt war Geoffrey in einer Zwickmühle. Innerlich bedauerte er, Maggys Straßenräuberversion nicht unterstützt zu haben. Leise antwortete er: »Ich glaube, dass Mitsuru Toyama bei der Sache seine Finger im Spiel hat.«

Maggy ließ müde die Arme sinken, die sie eben zur Unterstützung ihres Protestes in die Luft geworfen hatte. »Toyama, Toyama, immer wieder dieser Toyama! Erst soll er Hirobumi Ito ermorden und es nun auch noch auf uns abgesehen haben? Geoffrey, ich verstehe dich nicht. Ich glaube dir ja, dass dieser Kopf des Schwarzen Drachens ein Schurke ist, aber warum sollte er *uns* umbringen wollen? Was haben wir ihm getan?«

Wieder wanderte Geoffreys Blick zwischen Ehefrau und Sohn hin und her. Als er endlich antwortete, kratzte seine Stimme wie ein am Baum vertrocknetes Blatt im Wind. »Nicht ihr, Liebling. Die Schuld trage ich ganz allein. *Ich* habe ihren Zorn auf mich geladen und nun müsst ihr darunter leiden. Wenn nicht bald ein Wunder geschieht, dann befürchte ich das Schlimmste für uns.«

Zu den Sicherheitsvorkehrungen gehörte unter anderem eine ständige Polizeiwache. Zwei Beamte patrouillierten vor dem Anwesen der Camdens und zwei dahinter. In Tokyo gab es zu dieser Zeit nur wenige Steinhäuser. *New Camden House* war eines davon. In dem Gebäude konnte man sich daher einigermaßen sicher fühlen. Aber sobald ein Mitglied der Familie vor die Tür trat, waren die Fertigkeiten der von Geoffrey engagierten Leibwächter gefragt.

David störte es gewaltig, nicht mehr mit Sam allein zur Schule fahren zu dürfen. Der Kutscher war ja ohnehin noch krank und der Ersatz grinste ihn ständig nur an, ohne ein Wort zu sagen. Der Aushilfskutscher war ein Einheimischer, den die Botschaft besorgt hatte. Weil ihn die Bändigung der Pferde angeblich voll in Anspruch nahm, hatte Geoffrey seinem Sohn zudem einen persönlichen Leibwächter verordnet. Dieser stammte aus der alten Kaiserstadt Nara. Er war kein stolzer Samurai mit Kurz- und Langschwert, Helm und Speer, sondern ein uniformierter Beamter mit einer lächerlich kleinen Pistole. Wenigstens konnte er *ju jutsu*. Behauptete er. David durfte ja sein *katana* nicht zur Schule mitnehmen, um sich selbst zu schützen. Er war darüber sehr ungehalten. Kaiser Meiji hatte sich dieses Schwerterverbot für seine Samurais ausgedacht, wohl aus Rücksicht auf die zart besaiteten Fremden. Für die galt der Erlass natürlich ebenso.

Geoffrey setzte nun alle Hebel in Bewegung, um sein Versetzungsgesuch auf Touren zu bringen. In der englischen Gesandtschaft konnte man sich für seine Theorie von einer großen Verschwörung gegen die Camdens nicht

– 167 –

recht erwärmen. Dennoch versprach der Botschafter tatkräftige Unterstützung.

Um in seinem Anliegen nichts unversucht zu lassen, benutzte Geoffrey sogar informelle Kanäle wie William H. Rifkind, einen einflussreichen Rechtsanwalt und Notar, der in London das Vermögen der Camdens verwaltete. Sir William hatte für Geoffrey schon so manche Tür geöffnet, wenn die offiziellen »Schlüssel« nicht passen wollten. Mit seiner natürlichen Freundlichkeit, Menschenkenntnis und unaufdringlichen Autorität schaffte es der angesehene Anwalt sogar, die verstocktesten Menschen für sich einzunehmen. Selbst Davids wunderlicher Großonkel Francis, von dem noch die Rede sein wird, hatte in William H. Rifkinds Gegenwart lichte Momente.

Wieder gingen Wochen ins Land. Die japanischen Kirschbäume zogen wie jedes Jahr ihr rosafarbenes Laken über das Land. Und entfernten es wieder. Als sich Anfang Juni in den kaiserlichen Gärten bereits die ersten Schwertlilien für ihren großen Auftritt bereitmachten, flatterte den Camdens ein Telegramm ins Haus. Nun, genau genommen traf die Nachricht in Gesellschaft anderer Depeschen im Zentralen Telegrafenamt von Tokyo ein und wurde über die Botschaft zugestellt, aber das nur nebenbei. Geoffrey las den Text gleich dreimal. Zuerst leise, dann unter Zuhilfenahme seiner Lippen, aber ohne Ton und am Schluss für alle laut und deutlich. Zuletzt gelang ihm ein schwaches Lächeln, das erste seit Monaten.

Dem Versetzungsgesuch war stattgegeben worden. Die Camdens durften umziehen. Gewissermaßen stehenden Fußes. Eine Schiffspassage von Yokohama nach Konstantinopel war bereits gebucht. Von dort aus sollte es mit dem Orientexpress bis nach Wien weitergehen. Die Abreise war für den nächsten Mittwoch geplant. In fünf Tagen also.

Dieser Entwicklung wohnte eine Tragik inne, die über David herfiel wie eine scheußliche Erkältung. Sie machte ihn schlapp, antriebslos und übellaunig. An dieser Stelle soll gar nicht das gestörte Verhältnis zu Dampfschiffen vertieft werden, das er seit dem Untergang der *Titanic* mit sich herumtrug. Was David wirklich zu schaffen machte, war die Erkenntnis bald von seinen Freunden Abschied nehmen zu müssen.

Nur mit Widerwillen ließ sich sein Vater überreden eine förmliche Eildepesche an den Kaiserhof abzusenden. Diplomatische Kanäle seien nicht dazu bestimmt, private Mitteilungen zuzustellen, argumentierte er. Aber David ließ ihm keine Ruhe. Er wandte Hitos Zermürbungstaktik an, die einst sogar den göttlichen Mutsuhito zum Einlenken gezwungen hatte. Der Vater kapitulierte schon nach einer Viertelstunde.

Am Sonntag, zwei Tage nach dem Telegramm, saßen Hirohito und David sich im Kronprinzenpalast gegenüber, um voneinander Abschied zu nehmen. Diesmal mussten sogar die Leibwächter draußen warten. Das stille Zimmer war schlicht eingerichtet: Tatamis, Schiebewände, ein kleiner flacher Tisch, nicht viel mehr. Die schon etwas müde Nachmittagssonne lächelte durch ein großes Sprossenfenster und tat ihr Bestes, die betrübte Stimmung im Raum durch ihre warmen Farben aufzupolieren. Aber das half nur bedingt. Die Nachricht von Davids baldiger Abreise hatte den traurigen Jungen noch mehr niedergedrückt.

»Werden wir uns wieder sehen, David-*kun?*«

Der Gefragte lächelte freudlos. »Wenn der zukünftige Tenno mich dann noch empfängt, gewiss.«

»Für dich stehen die Palasttore immer offen, mein Freund, wenn auch nur die an der Rückseite.«

»Du wirst lernen müssen deinen Willen durchzusetzen, Hito. Sonst bist du nicht mehr als ein Werkzeug in den Händen deiner angeblichen Diener.«

»Was könnte ich den Genro schon befehlen? Die weisen Staatsmänner haben viel mehr Erfahrung als ich.«

»Sie benutzen den Thron doch nur als Schild, um aus dieser sicheren Deckung ihre Pfeile abzufeuern, die kaiserlichen Erlasse, die sie deinem Vater entlocken. Drückt er sein Siegel eigentlich noch selbst auf die Dokumente oder haben sie ihm das auch schon abgenommen?« Für Äußerungen dieser Art hatte in Japan schon so mancher sein Leben eingebüßt, aber wenn David erst einmal die Wahrheit in der Hand hielt, dann konnte man sie ihm schwerlich wieder entreißen.

Hito stand auch gar nicht der Sinn danach. Eine Zeit lang erforschte er Davids Gesicht und antwortete dann: »Warum bist du so verbittert, David-*kun?*«

»Weil ich langsam anfange die Spielregeln der Macht zu verstehen. Weil ich sehe, wie damit den Menschen das Leben zur Hölle gemacht wird. Auch dir, mein Freund!« David senkte den Blick. »Und weil ich so furchtbar traurig bin.«

»Ich bin auch betrübt. Alle verlassen mich: mein Großvater, Nogi-*san* und nun du.«

Die beiden Jungen saßen noch lange beieinander. David ermahnte seinen Freund, mehr aus sich herauszugehen, sich auch mal einen Spaß zu gönnen – vielleicht eine Reise nach England –, ohne Freude könne kein Mensch existieren. Hito verlangte, dass David auf sich Acht gab (die Nachricht vom Hinterhalt hatte ihn zu Jahresbeginn schwer erschüttert). Zuletzt wurden die Jungen sehr still. Alles, was sie einander noch geben konnten, waren sie selbst. Ihre Gegenwart. Ein Stück ihres Lebens.

Nach einer ungewissen Zeitspanne – auch in der Erinnerung konnte sie keiner von beiden jemals bemessen – betrat der Haushofmeister Takao Hatano den Raum. Auf seinen Händen trug er zwei gebogene Lackscheiden, eine große, leuchtend rote, in der ein Langschwert steckte sowie eine kleinere in Schwarz mit glitzernden Einschlüssen, die ein *wakizashi* beherbergte. Hito nahm dem Baron die Waffen mit einer leichten Verbeugung ab, entließ ihn mit einem Kopfnicken und hielt die Schwerter sodann David hin.

»Dies soll mein Abschiedsgeschenk für dich sein, David-*kun*. Es sind zwei sehr wertvolle alte Schwerter.«

David blickte ungläubig auf das *katana* in der roten Scheide. An der auffälligen Griffwickelung erkannte er das Langschwert sogleich wieder. Es war die Waffe, die er dem Meuchler samt Arm abgenommen hatte. »Wo hast du dieses *katana* her?«, fragte er verdutzt.

Ein Anflug von Fröhlichkeit huschte über Hitos Gesicht. »Kannst du dir das nicht denken? Es stammt aus der Asservatenkammer der Kaiserlichen Polizei von Tokyo. Ich dachte, du verdienst diese Trophäe. Du hast sie dir tapfer erstritten.«

David nahm das Langschwert aus Hitos Hand und zog es aus der Scheide. Die frisch polierte Klinge fing das Licht der tief stehenden Sonne ein und leuchtete wie eine gelbe Flamme.

»Es glänzt wie reinstes Gold!«, sagte Hito ehrfürchtig.

Diese Äußerung weckte in David eine lichte Erinnerung. Er lächelte seinen Freund an und antwortete: »Nicht *wie* Gold, Hito. Für dich soll die Sonne immer in diesem Schwert scheinen. Lass es das Siegel für unsere Freundschaft sein und eine Erinnerung an unsere gemeinsame Zeit. Du wirst es auch leichter haben, dich mit ihm zu zeigen als mit einem kleinen Ball – wenn du einmal Kaiser bist, meine ich. Hier, nimm das *goldene* Schwert.«

Damit reichte David dem designierten Kronprinzen das *katana* zurück und obwohl die Sonne gerade hinter einer Lärche verschwand, blieb ihr goldener Glanz in der Klinge gefangen.

»Das kann ich nicht annehmen«, sagte Hito mit großen Augen. »Ich habe es doch *dir* geschenkt.«

»Nein. Ich habe von dir die Trophäe eines gewonnenen Zweikampfes bekommen, aber die gibt es nicht mehr. Behalte du das *katana* und ich werde für mich das *wakizashi* nehmen, für das ich dir sehr danke.«

»Aber …«, wollte Hirohito erneut widersprechen, doch David ließ es nicht dazu kommen.

»Es ist dein *Kusanagi*«, beharrte er mit Anspielung auf das heilige Zauberschwert der Amaterasu und schenkte dem traurigen Jungen ein allerletztes Lächeln. »Nur einem Nachkommen Ninigis gebührt es, dieses Schwert zu tragen. Jetzt schau dir uns beide an: Sehe *ich* etwa so aus wie der Urenkel der Sonnengöttin oder doch eher *du?*«

Der Abschied von Yoshi vollzog sich in Raten. Es hatten sich zuletzt doch unüberwindbare Probleme aufgetürmt, die einer Mitreise von Davids bestem Freund nach Europa im Wege standen. Hemmend wirkte vor allem der Widerspruch von Vater und Mutter Ito. So rückte die Stunde immer näher, da die beiden Jungen sich Lebewohl sagen mussten. Wien lag auf der anderen Seite der Erde, was häufige Besuche vereitelte. Auch konnte man schwerlich ein Loch bohren, durch das sich Nachrichten schießen ließen. Einen Tag lang witzelten sie zwar über die Machbarkeit dieses Plans, doch als Geoffrey anmerkte, dass England vor kurzem erst das Vorhaben eines Tunnels unter dem Ärmelkanal verworfen habe, ließen sie das kindische Thema fallen. Schließlich war man ja schon erwachsen. Fast jedenfalls.

Am 13. Juni 1913 gegen zehn Uhr dreißig lief die *Queen Victoria* aus dem Hafen von Yokohama aus. An Bord waren neben vierhundertsechzig anderen Passagieren auch die Camdens, ihre englischen Bediensteten und das Wichtigste ihrer beweglichen Habe. Unten am Pier winkten Yoshi und seine Eltern. Sie hatten es sich nicht nehmen lassen, die Freunde mit dem Zug nach Yokohama zu begleiten. Yoshi weinte (obwohl er das nicht durfte). David ließ seinen Tränen ohne schlechtes Gewissen freien Lauf. Seine Mutter hatte damit sowieso keine Probleme. Der Vater schwankte zwischen Wehmut und Erleichterung.

Die letzten Wochen in Tokyo waren für den Earl of Camden eine Tortur gewesen. Als am 18. März der griechische König Georg I. in Saloniki erschossen wurde, meldete Geoffrey sich für drei Tage krank. Und das war er wirklich. Ein richtiges Nervenbündel. Obwohl es nicht einmal Anzeichen für einen weiteren Attentatsversuch auf die Camdens gab, fühlte er sich trotz seiner zwei Leibwächter nicht mehr sicher. Maggy hatte das Mordkomplott nach etwa zwölf Wochen in einen versteckten Winkel ihres Gedächtnisses verbannt. Wer immer ihnen da ans Leder gewollt habe, sei wohl zu der Einsicht gelangt, dass er dabei nur verlieren könne, meinte sie. Im wahrsten Sinne des Wortes, fügte David in Gedanken hinzu.

Mit dem erlösenden Telegramm brach in der Camden-Residenz Hektik aus. Maggy lief wie ein Eichhörnchen umher, dem jemand das Schwänzchen in Brand gesteckt hatte. Zwecks Verpackung des in anderthalb Jahrzehnten angesammelten Besitzes scheuchte sie die Dienerschaft in jeden Winkel des Palais. Geoffrey musste derweil die letzten Nägel in das Vertragswerk klopfen, dem *New Camden House* bald einen neuen Namen verdanken würde. Das Anwesen wechselte in den Besitz des japanischen Außenministeriums. Den Kaufpreis ließ er sich gleich in Goldmünzen auszahlen, die in Kyoto ebenso gern genommen wurden wie in Kairo, Konstantinopel oder in den Karawanken. Das In-die-Wege-Leiten der Inventarverschiffung gehörte noch zu seinen geringsten Problemen.

Wann immer möglich, hielt sich David von dem häuslichen Durcheinander fern. Er hatte mit seinem ganz persönlichen Abschiedsschmerz genug zu tun.

Die eigentliche Reise nach Europa wurde für ihn dann bald zu einem Geduldsspiel. In der Bibliothek des luxuriösen Dampfers stand ein Globus und jeden Morgen verglich David die Positionen aus dem Bulletin der Brücke mit den Längen- und Breitengraden auf der drehbaren Erdkugel. Einer Schnecke zuzusehen hätte ihm mehr Befriedigung verschafft.

Der fast zweimonatigen Seereise fielen Davids Sommerferien zum Opfer. Als Entschädigung nahm sein Vater sich viel Zeit für ihn. Geoffrey spielte mit seinem Sohn Mühle und, wenn dieser darauf bestand, sogar *Mah-Jongg*. Manchmal machten sie Spaziergänge auf dem weitläufigen Promenadendeck. Die *Queen Victoria* konnte sich zwar nicht mit der monströsen *Titanic* messen, aber dafür hielt sie sich von Eisbergen fern, was David sehr zu schätzen wusste. Mit nicht allzu großer Hast – gerade so wie ihre Namensgeberin auf ihre alten Tage – tuckerte sie stetig nach Westen.

In der ersten Woche auf See konnte David abends schlecht einschlafen und erwachte dafür schon bei Sonnenaufgang. Dann schlich er sich aufs Sonnendeck hinaus und vollzog mit seinen beiden Schwertern Schattenkämpfe. Daraus wurde bald eine Gewohnheit, die er lange beibehalten sollte. Die Morgenluft erfrischte ihn und die Bewegung tat seinem Körper gut. Selbst wenn ihn hin und wieder Babur, der indische Steward, entdeckte und aus respektvollem Abstand die Entfernung der »Messer« verlangte, ließ David sich davon nicht die gute Laune verderben.

Wenn Vater und Mutter zu beschäftigt waren, vertrieb er sich tagsüber die Zeit vor allem mit Lesen. Im Südchinesischen Meer verschlang er Jules Vernes' *Reise um die Erde in 80 Tagen*. Wie passend!, lautete dazu Mutters Kommentar. Danach versuchte er es mit John Miltons Menschheitsepos *Das verlorene Paradies*, welches in sämtlichen zwölf Bänden die Schiffsbibliothek zierte, kapitulierte aber bald schon erschöpft, wenn auch ergriffen, vor der schieren Masse des allegorischen Mammutwerkes. Als Queen Victorias stählerne Namensbase ihren untersetzten Leib durch die Malakkastraße schob, brütete er über Ausgrabungsberichten der im letzten Dezember entdeckten Büste der Nofretete. Früher hatte er hemmungslos seiner Vorliebe für Zukunftsromane gefrönt – neben Jules Vernes' Werken verschlang er, wie tausende andere junge Leser auch, die Bücher von H. G. Wells, Albert Robida oder anderen Visionären seiner Zeit –, doch nun, im Indischen Ozean, konzentrierte sich Davids geistiger Hunger ganz auf die reale Welt.

Anders als in der Schule konnte er jetzt endlich studieren, was *er* wollte. Das Herauspicken der Rosinen aus dem Kuchen des Wissens bereitete ihm ein fast diebisches Vergnügen. Im Grunde hatte David eine schnelle Auffassungsgabe und einen hellen Verstand, nur die steifen Unterrichtsmethoden an der Ausländerschule von Tokyo hatten ihm das Lernen vergällt. Jetzt fand er geistige Vorbilder, die ihn in seiner Haltung bestätigten, diesen Albert Einstein etwa, einen ehemaligen Patentbeamten aus Bern, aber geboren in Ulm. Der hatte sich auch nicht mit der dumpfen Reglementierung und dem phantasielosen Geist seiner Schule abfinden können und war von seinen Lehrern deshalb lange Zeit als hoffnungsloser Fall abgestempelt worden. Und dann – just in dem Jahr, als Davids erster Erinnerungsknoten geknüpft worden war – erkühnte sich Einstein mit einem Mal, das Universum neu zu bauen. Hierin sei alles relativ, nur das Licht gäbe als kosmische Konstante dem unendlichen Gefüge einen Halt – mit diesen Erklärungen hatte der Deutsche den Jungen im Indischen Ozean schwer beeindruckt.

In Kairo wurde Zwischenstation eingelegt. Zum ersten Mal in seinem Leben bekam David eine nichtjapanische Stadt zu sehen. Gierig saugte er die Eindrücke in sich auf – die Minarette, die Pyramiden von Gizeh, den Bazar, die orientalischen Gerüche, den Lärm – und verließ dreißig Stunden später völlig benommen die Stadt.

Japans fluchtartiger Rückzug aus dem Mittelalter und die Eröffnung des Suezkanals belegten auf dem Messstab der Geschichte zwei hintereinander liegende Kerben.

– 176 –

Nach den Wochen in der Unendlichkeit des Indischen Ozeans fühlte sich David von der künstlichen Wasserstraße zwischen dem Roten und dem Mittelmeer geradezu eingeengt. Er atmete auf, als die *Queen Victoria* wieder auf die offene See hinausfuhr. Das nächste Ziel war zugleich auch das Ende seiner ersten und bis dahin größten Schiffsreise: Konstantinopel.

Da, wo Kreuzzüge befohlen und beendet wurden, von wo aus Christen und Muslime ihre Reiche beaufsichtigt hatten, da stiegen die Camdens in die Bahn um. Unweit der Hagia Sophia wartete der grün-gold-schwarze Lindwurm, spuckte zwar nicht Feuer, aber zumindest doch Dampf und verleibte sich dutzendweise Menschen ein. Im Vergleich zu der Eisenbahn, die das kurze Stück vom Shimbashi-Bahnhof nach Yokohama geschnauft war, saß David nun in einem mobilen Luxushotel. Für die wohlbetuchte Kundschaft – hauptsächlich der Blut- und Geldadel Europas – bot der Zug edle Hölzer, blitzende Messingbeschläge, kostbare Teppiche, auserlesene Speisen, einen zuvorkommenden Service und einige andere Lebensnotwendigkeiten. Das pausenlose Schütteln und Rattern gab's gratis dazu.

Für die Entfernung Konstantinopel – Paris brauchte der Orientexpress weniger als drei Tage, bis Wien sogar nur zwei. Lange genug, um beim Zwischenstopp einen übernächtigten, übellaunigen David auszuspucken. Wie sanft war doch das Schaukeln der pummeligen *Queen* gewesen!

Am Bahnsteig wartete bereits ein Mann namens Henry. Eigentlich hieß er Henry Edmund Baron of Avebury, aber der rothaarige kleine Engländer war ein alter Bekannter von Davids Vater, daher musste Henry genügen. Sie hatten gemeinsam in Oxford studiert. Henry arbeitete in der Botschaft des Vereinigten Königreiches als Handelsattaché, bekleidete also exakt jene Position, die Geoffrey bei seiner Berufung nach Tokyo im Jahre 1897 eingenommen hatte. Der Earl of Camden sollte in Wien, wie zuvor schon vierzehn Jahre lang in Tokyo, auf den Posten des Ersten Sekretärs rücken. Da Wien auf der diplomatischen Waagschale schwerer wog als die japanische Hauptstadt, durfte der Earl sich das als Karrieresprung anrechnen. Bei genauerem Hinsehen konnte man in seinem blonden Haar nun schon etliche silberne Fäden ausmachen, eine wichtige Voraussetzung, um in der Ämterhierarchie bald noch höher zu steigen.

Henry ließ es sich nicht nehmen, Maggy persönlich aus dem Waggon zu helfen. Ein solcher Beistand wäre David peinlich gewesen, daher sprang er, in der Faust seine beiden Schwerter, behände auf den Bahnsteig herab. Geoffrey stieg als Letzter aus.

»Jeff, wie ich mich freue dich zu sehen!«

David bemerkte, wie das Gesicht seines Vaters rot anlief und die Adern an den Schläfen dick hervortraten. Für alle Parteien überraschend waren dann seine Begrüßungsworte.

»Bist du von Sinnen mich *so* zu nennen, Henry?«

Der Gescholtene zuckte zusammen, als hätte ihn ein Tiger angefaucht, was auch ziemlich genau Geoffreys Tonfall entsprach. Um drei Fingerbreit geschrumpft entgegnete er: »Was ist denn in dich gefahren, Geoffrey? Begrüßt man so einen alten Freund und Zimmerkumpan?«

Davids Vater sah sich um, als fürchte er die Ohren einer Schar von Verrätern, und brachte schließlich ein Lächeln heraus. »Entschuldige, Henry, aber als Freund solltest du dich eigentlich noch erinnern, wie sehr mir alle Verstümmelungen meines Namens zuwider sind.«

»Schwamm drüber«, sagte Henry lachend. Er war wohl

nicht leicht zu kränken. »Ist mir sogar ganz lieb, wenn deine alten Marotten noch nicht eingetrocknet sind: großzügig und liberal bis ins Mark, wenn es um zwischenmenschliche Beziehungen geht, aber exzentrisch bis zum Gehtnichtmehr, wenn sich einer an deinem Namen vergreift. Herzlich willkommen, *Geoffrey*. Recht so?«

»Exzellent! So und nicht anders. Die Titel sparen wir uns für das diplomatische Parkett auf. Und jetzt lass mich dir jemanden vorstellen. Maggy kennst du ja schon …«

»Allerdings nicht so schön.«

»Alter Charmeur! Und dieser junge Mann hier neben mir ist David.«

»Das Maskottchen des Tokyoter diplomatischen Korps«, fügte Henry mit wissendem Nicken hinzu. Er und Geoffrey hatten sich in den letzten anderthalb Jahrzehnten mehrmals geschrieben. Ein wenig nachdenklich musterte er Davids weißen Schopf.

»Habt ihr schon mal daran gedacht, ihm die Haare zu färben?«

Maggy runzelte bedrohlich die Stirn, aber Geoffrey umfasste schnell ihren Arm und meinte nur schmunzelnd: »Du darfst ihm solche Entgleisungen nicht verübeln, Liebling. So geschickt Henry sich auf dem diplomatischen Parkett bewegt, so ungehobelt ist er manchmal im Privaten. Das macht ihn so liebenswert.«

»Weiße Haare gelten als Zeichen von Weisheit und Reinheit«, konterte David neunmalklug. »Wenn der Tenno anlässlich seiner Inthronisierung vor die Götter tritt, dann trägt er ein weißes Gewand.«

»Hört, hört! Ein Gelehrter der Japanologie«, frotzelte Henry. »Und dein martialisches Reisegepäck dient wohl dazu, den Unbelehrbaren die Ohren abzuschneiden, was?«

»Das kommt ganz darauf an.«

Henry suchte in den blauen Augen des Knaben nach
dem Schalk, der dem Ebengesagten die Spitze nahm, fand
aber nur selbstbewussten Ernst. Besorgt drehte er sich zu
Geoffrey und brummte: »Du solltest deinen Sohn vielleicht in den nächsten Tagen einmal zur Seite nehmen
und ihm erklären, in was für einem Land ihr euch jetzt
befindet. Ist nur ein gut gemeinter Rat von mir. Wir wollen hier doch kein Blutbad anrichten.«

»Ist in Ordnung, werde ich machen«, antwortete Geoffrey. Die Leichtigkeit seines gespielten Ernstes verlor sich
jedoch schnell, als er hinzufügte: »Hat sich in den letzten
Wochen irgendwer nach mir erkundigt, abgesehen von
den Regierungs- und Botschaftsstellen, meine ich?«

## Der Tag, an dem die Welt verrückt wurde

Die Stadt zu Füßen des »Steff'l« war in Davids
Augen wie ein Modell der Alpen: überall Stein. (Für die
Nichtwiener sei an dieser Stelle angemerkt, dass der Stef-
f'l in amtlichen Dokumenten unter dem Namen »Ste-
phansdom« geführt wird.) Die reichhaltige Verwendung
des feuerfesten Baumaterials stellte ganz neue Anforderungen an Davids Begriffsvermögen. Bis Mitte 1913 hatte
er sich eine Stadt, die vorwiegend aus steinernen Häusern
bestand, nicht vorstellen können. Natürlich wusste er aus
Büchern, wie es in London, Sankt Petersburg, Berlin oder
Wien aussah, genauso wie er die Topografie des Mondes
kannte. Aber in so einer Stadt spazieren zu gehen, das
hatte schon was! Wenn Tokyo »blühte«, dann waren
damit die großen Feuer gemeint, die regelmäßig ganze

– 180 –

Stadtteile in Schutt und Asche legten. Im steinernen Wien blühten völlig andere Dinge: die Margeriten, die Musik und die Macht.

Ein anderes Phänomen, das David gleich zu Beginn auffiel, waren die vielen Automobile. Man konnte eine Stunde lang an der Straße stehen und zwei oder sogar drei von ihnen vorüberflitzen sehen. In der Kärntner Straße oder an anderen prominenteren Orten der Stadt machten diese Kutschen, die ihre Pferde unter einer Blechhaube mit sich führten, den eher biologischen Antriebsformen sogar schon ernsthafte Konkurrenz. Wenn es allerdings ans Repräsentieren ging, dann war die hafergetriebene Equipage immer noch ein absolutes Muss.

Wiewohl der Earl of Camden einen hohen aristokratischen Rang bekleidete, der in Österreich dem eines Grafen entsprach, stand bei der Ankunft des Orientexpresses nicht sogleich ein Palais zur standesgerechten Unterbringung der englischen Familie bereit. Dabei waren Wiens Ringstraßen voll gestopft mit Prachtbauten wie ein Krämerladen mit Hutschachteln und Wurzelbürsten, aber momentan gedachte keiner der Besitzer sein einmal erobertes Terrain aufzugeben. Also mussten die Camdens am Opernring in einer jener prächtigen Wohnetagen einziehen, die sich unter Steff'ls Augen räkelten wie voll gefressene Angorakatzen.

Kurz vor der Ankunft der Camdens in Wien hatten sich Österreich-Ungarn, Deutschland und Italien zu einer Festigung des einunddreißig Jahre alten Dreierbunds durchgerungen. Es waren Zweifel an der Bündnistreue der Italiener aufgekommen (wie sich noch zeigen sollte, nicht ganz zu Unrecht), die General Pollio aber zerstreuen konnte. Temperamentvoll forderte er, dass »der Dreierbund im Kriegsfall wie ein einziger Staat handeln müsse«. Seine Bündnispartner hörten es mit Entzücken. Die zunehmende Erstarkung dieser Achse gab dem übrigen Europa Anlass zur Sorge. Großbritannien und Russland suchten in einem Ostseeabkommen Schutz, Frankreich in einer dreijährigen Militärdienstzeit. Regelmäßige Flottenmanöver sollten die unberechenbar gewordenen Nachbarn einschüchtern. Die allseits wachsenden Rüstungsanstrengungen waren nicht mehr zu übersehen. Seit zwei oder drei Jahren schossen überall Vereinigungen aus dem Boden, deren Zweck darin bestand, der Jugend durch Exerzieren und Übernachtungen im Freien eiserne Disziplin und Durchhaltevermögen anzuerziehen. Geoffrey versetzten diese Entwicklungen in zunehmende Unruhe. Er prophezeite immer öfter einen baldigen globalen Krieg und er war nicht der Einzige.

David beurteilte die Lage weniger kritisch. Wohl pflegte er noch sein Misstrauen gegenüber den Drahtziehern der Macht, aber gerade das trog seinen Sinn für die Realitäten. Er sah die großen Fürstenhäuser Europas als eine einzige verschworene Sippe. Schließlich waren sie, dank ihrer »Urmutter«, der britischen Königin Victoria, alle irgendwie miteinander verwandt: Kaiser Wilhelm II., der russische Zar Nikolaus II. – die Liste der Enkel, Neffen und Nichten war länger als das Schiffsregister von Lloyd's. Sicher, in jeder Familie gab's mal Krach, aber deshalb brachte man sich doch nicht gleich um.

Die Unbekümmertheit, mit der David die dunklen Wolken am politischen Horizont Europas übersah, hatte auch viel mit seiner neuen Umgebung zu tun. Diese bot einfach zu viele Ablenkungen. Hinzu kam, dass in diesen Tagen Krieg nicht unbedingt mit Grauen gleichzusetzen war. Viele junge Männer sahen darin eher eine Art Vergnügungspark, dem Prater nicht unähnlich, ein Ort also, den man aufsuchte, um sich einmal richtig auszutoben.

Während die Wochen ins Land gingen, Wien erst nasskalt und dann weiß wurde, erlernte David die deutsche Sprache. Dabei eignete er sich nicht nur jenen charakteristischen Tonfall der Wiener an, nein, David bekam auch ein Gefühl für das Hochdeutsche (wo immer dieses Hochdeutschland liegen mochte).

In Österreich gab es fast so viele Titel wie Einwohner. Hier endete Davids Sprachtalent. Die k. u. k. Monarchie hatte ein ausgeklügeltes System entwickelt, um Wert und Wichtigkeit ihrer Bürger in blitzende Namenskartuschen abzufüllen. Es gab Magister und Sekretäre, Leiter und Räte, alle mit phantasiereichen Vor- und Nachsilben verziert, mit kunstvollen Wortziselierungen, die David bei aller Klugheit niemals auch nur andeutungsweise verinnerlichte.

Im Frühjahr 1914 verschlimmerte sich wieder Geoffreys zwiespältiges Verhältnis zu Zeitungen: Er konnte nicht von ihnen lassen, obwohl sie ihn krank machten. Leider wurden die Kriegsgerüchte, auf die er besonders allergisch reagierte, auch nicht gerade seltener. Infolgedessen litt er bald unter Schlaflosigkeit, Alpträumen und Übernervosität. Maggy hatte von einem Spezialisten, einem gewissen Sigmund Freud, gehört, der in der Berggasse 19 praktizierte. Sobald sich jemand dort auf der Couch ausstreckte, würde der Seelenarzt auch schon in der Psyche seines Patienten herumsezieren und dabei so manchen Fremdkörper ans Tageslicht befördern, hieß es. »Vielleicht findet er bei dir auch so einen ›Splitter‹«, versuchte sie Geoffrey einen Besuch bei dem Doktor schmackhaft zu machen. »Und wenn er ihn erst herausgezogen hat, dann wird es dir besser gehen.«

Geoffrey lehnte brüskiert ab. Er sei doch nicht verrückt. Aber weil Maggy ihm weiter in den Ohren lag, willigte er schließlich in einen kurzen Erholungsurlaub ein. Etwas Ruhe und Ablenkung würden ihm sicher besser tun als das untätige Herumliegen auf einer Couch in der Wiener Berggasse, meinte er.

Ende Mai besuchte die Familie Salzburg, das sich gerne als Mozarts Stadt verkaufte. Anscheinend hatte man den großen Komponisten in kleine süße Kugeln gepresst, die hier unter seinem Namen an jeder Ecke feilgeboten wurden. Maggy fand nur langsam Gefallen an diesem Urlaubsziel. Es war so nah. Sie träumte von einem Abstecher in die Heimat, vielleicht ins englische Seebad Scarborough, oder gar nach Nizza. Selbst mit Baden-Baden oder Karlsbad hätte sie sich schon begnügt. In all diesen Orten gaben sich Aristokraten ebenso wie neureiche »Schlotbarone« die Klinke in die Hand. Das repräsentative Kuren war eine gesellschaftliche Pflichtdisziplin. Aber das Salzburger Land …!

Die Camdens besichtigten auch das *Weiße Rössl* am Wolfgangsee und schlüpften am Dachsteinmassiv in die Rolle einer hochalpinen Seilschaft. Als David an diesem letzten Tag des Monats von weit oben auf die Welt herniederblickte, war er völlig hingerissen. Eine himmlische Stille wärmte ihn von innen, mehr als die Sonne von außen. Nur der Wind säuselte ihm leise ins Ohr: Sieh dir die Natur an, Kleiner, und lerne von ihr. Ihr Menschlein müsst euch nur diesem Frieden Gottes anvertrauen, um für immer im Glück zu leben. Leider hatten die Mächtigen der Donaumonarchie an diesem Sonntag keine Zeit an Davids Seite zu wandern, sonst hätte vielleicht vermieden werden können, was einen Monat später seinen Lauf nahm.

Am Montag, dem 29. Juni, nahm Davids Vater wie jeden Morgen die *Kronen-Zeitung* zur Hand, um an seinen Deutschkenntnissen zu feilen. Augenblicke später rutschte sie ihm wieder aus der Hand. Schreckensbleich blickte er in Maggys Gesicht.

Aufgrund einer unglücklichen Verkettung von Zufällen, die an dieser Stelle aufzuzählen zu ermüdend wäre, erfuhr die Familie erst in diesem Augenblick, was ganz Wien schon seit einigen Stunden in Atem hielt. David schob den Stuhl zurück und umrundete den Tisch. Sein Kopf war dicht neben dem seiner Mutter, als sie gemeinsam die erste Seite des illustrierten Blattes lasen. Da stand nur wenig und doch zu viel für alle Bücher der Welt:

# Die Katastrophe von Sarajewo.

## Attentat auf Erzherzog Franz Ferdinand und Herzogin von Hohenberg.

### Mit Bombe und Browning.
### Der Thronfolger und seine Gemahlin ermordet.
### Zwei Attentate.

Dem ersten entkommen, dem zweiten erlegen.

### Die Attentäter verhaftet.

Von der empörten Menge blutig zugerichtet.

»Das bedeutet Krieg«, flüsterte Geoffrey mit glasigen Augen.

»Aber Liebling«, versuchte Maggy ihn zu beruhigen. Obwohl sie, genauso wie David, die andere Qualität im Entsetzen ihres Mannes bemerkte, versuchte sie die Sache herunterzuspielen. »Das hast du schon so oft gesagt und nie ist etwas Schlimmeres passiert. Denke doch nur an die vielen politischen Attentate der letzten Jahre. Sie haben dir nichts als graue Haare eingebracht. Bald wirst du aussehen wie dein Sohn.«

»Begreifst du denn nicht, Maggy? Das alles waren nur Nadelstiche, jeder für sich nur von geringer Bedeutung, aber du darfst den Blick für das Ganze nicht verlieren. Ich sehe bereits die ersten Risse am Fundament unseres Weltgefüges und fürchte, dabei wird es nicht bleiben.«

»Jetzt redest du wie ein alttestamentarischer Prophet, Geoffrey. Woher willst du denn das wissen?«

»Europa ist ein Pulverfass. In Deutschland spricht man mehr oder weniger offen über einen Präventivkrieg gegen Russland, weil der Zar Milliarden in die Rüstung steckt. Serbien will ein Großslawisches Reich gründen und erhebt Anspruch auf Bosnien. Und ausgerechnet *dort* wird jetzt der österreichisch-ungarische Thronfolger von einem *serbischen* Separatisten ermordet. Verstehst du immer noch nicht? Für Kaiser Franz Joseph ist das ein willkommener Anlass, die Serben in ihre Schranken zu weisen.«

»Aber ich denke, Erzherzog Franz Ferdinand hat sich *für* eine Autonomie der slawischen Völker eingesetzt und wollte in Bosnien dafür werben.«

Geoffrey antwortete nicht sofort. Stattdessen sah er nur schmerzvoll in die Augen seiner Frau, begann dann langsam zu nicken und meinte schließlich erstaunlich ruhig:

»Eben, Maggy. Erinnere dich an Hirobumi Ito. Er wollte den Koreanern auch größere Freiheiten geben und wurde angeblich *dafür* von ihnen umgebracht. Erkennst du nicht die Widersprüche? Merkst du noch nicht, dass hier Kräfte am Walten sind, denen überhaupt nicht der Sinn nach Verständigung und Frieden steht?«

Davids Vater sollte Recht behalten. Einige Tage lang gab es noch Bemühungen die brennende Lunte vom europäischen Pulverfass zu reißen. Papst Pius X. – selbst schon dem Tode näher als dem Leben – betete am Apostelaltar des Petersdoms für das Seelenheil der Hingemordeten, bis er ohnmächtig zusammenbrach. Kondolenzschreiben aus aller Welt hagelten über Wien hernieder. Geoffrey überstellte persönlich das seines Landes. In England bereitete man sich hinter der Mauer des Bedauerns jedoch schon auf das Schlimmste vor. Mit der diplomatischen Post aus der Heimat wurden auch beunruhigende Zeitungsartikel herübergeweht.

»Wir können nur sagen, dass wir alle in England uns vereinigen in dem gemeinsamen Gefühl des Kummers für die hinterbliebenen Leidtragenden und in dem Abscheu gegenüber dem feigen Mord, der das Gewissen der Welt erschüttert hat«, schrieb die Londoner *Times*. Und der *Daily Chronicle* textete sogar: »Die Ermordung des österreichisch-ungarischen Thronfolgers fällt wie ein Donnerschlag auf Europa.«

Die wichtigste Funktion des Weltgewissens, die rechtzeitige Warnung und Bewahrung vor nicht wieder gutzumachenden Torheiten, musste bei der donnerschlagartigen Erschütterung wohl so sehr gelitten haben, dass europaweit die Verstandeslichter ausgingen. Im Juli bombardierten sich Europas Nationen mit kindischen Ultimaten und bald darauf mit zerstörerischen Granaten. Exakt einen Monat nach dem Attentat auf ihr Thronfolgerehepaar erklärte die Donaumonarchie Serbien den Krieg.

Von nun an spielte die Welt verrückt – diese Worte benutzte ein nachdenklicher Zeitgenosse, der sich Jahrzehnte später erfolgreich für den Kanzlerstuhl in Deutschland bewarb. Der kollektive Wahnsinn reichte gleichwohl nicht so weit, dass man nicht sah, worauf man sich da einließ. Noch ehe sich die Kanoniere über die neuen Freund-Feind-Verhältnisse so richtig eins waren, titelte am 1. August die *Königsberger Hartung'sche Zeitung* bereits:

## Der Weltkrieg.

Die Bedeutung dieses neuen Wortgebildes musste wohl dem Mann auf der Straße noch fremd gewesen sein. Wie sonst hätte man sich seine merkwürdige Reaktion erklären können? Ein Rausch der Kriegsbegeisterung bemächtigte sich nämlich fast aller europäischen Nationen. Kritische Stimmen gab es zwar auch, aber die gingen in dem Jubelgeschrei unter.

Während ein Land nach dem anderen mobil machte, ordnete Geoffrey im Wiener Domizil der Camdens den Rückzug an: Es hieß wieder einmal Packen. Der Eintritt Großbritanniens in das epochale Schlachtfest sei nur noch eine Frage der Zeit, unkte er. Die Rückrufung des Botschafters und seines Stabes nach England könne praktisch stündlich erfolgen.

David wunderte sich schon lange nicht mehr über die präzisen Voraussagen seines Vaters. Schon am Morgen des neunundzwanzigsten traf das Telegramm aus London ein:

Abhauen! Nun, es war ein wenig amtlicher formuliert, aber im Grunde lief es darauf hinaus.

Weniger als vierundzwanzig Stunden später ging es mit dem Zug bis zur französischen Küste und anschließend mit der Fähre über den Ärmelkanal nach Dover. Von dort setzten die Camdens ihre Flucht wieder per Bahn fort. Am Sonntag, dem 2. August erreichten sie ihren Unterschlupf: *Camden Hall*, den Londoner Stammsitz der Familie.

In diesen Tagen schossen die Kriegserklärungen wie Irrläufer kreuz und quer über Europa hinweg, bald auch über den ganzen Globus. Jetzt musste sich zeigen, ob die Verträge zwischen den großen Imperien mehr wert waren als das Papier, auf dem sie standen. Nun ist Geduld nicht gerade eine der stärksten mediterranen Tugenden und so wundert es nicht, dass Italien schon sehr schnell und, wie bereits angedeutet, nicht ganz unerwartet aus dem Dreierbund ausbrach. Mit der Türkei fand sich bald ein Ersatzspieler im Team der Mittelmächte.

Im internationalen Ultimatenwettkampf war Großbritannien schon frühzeitig ein todsicherer Zug gelungen: Man verlangte von Deutschland am vierten des Monats die Finger vom neutralen Belgien zu lassen. Das war insofern genial, weil Kaiser Wilhelm II. seine Truppen bereits am Vortage in Belgien hatte einmarschieren lassen, woraufhin ihm England um Mitternacht die Kriegserklärung zukabelte. Österreich-Ungarn bekam den Fehdehandschuh am 12. August hingeworfen. Hurra! (Eines der in diesen Tagen am häufigsten verwendeten Worte.) Jetzt durfte also auch das Vereinigte Königreich in der Meute Krieg führender Nationen mitlaufen.

David betrat *Camden Hall* zum ersten Mal, als sich sein Heimatland gerade den letzten Sonntag im Frieden gönnte.

Der Londoner Stadtpalast war mindestens viermal so groß wie das Palais in Tokyo. Im Haus wohnte noch Geoffreys Onkel Francis, ein gebeugter Sechsundsiebzigjähriger, der im letzten Jahrhundert hier vergessen worden war. Im Kopf des einstigen Admirals der Navy tickte es nicht mehr ganz richtig. Unter seinem weißhaarigen Schopf brütete er ständig wilde Seemannsgeschichten aus. Fremden gegenüber stellte er sich als Sir Francis Drake vor, den Freibeuter Ihrer Majestät. Fast immer schlurfte er in Pantoffeln und Morgenrock durch das Anwesen, während er gleichzeitig seine imaginären Erinnerungen vor sich hin murmelte. Zwischendurch terrorisierte er das Dienstpersonal.

Zum Glück schlief der Seefahrer gerade, als David die ersten zaghaften Schritte im neuen Zuhause wagte. Die letzten Tage steckten ihm noch wie ein Anfall von Ruhr im Leib. Er fühlte sich seltsam benommen. Sein Argwohn gegen die Großen der Welt begann sich allmählich zu einem hässlichen Geschwür auszuwachsen. Als Hauptursache dieses drückenden Gefühls identifizierte er die Unannehmlichkeiten, die er der Mächtigen wegen hinnehmen musste: Sein Vater lebte in ständiger Angst, seine Mutter begann an der göttlichen Gerechtigkeit zu zweifeln und er, David, musste binnen Jahresfrist nun schon zum zweiten Mal umziehen. Vom Krieg kannte der Vierzehnjährige ja nur die Glorienbilder seiner Mitschüler und der Lehrerschaft, aber allein die Vorstellung, sich schon wieder einen Satz von Lehrern zurechtbiegen zu müssen, weckte seinen Groll.

Unweit von Charing Cross war *Camden Hall* sehr zentral gelegen. Es gab noblere Wohngegenden als Camden, vorzugsweise jene, von denen aus man hoch zu Ross direkt in den Hyde Park einreiten konnte.

Dafür pulsierte aber hier das Leben. Wenn man nach Einbruch der Dunkelheit vom Piccadilly Circus aus durch die Shaftsbury Avenue wanderte und ein Stück hinter St. Anne's in die Charing Cross Road einbog, dann schwamm man durch ein Meer von Glühbirnen. Elektrizität war längst kein Wunder mehr, aber immer noch eine glänzende Sache.

Vor zweihundert Jahren war Buckingham Palace nur ein Landhaus gewesen. So gesehen gehörten die jetzigen Nobelviertel am Hyde Park damals noch zur Wildnis. Der Stadtteil Camden dagegen lag im wirklich historischen Kern von London. Ihm verdankte David seinen Namen. Genauer gesagt war es irgendein Mensch, der früher einfach nur Pratt geheißen hatte, bevor man ihm das Anhängsel aufschwatzte. Pratt hatte sich bis zum Lordkanzler der Krone hochgedient und dafür überschüttete ihn König George III. dann mit einem Vorrat von Adelstiteln, der bis zu David Viscount of Camden reichte. In den amtlichen Dokumenten trug selbst David noch den alten Familiennamen, aber er wäre nie auf die Idee gekommen, sich David Pratt zu nennen. Camden war für ihn längst zu seinem einzigen, dem »richtigen« Namen geworden.

Am Montag, dem Tag nach der Ankunft, begab sich Geoffrey ins Foreign Office, das Auswärtige Amt. Von *Camden Hall* bis nach Whitehall war es nur ein Katzensprung. Er ging daher zu Fuß.

Im Foreign Office erfuhr er von dem Einfall der Deutschen in Belgien und von Englands emsigen Bemühungen die formelle Kriegserklärung in die Wege zu leiten. Ein Staatssekretär bedankte sich im Namen des Ministers bei Geoffrey für seinen jahrelangen treuen Dienst an der eng-

lischen Krone und versprach neue Verantwortungsberei-
che, die man ihm in Kürze übertragen wolle. Sollte es
überhaupt ein Kräftemessen mit Kaiser Wilhelm II. geben,
würde das in ein paar Wochen auch vom Tisch sein. Danach müssten einige »diplomatische Häuser« in Europa
von Grund auf neu errichtet werden. Dabei seien die attes-
tierten Fähigkeiten des Earl of Camden mehr als gefragt.
Was er wohl von einem Botschafterposten in Rom halte?

Geoffrey verließ das Foreign Office vier Stunden später
mit einem zwiespältigen Gefühl. Erfreulich waren gewiss
die Äußerungen des Staatssekretärs bezüglich seiner weiteren diplomatischen Laufbahn. Aber Geoffrey war Rea-
list genug, um derartige Anspielungen nicht überzubewer-
ten. In finanzieller Hinsicht musste er sich jedenfalls nicht
sorgen. Selbst wenn sein Land keine Verwendung mehr für
ihn hätte, könnten noch seine Urenkel vom Camden-Vermögen zehren – einen gesitteten Umgang mit dem Geld
vorausgesetzt.

Diesen ermutigenden Aussichten stand die politische
Großwetterlage entgegen. Das Schönreden des heranrol-
lenden Krieges machte Geoffrey fast krank. Dagegen war
der Anschlag, dem am vergangenen Freitag der französische Sozialistenführer Jean Jaurès zum Opfer gefallen war,
geradezu eine Bagatelle, wäre es zumindest gewesen, wenn
nicht gerade Jaurès die allgemeine Kriegslüsternheit so
vehement verurteilt hätte – schon ein seltsamer Zufall,
dass es ihn gerade jetzt treffen musste …

Geoffrey fühlte sich innerlich zerrissen. Er spürte seine
Verantwortung gegenüber Maggy, David und den vielen
Menschen, die bei ihm in Brot und Arbeit standen. Auf
der anderen Seite quälte ihn die Last seines Wissens. Er
hatte einmal geglaubt Sand in das Räderwerk des Wel-

tenplans streuen zu können, um das scheinbar Unvermeidbare doch noch aufzuhalten. Lange war ihm das Glück hold gewesen. In der Londoner Gesellschaft genoss er den Ruf einer männlichen Cinderella, hauptsächlich wegen der geheimnisvollen Aura, die seine ungeklärte Herkunft umgab. Aber dann war David geboren worden und mit ihm das neue Jahrhundert. Seit jener stillen Nacht vor nun bald fünfzehn Jahren hatte Geoffrey gelernt seine Ohnmacht zu erkennen. Akzeptieren konnte er sie nie.

Möglicherweise war es ja der Gedanke an seinen Sohn, der Geoffreys Schritte beim Verlassen von Whitehall nach rechts anstatt links lenkte. Eine alte Erinnerung hatte sich gemeldet und ihn in diese Richtung gelockt. Er ließ Big Ben und die Houses of Parliament links liegen und strebte geradewegs auf Westminster Abbey zu.

Als Geoffrey das fünfhundert Fuß lange Kirchenschiff betrat, war er überwältigt. Zuletzt hatte er hier vor zwanzig Jahren gestanden. Es war damals der erste Kirchenbesuch seit einem gewissen Ereignis, das seinerzeit schon ein Dutzend Jahre in seinem Gedächtnis nistete. Er hauste noch immer dort.

Wie schon vor zwei Jahrzehnten ließ er auch jetzt die einzigartige Atmosphäre der Abtei auf sich wirken. Weder tuschelnde Besucher noch jubilierende Chöre störten zu dieser Zeit die erhabene Stille. Geoffrey empfand die eigene Winzigkeit an diesem Ort stets in einer Weise, die er nie völlig begriffen hatte. Aber vielleicht lag ja gerade das in der Absicht der Erbauer solch monumentaler Gotteshäuser. Sie waren steinerne Parabeln für die Ordnung des Universums: die Kirche riesengroß und die Gläubigen mikroskopisch klein. Zum Glück gab es draußen noch den

Himmel, unter dessen Gewölbe selbst dieses gewaltige Bauwerk nur ein Staubkorn war.

Kurz hinter dem Eingang wandte sich Geoffrey nach rechts, wo sich die *Great Cloisters* befanden, der große Kreuzgang der Abtei. Gemessenen Schrittes erreichte er diesen stillen Ort, an dem er seinen Gedanken etwas Auslauf verschaffen wollte. Die Mittagssonne warf ihre Strahlen in den begrünten Innenhof. Geoffrey konnte dem friedlichen Anblick nicht widerstehen und trat ins Freie. Von den Wirren der Welt draußen war hier nichts zu spüren. Den freundlichen Flecken an der Südflanke des gewaltigen Kirchenschiffs umgab eine Bordüre aus gotischen Spitzbögen, deren steinernes Maßwerk und kunstvoll geschmiedete Gitter das Tageslicht siebten, bis es nur noch als feiner Nebel im umsäumenden Wandelgang hing.

Gedankenverloren ließ Geoffrey seine Augen durch die Schatten des Kreuzgangs wandern, als ihn eine plötzliche Unruhe ergriff. Viele kennen dieses Gefühl des Beobachtetseins, das einen packt, noch ehe man den Beobachter sieht. Geoffreys Sinne waren mit einem Mal angespannt. Sein Atem ging flach. Wachsamer als gerade eben noch setzten seine Blicke ihren Erkundungsgang fort. Sie tasteten sich an der Nordseite des Kreuzgangs entlang, zielstrebig auf die Stelle zu, hinter der sich *Poet's Corner* befand, jener Winkel der Abtei, der Englands großen Dichtern gewidmet war. Dort entdeckte er den Schemen.

Eine eisige Kälte kroch ihm vom Nacken her über die Kopfhaut, in die Schultern und von dort in den ganzen Körper. Geoffrey stand reglos in der Augustsonne und fror wie im Januar. Starr blickte er durch das Gitterwerk ins Dunkel des Kreuzgangs, aber das helle Licht hier draußen ließ ihn dort nicht mehr erkennen als eine schwarze

Säule, die fast völlig mit dem Schatten verschmolz. Fast gelähmt vor Angst zermarterte er sich das Hirn, grub nach Erinnerungen – gab es dort drinnen eine Statue, eine Marienfigur mit Schleier vielleicht oder irgendetwas anderes, das diesem Schemen den Schrecken nehmen konnte?

Ihm wollte beim besten Willen nichts einfallen. Die schattenhafte Gestalt beobachtete ihn immer noch – so denn Leben in ihr war. Aber das stand für Geoffrey außer Frage. Wer sonst konnte ihm an einem solchen Tag eine derartige Kälte schicken? Er wollte die Antwort gar nicht erfahren, jedenfalls nicht jetzt, nicht hier. Alles, woran er denken konnte, war Flucht. Seine brennende Furcht brachte die Starre in den Gliedern zum Tauen. Abrupt wandte er sich von dem Schemen ab und lief in entgegengesetzter Richtung aus dem Innenhof hinaus.

Zu seinem Unglück hatte er einen Fluchtweg gewählt, der in eine Sackgasse mündete. Er rüttelte an verschlossenen Türen und vergitterten Pforten, rief sogar ein paar Mal laut »Hallo!« und »Ist da wer?«, aber niemand antwortete. Einen Moment lang erwog er die Möglichkeit ins Kapitelhaus zu fliehen, doch auf dem Weg dorthin hätte er dem Schemen bedenklich nahe kommen müssen, nur um nachher im *Chapter House* vielleicht in einer Falle zu sitzen. Nein, der einzige freie Weg hinaus schien der zu sein, durch den er hineingelangt war. Pochenden Herzens drückte sich Geoffrey an die Wand und versuchte angestrengt zu erkennen, ob sich jenseits des Innenhofs etwas bewegte. Aber das war so gut wie unmöglich. Das Maßwerk und die Eisengitter in den Fensterbögen verwischten ihm den Blick. Drüben existierte nichts als Dunkelheit.

Zaghaft begann er einen Fuß vor den anderen zu setzen,

schlich sich leise auf den Ausgang zu. Was sollte er auch anderes tun? Einfach nur stehen und abwarten, bis der Schatten sich nach seinem Wohlergehen erkundigte? Dann besser doch eine würdelose Flucht. Als Geoffrey um die Ecke in den Gang Richtung Osten spähte, war dieser leer. Nicht einmal eine Statue stand dort. Ein neuerlicher Schub von Furcht beflügelte seine Füße. Er rannte zum Kirchenschiff, brüskierte dort eine Gruppe von Geistlichen und stürzte auf den Vorplatz hinaus.

Auch hier draußen fühlte sich der Earl of Camden nicht mehr sicher, sondern lief weiter, zur Verwirrung etwaiger Verfolger nicht den Weg, den er gekommen war, sondern hinab zur Westminster Bridge und von dort nordwärts an der Themse entlang. So mancher mochte sich wohl gefragt haben, was den vorbildlich gekleideten Herrn mit Bowler und Stock zu solcher Eile antrieb.

Als Geoffrey zwei am Wasser sitzende Veteranen des Burenkrieges passierte, rief der eine: »Was ist denn in *den* gefahren?«

Der andere hob die Schultern, schob die Unterlippe vor und antwortete: »Wer weiß, vielleicht hat er das Gespenst des Krieges gesehen.«

## Alte Ängste und neue Perspektiven

Was eine Heimkehr in den Hort der Sicherheit werden sollte, entpuppte sich für David als ein Alptraum. Das hatte viele Ursachen. Die weitaus tragischste davon war die Verwandlung seines Vaters. Noch am Montagmorgen, dem Tag nach ihrer Ankunft in *Camden Hall*, hatte ein nicht gerade gut gelaunter, aber doch innerlich gefes-

– 196 –

tigter Earl das Haus verlassen. Der Mensch, der einige Stunden später zurückkehrte, war nur noch ein Zerrbild von Davids Vater, ein gebrochener Mann.

Weder Mutter noch Sohn konnten sich erklären, was mit Geoffrey geschehen war. Er kam völlig außer Atem zu Hause an, die Augen glasig, wie auf ein fernes Ziel gerichtet, und schloss sich in seinem Arbeitszimmer ein. Maggy klopfte eine Zeit lang an die Tür und flehte ihn an, ihr zu öffnen. David stand dahinter, in seinen Eingeweiden ein lähmendes Gefühl der Angst. Regelmäßig pendelte Großonkel Francis wie ein Fährschiff vorüber, kicherte und brabbelte irgendwelchen Unsinn über die Eroberung des Hafens von Cádiz. Nach einer Weile gab Maggy die Belagerung des Arbeitszimmers erschöpft auf. Geoffrey ließ sich erst am Abend wieder sehen, als er Maggy und David zu sich rief.

»Nehmt bitte Platz«, sagte der Earl zu Frau und Sohn. Er deutete auf zwei Stühle, die vor seinem Schreibtisch standen, umrundete diesen und ließ sich schwer in den eigenen Sessel sinken. David verfolgte beklommen die fahrigen Bewegungen dieses gebeugten Mannes mit der fahlen Gesichtshaut und den müden Augen. Sein Vater schien in den letzten fünf Stunden um Jahrzehnte gealtert zu sein. Geoffrey schob Maggy langsam eine hölzerne Schatulle zu, die David nur allzu gut kannte.

»Hier, nimm das an dich, Liebling.«

Davids Mutter blickte ungläubig in das Gesicht ihres Mannes. Auch ihr war das Kästchen nicht fremd. »Warum behältst du es nicht bei dir?«

»Weil ich möchte, dass du es für David verwahrst, bis er volljährig ist.«

In Maggys Stimme mischte sich zusehends Panik. »Du

– 197 –

tust ja gerade so, als wollest du uns verlassen, Geoffrey. Warum gibst du ihm die Schatulle nicht selbst, wenn die Zeit dafür reif ist?«

»Ich möchte ja nur, dass du auf sie Acht gibst, Liebling. Sollte mir irgendetwas zustoßen …«

»Was redest du da?«, fiel Maggy ihrem Mann ins Wort. Sie war sichtlich bestürzt. Die Dämme ihrer Tränen drohten jeden Moment zu brechen. David kannte dieses Beben ihrer Stimme, das feuchte Glitzern ihrer Augen.

»Nun beruhige dich doch bitte, Liebling. Du und David, ihr wisst beide, dass dieses Kästchen mein Leben enthält, aufgezeichnet in einem Diarium. Außerdem befindet sich darin eine Abschrift meines Testaments. Das Original soll William in seinem Notariat deponieren. Ich habe es bereits in Wien beglaubigen lassen und wollte es dir dort übergeben, aber … Ihr wisst ja selbst, wie mit einem Mal alles drunter und drüber gegangen ist.«

Endlich fand David den Mut zu sagen, was ihn bewegte. Auch seine Augen füllten sich mit Tränen, als er seinen Vater anflehte: »Warum erzählst du uns nicht, was du in diesem Buch eingeschlossen hast, Papa? So ist es doch, oder? Es bedroht dich wie ein blutrünstiges Untier und du wolltest es dir von der Seele schreiben, um es in diesem Diarium und der Schatulle einzusperren. Aber selbst dort lässt es dir keine Ruhe. Bitte! Vertraue doch Mama und mir. Es wird dir bestimmt besser gehen, wenn wir deinen Kummer mit dir teilen können.«

Wie unter Schmerzen entglitten Geoffreys Züge für einen Moment seiner Kontrolle, ehe er sie im Netz eines schwachen Lächelns wieder einfing. »David, wie verständig du geworden bist, obwohl du nicht einmal fünfzehn Jahre zählst. Ich bin stolz auf dich. Aber ich habe es dir schon einmal vor langer Zeit gesagt: Du kannst noch nicht tragen, was ich in diese Schatulle – wie du ganz richtig sagst – *eingeschlossen* habe. Sollte ich sterben, bevor du volljährig bist, so überlasse ich es deiner Mutter, sie dir zu öffnen oder – was vielleicht besser wäre – sie samt Inhalt in die Themse zu werfen.«

Maggy sprang auf, umrundete den Schreibtisch und umschlang Geoffrey mit den Armen. Ihr Kopf lag an seiner Brust, während sie schluchzte: »Höre endlich auf von deinem Tod zu sprechen, Liebster! Was ist nur in dich gefahren, dass dich dieser Gedanke nicht mehr loslässt?«

Geoffrey küsste Maggy auf den Kopf. Mit der Hand strich er zitternd über ihr Haar. Dann suchte sein gebrochener Blick die Augen des Sohnes und er begann bitterlich zu weinen.

Als am Dienstagmorgen die Gazetten zu Englands Kriegseintritt applaudierten, hielt David zunächst das für den eigentlichen Grund der desolaten Gemütsverfassung seines Vaters. Doch während die Augusttage in der sommerlichen Sonne dahinschmolzen, wuchs der Eisberg noch, in dem Geoffreys Geist gefangen war. Der Arzt diagnostizierte eine tiefe Depression, möglicherweise die Folge übergroßer Erschöpfung. Er verordnete eine Therapie aus Johanniskraut und viel Ruhe, versprach die baldige Zusendung seiner Liquidation und empfahl sich wieder.

Aber Schlaf und Ruhe allein konnten Geoffreys rätselhaftes Leiden nicht heilen. Er verbrachte ganze Tage hinter zugezogenen Vorhängen im Bett. Und wenn er wachte, dann schloss er sich in sein Arbeitszimmer ein, wie an jenem Montag nach seinem letzten Stadtgang. Er nahm weder an den gemeinsamen Mahlzeiten teil noch suchte er das Gespräch seiner Familie. Hin und wieder tauchten unter der Tür liederlich gefaltete Zettel auf, die seine Anweisungen enthielten. Tut dies oder lasst das, stand da, hingeworfen mit fahriger Hand, dass man die einst so aufrechte Schrift kaum mehr lesen konnte.

Eine dieser Anordnungen nahm in Baluswami Bhavabhuti Gestalt an. Er sollte dem jungen Viscount hinfort als Leibwächter dienen. Maggy zeigte sich alles andere als erbaut von diesem Einfall ihres Mannes, weil Balu Dreibein, wie David diese Inkarnation eines väterlichen Geistesblitzes nannte, nicht einmal Christ war. Aber davon ließ sich Geoffrey nicht irritieren. Balu Dreibein hatte hervorragende Referenzen: Er war schon in zwei früheren Leben Leibwächter gewesen. Jedenfalls behauptete er das mit allem ihm zur Verfügung stehenden Ernst.

Baluswami Bhavabhuti vulgo Balu Dreibein hatte eine nicht unbeträchtliche Zeit seines Lebens damit zugebracht, verstockten Landsleuten die britischen Vorstellungen des Kolonialismus nahe zu bringen. Das ließ sich nicht immer ohne Zuhilfenahme von Waffen bewerkstelligen, wodurch Balu seinen ohnehin schon reichen Erfahrungsschatz aus früheren Existenzen nun auf den neuesten Stand der Technik bringen konnte. Zu allem Überfluss verfügte er auch über gewisse Begabungen in der waffenlosen Kampfeskunst.

Bald erkannten auch die vorgesetzten Stellen der Königlichen Armee, welche Talente da schlummerten, und begannen Balu dementsprechend einzusetzen. Von da an durfte sein Körper zahlreichen hohen Offizieren als lebender Schutzschild dienen. Über zehn Jahre lang hatte er erfolgreich die Symphatiekundgebungen indischer Freiheitskämpfer von seinen Herren fern gehalten.

Dann, an einem lauen Frühlingsabend, platzte eine Gruppe besonders motivierter Eiferer in ein festliches Dinner und zwischen Hummerscheren und gerösteten Singvögeln hatte Balu plötzlich die Wahl zu treffen, welchem der vielen Bedürftigen er seinen Schutz angedeihen lassen sollte. Er entschied sich – weisungsgemäß – für seinen Vorgesetzten, einen hoch dekorierten General, und zu Ungunsten des Kochs, der den Gästen im Augenblick des Überfalls gerade seine kulinarischen Kreationen vorgestellt hatte. Während die ungebetenen Besucher mit dem bedauernswerten Küchenchef Dinge anstellten, die der höchstens seinen gemästeten Truthähnen zugemutet hätte, kämpfte Balu als Tiger von Meghalaya (eine seiner älteren Reinkarnationen) um das Leben seines Herrn. Er tat es mit Erfolg, wenn auch unter Einbuße seines linken Fußes.

Der General war ein Gentleman. Obwohl ihn der Ausfall seines Kochs noch lange schmerzte, wollte er sich unbedingt an Balu erkenntlich zeigen. Also schleifte er den indischen Lebensretter mit nach England, zeigte ihn überall herum, schenkte ihm einen prächtigen Gehstock und ließ ihn dann laufen.

Hinfort verfügte Balu über drei Beine, teils aus Holz und teilweise aus Fleisch und Blut, was Davids Namenswahl hinreichend erklären sollte. Der Inder hatte Geoffrey glaubhaft versichert, dass dieser Umstand seine Effizienz als Leibwächter nur noch erhöhe. Wie ein dreibeiniger Hocker nie wackelte, so sei es nahezu ausgeschlossen, dass ein dreibeiniger Bhavabhuti jemals wanken könne, lautete seine einleuchtende Erklärung.

So kam David also an seinen ständigen Begleiter. Gerne hätte er mit dem Vater ein wenig darüber gestritten, ob es wirklich notwendig sei, ihm diesen »abgebrochenen Schatten« anzuhängen (Balu war nicht größer als Maggy), aber erstens bekam er Geoffrey kaum noch zu Gesicht und zweitens wollte er dessen geistige Zerfahrenheit nicht noch durch seinen Widerspruch verstärken. Also ergab sich David in sein Schicksal und schleppte hinfort einen dunkelhäutigen, schwarzhaarigen Leibwächter mit drei Beinen hinter sich her.

Balu Dreibein war nicht sonderlich gesprächig. Vielleicht wurzelte diese Schweigsamkeit ja in der Last seiner vielen Leben. Jedenfalls ging Balus wortkarge Ehrerbietigkeit David gehörig auf die Nerven. Bald entstand daraus eine natürlich bedingte Ignoranz, wie sie ja die meisten Leute ihren Schatten angedeihen lassen. David war bestimmt nicht hochnäsig, aber was sollte er denn tun, wenn alles, wozu sich Balu aufschwingen konnte, »Ja, Sahib«, »Nein, Sahib« und »Zu gefährlich, Sahib« war?

An einem Donnerstag Ende August mündete das ambivalente Verhältnis der beiden in ein klärendes Gewitter. Noch hatte die Schule nicht begonnen, noch war David frei zu gehen, wohin er wollte – wenn da nicht ständig dieser Leibwächter an ihm kleben würde!

David hatte sich im St. James's Park etwa eine Viertelstunde lang redlich bemüht den Inder abzuhängen. Mit weit ausholenden Schritten, immer knapp vor dem für einen Viscount unziemlichen Dauerlauf, war er über die Kieswege getrabt, aber Balu nutzte geschickt seine drei Beine, um nicht den Anschluss zu verlieren. Dies gelang ihm so gut, dass er fast in David hineingestolpert wäre, als dieser abrupt stehen blieb, sich umdrehte, die Arme vor der Brust verschränkte und fauchte: »Balu, kannst du nicht *etwas* mehr Abstand halten?«

»Nein, Sahib.«

»Hast du eigentlich eine Vorstellung, wie sehr es mir auf die Nerven geht, wenn du mir ständig so an den Fersen klebst?«

»Ja, Sahib.«

»Und warum hältst du dann nicht etwas mehr Abstand? Hundert Yards würden ja schon genügen.«

»Zu gefährlich, Sahib.«

»Aber du machst mich zum Gespött aller Leute. Das willst du doch nicht, oder, Balu?«

»Nein, Sahib.«

»Gut, dann hör mir jetzt bitte genau zu.«

»Ja, Sahib.«

»Du bleibst jetzt hier stehen, ich gehe los, und erst wenn ich *fünfzig* Yards weit entfernt bin – das ist mein letztes Angebot! –, dann setzt du deine drei Beine wieder in Gang.«

»Zu gefährlich, Sahib.«

David stöhnte laut auf. »Ich kann mich ganz gut selbst beschützen, du alter Starrkopf!«

»Nein, Sahib.«

»Doch, Balu!«

»Nein, Sahib.«

»Dann machen wir die Probe aufs Exempel.«

Der kleine Inder sah David verdutzt an. Er hatte nicht die geringste Ahnung, was sein junger Herr von ihm wollte. David zeigte Verständnis dafür und präzisierte: »Du greifst mich jetzt an.«

»Nein, Sahib.«

»Und ich werde dich abwehren.«

»Nein, Sahib!«

»Wenn du gewinnst, darfst du mir weiter in die Hacken

treten, wenn nicht, bleibst du einen Steinwurf weit hinter mir.«

»*Nein, Sahib!*«

»Keine Widerrede, Balu. Es ist mein letztes Angebot. Dieses vornehme Getue hängt mir sowieso schon zum Halse heraus. Es würde mir also nichts ausmachen, meine Beine in die Hand zu nehmen und wie ein Taifun davonzurauschen. Sieh uns beide an, Balu. Meine Beine sind ziemlich lang! Länger als deine drei zusammen.«

Der kampferprobte Inder blickte David grübelnd an. Er hatte einen Auftrag und war es gewohnt, sein Leben zur Erfüllung desselben einzusetzen. Allerdings stellte ihn die Widerspenstigkeit seines Schutzbefohlenen vor eine gänzlich neue Situation.

»Was ist?«, drängte David. »Du denkst doch jetzt, der Tiger von Meghalaya könnte diesem vierzehnjährigen, verzärtelten Adelsbübchen ruhig einmal eine Tracht Prügel besorgen, stimmt's?«

Zugegeben, diese Frage war etwas unfair. David hatte damit ganz bewusst seine Gabe der Wahrheitsfindung benutzt. Balu stammte aus einfachen Verhältnissen und war es gewohnt, dass bei über dreißig Jahren Altersunterschied der Jüngere dem Älteren mit etwas mehr Respekt begegnete. Ehe er sich dessen bewusst wurde, knurrte er daher: »Ja, Sahib.«

»Gut, dann greif mich jetzt an.«

Während Balu noch zögerte, entledigte sich David schon seines Gehrocks, ließ ihn auf den Rasen am Wegrand gleiten und krempelte die Ärmel hoch. »Jetzt komm schon, gib mir Saures«, forderte er den Inder nochmals auf.

Balu wollte noch immer nicht.

David tänzelte ein wenig auf dem Rasen herum und

nahm plötzlich eine unbewegliche Stellung ein, leicht geduckt, die Arme nach vorne genommen, voll konzentriert. »Ich bleib sogar ganz still stehen«, lockte er. »So müsstest selbst *du* mich bekommen.«

Endlich hatte seine Triezerei bei Balu das Fass zum Überlaufen gebracht. Der Inder riss sich den Rock vom Leib und legte ihn nebst Gehstock ebenfalls ins Gras. Dann hinkte er, gleichfalls geduckt, auf das halbwüchsige Großmaul zu. Als er nur noch um Armesweite entfernt war, schnellte er plötzlich voran, machte eine für seine Behinderung erstaunlich elegante Drehung – und schlug rücklings auf dem Rasen auf.

»Dieser Griff gehört zur Grundausbildung im *ju jutsu*«, erläuterte David ohne jede Häme.

Balu Dreibein bedachte ihn aus seinen stets etwas blutunterlaufenen Augen mit einem überraschten Blick.

»Geht es dir gut, Balu?«

»Ja, Sahib.«

»Willst du es nochmals versuchen?«

»Ja, Sahib.«

David runzelte zwar verwundert die Stirn, aber er ließ es geschehen. Am Resultat änderte sich wenig: Balu Dreibein versuchte es diesmal mit einer Finte, David nutzte den Schwung des Angreifers und der Leibwächter drückte ein weiteres Stückchen Rasen platt.

Es gelang David nicht ganz, sich ein Grinsen zu verkneifen. Er wollte Balu ja nicht bloßstellen, sondern lediglich Ruhe vor ihm haben. Aber die stille Freude darüber, das in einem fernen Land Gelernte, monatelang aber nur im Schattenkampf Geübte nach wie vor so gut zu beherrschen, spiegelte sich trotzdem auf seinem Gesicht.

Balus wachsamen Augen entging so schnell nichts. Leider deutete er die stille Freude des Jungen falsch. Er fühlte sich verhöhnt, sprang auf, war mit drei Sätzen bei seinem Stock und beinahe ebenso schnell wieder bei David.

Der Sekundenprophet hatte den Angriff längst vorausgesehen. Geschmeidig wich er den Hieben des Inders eine Weile lang aus, bis er die Zeit für gekommen hielt, das schweißtreibende Spektakel zu beenden. Während einer neuerlichen Attacke fing er Balus drittes Bein genau an der vorausgeahnten Stelle ab, verlängerte den Stoß mit einem heftigen Ruck seiner Arme und ließ den Leibwächter einmal mehr durch die Luft wirbeln.

Tosender Applaus vom Wegrand her machte die Zweikämpfer darauf aufmerksam, dass sie inzwischen mehr als ein Dutzend begeisterte Zuschauer gefunden hatten.

»Wollen wir noch weitermachen?«, erkundigte sich David freundlich bei seinem Beschützer und reichte ihm die Hand.

»Nein, Sahib.«

»Und wirst du mir jetzt immer noch an den Fersen kleben?«

Balu schüttelte eilig den Kopf und grinste. »Zu gefährlich, Sahib.«


Die gemeinsame Körperertüchtigung im St. James's Park hatte der Beziehung zwischen David und Balu eine neue Qualität verliehen, eine Form von gegenseitigem Respekt, die auf Menschlichkeit und nicht auf Standesgrenzen beruhte. Gleichwohl blieben die Unterhaltungen zwischen den beiden zunächst weitgehend auf das Vokabular der Körpersprache beschränkt.

David vermisste die Gespräche mit dem Vater. Manchmal beobachtete er diesen aus einem Versteck heraus, wie er in Pantoffeln und Morgenrock zwischen Arbeits- und Schlafzimmer hin- und herpendelte, die Augen starr auf den Fußboden gerichtet, den Kopf eingezogen, als fürchte er plötzliche Keulenschläge aus überirdischen Gefilden. Anders als in den Jahren zuvor deutete nichts auf eine allmähliche Verbesserung von Geoffreys Zustand hin, eher im Gegenteil. Das blieb nicht ohne Auswirkungen auf David. Der spürte die innere Not, die Furcht und Zerrissenheit seines Vaters und litt infolgedessen selbst immer häufiger unter Schlaflosigkeit und Ängsten, die kein Gesicht für ihn hatten. Vielleicht hätte er diese Krise leichter meistern können, wenn sein Vater sich ihm endlich anvertraut hätte. Aber der hatte sich in ein unsichtbares Verlies gesperrt und wollte keinen Besuch empfangen.

In Ermangelung männlicher Ansprache nahm David Kontakt mit Großonkel Francis auf.

Das war eine Offenbarung! Mit der ihm eigenen Einfühlsamkeit stellte David nämlich fest, dass dieser alte Mann gar nicht so verrückt war, wie er sich meist den Anschein gab. Sein scheinbarer Altersschwachsinn glich eher jener besonderen Art von selektiver Gehörlosigkeit, die vorzugsweise von älteren Leuten eingesetzt wird, denen die pausenlose Bevormundung durch ihre Lieben auf die Nerven geht.

Großonkel Francis war mindestens vierzig Jahre seines Lebens auf den sieben Weltmeeren umhergefahren, hatte noch vor der Pensionierung seine geliebte Ehefrau Martha an den Typhus sowie einige Jahre später seinen einzigen Sohn Henry an die Buren verloren und seitdem gegen das Gefühl der Nutzlosigkeit angekämpft. Daraus entsprang eine einsame Verbitterung, für die David durchaus Verständnis aufbrachte. Das sagte er auch seinem Großonkel und in der ihm eigenen Weise, die Wahrheit auszusprechen, fügte er hinzu: »Aber jetzt hast du ja mich, Onkel Francis. Wenn du willst, bin ich ab heute dein Enkel.«

Der alte Mann schlug ein. Das machte es für David zwar nicht auf Anhieb leichter, Seemannsgarn und Wahrheit in Großonkel Francis' Erzählungen auseinander zu halten, aber allmählich bekam er ein Gehör für die feinen Untertöne, die das eine von dem anderen unterschieden. Auf diese Weise gewann er einen neuen Freund. Und wenn die beiden mit auf dem Rücken verschränkten Armen im Gleichschritt durch *Camden Hall* marschierten, dann schüttelte so mancher Bediensteter ob des merkwürdigen Bildes heimlich den Kopf: Ein Junge mit einem Greis, beide mit weißem Haar, die über nautische Probleme diskutierten und sich über die Qualität des Schiffszwiebacks beschwerten – das war nicht jedermanns Vorstellung von einem anständigen englischen Aristokratenhaushalt.

Es ist bereits erwähnt worden, dass David sein Geburtsland nie ganz aus den Augen verlor. Er schrieb sich regelmäßig mit Yoshi, wenn auch nicht so oft wie ursprünglich gelobt. Dadurch erfuhr er Neuigkeiten aus Japan, über die sich offizielle Quellen beflissen ausschwiegen. Ohnehin tröpfelten Nachrichten von dort nur selten nach Europa. Aber wenn David eine auffangen konnte, dann ließ er sie sich wie Met auf der Zunge zergehen. Erst nach dem Fortgang aus Tokyo wurde ihm bewusst, wie sehr er dieses Land liebte, das doch angeblich nicht einmal seine Heimat war. *Heimat?* Was für ein rätselhaftes Wort!

Manche mochten die Kriegserklärung Japans an das deutsche Kaiserreich als Ehrenpflicht ansehen, doch es war mehr als das: für die weisen Staatsmänner Nippons eine schlaue Investition, die sich in der Zukunft bezahlt machen sollte, für David aber nur eine neue Bestätigung seiner ablehnenden Haltung gegenüber den Mächtigen. Wie wohl Yoshi darüber dachte? Und wie erst Hito, dem nichts ferner lag, als anderen Leid zuzufügen?

Dessen Vater, Kronprinz Yoshihito, operierte inzwischen unter dem Namen *Taisho*. Diese Devise des einhundertdreiundzwanzigsten Tennos stand für »Erhabene Rechtschaffenheit«. David zermarterte sich den Kopf, wie ein von Schwachsinnsanfällen geplagter Totenkopfhusar, der seine Untergebenen mit einer Reitpeitsche traktierte, diesem Motto Rechnung tragen konnte.

Die Kaiserin-Witwe Haruko mochte ähnlich gedacht haben. Sie hatte Kaiser Meiji vierzehn Kinder geschenkt, deren Gesundheit allerdings einiges zu wünschen übrig ließ. Vier ihrer Söhne waren als Kinder und fünf Töchter in Jugendjahren gestorben. Ob Zweifel am Durchhaltevermögen ihrer Sprösslinge letztlich den Ausschlag gaben, mit Yoshihito den Sohn einer Konkubine auf den Thron zu heben – wer konnte das schon sagen? Für die Kaiserin-Witwe war das jedenfalls eine inakzeptable Wahl. Sie verstarb noch vor der für Herbst 1914 geplanten feierlichen Inthronisierung Yoshihitos. Ohne ihr Zutun hatte sie ihrem ungeliebten Stiefsohn damit einen letzten Seitenhieb verpasst: Den Trauerjahren für Kaiser Meiji folgte nun das pietätvolle Innehalten für Haruko.

Derlei Nachrichten halfen David die eher betrüblichen Entwicklungen in seiner näheren Umgebung für kurze Zeit zu vergessen. In diesem Zusammenhang muss nun ein Thema angerissen werden, das David einige schmerzvolle, wenn auch nicht gänzlich schädliche Veränderungen auferlegte. Jetzt soll von Westminster die Rede sein, genauer gesagt von der Westminster School.

Maggys ausdrücklicher Wunsch für ihren Sohn war eine Schule, die folgenden Anforderungen entsprach: Sie musste einen tadellosen Ruf besitzen und sie sollte konfessionell sein. Eine solche zu finden gelang ihr vor allem durch die tatkräftige Unterstützung von William H. Rifkind, dem Familienanwalt, der sich nach Kräften bemühte den Camdens während ihrer häuslichen Führungslosigkeit Halt zu geben. In einem lichten Moment hatte Geoffrey verlangt, der Junge müsse nur *sicher* sein und solle nachts im eigenen Bett schlafen, alles andere sei zweitrangig. »Schicke ihn nicht nach Eton oder Harrow. Da verlieren wir ihn.«

Was immer er auch damit gemeint haben mochte, nach einigem Widerspruch (Geoffrey schien ausgerechnet gegen *diese* Schule allergisch zu sein) setzte Maggy ihren persönlichen Favoriten durch. Die Westminster School erfüllte alle Voraussetzungen: Sie nahm interne und externe Schüler, war der benachbarten Abtei angeschlossen und wurde seit kurzem von einem Reverend geleitet, der einen vorzüglichen Ruf besaß.

Maggy hatte vergessen ihren Sohn nach seiner Meinung zu fragen, was dieser ihr sehr verübelte. In ihrer glorifizierenden Schilderung dieser kirchlichen Bildungsanstalt gab es nämlich einige Lücken, die sich vor David bald als Abgründe auftun sollten.

Besonders die Schuluniform war David zuwider. Er beklagte sich ja nicht, dass er im Einheitsdress herumlaufen musste, schon in Tokyo hatte er sich damit abgefunden. Erniedrigend war für ihn vielmehr die Art der Verkleidung: Die Schüler der Westminster School erkannte man an ihrem schwarzen Frack.

Noch bevor David das Gehege seines zukünftigen Pennälerdaseins zum ersten Mal betrat, hatte er bereits aus einer eigens dafür gedruckten Broschüre einige wichtige Informationen bezogen, die ihm seine reibungslose Integration in die Schülerschaft erleichtern sollten. In dieser Schrift wurden Feinheiten beleuchtet, die für die Persönlichkeitsbildung eines heranreifenden Menschen ungemein wichtig waren. Unter anderem hieß es dort, dass auf den Schulgängen neben Frack und Zylinder unbedingt ein zusammengerollter Regenschirm mitzuführen sei. Über andere Details der Garderobe schwieg sich der Leitfaden schamhaft aus. Nur ein Beispiel: Der Frackkittel, ein schwarzer Bolero mit Schwalbenschwanz, wurde von den Schülern liebevoll »Arschkühler« genannt. Nichts davon im Einführungsheft. Das Thema »Tragekomfort« wurde ähnlich stiefmütterlich behandelt. Ein oben aus der Jacke quellender großer weißer Kragen sorgte dafür, dass der Schülerkopf auch bei extremer Langeweile nicht zur Seite kippen konnten. Leider unterband er auch weitgehend die Blutzufuhr zum Gehirn. Der harte Schulalltag öffnete David für so manches die Augen, was in dem Pamphlet unerwähnt blieb.

Bevor im September die Schule offiziell ihre Pforten öffnete, lud der Rektor, ein gewisser Reverend Dr. Costley-White, seine Neuerwerbung und deren Mutter auf eine Tasse Tee in sein Büro ein. Er halte es für eminent wichtig, einmal völlig unbelastet mit seinen neuen Schülern zu plaudern, bevor für sie der Ernst des Lebens beginne, erklärte der noch erstaunlich junge Rektor seinen Gästen. David saß im neuen Schulfrack kerzengerade auf einem harten Stuhl vor dem Schreibtisch des Geistlichen, seine Mutter daneben. Balu Dreibein leistete einer Ritterrüstung Gesellschaft, die neben dem Eingang stand.

Das Gesicht Dr. Costley-Whites war von einem maskenhaften Lächeln beherrscht, das so schnell nichts erschüttern konnte, auch Situationen nicht, wie er sie an diesem Nachmittag erleben musste. Der große Geistliche war eine Respekt einflößende Person, von den Schülern gefürchtet, vom Lehrkörper hofiert. Wenn er seine neuen Zöglinge bei Tee und Gebäck begrüßte, war er schüchterne Zurückhaltung gewohnt. Es musste ihn irritiert haben, als er Maggy und David von seinen Schokoladeneclairs anbot, welche die Countess auch erwartungsgemäß ablehnte, der junge Viscount aber völlig unverhofft goutierte. David hatte schon ein zweites Mal zugelangt, als er seinen Fehler bemerkte. Schnell legte er das Eclair wieder auf die silberne Platte zurück. Der lächelnde Reverend bewies eiserne Selbstbeherrschung.

»Sie scheinen mir ein aufgeweckter junger Mann zu sein, Viscount Camden.«

»Vielen Dank, Sir. Ich gebe mein Bestes.«

»Wie vernünftig von Ihnen! Sagt doch schon die Heilige Schrift: ›Geben ist beglückender denn Nehmen.‹«

Der Reverend und sein neuer Schüler nickten in stillem Einvernehmen. Dann wanderten ihre Blicke gleichzeitig zu dem herrenlosen Schokoladeneclair hin.

Die griechische Mythologie hält für fast jede Lebenssituation ein passendes Bild bereit. Natürlich machte der erste Tag an der Westminster School da keine Ausnahme. In den Götter- und Heldenepen der alten Griechen beansprucht der Räuber Prokrustes für sich den Part des Bösewichts. Da er nur ein einziges Gästebett besaß, wurde jeder, der bei ihm logierte, in dieses eingepasst: War der Besucher zu kurz, musste er gestreckt werden, war er zu lang, hackte der Unhold ihm die überstehenden Gliedmaßen ab.

Eines Tages kam Theseus vorbei, zierte sich, das Angebot des Gastgebers anzunehmen, und bestand darauf, dass erst der Unhold das Bett benutzen solle. Nachdem er diesem den Kopf abgeschlagen hatte, passte der Räuber einigermaßen in die eigene Schlafstatt hinein. Seit diesen Tagen spricht man von einem Prokrustesbett, wenn sich jemand nur durch schmerzliche Anpassung in ein vorgegebenes Schema einfügen lässt.

Westminster School war für David das Prokrustesbett schlechthin. Dies ließ sich an zahlreichen Dingen festmachen. Über die Totengräberkleidung wurde ja bereits gesprochen. Mit dem Herannahen des ersten offiziellen Schulgangs zeichnete sich ein weiteres peinliches Problem ab: Wo sollte er Balu Dreibein verstecken?

Es war undenkbar für David, mit seinem Leibwächter in die Schule zu spazieren. Für andere Knaben mochte das nicht unbillig sein, aber David wurde schon rot, wenn er allein daran dachte. Er wollte sich nicht als zimperliches Muttersöhnchen einführen, das ständig einen Aufpasser brauchte. Sein Dilemma ist damit wohl erschöpfend beschrieben: Balu gehörte zu jenen überstehenden »Gliedmaßen«, die einfach nicht in das Prokrustesbett passten, weshalb die in solchen Fällen gebräuchliche Verfahrensweise geboten war.

»Willst du etwa mit in die Schule kommen?«, fragte David seinen Leibwächter am Tage vor dem großen Tag. Er hatte sich zu diesem Zweck ins Souterrain von *Camden Hall* begeben, wo sich die Räume des Gesindes befanden.

»Ja, Sahib.«

»Aber du weißt doch, dass kein anderer Schüler einen Bediensteten haben darf, abgesehen von den *fags* natürlich.« (So nannte man die persönlichen »Sklaven«, die kleinen Jungen also, die sich für ihre älteren Mitschüler abschinden mussten.)

»Nein, Sahib.«

»Na gut, jetzt weißt du es. Ich möchte, dass du *vor* dem Schulgebäude auf mich wartest. Du kannst auch spazieren gehen oder dich im Winter im Pub rumdrücken. Ist mir alles egal. Hauptsache, du kommst nicht mit hinein.«

Balu Dreibein schüttelte energisch den Kopf. »Zu gefährlich, Sahib.«

»Ach, hör schon auf! Du weißt, dass ich nicht wehrlos bin.«

»Ja, Sahib.«

»Dann wirst du also schön draußen bleiben, hast du mich verstanden?«

»Nein, Sahib.«

»Und warum nicht?«, zeterte David und hob sogleich die Handflächen. »Schon gut, sag's nicht. Es ist zu gefährlich.«

»Ja, Sahib.«

»Ich werde dich bestimmt nicht verpfeifen, Balu, wenn es das ist, wovor du dich fürchtest. Arbeitslos wirst du also nicht. Und sonst kann ich genauso gut für mich kämpfen wie du, oder siehst du das anders?«

»Ja, Sahib.« Balu griff mit der Hand unter seinen Rock und zog einen Trommelrevolver mit langem Lauf hervor. »Ich habe das hier, Sahib.«

David hob die Augenbrauen. »Du bist ja mit einem Mal richtig gesprächig.« Innerlich seufzte er. Dieses braune

Männlein war fast so verbohrt wie Großonkel Francis. Aber bei dem hatte er ja schließlich auch einen Weg ins Verstandeslabyrinth gefunden. Er hatte eine Idee.

»Ich mach dir einen Vorschlag, Balu.«

»Balu möchte nicht mit Sahib Camden kämpfen.«

»Es ist kein richtiger Kampf. Nenn es eine Probe, wenn du willst.«

Balu sah nicht so aus, als hätte er das verstanden.

»Wir gehen jetzt in den Weinkeller«, erläuterte David daher, »und du wirst auf mich schießen.«

Balus dunkle Augen wurden riesengroß. »Nein, Sahib!«

»Aber wieso denn nicht?«

»Balu kann nicht auf Sahib Camden schießen. Sahib Camden wird tot sein.«

»Ach was, ich werde nicht tot sein. Das will ich dir doch gerade zeigen. So schnell lasse ich mich nicht abmurksen.«

»Balu schießt nicht auf Sahib Camden.«

»Also gut«, gab David nach. Er sah ein, dass er mit seiner Forderung etwas zu weit gegangen war. Balu war ja kein Meuchler, ganz im Gegenteil. »Du darfst dicht an mir vorbeischießen.«

Wieder malte sich Unverständnis auf Balus Gesicht.

»Ja, so machen wir's. Du brauchst mich nicht zu verletzen, also musst du tun, was ich von dir verlange.«

Balus Antwort war ein unwilliges Knurren. »Ja, Sahib.«

Wenige Sekunden später standen beide im Weinkeller von *Camden Hall*, einem lang gestreckten Gewölbe von beträchtlichen Ausmaßen. David stellte eine brennende Kerze auf ein Fass, dicht vor der rückwärtigen Wand und postierte sich daneben. In der Hand hielt er einen Lumpen, den er unterwegs gefunden hatte. Balu stand bei der Treppe am anderen Ende des Tunnelgewölbes.

»So, jetzt versuche die Kerze auszuschießen«, rief David.

»Sahib Camden müssen weiter weggehen«, verlangte Balu.

»Bist du etwa ein so schlechter Schütze?«

»Balu war bester Schütze von ganzer Division!«

»Dann kann ich auch hier stehen bleiben.«

Der Inder grummelte einige unverständliche Worte.

»Jetzt mach schon, Balu! Wir haben nicht den ganzen Tag Zeit.«

»Sahib Camden soll bitte ruhig sein!«, verlangte der Leibwächter mit Nachdruck.

David schwieg und verlegte sich aufs Beobachten. Der kleine Mann rührte sich nicht. Also meditierte er.

David hatte gehört, dass die damit einhergehende Versenkung im eigenen Ich eine ziemlich langwierige Angelegenheit sein konnte. Aber er wagte nicht, Balu erneut anzutreiben. Schon stellten sich bei ihm Zweifel an der Effizienz eines Leibwächters ein, der im Ernstfall aus einem Zustand schmerzloser Entrücktheit heraus operieren musste, als sich Balu Dreibein plötzlich wieder bewegte.

Mit einem Mal ging alles ganz schnell. David fand kaum noch Gelegenheit sich selbst zu konzentrieren. Balu legte mit ausgestrecktem Arm auf das Ziel an, umfasste zur Unterstützung die Waffenhand mit der freien und feuerte den Revolver dreimal kurz hintereinander ab.

Was dann geschah, entzog sich dem Verständnisvermögen des Inders. Die Kerze wurde nicht, wie von ihm erwartet, dreifach geköpft. Stattdessen kam der junge Viscount auf ihn zugelaufen, seine Augen starr auf die unsichtbare Linie zwischen Pistolenlauf und Wachslicht gerichtet und tat so, als würde er mithilfe des Lappens drei Kirschen aus der Luft pflücken.

Als David seinen Leibwächter erreicht hatte, hielt er in seiner Rechten den ausgebreiteten Lumpen. Darin lagen die drei unversehrten Kugeln aus Balus Revolver. Als sich der Inder vom ordnungsgemäßen Zustand der Projektile überzeugt hatte, drohten ihm die Augen aus den Höhlen zu quellen. Gleich darauf fiel er vor David auf die Knie und begann mit einer Art Singsang, der sich wie Sanskrit anhörte.

»Was soll das?«, empörte sich David. Balus Reaktion mochte zwar plausibel sein – David wusste, dass kein noch so gescheiter Hindu bei Zigmillionen Göttern den Überblick behalten konnte –, aber er war sich doch ziemlich sicher, selbst nicht zu dieser erlesenen Gesellschaft überirdischer Wesen zu gehören. »Steh sofort wieder auf, ich bin genauso ein Mensch wie du.«

»Aber … d-da!«, stammelte Balu und zeigte unentwegt auf das Tuch mit den Kugeln.

»Nur ein Trick, Balu. Ich wollte dir zeigen, dass ich keine Angst vor Feuerwaffen haben muss. Hier, sieh selbst!« Mit diesen Worten warf er die Kugeln in ein Abflussloch am Boden. Einen Herzschlag später ertönte ein Zischen und Pfeifen wie von Querschlägern, die sich zwischen zwei Mauern verirrt hatten. David lächelte. »Daneben!«

Balus Augen wanderten zwischen dem viereckigen Bodenloch und Davids entspanntem Gesicht hin und her. Da war etwas geschehen, das er wohl gesehen hatte, aber trotzdem nicht begriff. Woher hätte er auch wissen sollen, dass der *Verzögerer* für die Revolverkugeln die Zeit so gut wie angehalten hatte, um sie seelenruhig aus ihrer Bahn zu nehmen. Erst im Abflussloch ließ Davids Geist die den dahinschießenden Projektilen innewohnende Zeit wieder frei, worauf diese wie eine plötzlich losgelassene Spiralfeder ihre Energie entluden.

David klopfte Balu auf die Schulter, um ihn aus seiner Starre zu erlösen. »Was ist jetzt: Wirst du *außerhalb* der Schule auf mich warten?«

Balu Dreibein nickte viele Male, bevor er antwortete: »Ja, Sahib.«

Im Schatten von Big Ben lernte David bald darauf die englische Variante gesellschaftlich angepassten Verhaltens kennen. Sie war etwas weniger steif als das japanische Sittenkorsett, hatte allerdings auch nicht die Nonchalance der Wiener Lebensart.

Westminster war eine noble Schule. In ihrer Obhut gedieh eine nicht unerhebliche Zahl von Sprösslingen angesehener Parlamentsabgeordneter. Von daher muss es nicht verwundern, wenn auch ein Teil des Unterrichts der Entwicklung britischer Debattierkunst gewidmet war. Wie ihre Väter gleich nebenan erhitzten sich die Söhne im Staatskundeunterricht über die Aufstockung des Rüstungsetats, die Ausgabe neuer Kriegsanleihen oder das Frauenwahlrecht. Wenn jemand etwas Staatstragendes sagte, riefen seine Anhänger: »Hört, hört«, während die Opponenten ihre stimmbrüchigen »Pfuis« zu Gehör brachten.

Mit der monumentalen Krönungs- und Grabeskirche des englischen Königshauses gleich in der Nachbarschaft war auch die nötige Infrastruktur für die religiöse Erziehung gegeben. Jeder Tag begann mit einem gemeinsamen Gebet in der Abtei. Während alle Jungen dort auf den

– 218 –

Vorbeter, Reverend Dr. Costley-White, warteten, sahen sie aus wie eine Schar aus dem Tower of London entflohener Raben, die sich hier für den Weiterflug sammelten. Später dann, wenn die nötige Tagesdosis an Frömmigkeit verabreicht war, rauschte der Reverend mit wehendem Talar durch den Großen Kreuzgang zur Schule hinüber, ein dunkler Komet mit einem Schweif schwarzer befrackter Knaben.

Neulinge waren im eigentlichen Schulkomplex ohne Lotsen rettungslos verloren. Es gab Unmengen von Torbögen, an denen man sich den Kopf stoßen, vom Alter gebeugte Treppenstufen jedweder Höhe, auf denen man sich den Hals brechen, sowie zahllose Bildnisse toter Geistlicher, an denen man den Glauben verlieren konnte.

Während seiner ersten Tage in Westminster hörte David fast ununterbrochen die Gesänge des übenden Chores. Die mal zu hohen, dann wieder zu tiefen Stimmen schwebten wie ein zarter Nebel durch sämtliche Gänge und erfüllten das Schulhaus mit einer ganz seltsamen Atmosphäre, fast so, als würde es jeden Moment gen Himmel entrückt. Später verlor David dann das Gehör für diesen allgegenwärtigen Klang. Nur in seltenen Momenten erlangte er es wieder, wenn er die ernsten Gesichter der Chorknaben hinter den bunten Glasfenstern geisterhaft erleuchtet sah.

Als Sohn eines Ersten Botschaftssekretärs hätte David in Westminster überhaupt nicht weiter auffallen dürfen, andere Schüler dort hatten viel bedeutendere Väter. Als er jedoch am ersten Schultag zum Morgengebet vor der Westminster Abbey auftauchte, geschah exakt das Gegenteil. Alle Knaben – sowohl die älteren als auch ihre »Sklaven«, die *fags* – liefen zusammen, um den weißhaarigen

Jungen zu beäugen. Seltsamerweise traute sich aber keiner David nach der Ursache für seine nicht eben alltägliche Haarfarbe zu fragen. Reverend Dr. Costley-White, der diese für David so prekäre Situation mit umsichtiger Vorausschau hätte vermeiden können, war noch nicht erschienen. Also kam es, wie es kommen musste.

Ein Riese von einem Jungen baute sich vor David auf, schnippte ein Sixpencestück in die Luft, fing es lässig wieder auf und fragte provozierend: »Was bist du denn für ein Lurch?«

David war nicht viel kleiner als der Frager, der irgendwann in der letzten Woche überraschend seinem zu engen und deutlich zu kurzen Frack entwachsen sein musste, doch wirkte er mit seinen dünnen Gliedern ungleich zerbrechlicher. Der Große hatte aschblonde Haare und einen Blick, der eher gekränkt als aggressiv wirkte. David überlegte, was er dem anderen getan haben mochte und was dieser mit seiner rätselhaften Frage zu erfahren suchte. In der Zwischenzeit ließ der Große erneut sein Geldstück durch die Luft flirren. Das half David aber auch nicht bei der Findung einer sinnvollen Antwort. Also zuckte er nur mit den Schultern.

»Hab mal gelesen, dass in ganz dunklen Höhlen Lurche ohne Farbe leben. Bist wohl auch in so einem Loch aufgewachsen, was?«

Jetzt war der Penny gefallen. Der Große wollte Ärger machen. »Ah, du kannst lesen!«, antwortete David mit gespieltem Erstaunen.

»Du klappriges Gestell hast dir wohl lange keinen Satz heiße Ohren mehr eingefangen?«, erkundigte sich der Große.

»Nein, das habe ich wirklich nicht.«

Der Große wollte einmal mehr seine Lässigkeit zur Schau stellen und das Sixpencestück in die Luft schnippen, doch noch ehe die Münze seine Finger ganz verlassen hatte, rauschte schon Davids Hand wie ein Falke herbei und schnappte sich das gute Stück.

»Wie hast du das gemacht?«, entfuhr es dem erstaunten Großen.

»Reaktion«, antwortete David mit einem Schulterzucken.

»Blödsinn, so schnell kann kein Mensch reagieren.«

»Du vielleicht nicht – scheinst ein bisschen langsam zu sein –, aber ich schon.«

Damit hatte David unbewusst einen empfindlichen Nerv bei dem Großen getroffen, der im Übrigen Nicolas hieß. Nicolas Jeremiah Seymour hatte schon zwei Ehrenrunden hinter sich, wodurch sich sein Vater, ein angesehener Lord des Oberhauses, genötigt sah, all seinen Einfluss sowie eine Extraration Schulgeld in die Waagschale zu werfen, um dem begriffsstutzigen Spross doch noch den Weg zum School Certificate zu ebnen, jenem Abschluss, ohne den man nicht mal einen Posten bei der Müllabfuhr bekam, geschweige denn in der Armee einen höheren Rang als den eines Gefreiten ergattern konnte. (In diesen Tagen hielt man eine steile militärische Laufbahn für das höchste Glück auf Erden.) Lord Seymour hatte seinen Sohn windelweich prügeln lassen und ihm ernsthafte Konsequenzen angekündigt, ihm sogar mit Enterbung gedroht, falls er nicht umgehend mehr Lerneifer an den Tag lege.

All das war David noch unbekannt, sonst hätte er wohl nicht gerade über die Langsamkeit des Großen gespottet.

Mit einem gekonnten Schwinger zielte der Große nach

Davids linkem Auge. Ein Treffer hätte für diesen durchaus ernsthafte Folgen haben können. Zum Glück sah David den Angriff voraus. Er drehte sich geschickt unter dem Arm weg, packte ihn und nutzte die Wucht des Schlages, um damit gleich den ganzen Schläger durch die Luft zu befördern: Nicolas rollte über Davids rechte Schulter und landete rücklings auf dem Kiesweg.

Vor der Abtei ertönte eine Mischung aus mitfühlendem Stöhnen und bewundernden Rufen. Der weißhaarige Junge hatte nicht einmal seinen Regenschirm abgelegt.

Nicolas geriet nun erst richtig in Rage. Er hatte seinen schlaksigen Gegner falsch eingeschätzt und das verleitete ihn zu der eigentlich unlogischen Schlussfolgerung, mit mehr Kraft auch mehr Erfolg erzielen zu können. Er drückte sich nur halb vom Boden hoch und rannte unvermittelt mit gesenktem Kopf auf David zu. Der drehte sich wie ein Torero zur Seite, benutzte seinen Regenschirm wie ein *katana* und hieb ihn dem Wüterich quer über den Rücken.

Der von dem Treffer ins Stolpern geratene Große schrie auf – mehr vor Überraschung als vor Schmerzen –, fing sich gerade noch ab und wirbelte zu einem erneuten Angriff herum. Da packte ihn plötzlich eine Zange am Ohr.

Das Folterwerkzeug war ein fester Bestandteil von Reverend Dr. Costley-Whites rechter Hand, Daumen und Zeigefinger, um genau zu sein. Nicolas schrie vor Schmerzen auf. Der Reverend bedeutete David mit dem Zangenfinger der anderen Hand näher zu treten. Die Quaste seines quadratischen Baretts baumelte ihm dabei wie eine Kralle über dem Gesicht.

»Sie haben eine höchst ungewöhnliche Art sich in

Ihrer neuen Schule einzuführen«, begrüßte er den Viscount of Camden. »Ist das japanische Tradition oder haben Sie diesen Brauch in Österreich aufgeschnappt?«

David erwiderte nichts.

»Wer hat mit dem Streit angefangen?«

Beide Jungen schwiegen.

»Aha, wir haben es hier also mit einer Verschwörung zu tun«, freute sich der Reverend. Er entließ Nicolas aus dem Zangengriff und bestellte die beiden Jungen nach dem Morgengebet in sein Büro. Dann versprühte er sein obligates Lächeln wie Weihwasser über das jugendliche Publikum und rief die Knaben zum Gebet.

»Der Apostel Paulus erhielt fünfmal vierzig Streiche weniger einen«, dozierte Reverend Dr. Costley-White etwa eine halbe Stunde später wie in einem Seminar für angehende Kleriker. »Aber das konnte diesen heiligen Mann nicht brechen. Wie viele Schläge würden Sie für angemessen halten, wenn Sie Ihr heutiges Verhalten in Betracht ziehen?«

Die Überlegenheit des englischen Bildungssystems lag auf der Hand. Man durfte sich seine Strafe aussuchen. Oder wenigstens eine Weile das Gefühl haben, diese Wahl treffen zu dürfen. David jedenfalls witterte eine Fangfrage hinter diesem verlockenden Angebot und hatte sich aufs Schweigen verlegt. Es machte wohl wenig Sinn, gleich am ersten Tag mit dem Rektor einen Krieg anzuzetteln. Außerdem hatte er aus Teilen der Strafpredigt von Dr. Costley-White herausgehört, in welch misslicher Lage sich Nicolas befand. Mit einem Mal tat ihm der Große Leid und er wollte ihn nicht noch in zusätzliche Schwierigkeiten hineinreiten.

Da David bei dem Reverend noch nicht vorbestraft war und Nicolas dank väterlicher Unterstützungsmaßnahmen noch über ein gewisses Guthaben verfügte, hielt sich die Strafe in einem erträglichen Rahmen. Jeder Schüler erhielt zehn Streiche mit dem Rohrstock auf den entblößten Allerwertesten. Diese gemeinsame Erfahrung schmiedete aus der Rivalität der beiden Jungen eine tiefe Freundschaft.

## Orientierungshilfen

David und Nicolas waren in derselben Klasse. Das erleichterte vieles. David bekam schon im Voraus zu hören, was der Unterricht in den nächsten Wochen bringen würde, und Nick, wie David seinen neuen Freund der Einfachheit halber nannte, hatte endlich jemanden, der ihm beim Büffeln half. Der etwas schwerfällige Nicolas besaß zwar weder Yoshis Spritzigkeit noch Hitos Tiefgründigkeit, aber wenn man wusste, wie er zu nehmen war, dann kam man sehr gut mit ihm aus. Da David ihn nicht an Reverend Dr. Costley-White verraten hatte, wurde der linkische Nick für ihn bald zu einer Art anhänglichem Bernhardiner, der zwar gelegentlich nach links oder rechts knurrte, ihn auch mal ganz gerne neckte, ansonsten aber gutmütig und treu war.

Während der Sommer in den Herbst überging und sich David allmählich an das Leben im Frack gewöhnte, flammten auf dem Erdball immer neue Konfliktherde auf. »Nun wollen wir sie dreschen«, verordnete Kaiser Wilhelm II. seinen Truppen im Hinblick auf die Feinde und eine Zeit lang sah es wirklich so aus, als würde ihm das auch gelingen. Mit Österreich-Ungarn und der Türkei bildete sein Reich eine militärisch hoch gerüstete Achse, die Europa in zwei Hälften sprengte. Die Deutschen kämpften im Osten gegen Russland und marschierten im September in Nordfrankreich ein. Doch dann kam die russische Kriegsmaschinerie allmählich in Fahrt und damit der Vormarsch des Kaisers zum Stillstand. An der Westfront eilte Großbritannien den Franzosen zu Hilfe und so gerieten die deutschen Grauröcke auch dort ins Stocken, bis sie sich sogar auf eine Linie hinter der Aisne zurückziehen mussten. Der Traum vom schnellen, heldenhaften Sieg war schon nach sechs Wochen ausgeträumt. Nun begann der zermürbende Stellungskrieg.

In London hielt die Begeisterung noch ein wenig länger an als in den Ländern der Mittelmächte. Bei Kriegsbeginn hatten gleich eine Million Freiwillige die Rekrutierungsbüros verstopft. Eine allgemeine Wehrpflicht gab es ja noch nicht und die Anfangserfolge in den ersten Kriegsmonaten ließen den Zustrom auch so schnell nicht abreißen. Immerhin hatte das Eingreifen der Weltmacht Großbritannien die prahlerischen Deutschen zurückgeworfen und die Legende von der Unbesiegbarkeit der englischen Rotröcke bestätigt.

Aber dann tauchten immer mehr Soldaten in den Straßen der Hauptstadt auf, für die man an der Front keine Verwendung mehr hatte, weil sie ihre Arme oder Beine verloren hatten. Die Kriegsinvaliden wurden zwar allseits mit Pomp und Gloria geehrt, aber ihre Erzählungen hinterließen bei dem einen oder anderen doch Nachdenklichkeit. Auch gab es immer mehr Ehefrauen und Mütter, deren Männer und Söhne der Krieg wie reife Gerste geerntet hatte. Dem Verlust folgte Verdruss.

Nicht jeder war mehr bereit die großen Ziele der Nation auch zu seinen eigenen zu machen. Selbst Familien, die noch keinen toten Helden vorweisen konnten, bekamen allmählich zu spüren, was es bedeutete, wenn ein ganzes Land auf Kriegswirtschaft umschwenkte. So gut wie jeder stand, mehr oder weniger freiwillig, im Dienst des großen Schlachtens: Politiker und Militärs sowieso, aber auch Bauern, Fabriken, Läden, Zeitungen, Schulen, Kirchen, die Heilsarmee, der CVJM … Die Armee war das Hätschelkind der Nation. Sie bekam alles. Wer nicht kämpfen wollte, konnte oder durfte, ging leer aus. Nun, vielleicht nicht völlig leer, aber man spürte überall die Verknappung.

Ganze Berge von Fleisch wanderten erst in Konservendosen und anschließend an die Front. Selbst Fett und Brot wurden rar. Die Spinnereien webten nur noch Stoffe für Uniformen, wer modische Kleidung verlangte, begab sich in die Nähe von Vaterlandsverrätern. Da zahlreiche Londoner Busse zu Truppentransportern umfunktioniert wurden, herrschte in den verbliebenen eine unerträgliche Enge. Längst eingemottete Pferdeomnibusse wurden wieder in Dienst gestellt, was zwar den so sehr auf Distanz bedachten Engländern kaum mehr Komfort verschaffte, aber wenigstens Benzin sparte.

Weil die Rohstoffe so knapp wurden, das Land aber dringend Kanonen und Munition brauchte, kamen Altmetallspenden groß in Mode. Vorbildlich ging auch hier die Kirche voran. Sie opferte erst ihre Glocken und nötigte Gott dann nachher die daraus gebauten Waffen zu segnen.

Entsagung und Opferbereitschaft, sofern sie »von oben« verordnet wurden, waren für David stets ein Anlass zu großem Argwohn gewesen. In dem, was seine Mutter ihn gelehrt und was er über Ehre und Großmut gehört hatte, konnte er nur wenig finden, das ihn zum Abschlachten seiner Mitmenschen ermunterte. Aber trotzdem wurde es allenthalben getan. Es gehörte zur vaterländischen Pflicht eines jeden wehrtüchtigen Mannes. Auch die Jugend wurde schon früh darauf eingeschworen. Sorgfältig ausgearbeitete Erziehungspläne gaben den Lehrbeauftragten hierbei die nötige Orientierung. David erwartete von einer kirchlichen Anstalt wie der Westminster School in dieser Hinsicht fromme Zurückhaltung. Er sollte enttäuscht werden.

Der in Westminster für die regelmäßigen Wehrübungen zuständige Lehrer war ein gewisser Bucklemaker, ein rothaariger Bullterrier mit einer Stimme wie ein Fregattenhorn. Dem Talar nach gehörte er zur Kaste der Geistlichen, aber das konnte nach Ansicht der Jungen nur ein Täuschungsmanöver zur Verwirrung des Feindes sein. Vater Bucklemaker war der geborene Spieß. Er hasste Faulenzer und Drückeberger. Wenn er bei seinen Rekruten irgendwelche Symptome dieser Art entdeckte, dann trieb er sie mit exorzistischem Eifer aus. Vater Bucklemaker war eine für diese Aufgabe in jeder Hinsicht gelungene Besetzung.

Jede Woche lagen die Jungen mindestens einmal in den feuchten Farnen von Richmond Park und lieferten sich Gefechte mit imaginären Karabinern und Maschinengewehren. David war gleich zu Beginn bei den Nahkampfübungen unangenehm aufgefallen, weil er mit unangemessener Leichtigkeit beinahe ein Dutzend Feinde besiegt hatte. Diese zur Schau gestellte Überlegenheit grenzte an Wehrkraftzersetzung. Normalerweise stand darauf die Todesstrafe. Der Geistliche befand sich in einer Zwickmühle. Was sollte er tun? Die Kompanie murrte. Meuterei lag in der Luft. David war ein tüchtiger Soldat, aber eben etwas *zu* tüchtig. In diesem Augenblick bewies Vater Bucklemaker, dass er doch zumindest rudimentäre Bibelkenntnisse besaß, denn er fällte ein »salomonisches Urteil« und beförderte David zu seinem Adjutanten.

Fortan durfte David seinem Kompaniefeldwebel als strategischer Berater zur Seite stehen, musste gelegentlich als Botengänger fungieren, manchmal – wenn an der Frontlinie ein Patt entstanden war und das Ende der Schulstunde nahte – auch als Parlamentär. Sein erweiterter Verantwortungsbereich kam ihm sehr entgegen. Ein Kampf auf Leben und Tod – für die meisten Jungen an Westminster war das eine erstrebenswerte Erfahrung, für David nur eine dunkle Erinnerung.

Aus dem seltsamen Zusammenspiel zwischen religiöser und militärischer Erziehung ergab sich für ihn bald ein rätselhaftes Paradoxon. Tagelang diskutierte er darüber mit Nick, versuchte es sogar mit Balu, erhielt aber hier wie da auf seine Fragen keine befriedigenden Antworten. Hieß es nicht im zweitgrößten Gebot, du sollst deinen Nächsten lieben wie dich selbst? Wie konnte jemand die göttliche Order befolgen und gleichzeitig seinen Mitmenschen, vielleicht sogar seinen Glaubensbruder, massakrieren?

Davids ganzes Wesen atmete Wahrheit. Nachdem diese ihm ins Blut gegangen war, hauchte er sie wieder aus und machte sie damit anderen auf seine einzigartige Weise zugänglich. Wenn er Betrug nur witterte, drohte er schier zu ersticken. Dieser besonderen Natur seiner Seele entsprang fast zwanghaft der Wunsch, die großen Rätsel seines Lebens zu lösen. Hierzu nahm er sich nun ebenjenes Lehrbuch vor, das in den Ländern, die den Großen Krieg vom Zaun gebrochen hatten, wie kein anderes verbreitet war: die Bibel. Jeden Tag studierte er neben dem üblichen Schulstoff mehrere Seiten der Heiligen Schrift. Und wurde immer verwirrter.

Im Mai 1915 – David las gerade mit glühenden Ohren die Liebeshymne des Hohelieds – hatte Reverend Dr. Costley-White eine besondere Pflicht zu erfüllen. Irgendein unermüdlicher Beamter musste entdeckt haben, dass Soldaten, die in die Fremde zogen, bei ihrer Rückkehr oftmals nicht nur unanständige Krankheiten, sondern auch ebensolche Ansichten einschleppten. Da Angriff bekanntermaßen die beste Verteidigung ist, hatte die Schulbehörde daraufhin beschlossen ein schweres Geschütz gegen die sittliche Verwahrlosung aufzufahren: die Sexualerziehung.

Davids ganze Klasse war auf zehn Uhr in das Büro von Reverend Dr. Costley-White bestellt worden. Das nun folgende Lehrprogramm zum Schutze der Jugend hatten einige andere Klassenverbände bereits erfolgreich absolviert, weswegen aufseiten der Schülerschaft nicht gerade Ahnungslosigkeit herrschte. Der Reverend ließ seinen strengen Blick über die pubertierenden Frackträger schweifen und vergewisserte sich noch einmal, ob die Tür seines Arbeitszimmers auch wirklich fest verschlossen war. Der Erwartungsdruck im Raum war groß und fand immer wieder ein Ventil im leisen Gekicher der Knaben.

Nach Abschluss der Sicherheitsüberprüfung verbarrikadierte sich Reverend Dr. Costley-White hinter seinem Schreibtisch, zeigte sein Standardlächeln und räusperte sich. Sodann gab er folgende kurze Erklärung ab: »Wenn ihr ihn anfasst, fällt er ab.«

Daraufhin durften die Jungen wieder ins Klassenzimmer

zurück. Endlich waren sie für das Erwachsenenleben gewappnet.

Später an diesem Tage spazierten David und Nick über Dean's Court – Balu in diskretem Abstand hinter ihnen – und erörterten die Feinheiten von Dr. Costley-Whites sittenstärkendem Lehrprogramm. Aufgrund langjähriger Erfahrungen in der gegenwärtigen Klasse konnte Nicolas von einem ähnlich denkwürdigen Versuch berichten, der sich im Jahre 1913 zugetragen hatte. Damals plagte sich noch der Vorgänger des jetzigen Rektors mit diesem faszinierenden, wenn auch schwer fassbaren Thema herum. Er musste wohl den Wunsch verspürt haben, es seinen Jungen näher zu bringen, tat sich damit mangels behördlicher Richtlinien aber ungleich schwerer. Zuletzt fand er doch einen für ihn gangbaren Weg und ließ auf eigene Kosten ein Merkblatt drucken, das jeder Knabe zu Beginn des Schuljahres auf seinem Pult vorfand. Die acht einleitenden Worte des Traktats lauteten: »Möglicherweise habt ihr bemerkt, dass zwischen euren Beinen …«

David tat sich schwer mit der Prüderie der Londoner Gesellschaft. Er war schließlich in Japan aufgewachsen. Davon berichtete er auch seinem aufmerksam zuhörenden Freund. Unzählige Male hatte er mit Yoshi eines der vielen Badehäuser besucht. Dort in jener langen und züchtigen Badekleidung aufzutreten, wie sie die Europäer bevorzugten, hätte mit Gewissheit betretenes Schweigen ausgelöst. In den großen, dampfend heißen Wasserbecken war jeder nackt. Zwar hatte man in Japan mit Rücksicht auf die Gefühle ausländischer Mitmenschen nach Geschlechtern getrennte Einstiege zu den Bassins geschaffen, aber am Schluss saßen alle wieder im selben Wasser. Na gut, es gab auch Trennvorhänge, aber die waren ja nicht umsonst sehr beweglich und im Falle amtlicher Kontrollen schnell in die vorschriftsmäßige Position zu ziehen. Auf diese Weise hatte David schon sehr früh ein ziemlich vollständiges Bild von der Anatomie des Menschen gewonnen. Aber dank der Vielzahl der Themen, die aus dem undurchdringlichen Wasserdampf aufstiegen, auch von dessen Psyche. Tatsächlich waren die japanischen Badehäuser hauptsächlich Stätten des Gedankenaustauschs und nicht etwa, wie man irrtümlicherweise meinen könnte, des Kampfes gegen den Schmutz.

Die kulturell so unterschiedlichen Elemente des Fernen Ostens und Europas verschmolzen in David zu einem sehr toleranten Charakter. Engstirnigkeit war ihm fremd, ja sogar suspekt. Er hatte schon so viele Blickwinkel auf das Leben kennen gelernt, dass er für neue Betrachtungsweisen immer offen war. Angeregt durch sein Bibelstudium gelangte er zu einem ganz einfachen Schluss: Wenn Gottes Augen jeden Menschen auf dem weiten Erdenrund sehen können, dann kann er nicht einseitig sein.

Diese Einsichten versuchte er auch Nick zu vermitteln, allerdings mit eher bescheidenem Erfolg. Nicolas war nicht gerade ein Philosoph, sondern mehr ein Pragmatiker. Wenn sich ein Problem unter anderem mit handfesten Mitteln aus der Welt schaffen ließ, dann bevorzugte er diese Möglichkeit. Vermutlich war das auch der Grund, weshalb er ständig eine Münze in der Hand hielt, sie kurz hochschnippte und wieder auffing, ihr erneut die Freiheit gab, um sie gleich wieder einzusperren. Immerhin entdeckte David bei seinen feurigen Plädoyers für Toleranz und Gerechtigkeit an sich selbst etwas, das ihm zuvor so noch nicht aufgefallen war: eine starke Neigung anderen

– 231 –

Menschen jene übergeordnete Sichtweise zu vermitteln, die er als »göttliche Perspektive« bezeichnete.

Während der Mai seine sprichwörtlichen Wonnen über David in Form neuer Einsichten über die Sexualität ausschüttete, verlor das übrige London seine Jungfräulichkeit in einem gänzlich anderen Sinne. Genau genommen war der schönste Monat des Jahres ja auch schon fast vorüber. In der Nacht zum 1. Juni schlich sich ein deutscher Zeppelin in den Himmel über London und warf einige Bomben ab. Der materielle Schaden infolge dieses hinterhältigen Überfalls hielt sich zwar in Grenzen, nicht aber der Schrecken unter der Bevölkerung. Mit einem Mal war die Hauptstadt des britischen Empire selbst zur Zielscheibe des Feindes geworden. Andere englische Städte hatte es schon viel früher getroffen. Seit Dezember 1914 waren immer wieder einige Orte von deutschen Flugzeugen oder Zeppelinen angegriffen worden. Aber das! Viele spielten das Ereignis herunter, doch andere lebten von nun an in Angst – die Front war zu ihnen nach Hause gekommen.

Davids Persönlichkeit hatte mittlerweile ein Wechselbad unterschiedlichster Einflüsse durchlaufen: sein multikultureller Hintergrund; das viktorianisch verbrämte, imperialistisch gefärbte Gedankengut seiner Zeit; sein eigenes neues Mitteilungsbedürfnis; Vaters zermürbendes Schweigen und Nicks Begriffsstutzigkeit. Aus diesem Gemisch bildete sich bis Anfang 1916 eine dicke, gärende, blubbernde, fruchtbare Humusschicht, die zwangsläufig etwas hervorbringen musste. Davids ganzer Züchterstolz konzentrierte sich auf das erste zarte Pflänzchen seiner neuen Bestimmung: einen Zeitungsartikel.

Darin lag seine Berufung. Nur mit der spitzen Feder eines Zeitungsreporters konnte er die Wahrheit ans Licht zerren und sie schonungslos der Öffentlichkeit präsentieren. Man hörte auf ihn, wenn er die Wahrheit sprach, also würde man ihn auch lesen, sobald er sie zu Papier brachte.

Sein Aufsatz behandelte in pointiert-elegantem Stil die »Unterschiede und Gemeinsamkeiten des Patriotismus in Japan und dem Vereinigten Königreich«. So lautete auch der etwas sperrige Titel, der durchaus im Trend der Zeit lag. Natürlich schöpfte David bei seinen Schilderungen aus dem reichen Fundus persönlicher Erfahrungen. Er beschrieb, wann man es in Japan für sinnvoll hielt, sich den Bauch aufzuschlitzen, wodurch man dem Tenno die größte Freude bereiten konnte und was den *bushido* zu einem so außergewöhnlichen Weg machte. Dabei sparte David auch mit Hintergründigem nicht, bediente sich hierzu aber eines ironischen Tons, der es erforderlich machte, zwischen den Zeilen zu lesen, um die ganze Wahrheit zu sehen. Da stand dann: »Wie es bei uns die größte Ehre ist, sein Leben für König und Vaterland hinzugeben, bereitet es dem japanischen Patrioten höchste Verzückung, sich auf dem Schlachtfeld für den Tenno zu opfern. Und da er seine Freudentränen nicht mehr zeigen kann, nehmen ihm dies die Hinterbliebenen ab.«

Am liebsten hätte David sein fertiges Manuskript ja selbst in die Fleet Street getragen und es dort, wie Luther seine Thesen, an die Tür eines der großen Zeitungshäuser genagelt, aber dann kam er zu dem durchaus nicht abwegigen Schluss, man könne ihm dies als Schwäche auslegen, gar die Qualität seines Werkes anzweifeln oder ihn wegen Hausiererei verhaften. Also schickte er den Text mit der Royal Mail an den *Evening Standard*.

Auch diese Entscheidung hatte sich David nicht leicht gemacht. Ihr waren Tage des Zweifels vorausgegangen.

Einige Zeit fühlte er sich versucht sein Werk einfach an Alfred C. W. Harmsworth Northcliffe zu schicken, der mit seinem Bruder Harold die angesehene Londoner *Times* herausbrachte. Alfred war ein fast so guter Freund der Familie wie der Hausanwalt William H. Rifkind. Wenn Geoffreys Sohn ihm schüchtern einen Zeitungsartikel zuschöbe, dann würde er ihn gewiss schon irgendwo in seinem Blatt unterbringen. Aber gerade das wollte David nicht. Er befürchtete, es könne später einmal seiner Glaubwürdigkeit als Journalist schaden. Wer sich selbst der Begünstigung bediente, konnte schlecht feurige Attacken gegen Vetternwirtschaft und Korruption verfassen.

Um jegliche Bevorzugung auszuschließen, setzte David den Namen Seikinoko Saikaku unter seinen Essay. Dieses Silbenbild musste auf jeden Engländer ungemein japanisch wirken. Als Absender gab er die Westminster School an. Nun hatte er nur noch ein Problem: Er musste Reverend Dr. Costley-White beibringen, dass er noch einen asiatischen Namen besaß.

David versuchte es mit der Wahrheit und – er war ehrlich erstaunt – der Reverend zeigte Verständnis. Dr. Costley-White war sogar ein wenig stolz »einen Schriftsteller« unter seinen Schülern zu wissen. »Nur einen Journalisten«, verbesserte David höflich.

»Ihre Bescheidenheit ehrt Sie, Viscount«, sagte der Reverend und fügte wehmütig hinzu: »Wenn ich noch daran denke, wie ich Ihr Gesäß mit der Rute bearbeiten musste, um Ihnen die Tugend der Mäßigung nahe zu bringen! Ich bin mit Ihrer Entwicklung sehr zufrieden.«

»Vielen Dank, Reverend Dr. Costley-White.«

»Schon gut. Machen Sie weiter so, Viscount. Die Wahrheit zu schützen ist eine edle Lebensregel. Wie heißt es doch so schön: ›Des Menschen höchstes Gut ist der Wahrheit heiße Glut.‹«

David runzelte die Stirn. »Cromwell?«

Ein Anflug von Verlegenheit huschte über das Gesicht des Rektors. »Nein, nur Costley-White.«

In Ermangelung ausreichender Schlagkraft mussten die Techniker in den verfeindeten Lagern immer neue Waffen konzipieren, um ihrem Land einen Vorteil zu verschaffen. Im Zuge dieser Entwicklung wurde der Große Krieg zu einem Prüfstand neuester Erfindungen. Der Feind wurde aus Flugzeugen von oben und aus U-Booten von unten mit Bomben beschickt. Kanonen und Maschinengewehre erreichten eine nie da gewesene Perfektion. Der massive Einsatz von Giftgas führte zu einer bisher unbekannten Grausamkeit. Seit diesen Tagen geht immer wieder das Gerücht um, einzelne Kriege würden nur deshalb geführt, weil man die neuesten Waffen im praktischen Einsatz erproben wolle.

Nachdem Großbritannien die Nordsee zum Kriegsgebiet erklärt hatte, entdeckten die verfeindeten Admiräle hier ein neues weites Betätigungsfeld. Um der größten Seemacht die Stirn zu bieten, griff die Marine Kaiser Wilhelms II. »unsichtbar« an. Im Januar 1915 versenkte das deutsche Unterseeboot *U 24* vor Plymouth das britische Linienschiff *Formidable*, im Mai den Passagierdampfer *Lusitania*. Ein Aufschrei der Empörung ging um die Welt. Fatalerweise hatte die *Lusitania* auch Munition und anderes Kriegsmaterial geladen und die Frage tauchte auf, wer nun unmoralischer gehandelt habe: die deutschen Angreifer oder die Briten, welche arglose Passagiere als

Schutzschild für ihre militärischen Operationen verwendet hatten. Aber zwölfhundert tote Zivilisten, darunter auch einhundertachtundzwanzig amerikanische Bürger! Empört forderte der amerikanische Präsident Theodore Roosevelt Krieg gegen die U-Boot-Killer. Der deutsche Kaiser sah sich genötigt seiner Admiralität persönlich auf die Finger zu klopfen, weil er die neutralen Vereinigten Staaten von Amerika besänftigen wollte. Er wird es wohl nicht allzu heftig getan haben. Eine Zeit lang hielten sich seine Kapitänleutnants zwar von zivilen Schiffen fern, aber Kriege sind per se immer auch Zeiten von Grenzverletzungen – und wenn es nur moralische sind. Die deutsche »U-Boot-Waffe« war ein zu kostbares Tabu, irgendwann musste es einfach gebrochen werden.

Am 22. Februar 1916 erschien der erste Teil des Artikels eines gewissen Seikinoko Saikaku auf Seite elf im *Evening Standard*. Vielleicht lasen ihn nur wenige, weil die Schlagzeile vom Auftakt einer deutschen Großoffensive auf die französischen Festungsanlagen um Verdun erheblich spektakulärer war. Tausende britische Haushalte hatten ihre Söhne dorthin entsandt. Was würden die neuen deutschen Maschinengewehre aus ihnen machen?

David freute sich trotzdem über sein journalistisches Debüt. Es war der krönende Abschluss eines langen Bangen und Zitterns. Neun Tage nach Einsendung seines Artikels hatte er einen Brief vom *Evening Standard* erhalten. Darin hieß es, man sei von dem Essay sehr angetan. Er enthalte zahlreiche interessante Gesichtspunkte über den tapferen Kriegsverbündeten Japan und gewähre »viel versprechende Ausblicke auf die zukünftige stilistische Entwicklung eines sehr talentierten Autors«. David deutete diese Passage als versteckte Kritik, vielleicht auch als Versuch den Preis herunterzuhandeln. Ob es Mr Saikaku genehm sei, wenn er für seinen Artikel vier Schilling und Sixpence erhalte, wollte die Zeitung wissen.

Der Brief erwies sich für David als schwere Prüfung. Selbstzweifel quälten ihn. Sollte er sich besser doch einen anderen Beruf suchen? Sein Zögern wurde vom *Evening Standard* offenbar als Ausdruck der Kränkung verstanden, denn nach acht Tagen ging ein weiterer Brief ein: Man habe sich die Sache überlegt und weil der Essay ja schließlich so umfangreich sei, dass man ihn ohnehin in zwei Teilen veröffentlichen müsse, wolle man dem jungen Autor – auch zu dessen Ermutigung – *sechs* Schillinge zustehen.

Schon im Arbeitszimmer von Reverend Dr. Costley-White, der Relaisstation zwischen dem Autor und der Zeitung, machte David die ersten Luftsprünge. Der Rektor bot ihm zur Feier des Tages ein Schokoladeneclair an. Nicolas erfuhr die gute Nachricht als Nächster. Dann musste Balu sich mitfreuen. Von nun an war David ein Essayist, die Zierform eines Reporters. Nicht nur das: Er hatte sein erstes eigenes Geld verdient. Nun musste er nur noch die Zeit bis zur Veröffentlichung seines Meisterwerks überstehen.

Nach vier schlaflosen Nächten erschien dann Teil eins des Essays. David zeigte ihn dem Rektor, seinem Englischlehrer, Nick, Balu sowie nach seiner Heimkehr aus der Schule Großonkel Francis, Sir William H. Rifkind, der zufällig im Hause war, den meisten Angehörigen des Dienstpersonals und seiner Mutter. Diese brachte die Zeitung in Vaters Arbeitszimmer.

David stand davor und wartete gespannt auf eine Reaktion. Er war wahnsinnig aufgeregt, das Parkett unter seinen Füßen drohte Blasen zu schlagen. Dann hallte ein Aufschrei durch das Haus, ein Stich, der direkt in Davids Herz ging.

Später tröstete Maggy ihren Sohn, dieser Laut der Verzweiflung habe nichts mit seinem Schreibstil zu tun gehabt. Vater sei nur einmal mehr unter der Last der Meldung vom Titelblatt zusammengebrochen. Beim Anblick der Mauern von Fort Douaumont habe ihm für eine eingehendere Lektüre des Essays leider die Kraft gefehlt. Aber er werde das bestimmt bald nachholen.

David begann die manischen Depressionen Geoffreys zu hassen. Eben noch in Hochstimmung, war er nun unendlich enttäuscht. Warum konnte sich Vater nicht mit ihm freuen? Er, David, verlangte doch nicht viel von ihm. Anderthalb Jahre lang hatte er die seelische Lähmung seines Vaters so gut wie klaglos hingenommen. Hätte er da nicht wenigstens *diesen* großartigen Erfolg mit einem kleinen Lob honorieren können? Doch nichts dergleichen geschah. Geoffrey ließ auch nach Erscheinen von Teil zwei des Artikels nicht von sich hören. Und David empfand zum ersten Mal Verachtung für ihn.


### Das Unglück

Drei Tage nach der Veröffentlichung des zweiten Teils der »Unterschiede und Gemeinsamkeiten des Patriotismus in Japan und dem Vereinigten Königreich« befand sich David noch immer in einem Zustand tiefer Niedergeschlagenheit. Von der Kommandobrücke des Kreuzers *Camden Hall* kam nur Schweigen. Der Erste Offizier, Margret Countess of Camden, bemühte sich die Laune des

Maats David mit süßen Bestechungsgeschenken und Vertröstungen auf einen Wechsel der Großwetterlage aufzubessern, aber das half nur wenig.

Wie schon die ganze Woche verließen David und Balu auch an diesem Freitagmorgen sehr früh das Haus. Es regnete in Strömen, deshalb nahmen sie den Bus. Die fahrbare Sardinenbüchse brachte sie direkt bis zur Westminster Abbey. An der Haltestelle dort wartete bereits ein knallrotes Knäuel von Omnibussen – nicht weniger als sechs Linien trafen hier aufeinander –, weil sich der Verkehr infolge eines Rohrbruchs staute.

Der weißhaarige Junge und sein dunkelbrauner Schatten zwängten sich durch ein interessiertes Publikum, das sich am Anblick der nassen Stadtwerker und stecken gebliebenen Automobile erfreute. David entließ seinen Leibwächter in Richtung eines Pubs, der sich in der Victoria Street befand und erst in ein paar Stunden öffnen würde. Balu würde zum Schulschluss rechtzeitig wieder zurück sein. Diese Regelung hatte sich bewährt, vor allem in den Wintermonaten. Sie ermöglichte Wächter wie Bewachtem ein Höchstmaß an Freiheit. Das entsprach zwar vielleicht nicht ganz der Vorstellung Geoffreys, aber erstens kümmerte der sich nicht mehr um solche Feinheiten und zweitens passierte ja sowieso nie etwas.

Als David am gewohnten Treffpunkt südlich der Abtei eintraf, war es kurz vor sieben. Von den anderen Klassenkameraden hatte sich noch niemand eingefunden. Nick kam sowieso immer erst in letzter Minute.

Einen Moment stand David unschlüssig herum und hörte dem Regen zu, der auf seinen schwarzen Schirm trommelte. Obwohl dieses nicht wegzudenkende Utensil der Westminsteruniform laut Schulbroschüre nur »zur

Unterscheidung von den Boten der City-of-London-Bank« diente, leistete es ihm an Tagen wie diesem dennoch wertvolle Dienste. Leider ließ sich die deprimierende Stimmung weder durch Schirm noch Mantel abhalten. David blickte sich schniefend um. Nirgends tauchten bekannte Gesichter aus der Morgendämmerung auf. Ihn fröstelte. Um seine ungemütliche Lage wenigstens etwas aufzubessern, beschloss er in den Kreuzgang zu gehen und dort auf die anderen zu warten.

Von der Schule her gelangte man durch eine Pforte zu den *Great Cloisters*. Die Gittertür schwang quietschend auf und David schlenderte in den Wandelgang, blickte kurz durch einen der gotischen Fensterbögen in den Innenhof und spazierte dann links entlang, also in westliche Richtung. Unter der Maske des noch schwachen Tageslichts wirkten die verlassenen Gänge irgendwie unheimlich. So früh am Morgen verirrte sich nur selten jemand hierher, und wenn, dann höchstens Geistliche. Manchmal hatte David ihnen aus einem schattigen Winkel zugesehen, wie sie geisterhaft durch die Kirche schwebten, als wären sie …

Ein dröhnender Laut ließ David erschrocken zusammenfahren, just an der Ecke, wo er nach Norden abbiegen wollte. Die Glocken von Westminster Abbey waren noch nicht zu Kanonen verarbeitet worden. Sie verkündeten die siebte Stunde und David redete beruhigend auf sein pochendes Herz ein. Als der letzte Glockenschlag verklungen war, legte sich wieder der Schleier der Stille auf die *Great Cloisters*.

Dennoch konnte David nicht aufatmen. Die Ketten des Schreckens umspannten noch immer seine Brust. Ein Frösteln schüttelte einmal mehr seinen Körper, obwohl der beißende Februarwind hier keine Macht besaß. Es war eine Klammheit, die von innen kam. All das verwirrte ihn. Warum fühlte er sich plötzlich so … so … *beobachtet?*

Die Angst bildete ein dünnes Rinnsal, das ihm kalt den Rücken hinunterlief wie ein verirrter Tropfen vom Regenschirm. Sein Hals war unangenehm steif, wollte den Kopf kaum drehen. Also bewegten sich nur Davids Augen, während er, reglos wie eine Statue, nach dem Grund seines Unbehagens forschte.

Auf den graugrünen Platz im Herzen des Kreuzgangs gingen dicke Regentropfen nieder. Das gleichmäßige Prasseln schwoll in Davids Ohren zu einem betäubenden Trommelfeuer an. Sollte hier irgendjemand herumschleichen und ihn durch das Maßwerk der Bogenfenster beobachten, so würde er ihn bestimmt nicht hören können. Aus dem Magazin seiner Sinne ließen sich im Moment nur zwei nutzbringend einsetzen: sein Sehvermögen und die Gabe der Sekundenprophetie.

Mit einem Mal bemerkte er die Bewegung. Sein Blick war wie von einem Magneten zu jenem Fenster an der nordöstlichen Ecke des Platzes hingezogen worden, noch ehe dort etwas zu erkennen war. Doch dann, langsam, als höben die Hände einer Nixe ihn aus düsteren Fluten empor, hatte der Schemen Gestalt angenommen.

Ein neuerlicher Schauer lief David über den Rücken. Ein fahles Gesicht – eigentlich nicht mehr als die Ahnung eines solchen – blickte zu ihm herüber. Wer versteckte sich dort? Vielleicht Nick, von Schlaflosigkeit aus dem Bett getrieben und dem ewigen Drang folgend ihm einen Streich zu spielen? David lauschte, ob er das Schnippen hörte, mit dem Nick seine Münze durch die Luft fliegen ließ und wieder auffing. Nein, das war nicht Nicolas. Dann vielleicht ein Geistlicher auf der Suche nach absonderlicher Zerstreuung? David glaubte inzwischen alle Geistlichen der Abtei zumindest vom Sehen her zu kennen, aber so groß wie dieser Schemen dort war keiner von ihnen.

»Wer ist da?«, rief er mit allem Mut, den er zusammenkratzen konnte.

Die dunkle Gestalt antwortete nicht. Stattdessen begann sie sich zu bewegen. Sie verschwand hinter einem Fenster und tauchte im nächsten wieder auf, verließ dieses und erschien im folgenden. Langsam, als treibe sie auf einer Eisscholle, ging sie, ohne auch nur im Geringsten mit dem Kopf zu wippen, auf die Pforte zu, durch die David hereingekommen war.

Der Junge rollte den nassen Schirm zusammen und nahm ihn wie ein *katana* in beide Hände. Noch zwei Fenster und der Schemen würde am andere Ende des Ganges auftauchen. Davids Knöchel traten am Griff seines provisorischen Langschwertes weiß hervor. Noch ein Fenster. Ein bedrohliches Knurren entwich der Kehle des Knaben. »Warte nur, Bürschchen!«

In diesem Moment wurde das Nebenportal der Abtei aufgerissen, Davids Kopf flog nach links und Nick rief: »Morgen, David. Warst mal wieder der Erste, was?«

Davids Antwort war ein undefinierbares Grunzen. Seine Augen kehrten unverzüglich zu jenem Punkt am anderen Ende des südlichen Querganges zurück, an dem normalerweise längst die dunkle Gestalt hätte stehen müssen, aber von dort blickten ihn nur kalte Steine an.

Während Nicolas, verwundert über die merkwürdige Reaktion seines Freundes, in den Kreuzgang eilte, lief David wie auf der Flucht zur Südostpforte hin. Die ganze Zeit behielt er die gegenüberliegende Fensterkette im Auge, aber dort war nicht die geringste Bewegung zu sehen.

Schlitternd kam er endlich am anderen Ende des Ganges zum Stillstand, sein »Schwert« nach links, einem möglichen Angreifer zugewandt, aber nichts außer einem leeren Gang war zu sehen. Die Tür am anderen Ende – dort, wo es zur *Poet's Corner* ging – schien fest verschlossen.

Wenig später traf auch Nicolas am Ort des Geschehens ein. »Was ist denn in *dich* gefahren?«, erkundigte er sich.

Davids Blick ruhte noch immer auf dem leeren Gang. »Hier war eben jemand.«

»Gelegentlich soll das in Gotteshäusern immer noch vorkommen.«

»Nicht das, was du meinst«, sagte David verärgert. »Irgendwer hat mich durch die Fenster beobachtet. Als ich nach ihm rief, antwortete er nicht. Dann hat er sich hier den Gang entlanggeschlichen, eine große dunkle Gestalt. Puh, mir war richtig unheimlich zu Mute.«

»Und wo ist er jetzt?«

David zuckte die Achseln.

»Du willst mich verkohlen, stimmt's?«

»Ich dachte erst, du wärst's gewesen.«

»Hätte zwar gepasst, war ich aber nicht.«

»Warum bist du überhaupt schon so früh auf den Beinen?«

»Hatte gestern Abend ziemlichen Ärger mit meinem alten Herrn. Er will mich auf eine Militärakademie schicken, wo man mein ›verstocktes Hirn weich klopft‹.«

»*Das* hat er gesagt?«

»Wortwörtlich. Eher laufe ich von zu Hause weg.«

»Mach keinen Unsinn, Nick.«

»Hast wohl vergessen, dass ich zwei Jahre älter bin als du. Ich kann schon ganz gut allein auf mich Acht geben«, antwortete Nicolas, heftiger als beabsichtigt.

»War ja nur gut gemeint, Nick.« David spürte, wie aufgewühlt sein Freund war. Warum mussten Väter nur immer ihren Söhnen wehtun, anstatt ihre Freunde zu sein? Nachdenklich schweifte sein Blick wieder durch den leeren Gang. Mit einem Mal sagte er: »Vielleicht steckt er noch im Kapitelhaus.«

Nick konnte Davids Gedankensprung nur langsam nachvollziehen. Er folgte dem Blick seines Freundes und antwortete nach einigem Zögern: »Warum sehen wir nicht einfach nach?«

Mit wenigen Schritten überbrückte er die Distanz zur Tür, von der aus man ins *Chapter House* gelangte. Er rüttelte am Griff. Sie war verschlossen. Seine Hand wanderte in die Hosentasche, holte ein Sixpencestück hervor und schnippte es in die Luft. Nachdem er es wieder aufgefangen hatte, verkündete er: »Tja, dann muss dein dunkler Unbekannter sich wohl in Luft aufgelöst haben.«

»Vielleicht war es der Dekan, der einer Beichte entkommen wollte.«

»Klingt nicht sehr überzeugend. Das Kapitelhaus ist das einzige Gebäude der Abtei, in dem er keine Befugnisse hat. Ich bin mir nicht mal sicher, ob er dazu einen Schlüssel besitzt.«

David drehte sich enttäuscht von der Tür weg und starrte blicklos durch das Eisengitter des nächstliegenden Fensters. Der Regen prasselte im Innenhof mit unverminderter Stärke. Dort, wo er auf Stein traf, formte er für Bruchteile eines Augenblicks gläserne Krönchen, winzige filigrane Gebilde, die ebenso vergänglich waren wie die rätselhafte Erscheinung von eben.

Drei Tage nach Davids unheimlicher Begegnung im Kreuzgang der Abtei flatterte den Camdens ein offizielles Einladungsschreiben ins Haus. Es trug kein geringeres als das Siegel Seiner Majestät König Georges V. Der Monarch freue sich, auf *Windsor Castle* einen Empfang für jene Mitglieder des Foreign Office geben zu dürfen, die der Krone mindestens zehn oder mehr Jahre fern der Heimat treu gedient hätten. Selbstredend gehörten der Earl of Camden, seine bezaubernde Gemahlin, deren Sohn und der verdiente Oheim des Earls zu genau den Gästen, auf die sich der König ganz besonders freue. Behauptete das Schreiben. Geoffrey warf es in den Kamin.

An diesem Montagmorgen war in *Camden Hall* einiges schief gelaufen. Donald, der für die Beheizung des Anwesens zuständige Diener, lag mit hohem Fieber im Bett. Großonkel Francis hatte nächtens unter den Weinflaschen im Keller ein Gemetzel angerichtet. In einer Nachstellung von Sir Francis Drakes Überfall auf Saint Augustine (und unter Einfluss von zwei Flaschen Wein) war es ihm gelungen, die spanische Siedlung zu erobern. Dabei fiel ihm ein ganzes Flaschenregal zum Opfer, weil er es für eine feindliche Bastion gehalten hatte. Die Aufräumarbeiten an diesem Kampfschauplatz zogen dringend benötigte Kräfte aus anderen Regionen des Hauses ab. Dadurch hatte man Geoffreys Kamin vergessen.

Hier fand Maggy gegen halb neun das zerknüllte Einladungsschreiben. Sie hatte seit der Rückkehr nach London keinen größeren Empfang mehr besucht – unmöglich, bei Geoffreys krankhafter Niedergeschlagenheit. Gewünscht hätte sie's sich schon, so ein wenig Ablenkung: schöne Kleider ohne schlechtes Gewissen, erlesene Speisen ohne amtliche Sparaufrufe, etwas unbeschwerte Plauderei ohne

Durchhalteparolen. Doch wie sollte das gehen, wenn der eigene Gatte das Haus nicht verlassen wollte und über seinen Depressionen brütete wie ein Zwergenkönig auf seinem Schatz? Aber nun *das*: eine Einladung von Seiner Majestät höchstselbst! Und Geoffrey hatte sie einfach den Flammen übergeben wollen.

Maggy fasste einen Entschluss, von dem sie sich die Lösung ihrer sämtlichen Probleme erhoffte. Wenn es ihr nur gelänge, Geoffrey *ein Mal* aus seinem emotionalen Verlies zu locken, dann würde dies womöglich die entscheidende Wende herbeiführen. Es würde ihm Selbstvertrauen geben. Ihm zeigen, dass die Welt draußen keine von Dantes infernalischen Visionen war, sondern ein *Lebensraum*. Vielleicht einer mit Fehlern, mit traurigen Flecken wie dem Großen Krieg, aber zuletzt doch immer noch ein von Gott gegebenes Areal zum Existieren und Glücklichsein und nicht zum Vegetieren oder gar Krepieren.

Nachdem sie sich lange genug eingeredet hatte, dass Geoffrey gegen ihre Argumente chancenlos war, stürzte sie sich in die Debatte, soll heißen, mit der Einladung ins Schlafzimmer. Geoffrey lag unter seinem Federbett begraben. Allem Anschein nach wartete er auf irgendein Ereignis, das ihm die Rückkehr ins Arbeitszimmer ermöglichen würde: die Gesundung des Heizers Donald, den Abschluss der Aufräumarbeiten bei Saint Augustine oder das Kommen des Frühlings.

Maggy träufelte ihre Vorschläge durch ein kleines Loch zwischen Kopfkissen und Bettdecke. Einmal nur solle Geoffrey über seinen eigenen Schatten springen und mit ihr zum königlichen Empfang gehen. Er müsse auch nicht in den Zug steigen und sich damit den Blicken fremder Personen aussetzen. Auf *Windsor Castle* selbst würde er so viele Freunde und Bekannte sehen wie lang nicht mehr. Ohne Frage wäre das Balsam für seine geschundene Seele. Das sähe er doch bestimmt ein, oder?

Die Bettdecke gab keinen Laut von sich.

Um die Sache abzukürzen: Maggy musste ihre Antidepressionstherapie eine geschlagene Woche lang ins Ohr ihres Gatten hauchen, bis dieser endlich reagierte. Es war in der Nacht zum 6. März. Sein Flüstern kroch müde, kaum hörbar unter dem Bett hervor.

»Also gut, aber wir gehen, sobald ich es sage. Und jetzt lass mich *bitte* schlafen.«

Der Empfang auf *Windsor Castle* sollte am Freitag, dem 17. März, stattfinden. David verfolgte die Vorbereitungen mit nicht allzu großem Interesse, wenn nicht gar mit Widerwillen. Die Zustimmung seines Vaters zu dem Ausflug vor die Tore Londons bedeutete für ihn nur eins: Für meinen Artikel hat er sich nicht interessiert, aber wenn der König mit einer Rebhuhnkeule winkt, dann kommt er gleich angelaufen. Als er vier Tage vor dem großen Ereignis anfing zu husten und zu krächzen und am Mittwoch sogar mit hohem Fieber das Bett hüten musste, fühlte er sich schon viel besser. Nun hatte er einen Grund sich vor der Fahrt nach Windsor zu drücken, ohne gleich des Landesverrats bezichtigt zu werden.

Davids Mutter war untröstlich. Sollen wir alle besser zu Hause bleiben?, bot sie Geoffrey halbherzig an. Ja, sagte dieser. Oder können wir David für eine Nacht allein lassen?, hakte sie nach. Wieder antwortete Geoffrey mit Ja. Maggy seufzte. Ihr Gatte war ihr keine große Hilfe. Sie schwankte eine Zeit lang zwischen beiden Alternativen hin und her (ungefähr fünf Minuten) und entschied dann, man wolle das Wagnis eingehen. Baluswami Bhavabhuti sei ja auch noch da. Er werde an Davids Bett wachen. Dann könne ihrem Sohn nichts passieren. Ja, sagte Geoffrey.

»Lies nicht so viel, das strengt deine Augen an und du bekommst Kopfschmerzen«, sagte Davids Mutter am Freitagmittag. Obwohl draußen die Sonne schien, trug sie einen grauen Mantel über ihrem langen Kleid. Die Autofahrt hinaus nach Windsor würde zugig werden, nicht nur für den alten Sam eine Tortur.

Geoffrey stand unter der Tür zu Davids Zimmer und sagte nichts. Er blickte nur leer vor sich hin. David rang sich zu einem Goodbye durch. Vater wiederholte das Wort, drehte sich um und verschwand aus der Tür.

»Du darfst es ihm nicht übel nehmen, Schatz.«

David blickte ernst in Mutters Gesicht. Körperlich fühlte er sich zwar schon besser, aber sein Herz glich einem Eisklumpen. »Warum nicht?«

»Weil er sehr krank ist, David.«

»Zu krank, um mich auch mal zu loben? Oder meinetwegen auch zu tadeln? Das wäre mir ganz egal. Hauptsache, er würde sich nur *irgendwie* für mich interessieren.«

»Das tut er bestimmt. Dein Vater hat nur verlernt es zu zeigen. Seine Depressionen …«

»Er könnte mich wenigstens *ansehen!*«, fiel David seiner Mutter unwillig ins Wort.

»Heute verlässt er zum ersten Mal seit Monaten das Haus. Ich weiß, dass dies deinen Vater viel Kraft kostet. Aber ich hoffe, es wird auch seine Selbstachtung stärken. Gib ihm noch eine Chance, Schatz. Bitte!«

Einige Sekunden lang widerstand David dem flehenden Blick seiner Mutter, aber dann stieß er zischend die Luft aus und erwiderte: »Ich denke drüber nach.«

»Danke, David. Wir können morgen ja noch einmal darüber sprechen.« Maggy küsste ihren Sohn auf die Stirn und strich sanft über sein glattes weißes Haar. Dann ging sie mit einem traurigen Lächeln zur Tür.

»Passt auf euch auf«, rief David, kurz bevor sie verschwand.

»Du auch. Wir sehen uns morgen früh, falls dein Vater es sich unterwegs nicht noch anders überlegt.« Seine Mutter lächelte – nun etwas entspannter –, winkte ihm mit ihrer behandschuhten Rechten noch ein letztes Mal zu und verließ den Raum.

David ließ müde den Kopf zur Seite sinken und schloss die Augen. Da hörte er plötzlich ein bekanntes Kichern. Als er aufsah, bemerkte er Großonkel Francis im Türrahmen.

»Pass gut auf die Fregatte auf, während wir mit unserer Barkasse zum König schippern«, sagte der alte Mann.

David rang sich ein Grinsen ab. »Aye, aye, Sir, wird gemacht. Grüßen Sie den Steuermann Sam von mir.«

Der alte Seebär hob zur Bestätigung die Hand, schlurfte brabbelnd davon und ließ David mit seinen düsteren Gedanken allein.


David schreckte aus dem Schlaf hoch. Er hatte einen bösen Traum gehabt, konnte sich aber schon nicht mehr an ihn erinnern. Sein Nachthemd war schweißnass, aber seine Stirn eiskalt. Er schaltete das Licht an. Der Blick auf die Uhr überraschte ihn. Es war erst halb elf. Knurrig wie ein aus dem Winterschlaf aufgestörter Bär ließ er sich wieder in die Kissen fallen.

Alle Versuche einzuschlafen schlugen fehl. David ließ Schäfchen über Hürden hüpfen, übte sich in meditativer

Sinnentleerung und konzentrierte sich schließlich auf seinen großen Zeh. Normalerweise half Letzteres immer, aber in dieser Nacht war der Schlaf ein zu scheues Wild, als dass er sich noch einmal herbeilocken ließ. Möglicherweise lag es an der unerklärlichen Angst, die ihn seit dem Erwachen plagte.

Gegen drei schlüpfte er in seine Pantoffeln, streifte den *yukata* über, seinen japanischen Hausmantel, und machte sich auf den Weg in die Küche, wo er die Speisekammer inspizierte. Der Anblick von Schinken, Würsten und Käselaiben weckte aber eher Unbehagen in ihm, als dass er seinen Appetit anregte. Also beschränkte er sich auf ein Glas Milch und nahm anschließend Kurs auf das Badezimmer.

Während er stehend seine Blase entleerte und er auf das Plätschern im Klosett lauschte, schoss ihm plötzlich ein Gedanke durch den Kopf. Es war eine verrückte Assoziationskette: Das Spritzen in der Porzellanschüssel hatte ihn an den Regen im Kreuzgang vor nun bald drei Wochen erinnert. Dieses Bild führte ihn zu dem dunklen Schemen. Und der zu seinem Alptraum.

Er hatte von dem Schatten in der Abtei geträumt!

David eilte auf den Flur hinaus. Eine innere Unruhe hatte ihn gepackt. Oder war es wieder diese namenlose Furcht, die ihn dem Schlaf entrissen hatte? Jedenfalls stimmte etwas nicht, dessen war er sich ganz sicher. Bald stand er vor Balus Zimmer im Souterrain von *Camden Hall* und klopfte leise an die Tür.

Der Tiger von Meghalaya hatte einen leichten Schlaf. Zwei Atemzüge später steckte er seinen zerzausten Haarschopf durch den Türspalt.

»Ja, Sahib?«

»Kann ich dich sprechen, Balu?«

»Ja, Sahib.«

Balu schickte sich an, die Tür wieder zu schließen – wohl um sein Nachthemd gegen ein würdigeres Gewand zu tauschen –, aber David verhinderte es mit der Hand und einem schnellen Schritt in Richtung Zimmer.

»Du brauchst dich nicht extra anzuziehen. Wenn es dich nicht stört, komme ich gleich herein.«

»Nein, Sahib.«

Wenig später saßen die beiden auf einem handgeknüpften Teppich aus Jalandhar und philosophierten über Davids Traum. Dem Jungen waren Balus Diskussionsbeiträge eine Spur zu transzendent. Der Inder schlug vor, David solle den Traum vom Schemen und der von diesem ausgehenden Furcht auf ein Erlebnis eines früheren Lebens projizieren. Er, Balu, könne ihm helfen durch gewisse Meditationstechniken zu diesen verschütteten Erinnerungen vorzustoßen. Darin besitze er einige Erfahrung. In einer seiner zurückliegenden Inkarnationen habe er zum Beispiel ...

David bedankte sich höflich für das gut gemeinte Angebot seines Leibwächters. Ob es Balu sehr viel ausmachen würde, den Rest der Nacht vor seinem Schlafzimmer zu verbringen?

Nein, es sei ja seine Pflicht, den Sahib zu bewachen. Obwohl der Inder es nicht direkt aussprach, war aus dem Klang seiner Stimme doch zu erkennen, wie sehr er sich über Davids Bitte freute. Endlich schien der junge Viscount die Verteilung ihrer beider Rollen begriffen zu haben.

Trotz des aufmerksamen kleinen Mannes vor der Tür lag David bis zum Morgengrauen wach. Seine innere Unruhe wurde immer größer. Er versuchte eine Zeit lang in der Bibel zu lesen, aber selbst das half nichts. In seinem Kopf gab es nur noch dieses flirrende Gefühl, als würde darin eine Million Fledermäuse nach einem Ausgang suchen. Plötzlich schrak er wieder hoch und lauschte.

Alles war still. Er sprang aus dem Bett, angelte sich den *yukata* vom Bettpfosten, eilte zur Tür und riss sie auf. Balu sah ihn überrascht an.

Im nächsten Moment ertönte die Glocke vom Eingang her. Der Inder wirkte nun erst recht überrascht – des Jungen Ausblicke in die unmittelbare Zukunft waren und blieben für ihn ein großes Geheimnis.

David rannte den Flur entlang, die Treppe hinab, zum Eingang hin. Vor dem Dienstboten erreichte er die Tür. Mit einem Mal zögerte er. Er fühlte wieder die Angst in sich aufsteigen, öffnete dann aber trotzdem.

»Guten Morgen. Ich bin Lieutenant Barepitch von Scotland Yard«, sagte eine sehr ernste Stimme. Sie gehörte einem hageren Mann fortgeschrittenen Alters in grauem Mantel, der beim Sprechen ständig seinen Bowler vor der Brust rotieren ließ. Er versuchte ein Lächeln, das jedoch ziemlich unglücklich ausfiel. Sein Schädel war fast kahl, wodurch sein Gesicht merkwürdig lang wirkte. Ein buschiger dunkler Schnurrbart stand in auffälligem Kontrast zur spiegelnden Stirn. An seiner Seite stand ein zweiter Mann, der etwas mehr Haare auf dem Kopf hatte, aber sonst nicht viel anders aussah als der Wortführer. Mr Barepitch fügte mit einem Blick auf seinen Kollegen hinzu: »Und dies hier ist Sergeant Abrahams. Wir würden gerne jemanden von den Herrschaften sprechen.«

David trug über dem Nachthemd nur seinen japanischen Hausmantel, der ihn im Verein mit den weißen

Haaren für die Polizeibeamten wohl so exotisch aussehen ließ, dass sie in ihm irgendeinen Importartikel aus den britischen Kolonien wähnten. »Meine Eltern und mein Großonkel schlafen noch. Wenn es etwas Dringendes ist, müssen Sie wohl oder übel mit mir vorlieb nehmen«, entgegnete er selbstbewusst.

Die Polizisten wechselten einen betretenen Blick, der David ebenso wenig gefiel wie ihre beinahe schüchternen Stimmen.

»Verzeihung, Sir, dann sind Sie wohl der Viscount of Camden?«

David zog die Tür weiter auf. »Der bin ich. Wollen Sie nicht näher treten, meine Herren?«

Die Beamten nahmen das Angebot an. Mit ihren Hüten in der Hand wechselten sie im Entree abermals verlegene Blicke, bevor sich Lieutenant Barepitch räusperte. Mit dem Rücken des Zeigefingers fuhr er sich über den Schnauzer und sagte dann: »Ich fürchte, Sir, wir haben eine unangenehme Nachricht für Sie.«

David konnte nicht mehr an sich halten. Er spürte die Last auf den Schultern der beiden Männer, beinahe so, als trüge er selbst ein dornenbewehrtes Joch. »Nun sagen Sie doch endlich, was passiert ist!«, platzte er heraus. »Hat es einen Unfall gegeben? Ist meinen Eltern oder Onkel Francis etwas zugestoßen?«

Lieutenant Barepitch blickte unsicher zu Boden. Doch dann holte er tief Luft, sah wieder auf und ließ es endlich heraus: »Ich muss Ihre Vermutung leider bestätigen, Viscount. Gestern Nacht hat sich auf der Straße nach London, unweit von Windsor, ein schwerer Unfall mit einem Rolls-Royce Silver Ghost zugetragen …«

»Wir besitzen so ein Fahrzeug«, redete David aufgeregt

– 253 –

dazwischen. »Haben meine Eltern in dem Wagen gesessen? *Leben* sie noch?«

»Ich bedaure, Sir. Aber das Einladungsschreiben, das wir bei einem der Opfer gefunden haben, lässt uns befürchten, dass es sich um Ihre Familie handelt.«

David starrte die beiden Polizisten entsetzt an. Er war mit einem Mal unfähig sich zu bewegen. Hinter seinem Rücken ertönte ein erstickter Schrei, vermutlich von dem Dienstmädchen, das neugierig herangeschlichen war. Auch Balu stand in der Nähe, neben ihm Arthur, der Butler. Vom Arbeitszimmer kam Donald herbeigelaufen, in der Hand eine staubige Kaminschaufel. Einen Moment lang verharrten alle Akteure reglos wie die Wachsfiguren von Madame Tussaud in der Halle. Dann endlich presste David leise die alles entscheidende Frage heraus.

»Sie meinen ... sie sind alle ... *tot*?«

Lieutenant Barepitch räusperte sich abermals. »Endgültig können wir es natürlich erst nach der Identifizierung der sterblichen Hüllen sagen, aber unsere bisherigen Untersuchungen – und ich darf anmerken, wir haben uns die ganze Nacht hindurch um eine schnelle Aufklärung bemüht – also, um es kurz zu machen: Ihre Eltern, der Earl und die Countess, ebenso wie der Admiral und der Fahrer sind bei dem Unglück umgekommen.«

David schüttelte den Kopf. Was er da hörte, war zu schrecklich, um es einfach so hinzunehmen. Sein Verstand weigerte sich, das zu akzeptieren, wovon die beiden Beamten offenbar schon überzeugt waren. Erst als Lieutenant Barepitch ihm die Hand reichte, erholte er sich kurzzeitig von seinem Schock.

»Ich möchte Ihnen meine tief empfundene Anteilnahme ausdrücken, Viscount.« Sergeant Abrahams schloss sich der Kondolation seines Kollegen an.

David nickte. Er verstand die ganze Situation nicht. Irgendwie erschien sie ihm falsch. Die Beamten wechselten schon wieder befangene Blicke – sie hätten sich jetzt wohl gerne empfohlen –, als er endlich mit brüchiger Stimme fragte: »Seit wann kümmert sich Scotland Yard um Verkehrsunfälle?«

Zum ersten Mal antwortete nun Sergeant Abrahams. »Es gibt Zeugen für das Unglück. Oder zumindest für die Zeit kurz danach. Wie Sie ohne Frage wissen, Sir, hatten Ihre Eltern einen Empfang auf *Windsor Castle* besucht. Etwa um zehn verließen mehrere Gruppen in kurzer Folge das Schloss, auch Ihre Familie. Die Limousine des Earls, Ihres Vaters, wurde wenig später an der Straße nach London gefunden. Sie war an einen Baum geprallt und hatte Feuer gefangen. Alle Insassen lagen aber seltsamerweise im Freien, das heißt, nicht alle *lagen* dort …«

David hatte den Bericht des Polizisten wie in Trance verfolgt, doch jetzt merkte er auf. »Was wollen Sie damit sagen, Sergeant?«

»Uns liegen mehrere Aussagen von Zeugen vor, die in der Nähe des Wagens zwei Personen gesehen haben wollen …«

»Moment, Moment«, fuhr David dazwischen. »Jetzt verstehe ich gar nichts mehr. Wen haben Sie denn nun beim Automobil gefunden?«

»Ihren Vater, Ihre Mutter und den Chauffeur – tut mir Leid, Sir.«

David schluckte. Sein Hals war wie zugeschnürt. »Aber … aber dann bleibt doch nur noch mein Großonkel.«

»Der Admiral wurde ganz in der Nähe gefunden. Er lag – verzeihen Sie meine Offenheit – mit dem Gesicht nach unten im Wasser der Themse.«

David warf den Kopf in den Nacken und schloss die Augen. Er kämpfte dagegen an, einfach ungehemmt loszuweinen. Was für eine Ironie! Der alte Seebär hatte also doch noch, wie von ihm immer ersehnt, ein feuchtes Ende gefunden. Leider konnte sich David im Augenblick nicht für Großonkel Francis freuen. Ihm wurde speiübel. Es gelang ihm nur mit Mühe, seinen rebellierenden Magen in Schach zu halten. Seine Augen schienen ihm fast aus den Höhlen zu quellen, als er den Sergeanten wieder ansah und verwirrt hervorstieß: »Das sind doch schon alle! Meine Eltern, mein Großonkel und Sam, der den Wagen fuhr. Wen wollen die Zeugen denn *noch* gesehen haben?«

Abrahams fühlte sich unwohl in seiner Haut. »Gerade das möchten wir ja herausfinden, Viscount. Die Zeugen berichten übereinstimmend eine große Gestalt gesehen zu haben, die einen Hut mit breiter Krempe und einen weiten Umhang trug. Leider war es viel zu dunkel, um weitere Einzelheiten zu erkennen. Die Zeugen haben nicht viel mehr als einen dunklen Schemen ausmachen können.«

David fuhr sich mit der Hand an die Stirn. Er taumelte für einen Moment. Diese letzte Neuigkeit hatte ihn wie ein Faustschlag getroffen und ihn beinahe umgeworfen, wenn nicht Balu rechtzeitig zur Stelle gewesen wäre, um ihn zu stützen. Aus den Klüften seines Gedächtnisses kroch ein unheilvoller Nebel herauf, dunkle Erinnerungen an ein Attentat, das er längst verdrängt zu haben glaubte, an eine unheimliche Begegnung, die eigentlich gar keine war … Was hatten die Polizisten da gesagt? Ein *Schemen* war am Ort des Unglücks gesehen worden. Etwa so einer wie …?

»Wann, meinten Sie, hat der Unfall stattgefunden?«

»Das haben wir bisher noch nicht gesagt«, antwortete Lieutenant Barepitch behutsam. »Die Zeugen gaben zu Protokoll, dass es etwa gegen halb elf gewesen sein muss.«

David nickte. Der Traum! Er zwang ein Würgen nieder. »Denken Sie, wir können unsere Unterhaltung ein andermal fortsetzen, Lieutenant?«

»Natürlich, Sir. Wäre Ihnen heute Mittag recht?«

»Je später, desto besser.«

»Uns ist sehr an einer baldigen Fortsetzung des Gesprächs gelegen.«

David horchte auf. »Wieso?«

»Scotland Yard hat sich in die Ermittlungen eingeschaltet, weil es da noch ein anderes Detail gibt, das uns … nun, sagen wir, *eigenartig* vorkommt.«

»Jetzt spannen Sie mich doch nicht auf die Folter, Lieutenant. *Was* finden Sie eigenartig?« So elend sich David auch fühlte, er wollte endlich die ganze Wahrheit hören.

Die Polizeibeamten tauschten einmal mehr viel sagende Blicke, bevor Lieutenant Barepitch nach einem Räuspern antwortete: »Na gut, aber es ist nicht gerade angenehm, was ich Ihnen da erzählen muss. Alle bei der Limousine gefundenen Leichname wiesen eine Gemeinsamkeit auf, die bei Opfern eines Verkehrsunfalls ziemlich ungewöhnlich ist: Sie lagen da wie hingestreckt, als hätte sie im Augenblick des Todes noch ein Keulenschlag im Kreuz getroffen und ihre Körper sich aufrichten lassen. Ich habe so etwas noch nie gesehen: ein Rückgrat, das im Tode derart weit zurückgebogen war.«

David brach zusammen, nachdem sich die Polizisten verabschiedet hatten. Kopfschüttelnd war er, die besorgten

Blicke des Dienstpersonals hinter sich herziehend, die Treppe hinaufgelaufen und hatte sich in seinem Zimmer eingeschlossen. Dort ließ er seinen Tränen freien Lauf.

Mit einem Mal stürzte alles über ihn herein. Sein seelisches Gleichgewicht brach unter tausend Wenns zusammen: Wenn sie nur die Ängste seines Vaters ernster genommen hätten; wenn er nach dem Attentat in Tokyo besser auf ihn aufgepasst hätte; wenn er sich nicht mit hinhaltenden Erklärungen hätte abspeisen lassen, anstatt vom Vater die Wahrheit zu verlangen; wenn er gestern mit seinen Schwertern im Wagen gesessen hätte, um ihn – wie er es einmal großspurig gelobt hatte – zu beschützen; wenn er in letzter Zeit nur nicht solchen Groll gegen ihn gehegt hätte und – David schrie in seiner Verzweiflung auf – wenn er ihn gestern wenigstens noch ein einziges, letztes Mal *umarmt* hätte …!

Vater war einfach gegangen und er, David, hatte ihn ziehen lassen wie einen Schlafwandler, den man ja nicht wecken darf. Mutter hatte er noch seine Vorwürfe aufgeladen. Er werde es sich überlegen, ob er Vater eine Chance geben könne. Wie gehässig! Wie unvorstellbar überheblich! Jetzt hatten die Eltern seine sture Zurückweisung mit ins Grab genommen, waren vielleicht mit dem Gedanken gestorben, dass ihr Sohn sie nicht mehr liebte …

Von neuem schrie David in seiner Verzweiflung auf. Im Flur – bei Balu und allen anderen, die mittlerweile dort lauschten – war sein Schluchzen und Jammern nur gedämpft zu hören, weil er sein Gesicht im Kopfkissen vergraben hatte. Wenn er doch nur darin ersticken könnte! So wie Großonkel Francis im eiskalten Wasser der Themse.

David hatte doch nur um Hilfe rufen wollen, weil er

sich vom Vater missachtet fühlte. Aber er liebte sie doch! Alle drei, ja, und auch Sam, diese treue alte Seele. Warum konnte er ihnen nicht wenigstens *das* noch sagen? *WARUM …!?*

## Zusammenbruch

Irgendwann war die Explosion des Schmerzes abgeklungen. Zurück blieb ein Trümmerfeld, Gefühle, die nicht mehr zusammenpassten, Gedanken, die keinen Sinn mehr ergaben. Ein leises Klopfen an der Tür drang erst nach und nach zu David durch. Er hob den Kopf aus dem feuchten Kissen und lauschte.

Wieder klopfte es.

»Was ist?«, rief er müde.

Balus Stimme drang gedämpft durch die Tür. »Sir Rifkind ist hier, Sahib.«

David atmete tief durch und wischte sich die Tränen aus den Augen. Auch für ihn war Sir William in den letzten beiden Jahren zu einem wertvollen Freund geworden. Ohne den Anwalt hätte Maggy Geoffreys anhaltende Phasen geistiger Umnachtung kaum bewältigen können. David konnte ihn nicht einfach draußen stehen lassen.

Schwerfällig erhob er sich aus dem Bett und schlurfte zur Tür. Langsam drehte er zuerst den Schlüssel, dann auch den Knauf herum. In dem breiter werdenden Türspalt tauchte die bekannte Gestalt auf.

Sir William Horace Rifkind war ein bemerkenswerter Mann. Das hing weniger mit Äußerlichkeiten zusammen. Sein runder Kopf wurde in direkter Verlängerung zur Stirn von einem breiten kahlen Streifen überzogen, der einer

Feuerschneise glich, an deren Rändern hüben wie drüben nur einige zerzauste aschgraue Haarbüschel stehen geblieben waren. Die Vegetation in der verworfenen Landschaft seines Gesichts wurde von einem spitzen Bart am Kinn und einem horizontalen auf der Oberlippe vervollständigt. Der Anwalt maß gerade einmal fünfeinhalb Fuß, war also kleiner als David. Im stetigen Kampf gegen seine natürlichen Benachteiligungen trug Sir William fast immer einen Chapeau claque. Der machte ihn nicht nur größer, sondern verdeckte auch die unbewachsenen Regionen auf seinem Kopf. Wenn es sich gar nicht vermeiden ließ, klappte er den Zylinder einfach zusammen und klemmte ihn sich unter den Arm. So sah er dann aus wie ein Ober mit einem leeren Serviertablett.

Abgesehen von diesen Nebensächlichkeiten zeichnete sich William H. Rifkind vor allem durch seine Wesensart aus. Ob Aristokrat oder »Schlotbaron«, ob Dienstmann oder Magd – er behandelte alle mit einer väterlichen Güte und Freundlichkeit, der man sich schwer entziehen konnte. Seine zurückhaltende Autorität war von jener Art, die man eher als Schutz denn als Einengung empfindet. Nur wer meinte, sich ihm gegenüber aufspielen zu müssen – und von diesen Ahnungslosen gab es unter seinen betuchten Klienten immer wieder einmal jemanden –, der lernte schnell die andere Seite des einflussreichen Anwalts und Notars kennen. William H. Rifkind war auch gefürchtet. Sich mit ihm anzulegen, galt als Dummheit sondergleichen. Er ließ sich nichts gefallen. Und wenn es sein musste, machte er auch seinen Einfluss geltend, um einen bornierten Holzkopf in die Schranken zu weisen.

Im Augenblick war Sir William ganz der mitfühlende

Onkel. Er breitete die Arme aus, legte den Kopf schräg und sagte mit tröstendem Lächeln: »Komm her, David, lass mich dir meine Anteilnahme ausdrücken. Es tut mir so unendlich Leid, was mit deiner Familie geschehen ist.«

Dankbar ließ David sich an den gut gepolsterten Leib des Freundes sinken und genoss den gefühlvollen Druck seiner Arme. »Ich kann es immer noch nicht glauben«, sagte er.

»Leider müssen wir uns der schmerzlichen Wahrheit stellen, David. Arthur, euer Butler, hatte mich von dem Besuch der Scotland-Yard-Beamten in Kenntnis gesetzt. Daraufhin habe ich dort angerufen und mich dem Yard zur Verfügung gestellt. Lieutenant Barepitch fragte mich, ob ich die sterblichen Hüllen der Unfallopfer identifizieren würde, und ich habe zugestimmt. Jetzt komme ich gerade aus der Prosektur des St.-Mary-Abbot-Hospitals.«

»Sie brauchen nichts zu sagen«, hauchte David mit rauer Stimme. »Ich weiß, dass sie alle tot sind. Länger schon, als gut für mich ist.«

Sir William verstand diese Bemerkung nicht wirklich, aber er ahnte, was David in den letzten Stunden durchgemacht haben musste. Der Junge redete einfach wirr. Kein Wunder, in seiner Situation. Um ihm zu helfen, fragte er: »Was hältst du davon, wenn du ein paar Tage zu mir ziehst? Nur so lange, bis es dir wieder besser geht.«

David zögerte. Das lag nicht am Angebot. Er war im Augenblick einfach unfähig *irgendetwas* zu entscheiden.

»Wir müssen sowieso demnächst einiges miteinander bereden«, sagte der Anwalt und als David noch immer nicht reagierte, fügte er, so als gäbe es in *Camden Hall* überhaupt keine Dienerschar, warmherzig lächelnd hinzu: »Ich glaube, es würde dir gut tun, jetzt nicht ganz allein in diesem großen Haus zu sein. Weißt du was? Du lässt dir jetzt ein paar Sachen einpacken und dann kommst du gleich mit mir mit.«

Das klang wie ein sanfter Befehl. David brauchte nur zu gehorchen. Benommen nickte er.


Hektisch fegte David durch das Haus. Sein Blick war fiebrig. Nicht weil seine Erkältung ihm noch in den Gliedern steckte, sondern weil er nicht fand, was er suchte. Als er Balu über seine Nöte in Kenntnis setzte, alarmierte der sogleich die ganze Dienerschaft. Der Leibwächter schickte Suchtrupps aus, führte Befragungen durch und inszenierte Nachstellungen kürzlich beobachteter Handlungsabläufe. Die Dienerschar von *Camden Hall* kehrte etwa eine Stunde lang systematisch das Unterste zuoberst, dann stieß Elsa durch Zufall auf den im Salon wartenden Familienanwalt.

»Sagen Sie, Elsa«, wandte sich William H. Rifkind mit der ihm eigenen Bedächtigkeit an das wie eine Biene umherschwirrende Dienstmädchen, »was ist eigentlich der Grund für dieses emsige Treiben im Haus?«

»Der Viscount sucht eine Schatulle«, antwortete Elsa, ohne sich in ihrem Suchflug aufhalten zu lassen.

»Eine Schatulle?«

»Ein kleines Holzkästchen.«

»Sie meinen eines mit Intarsien aus verschiedenen Hölzern, etwa so groß?« Sir Rifkind beschrieb die Dimensionen mit beiden Händen und abgespreizten Daumen, einem Kameramann auf der Suche nach dem idealen Bildausschnitt nicht unähnlich.

Elsa hielt augenblicklich inne. »Haben Sie es etwa gesehen, Sir?«, erkundigte sie sich. Ihre Frage klang fast wie eine Drohung.

Der Anwalt lächelte gewinnend. »Nun, sagen wir, ich weiß, wo es sich gerade befindet.«

»Bei allem Respekt, Sir, aber warum haben Sie uns das nicht früher verraten?«

»Ad eins hat mich niemand gefragt und ad zwei bin ich keine Biene, die schon meilenweit gegen den Wind wittert, wo's den besten Honig gibt.«

An dieser stichhaltigen Faktenlage konnte Elsa nicht rütteln. Deshalb surrte sie aufgeregt aus dem Salon, um die Neuigkeit im ganzen Stock zu verbreiten. Wenig später traf David im Salon ein. Noch in der Tür fragte er: »Sie wissen, wo sich die Schatulle meines Vaters befindet?«

»Selbstverständlich. Deine Mutter hat sie mir zur Verwahrung gegeben.«

»Das wusste ich gar nicht.«

»Jetzt weißt du es.«

»Kennen Sie das Diarium meines Vaters, Sir?«

»Mir ist bekannt, dass sich ein von Geoffrey geschriebenes Buch in der Schatulle befindet, aber ich habe es nie gelesen. Er hat verfügt, dass niemand anderer als du es öffnen sollst.«

David nickte betrübt. »Wenn er unerwartet sterben sollte.« Ich glaube, fügte er in Gedanken hinzu, Vater hat seinen frühzeitigen Tod vorausgesehen.

»Oder wenn du volljährig bist«, präzisierte der Anwalt. »Die Kiste mit dem Vermächtnis deines Vaters befindet sich bei mir zu Hause. Es ist keine formelle Testamentseröffnung nötig, um sie dir zu zeigen. Wenn du bereit bist, dann können wir gleich hinüberfahren und ich händige dir alles aus.«

David war bereit. Fleißige Hände hatten ihm längst eine große Reisetasche gepackt. Er selbst vervollständigte sein Notgepäck nur um die beiden Schwerter aus Japan. Im Falle längerer Abwesenheit konnte er sich beliebig viele Schrankkoffer nachkommen lassen. William H. Rifkinds Anwesen war schließlich nur wenige Autominuten entfernt.

Das Haus des Anwalts befand sich am Hanover Square, unweit des Oxford Circus. Der fast quadratische Platz gehörte zu jenen kleinen grünen Inseln im Londoner Häusermeer, die den Besucher mit ihren Bänken, Bäumen und dem Rasen zum Verweilen einluden. An drei Seiten hätte man durch die schmalen Zugangsstraßen einen Stein werfen können und er wäre auf einem der großen Boulevards gelandet, deren hektischer Verkehr diesen Ort wie eine Oase der Ruhe erscheinen ließen.

*Hannibal's Court* verdankte seinen Namen einem seiner Vorbesitzer sowie dessen Hang nach Abgeschiedenheit. Dieses Ruhebedürfnis prägte das ganze Konzept des Anwesens. Das vierstöckige Haus war um einen kleinen Innenhof herum gebaut, dessen friedliche Stille selbst den benachbarten Hanover Square wie einen Truppenübungsplatz aussehen ließ. Die Herrschaftszimmer blickten fast alle auf die Rotbuche in dem kleinen Hof hinab. An einem der Fenster stand jetzt David.

Hinter ihm, auf dem Bett, lag Vaters Schatulle. In der Hand hielt er den Schlüssel dazu. Sir William hatte ihm eine der Gästefluchten im zweiten Stock zugewiesen. Hier verfügte der in seiner Waisenrolle noch recht unbeholfene junge Mann über einen Tagesraum, ein Schlafzimmer und sogar über ein eigenes Bad. Ein wahrhaft fürstliches »Provisorium«, wenn man bedachte, dass in London fast jeder

Dritte in Armut lebte und ausbeuterische Hausbesitzer nicht selten fünf oder gar zehn Personen in einen einzigen düsteren Raum pferchten. Schwere Gedankenketten gingen ihm durch den Kopf, während er in den stillen Hof hinunterblickte und mit sich rang, ob er den kleinen Schlüssel zwischen seinen Fingern endlich benutzen sollte.

Eine Katze schlich über den Hof, angelockt von einer Schar Sperlinge bei der Buche. Die Jagdszene löste in Davids Kopf eine Kettenreaktion aus. Ihm fiel wieder die nächtliche Hatz durch Tokyos Straßen ein, dann der Schemen in Westminster Abbey und zuletzt die Zeugenberichte aus Lieutenant Barepitchs Mund. Dunkle Gestalten. Immer wieder tauchten sie auf. Bedrohlich. Unheil war ihr ständiger Begleiter …

Was hatte die schattenhafte Gestalt in der Abtei gewollt? Die Frage stand mit einem Mal wie in Emaille gebrannt vor Davids Augen. Für ihn war das Unglück vor Windsors Toren, mehr noch als für Scotland Yard, nicht bloß eine Merkwürdigkeit, die man hinterfragen musste. Seine Eltern waren eines gewaltsamen Todes gestorben, das stand für ihn fest. Nachdem er am Morgen die Hiobsbotschaft erhalten hatte, konnte er stundenlang vor Schmerz kaum einen klaren Gedanken fassen. Jetzt fügte sich in seinem Sinn alles zusammen: Der Traum von dem Schemen und die von Angst getriebene Unruhe nach dem Erwachen – das alles musste mit jener besonders tiefen Empfindsamkeit zusammenhängen, die ihn von anderen Menschen unterschied und die ihn schon wissen ließ, was andere nur ahnten.

Daraus ergaben sich neue unangenehme Fragen. Hatte der anonyme Beobachter aus der Abtei auch ihm, David, etwas antun wollen? Er musste es zumindest annehmen, denn wenn ihn seine Erkältung nicht ans Bett gefesselt hätte, dann läge er jetzt wohl auch auf dem Seziertisch von St. Mary Abbot.

Der Gedanke, dass man seine Eltern aufschneiden würde, um hinter das Rätsel ihrer im Tod so merkwürdig verkrampften Körper zu kommen, bereitete ihm Übelkeit. Sir William hatte ihn gefragt, ob er seine Eltern noch einmal sehen wolle, was von David nur mit einem ratlosen Blick beantwortet worden war. Irgendwie fühlte er sich schuldig und scheute die Nähe der Hingeschiedenen, als könnten sie ihn noch über den Tod hinaus mit strafenden Blicken peinigen. Andererseits wollte er noch einmal von ihnen Abschied nehmen. Man einigte sich schließlich darauf, die Entscheidung auf später zu vertagen. Dem Scotland Yard machte der Anwalt in einem Telefonat klar, dass der Viscount of Camden momentan noch nicht ansprechbar sei.

So war David nun allein mit der Schatulle auf dem Bett, dem Schlüssel in der Hand und den Fragen in seinem Kopf.

Eine Antwort würde er wohl nur finden, wenn er den Grund für Vaters Ängste kennen lernte. Er war fast sicher, sie in dem Diarium zu finden.

Langsam drehte sich David vom Anblick der jagenden Katze weg und näherte sich dem Bett. Zögernd blickte er auf das Holzkästchen hinab. Die Intarsien zeigten einen Baum in den Stadien der vier Jahreszeiten. Davids Finger schlossen sich fester um den goldenen Schlüssel. Einen Moment lang verharrten sie so vor seinen Augen. *Du kannst noch nicht tragen, was ich in diese Schatulle eingeschlossen habe.* Die Worte seines Vaters hatten fast wie ein Fluch geklungen. Doch inzwischen waren anderthalb Jahre vergangen. David war stärker geworden, auch wenn er im Moment nicht viel davon spürte. Jedenfalls konnte er nicht die Augen vor dem Vermächtnis seines Vaters verschließen.

Wie einen überaus zerbrechlichen Gegenstand trug David das Kästchen in sein Wohnzimmer und ließ sich in einem ledernen Ohrensessel nieder, neben dem ein kleiner runder Tisch mit einer Leselampe stand. Die Schatulle vor sich auf dem Schoß, drehte er das Schlüsselchen im Schloss herum, bis er ein leises Klicken vernahm. Mit angehaltenem Atem ließ er langsam den Deckel hochklappen. Überrascht betrachtete er den Inhalt des Kästchens. Neben dem bekannten Diarium und der vermuteten Testamentsabschrift befand sich darin noch etwas anderes: ein schwerer goldener Siegelring mit einem kleinen Rubin.


Die Geschichte war unglaublich! Auf eine schreckliche Art und Weise packte sie David und ließ ihn nicht mehr los. Nur mit Mühe konnte er sich gegen drei Uhr nachmittags von dem Diarium lösen, als ein Arzt auftauchte, den Sir William herbeizitiert hatte. Unter Zuhilfenahme eines Stethoskops sowie eines dickglasigen Monokels verschaffte sich der Mediziner ein Bild von Davids geistigem und körperlichem Gesamtzustand, verschrieb ein leichtes Schlafmittel und überließ ihn wieder seiner Lektüre. Etwa zwei Stunden später kreuzte Lieutenant Barepitch in Begleitung seines Kollegen Abrahams auf und piesackte den Alleinerben des Camden-Vermögens mit einer Reihe von Fragen, die nicht alle taktvoll waren. Kurz nach sechs warf Sir William die Polizisten hinaus.

Für das Dinner ließ sich David entschuldigen. Er konnte

unmöglich noch einmal von Vaters Aufzeichnungen lassen.

Alle Anspielungen, Gerüchte und Vermutungen seines sechzehnjährigen Lebens bekamen durch das handgeschriebene Buch mit einem Mal einen Sinn. Der für das einfache Volk immer so aufgeschlossene Earl war selbst einmal ein Straßenjunge gewesen. Jeff Fenton, geboren als Sohn eines Silberschmieds, später eine heimatlose Waise, hatte im Jahre 1882 Kenntnis von einem teuflischen Plan erlangt. Der Kreis der Dämmerung hatte auf *The Weald House* beschlossen die Menschheit in ihren Untergang zu treiben, der – angeblich – ohnehin früher oder später kommen musste. Jeff war vor Lord Belial und seinem unheimlichen Schatten Negromanus geflohen, in der Tasche einen geheimnisvollen Siegelring.

Nachdenklich blickte David auf das Schmuckstück, dessen roter Stein im Licht der Leselampe lebhaft glitzerte. Das beherrschende Element des Siegels war eine große runde Scheibe, deren untere Hälfte von stetig breiter werdenden horizontalen Linien unterbrochen war. Mit etwas Phantasie konnte man sich eine im Meer versinkende Sonnenscheibe vorstellen, die sich auf den Wellen spiegelte. Unter dem Außenrand dieser runden Fläche ragten zwölf kleine Halbkreise hervor, angeordnet wie die Stundeneinteilungen eines Zifferblattes. Über der Zwölfuhrposition thronte der Rubin wie ein Unheil verkündendes Auge.

Dieses Gefühl jedenfalls beschlich David, nachdem er den Bericht aus Vaters Jugendtagen kannte. Ohne Frage war der Rubin – nur *einen* der ursprünglich zwölf Ringe hatte ein solcher geschmückt – ein Sinnbild für Lord Belial, den Großmeister des Zwölferzirkels. Dieser und sein unheimlich selbstständiger Schatten Negromanus mussten Jeff hassen, für das, was er ihnen angetan hatte. Deshalb war Vater immer so in Rage geraten, wenn ihn jemand »Jeff« oder »Geoff« genannt hatte! Zu verräterisch musste ihm das vorgekommen sein, während er in ständiger Angst lebte von dem Schattenlord oder seiner rechten Hand gefunden zu werden.

Doch Jeff Fentons Verwandlung in Geoffrey Pratt, Viscount of Camden, war fast so radikal wie die Metamorphose einer unscheinbaren Raupe in einen wunderschönen Schmetterling – der eine schien mit dem anderen nichts gemein zu haben. Von London aus zog er nun Erkundigungen über das Feuer im Wald vor Tunbridge Wells ein. Nach seiner Flucht mussten sich grauenvolle Dinge abgespielt haben. Anfangs glaubte man noch an das sprichwörtliche Glück im Unglück: Das Dienstpersonal hatte sich weitgehend aus den Flammen retten können, nur einige wenige Menschen waren im Haus verbrannt. Zu ihnen gehörte auch Lord Belial, wie man meinte. Dann aber häuften sich Nachrichten von mysteriösen Todesfällen. Eines der Opfer war die Magd Dorothy, welche Davids Vater aus irgendeinem Grunde besonders erwähnte. Jeder, der zum Dienstpersonal von Lord Belial gehört hatte, verlor innerhalb von sechs Wochen sein Leben. Angeblich waren es Krankheiten, Unfälle, einmal sogar ein Bruderzwist, welche die Unglücklichen aus dem Leben rissen – wenn da nicht eine seltsame Gemeinsamkeit gewesen wäre: Das Rückgrat aller Toten war auf abnorme Weise nach hinten verbogen.

Nur langsam hatte sich bei Davids Vater die Zuversicht entwickelt als neue Person auch ein völlig neues Leben führen zu können. Immerhin hielt er vierunddreißig Jahre lang durch. Er wurde von Großvater Archibald, dem kinderlosen alten Earl, adoptiert, weil dieser in den aufgeweckten Jungen vernarrt war, der eines Tages in Lumpen vor seinem Stadtpalast aufgetaucht war und selbstbewusst um Arbeit gebeten hatte. So entstand die Geschichte von der männlichen Cinderella Geoffrey Camden, einem überaus begabten jungen Aristokraten, der wie aus dem Nichts auftauchte, sein Studium in Oxford mit *summa cum laude* beendete und bald darauf eine viel versprechende Karriere als Diplomat anfing.

Doch dann musste Geoffrey mit ansehen, wie sich der Jahrhundertplan des Kreises der Dämmerung auszuwirken begann. Gerade noch hatten die Menschen, getragen von der Woge eines beispiellosen technischen Fortschritts, von Utopia geträumt, einer neuen Welt, frei von Sorge und Not. Völker begannen einander wie Freunde zu behandeln. Für Reisen von einem Land ins andere war nicht einmal ein Visum nötig. Aber dann fing man plötzlich an Unterschiede zu bemerken, vor denen man glaubte sich unbedingt schützen zu müssen. Außerdem meinten nicht wenige, das eigene Volk verfüge über eine naturgegebene Herrenqualität, der man Recht verschaffen musste, notfalls mit Gewalt. Mit einem Mal brachten Attentate die fest gefügte Ordnung jahrhundertealter Dynastien ins Wanken. Zur gleichen Zeit platzten die Städte aus ihren Nähten und wurden zu Brutstätten von Kriminalität und Sittenverfall. Und dann die Kriege! Wie sehr hatte Vater darunter gelitten, dass sich die Menschen mit solchem Enthusiasmus an die Kehle gegangen waren. Jetzt erst verstand David seine Hilflosigkeit.

Als Vater im Jahre 1897 als Handelsattaché nach Tokyo gegangen war, mochte er noch gedacht haben auf der politischen Bühne der Welt etwas bewegen zu können. Insgeheim hatte er auch gehofft, diesen Lieblingsjünger Belials, Teruzo Toyama, aufzuspüren und unschädlich zu machen. Aber das war wohl der größte Trugschluss von allen gewesen. Nicht Toyama wurde gejagt, sondern Davids Vater. Während sich der japanische Logenbruder des Geheimzirkels als Kopf der Schwarzen Drachen bester Gesundheit erfreute, löschte er die Camdens an jenem 3. Januar des Jahres 1913 fast aus. Damals war ihm das misslungen, weil David den dunklen Meuchler besiegte, den – erst jetzt wurde ihm das klar – sein Vater für *Negromanus* gehalten hatte. Doch Davids Heldentat war nicht mehr als ein Aufschub gewesen. Der Kreis der Dämmerung besaß viel Geduld.

Mit Grauen las David von der Begegnung seines Vaters mit dem Schemen in der Westminster Abbey – wie sehr sich doch die Ereignisse glichen! Jetzt erst verstand er, was Geoffreys Depressionen ausgelöst hatte. In der Überzeugung, von Belial oder Negromanus aufgespürt worden zu sein, hatte er von diesem Tage an das erwartet, was in der zurückliegenden Nacht eingetroffen war. Das heißt, nicht ganz. David lebte noch.

Und an diesem Punkt begann der schwerste Teil des niederschmetternden Vermächtnisses: David war ein *seiki no ko*, ein Jahrhundertkind. Nein, nicht bloß ein Maskottchen, ein Symbol der Hoffnungen einer neuen Ära. Die Hebamme Suda hatte ihn als einen Menschen mit besonderen Gaben bezeichnet, und – wie könnte er das bestreiten? – die hatte er wirklich. Längst war er sich seiner Andersartigkeit bewusst, die weit über das weiße Haar hinausging. Fast täglich bediente er sich – völlig unspektakulär, für andere kaum erkennbar – dieser Fähigkeiten.

Er tat es, wie gewöhnliche Menschen ihre Augen oder Ohren benutzten. Aber wenn dieser Teil der Prophezeiung stimmte, war dann nicht auch der andere wahr?

David zerbrach fast unter dieser Einsicht. Obwohl Vater immer nur halbherzig an die Bestimmung seines Sohnes geglaubt hatte, wollte er ihm diese doch nicht vor seiner Volljährigkeit verraten, empfahl einmal sogar, die Schatulle besser »in die Themse zu werfen«, als das in ihr Eingeschlossene ans Licht zu lassen. Jetzt spürte David weshalb. Die Bürde seiner Aufgabe drohte ihn beinahe zu ersticken. Er wollte schreien, unterdrückte diesen unbändigen Drang aber, weil er das Auftauchen von Sir William oder irgendeines Dieners befürchtete. Was hätten sie ihm schon sagen, was ihm raten sollen? Bleib sitzen und genieße dein Leben?

Dieses Leben erschien David mit einem Mal so sinnlos wie Don Quichottes Kampf gegen die Windmühlenflügel. Der Kreis der Dämmerung verfolgte einen tödlichen Jahrhundertplan – und er, David, sollte diesen durchkreuzen? Er schüttelte ungläubig den Kopf. Wie sollte er das anstellen? Etwa indem er Feldmarschällen rote Nasen verpasste oder die Uhren von Kriegsministern stehen ließ, wenn diese wieder mal ein Ultimatum verhängten? Das war doch lachhaft, seine Fähigkeiten viel zu unbedeutend, um damit gegen einen Bund anzutreten, dessen Fäden die mächtigsten Männer des Erdballs zu Marionetten machten.

Das Bewusstsein der eigenen Hilflosigkeit hatte seinen Vater langsam zugrunde gerichtet. Jetzt begann es an Davids Seele zu nagen. Und doch gab es etwas, das noch schlimmer für ihn war, ihn fast um den Verstand brachte: das fest gefügte Maß seines Lebens.

Zugegeben, einhundert Jahre waren viel. Aber von dem Augenblick an, als er die Worte der Hebamme Suda gelesen hatte, sah er im Geiste einen Maßstab vor sich, einen endlichen Zollstock, auf dem die genaue Zahl seiner Lebensjahre markiert war. Diese Überschaubarkeit seines Erdendaseins brachte ihn beinahe um. Seine Lebensspanne erschien ihm nur mehr wie ein Konto zu sein, von dem man ausschließlich abheben, aber auf das man nichts einzahlen konnte. Wenn der letzte Penny ausgezahlt war, würde er sterben.

Ist das nicht bei jedem Menschen so?, versuchte er sich zu beruhigen. Wozu hatte er denn die Bibel gelesen? »Und wer von euch kann dadurch, dass er sich sorgt, dem Maß seines Lebens eine einzige Elle hinzufügen?«, hatte Jesus gefragt. Na also! Aber dann fiel David wieder ein, was er über einige unheilbar Kranke gelesen hatte, die Hand an sich selbst legten, weil die vom Arzt zugemessene Lebensspanne ihnen jede Hoffnung nahm.

Er schüttelte mit bebenden Lippen den Kopf. Nein, Gott hatte den Menschen nicht erschaffen, damit er sterbe – auch das hatte David aus der Bibel gelernt: »Er hat alles schön gemacht zu seiner Zeit. Auch hat er die *Ewigkeit* in ihr Herz gelegt.« Wohnte nicht jedem Menschen dieses unstillbare Verlangen inne über den Tod hinaus weiterzuexistieren, und wenn es nur durch prächtige Mausoleen, Denkmäler, künstlerische Werke oder wohltätige Stiftungen war? Doch wenn den Menschen schon nichts als diese jämmerliche Form der Ewigkeit geblieben war, dann sollte man ihnen diese wenigstens nicht auch noch nehmen.

*Solange du den Tag deines Todes nicht kennst, lebst du in der Ewigkeit.*

David war sich dieses Gedankens nie so bewusst gewesen wie jetzt. Doch nun war diese tröstliche Vorstellung aus seinem Herzen gerissen worden. Zurück blieb eine blutende Wunde. Ab jetzt wusste er, an welchem Tag, nein, in welcher Sekunde ihn sein Schicksal erwartete. Und das wollte er sich nicht gefallen lassen.

Es klopfte an der Tür. Zuerst leise, dann immer lauter. Wie aus einem Opiumrausch kämpfte sich Davids Bewusstsein in die Wirklichkeit zurück. Er blickte benommen auf. Neben sich sah er die Schatulle auf dem Tischchen liegen. Das Diarium hatte sich davongemacht – vom Schoß abwärts über die ausgestreckten Beine –, jetzt blinzelte ihm der Goldschnitt im Licht der Leselampe vom Boden her zu. Das übrige Zimmer war stockdunkel. Es klopfte abermals.

»Hm?«

»David, bist du wach?« Die dumpfe Stimme von draußen gehörte Sir William.

»Ja.«

»Könntest du mich bitte reinlassen? Ich muss dir etwas Dringendes mitteilen.«

»Natürlich.«

»Dann müsstest du allerdings die Tür aufschließen.«

»Oh! Moment.« Das war David ganz entfallen. Er hatte nach der dritten Störung – dem Versuch ihn zum Abendessen zu verschleppen – die Tür zu seiner Zimmerflucht verschlossen. Schleppenden Schrittes ging er zur Tür. Mit Sir William betrat auch eine beinahe sichtbare Unruhe den Raum.

»Was ist denn passiert?«, brummte David.

»Ich habe soeben einen Anruf erhalten.«

»Schon wieder der Yard?«

»Nein, die Feuerwehr.«

Endlich wurde David wach. »Doch nicht …?«

Sir William nickte schwer. »*Camden Hall* brennt lichterloh.«

»Was ist mit der Dienerschaft?«

»Ba- … Bap- … Bappap- …«

»Baluswami Bhavabhuti?«

»Ja, euer indischer Leibwächter und Arthur haben das ganze Personal rechtzeitig evakuieren können. Anscheinend sind alle mit dem Schrecken davongekommen.«

David ließ seinen Blick in die Schatten des Zimmers abgleiten. Er atmete schwer. Ein schlimmer Verdacht drängte sich ihm auf. »Hat man schon feststellen können, was den Brand ausgelöst hat?«

»Nein, er ist ja noch nicht einmal gelöscht worden. Bevor das nicht geschehen ist, kann die Feuerwehr auch den Brandherd nicht finden. Oh, David! Das tut mir alles so Leid! Als wenn das tragische Unglück deiner Eltern nicht schon schlimm genug wäre, muss ich dir nun auch das noch mitteilen.«

David reagierte nicht. Sein Oberkörper war zur Seite gewandt.

Sir William rang mit sich, ob er diesen beklagenswerten Menschen wie am Morgen noch einmal in die Arme nehmen sollte, aber irgendetwas ließ ihn zaudern. Er fühlte sich von der Situation überfordert, was ihn wohl mehr beunruhigte als die Stafette der Hiobsbotschaften. Hilflos blickte er auf Davids weißen Hinterkopf. Er glaubte, der junge Mann wolle seine Tränen nicht zeigen, aber in diesem Moment spielte sich in dessen Seele etwas viel Schwerwiegenderes ab. Ahnungslos griff der Anwalt zur Rettungsleine unbeholfener Trostesworte.

»Selbst wenn *Camden Hall* bis auf die Grundmauern abbrennt, bleibst du ein sehr vermögender junger Mann, David. Dir stehen alle Türen offen – dafür werde ich schon sorgen. Bitte mach dir nicht solche Sorgen um das Haus. Es ist zwar der Stammsitz deiner Familie, aber wie ich dich einschätze, ist es für dich doch sowieso nie ein richtiges Zuhause gewesen ...«

»Das Haus ist mir völlig egal!«, entfuhr es David ungewöhnlich schroff. Er atmete tief, versuchte sich Ruhe aufzuerlegen. »Ich möchte nur, dass für die Dienerschaft gesorgt wird. Wenn Sie sich bitte für sie verwenden würden, Sir.«

»Was meinst du damit, David? Wir werden für dich ein anderes Domizil finden und dann nimmst du dein Personal einfach dorthin mit.«

David antwortete nicht sogleich. Aber dann wandte er sich wieder dem Anwalt zu. Sir William erschrak. Er blickte in ein Gesicht, aus dem jede Kindlichkeit verschwunden war. Es gab auch keine Tränen darin. Nur eine Entschlossenheit, die er nicht zu deuten wusste, obwohl sie ihm Angst einjagte.

## Entwurzelt

Niemand hatte ihn bemerkt. Ausgenommen die Katze. Aber die musste wohl gedacht haben, es sei ein monströs verwachsener Artgenosse, der da so lautlos über den Hof zum Hinterausgang schlich. Sie kannte David ja noch nicht, sonst hätte sie's besser gewusst.

Unter seinem dunkelbraunen Wollmantel trug der vermeintliche Kater zwei scharfe Krallen, eine längere und eine kürzere. David hätte in diesem Moment nicht einmal erklären können, warum er ausgerechnet die beiden japanischen Schwerter mitgenommen hatte. Vielleicht weil sie die letzten Relikte einer für ihn besseren Zeit waren. Damals wusste er noch, was die Worte »Geborgenheit« und »Zuhause« bedeuteten. Jetzt hatte er es vergessen.

Er überquerte die Regent Street, die ruhig war wie ein schlafender Lindwurm. Das lag weniger an der frühen Stunde – an sechs Tagen in der Woche waren viele Menschen um diese Zeit bereits auf dem Weg in die Fabriken, in froher Hoffnung auf einen zehn- bis dreizehnstündigen Arbeitstag –, sondern vielmehr am heiligen Sonntag. Weil David die Entschlusskraft fehlte seine Richtung zu ändern, landete er mitten in Soho.

Selbst hier, im Hauptquartier des Londoner Lasters, herrschte um diese Zeit eine angenehme Stille. Nur ab und zu sah man einen alkoholisierten Kriegsinvaliden in einer Ecke liegen oder eine Prostituierte, die ihren letzten Freier verabschiedete. Umgebracht wurde gerade niemand. Wie David gehört hatte, trugen die Zuhälter, Diebe und Erpresser ihre Meinungsverschiedenheiten ohnehin meist in stiller Abgeschiedenheit aus. Man wollte ja die Kundschaft nicht vergraulen. In der feinen Gesellschaft verursachte schon der Name dieses Stadtteils ein verächtliches Naserümpfen, was einige betuchte Herren nicht davon abhielt, die verruchten Etablissements von Soho, in manchmal grotesker Verkleidung, trotzdem aufzusuchen.

David stand nicht der Sinn nach Vergnügungen, und was er auf dem Leibe trug, entsprang keiner besonderen Planung. Es war noch derselbe braune Tweedanzug, den er gestern in *Camden Hall* gegen seinen japanischen Hausmantel eingetauscht hatte. Beides – Haus und Mantel – existierte nicht mehr.

Gewissheit über diese erschütternde Tatsache erlangte er etwa gegen sechs Uhr morgens. Nachdem er die Durchquerung von Soho überlebt hatte, zwang er seine Füße in der Charing Cross Road auf südlichen Kurs. Wenig später stand er hinter einem winterkahlen Busch und blickte verstohlen zu den rauchenden Trümmern seines Elternhauses hinüber. Hier und da gab es noch einige Brandnester, welche die Feuerwehrmänner mit ihren langen Schläuchen zu ertränken suchten. Es spielte keine Rolle, wie lange dieser Kampf noch dauern würde. *Camden Hall* war bereits bis auf die Grundmauern niedergebrannt.

Zufall war das nicht. Diese Überzeugung hatte sich in Davids Geist festgesetzt wie ein weidwundes Raubtier, das nach jedem anderen Gedanken schnappte, um ihn zu zerreißen. Der Schemen steckte hinter dem Brandanschlag. David erinnerte sich an Lieutenant Barepitchs Zusammenfassung der Zeugenaussagen. Da war von einem Mann mit breitkrempigem Hut und einem Umhang die Rede gewesen.

Negromanus. Vater hatte die rechte Hand Lord Belials genau so beschrieben. Und jetzt will Negromanus mich töten, dachte David. Seine Hand wanderte zur Brust hinauf, wo sich der Siegelring des Schattenlords befand. David hatte ihn aus einem unbestimmten Gefühl heraus vor dem Verlassen von *Hannibal's Court* aus der Schatulle genommen und an der goldenen Kette befestigt, die er seit frühesten Kindestagen um den Hals trug. Warum er den Ring nicht einfach mit dem Diarium zurückgelassen hatte, das wusste er nicht. Momentan fehlte ihm auch jeder Antrieb dieser Frage nachzugehen. Die Ruinen von

– 278 –

*Camden Hall* waren ein Sinnbild seiner geistigen Verfassung.

Mit einem Mal bemerkte er den kleinen braunen Mann, der sich hinkend aus Richtung Covent Garden dem Unglücksort näherte. Kaum dort angekommen, begann er den Hals zu recken, aufgeregt suchend herumzulaufen, immer wieder zwei Worte rufend: »Sahib David! Sahib David!«

Einen Herzschlag lang fühlte David so etwas wie Erleichterung: Balu Dreibein hatte das Feuer also tatsächlich überlebt. Das war gut. David mochte den wortkargen Inder. Balu hatte Besseres verdient, als das Schicksal des Kutschers Sam zu teilen. Er sollte nicht auch noch unter dem Fluch leiden, der auf den Camdens lastete.

Traurig wandte sich David von den qualmenden Überresten und dem suchenden kleinen Mann ab. Er wollte von seinem treuen Diener … nein, seinem *Freund* nicht gesehen werden. Nie mehr.

Einige Tage lang streifte David durch Londons Straßen und lernte die schmutzige Seite der großen Metropole kennen. Er verfügte in dieser Hinsicht bereits über einige Vorkenntnisse. Seine Mutter war nach Vaters geistigem Tauchgang der Fabian Society beigetreten. Wie viele andere Damen der »besseren Gesellschaft« hatte sie eine Unzufriedenheit mit sich selbst verspürt, die sie auf ihr zu geringes soziales Engagement zurückführte. Auf der Suche nach einem sinnvollen Beitrag im Kampf gegen die Armut war sie dann auf die sozialistisch angehauchte Fabian Society gestoßen. Diese hatte in den Jahren vor dem Großen Krieg in einer repräsentativen Untersuchung von sage und schreibe *einunddreißig* Arbeiterfamilien die Ursachen für alle Übel des einfachen Mannes herausgefunden. Akribisch protokollierten die feinen Damen monatelang das Schuften, Hungern, Kränkeln, Siechen und Sterben der Armen und Ärmsten und legten dann einen Bericht vor, der nichts beschönigte: Acht Millionen Briten lebten unter erbärmlichsten Bedingungen.

Aus der immensen Anstrengung, die man in die Erforschung der einunddreißig Arbeiterfamilien gesteckt hatte, erwuchsen zunächst Empfehlungen, etwa für neue Sozialgesetze zur Minderung der Risiken von Arbeitslosigkeit und Krankheit. Später wurden daraus auch Maßnahmen. So organisierte man Ferienlager auf dem Lande, die den Menschen zumindest für kurze Zeit Erholung in unverrußter Luft ermöglichten. Auch ein erweitertes Bildungsangebot verbesserte die Lebensqualität, weil nun mehr Menschen eine Berufsausbildung anstreben konnten – und in der Lage waren Groschenromane zu lesen. Im Hygieneunterricht wurde den verlausten Kindern zudem der Zusammenhang zwischen Reinlichkeit und Menschenwürde nahe gebracht.

Aus den Erzählungen seiner Mutter hatte David einiges über die Unbilden des einfachen Lebens erfahren. Aber als er jetzt durch seine Heimatstadt (dieses Wort, *Heimat*, war für ihn unbegreiflicher als je zuvor) wanderte, warf er erstmals selbst einen Blick auf Londons ungeschminktes Gesicht. Es war eine überwältigende Erfahrung für ihn. Das Juwel des britischen Empire ruhte – wie die anderen neuen Millionenstädte auf dem Globus übrigens auch – in einer Fassung aus Unrat, Armut, Ratten und Gestank.

Während seiner Streifzüge durch die Stadtbezirke diesseits und jenseits der Themse hielt sich David von allen Orten fern, an denen er leicht entdeckt werden konnte.

Insbesondere gehörten dazu die Stadtpaläste der gehobenen Gesellschaft, illuminierte Geschäftsstraßen und Polizeireviere. Er zweifelte keinen Augenblick daran, dass Sir William schon ein Heer von Polizisten auf ihn angesetzt hatte. Wenn dies auch in bester Absicht geschah, wollte sich David doch nicht von seinem Vorhaben abbringen lassen: Er hatte beschlossen aus dem Leben zu scheiden.

David wusste, dass die Kirche den Selbstmord als Todsünde betrachtete. Aber in seiner trümmerübersäten Gedankenlandschaft gab es keine Fixpunkte mehr, die ihm beim Finden eines Auswegs zur Orientierung dienen konnten. So bildete sich zwangsläufig folgende Kette von vermeintlich konsequenten Schlüssen, die in dem besagten Suizidplan gipfelten: Das Dasein hatte für David jeden Sinn verloren. Den Kreis der Dämmerung niederzwingen konnte er nicht. Dem letzten Skalenstrich auf der Messlatte seines Lebens entgegenwandern wollte er nicht. Seine Familie war von Negromanus ausgelöscht worden. Er hatte niemanden mehr, für den es sich zu leben lohnte. Also wollte er wenigstens noch einmal dem ihm auferlegten Zwang entgegentreten und sich selbst behaupten. Und wenn es nur im Tode war.

Dieser abstrusen Logik folgten einige jämmerliche Versuche der Selbstentleibung. David ließ sich im Morgengrauen von der Tower Bridge fallen und wurde von einem Arbeiter im Ruderboot aus der Themse gezogen. Er warf sich vor eine Kutsche, deren Pferde sich augenblicklich stur stellten. Er versuchte es anschließend noch einmal mit einem motorisierten Biertransporter, dem just in diesem Moment ein Rad abbrach, was nur den Passanten etwas nützte, weil sie dadurch unverhofft in den Genuss von Freibier kamen. In einer Apotheke erstand er zu

– 281 –

einem horrenden Preis (der größte Teil davon war die Bestechungssumme) ein starkes Schlafmittel, das er in einem Zug austrank, um dann festzustellen, dass der Pillendreher ihm boshafterweise Rizinusöl verkauft hatte.

Nach einer Reihe weiterer ebenso erfolgloser wie peinlicher Fehlschläge legte er sich, auf die Zuverlässigkeit der königlichen Dampffrösser bauend, auf einen Schienenstrang. Er wartete zwei geschlagene Stunden, aber der dampfende und pfeifende Vollstrecker kam nicht. Wie sich später herausstellte, hatte die Königliche Eisenbahn just an diesem Morgen das Gleis stillgelegt – die Kohle wurde für die Front gebraucht.

Es war zum Verrücktwerden, beinahe so, als sei er unsterblich! Jedenfalls bis zum Ende des Jahrhunderts. Frustriert schlug David den Weg zum Obdachlosenasyl der Heilsarmee ein. Während seine Sohlen Pflastersteine zählten, beschäftigten sich seine Gedanken mit den beiden Schwertern. Bis jetzt hatten sie alle Attacken gegen das eigene Leben unbeschadet überstanden. Das *wakizashi* war das traditionelle Instrument für jene Art der Ehrenrettung, die man in Japan *seppuku* oder auch *harakiri* nannte. Spätestens seit General Nogis Freitod und dem anschließenden Blick in Hitos traurige Augen verabscheute David das rituelle Bauchaufschlitzen. Irgendwie fehlte ihm auch der nötige Mut dazu, eine derart schmerzhafte Methode an sich selbst zu erproben.

Es war das erste Mal, dass David den Schlafraum der Salvation Army aufsuchte. Ein Stadtstreicher hatte ihm diesen Tipp gegeben. Vor der Tür zu der Massenunterkunft blieb er unschlüssig stehen. Neben den Eingang hatte jemand mit Kreide einen seltsamen Spruch geschrieben:

## Herzlich willkommen im Heim der Untoten!

Die Bandbreite des englischen Humors wird gemeinhin im dunkleren Farbspektrum angesiedelt. Oftmals ist er auch einfach nur tiefschwarz. David wusste das natürlich und konnte sich daher schon kurz nach Betreten der Unterkunft einen Reim auf den Willkommensgruß machen.

Der lang gestreckte Raum war sauber gefegt, die Wände mit Ölfarbe gestrichen und mit zwei Reihen von Särgen ausgestattet. Die »Untoten«, soll heißen, die Bewohner der Särge, unterhielten sich angeregt, manche schliefen unter Decken aus Ölzeug, hier und da las einer ein Buch oder die irgendwo dem Wind entrissene Zeitung. Die vermeintlichen Särge waren selbstverständlich gar keine solchen, sondern nur lange, rechteckige Holzkisten – ohne Deckel! –, nahtlos aneinander gestellt, an den Ecken metallverstärkt und vorne mit fortlaufenden Nummern versehen.

David war der Untote Nummer siebenundvierzig. Wie anschaulich dieser angebliche Scherz doch seinen derzeitigen Zustand illustrierte! Ein Heilsarmist im Range eines Feldwebels wies David seinen Schlafsarg zu und erklärte ihm, dass es noch nicht zu spät für eine Suppe sei, die nebenan ausgegeben werde.

Gut und gerne hätte sich David ein anständiges Essen und sogar eine akzeptable Unterkunft leisten können. In seinem Mantel verbarg er das nötige Kleingeld hierzu. Aber das würde ihn in die Nähe wachsamer Augen bringen, die ihn gewiss nur an »standesgemäßen« Verstecken suchten, keinesfalls jedoch hier.

Die Luft im Schlafsaal hatte mehr Konsistenz als die Suppe, die es zum Dinner gab (unmöglich festzustellen, was außer Wasser noch darin enthalten war). Das Schnarchen, Grunzen und Furzen mischte sich mit einer geruchlich äußerst bedenklichen Wolke, die wie der Londoner *fog* über den Särgen schwebte.

Am Morgen war David von den Wohltaten der Heilsarmee erst einmal kuriert und atmete befreit das aus Ruß und Nebel bestehende Luftgemisch in Londons Straßen ein. Was sollte er nun tun? An Selbsttötung war vorerst nicht zu denken. Dazu war er infolge der vielen Fehlversuche zu geschwächt. Erst musste ihm eine einigermaßen zuverlässige Methode einfallen.

Einen Tag lang streifte er wieder durch die Londoner Straßen, beobachtete die einfachen Menschen in ihrem Kampf ums Überleben und die betuchteren in ihrem Desinteresse an dem sie umgebenden Elend. Mit einem Mal befand er sich wieder in Soho. Gegen Mitternacht übermannte ihn die Müdigkeit und er suchte sich einen windgeschützten Unterschlupf zum Ausruhen. Nicht liegen, nur in der Hocke mit dem Rücken an die Wand gelehnt dösen, mehr wollte er nicht. Dabei geriet er unfreiwillig zwischen die Fronten zweier rivalisierender Banden.

Auch die beiden Vertreter der zerstrittenen Parteien hatten sich nämlich ein ruhiges Plätzchen ausgesucht, um ihr Problem zu lösen – irgendetwas, das mit der Neuverteilung bestimmter Reviergrenzen zusammenhing. David kannte nicht alle Details des kontrovers diskutierten Themas, weil ab und zu nur einzelne Wortfetzen zu ihm herunterflatterten. Er hockte am Fuße einer Treppe, die hinter einem Eisengitter in den Keller des Hauses führte, dessen Mauer er sich zum Anlehnen erwählt hatte.

An Schlafen war jetzt jedoch nicht mehr zu denken. Die beiden Kontrahenten schienen sich eher noch gegenseitig anzuheizen. Der eine betonte mit tiefer Stimme seine Unbesiegbarkeit im Straßenkampf und der andere verwies lispelnd auf seine exzellenten Beziehungen zu den gefürchtetsten Messerstechern der Stadt – die nur leider im Moment alle sehr beschäftigt waren. Aus dem Scharmützel wurde schnell eine ernst zu nehmende Auseinandersetzung. Bald erreichten David in seinem Schützengraben die Granatsplitter einer mit unerbittlicher Härte vorgetragenen Schimpfkanonade. Dann landete ein Ohr vor seinen Füßen. Wenig später folgte auch der Besitzer desselben.

Der Mann lebte noch, sein grauenvolles Stöhnen konnte einem das Blut in den Adern gefrieren lassen. Für David war damit das Maß voll. Er zog sein Langschwert aus der unter dem Mantel verborgenen Scheide und richtete sich auf.

In diesem Moment kam ein bulliger Mann die Treppe herunter, der den Eigentümer des entflogenen Ohrs »alle machen« wollte – genau so drückte er sich aus. Er klang zuversichtlich dieses Vorhaben auch in Kürze abzuschließen. Umso größer war seine Überraschung, als er über dem stöhnenden und gurgelnden Rivalen einen breitbeinigen Schatten entdeckte, dessen Haupt ein matter Schimmer umgab und in dessen Hand blanker Stahl funkelte wie die silberne Flamme eines eiskalten Lichts.

»Wer bist du?«, fragte der Bulle in einem Ton, wie man sonst nur Gespenster begrüßt.

»Dein Verderben, wenn du nicht sofort das Weite suchst.«

»Lass uns in Frieden, wir haben mit dir nichts zu schaffen!«

»Nennst du *das* Frieden?« Die schmale gebogene Klin-

– 285 –

ge senkte sich deutend zu dem Schwerverletzten hinab, um sogleich wieder den Bullen anzuvisieren.

»Das geht dich nichts an«, sagte der.

David spürte, dass er in großer Gefahr war. Als Gespenst jedenfalls hatte er sich schlecht verkauft. Der massige Mann über ihm wurde zusehends mutiger. Er führte etwas im Schilde, das spürte David. Schon bereute er seinen Einfall in diesen schmalen Schacht gestiegen zu sein. Jetzt befand er sich in einer denkbar schlechten Verteidigungsposition. Sein Gegner versperrte den einzigen Fluchtweg und er konnte nicht einmal sein *katana* schwingen, weil er an drei Seiten von Backsteinmauern umgeben war.

Mit einem Mal wusste David, was der Bulle vorhatte. Er besaß eine Pistole und wollte damit schießen. Schon schlossen sich in der Manteltasche wurstförmige Finger um die Waffe.

»Lass die Pistole stecken!«, rief David so gebieterisch wie möglich.

Der Bulle zögerte. Allerdings nicht sehr lang. »Warum sollte ich das tun?«, fragte er mit einem fiesen Grinsen, das man mehr hören als sehen konnte.

»Weil ich dir sonst deine Hand abschneiden müsste.«

»Wenn du wirklich hellsehen kannst, sollte dir auch aufgefallen sein, wie hoffnungslos deine Lage ist. Für einen Angriff bist du zu weit unten. Du wirst nicht mal meine Füße erreichen, bevor dir meine Kugel ein Loch in den Wanst gebrannt hat.«

Der Bulle hatte Recht. Alle Trümpfe waren in seiner Hand. Das heißt, nicht ganz. Einer steckte noch in Davids Ärmel. Furchtlos (jedenfalls dem Anschein nach) antwortete er: »Was denkst du, wen du vor dir hast? Ehe du auch nur deinen Finger krumm machen kannst, werde ich ihn dir schon abfaulen lassen. Überzeug dich doch selbst. Steck deine andere Hand in die Manteltasche und zieh sie wieder heraus.«

»Was soll diese alberne Kinderei?«, knurrte der Bulle, ließ aber doch einen Anflug von Unsicherheit erkennen.

»Ich will nur, dass es deiner Hand besser ergeht als dem Ohr deines Kumpanen hier.«

Zögernd versenkte der Bulle die Linke im Mantel.

»Und jetzt zieh deine *schwarze* Hand wieder heraus«, forderte ihn David auf.

Dem Bullen graute es bei dem, was er sah. Sobald der hartgesottene Straßenkämpfer seine pechschwarze Hand vor Augen hatte, begann er wie am Spieß zu schreien. Dann rannte er kopflos davon.

David atmete erleichtert auf. Endlich konnte er sich um das Opfer kümmern. Das hatte inzwischen die Augen geöffnet und beobachtete jeden Handgriff seines weißhaarigen Retters. Mit dem *wakizashi* trennte David das Innenfutter aus dem Mantel des Einohrigen und verband damit notdürftig dessen heftig blutende Kopfwunde. Möglicherweise hatte der stöhnende Mann auch innere Verletzungen, weshalb David ihn nicht bewegen wollte. Außerdem hätte er den Gauner sowieso nicht weit schleppen können. Also schärfte er ihm noch einmal ein, er solle ja nicht sterben, und rannte dann die Treppe hinauf.

Eine Weile lang lief David durch die Straßen, klopfte an Türen, die sich nicht öffneten, und sprach Leute an, die sich ebenso verschlossen gaben, bis er endlich das *House of St.-Barnabas-in-Soho* erreichte. Sein Klingeln wurde erhört. Die alte Frau in der Tür war zwar ganz offensichtlich nicht der heilige Barnabas-in-Soho, aber sie hatte ein Telefon.

Wenig später kreuzten eine Ambulanz und die Polizei auf. David führte sie zu dem Verletzten. Doch noch ehe sie dem jungen Mann für seine beherzte Tat danken konnten, war dieser schon in der Dunkelheit verschwunden.

Das wäre beinahe schief gegangen!, dachte David. Wenn die Bobbys ihn auch nur etwas genauer angesehen hätten … Oder gab er schon ein so heruntergekommenes Bild ab, dass man in ihm gar nicht mehr den vermissten Jungaristokraten erkennen konnte? David betrachtete sein Spiegelbild in einer Schaufensterscheibe und erschrak. Er war zwar nicht gerade zerlumpt, aber seine diversen Selbstmordversuche hatten dem Mantel auch nicht unbedingt gut getan. Schmutzig, ohne jede Form, an einigen Stellen abgeschabt, sah das gute Stück aus wie die Pelerine eines obdachlosen Stadtstreichers. Ihn für einen solchen zu halten, erforderte also nicht sehr viel Phantasie.

So sieht also der Earl of Camden aus, dachte David. Erst jetzt wurde ihm das bewusst: Mit dem Tod seines Vaters würde er nicht nur das Camden-Vermögen, sondern auch den höchsten Titel der Familie erben. Nicht, dass ihm das jetzt noch etwas bedeutete. Nicht einmal seine Eltern wollte er mehr sehen. Die Erinnerung an sie sollte nicht durch das Bild ihrer kalten Leichen entstellt werden. Mit Schaudern dachte David an Vaters Schilderungen von dem auf so mysteriöse Weise dahingeschiedenen Pater Garrick aus Tunbridge Wells oder von diesem Grafen Zapata, dem es auch nicht besser ergangen war. Welche qualvollen Krämpfe mochten ihre Körper im Tode geschüttelt haben? Nein, David wollte seine Familie lebendig im Gedächtnis behalten, wenn er bald selbst aus dem Leben schied.

Der neue Plan war ihm eingefallen, während er vor dem

*House of St.-Barnabas-in-Soho* auf die Helfer gewartet hatte. Nachdem es keine Gefahr vonseiten des Bullen mehr gab, konnten sich seine Gedanken wieder frei bewegen. Die erste daraus resultierende Erkenntnis war die einer vertanen Gelegenheit. Wenn dieser einohrige Gauner nicht gewesen wäre, dann hätte sich David wundervoll umbringen lassen können. Der Bulle hätte ihm diesen kleinen Gefallen bestimmt getan. Messer und Pistole hatte er auch dabei. Alle Sorgen wären passé und David der Nutzlosigkeit des Seins endlich enthoben.

Weil es anders gekommen war, beschloss David in den Krieg zu ziehen. Ihm stand nicht der Sinn danach, andere Menschen umzubringen, ganz im Gegenteil. Noch immer tobte die Schlacht um Verdun und selbst die Zeitungspropaganda konnte nicht schönreden, was dort in Frankreich wirklich geschah. Zigtausende Soldaten waren schon gefallen und täglich kamen neue dazu. Es dürfte kein Problem sein, an der Front aus dem Leben zu scheiden.

Am nächsten Morgen stand David am Piccadilly Circus, in der Hand seine beiden Schwerter, als Erster vor dem Rekrutierungsbüro. Als es öffnete, war er immer noch der Einzige. Irgendwo in den schon anderthalb Jahre dauernden Wirren des Großen Krieges musste der frühere patriotische Enthusiasmus verloren gegangen sein. Zusätzlich dämpfend mochte auch die Anfang Januar vom britischen Parlament verabschiedete Einführung der allgemeinen Wehrpflicht gewirkt haben. Auf jeden Fall hatte der zwischen zwei Formularstapeln sitzende Rekrutierungsbeamte viel Zeit sich mit David zu beschäftigen.

Der nicht sehr große Mann trug einen dunkelgrauen Rock. Im Gesicht spiegelte sich die kriegsentscheidende

Wichtigkeit seiner Aufgabe wider: Die spitze Kinnpartie deutete selbstbewusst auf den Antragsteller. Das amtliche Lächeln spielte sich ausnahmslos unter einem gewachsten und gezwirbelten schwarzen Schnurrbart ab. Die dunklen Augen bewahrten dabei den der Situation angemessenen Ernst. Mehrere Reihen parallel verlaufender Runzeln auf der Stirn versinnbildlichten trefflich das Behördenrecht auch einmal einen Kandidaten abzulehnen (was praktisch nie geschah). Über allem schwebte eine dunkle pomadisierte Haarkappe, gewissermaßen die leichtere Variante des fronterprobten Tommy-Helms.

»Guten Morgen.« Die vorgesetzte Stelle hatte den Rekrutierungsbeamten Höflichkeit auferlegt.

»Guten Morgen, Sir«, erwiderte David.

»Sie wünschen bitte?«

David zeigte dem Mann seine Schwerter und sagte: »Ich möchte gerne in den Krieg.«

Das Faltengebirge auf des Beamten Stirn brachte neue Verwerfungen hervor. Nicht unfreundlich, gleichwohl unüberhörbar belehrend, entgegnete er: »Der Krieg ist kein Ort, junger Mann, den man einfach besucht oder verlässt, wie es einem beliebt. Ich würde ihn eher als einen Zustand beschreiben, der zwar eine gewisse räumliche Ausdehnung besitzt, aber dennoch ...«

»Wenn es Ihnen nicht allzu viel ausmachen würde, Sir«, unterbrach David den kleinen Wichtigtuer, »dann möchte ich mich gerne in den Einflussbereich dieses *Zustandes* begeben.«

Einen Moment lang wollte Unwilligkeit das Gesicht des Beamten überschwemmen, scheiterte dann aber an der Barriere des Zwirbelbarts. Mit einem gekünstelten Lächeln zog der Rekrutenfänger ein leeres Formular von dem großen Stoß zu seiner Rechten. Auf der anderen Seite des Schreibtisches sah ein zweiter Stapel aus schon beschrifteten Formblättern seiner baldigen Verwertung entgegen. Zwischen den beiden Papierhaufen lungerte noch ein Tintenfass mit einer Schreibfeder herum.

Nachdem das Formular exakt zur Tischkante ausgerichtet worden war, konfrontierte der Beamte seinen Bewerber mit einem Fragenkatalog, den er vermutlich schon eine Million Mal heruntergeleiert hatte.

»Name?«

»David ...« Er stockte. Jetzt nur kein falsches Wort. »Milton. Notieren Sie bitte den Namen *David Milton.*«

Der Beamte runzelte wieder die Stirn. »Sie meinen, wie John Milton, der Dichter?«

David antwortete mit einem entschiedenen Nicken. »Wie der, von dem *Das verlorene Paradies* stammt.« Wieder eine von diesen spontanen Assoziationen. Er hatte die Hoffnung aufgegeben den Garten Eden seiner Kindheit jemals wieder zu finden.

»Sind Sie etwa mit ihm verwandt?«

»Wenn, dann ist es höchstens eine geistige Verwandtschaft.«

Das war dem Beamten zu hoch. Er entriss seinen Federkiel dem Maul des Tintenfasses und notierte den Namen.

»Geburt?«

»Ja.«

Der Federkiel landete wieder im Fass und der Beamte seufzte. »Junger Mann, so geht das nicht. Sie müssen mir nicht nur kurz, sondern auch präzise antworten. Anders läuft beim Militär gar nichts.«

David hatte nur Zeit gewinnen wollen. Inzwischen war es ihm wieder eingefallen: Das im Mai in Kraft tretende

Wehrdienstgesetz gestattete nur Achtzehn- bis Einundvierzigjährigen den Tod im Schützengraben. Vermutlich galten für Freiwillige dieselben strengen Regeln. Er war für sein Alter sehr groß. Bestimmt würde es nicht auffallen, wenn er sich um zwei Jahre älter machte.

»1. Januar 1898«, antwortete er forsch.

»Na, das ist doch schon viel besser«, freute sich der Beamte und angelte sich wieder die Schreibfeder.

David ließ geduldig alle Fragen über sich ergehen. An einigen Stellen musste er die Wahrheit etwas anreichern, um den Formularausfüller bei Laune zu halten. Anschließend versorgte der gewissenhafte Mann seinen Bewerber mit einem Merkblatt und allen nötigen Informationen zu den weiteren Schritten des Rekrutendaseins: Vorstellung beim Arzt, Uhrzeit und Treffpunkt an der Sammelstelle, Verbringung ins Ausbildungslager et cetera, et cetera.

Nachdem er sich bei der Unterschrift beinahe selbst verraten hätte, musste nur noch eine Hürde genommen werden.

»Warum kann ich die Schwerter nicht mitnehmen?«

»Sie werden mit allem ausgestattet, was zur Niederwerfung des Feindes nötig ist. Die Einbringung eigener Waffen ist vom Kriegsministerium nicht vorgesehen.«

»Aber diese Schwerter bedeuten mir sehr viel. Sie werden in ganz London kaum jemanden finden, der besser damit umgehen kann als ich.«

Der Beamte stopfte seine Feder ins Fass zurück, gönnte sich bei geschlossenen Augen einen Moment der Besinnung, um daraufhin sehr beherrscht anzumerken: »Da, wo Sie hingehen, werden Ihnen diese Schwerter nicht sehr viel nützen.«

David spürte in den Tiefen seiner Eingeweide ein gefährliches Brodeln. Es war doch immer wieder dasselbe. Sobald ein Mensch nur eine Spur von Macht zu haben glaubte, weidete er sich daran, seine Mitmenschen zu drangsalieren. Um die Diskussion abzukürzen, zog er blitzschnell sein *katana* aus der Scheide, ließ es vor dem Beamten einen waagerechten Halbkreis durch die Luft beschreiben und steckte es wieder weg.

Der pomadisierte Mann starrte bestürzt auf den Federstummel, der aus dem Tintenfass ragte. Die obere Hälfte des Kiels war seinem Blickfeld entschwunden.

»Erlauben Sie mir jetzt mein Schwert mitzunehmen, Sir?«

Ein schüchternes Lächeln von der anderen Seite des Tisches signalisierte Zustimmung. »Allerdings«, vermeldete der Staatsdiener zaghaft, »müsste ich Ihnen den Federkiel vom Sold abziehen lassen.«

David nickte ergeben. Großbritannien war *die* Weltmacht schlechthin. Wie hatte dieses Land das nur angestellt, wenn es von Männern wie diesem verwaltet wurde?

Mit spitzen Fingern, die Notierung der Soldkürzung im Sinn, angelte der Beamte nach dem gestutzten Schreibzeug im Tintenfass. Aber dann erstarrte seine Hand mitten in der Luft. Verwundert blickte er auf das Glas, dessen Inhalt klar wie Wasser geworden war.


Ein konfiszierter Doppeldecker der Londoner Transportgesellschaft schaukelte David und etwa dreißig andere Rekruten in die Nähe von Portsmouth. Hier befand sich das Ausbildungscamp. Von hier aus sollte später auch die Verschiffung der Einheit nach Frankreich erfolgen.

Gleich nach der Ankunft nahm ein Stabsarzt die Busladung unter die Lupe. Er forschte in den Augen nach der Trachomakrankheit, die hier sowieso kaum jemand hatte, fahndete nach Läusen, die sich fast jeder hielt, und ließ Füße durch gezielte Schläge auf die Knie nach oben schnellen.

Im Falle Davids strapazierte Letzteres die Geduld des Arztes enorm, katapultierte das Bein des Probanden doch schon immer kurz *vor* dem Aufschlag des Hämmerchens nach oben. Selbst als der Weißkittel von David verlangte die Augen zu schließen und den Kopf in eine andere Richtung zu drehen, ließ sich das impulsive Bein nicht zur Räson bringen. Weil im Handbuch des Stabsarztes aber keine Vorschrift zu finden war, die zu schnelle Reflexe mit dem Entzug der Wehrtüchtigkeit ahndete, erklärte er die Musterung für beendet. Nur eines interessiere ihn noch, aus rein fachlichem Interesse, murmelte er in Davids Ohr, warum er denn so weiße Haare habe? Das sei ihm angeboren, erwiderte David unbekümmert, aber es würde seine Kampfbereitschaft in keiner Weise stören.

Inmitten einer Gruppe anderer Wehrtüchtiger war David gerade dabei, sein Hemd zuzuknöpfen, als er plötzlich ein kurzes Schnippen und ein metallisches Sirren vernahm, das ebenso schnell erstarb, wie es erklungen war. Seine Finger hielten sofort inne, seine Augen wurden groß und seine Ohren spitz. Mit einem Ruck fuhr er herum.

»Nick! Wie kommst du denn hierher?« David konnte es kaum fassen, seinen alten Schulkamerad hier zu sehen, den großen, schwerfälligen Nicolas J. Seymour.

»Mit dem Zug«, antwortete der grinsend. Erst dann wurde ihm wohl richtig klar, dass sie hier nicht in der Westminster School, sondern in einem Ausbildungslager der Royal Army waren, und er begann nun seinerseits

David auszufragen. Ob es denn stimme, was man über den schrecklichen Unfall seiner Eltern höre, ob *Camden Hall* wirklich restlos niedergebrannt sei und ob das der Grund für Davids Hiersein wäre.

Für kurze Zeit vergaß David seine innere Leere und Zerrissenheit. Er freute sich einfach seinen Freund wieder zu sehen. Erst allmählich dämmerte ihm, dass Nick dasselbe Schicksal ereilen könnte, das er für sich selbst ja so sehnlich herbeiwünschte.

Nicolas gab sich unbekümmert. Er sei wieder einmal mit seinem alten Herrn aneinander geraten, heftiger als je zuvor. Die Drohung, ihn zu enterben, wurde wiederholt und mit dem Entschluss, ihn umgehend auf die Marineakademie nach Dartmouth zu schicken, gekrönt. Es sei eine reine Trotzreaktion gewesen, gab Nick unumwunden zu, dass er daraufhin von zu Hause weg und in das nächstgelegene Rekrutierungsbüro gelaufen sei. Und jetzt sei er hier.

Für weitere Erörterungen fehlte vorerst die Zeit. Die beinahe noch kindlichen Rekruten wurden zur nächsten Station ihrer Initiation getrieben. Der medizinischen Untersuchung folgte nun die Aushändigung der Ausrüstung, zu der auch die Uniformen gehörten. Anschließend wurden den Rekruten ihre Schlafplätze in den Baracken zugewiesen und zuletzt kam Sergeant Fox an die Reihe.

»Warum haben Sie sich freiwillig gemeldet, Milton?«, brüllte Sergeant Fox, ein braunhaariger Quälgeist, dünn wie eine Reitpeitsche, mitten in Davids Gesicht.

Der stand stramm, wie er es gerade eben erst gelernt hatte, und schrie zurück: »Weil ich gerne sterben will, Sir!«

»Das ist aber nicht gut für die Kampfkraft der Truppe, Milton!«

»Ich möchte gerne mein Leben für König und Vaterland einsetzen, Sir!«, präzisierte David, im Stillen hoffend, dadurch besser den Geschmack des Ausbilders zu treffen.

»Hört, hört. Das klingt nach einem angehenden Kriegshelden. Wollen sehen, ob Sie auch das nötige Zeug dafür haben, Milton.«

»Gebe mein Bestes, Sir.«

»Das tun wir hier alle. Wer weniger gibt, ist tot.«

Während der Spieß sich zur Beschallung des nächsten Rekruten begab, atmete David innerlich auf. Genau deshalb nahm er ja überhaupt diesen Drill auf sich: um zu sterben. Im Grunde war ihm alles egal. Aber um sein Ziel zu erreichen, sollte er seine Absicht besser doch nicht gleich jedem auf die Nase binden.

Dabei beließ er es für die nächsten Wochen. Selbst Nick enthielt er den wahren Grund seines Eintritts in die Army vor. Manchmal fühlte sich David schäbig, weil er seinem Freund nicht reinen Wein einschenkte, aber wenn Nick die Wahrheit wüsste, würde er ihm keine ruhige Minute mehr lassen.

Zunächst wurden den Rekruten die Haare gestutzt. David bestand auf einer Totalbehandlung. In der Anonymität seiner Kahlköpfigkeit war er nicht so leicht als jener David Camden zu identifizieren, der vielleicht schon überall gesucht wurde. Nun machte sich der harte Drill von Pater Bucklemaker von der Westminster School bezahlt. Was David und Nick während der Manöver im Richmond Park gelernt hatten, fiel bald auch Sergeant Fox auf. Er war so angetan von den beiden jungen Patrioten, dass er sie für eine Spezialausbildung empfahl.

So kam es, dass David und Nicolas erst am 4. Juni 1916 in Portsmouth den ehemaligen Passagierdampfer bestiegen, der jetzt Soldaten zur Front transportierte. Bei ihnen waren noch etwa eintausend andere Gefreite, viele von ihnen nicht freiwillig. Das neue Wehrdienstgesetz, erst seit Mai in Kraft, hatte sie aus ihrer Kriegsunlust geweckt und ihnen ein vom Staat finanziertes Programm zur körperlichen Ertüchtigung im Ausland verordnet. David zweifelte im Stillen an der Kampfkraft einer Truppe, der auf diese Weise der Patriotismus von oben verordnet wurde, aber vielleicht lag das ja nur an seinem gestörten Verhältnis gegenüber jeglichen Erlassen dieser Art.

Noch am Tag ihrer Abreise hatte er einen kurzen Brief an William H. Rifkind geschickt. Der Anwalt möge es ihm nachsehen, dass er sich erst jetzt melde, aber hätte er es früher getan, wäre Sir William womöglich väterlichen Instinkten erlegen und hätte versucht David von seinem Entschluss abzuhalten. Er, David, wolle sich nun seinen eigenen Weg suchen. Vielleicht werde dieser jäh auf einem fernen Schlachtfeld enden, doch das sei immer noch besser, als sich jahrzehntelang mit der Nutzlosigkeit des eigenen Seins herumzuplagen. Abschließend bat David den Anwalt noch einmal, sich um das Personal von *Camden Hall* zu kümmern. Bei seinen Beziehungen werde er schon eine Möglichkeit finden den Menschen zu einer neuen Anstellung zu verhelfen. Er danke ihm für alles, was er so viele Jahre lang für die Camdens getan habe. »Leben Sie wohl, Sir William. Sie waren meiner Familie immer ein treuer Freund«, endete der Brief.

Vermutlich würde sich Sir William trotzdem nicht mit Davids Entscheidung abfinden. Aber selbst wenn er seine guten Kontakte spielen ließ, um den jungen Mann zu suchen, würde man in den Rekrutierungslisten der Armee keinen Viscount of Camden finden. Davids gab es in der

Royal Army wie Sand am Meer. Wer konnte schon ahnen, dass der einfache Schütze Milton ein Mitglied des englischen Hochadels war?

## Lebenslinien und Todesängste

Die Seereise endete im französischen Cherbourg. Obwohl sie nur knapp fünf Stunden dauerte, konfrontierte sie doch den einen oder anderen Rekruten mit der überraschenden Erfahrung, dass Krieg und körperliches Unbehagen einander ergänzende Größen waren. Von nun an sollte es mannigfache Bestätigungen dieses Prinzips geben. Der Seekrankheit folgte die Irritation durch die kontinentalen Maßeinheiten. Der britische Inselbewohner war es gewohnt, die Welt in Meilen, Pfunden und Gallonen aufzuteilen. Dagegen setzten die Franzosen ihren Urmeter und das Urkilogramm, welche sie in Sèvres bei Paris wie den heiligen Gral hüteten. Erst beim Marschieren stellte sich hier und da die Erleuchtung ein, dass zwanzig Kilometer das Schuhwerk erheblich weniger strapazierten als zwanzig Meilen.

Noch waren die jungen Krieger solcher Erfahrungen ledig, denn zunächst erfreuten sie sich noch des Komforts von Eisenbahnwagen. Streng genommen boten die Waggons wenig Bequemlichkeit, aber immerhin genug Platz: Sie waren für die Beförderung von Schlachtvieh gebaut worden. Von Cherbourg aus zuckelte die Dampflok zunächst über Caen und Rouen nach Osten und schwenkte dann in nördliche Richtung.

Weil der Juni schön und das Innere des Waggons warm war, hatte Nick den grandiosen Einfall gehabt, die Schie-

– 298 –

betür während der Fahrt zu öffnen. Das war zwar nicht erlaubt, aber so konnte man sich den Fahrtwind um die Nase wehen lassen und gleichzeitig die Schönheiten der Picardie, einer lieblich ländlichen Gegend in Nordfrankreich, genießen.

Nick saß in der geöffneten Tür, ließ die sonnenüberflutete Landschaft an sich vorüberziehen und spielte wie üblich mit seiner Münze. Er hatte den Silberling auf dem Pflaster im Hafen von Cherbourg gefunden und ihn darauf zu seinem persönlichen Glücksbringer auserkoren. David stand neben dem Freund, die Schulter an die Innenwand des Wagens gelehnt, und sah dem müßigen Spiel zu. Plötzlich schrie er auf.

»Lass das, Nick!«

Schon sah er, wie Nicks Finger die Münze ein klein wenig zu weit nach außen schnippte. Jetzt bemerkte auch der Freund die verkehrte Flugbahn und jagte dem Geldstück mit seiner Rechten nach. Dabei verlor er das Gleichgewicht. Einen schrecklichen Augenblick lang balancierte er noch mit dem Hintern auf der Kante, mal mehr drinnen, dann wieder gefährlich weit draußen. Unter ihm sauste der Bahndamm dahin. Seine Linke suchte nach einem rettenden Halt, fand ihn aber nicht. Dann kippte Nick hinaus – und wurde im letzten Moment von David am Kragen gepackt. Der Fahrtwind schnappte sich dafür die Münze.

»Bist du wahnsinnig!«, schimpfte David, nachdem er den Freund zurück in die Sicherheit des Waggons gezerrt hatte. »Deine alberne Spielerei wird dich noch umbringen.«

Es war typisch für Nicks einfach strukturierte Denkweise, schon wieder grinsen zu können. »Ich hätt mich schon noch irgendwie gefangen. Mach dir keine Sorgen um mich. Schade nur um den Glücksbringer.«

»Nennst du es Glück, wenn du aus einem fahrenden Zug fällst?«, schnaubte David wütend.

Nick ließ sich in seiner guten Laune nicht erschüttern. »Ich bin doch nicht gefallen. Du hast mich gerettet, David. Ist das etwa kein Glück? Übrigens: danke dafür.«

David zog sich verärgert in eine ferne Ecke des Waggons zurück. Er war Nick nicht wirklich böse. Aber er hatte sich um ihn gesorgt. Allmählich dämmerte ihm, dass dieser Ausflug nach Frankreich noch zu einem großen Problem werden könnte: Wenn er in diesem Krieg starb, wer würde dann auf diesen großen, tollpatschigen Jungen namens Nicolas J. Seymour aufpassen?

In Amiens war vorerst Endstation. Der Zug hielt an einem Bahnsteig, auf dem man mehr Uniformen sah als zivile Kleidung. Ein Major und ein Corporal erwarteten die Neuzugänge bereits. Sie teilten dem zuständigen Offizier mit, dass leider keine ausreichenden Transportkapazitäten zur Verfügung ständen, um die Ankömmlinge ins Sammellager zu verbringen. Nun hieß es also marschieren. In Zweierreihen trabten die Rekruten Richtung Nordosten durch die Stadt, winkten kleinen Kindern zu und wunderten sich über die wahllos angebrachten Löcher in den Hauswänden.

Das Heerlager befand sich an der Straße nach Querrieu, etwa drei Kilometer außerhalb von Amiens. Hier, im Herzen der Picardie, begann nun das Warten. Bis zur Frontlinie waren es nur ungefähr fünfundzwanzig Kilometer. Aus der Ferne konnte man manchmal das dumpfe Donnergrollen der Geschütze hören. Einige Soldaten klagten über Schlafstörungen.

Auch rund um das Heerlager waren Spuren von Zerstörung zu sehen, und von einigen Kameraden, die sich bereits länger hier aufhielten, erfuhren die Neuankömmlinge den Grund dafür: Diese Gegend hatte sich im Spätsommer 1914 schon einmal für kurze Zeit in deutscher Hand befunden. Darauf waren die französische Armee und das Britische Expeditionskorps massiv und auf breiter Front gegen den Feind vorgegangen. In der Marneschlacht, weiter südwestlich von hier, sah es für die Verteidiger zunächst überhaupt nicht gut aus, aber dann geschah das, was die Alliierten als das »Wunder an der Marne« bezeichneten: Der deutsche Chef des Generalstabes des Feldheeres, Helmuth von Moltke, zog seine bis dahin so erfolgreiche Erste und Zweite Armee auf eine Linie hinter Aisne und in die Nordchampagne zurück. Damit begannen sich die Gefechtslinien festzufressen. Schon im November nach Kriegsausbruch waren die Stellungen derart zementiert, dass sie sich seitdem kaum noch verändert hatten.

Als David und seine Kameraden vor Amiens auf ihren ersten Kampfeinsatz warteten, war der glücklose Generaloberst Moltke längst durch Erich von Falkenhayn abgelöst worden. Der neue Chef der Obersten Heeresleitung war höchst unzufrieden über den zermürbenden Stellungskrieg an der Westfront, den ihm, wie er meinte, sein Vorgänger eingebrockt hatte. Nach anderthalb Jahren platzte ihm der Kragen. Er wollte endlich die Entscheidung im Westen. Also begann er im Februar 1916 eine neue Großoffensive gegen das französische Festungszentrum um Verdun. Hier lag für ihn der Schlüssel zu Paris. Hier sollte Frankreich verbluten. Und dann würde von hier aus der Sturmlauf auf das übrige Land erfolgen.

So weit Falkenhayns Träume. Seitdem tobte die Schlacht um Verdun mit unverminderter Heftigkeit. Die Deutschen wollten den Durchbruch mit aller Macht erzwingen. Sie richteten nicht weniger als zwölftausend Kanonen auf einen schmalen Verteidigungsabschnitt. Hunderttausende junger Männer waren bereits auf beiden Seiten der Frontlinie verstümmelt und getötet worden. Wenn überhaupt, dann kehrte von ihnen oft nur der Name nach Hause zurück, eingetragen in die Verlustlisten, die in der Heimat jeden Morgen für neue Tränen und Verzweiflung sorgten.

Wenn auch der deutsche Chef der Obersten Heeresleitung die französischen Forts nicht so schnell pulverisieren konnte, wie er sich das vorgestellt hatte, kam er doch stetig voran. Als David sich am 7. Juni sein Feldbett bei Amiens einrichtete, eroberten die Deutschen gerade Fort Vaux. Nun rückten sie gegen die Höhen von Belleville vor, die letzte Bastion vor Verdun.

### FÜNF KILOMETER BIS ZUM SCHLACHTHAUS

So stand es mit Blut auf eine Friedhofsmauer von Verdun geschrieben. David hörte es von einem Kameraden mit seltsam unstetem Blick, den er am zweiten Tag nach seiner Ankunft kennen lernte.

Aufseiten der aus Franzosen und Briten bestehenden Entente hatte sich inzwischen die Idee durchgesetzt, dass sich der deutsche Vormarsch nur durch ein groß angelegtes Ablenkungsmanöver aufhalten ließ. Während die Vorbereitungen hierzu auf Hochtouren liefen, wurden die überwiegend zwangsverpflichteten Rekruten aus England unverhofft ihrem neuen Chef vorgeführt.

Die kurzfristig anberaumte Rede des Oberbefehlshabers aller britischen Truppen in Frankreich war eine Überraschung für jedermann (hauptsächlich natürlich für den gegnerischen Militärgeheimdienst, der eine Schwäche für unvorhergesehene Todesfälle in der alliierten Generalität besaß). Die gute Nachricht wurde vom General bis hinunter zum Corporal gereicht und diese verteilten sie dann an ihre Männer. Wenig später zeigte sich der Feldmarschall seinen jungen Recken auf dem Exerzierplatz, einem konfiszierten Rübenfeld.

Sir Douglas Haig war die Last der Verantwortung überhaupt nicht anzusehen. In aufopferungsvoller Weise feuerte er seine Soldaten an sich tapfer im Kampf zu bewähren. Wie David nicht entging, benutzte er in diesem Zusammenhang mehrmals das Wort »Moral«. Eine solch edle Gesinnung sei man nicht nur dem verbündeten Frankreich schuldig, sondern sie trage auch ungemein zur Mehrung von Ruhm und Ehre bei – in erster Linie für den König und das Vaterland, aber auch für jeden Einzelnen. Dann erläuterte Sir Haig seinen Plan zur Lösung des Verdun-Problems.

»Tötet mehr Deutsche!«

Es war eine verblüffend einfache Strategie. Bald würde sie den Soldaten auch in ihrer praktischen Auswirkung demonstriert werden.

Um dem Vorhaben das nötige Gewicht zu geben, hatte man unter Rawlinson die Vierte Armee aus der Taufe gehoben. Zu ihr gehörten nicht weniger als elf britische Divisionen, die gemeinsam mit den französischen Kameraden die deutschen Kräfte aus Verdun abziehen sollten. Sir Haig überschlug sich beinahe in seinen optimistischen Prognosen, wie groß der Sieg auf alliierter Seite ausfallen und wie schnell sich dieser einstellen werde. Einige seiner Zuhörer waren schlichtweg begeistert.

Ob es in Haigs Taktik nicht ein menschenverachtendes Moment gebe, merkte David später in den Mannschaftsquartieren an. Immerhin werde hier ja von vornherein mit eigenen Verlusten kalkuliert, als handele es sich um bloße Bauernopfer im Schach. Wenn er selbst auch dazugehörte, dann konnte es ihm ja nur recht sein, fügte er im Geiste hinzu.

Nick zuckte nur mit den Schultern. Der Feldmarschall wisse schon, was er tue. Man werde den Deutschen an der Somme die Hucke voll hauen und sie dann anschließend auch aus der Gegend von Verdun verscheuchen.

Die britisch-französische Großoffensive am Flüsschen Somme begann Ende Juni mit einem Dauerbombardement der deutschen Stellungen. Eine Woche lang feuerten die britischen Geschütze im Verein mit den französischen 370-Millimeter-Mörsern. Zwanzigtausend Tonnen Granaten regneten auf die Deutschen nieder. Sogar aus der Luft wurden die Angriffe unterstützt. Haig versprach sich von dieser Maßnahme eine »säubernde« Wirkung. Seine Infanteristen würden, wie er meinte, anschließend bequem zu den gegnerischen Stellungen hinübermarschieren und sie einnehmen können. Sollte dort noch irgendjemand leben, so musste er von dem tagelangen Trommelfeuer entweder taub oder doch zumindest eingeschüchtert sein. Zur Erhärtung dieser Theorie schickte der britische Feldmarschall am 1. Juli 1916 sechzigtausend Soldaten los.

Weil Schlachten per se etwas ziemlich Kompliziertes sind, hatte Haig ganz übersehen, dass der Feind aufgrund des Dauerbeschusses eventuell den Braten riechen könnte. Völlig abwegig muss für ihn die Möglichkeit einer daraus resultierenden Verstärkung der deutschen Verteidigungslinien gewesen sein. Selten hatte die alte Weisheit, dass Irren menschlich sei, tragischere Konsequenzen wie an diesem Tag.

David und Nick befanden sich schon seit dem Vorabend am nördlichen Ende des gut vierundzwanzig Kilometer langen Abschnitts, den die Strategen für die Somme-Offensive ausgesucht hatten. Mit ihren Kameraden kauerten sie dicht gedrängt in den Schützengräben, die hier wie Kaninchenbaue das Land durchzogen. Die Nerven der Männer waren bis zum Zerreißen angespannt. Unter dem vorbereitenden Trommelfeuer der eigenen Geschütze hatte niemand schlafen können. Aber das war gewiss nicht der einzige Grund für die unzähligen blassen Gesichter, die verkrampften Hände an den Karabinern und die eingezogenen Köpfe unter den schüsselartigen Helmen.

In den letzten Minuten vor dem Angriff kehrte eine gespenstische Ruhe ein. Der Boden war feucht vom Morgentau, die Uniformen klamm. Das aufgerissene Erdreich in den Schützengräben verströmte einen modrigen Geruch. David hörte jemanden in der Nähe husten. Dann vernahm er ein wohl bekanntes Schnippen.

»Kannst du nicht wenigstens *jetzt* deine dämliche Münze stecken lassen?«, zischte er gereizt.

Nick grinste. »Wieso, wenn es mich beruhigt?« Er schnippte das Geldstück ein weiteres Mal in die Luft.

Die beiden gehörten einer Einheit an, welche zur Flankensicherung abkommandiert war. Sie würden der ersten Angriffswelle später in leicht hängender Position folgen. Sollte der undenkbare Fall eintreten, dass der britische

Vormarsch ins Stocken geriet (mit einem Rückzug rechnete im Generalstab eh niemand), dann hatten sie die feindlichen Linien von der Seite her unter Beschuss zu nehmen.

Auf dem Weg nach drüben wollte sich David abschießen lassen. Das war ihm die liebste Art zu sterben: ohne seinem Henker in die Augen zu sehen. Davids Bajonett war zwar, wie bei allen anderen auch, befehlsgemäß aufgepflanzt, aber es lag ihm fern, es vorschriftsmäßig einzusetzen: in Brust oder Bauch stechen, herumdrehen, herausziehen. Bis zum Erbrechen war ihnen diese Gebrauchsanweisung in praktischen Übungen eingebläut worden. Manche Rekruten hatten während der Ausbildungszeit völlig unmotiviert auf wehrlose Bäume oder Scheunenwände eingestochen, weil ihre neu erworbenen Reflexe von den tagelangen Wiederholungen übersensibilisiert waren.

David verspürte nicht die geringste Lust irgendjemanden zu töten. Warum er allerdings seine Schwerter mit sich führte – er hätte es in diesem Moment nicht sagen können. Es war übrigens gar nicht so schwer gewesen, dem Captain die Genehmigung dieser nicht ganz normgerechten Ergänzung des Kampfgepäcks abzutrotzen. Na ja, möglicherweise war ihm dabei auch ein wenig seine naturgegebene Überredungskunst zu Hilfe gekommen. Jedenfalls hatte er dem Captain zunächst einen theoretischen Abriss der Wirkungsweise eines japanischen *katana* geliefert und ihm anschließend seine Fertigkeit im Umgang mit dieser Waffe praktisch demonstriert; er halbierte hierzu einige willkürlich von dem Offizier fallen gelassene Kartoffeln in der Luft. Der Captain grinste süffisant und sagte: »Wenn Sie meinen, diese zusätzliche Last mit sich herumschleppen zu können, meinetwegen. Vielleicht finden Sie ja einen Feind, den Sie mit Ihren Schwertern erschrecken können.«

Über die volle Bedeutung dieser Worte sollte sich David ratenweise klar werden. Erste Erkenntnisse stellten sich bereits jetzt ein, da er an Nicks Seite auf den Angriffsbefehl wartete. Sein Körpergewicht hatte in den letzten Stunden beträchtlich zugenommen. Jeder Soldat war nämlich mit einer Ausrüstung von etwa dreißig Kilo behängt. Bei David kamen noch die beiden Schwerter hinzu. Eine vorschriftsmäßige Erleichterung des Kampfgepäcks war nur möglich, wenn man Munition verschoss. Der Rest musste in die zu erobernde Stellung hinübergeschleppt werden.

Als beim ersten Tageslicht der Angriffsbefehl die Runde machte, begannen auch die bisher Unverzagten zu zittern. Der Schmutz in den Erdgräben, der ständige Kanonendonner und die vereinzelt umherpfeifenden Kugeln feindlicher Scharfschützen hatten so überhaupt nichts mit der idyllischen Jugendlageratmosphäre früherer Wehrübungen gemein. Unter der Last ihres Sturmgepäcks quoll die erste Angriffswelle aus den Gräben. Sie wurde aus elf britischen und fünf französischen Divisionen gespeist.

David und Nick warteten noch. Ihre Einheit war ja erst später an der Reihe. Beklommen sahen sie zu, wie ihre Kameraden aus den Gräben krochen. Von hier, nahe dem Örtchen Serre, bis nach Curlu schleppten die britischen Kämpfer ihr gewichtiges Marschgepäck nun im Schneckentempo auf die Feindstellungen zu. An ihrer Seite, bis hin nach Péronne, rückten die Franzosen vor. Über dem Niemandsland hing immer noch diese unheimliche Stille.

»Raus jetzt! Es geht los«, rief Corporal Liam O'Brien, ein untersetzter Mann mit Schnauzbart aus Belfast, dem David und sein Freund unterstellt waren.

Noch ein letzter tiefer Atemzug, dann kletterte David über eine Leiter hinauf. Hinter ihm folgte Nick.

»Ob wir sie wirklich schon alle erledigt haben?«, fragte Nick, nachdem sie eine Zeit lang über die in früheren Kämpfen aufgewühlte Erde gelaufen waren.

David zweifelte daran. »Das glaube ich nicht. Diese Ruhe gehört zu ihrer Taktik.«

»Noch nie gehört, dass man mit Ruhe jemanden umbringen kann.«

In diesem Moment eröffneten die Deutschen das Feuer und Chaos brach aus. Die Verteidiger hatten große Kaltblütigkeit bewiesen, als sie die vorrückenden Soldaten bis auf einhundert Meter herankommen ließen. Umso verheerender war jetzt die Ernte ihrer Maschinengewehre. Infolge der kompakten Masse des sich nähernden Gegners war es für sie praktisch unmöglich, danebenzuschießen. Die Angreifer wurden von den automatischen Waffen der Deutschen regelrecht niedergemäht.

Von nun an bestimmte eine Kakophonie des Todes die Szene. Das trockene Rattern der Maschinengewehre auf der einen Seite mischte sich mit den Schmerzensschreien der Getroffenen auf der anderen. Als schwinge ein riesiger Sensenmann sein Erntewerkzeug über dem Schlachtfeld, fielen die britischen Angreifer Reihe um Reihe.

David war irgendwo dazwischen. Der Missklang des Gefechts gellte ihm in den Ohren. Fassungslos nahm er das Bild der sterbenden Männer in sich auf. »Es war ein großes Morden mit Patronen, Artillerie, Äxten und Handgranaten, ein Donnern, Krachen, Brüllen, Schreien, als ob die Welt untergehen sollte.« So beschrieb später jemand das Grauen der Schlacht.

Obwohl die feindlichen Kugeln David umschwirrten wie wild gewordene Hornissen, dachte keine einzige daran, ihn zu treffen. Fast eine Minute lang starrte er fassungslos auf einen Kameraden hinab, dem ein Schuss das rechte Bein dicht über dem Knie aufgerissen hatte. Das Blut rann in Strömen aus der Uniform. Die Projektile zischten weiter an Davids Körper vorbei, als gebe es ihn überhaupt nicht. Endlich gelang es ihm, den Schock abzuschütteln. Er musste dem Verwundeten helfen. Selbst sterben konnte er später immer noch.

Schnell kniete er sich zu dem Soldaten nieder. »Hast du große Schmerzen?«

Die Antwort des Verletzten ging im Schlachtenlärm unter. Aber sein Gesicht verriet Zustimmung.

David wusste, der Mann würde sterben, wenn er ihm nicht schnellstens das Bein abband. Also zückte er sein Kurzschwert, schnitt sich den Riemen der Feldflasche des Kameraden zurecht und benutzte einen zufällig in der Nähe liegenden Stock, um die Schlagader abzuklemmen. Dann entledigte er sich seines Tornisters und lud sich stattdessen den Verletzten auf.

Taumelnd lief er zu den eigenen Stellungen zurück. Hoffentlich traf ihn nicht gerade jetzt eine feindliche Kugel. Dann wäre der arme Kamerad verloren. Unterwegs sah David weitere stöhnende Männer am Boden liegen und ständig kamen neue hinzu. Erst jetzt bemerkte er das Fehlen seines Freundes. Hoffentlich hatte es nicht auch Nick erwischt!

Oberhalb des Schützengrabens ließ David seine Last vorsichtig zu Boden sinken.

»Wie heißt du?«, flüsterte der Kamerad, als sein Mund ganz nahe beim Ohr des Retters war.

»David. Und du?«

»Richard. Vielen Dank, David.«

»Kein Ursache, Rick. Werde bald wieder gesund, verstehst du?«

»Nach diesem Tag bin ich mir nicht mehr sicher, ob ich das überhaupt will. Je eher ich wieder marschieren kann, desto früher werden sie mich in eine neue Schlacht schicken.«

David brachte ein gequältes Lächeln hervor. »Ich muss jetzt wieder los. Mein Freund ist irgendwo da draußen.«

»Du bist verrückt.«

»Ich weiß.«

In diesem Moment sah David unten im Schützengraben zwei Sanitäter vorüberlaufen und rief sie herbei. Mit vereinten Bemühungen wurde der Verletzte in die Deckung des Grabens hinabgelassen. David wartete nicht, bis er abtransportiert war, sondern lief schon wieder auf die gegnerischen Stellungen zu.

Erneut drohte ihn die Fassungslosigkeit zu übermannen. An manchen Stellen bildeten die Toten einen regelrechten Teppich, so dicht wie die Reisstrohfasern einer Tatami-Matte. Die Deutschen schienen mit der ihnen eigenen Gründlichkeit schon im Voraus für jeden Briten eine Kugel reserviert zu haben. Und jetzt stellten sie ihre Lieferung zu.

Verzweifelt ließ David den Blick über das Schlachtfeld schweifen. Nach Nick zu rufen, hatte wenig Sinn. Er würde ihn sowieso nicht hören. Also tappte er weiter über Krater und verstümmelte Körper hinweg. Die feindlichen Kugeln mieden ihn nach wie vor. Mit einer Mischung aus

Abscheu und Sorge betrachtete David die vielen Toten, die überall herumlagen – je näher er den deutschen Stellungen kam, desto dichter. Die Maschinengewehre hatten grässliche Wunden gerissen. Manche Gliedmaßen hingen nur noch an wenigen Sehnen oder Gewebefasern. Anderen Opfern war der halbe Kopf weggesprengt worden. Überall bedeckten Gedärme den Boden. Ein furchtbarer Gestank nach Blut und Exkrementen lag über dem Schlachtfeld.

Würgend kämpfte sich David weiter voran. Von Nick fehlte jede Spur. Allein der ohrenbetäubende Lärm konnte einen Mensch schon um den Verstand bringen. Am schlimmsten waren für David aber die Schreie der Verletzten. Er gab keinen einzigen Schuss ab. Wozu noch diesen Wahnsinn vermehren? Ohne jedes Zeitgefühl stolperte er über das Schlachtfeld. Tränen liefen über seine Wangen und er bemerkte es nicht einmal. Es war unglaublich! Einfach unfassbar! Seine Augen tasteten flüchtig über leblose oder sich noch krümmende Leiber. Stellenweise lagen die Gefallenen so hoch übereinander, dass man dahinter vor der gegnerischen Artillerie Deckung nehmen konnte. Aber daran war David überhaupt nicht gelegen.

Irgendwann stellte sich bei ihm die Erkenntnis ein, dass Nick noch leben musste. Er hätte es bestimmt gespürt, wenn seinem Freund etwas zugestoßen wäre, ebenso wie er vor Wochen den Tod seiner Eltern gefühlt hatte. In diesem Augenblick fasste David einen neuen Entschluss: Er mochte ja mit dem Leben hadern, aber solange der Tod sich noch bei ihm zierte, wollte er die ihm verbleibende Zeit wenigstens sinnvoll nutzen.

Eine Bewegung in der Nähe führte David seinem nächsten Patienten zu. Die Schulter des Mannes war von mehreren Kugeln zertrümmert worden. Er litt unter einem Schock. David brachte seinen Mund ganz nahe an das Ohr des Verletzten, redete einen Moment beruhigend auf ihn ein und half ihm dann beim Aufstehen. Er legte sich den gesunden Arm des Kameraden über die Schulter und brachte ihn, halb stützend, halb schleifend, zu den Sanitätern zurück.

David hätte nicht sagen können, wie oft er noch hinausgegangen und mit Verwundeten zurückgekehrt war. Was für eine Ironie! Er war in diesen Krieg gezogen, um zu sterben, und nun störte ihn dieser Gedanke jedes Mal, wenn er wieder einen blutenden Kameraden gefunden und sich dessen Rettung aufgebürdet hatte. Zweimal machte er eine furchtbare Erfahrung, als die Verletzten, noch während er sie auf den Schultern trug, von tödlichen Kugeln getroffen wurden. Wütend und mit Tränen in den Augen lud er sie ab und suchte sich die nächsten Opfer. Manch ein Geretteter erlag auch später noch seinen Verwundungen, aber das tat dem Ruf, den sich der hagere Junge mit dem weißen Haarflaum in dieser Schlacht erwarb, keinen Abbruch. Ohne es zu wollen, wurde David am 1. Juli 1916 zum Helden.

Für ihn selbst war das keine besonders erhebende Erfahrung. Je länger die Schlacht dauerte, je mehr Menschenleben diesem für ihn sinnlosen Krieg geopfert wurden, desto stärker wurde sein Hass gegen dessen Urheber. Warum wurde nicht endlich der Rückzugsbefehl gegeben? Weshalb schickten sie immer mehr dieser jungen Männer in den sicheren Tod hinaus? Während David die Verletzten barg, erinnerte er sich an die Aufzeichnungen seines Vaters. Lord Belial hatte sehr konkrete Vorstellungen geäußert, wie er den Menschen dabei helfen wollte, »ein neues Verhältnis zur Gewalt zu entwickeln«. Blutige »Kriege müssten zur Tagesordnung gehören«, lautete eine seiner Forderungen. David hätte nie geglaubt, dass der Kreis der Dämmerung so erfolgreich sein könnte.

Viel später an diesem Tag fand er dann Nick. Er kauerte im Krater einer Mörsergranate und weinte wie ein kleines Kind. Mit viel gutem Zureden brachte David den Freund in Sicherheit. Zu dieser Zeit hatten die Kommandeure endlich ein Einsehen mit ihrer erfolglosen Truppe und riefen zurück, was noch am Leben war.

Der erste Tag der Schlacht an der Somme war der schwärzeste in der Geschichte der Royal Army. Noch nie hatte sie in derart kurzer Zeit so hohe Verluste erlitten. Einundzwanzigtausend Männer verloren ihr Leben, sechsunddreißigtausend wurden verwundet – die Väter und Söhne einer ansehnlichen Stadt wurden an einem einzigen Tag niedergemetzelt. Die Deutschen hatten einfach Feldmarschall Haigs Kredo in ihrem Sinne umgedeutet: Tötet mehr Briten und Franzosen! Es war ein Triumph ihrer Ingenieure: Acht von zehn Gefallenen wurden durch die neuen, effektiven Maschinengewehre umgebracht.

Auch auf der Seite der Alliierten verfügte man über diese furchtbare Waffe. Aber zum einen nutzten die schweren automatischen Gewehre wenig, wenn man zu ebener Erde gegen einen verschanzten Feind vorrückte, und zum anderen besaß Rawlinsons Vierte Armee längst nicht ein solch großes Arsenal wie die Deutschen. Die fünf französischen Divisionen hatten immerhin doppelt so viele Maschinengewehre wie die elf britischen. Dadurch schnitten sie gegen das in ihrem Abschnitt schwächere

Verteidigungssystem der Deutschen etwas besser ab. Doch sie konnten keinen Nutzen aus diesem vermeintlichen Erfolg ziehen. Der Raumgewinn dieses Tages war praktisch gleich null.

Die deutschen Verteidiger unter den britischen Gefallenen zu ersticken, hatte sich folglich als weniger gute Taktik erwiesen. Sogar Feldmarschall Haig sah das ein. Zwar hatte er die Materialschlacht ausgerufen, aber gerade vom »Material Mensch« war nicht genügend vorhanden, um die Offensive in der bisherigen Weise fortzusetzen. Deshalb verordnete er Rawlinson und dessen Vierter Armee jetzt eine etwas zurückhaltendere Gangart.

Von nun an begann ein zermürbender Grabenkrieg. Die Ruhe des Heerlagers bei Amiens war für die meisten Rekruten bald nur noch eine ferne, unwirkliche, geradezu friedliche Erinnerung. Fröhlichkeit wich jetzt Zynismus, Ausgelassenheit oft einem hoffnungsleeren Dahintreiben. Man hatte den Tag überlebt. Na gut. Aber schon morgen konnte man selbst zu Kanonenfutter werden.

Auch Nick lebte noch. In all seiner Zerrissenheit gab wenigstens das David noch einen gewissen Trost. Der Freund erholte sich wieder von dem Schock des ersten Kampfeinsatzes. Aber selbst der robuste Verstand dieses jungen Mannes hatte unter dem gnadenlosen Gemetzel gelitten. Nick sollte nie mehr so unbekümmert lachen können wie vor diesem Tag.

David quälte am meisten, dass er nicht mehr Männer retten konnte. In den folgenden Tagen ging er noch viele Male hinaus und schleppte Verwundete zurück. Aber es waren nie genug. Das Klagen und Schreien der Zurückgelassenen verfolgte ihn bis in die Träume und wenn er erwachte, hörte er es immer noch.

Wer draußen im Niemandsland getroffen wurde, war – sofern ihn David nicht zufällig auflas – noch übler dran als die in den Gräben Verwundeten. Oben starb so gut wie jeder elendig, wenn er nicht auf eigenen Füßen zum Arzt zurücklaufen konnte – manche nach Stunden, andere nach Tagen, einige litten sogar eine ganze Woche lang.

Am 14. Juli gelang den Briten ein Vorrücken im südlichen Sektor bei Longueval, Bazentin und Ovillers. Aber wieder versäumten die Alliierten aus ihrem Erfolg Kapital zu schlagen. Der Durchbruch blieb aus, die deutschen Linien geschlossen. So zog sich der Kampf weitere blutige Wochen dahin.

Bei David hatte sich inzwischen eine Art Resignation eingestellt, was die vorzeitige Beendigung seines Lebens betraf. Er konnte machen, was er wollte, alle feindlichen Projektile mieden ihn. Auch die britischen und französischen. Es kam gar nicht so selten vor, dass bei einem Angriff die Soldaten unter eigenen Beschuss gerieten. Woher sollten die Kanoniere, die ihre Geschütze oft Kilometer hinter der Frontlinie bedienten, auch immer so genau wissen, wer gerade in welchem Graben hockte?

An einem nebligen Morgen Anfang September hatten sich Nick und David wieder einmal aus den Augen verloren. Allein erreichte David – wie immer von allen gegnerischen Geschossen ignoriert – die vorderste Grabenlinie der Deutschen. Irgendwie hatte er auf dem schwer überschaubaren Schlachtfeld die Orientierung verloren und befand sich mit einem Mal ganz allein im Feindesland. In dem deutschen Schützengraben herrschte Totenstille, im wahrsten Sinne des Wortes. Entsetzt betrachtete er die aufeinander getürmten Leichen. Der feuchte Morgennebel umwaberte die leblosen Körper und narrte David hier und da mit vermeintlichen Bewegungen, die in Wirklichkeit gar keine waren.

Auch die britischen Waffenschmiede hatten offenbar hin und wieder einen teuflischen Einfall. Die Toten im Graben waren Opfer von Schrapnellgranaten. Das ließ sich für David unschwer erkennen. Die mit Blei gefüllten, nach dem englischen Artillerieoffizier Shrapnel benannten Sprenggeschosse gingen nicht sehr schonend mit dem Gegner um. Jeder Körper, der sich in der Nähe der Explosion befand, wurde schlichtweg zerfetzt. Aber selbst wenn man nur von einzelnen Splittern getroffen wurde, konnte man ohne Sanitäter schnell verbluten. Mit etwas mehr Glück verlor man nur ein Bein oder einen Arm.

David entdeckte fünfzehn oder zwanzig Meter den Graben hinauf jemanden, der noch lebte. Er kletterte über tote Körper, um den Verletzten zu erreichen, der selbst halb unter seinen gefallenen Kameraden begraben lag. Der junge Deutsche konnte kaum älter sein als David – vielleicht hatte er ja auch, auf der Suche nach dem großen Abenteuer Krieg, sein Geburtsdatum gefälscht.

Mit flinken Fingern packte David sein Verbandszeug aus. Nach dem ersten Kampfeinsatz hatte er den Inhalt seines Gepäcks entsprechend umgestellt. Seine unwiderstehliche Überredungskraft und seine legendären Rettungsaktionen hatten ihm die Herzen einiger Sanitäter und sogar Feldärzte erschlossen, weshalb es für ihn nicht schwer war, seine medizinische Notausrüstung immer wieder aufzufüllen. Selbst O'Brien, der irische Corporal, der noch lebte, drückte jeden Tag aufs Neue ein Auge zu, um den Schützen, der im Kampf noch nie einen Schuss abgegeben hatte, zu decken. Er wollte sogar, dass David sich in eine Sanitätsstaffel versetzen ließ, aber das war dem »zu wenig gefährlich, Sir«. O'Brien hatte den Kopf geschüttelt und weiter das Auge zugedrückt.

In den letzten Wochen hatte sich David einiges von den Sanitätern abgeschaut. Deshalb bereitete es ihm keine Mühe, den verletzten Deutschen zu verarzten. Der hatte nur eine Platzwunde am Kopf, nichts Schlimmes. Er war von einer Druckwelle gegen einen Stein in der Grabenwand geschleudert worden und besinnungslos zu Boden gestürzt. Die Schrapnellgranaten mussten erst danach gekommen sein. Irgendwie hatten ihn die Körper seiner toten Kameraden vor dem Schlimmsten bewahrt.

Während David den Kopfverband anlegte, fiel sein Blick auf das Koppelschloss des Soldaten. »Gott mit uns« stand darauf. Ob Gott sich wirklich durch Gürtelschnallen beeinflussen ließ? Nachdem er sich vergewissert hatte, dass der Kopfverband richtig saß, schaute er dem verschüchterten jungen Mann ins Gesicht und sagte mit einem aufmunternden Lächeln: »Du wirst durchkommen.«

Die Augen des Verwundeten wurden groß. »Du sprichst ja Deutsch, aber du bist doch ein Tommy!«

»Spielt das eine Rolle für dich?«

Der Deutsche sah seinen Retter eine Zeit lang verblüfft an. Dann lächelte er. »Nein, eigentlich nicht. Vielen Dank, Tommy.«

»Ich heiße David.«

»Und ich Hermann. Hermann Mielke, um genau zu sein.«

»War nett, dich kennen zu lernen, Hermann. Ich muss jetzt wieder los.«

»Die Freude ist ganz auf meiner Seite, David. Vielleicht sehen wir uns ja mal wieder, nach dem Krieg, meine ich.«

»Ich würde mich freuen. Also, pass gut auf dich auf.«

Zur Verwunderung des Deutschen verließ David den Schützengraben erhobenen Hauptes, als wären Mücken das Gefährlichste, was hier herumschwirrte.

Auf dem Weg zurück zu den eigenen Stellungen musste David an die Erzählungen einiger Kameraden denken. In diesem Krieg hatte sich die Menschlichkeit manchmal auf seltsame Weise gegen den von oben befohlenen Hass behauptet. Dieser wurde im Großen Krieg wie nie zuvor von den Zeitungen in der Heimat geschürt. Berichte von angeblichen Gräueltaten des Feindes an Frauen und Kindern sollten die kämpfende Truppe motivieren. Erstaunlich wenige aber ließen sich davon aufhetzen.

Ein rothaariger Schotte namens Dean Arbuthnot hatte gegenüber David sogar behauptet, er und einige seiner Kameraden seien Weihnachten 1915 aus ihren Gräben hinüber zum Feind gekrochen. Mit den Deutschen habe man gemeinsam ein paar besinnliche Stunden verbracht und sich anschließend wieder zu den eigenen Stellungen zurückbegeben. Es gehörte zu den zahlreichen Merkwürdigkeiten dieses Krieges, dass viele Soldaten ihren Kameraden auf der gegnerischen Seite näher waren als dem eigenen Kommandanten, der sie so leichtfertig hinopferte.

Mit fortschreitender Stunde lichtete sich der Nebel und David gewann seine Orientierung zurück. Er beschloss zunächst einmal zu den eigenen Stellungen zurückzukehren, um sich neue Befehle zu holen. Vielleicht stieß er unterwegs ja auch auf Nick.

Auf dem Rückweg suchte er mit wachsamen Augen das Schlachtfeld ab. Hier und da entdeckte er unter den Toten einige Schwerverletzte, die vermutlich nicht einmal den Transport zurück zum Graben überleben würden. Zähneknirschend ließ er sie liegen. Er wusste, dass die Sanitäter ihm diese Männer nicht einmal abnehmen würden. Es gab einfach zu viele, die ärztliche Hilfe brauchten, da wollte man nicht die Zeit mit hoffnungslosen Fällen verschwenden. Ein Stöhnen zu seiner Linken ließ David vom Weg abweichen. Kurz darauf kniete er bei einem weiteren Verletzten.

Der junge Schütze hieß Wilfred Owen. Eine Explosion hatte ihn gegen eine zersplitterte Lafette geschleudert und ihm beide Schienbeine gebrochen. Eines war grotesk zur Seite gebogen. Notdürftig richtete und schiente David die Knochen. Wilfred verlor unter den grauenhaften Schmerzen die Besinnung. Erst als David sich daranmachte, ihn zu den eigenen Gräben zurückzuschleppen, erwachte der Soldat wieder. Unterwegs sprach David dem Verletzten Mut zu. Zum Glück habe Wilfred weder offene Brüche noch durch andere Verletzungen Blut verloren. In sechs oder acht Wochen würde er schon wieder herumspringen wie ein junger Hirsch.

David spreche wie ein Poet, antwortete Wilfred und erzählte, dass er selbst Gedichte verfasse, um die grauenvollen Eindrücke des Krieges zu verarbeiten. Was er gesagt habe, sei nur aus dem Bibelbuch Jesaja, erwiderte David bescheiden, gestand dann aber doch seine eigene Schwäche fürs Schreiben. Im Stillen flehte er zu Gott, dieser möge seinen geschulterten Pflegebefohlenen vor den feindlichen Kugeln bewahren. Ein schnippendes Geräusch unterbrach sein Gebet.

David horchte auf, dann sah er, wie sich eine große Gestalt in englischer Uniform näherte. »Nick! Habe ich mich also nicht verhört. Du solltest dich nicht darauf verlassen, dass ich der Einzige bin, der das Werfen deiner

Münze bemerkt. In dieser Gegend wimmelt es von Scharf-schützen.«

Nicolas zuckte die Achseln. »Weiter als zweihundert Yards kann man bei dieser Brühe sowieso nicht sehen.« Dann erst schien er den Körper auf Davids Schultern zu bemerken. »Hätt ich mir denken können, dass du schon wieder ramponierte Kameraden durch die Gegend schleppst. Komm, ich helfe dir.«

Gemeinsam trugen sie den Dichter Wilfred Owen in die Gräben zurück. Weil gerade kein Sanitäter zur Hand war, brachten sie den Verletzten selbst ins Lazarett. Dieses befand sich im zweiten Untergeschoss des weitläufigen Schutzsystems. An manchen Abschnitten drangen die Gräben und Tunnels hier sogar mehrere Stockwerke tief in die Erde hinein. Sie beherbergten Befehlsstände, Unter-künfte, Küchen und eben auch Lazarette.

Am Abend besuchte David den nun fachmännisch geschienten Poeten. Irgendwie fühlte er eine Seelenver-wandtschaft zu diesem Menschen. Beide waren sie Freun-de des geschriebenen Wortes. Und Hasser des Krieges sowieso.

»Ich möchte dir etwas schenken«, sagte Wilfred schüchtern.

David hob überrascht die Augenbrauen. »Du bist noch am Leben. Das ist für mich schon Geschenk genug.«

»Ich habe ein Gedicht geschrieben. Hier, nimm es.« Wilfred reichte seinem Retter einen gefalteten Zettel hin.

David nahm das Blatt und öffnete es.

»Es ist nicht besonders heiter«, fügte Wilfred schnell hinzu, als müsse er sich für seine poetischen Ergüsse ent-schuldigen.

»Nein, das ist es nicht«, antwortete David, nachdem er

das Gedicht gelesen hatte. »Aber es staucht die Wahrheit auf wenige Worte zusammen. Du bist wirklich ein großer Künstler, weißt du das?«

»Red keinen Unsinn. Ich freue mich, wenn es dir trotzdem gefällt.«

»Das tut es wirklich«, bekräftigte David und überflog noch einmal die bewegenden Zeilen.

*Glocken für sie, die wie Schlachtvieh sterben?*
*Der monströse Zorn der Kanonen*
*Das raue Rattern der Gewehre*
*Erschlägt ihr hastiges Flehen.*

*Kein Erbarmen, kein Gebet, kein Geläut*
*Als Lied der Trauer nur gellender Gesang*
*der irren Chöre heulender Granaten*
*Ruf aus letzter, düsterer Ferne.*

Später, als David längst wieder seine Stellung bezogen hatte, dachte er noch lange über diesen feinsinnigen Menschen nach, den die Generäle in diesen Krieg geschickt hatten, ohne ihn überhaupt zu kennen. Die großen Lenker wussten nicht, welch kostbare Schätze sie hier vergeudeten. Sie würden es auch niemals erfahren.

Wie die beiden schreibenden Kameraden, so lehnten die meisten einfachen Soldaten diese große Metzelei ab, die man gemeinhin Krieg nannte. In den Gräben spielten sich jeden Tag neue grauenhafte Szenen ab und nicht selten war es die eigene Hand, die dazu Anlass gab.

Eines Abends, kurz nach der Rettung von Wilfred Owen, fiel David im Schützengraben, erschöpft und müde von den ständigen Strapazen, in einen Dämmerzustand. Plötzlich schreckte er hoch. Wieder einmal hatte ihm die Sekundenprophetie ein Bild gezeigt, das ihn Entsetzen lehrte.

»Nein!«, schrie er, so laut es ging. Aber es war zu spät. Was er vorausgesehen hatte, konnte er nicht mehr verhindern. Ein Kamerad ganz in seiner Nähe hatte eine Axt erhoben und sie auf sein Handgelenk niederfahren lassen. Die Klinge durchtrennte sauber Haut, Fleisch, Sehnen und Knochen. Der höchstens Zwanzigjährige wollte lieber als Krüppel leben, als hier noch länger einen langsamen Tod sterben.

Andere versuchten sich durch Desertion zu retten. Das wurde von der Generalität jedoch nicht gerne gesehen. Die Exekutionskommandos mussten in diesen Tagen des Öfteren ausrücken, um ihren eigenen Kameraden das anzutun, was der Feind bisher noch nicht geschafft hatte.

Wieder anderen brach einfach nur der Geist. David sah Rekruten, die, im sicheren Wissen bald zur Schlachtbank geführt zu werden, vor ihren Kommandeuren wie Schafe blökten. Ab und zu wurde auch von Meutereien gemunkelt, aber die Offiziere gaben sich alle Mühe derartigen Einfällen durch Beschäftigungstherapie außerhalb der Schützengräben vorzubeugen.

Seit einiger Zeit gab es kontinuierliche Fortschritte in der Somme-Operation. Diese Verbesserungen drückten sich weniger im Gebietsgewinn der Entente aus als in der Schwächung des deutschen Widerstands. Endlich glaubte Haig, sein Kredo werde sich erfüllen: Tötet mehr Deutsche!

Während der britische Oberkommandierende diesem Hirngespinst in immer neuen Anläufen nachjagte, sahen David und Nick weitere Kameraden leiden. Viele blieben ihr Leben lang verstümmelt. Andere kehrten einfach nicht mehr in die Gräben zurück. Bald gaben die Freunde es auf, engere Bekanntschaften zu schließen, denn zu groß war der Schmerz, den man empfand, wenn ein gerade gefundener Freund kurz darauf vor den eigenen Augen starb. Mit Sicherheit verloren viele Männer hier in den Gräben auf Dauer die Fähigkeit einen Menschen zu lieben. Sie wollten einfach niemanden mehr verletzen. Sie waren es leid, ihre Gefährten zu verlieren.

Mitte September warf Haig die ersten Tanks in die Schlacht. Aller Anfang ist bekanntlich schwer: Weil auf dem Weg zur Front schon siebzehn dieser technischen Wunderwerke ausgefallen waren, blieben für den Einsatz gerade noch neun übrig. Die großen, raupenbewehrten Stahlungetüme stanken, machten einen unsäglichen Radau und richteten wenig aus.

Dann, im Oktober, setzten die sintflutartige Regenfälle ein. Innerhalb kurzer Zeit verwandelten sie das Schlachtfeld in ein Meer von Schlamm. Automobile blieben darin hoffnungslos stecken und man besann sich wieder auf das Pferd.

Obwohl es David nicht für möglich gehalten hatte, wurde das Leben in den Gräben nun noch unerträglicher. Die Soldaten steckten oft metertief im Schlamm. Vom Himmel regnete es Wasser, Kugeln und Granaten. Auf engstem Raum zusammengepfercht froren, aßen, tranken, lebten und starben die Männer. Über den Grabenrand hinweg mussten die feindlichen Stellungen unablässig beobachtet werden, was an manchen Regentagen so gut wie unmöglich war. Wurde ein Gegner entdeckt, sollte er abgeschossen werden. Natürlich begab sich der Schütze dadurch selbst in die Gefahr vom Feind ins Visier genommen zu werden. Wenigstens hatten die Tommys Helme, was hier und da doch einmal ein Leben rettete. Von der russischen, teilweise auch von der österreichisch-ungarischen Armee wusste David, dass sie nicht einmal diesen schwachen Schutz gegen die Waffen der neuen Zeit besaßen. Die Soldaten im Osten kämpften beinahe noch wie zur Zeit der Befreiungskriege gegen Napoleon I. Aber wer konnte schon, selbst hier an der Westfront, behaupten, er sei ausreichend für den »modernen Krieg« ausgebildet worden?

Mitte November brachte der Herbstregen die Operation endgültig zum Stillstand. Am Tag bevor die Heeresleitung alle weiteren Attacken abblies, war Corporal O'Brien von einer deutschen Granate zerrissen worden. David wusste es so genau, weil er es selbst gesehen hatte.

Diese erste Schlacht an der Somme hatte die deutschen Truppen vor Verdun zwar gespalten, aber ansonsten war sie ein jämmerlicher Fehlschlag gewesen. Vierhundertzwanzigtausend Briten und zweihunderttausend Franzosen hatten in weniger als fünf Monaten ihr Leben verloren. Aber auch vierhundertfünfzigtausend Deutsche. Mit diesem Preis hatten die Alliierten einen Fortschritt von sage und schreibe *acht* Kilometern erkauft. Welch ein Wucher! Ein Menschenleben für sieben Komma fünf Millimeter.

Heeresführungen hassen es, wenn ihnen das Wetter ins Handwerk pfuscht. Zwar konnten sie im Großen Krieg hier und da auch einmal Nebel oder andere Imponderabilien der Natur für ihre eigenen Zwecke nutzen, aber im Großen und Ganzen störten diese himmlischen Einmischungen nur.

Der einfache Soldat mochte da etwas anders denken. Zwar war der Gedanke an eine Überwinterung im Schützengraben alles andere als anheimelnd, doch gegen Sturmläufe in feindliches Maschinengewehrfeuer immer noch eine ganz passable Alternative.

Das Gemetzel war in der Zwischenzeit auch bei Verdun zum Erliegen gekommen, nachdem große Teile des von den Deutschen eroberten Territoriums wieder von den Franzosen zurückgewonnen worden waren. An diesem Frontabschnitt hatten innerhalb von neun Monaten mehr Männer das Leben verloren, als mit Napoleons Armee in Russland einmarschiert waren.

Aus Wien hörte man derweil, dass Kaiser Franz Joseph I. sich jeder Verantwortung für das österreichisch-ungarische Kriegsdebakel auf elegante Weise entzogen hatte: Er war am 21. November auf seinem Geburtsschloss Schönbrunn verstorben. Ganz Wien trauerte um »den letzten Monarchen der alten Schule«, wie dieser sich selbst einmal genannt hatte. Sein Nachfolger Karl I. versprach »alles zu tun, um die Schrecknisse und Opfer des Krieges in ehester Frist zu bannen«. Aber selbst Kaisern waren bisweilen die Hände gebunden.

David und Nick verbrachten den größten Teil des ausgesprochen strengen Winters in einem Erdloch, das sich im zweiten Untergeschoss des Grabensystems befand. Ein Kanonenofen verströmte die Illusion von Wärme und genügend Qualm, um einem ständigen Hustenreiz Vorschub zu leisten.

David hatte sich inzwischen zum Protegé eines der Stabsärzte entwickelt. Sein unermüdlicher Einsatz im Dienste der Kameraden war unter den Sanitätern und in den Lazaretts zu einem Quell immer neuer Geschichten geworden, deren Wahrheitsgehalt jedoch oft sehr zu wünschen übrig ließ.

Einige Legenden um den hoch gewachsenen Rekruten

klangen zwar unglaublich, entstammten aber sehr wirklichen Praktiken, die David nun schon seit Jahren pflegte, wenn auch bisher nicht in einer derart bleihaltigen Umgebung.

Noch bevor die Sonne aufging, kletterte er allmorgendlich aus dem Graben, entblößte seinen Oberkörper und absolvierte mit dem *katana* und dem *wakizashi* seinen Schattenkampf, bis ihm der Schweiß über Brust und Rücken lief. Manchmal gab ein Scharfschütze einen Schuss auf ihn ab, doch nachdem nie eine Kugel traf, stellte der Feind seine Bemühungen ehrfürchtig ein.

So kam es, dass im Spätsommer und Herbst, als die Frühnebel Davids seltsames Spiel mit einem unwirklichen Schleier verzauberten, in den Gräben hüben wie drüben eine merkwürdige Legende entstand. Es hieß, der Geist eines unbekannten Soldaten warte da draußen auf die Befehlshaber, die ihn und seine Kameraden in den Tod geschickt hatten. Bisher war jedoch noch kein einziges Mitglied des Generalstabs erschienen, weshalb der Geist sich mit der Zerstückelung unsichtbarer Bösewichter in Form hielt.

David war der Meinung, jede Form von Aberglauben knechte die Menschen genauso wie Erlasse und Verbote von Fürsten und Pfaffen. Er konnte nur den Kopf schütteln, wenn er hörte, was man ihm alles andichtete. Nichtsdestotrotz gehörten okkulte Praktiken jedweder Art bei vielen Soldaten – und übrigens auch bei ihren Angehörigen in der Heimat – zu den normalsten Dingen der Welt. Da, wo der Tod, manche sagten auch, das Schicksal, derart großzügig mit dem Leben der Menschen umging, wollte jeder gerne wissen, was die Zukunft ihm beschied. Also las man aus Kaffeesatz und Handlinien, man ließ Pendel schwingen und konsultierte Kartenspiele sowie dubiose Geistermedien. David betrachtete derlei Praktiken mit Abscheu. Obwohl gerade unter Engländern sehr beliebt, hatte seine Mutter ihn immer eindringlich vor der Gefahr von spiritistischen Spielereien gewarnt und seitdem er das Vermächtnis seines Vaters mit sich herumtrug, empfand er das Walten obskurer übernatürlicher Kräfte als eine Vergewaltigung an der menschlichen Natur.

Besagter Doktor, der sich selbst zu Davids Mentor ernannt hatte, glaubte als moderner Akademiker nicht im Geringsten an die Ammenmärchen, die in den Schützengräben über David erzählt wurden. Er schätzte den jungen Mann wegen dessen unglaublicher Opferbereitschaft im Dienste des Mitmenschen und weil David einen so außergewöhnlichen Scharfsinn besaß. Dr. McSmollet hielt wirklich große Stücke auf ihn. Er zeigte ihm so manchen Kniff, der Leben retten konnte, und redete unermüdlich auf ihn ein, er solle nach dem Krieg ja nicht vergessen den Nobelpreis für Medizin zu gewinnen – das Zeug zu einem guten Arzt hätte er jedenfalls.

Hin und wieder gelang es David, dem Doktor eine Zeitung abzuluchsen. Ende Dezember fiel ihm dabei ein Artikel in die Hände, der angesichts des allgegenwärtigen Grauens beinahe komisch anmutete. Es ging darin um seinen alten Freund Hito. Am 3. November hatten japanische Zeitungen ein Bild des Prinzen in der Uniform eines Kapitäns zur See abgebildet und gleichzeitig bekannt gegeben, dass ebendieser Kapitän nun der neue Kronprinz sei. Das Foto zeigte dieselben traurigen Augen, versteckt hinter dicken Brillengläsern. Dann ging der Bericht auf einige fast schon absurde – aber eben typisch japanische – Ereignisse ein. Hirohito plane sich zu verloben, hieß es da.

Raumgreifender als vielleicht nötig, erging sich das Blatt nun über des Prinzen Verhältnis zum weiblichen Geschlecht und David entdeckte einiges, das ihm noch aus eigener Erfahrung bekannt war. Nach General Nogis Selbstmord, so war der Zeitung von einem ungenannten Hofbeamten gesteckt worden, bemerkte Hirohitos Vater in einer seiner seltenen Phasen geistiger Klarheit, wie bekümmert sein Sohn war. Um den Schmerz des gerade Elfjährigen zu lindern, ließ er ihm eine seiner jüngeren Konkubinen schicken. Es sei bezeichnend für den Prinzen, hieß es weiter, dass nur er keine Ahnung von dem Sinn ihres Auftrages hatte, wenn ihn auch ihre Sympathiebekundungen nicht unbedingt schockierten. David schüttelte empört den Kopf – solche Schmierenartikel würde er niemals schreiben – und im Stillen verteidigte er seinen Freund. Hito war einfach anders als die restlichen seiner paar Millionen Altersgenossen. Kein Grund, sich darüber lustig zu machen. Dann las David weiter.

Nun hätten die weisen Männer dem Kronprinzen eine Braut ausgesucht, damit er künftig auf keusche Weise den Mannespflichten nachkommen könne. Die Beneidenswerte hieß Nagako und war die älteste Tochter des Fürsten Kuniyoshi Kuni. David kannte ihn. Als Kind hatte er ihn Kunibert genannt. Kuniyoshi Kuni war einer der liebenswürdigsten Taugenichtse der japanischen Aristokratie. Nun – und damit begann für David die ganze Bizarrheit dieses Berichts – war in Japan ein heftiger Streit ausgebrochen, der sogar bis in die Zeitungen schwappte. Die alte Rivalität zwischen dem Clan der Satsuma und der Choshu flammte wieder auf. Letztere, allen voran Fürst Yamagata, schickten eine ganze Reihe von Alternativprinzessinnen ins Rennen, deren hervorstechendstes Merkmal natürlich die Zugehörigkeit zum Choshu-Clan war. Kunibert und sein einflussreicher Unterstützer, der kaiserliche Geheimsiegelbewahrer Graf Makino, wollten aber mit aller Macht, dass Prinzessin Nagako die Nase vorn behielt.

Man dichtete dem armen Mädchen Unfruchtbarkeit an, eine schwache Gesundheit und alle möglichen grauenhaften Makel, die sie selbstredend für den Posten der zukünftigen Kaisergemahlin sofort disqualifiziert hätten, aber – und damit schloss der Artikel – noch war nichts entschieden.

David seufzte. Hito tat ihm Leid. Wahrscheinlich würde er wieder alles in sich hineinfressen und nach außen hin völlig unbeteiligt tun. Noch mehr bedauerte er aber das arme Mädchen, das da gerade madig gemacht wurde, als hätte es einen nässenden Hautausschlag. Und doch waren die beiden Brautleute so viel besser dran als hunderttausende anderer junger Menschen in dieser Zeit. Wenn doch nur alle Probleme in der Welt so banal wären!

Als David siebzehn wurde, umstanden ihn an der Westfront über eine Million britische Kameraden. Zum Glück wussten die nichts von dem Geburtstagskind und ließen ihn in Ruhe. Täglich kamen neue Soldaten hinzu. Die Franzosen brachten aus ihren Kolonien ganze Schiffsladungen unverbrauchter Kämpfer nach Europa. Insgesamt standen sich hier fast vier Millionen Alliierte zweieinhalb Millionen Deutschen gegenüber. Man hatte sich für das neue Jahr einiges vorgenommen.

Wie schade, dachte David, dass die Entente Anfang Dezember das Friedensangebot der Deutschen ausgeschlagen hatte. Es war ihnen wohl wie ein fauler Kompromiss vorgekommen, aber nicht wenige Männer in den Schützengräben sahen es nur als eine verpasste Chance: War es nicht besser, ein Jahrzehnt um die Freigabe der besetzten Gebiete zu verhandeln, als weitere Städte in der Heimat ihrer Männer zu berauben? Die Politiker diskutierten ohne besonderen Eifer. Irgendjemand musste ja schließlich die Kriegskosten bezahlen, und der ließ sich nur ermitteln, wenn es einen klaren Verlierer gab.

Mit dem jungen Jahr rückte auch ein neuer Name ins Blickfeld von Davids Aufmerksamkeit: General Robert-Georges Nivelle. Dieser war Oberbefehlshaber der französischen Truppen und hegte die Vorstellung, in den kommenden zwölf Monaten endlich die Entscheidung an der Westfront herbeiführen zu können. Sein Wahlspruch klang ganz ähnlich wie der seines englischen Kollegen Haig: »Große Gewalt mit großen Massen.« Das würde die Deutschen niederzwingen. Zur praktischen Anwendung seines prägnanten Leitsatzes hatte er sich die liebliche Champagne ausgesucht. In der Wildnis der Somme, nördlich der Kampfgebiete aus dem Vorjahr, sowie südlich davon sollten die Briten vorbereitende Entlastungsangriffe unternehmen. Diese würden deutsche Truppenkontingente binden und der Rest wäre dann nur noch eine Frage von Tagen.

Selbstüberschätzung gehörte offenbar zu den hervorstechendsten Tugenden der Oberbefehlshaber dieser Zeit. Wie sonst hätte man erklären können, dass Nivelle seine Rechnung ganz ohne den Wirt machte?

Der war in diesem Fall die deutsche Heeresleitung unter der Führung von Erich Ludendorff. Der Erste Generalquartiermeister wollte partout nicht auf Nivelles Pläne eingehen, die ihm ein Vögelchen gezwitschert hatte. Mitte März nahm er die Front um einige Kilometer auf die stark ausgebauten Verteidigungsanlagen der *Siegfriedstel-*

lung zurück, auch *Hindenburg-Linie* genannt. Als die Alliierten dann an der Aisne, in der Champagne und bei Arras ihre geplanten Großangriffe durchführten, verpufften diese wie heiße Luft: Man bombardierte verlassene Stellungen, stieß energisch ins Leere vor und als man endlich die ersten Deutschen fand, war alles Pulver verschossen.

Nivelle ersparte tausenden seiner Soldaten die Teilnahme an weiteren Irrtümern, indem er sie zu Kriegsopfern machte. Gleichwohl konnte David einige von ihnen retten. Aber selbst das wurde seit Corporal O'Brians tragischem Hinscheiden zusehends schwerer. Dem neuen Vorgesetzten war die mangelnde Effektivität des Schützen Milton unangenehm aufgestoßen. Corporal Clockwise wollte, dass David sich auf das Töten von Feinden konzentrierte, anstatt die Zeit mit dem Herumschleppen verwundeter Kameraden zu verplempern.

Aus diesem Zwiespalt erwuchsen etliche Kriegslisten der ganz besonderen Art. Wenn wieder mal ein Sturm auf die feindlichen Gräben befohlen wurde, versteckte David seine Kampfausrüstung in irgendeinem Bombenkrater, rettete heimlich ein paar Verwundete und kehrte dann später mit seinem Karabiner und Bajonett zurück. Abgesehen von den Scharfschützen führte niemand in diesem Krieg wirklich Buch darüber, wie viele Feinde er umgebracht hatte. Das Töten war längst zu einer anonymen, unpersönlichen Sache geworden: Man schoss ins Nichts, bombardierte Land und manchmal traf man dabei eben einige namenlose Kameraden. Nur wer schon einmal sein aufgepflanztes Bajonett in eine fremde Uniform gestoßen hatte und anschließend die blutigen Folgen mit ansehen musste, erlangte tiefere Einblicke in das jahrtausendealte Wesen des Krieges.

Mit besonderer Sorge verfolgte David die Veränderungen an seinem Freund Nicolas. Aus dem unbekümmerten Westminster-Schüler war ein ernster junger Mann geworden, der während der Wache im Schützengraben oft stundenlang teilnahmslos vor sich hin brütete. Das Einzige, was er dann von sich hören ließ, war das Schnippen seiner Finger, wenn er sein Sixpencestück in die Luft warf und wieder auffing. Nur ganz selten blitzte noch Nicks unkomplizierte Wesensart hervor.

Solange er seinen Freund nun schon in diesem unseligen Krieg beobachtete und dabei seine schützende Hand über ihn hielt, hatte er ihn noch nie einen gezielten Schuss abgeben sehen. Ab und zu jedoch schien sich Nick mutwillig in Gefahr zu begeben, indem er sich klammheimlich davonstahl. David zerbrach sich den Kopf darüber, was sein Freund in dieser Zeit anstellte. Suchte er selbst den Tod? Oder brachte er ihn anderen? Wollte er, weil er Davids diesbezügliche Ansichten kannte, nur nicht gesehen werden, wenn er sich mit brutaler Gewalt über den Feind hermachte? Nein. David schüttelte den Kopf. Nicht Nick. Er würde das nicht tun. Nicht der Junge, der damals vor der Abtei auf ihn losgegangen war …

Es war der 9. April. Am Horizont ging gerade die Sonne auf. Die Morgenluft strömte wie kaltes Gebirgswasser durch Davids und Nicks Lungen. Sie hatten in der Nacht einen vorgeschobenen Beobachtungsposten bezogen. In gewisser Hinsicht war dieses Kommando das Resultat einer, wie David fand, hundsgemeinen Erpressung. Corporal Clockwise hatte ihm hinterhergeschnüffelt und dabei die Jungfräulichkeit von Davids Karabiner festgestellt. Von dieser Entdeckung ausgehend, war es ein Kinderspiel für Clockwise, im Lazarett die dankbaren Männer aufzuspüren, denen David in der letzten Zeit das Leben gerettet hatte. »Clockwise war fuchsteufelswild«, berichtete später einer der Patienten seinem Retter.

Der Corporal stellte David vor die Alternative: entweder eine Verurteilung wegen Befehlsverweigerung oder der Dienst als Spähposten im Niemandsland. David war intelligent genug, um seine Lage realistisch einzuschätzen: In einem ordentlichen Kriegsgerichtsverfahren – wenn es denn überhaupt zu einem solchen kommen würde – konnte man ihm sein Verhalten leicht als Verrat, Fahnenflucht oder Spionage für die gegnerische Seite auslegen. Offiziere kannten tausend Gründe, um ihre Exekutionskommandos in Schuss zu halten. Ihm selbst wäre es egal gewesen, aber er musste ja auf Nick aufpassen.

Als dieser von Davids »Strafversetzung in die Hölle« hörte, hatte er sich freiwillig dazugemeldet. Clockwises ganze Reaktion war ein schmieriges Grinsen gewesen, gefolgt von einem sparsamen Nicken.

Jetzt saßen beide in ihrem Loch und warteten auf den Angriff der Briten. Während Davids Augen die gegnerische Grabenlinie absuchten, die weniger als zweihundert Meter weit entfernt war, bewachte Nick das Telefon. Die Alliierten hatten ihre Stellungen mit kilometerlangen Kabeln durchzogen, um Nachrichten schnell von einem Punkt zum nächsten zu übermitteln. Angeblich waren die Deutschen sogar noch fortschrittlicher und verständigten sich elektromagnetisch durch die Luft, was immer das hieß.

David drehte sich kurz zu den eigenen Gräben um. Noch war nichts von der ersten Angriffswelle zu sehen. Oftmals wusste der gemeine Fußsoldat nicht einmal, welche strategische Absicht hinter seinem Kampfbefehl steckte, aber von Dr. McSmollet hatte David einige Hintergründe über ihr heutiges Unternehmen erfahren. Die Offensive gehörte zu General Nivelles Gesamtkonzept zur Niederwerfung des Feindes. Dem Franzosen war sauer aufgestoßen, dass der deutsche Rückzug auf die *Siegfriedstellung* seinen ganzen schönen Plan zu Makulatur gemacht hatte. Also mussten die britischen Bundesgenossen wieder einmal ausziehen, um hier einen Entlastungsangriff zu unternehmen. Und der begann jetzt.

Dank der Erfindung des Telefons konnte die Attacke so gut wie gleichzeitig auf breiter Front beginnen. Fast augenblicklich brach über Davids und Nicks Köpfen ein mörderisches Gewitter herein.

»Behalte den Kopf unten«, brüllte David seinem Freund zu. Es war nicht festzustellen, ob Nick ihn gehört hatte oder instinktiv das einzig Richtige tat.

Wieder stürmten Männer über das Niemandsland, schossen, stachen, hackten und starben. Wenn sie auch nicht mehr ganz so blind in die feindlichen Maschinengewehrgarben liefen, starben dennoch genug, um mit ihren Namen hunderte von Kriegerdenkmälern zu pflastern.

David hatte schon fast jegliches Gefühl für jenen Zustand verloren, den man gemeinhin Lebensgefahr nannte. Es war ja nicht zu ändern, dass ihm alle Geschosse aus dem Weg gingen, als könnten sie seinen Körpergeruch nicht ausstehen. Was ihm an diesem Tag aber wirklich Qualen bereitete, war die Sorge um Nick. Während es Patronen und Schrapnelle vom Himmel regnete, wurde ihm bewusst, dass dies ein Himmelfahrtskommando war. Und Nick hatte sich auch noch freiwillig dazu gemeldet!

Nach einer nicht näher bestimmbaren Leidenszeit spähte David wieder einmal über den Kraterrand. Dabei entdeckte er ganz in der Nähe einen Kameraden, der eben noch lief und sich im nächsten Moment auch schon am Boden wälzte.

»Bleib hier«, brüllte er in Nicks Ohr.

»Wo willst du hin?«, antworteten dessen Lippen. Seine Worte gingen in einer Explosion unter.

David machte eine beschwichtigende Geste und war im nächsten Moment auch schon oben. Er rannte zu dem Verwundeten. Eine Fleischwunde in der Hüfte. Etwas Verbandszeug und wenigstens dieses Leben würde gerettet sein. Schnell schleifte er den schreienden jungen Mann zum Krater zurück und ließ ihn hinabgleiten.

»Bist du verrückt da rauszugehen?«, kreischte Nick. Er schien jedoch mehr um das eigene Leben als um das seines Freundes zu bangen.

»Ich konnte ihn doch nicht einfach sterben lassen.«

Nick schüttelte den Kopf und beobachtete, wie sein Freund die Blutung des Verwundeten stillte.

Ungefähr eine Stunde später lagen drei weitere Verletzte in der Erdsenke und es wurde allmählich eng. Davon unbeirrt hielt David weiterhin nach Bedürftigen Ausschau, denen er seine Hilfe angedeihen lassen konnte. Dabei machte er mit einem Mal eine schreckliche Entdeckung. Ganz in der Nähe regneten dosenförmige Behälter vom Himmel und es dauerte einige Sekunden, bis er zwei unglaubliche Dinge begriff: Erstens kamen die Geschosse von hinten, also aus den eigenen Reihen, und zweitens entstieg den Kapseln ein gelblicher Qualm, der nur eines bedeuten konnte …

»Gas!«, brüllte er. »Schnell, ruf im Befehlsstand an und gib es durch.«

Nick reagierte sofort. Während er dem Vorgesetzten mit

heftigen Worten meldete, dass sie für einen erfolgreichen Gasangriff doch bitte etwas weiter schießen sollten, begann David in Windeseile den Verwundeten beim Anlegen der Gasmasken zu helfen. Eine einzelne Gasbombe hätte er vielleicht noch mit seiner Gabe der Verzögerung aufhalten können, aber es war ihm unmöglich, sich auf so viele Quellen gleichzeitig zu konzentrieren. Nachdem er zweien die Nasenklemme angelegt und den Schlauch zum Filterbehälter in den Mund gesteckt hatte, musste er feststellen, dass die beiden anderen ihre Schutzausrüstung unterwegs verloren hatten. Grob stieß er die verängstigten Männer zu Boden, tränkte schnell etwas von dem Verbandszeug mit dem Wasser aus seiner Feldflasche und legte den Kameraden die feuchten Tücher aufs Gesicht. Anschließend häufte er mit bloßen Händen eine dünne Schicht Erde über ihre Köpfe. Erst dann legte er seine eigene Maske an.

Es war furchtbar. Das Brennen in den Augen, der überwältigende Hustenreiz. David musste mit sich kämpfen, um sich nicht in die Gasmaske zu erbrechen. Zum ersten Mal seit Monaten bekam er eine Ahnung davon, was es bedeuten könnte zu sterben. War er etwa doch nicht unverwundbar? Auf jeden Fall war jetzt der ungeeignetste Zeitpunkt für sein Hinscheiden. Er musste die Verwundeten zurückbringen. Und auf Nick aufpassen!

Als wollte ihn sein Unterbewusstsein noch zusätzlich peinigen, schickte es ihm in diesen Minuten Erinnerungen an grausame Berichte. In der Schlacht von Ypern war das Gas, diese neue furchtbare Waffe, von den Deutschen zum ersten Mal in großem Stil eingesetzt worden. Damals wusste man noch weniger damit umzugehen als jetzt und die eigenen Soldaten litten beinahe genauso darunter wie der Gegner. Wie David nun am eigenen Leibe zu spüren bekam, waren die Fortschritte der Genies des Todes noch immer weit entfernt von jeder Unfehlbarkeit. Die britischen Chemiker wollten heute offenbar ihr neuestes Gebräu an den Deutschen ausprobieren. Leider hatten sie sich dabei etwas in der Entfernung verschätzt.

Es grenzte an ein Wunder, dass David kurz nach Sonnenuntergang alle seine Schützlinge lebend zurückbrachte. Noch lange erzählte man sich in den Gräben von dem bedrückenden Bild: Vorne trug ein aschblonder Soldat einen Verletzten und hinten ein weißhaariger Jüngling einen zweiten Verwundeten. Zwischen ihnen liefen zwei andere, die Augen verbunden, die Hände jeweils auf die Schulter des Vordermannes gelegt. Ohne die Schutzmasken hatte David nicht mehr für die Erblindeten tun können. Ihre Augen waren vom Gas zerfressen worden.

Man hätte Nivelles Operation glatt für einen Aprilscherz halten können, wäre sie nicht auf so tragische Weise gescheitert. Anfangs gab es sogar noch Erfolg versprechende Aktionen. Im Verein mit den nun schon so bewährten Artilleriebombardements gelang es wirklich, dem Gegner einige empfindliche Verluste beizubringen. Im nördlichen Frontabschnitt fiel dem Kanadischen Korps sogar Vimy Ridge in die Hände. Aber wieder einmal, wie schon so oft in diesem Krieg, zehrten am Ende eigene Fehler die Erfolge auf. Die starken Truppenbewegungen im britisch kontrollierten Hinterland brachten dort den Verkehr fast zum Erliegen. Der Nachschub stockte. Dadurch konnten die Deutschen ihre Verteidigung wieder verstärken und die Erfolge der ersten fünf Tage wieder einmal *nicht* Gewinn bringend verwertet werden.

Während sich die Englisch sprechenden Einheiten im Norden verausgabten, tappten Nivelles französische Soldaten an der Aisne-Front in ein Netz deutscher Maschinengewehrnester. Am Ende des ersten Tages hatte man gerade einen halben Kilometer erobert, anstatt der ins Auge gefassten zehn. Nivelles Irrtum forderte unter seinen Männern fast einhundertzwanzigtausend Opfer. Nach einer angemessenen Pause, die General Nivelle brauchte, um sein Gesicht zu wahren, trat er als Oberbefehlshaber der französischen Truppen zurück.

Diese ehrenvolle Tat Nivelles kam etwas zu spät, um sechzehn französische Korps von der Meuterei abzuhalten. Die Armeeführung verkündete eilig, aufrührerische Propaganda hätte diese kollektive Fehlentscheidung verursacht. Wie sollte man auch sonst erklären, dass gestandene Soldaten, die erschöpft vom Angriff zurückkehrten, ihren Kameraden zuriefen: »Wir werden die Gräben verteidigen, aber angreifen tun wir nicht mehr.«

Man beschloss auf die Amerikaner und die Tanks zu warten.


## Der Abschied

Das unnütze Taktieren Nivelles bescherte David und Nick eine Luftveränderung. Sie durften sich bis auf fünfzig Kilometer der Nordsee nähern. Der Marsch nach Norden war tatsächlich für sie wie eine Erholung. Die Mailuft war lau. Fast konnte man vergessen, dass man ja hier war, um zu töten. Abseits der großen Schlachtfelder blühten Blumen und unbeschreiblich hübsche Mädchen. Warum hatte David früher nie bemerkt, dass diese zweite Sorte Mensch so anmutig war?

Als ihre Einheit bei Hazebrouck an einem Bauernhof

Rast machte – Nick war gerade auf der Suche nach etwas Essbarem –, erblickte er ein zauberhaftes Geschöpf, dem bereits anzusehen war, zu welch makelloser Blüte es einmal heranwachsen würde. Die Kleine hieß Rebekka und war erst zwölf.

Das Mädchen hatte für die müden Männer Wasser aus dem Brunnen des Hofes geschöpft, bis sich endlich David erbarmte und ihr den Eimer abnahm. Mit dem wenigen Französisch, das er bisher aufgeschnappt hatte, ließ sich keine rechte Konversation in Gang bringen, deshalb wagte er, der schwarzhaarigen Kleinen ein paar deutsche Brocken hinzuwerfen. Erst runzelte sie die Stirn – die Deutschen hatten sich hier nicht gerade beliebt gemacht –, aber angesichts der vielen Tommy-Uniformen konnte sie schnell wieder lächeln. »Meine Mutter ist französisch, aber mein Vater aus Flandern. Von ihm habe ich auch ein Klecks Deutsch gelernt«, sagte sie, nicht ohne Akzent, aber sonst fast perfekt.

»Ich habe mal in Wien die Schule besucht, aber eigentlich bin ich Engländer. Ich heiße David«, antwortete er und um die angenehme helle Stimme der Kleinen noch ein wenig länger zu hören, fügte er hinzu: »Diese Situation hier am Brunnen erinnert mich an eine ganz ähnliche aus der Bibel. Wusstest du, dass Rebekka auch Wasser geschöpft hat, bevor sie Isaak zur Frau gegeben wurde?«

Das Mädchen stieß ein trällerndes Lachen aus. »Ja, sie hat einen Haufen Kamele getränkt. Das ist wirklich ähnlich!«

Die Schlagfertigkeit der Kleinen verblüffte David. Einen Moment sah er sie nur sprachlos an, aber dann musste er grinsen und schließlich sogar laut lachen. »Du gefällst mir, Rebekka!«

»Wieso, du heißt doch David und nicht Isaak.«

David spürte, wie er rot wurde. »Bedauerst du das?«

Rebekka legte den Kopf schief und musterte David aus ihren großen dunklen Augen. Ihr ebenmäßiges Gesicht war dabei ausgesprochen ernst. »Ein wenig schon«, antwortete sie schließlich.

Immer noch fühlte sich Davids Gesicht ungewöhnlich heiß an. »Du bist für dein Alter ganz schön kokett, Rebekka!«

»Wieso, darf ich nicht sagen, wenn mir ein Mann gefällt?«

»Normalerweise funktioniert das andersherum.«

»Du stammst wohl noch aus dem letzten Jahrhundert.«

Das Thema wurde David allmählich zu brenzlig. »Du gehst scheinbar regelmäßig in die Sonntagsschule – weil du dich so gut in der Bibel auskennst, meine ich.«

»Nein.« Rebekkas heiteres Gesicht verdunkelte sich mit einem Mal. »Ich kenne zwar die Thora auswendig, aber das habe ich von meinen Eltern gelernt. Früher hat mir Vater daraus vorgelesen, aber er ist bei Verdun totgebracht ...«

»Umgebracht«, verbesserte David. Dann biss er sich auf die Zunge.

»Ist dein Vater auch umgebracht?«

David nickte ernst. »Ja, mein Vater und meine Mutter.«

In diesem Moment tat das Mädchen mit den schwarzen langen Haaren etwas für David sehr Verwirrendes. Obwohl sie doch selbst traurig sein musste, machte sie einen Schritt auf ihn zu und legte ihre warme Hand an seine Wange. Sie lächelte ihn für einen langen Augenblick an. Dann drehte sie sich um und lief davon.

Als Davids Einheit Hazebrouck schon weit hinter sich

gelassen hatte, dachte er noch immer über das anmutige Geschöpf auf dem Bauernhof nach. Warum wurden solchen Kindern die Väter entrissen, während sie ihnen noch aus der Thora vorlasen oder aus der Bibel oder aus sonst einem Buch? David wollte es sich nicht eingestehen, aber die Begegnung mit diesem noch so unfertigen Menschenkind hatte in ihm etwas angerührt. Rebekkas selbstlose Art, ihm ihr Mitgefühl auszudrücken, vergällte ihm die Lust über seinen eigenen Tod nachzudenken. Vielleicht wäre es doch nicht so verkehrt, wenn er diesem Krieg bald den Rücken kehren könnte.

Vorerst sah es jedoch nicht danach aus. Einzig Russlands Kriegswille zerbröckelte immer mehr. Die Soldaten dort waren noch erbärmlicher dran als ihre Kameraden an der Westfront. In dem vergangenen harten Winter waren viele Soldaten erfroren oder verhungert. Meutereien in der russischen Armee gehörten zur Tagesordnung. Im März hatten sich deshalb in Petrograd die Massen erhoben, ein Ereignis, das wegen des immer etwas nachhinkenden russischen Kalenders fortan als »Februarrevolution« gefeiert wurde. Zar Nikolaus II. musste abdanken und verbrachte nun mit seiner Familie einen ungeplanten Urlaub in Sibirien. Angeblich hatten die Deutschen in einem plombierten Zug aus der Schweiz einen russischen Exilanten namens Wladimir Iljitsch Uljanow, der sich selbst Lenin nannte, nach Petrograd verbracht. Der hatte Kaiser Wilhelm II. einen Separatfrieden versprochen. Mit einem solchen in der Tasche konnten die Deutschen die Ostfront abbrechen und ihre ganze Kraft gen Westen werfen. Nein, nach Frieden sah es im Moment wirklich nicht aus.

David verfügte nicht über genügend Einblicke in das

Räderwerk der Weltpolitik, um abschätzen zu können, ob Deutschlands Wiederaufnahme des unbeschränkten U-Boot-Krieges im Atlantik etwas mit der Hoffnung auf baldige Entlastung im Osten zu tun hatte. Sicher war, dass sie dadurch die Vereinigten Staaten von Amerika bis zur Weißglut reizten, namentlich Woodrow Wilson, den Präsidenten, der früher ein enthusiastischer Deutschlandfreund gewesen war. Solch ein Standpunkt ließ sich nach der Versenkung einer Reihe von amerikanischen Zivilschiffen natürlich nicht mehr aufrecht erhalten. Deshalb sahen sich die USA bemüßigt, Anfang April 1917 in den Krieg einzutreten.

Als David und Nick nicht ganz zwei Monate später ihre neue Einheit erreichten, spielte das für sie eine nur sehr untergeordnete Rolle. Schon seit Monaten hatten die Amerikaner ihre europäischen Verbündeten mit Kriegsmaterial, Lebensmitteln und Krediten versorgt, aber bis die ersten Truppen kämen, würde noch einige Zeit ins Land streichen.

Ihre Einheit gehörte zu General Sir Herbert Plumers Zweiter Armee. Noch immer dokterte Sir Douglas Haig an seinen strategischen Überlegungen herum, die sich für ihn allmählich zu einer Quadratur des Kreises auswuchsen. In Flandern sollte ihm nun das Unmögliche gelingen: ein kriegsentscheidender Sieg. So lautete seine Vorstellung, die sich für die beiden Westminster-Schüler zunächst in neuen Bahnfahrten und Gewaltmärschen manifestiert hatte. Nach der Ankunft wurden sie fürs Erste in einen Abschnitt nördlich von Armentières verlegt. Hier hatten sich die Generäle für die Deutschen eine ganz besondere Überraschung ausgedacht. Der geniale Plan rieselte von der Obersten Heeresleitung über ein ausgeklügeltes Stufensystem von Befehlsempfängern bis hinab zum »Stoppelhopser«, wie manche den gemeinen Soldaten despektierlich nannten. Für die Schützen David Milton und Nicolas J. Seymour, ganz am Ende der Befehlskette, nahm General Plumers Plan die Gestalt von Spaten an.

Mit solchen Werkzeugen bewaffnet, fanden sie sich unversehens in der Rolle von Maulwürfen wieder. Ganze neunzehn Röhren wurden in den Messines-Grat getrieben, direkt unter die deutschen Stellungen. Als die Tunnel endlich fertig waren, verstopfte man sie mit besonders großen Minen. Das war wirklich einmal etwas Neues! Keine von Mörsern verschossene Einladungen im Vorfeld. Nicht der geringste Hinweis an den Feind, dass man ihn anzugreifen gedachte. Die Schlacht am 7. Juni begann für die Deutschen einfach mit einem lauten Rums! Direkt unter ihren Füßen.

Die Überraschung war gelungen. Die Briten hatten in den feindlichen Stellungen ein solches Durcheinander angerichtet, dass sie zunächst tatsächlich Erfolge errangen. Die Maulwürfe David und Nick erstürmten innerhalb kurzer Zeit den begehrten Grat.

Weil das Land ringsum so flach war, hatte es David hier besonders schwer, sein mangelndes Interesse am Abschlachten von Mitmenschen zu verbergen. Wenn immer möglich, drückte er sich in Gräben herum oder verdeckte Nick die Sicht – weniger, um ihn beim Zielen zu behindern, als vielmehr wegen der entgegenkommenden Projektile, die er seinem Freund ersparen wollte.

Douglas Haig freute sich über den Erfolg wie ein Schneekönig. General Sir Hubert Gough, der die Vierte Armee befehligte, empfahl dem Feldmarschall nun ein schrittweises Ausdehnen der Offensive, aber Haig sympa-

– 343 –

thisierte mehr mit dem Vorschlag seines Kollegen Plumer, der da lautete: »Wir gehen alle raus.« Mit einem massiven Frontalangriff wollte er den schnellen Durchbruch erreichen. Ungünstigerweise hatte Haig jene Stimmen ignoriert, die ihm prophezeiten, dass sich mit dem Beginn des Augustregens das flandrische Land in einen einzigen Sumpf verwandeln würde.

Während noch die Wolke des Enthusiasmus die Befehlsstände vernebelte, trafen aus der Heimat beunruhigende Nachrichten ein. Am 13. Juni hatten mehr als ein Dutzend deutsche Bomber den Luftraum über London erreicht und weit über einhundert hochexplosive Bomben abgeworfen. David konnte sich vorstellen, wie die Menschen sich dort fühlten. Er erinnerte sich noch sehr gut an die Angst, die 1915 in London nach dem Angriff eines einzelnen Zeppelins umgegangen war.

Feldmarschall Haig ließ sich von solchen Nebensächlichkeiten nicht ablenken. Wie viele Menschen, so war auch er ein Sklave lieb gewonnener Gewohnheiten. Daher begann er seinen nächsten Angriff auch diesmal wieder mit einem – jetzt sogar vierzehntägigen – Artilleriebombardement der deutschen Stellungen. Aus dreitausend Kanonen deckte er den Feind mit viereinhalb Millionen Granaten ein. Selbst der dümmste deutsche Gefreite hätte in dieser Zeit a) bemerkt, dass die Engländer da irgendetwas im Schilde führten, und sich b) dagegen gewappnet.

Das Überraschungsmoment war also nicht ganz gelungen, als David, Nick und tausende andere Kameraden am 31. Juli auf die deutschen Stellungen bei Ypres zustürmten. Nur am linken Flügel konnten die Briten ihre Ziele erreichen, auf der entscheidenden rechten Seite war die Attacke ein Fehlschlag. Schon nach vier Tagen war der

Boden eine Schlammwüste – Haig hätte auf seine Propheten hören sollen.

Zwei Wochen später versuchte man es noch einmal. Es wurde kaum Boden gewonnen. Erst gegen Ende September besserte sich das Wetter wieder. Zwischen dem zwanzigsten des Monats und dem 4. Oktober gelang es der Infanterie, wenigstens auf die Stellungen vorzurücken, die zuvor von der Artillerie totgesprengt worden waren. Aber nun steckten sie hier fest.

Tagelang bewegte sich an der Westfront so gut wie gar nichts. Fast konnte man das Bedauern greifen, wenn es einem aus den Zeitungen entgegensprang: Im Westen nichts Neues. Wie gut, dass es in den Theatern wenigstens ein paar neue Premieren gab.

David und Nick hatten keinen Grund sich zu langweilen. Sie mussten Doppelwachen schieben, waren erschöpft und entnervt. Wenigstens hatte es schon lange nicht mehr geregnet.

Mit der Trockenheit bei Tage waren auch die Morgennebel zurückgekehrt. Der Herbst rang dem weichenden Sommer jeden Tag ein Stück mehr Land ab – Feldmarschall Haig hätte viel von ihm lernen können. Die Nächte waren schon empfindlich frisch, während es tagsüber bei Sonnenschein noch angenehm warm, manchmal sogar richtig heiß wurde. In dieser Zeit waren die allmorgendlichen Schwertkämpfe gegen unsichtbare Gegner für David eine willkommene Therapie gegen kalte steife Glieder. Sie machten seinen Körper geschmeidig und den Geist klar. Er gab sich keine allzu große Mühe seinen »Tanz im Nebel« zu verbergen, weder vor den eigenen Kameraden noch vor den feindlichen Scharfschützen. Was heimliche Zuschauer nur mit Kopfschütteln, oft auch Unbehagen verfolgten, war für ihn ein Stück Alltagsbewältigung. An einem Mittwoch Anfang Oktober jedoch wurde er selbst zu einem ängstlichen Beobachter.

Der Morgendunst umwaberte seinen Körper bis hinauf zur Brust. Davids Oberkörper glänzte vom Schweiß. Er wollte seine Finten und Attacken gerade beenden, als er vor sich eine Bewegung bemerkte. David stutzte. Im nächsten Moment waren seine Muskeln wieder hart wie beim Beginn der Schwertübungen. Er duckte sich tiefer in den Nebel und beobachtete ungläubig die Gestalt, die in einer Entfernung von höchstens vierzig Yards an ihm vorüberging.

Kein Zweifel, da bewegte sich jemand durch das Niemandsland. Um diese Zeit war es hier oben noch verhältnismäßig still. Die Scharfschützen fanden im Nebel noch keine Ziele und die Kanonen schwiegen eh schon seit Tagen. Er hätte eigentlich jeden Näherkommenden schon frühzeitig hören müssen …. Aber dieser Schatten bewegte sich völlig lautlos.

Als der Schemen direkt auf seiner Höhe war, richteten sich Davids Nackenhaare auf. Die hohe dunkle Gestalt, der breitkrempige Hut – er kannte diese Person. Mehr noch als die Aufzeichnungen seines Vaters hatte ihn seine eigene Begegnung mit diesem Schemen das Fürchten gelehrt. Was wollte Negromanus hier?

David wagte kaum zu atmen. Nur sein Kopf folgte der schattenhaften Gestalt, die durch den Nebel trieb, als stünde sie auf einer Flussbarke. Erst als der graue Dunst das Bild des Negromanus in sich aufgesogen hatte, erwachte David aus seiner angstvollen Starre. Was war das? Vielleicht ein Traum? War es nur eine unheilvolle Vision, ein Trugspiel seiner gemarterten Sinne? Dieser Schatten konnte ihm doch unmöglich bis hierher gefolgt sein. Es gab keinen David Viscount of Camden mehr. Nur den einfachen Schützen Milton. Oder ging die rechte Hand Lord Belials an diesem Ort anderen Geschäften nach, weiteren bösartigen Machenschaften zur Erfüllung des Jahrhundertplans?

Am Nachmittag desselben Mittwochs dösten David und Nick in der Sonne. Es war ausgesprochen ruhig an diesem Tag. Die feindlichen Stellungen lagen nicht einmal zweihundert Yards vor ihnen, aber bis auf ein paar übereifrige Scharfschützen genoss man auch dort die Kampfpause. Nun ist Schlafen während der Wache eigentlich ein Widerspruch in sich. Es gehörte zu den schlimmsten Pflichtverletzungen eines Soldaten. Andererseits war dies noch die harmloseste Art der Meuterei. Die wochenlangen Strapazen forderten in diesem beinahe friedlichen Moment einfach ihren Tribut und so mancher Captain wusste das.

Die Müdigkeit übermannte die beiden Freunde in beinahe heiterer Stimmung. Sie hatten sich von ihren Zukunftsplänen erzählt. Es war ein Spiel, eine willkommene Ablenkung. Vor allem David wollte sehnlichst die düsteren Gedanken vertreiben, die ihn seit seiner unheimlichen Begegnung im Morgennebel bedrückten.

Nick hatte beschlossen Farmer zu werden. Notfalls würde er dazu sogar seinen Adelstitel ablegen. Während er auf den Traumwolken schwebte, sah er seine Zukunft schon ganz klar vor sich. David hatte seinen Freund schon lange nicht mehr so gelöst erlebt und ließ sich gerne von dessen Tagträumen anstecken. Für einen Augenblick vergaß er sogar das morgendliche Erlebnis sowie die viel zu kleine Flamme seines Lebensmuts und kündigte an, er werde Englisch und Geschichte studieren und anschließend ein großer Journalist werden.

Nach einer gewissen Zeit wurden die beiden Freunde in ihren Luftschlössern stiller und schließlich, ohne es recht zu merken, dämmerten sie in einen Halbschlaf hinüber.

Irgendwann begann David ein regelmäßiges Schippen wahrzunehmen. Schnipp! Und aus. Schnipp! Und aus. Schnipp …

Das Geräusch von Nicks Münze lullte ihn noch tiefer in den Schlaf. Die Sonne wärmte ihn. Es war so schön! So friedlich! Mit dem Rücken an der Grabenwand hockend entglitt er nun völlig der Wirklichkeit. Obwohl er sonst nichts träumte, schien ihn das Geräusch der Münze auch noch im Schlaf zu begleiten. David trieb einfach durch die Dunkelheit, wie auf einem ruhigen See tief unter der Erde. Schnipp! Und aus. Schnipp! Und aus. Schnipp–

Die Stille riss ihn mit brutaler Gewalt aus dem Schlummer. Er öffnete die Augen. Sah ein schreckliches Bild. Erst dann wurde ihm klar, dass diese furchtbare Vision nicht Wirklichkeit war. *Noch* nicht!

»Neeiiinnn!!!«

Davids Schrei gellte durch den Graben, lang gezogen und unwahrscheinlich laut. Alle Kameraden, die in der Nähe standen, warfen ihre Köpfe herum. Sie sahen, wie David sich hochkämpfte, noch zu verhindern suchte, was ihm seine Sekundenprophetie schon angekündigt hatte. Doch sein Schlaf war ein wenig zu lang, ein wenig zu tief gewesen. Deshalb konnte nicht einmal mehr die Gabe der Verzögerung verhindern, was gerade geschah.

Nick hatte, wohl zum hundertsten Mal, das Sixpence-stück in die Luft geschnippt. Aber diesmal flog es nicht gerade nach oben und fiel nicht lotrecht nach unten. Eine kleine Unaufmerksamkeit beim Ausbalancieren des Geld-stückes, vielleicht auch ein winziger Windstoß, hatte die

Münze zum Grabenrand hingetrieben. Nick streckte sich, den Kopf im Nacken, um das flüchtige Ding noch einzuholen. Als sein Scheitel das Niveau des Bodens erreichte, musste ihn der Scharfschütze bereits entdeckt haben, als der Kopf sichtbar wurde, drückte er ab.

Die Kugel durchbohrte Nicks linkes Auge und trat an der Oberseite des Schädels wieder aus. Weil der Helmriemen lässig vor dem Kinn gebaumelt hatte, flog der Kopfschutz mit einem großen Stück der Schädeldecke nach hinten weg. Keuchend sackte Nick auf dem Grabenboden zusammen. Erst jetzt war David bei ihm, fing ihn auf und blickte verzweifelt in das blutige Gesicht.

Nick lebte noch. Es war unglaublich! David zog einen Lappen aus der Brusttasche und drückte ihn auf den Blutstrahl, der aus dem Gehirn des Freundes spritzte.

»David …« Nicks Stimme war nur noch ein heiseres Röcheln.

David schossen Tränen in die Augen. Seine Unterlippe bebte. Nur mühsam brachte er ein Wort hervor: »Nick!«

»Hat mich schlimm erwischt, oder?«

»Wie oft habe ich dir gesagt, du sollst mit deiner dämlichen Münze aufpassen?«

»Entschuldige.«

Inzwischen wurden die beiden von sechs oder sieben Kameraden umringt, die betroffen auf die herzzerreißende Szene blickten. David kniete am Boden. Nicks Oberkörper lag auf seinem Schoß, der blutige Kopf an seine Brust gelehnt. Alle wussten, dass sie hier auf zwei Freunde herabsahen.

Davids Körper zitterte unter dem Ansturm seiner Gefühle. Er stieß ein wimmerndes Klagen aus.

»Weine nicht, David.« Nicks Stimme war kaum noch zu hören.

David wischte sich mit dem Ärmel über das Gesicht. »Du bist noch viele Tränen wert, mein Freund.«

»Heb sie dir für später auf. Du musst mir noch einen Gefallen tun, mir noch ein Versprechen geben, bevor's mit mir zu Ende geht.«

»Ich würde alles für dich tun, wenn du nur …« David schluchzte und zwang ein erneutes Zittern nieder. »Was soll ich für dich tun?«

Nick drehte langsam, wie unter großen Mühen, den Arm herum und öffnete die rechte Hand. Darin lag das Sixpencestück.

»Nimm die Münze und finde einen Menschen, der für dich die Zukunft verkörpert – eine bessere als die, die wir beide hatten – und gib ihm das.«

David zögerte.

»Hier …« Nick stieß ein röchelndes Husten aus. »Nimm's und versprich es mir!«

Schweren Herzens nickte David und weil er befürchten musste, dass sein Freund diese Geste selbst mit dem verbliebenen Auge nicht mehr sehen konnte, sagte er: »Ich verspreche es.«

Langsam näherte sich seine Hand dem Sixpencestück in derjenigen Nicks. Als seine Finger die Münze umschlossen, spürte David, wie das Leben seinen Freund verließ.

Nicolas Jeremiah Seymour war gestorben.


Der Tod eines geliebten Menschen gehört zu den niederschmetterndsten Erfahrungen, die man durchleben kann. In diesem Moment klingen alle Beteuerungen, das Sterben gehöre nun einmal zum Leben, unglaubwürdig und hohl.

Davids Niedergeschlagenheit war beinahe grenzenlos. Nicks Fortgang traf ihn fast ebenso heftig wie der unvorhergesehene Tod seiner Eltern. Wieder kamen ihm die Worte in den Sinn, die er vor langer Zeit – wie lang war das eigentlich her? – gelesen hatte: *Auch hat er die Ewigkeit in ihr Herz gelegt.* Nein, der Tod ist nicht normal. Das blutige Gesicht seines Freundes mit dem fehlenden Auge blickte ihn noch immer an. Was sollte daran normal sein!?

Welch ein Hohn es doch war, wenn die Feldherren an sauberen Tischen über sauberen Landkarten brüteten, um saubere Schlachtpläne zu entwerfen! Sie hantierten mit dem Tod ihrer Männer, als wären diese nur Jetons auf einem Spieltisch. Aber jeder Mensch war von einer Mutter unter Schmerzen geboren und aufgezogen worden. Er hatte Fieber und jemand wachte an seinem Bett, Hunger und jemand steckte ihm etwas in den Mund, das Bedürfnis nach Liebe und jemand streichelte ihn. Mit unendlich viel Mühe waren diese Menschen zu dem gemacht worden, was man einen Erwachsenen nennt. Ob die großen Strategen eigentlich jemals *darüber* nachgedacht hatten? Warum wurde der Tod von Menschen nur so unproblematisch, sobald man ihn in Hundert- und Tausendschaften zählte?

In den nächsten Wochen tappte David völlig unbeteiligt durch das Leben. Selten hatte er sich so sehr gewünscht, doch endlich von einer Kugel getroffen oder von einer Granate zerfetzt zu werden. Aber dann kam ihm immer wieder das Versprechen in den Sinn, das Nick ihm abgetrotzt hatte, und er kämpfte sich weiter. Hatte sein Freund ihn vielleicht doch durchschaut gehabt? Wusste Nick von Davids fast erloschenem Lebensmut? Jedenfalls hätte David jetzt schon wortbrüchig werden müssen, um sich noch töten zu lassen. Dergleichen war für ihn undenkbar. Jetzt *musste* er weiterleben. Nick hatte ihn hereingelegt.

Am 12. Oktober unternahm Feldmarschall Haig einen

weiteren nutzlosen Angriff. Er bewies eine heldenhafte Ausdauer im Austeilen von Angriffsbefehlen und schickte seine Männer in den letzten zehn Oktobertagen noch drei weitere Male hinaus. Diesmal errang man wenigstens geringe Erfolge. Als seine Truppen am 6. November die Ruinen von Passchendaele einnahmen, war er endlich zufrieden. Vom Ausgangspunkt aus gesehen hatte man immerhin fünf Meilen gewonnen. Nun gut, Haig hatte versprochen, die Operation würde ohne »schwere Verluste« abzuwickeln sein, aber die dreihundertfünfundzwanzigtausend Mann, die im Verlaufe des Feldzuges gefallen waren, hatten ihr Leben schließlich für eine patriotische Pflicht geopfert.

Wäre Haig dem Schützen Milton in den Wochen nach Nicks Tod über den Weg gelaufen, der bescheidene junge Mann hätte den Feldmarschall wohl in kleine Stücke zerhackt. David entglitt für eine gewisse Zeit jeder Bezug zur Realität. Hätten die Alliierten doch nur die »Friedensresolution« des Deutschen Reichstags vom 19. Juli akzeptiert! Dann würde Nick jetzt noch leben. War es denn wirklich so wichtig, ob und welche Zugeständnisse die eine oder die andere Seite machte, wenn man zunächst dieses sinnlose Töten beenden konnte? Sollten die Politiker sich doch anschließend jahrelang hinter verschlossenen Türen um die Herausgabe der annektierten Gebiete streiten. In dieser Zeit könnten die einfachen Menschen wenigstens leben, anstatt hier, auf fremder Erde, zu verbluten.

Aber derart simple Argumente waren zu sperrig, um in die filigranen Gehirnwindungen gebildeter Leute zu passen. Also wurde weitergekämpft.

In seiner Verzweiflung suchte David das Zelt eines Feldgeistlichen auf. Normalerweise waren diese immer sehr beschäftigt, weil sie die Waffen des Rekrutennachschubs segnen mussten, aber der schmächtige Hirte fand trotzdem etwas Zeit für das verirrte Schaf.

»Ich möchte nicht mehr kämpfen«, erläuterte David müde. Alles, was sein umnebelter Geist von dem Geistlichen registrierte, war dessen haariges Gesicht. Um den Gottesmann nicht zu deprimieren, ließ er seine bisherige Enthaltsamkeit in Bezug auf geheiligte Karabiner unerwähnt.

»Das kann ich gut verstehen, mein Sohn«, antwortete der Geistliche, dessen Augen unruhig hin und her sprangen. Vielleicht hatten sie schon zu viele verendete Schäflein gesehen.

David erzählte die Geschichte jenes Mittwochs Anfang Oktober. Er begann bei dem Schemen am Morgen und sogleich merkte der Geistliche auf. Schon nach den ersten Schilderungen unterbrach der Priester seinen »Sohn« und David spürte erste Zweifel an der Richtigkeit dieser Aussprache.

»*Exterminans!*«, zischte der Priester, als hätte er gerade ein Gespenst gesehen. Als David sein Unverständnis zum Ausdruck brachte, fügte der Schwarzrock hinzu: »Das ist Lateinisch. Es bedeutet ›Vernichter‹, ›Entferner‹ – ein Wort aus der Apokalypse des Johannes. Ich habe schon von anderen armen Seelen gehört, die ihn gesehen haben wollen. Erzähl weiter! Was ist dann passiert?«

David gefiel die seltsame Erregung des Geistlichen ganz und gar nicht. Aber nun war er schon einmal hier und setzte seinen Bericht fort. Als er auf Nicks Unheil bringendes Spiel mit der Münze zu sprechen kam, rollten ihm wieder Tränen über die Wangen. »Warum war Nick nur so leichtsinnig? Manchmal denke ich, er wollte sterben. Ehrlich gesagt geht es mir genauso. Ich habe sogar alles versucht, um in den Kugeln des Feindes meinen Frieden zu finden, aber es gelingt mir nicht.«

In den Augen des Feldgeistlichen lag ein merkwürdiges Flackern. Eine Weile lang sah er David nur eindringlich an und dann brachen die Worte plötzlich aus ihm heraus, als hätte irgendein Geist von ihm Besitz ergriffen. »Und in jenen Tagen werden die Menschen den Tod suchen, werden ihn aber keineswegs finden, und sie werden zu sterben begehren, aber der Tod flieht fortwährend vor ihnen«, deklamierte er mit der Stimme eines Unheilspropheten. »So steht es in der Apokalypse. Doch keiner, der verurteilt ist, kann sich dem göttlichen Strafgericht entziehen. Andererseits darf niemand, den der Herr mit einem heiligen Auftrag betraut hat, wie der Prophet Jona einfach davonlaufen. Willst du nicht im Bauche eines Fisches enden, so nimm deine Bestimmung an …«

David hatte das verschwommene Gefühl, dieser »Auftrag« von oben, diese ihm auferlegte »Bestimmung«, könne etwas mit dem Töten anderer Menschen zu tun haben. Entsetzt blickte er in das verzückte Glühen auf des Priesters Gesicht, aus dem immer noch Durchhalteparolen sprudelten wie aus einer heißen Quelle. Da war von Rache die Rede und vom Gottesgnadentum des Königs, also gewissermaßen vom Segen der höchsten Instanz für die »notwendigen Maßnahmen in dieser leidgeprüften Zeit«. David konnte nicht fassen, was er da hörte. Der Wahnsinn des Krieges musste sich ins Hirn dieses armen Menschen gefressen und ihm bleibenden Schaden zugefügt haben.

Zutiefst enttäuscht und noch niedergeschlagener als zuvor kehrte David dem Geistlichen den Rücken. Er hatte Trost gesucht, um über den Verlust seines besten Freundes hinwegzukommen, und bekam stattdessen Hass aufgetischt. Traurig verließ er das Zelt des Seelenhirten, der ihm noch einen Schwall heißer Anfeuerungen hinterhersandte. Nun begann für ihn eine Zeit, in der er sich nur noch verlassen, leer und unnütz fühlte.

Weil im November der Schlamm in Flandern jede vernünftige Kriegführung unmöglich machte, schlug ein Offizier des Tank-Korps, Colonel J. F. C. Fuller, vor, sich die Zeit bei Cambrai anderweitig zu vertreiben. Er wollte gerne eine neue Taktik ausprobieren. Unter den skeptischen Blicken Haigs entwickelte er die Idee einmal ohne vorhergehende Bombardements anzugreifen, dafür aber nicht mit den relativ schlecht gepanzerten Infanteristen, sondern mit einer erquicklichen Anzahl von Tanks.

Der Vorschlag wurde schließlich doch – wenn auch auf ziemlich unkluge Weise modifiziert – gutgeheißen und so machten sich dreihundertvierundzwanzig Panzer auf, bei Cambrai die Breschen zu schlagen, in die anschließend die sechs Divisionen von Sir Julian Byngs Dritter Armee springen sollten. Weil ein derart massiver Angriff von Tanks bisher noch in keinem Geschichtsbuch zu finden war, zeigten sich die Deutschen einigermaßen überrascht. Mit dem ersten Stoß ging Byng aber die Luft aus und so konnten die Deutschen zehn Tage später einen Gegenschlag anbringen. Das Ende der Sache war: Die Briten verloren drei Viertel des schon gewonnenen Terrains, hatten aber bewiesen, dass Überraschung, kombiniert mit dickwandigen Kanonenrollern, eine viel versprechende neue Kampftaktik war.

Durch den Kriegseintritt der Vereinigten Staaten von Amerika zeichnete sich allmählich eine entscheidende

Wende ab. Nun kamen auch die ersten Schiffsladungen von Soldaten über den Atlantik herüber. Zugegeben, etwas zögerlich, denn diese mussten im Land der unbegrenzten Möglichkeit erst einmal zusammengestellt und ausgebildet werden. Als die Deutschen im März 1918 ihre letzte große Offensive im Westen begannen, waren gerade mal fünfundachtzigtausend amerikanische Soldaten in Europa. Weil sie nicht einmal eigene Stahlhelme besaßen, liehen sie sich die »Schüsseln« der Tommys aus. Aber das schmälerte ihren Siegeswillen in keiner Weise. Vorsorglich hatten die Zeitungen in den USA ihren Befehlshaber, General John J. Pershing, schon in den Rang eines neuzeitlichen Kreuzfahrers erhoben. In heiliger Mission ließ es sich immer besser kämpfen, selbst wenn man nur eine kleine Schar von Streitern war.

Stärkere Unterstützung für die Alliierten kam von der U.S. Navy, der zweitstärksten Marine der Welt. Bald zerstörten ihre U-Boot-Jäger den deutschen Traum eines großen Sieges durch den uneingeschränkten U-Boot-Krieg.

Während der ersten neun Monate des Jahres 1918 avancierte Woodrow Wilson zum Sprachrohr der Alliierten. Er hatte eine Vorliebe für Zahlen. Seine Erklärungen, mit denen er die Welt beglückte, klangen alle wie Gerichte auf einer chinesischen Speisekarte: »Die vierzehn Punkte«, »Vier Prinzipien«, »Vier Enden« und »Fünf Besonderheiten«.

Dieser Zauber des großen Medizinmannes Wilson wirkte auf etliche der für Mystik jeder Art schon immer sehr aufgeschlossenen karibischen Inselstaaten ansteckend. Im Verein mit einigen südamerikanischen Ländern warfen jetzt auch sie Kaiser Wilhelm II. den Fehdehandschuh hin.

– 356 –

Mehr Länder als je zuvor wollten nun am Großen Krieg einen Anteil haben.

Am 9. Februar kam, was kommen musste: Lenin schloss einen Separatfrieden mit Deutschland. Nun zog das Kaiserreich im großen Stil Truppen aus dem Osten ab, um sie nach Westen zu verlegen. Weitere Verbände wurden aus Italien und Galizien herbeigeschafft. Bald war Ludendorffs Armee im Westen fast sechshunderttausend Mann stark. Endlich sollte eine Entscheidung her, bevor die Amerikaner so richtig zum Zuge kommen konnten.

Im März kam »Michael«. Was sich da hinter dem Namen des Erzengels versteckte, war das Grauen der zweiten Schlacht an der Somme. Die Deutschen errangen die größten Gebietsgewinne seit der ersten Schlacht an der Marne im September 1914. Davon ermutigt, warf der deutsche Generalquartiermeister nun seine Männer gegen die britischen Linien bei Ypern. Unglücklicherweise standen David und seine Kameraden den Deutschen direkt im Weg.

Die Operation firmierte unter dem Codenamen »St. Georg I.«. Am 9. April trieben die Grauröcke David und seine Kameraden mit massiver Artillerieunterstützung nach Westen. Wenn möglich, wollten sie die Verteidiger gleich in den Ärmelkanal schubsen. Eine Zeit lang sah es wirklich schlecht für die Briten aus und noch schlechter für David.

Der Rückzug seines Verbands hatte in etwa die Übersichtlichkeit einer in Panik geratenen Rinderherde. Während die Deutschen mit geballter Kraft gegen sie anstürmten, versuchte jeder die Sicherheit der zweiten Verteidigungslinie zu erreichen. Die Verlierer dieses Wettlaufes blieben einfach liegen und wurden manchmal noch von den eigenen Kameraden in den Staub getreten.

David tat, was er konnte, um wenigstens einige zu retten. Hier und da verband er einen Verwundeten. Dann floh er weiter, wohl wissend, dass diese Männer in Kriegsgefangenschaft geraten würden. Aber was sollte er tun? Selbst wenn er *einen* hätte mitschleppen können, würden die vielen anderen verbluten, die er links und rechts des Weges fand. So hatten sie wenigstens eine Chance auf ein Überleben, eine Zukunft. Während er mit diesen Argumenten noch seine inneren Zweifel bekämpfte, machte er eine furchtbare Entdeckung. Der junge Soldat lag auf dem Rücken, links neben der Straße. In seiner Brust klaffte ein Loch, der aufgerissene Rand war dunkel, noch feucht vom Blut. Es musste den Ärmsten im Rücken getroffen haben, direkt ins Herz. Aber nicht das war das Schreckliche an Davids Entdeckung, es war das Gesicht des Gefallenen. David kannte es. Er hatte diese Augen, die jetzt so starr und leblos zum Himmel hinaufsahen, einmal lachen gesehen. Der Tote war Wilfred Owen.

Davids Hand schlich sich zu der Stelle an seiner Brust, wo er das Geschenk dieses feinsinnigen Mannes trug, Wilfreds kraftvolles Gedicht über die Leiden des Krieges.

> *Kein Erbarmen, kein Gebet, kein Geläut*
> *Als Lied der Trauer nur gellender Gesang*
> *der irren Chöre heulender Granaten*
> *Ruf aus letzter, düsterer Ferne.*

Das Herz unter diesen auf Papier gebannten Worten verkrampfte sich. Tränen schossen in Davids Augen. Als wenn Wilfred gewusst hätte, dass er hier das eigene Totengeläut beschrieb! Es war so ungerecht! Aber konnte es überhaupt so etwas wie einen gerechten Krieg geben?

Ein donnernder Granateneinschlag ganz in der Nähe riss David aus dem Sumpf seines Schmerzes. Schluchzend stolperte er weiter. Nach hundert oder mehr Schritten blieb er noch einmal stehen und wandte sich um. Mit der Hand über dem Herzen murmelte er: »Wenn ich jemals hier herauskomme, Wilfred, dann sollen deine Worte nicht ungehört bleiben. Das verspreche ich dir.«

Als hätte Ludendorff das gehört und persönlich missbilligt, schickte er seine Mannen schon am folgenden Tag in die Operation »St. Georg II.«. Der Erfolg schien die Deutschen zu beflügeln und so eroberten sie den Kemmelberg, einen jener langweiligen Buckel, wie sie die Militärs gerne mit dem Terminus »strategisch wichtige Höhe« umschreiben. Nachdem die Stadt Armentières gefallen war, flackerte in Ludendorffs Hirn sogar die Vision eines kriegsentscheidenden Durchbruchs auf. Nach einer zehn Meilen weiten Treibjagd fand sich David unfreiwillig in einer Gegend wieder, die ihm nicht unbekannt war. Dicht vor dem Örtchen Hazebrouck stemmten sich die Briten gegen den deutschen Vormarsch an und weil nun endlich auch die französische Verstärkung anrückte, wendete sich das Blatt erneut.

Lange hatte es nicht mehr ein solches Hin und Her gegeben. Hektisch versuchten die Militärs die Zivilisten aus der Gegend zu evakuieren, aber das gelang nur teilweise. In dem Durcheinander war David von seiner Einheit getrennt worden. Ein Verletzter, den er unbedingt noch verbinden musste, hatte ihn aufgehalten. Nun gab er sich alle Mühe die Kameraden wieder zu finden. Ein einzelner Soldat konnte leicht für einen Deserteur gehalten werden, ein nicht nur ehrenrühriger, sondern auch ziemlich gefährlicher Zustand – auf Fahnenflucht stand immer noch die Todesstrafe.

Die Straße unter Davids Stiefeln führte nach Westen. Hinter ihm donnerten die schweren Kanonen der Deutschen. Aber das hatte nichts zu bedeuten. Momentan mochten hier Freund und Feind durcheinander laufen, ohne sich überhaupt zu bemerken. Mit einem Mal entdeckte David den Bauernhof.

Es war dasselbe Gehöft, bei dem er vor nun fast einem Jahr gerastet hatte. Er konnte später nie sagen, was seine Schritte von der Straße gelenkt hatte. War es eine ihm noch unbekannte Variante der Sekundenprophetie? Oder doch eher jene besondere Art von Verbundenheit, die er einst auch zu seinen Eltern und zu Nick besessen hatte? Jedenfalls lief er direkt auf das Tor zu, das in den rechteckigen Innenhof des Bauerngutes führte. Als er den Durchgang fast erreicht hatte, hörte er ein verzweifeltes Schreien.

Der Laut ging ihm durch Mark und Bein. Er hatte nun schon so viele Geräusche des Schreckens kennen gelernt, aber dieses erschütterte ihn vielleicht mehr als jedes andere zuvor. Die Stimme war hoch, kreischend. Sie schien ein Entsetzen auszudrücken, das noch jenseits der Todesangst lag. David zog instinktiv sein Langschwert aus der Scheide und rannte in den Hof.

Die Szene vor seinen Augen sah für ihn, der schon so viel erlebt hatte, auf den ersten Blick gar nicht so schrecklich aus. Er entdeckte drei Menschen: zwei deutsche Soldaten, einer davon ein Offizier, und ein schwarzhaariges Mädchen. Er erkannte es sogleich wieder. Es war Rebekka.

Wie zähes Harz floss die Erkenntnis dessen, was da geschah, in Davids Bewusstsein. Der Große Krieg war grausam, aber gegenüber Zivilisten nur selten unmenschlich gewesen. Was sich hier jedoch anbahnte, war eines jener unsäglichen Verbrechen, die Soldaten den Frauen in allen Kriegen antaten. Schockiert stellte sich David diesem abstoßenden Gedanken: Der deutsche Offizier wollte sich an dem Mädchen vergehen.

Endlich hatte David die Situation voll erfasst: Das Mädchen lag mit dem Rücken am Boden und schrie. Der Leutnant kniete über ihr, versuchte unwillig mit der einen Hand seinen störenden Degen wegzustoßen und nestelte gleichzeitig mit der anderen an seiner Hose herum. Daneben stand der Gefreite, hielt die Jacke seines Vorgesetzten und versuchte ihn von seiner Tat zurückzuhalten. Er beschränkte sich dabei auf mahnende Worte. Jeder schärfere Widerspruch hätte ihn vermutlich vor ein Erschießungskommando gebracht.

»Halt!«, schrie David auf Deutsch, um sich bemerkbar zu machen. Vielleicht genügte ja das schon, um die Lage zu entschärfen. Er hoffte, das erhobene Langschwert in seinen Händen würde seiner Forderung etwas mehr Nachdruck verleihen.

Der Offizier, der gerade den Rock des Mädchens hochstreifen wollte, drehte sich zu ihm um. In seinem Gesicht malte sich Überraschung, eher ob der ungebetenen Störung als wegen des Auftrittes eines feindlichen Soldaten. Der Gefreite blickte unsicher zwischen seinem Vorgesetzten und David hin und her.

»Verschwinde!«, rief der Offizier, erstaunlicherweise auf Englisch.

»Das werde ich nicht tun«, erwiderte David, wieder in Deutsch. Zur Unterstreichung seiner Entschlossenheit trat er einen Schritt näher heran und hob mit beiden Händen sein *katana*.

Der Gefreite versuchte unauffällig sein geschultertes

und mit einem Bajonett gekröntes Gewehr in eine kampf-
taugliche Position zu bringen.

»Das würde ich nicht tun, mein Freund«, sagte David
drohend.

Diese winzige Ablenkung hatte genügt, um den Offizier
zu einer unklugen Tat zu ermutigen. Plötzlich ging alles ganz
schnell und das Schlimme war: David sah alles voraus.

Rebekka schrie entsetzt auf, weil der Offizier über ihr
mit einem Mal seinen Degen zückte.

Auch David schrie ein lautes, langes Nein, weil die
Unvermeidlichkeit des nun Kommenden ihn schier zu
übermannen drohte. Dennoch schwang seine Rechte das
*katana* gegen den Lüstling, während er mit der Linken
nach dem Kurzschwert griff. Hinter ihm, das wusste er, flog
das Bajonett des Gefreiten auf ihn zu. In einem weiten
Bogen erreichte das Langschwert den Hals des Offiziers,
noch bevor dieser seinen tödlichen Degenstoß anbringen
konnte. Aber für das Bajonett kam David zu spät.

Was hätte er tun sollen? Für ihn gab es nur diese Wahl:
entweder sein Leben oder das des Mädchens.

Der deutsche Gefreite war noch jung und unerfahren.
Sonst hätte er die größere Reichweite seiner Waffe besser
genutzt. Als sich die Klinge des Bajonetts in Davids
Rücken fraß, drang gleichzeitig auch das *wakizashi* in die
Brust des Soldaten.

Einen Moment lang herrschte Stille. Auch Rebekka
war vom Schock wie gelähmt. David sah, wie der Kopf des
Offiziers zur Seite kippte. Das Schwert hatte dessen Haupt
nicht ganz vom Rumpf getrennt. Mit einer seltsamen
Überraschung in den Augen sank er neben dem Mädchen
zu Boden.

Erst jetzt spürte David den eigenen Schmerz, und das

auch nur, weil ihm der Gefreite im Zurücktaumeln das Bajonett wieder aus dem Rücken gezogen hatte. Das warme Brennen verriet ihm, wie es um ihn bestellt war. Mit dem Blut würde auch das Leben aus seinem Leib rinnen. Ironischerweise war er jetzt, als sich sein lang gehegter Wunsch endlich erfüllte, auch nicht zufrieden. Wer sollte nun für ihn Nicks Münze weiterreichen und wer Wilfreds Gedicht veröffentlichen?

Mit bleischweren Beinen drehte sich David um und blickte in das bleiche Gesicht des deutschen Gefreiten. Er entdeckte darin einen Ausdruck, wie man ihn bei Menschen findet, die sich völlig überrumpelt fühlen. Das Kurzschwert steckte noch immer in seiner Brust. Jetzt geriet der Deutsche ins Wanken. Er taumelte einen Schritt rückwärts, stolperte und fiel der Länge nach hin. Die ganze Zeit hatte er seine Augen auf David gerichtet.

Der sah sich noch einmal nach dem Mädchen um. Irgendwann würde dieser Tag für sie nur noch wie ein böser Traum sein. David wusste nicht, wie viel Zeit ihm selbst noch blieb. Also lächelte er dem Mädchen wie zum Abschied zu und kniete sich dann neben dem sterbenden Kameraden nieder.

»Warum hast du das nur getan?«, fragte er vorwurfsvoll, jedoch eher bedauernd als streng. Bald würde der junge Deutsche der Zweite sein, den er in diesem Krieg getötet hatte.

»Er war mein Vorgesetzter«, keuchte der Gefreite. Seine Augen wanderten zu dem Toten mit dem halb abgetrennten Kopf. »Ich konnte doch nicht mit ansehen, wie du ihn umbringst.«

»Ich hätte ihm höchstens irgendetwas abgeschnitten. Ich bin kein Mörder, du Dummkopf!«

»Entweder sind im Krieg alle Mörder oder es ist keiner.«

»Aber ich wollte dich nicht töten!«, jammerte David.

»Meinst du, ich dich? Wie heißt du?«

David atmete schwer. Er fühlte, wie seine Lebenskraft aus ihm hinauslief. Diese ganze Situation war einfach zu absurd! Da unterhielten sich hier zwei sterbende Kriegsfeinde, als seien sie Besucher eines diplomatischen Empfangs. Wie aus dem Munde eines Fremden, hörte er sich sagen: »Mein Name ist David.«

»Angenehm. Und ich bin Johannes Nogielsky. Ich ...« Ein Hustenanfall unterbrach den Gefreiten. Dabei rann ihm Blut aus dem Mund. David wusste, was das bedeutete. Johannes' Lunge war verletzt. Als es diesem wieder etwas besser ging, fragte er ungewöhnlich ruhig: »Würdest du mir einen Gefallen tun, David?«

*Oh nein! Nicht schon wieder ein Versprechen für einen Sterbenden!*

David kämpfte seine Schmerzen nieder und rang sich selbst ein Lächeln ab. »Was meinst du?«

Der junge Deutsche fingerte an seiner grauen Uniformjacke herum.

»Was ist da?«, fragte David.

»Ich habe hier einen Brief für meine Mutter. Kannst du mir bitte helfen?«

*Warum immer ich?* »Mir scheint, da steckt mein Schwert im Wege.«

»Dann zieh's heraus.«

*Dann verblutest du nur noch schneller, du Tölpel!* »Ich will dir nicht unnötig wehtun, Johannes ...«

»Bevor ich sterbe, meinst du? Nun mach schon. Der Brief steckt in der Innentasche der Uniformjacke.«

*Also gut, das mit dem Tölpel nehme ich zurück.* David

– 364 –

musste ein Zittern über sich ergehen lassen, bevor er sagen konnte: »Beiß die Zähne zusammen.«

Mit einem Ruck zog er die rasiermesserscharfe Klinge des *wakizashi* aus der Wunde, drückte seine Rechte auf den sprudelnden Quell und suchte mit der Linken nach dem Brief. Während er das zusammengefaltete Papier zutage förderte, wurde ihm schwarz vor Augen. Mit aller Macht kämpfte er gegen die Besinnungslosigkeit an. Er musste wenigstens noch länger leben als dieser Mann. Sein eigenhändig liquidierter Feind. Sein Kamerad.

»Versprich mir, dass du ihn meiner Mutter schickst«, hustete Johannes. Seinem Mund entwich ein weiterer Schwall hellroten Blutes.

*Wie könnte ich das? Ich werde ja selbst gleich sterben!* »Ich verspreche, mein Bestes zu tun.«

»Gut. Ich glaube, das ist nur fair. Danke, David.«

Davids Kopf sank auf die Brust. Er hätte am liebsten geschrien. Als er ihn wieder hob, waren Tränen in seinen Augen. Den eigenen Schmerz im Rücken hatte er fast vergessen. Das Flämmchen seines Lebens würde still verlöschen. Aber warum hatten ihn die Umstände vor diese Alternative stellen müssen? Das Mädchen oder dieser junge Soldat – warum hatte er nicht beide retten können?

»Du darfst nicht mit deinem Schicksal hadern«, sagte Johannes und spuckte neues Blut.

»Kannst du mir verzeihen?«, bat David.

»Dich trifft keine Schuld.«

»Natürlich tut sie das! Wer zum Schwert greift, wird durch das Schwert umkommen.«

»Immerhin habe ich mein Bajonett ja zuerst …« Johannes' Stimme versiegte, sein Kopf sank zur Seite und er verschied.

Ein heftiges Weinen schüttelte Davids geschwächten Körper. Da kniete er nun über diesem Soldaten, blickte auf das rote Rinnsal im Mundwinkel dieses armen Menschen und alles, was ihm im Moment seines eigenen Todes blieb, war das Bewusstsein ein Mörder zu sein.

Kraftlos sackte er neben seinem Kameraden zu Boden und sah mit einem Mal den Himmel über sich. Das musste auch Wilfred Owens letzter Blick gewesen sein. Nicht einmal das Schlechteste, dachte David. Ob Gott ihm verzeihen würde? Ob die vielen Leben, die er gerettet hatte, ein gewisses Gegengewicht waren gegen die zwei, die er soeben genommen hatte?

Mit einem Mal wusste David, Gott würde in jedem Fall gerecht über ihn urteilen. Lächelnd blickte er zu den vorüberziehenden Wolken auf. Unter der Weite des Himmels wurde ihm seine eigene Winzigkeit bewusst. Was war schon der Mensch, dass er sich so wichtig nahm?

Plötzlich tauchte das Gesicht eines Engels über ihm auf, traurig, blass und wunderschön. David fühlte, wie ihn ein großer Frieden erfüllte. Noch einmal lächelte er dem Engelsgesicht zu. Dann schloss er die Augen und Finsternis umfing seinen Geist.

## DRITTES BUCH
# Jahre der Leidenschaft

*Die Menschen leben nicht davon, dass sie für sich selbst
sorgen; sie leben von der Liebe, die in den Menschen ist.
In wem Liebe ist, in dem ist Gott. Gott ist in ihm, weil
er die Liebe ist.*

LEO TOLSTOI

## Wiederauferstehung

Das Geräusch schwebte auf einem Teppich sphärischer Töne. Es war wunderschön! Der helle Laut ließ an unzählige Menschen denken, die in einer Halle gleichzeitig mit ihren Löffeln in Teegläsern herumrührten, war aber dennoch viel bezaubernder. Und dann, immer wieder dazwischen, dieses Summen. Eine hohe, weibliche Stimme schien da ein Kinderlied zu intonieren. Sie hatte sich Rücksichtnahme auferlegt, verzichtete ganz auf Worte und auch auf allzu großen Lärm, war eben ein leises Summen nur, wie das einer honigbeladenen Biene.

Auf dem Bauch liegend, den Kopf seitlich auf ein flaches Kissen gebettet, konnte David weder ausmachen, wer ihm da diese einfache Melodie ins Ohr summte noch woher das helle Glockenspiel kam. Als er aus dem tiefen traumlosen Schlaf erwachte und blinzelnd die Augen öffnete, erblickte er nur die Falten eines hellen Vorhangs und seine Uniform auf einem Bügel an der Wand. Der erste Versuch, sich der Sängerin zuzuwenden, scheiterte kläglich. Irgendein Witzbold musste Bleikugeln in seinen Kopf gefüllt haben. Er ließ sich beim besten Willen nicht drehen. Alles, was David zustande brachte, war ein angestrengtes Stöhnen.

Aber das genügte dem summenden Honigbienchen

schon. David hörte das Scharren von Stuhlbeinen, schnelle Schritte und dann ein aufgeregtes Quietschen.

Eine Biene hätte in der Zeit ungefähr zweimal aufgeregt mit den Flügeln schlagen können, in der das Gesicht vor Davids Nase aufblitzte und schon wieder verschwunden war.

»Er ist wach! Mama, er ist wach!«

Dieses engelsgleiche Antlitz! David erinnerte sich.

»Rebekka?«, flüsterte er. Niemand hörte ihn. Keiner antwortete. Zunächst jedenfalls nicht. Nach einer kurzen Zeit näherten sich wieder Schritte, unverkennbar eilten da mehrere Leute herbei. Ein fremdes Gesicht erschien nun vor demjenigen Davids, eines mit größerer Ausdauer. Es ragte aus einem weißen Kittel heraus und lächelte.

»Wie geht es Ihnen?«, fragte es in Englisch mit französischem Akzent.

»Ich fühle mich wie neugeboren«, lallte David, noch immer unfähig den Kopf zu drehen. »Sind Sie Rebekkas Mutter?«

»Sie ahnen gar nicht, wie oft mir diese Frage hier jeden Tag gestellt wird. Ja, Rebekka ist meine Tochter und ich bin Marie Rosenbaum.«

»Sie beide haben eine verblüffende Ähnlichkeit, Mme. Rosenbaum.« In Davids Kopf drehte sich alles. Die Frau, die ihn da so eingehend musterte, sah wirklich aus wie eine um zwanzig Jahre gereifte Version – das Wort »gealtert« wäre in ihrem Fall völlig unangebracht – von Rebekkas Engelsgesicht.

»Nun mal ehrlich, junger Mann«, sagte Mme. Rosenbaum. Ihre Stimme klang auf eine besorgte Art förmlich. »Wie geht es Ihnen wirklich?«

»Ich fühle mich, als hätte mich jemand um eine Schrapnellgranate gewickelt und zu den Deutschen hinübergeschossen.«

»Das liegt vermutlich an dem Morphium, das ich Ihnen gegen die Schmerzen gegeben habe, David. Sie waren drei Tage ohne Besinnung. Ihr Körper wird noch viel Ruhe brauchen, bis er wieder ganz der alte ist.«

Rebekka erschien wieder in Davids Blickfeld. Sie lächelte, zwar scheu, aber in ihren Augen leuchteten bereits wieder jener Lebenswille und das Mitgefühl, welche David schon vor einem Jahr aufgefallen waren. Leise sagte sie: »Ich wollte mich bei dir bedanken, David.«

»Und ich schließe mich Rebekka gleich an«, fügte Mme. Rosenbaum schnell hinzu. »Ehrlich gesagt, fällt es mir schwer, in Worte zu fassen, *wie* sehr ich mich Ihnen gegenüber zu Dank verpflichtet fühle. Wären Sie mir hier gestorben, Monsieur, dann hätte ich Ihnen das nie verziehen!«

David versuchte zu lachen, aber ein stechender Schmerz im Rücken trieb ihm das schnell wieder aus. Seine Augenlider waren schwer wie Panzerschotte. Er ließ sie einfach nach unten fallen, während er mit schwerer Zunge bat: »Wenn es Ihnen nichts ausmacht, Madame, dann lassen Sie doch bitte diese Förmlichkeit und sagen Sie einfach nur David zu mir.«

Rebekkas Mutter schien es nicht leicht zu fallen, einem ihrer Patienten dieses Zugeständnis einzuräumen. Es musste wohl Davids besonderes Verdienst gewesen sein, das sie schließlich doch einlenken ließ. »Also gut, David. Dann musst du zu mir aber auch Marie sagen.«

»Gerne, Marie. Stand es wirklich so schlimm um mich?«

»Ich würde sagen, noch schlimmer. Rebekka hat alles getan, um die Blutung deiner Wunde zu stillen, bevor sie losgelaufen ist, um Hilfe zu holen. Sie ist zwar erst dreizehn, aber sie hat trotzdem schon viel von mir gelernt. Zum Glück! Du hast zwar viel Blut verloren, aber das Schlimmste scheint nun hinter dir zu liegen.«

David lächelte schwach. Ohne noch einmal die Augen zu öffnen, schlief er wieder ein.

Als David das nächste Mal erwachte, fühlte er sich schon erheblich kräftiger. Sogar sein Kopf ließ sich wieder bewegen, wenn auch jede Beanspruchung der Rückenmuskulatur ihm stechende Schmerzen verursachte. In den nächsten Tagen würde er sich noch oft wundern, zu welchen Bewegungen und Verrichtungen der Mensch seinen Rücken in Anspruch nimmt.

Stöhnend drehte er sich auf die Seite, damit er seine Umgebung eingehender in Augenschein nehmen konnte. Er lag in einem aus Vorhängen bestehenden Separee. Durch einen Spalt konnte er weitere Betten erkennen, in denen bandagierte Männer auf ihre Genesung hofften. Es war nicht schwer zu erraten, dass er sich in einem Lazarett befand. Was ihn allerdings doch etwas verwunderte, war die feste Konsistenz dieses Gebäudes. Er lag weder in einem unterirdischen Loch noch in einem Zelt, sondern in einem richtigen Steinhaus.

Allmählich kehrte seine Erinnerung zurück. Die Front hatte sich ja völlig verschoben. Es war gut möglich, dass er sich jetzt in Hazebrouck oder noch weiter westlich befand.

Direkt über Davids Kopf hing ein Mobile aus feinen Glasstäben und -glöckchen. Daher also das sphärische Klingen, das er bei seinem ersten Erwachen vernommen hatte. Bei der weiteren Erkundung seiner Umgebung machte er dann eine Entdeckung, die zwiespältige Gefühle in ihm weckte: Er sah an seinem Bettpfosten die beiden japanischen Schwerter hängen, jene Waffen also, mit denen er Rebekka gerettet, aber auch zwei Leben ausgelöscht hatte. Der Name von Johannes Nogielsky fiel ihm wieder ein. Ob Notwehr oder nicht, er hatte diesen jungen Mann umgebracht. Der Gedanke daran war schwer zu ertragen, ja, er drohte David in diesem Augenblick schier zu übermannen, doch da drang eine helle Stimme an sein Ohr.

»Was tust du denn da, David? Sei ein braver Junge und leg dich sofort wieder auf den Bauch.«

Die strenge Mahnerin war Rebekka. Sie musste sich diesen Ton von ihrer Mutter abgehört haben. David gehorchte, wollte sich aber wenigstens nicht völlig kampflos ergeben.

»Für deine dreizehn Jahre bist du ganz schön selbstbewusst, Rebekka Rosenbaum.«

»Stört es dich, Isaak?«

»Mein Name ist David. Schon vergessen?«

»Anscheinend ist *dir* schon entfallen, worüber wir uns vor einem Jahr unterhalten haben.«

David erinnerte sich noch sehr gut daran. In seinen Wangen kam das Blut in Wallung. »Seitdem ist viel geschehen.«

»Das stimmt. Ich habe beschlossen, dass du mein Isaak wirst. Wenn du willst, tränke ich auch wieder deine Kamele.«

Jetzt wurde Davids Gesicht sogar heiß. Er fühlte sich völlig überrumpelt. Wehrlos, wie er war, suchte er sein Heil in der Vortäuschung geistiger Beschränktheit. »Du meinst, meine Kameraden.«

»Wie findest du meinen Vorschlag?«

»Meine Kamele zu versorgen?«

»Mich zu heiraten natürlich.«

David erlitt einen heftigen Hustenanfall.

Rebekka schleifte den Stuhl um das Bett herum, damit sie ihrem Auserwählten direkt in die Augen sehen konnte, und nahm darauf Platz. »Meinst du, ich merke nicht, dass du dich um eine Antwort drücken willst?«

»Rebekka, ich bitte dich! Du bist doch erst dreizehn und ich …« Er stockte. Beinahe hätte er sich verraten.

Ehe das aufgeweckte Mädchen etwas antworten konnte, ertönte mit einem Mal die strenge Stimme ihrer Mutter hinter Davids Rücken.

»Bekka, lass unseren armen Patienten in Frieden. Wenn du ihn mit deinen Heiratsanträgen verschreckst, hat sein Körper keine Kraft mehr gesund zu werden.«

Mme. Rosenbaum erschien nun in Davids Blickfeld, sodass er sie dankbar anlächeln konnte. Wie schon beim letzten Mal trug sie auch heute einen weißen Kittel.

»Wie vielen Patienten hat sich Rebekka eigentlich schon als Ehefrau angeboten?«, erkundigte sich David mit säuerlicher Miene.

Marie lachte. »Ich bin Ärztin und keine Mathematikerin. Auf jeden Fall sehr vielen! Aber wenn ich in Betracht ziehe, wie oft ich aus ihrem Munde von morgens bis abends deinen Namen höre, dann würde ich sagen, du bist bisher der aussichtsreichste Kandidat, David.«

David blickte Marie Rosenbaum mit offenem Mund an. Das lag weniger an dem erstaunlichen Heiratswillen ihrer Tochter, sondern hing mehr mit der beiläufigen Äußerung über ihren Beruf zusammen. Jetzt erst dämmerte ihm, weshalb sie nicht die übliche Schwesterntracht trug.

– 374 –

»Ich dachte, du wärst hier so eine Art Oberschwester«, brachte er schließlich hervor.

Maries Antwort kam forscher als erwartet. »Wieso? Traust du einer Frau etwa nicht zu als Ärztin zu arbeiten?«

David war gerade in ein Minenfeld getappt und erst jetzt wurde ihm das bewusst. Diese Frau hatte gewiss schon oft für ihre Rechte kämpfen müssen. Beschwichtigend murmelte er: »Nein, nein, ich habe nur noch nie eine Medizinerin gesehen.«

»Du gehörst doch wohl nicht etwa zu diesen Chauvinisten aus dem letzten Jahrhundert, die glaubten, einer Frau würden die Haare ausfallen, wenn sie ihr Gehirn zum Studieren benutzt.«

»Es gibt auf jeden Fall mehr Männer mit einem Kahlkopf als Frauen.«

»Das liegt aber daran, dass sie biologisch degenerierter sind. Schließlich ist Eva Gottes neuestes Modell, nicht Adam.«

»Ach!« David zeigte sich angesichts des leidenschaftlichen Plädoyers für die Emanzipation der Frau sichtlich verwirrt. »Meine Mutter sagte auch immer, die Frauen sollten sich nicht alles gefallen lassen«, sagte er kleinlaut.

»Nicht alles gefallen lassen?« Marie warf den Kopf zurück und lachte laut. »Das dürfte wohl kaum reichen, David! Das Mannsvolk hat zwar die Sklaverei größtenteils abgeschafft, aber die Frauen werden immer noch wie Leibeigene gehalten. Als Zeichen eurer Macht über das weibliche Geschlecht schnürt ihr uns in enge Korsetts. Ihr zollt dem Bewunderung, was oben und unten herausquillt: ein ausladendes Dekolletee und ein ansehnliches Hinterteil …« Mit einem Mal stockte die temperamentvolle Ärztin und sah ihren jungen Patienten erst prüfend, dann beinahe erschrocken an. »Wie alt bist du eigentlich, David?«

Der Gefragte fühlte sich, als hätte ihn gerade ein Tank überfahren. »Achtzehn«, kapitulierte er.

»Aber … Bekka kennt dich doch schon seit letztem Frühjahr. Seit wann kämpfst du in diesem Krieg, David?«

»Am 1. Juni sind es zwei Jahre.«

Auf Marie Rosenbaums Gesicht spiegelte sich ein Wechselbad der Gefühle. Erst war sie entsetzt, dann von Mitleid bewegt und schließlich peinlich berührt. Sie lächelte verschmitzt – ganz Rebekkas Mutter – und sagte: »Vielleicht hätte ich einem Minderjährigen die weibliche Anatomie nicht ganz so anschaulich schildern sollen.«

»In der Westminster-School wurden wir bereits mit vierzehn aufgeklärt«, versetzte David gekränkt. Die Erinnerung an diese Begebenheit ließ ihn plötzlich schmunzeln. Um möglichen Fehlinterpretationen seitens der Medizinerin zuvorzukommen, sagte er schnell: »Du hast es bei deinem Studium bestimmt nicht leicht gehabt.«

»Das kannst du laut sagen, David! Allerdings hatten wir an der Sorbonne eine starke Fürsprecherin. Sagt dir der Name Marie Curie etwas?«

Und ob er das tat! Als begeisterter Leser von naturwissenschaftlichen Aufsätzen war die als Marya Sklodowska in Warschau geborene Wissenschaftlerin David sehr wohl bekannt. »Sie hat doch sogar einen Nobelpreis gewonnen, oder?«

»*Einen?*«, antwortete Rebekkas Mutter in gespielter Empörung. »Sie besitzt sogar *zwei* davon. 1903 hätte man sie beinahe noch übersehen, als Pierre, ihr Mann, zusammen mit Professor Becquerel die Auszeichnung für Physik bekam. Erst als ein Mitarbeiter des Nobelpreiskomitees auf sie hinwies, registrierten die Herren Juroren überhaupt, dass Marie existierte und sogar die treibende Kraft hinter den Untersuchungen der Strahlungsphänomene gewesen war, für die man nur die Männer ehren wollte. Aber den Nobelpreis für Chemie im Jahre 1911 hat sie ganz allein erhalten. Ohne Mme. Curie wäre ich vielleicht nie Ärztin geworden.«

»Ich glaube allerdings auch, du hast mit Mme. Curie nicht nur den Vornamen gemein«, sagte David ehrfurchtsvoll.

»Was willst du damit sagen, David?«

Ehe sich der geschwächte Soldat noch tiefer in seinen eigenen Worten verstricken konnte, kam ihm Rebekka zu Hilfe.

»Du hast ihn jetzt lange genug getriezt, Mama. Jetzt möchte ich ihn wieder für mich haben.«

Einen Moment lang zauderte Marie, doch dann gab sie lächelnd nach. »Na gut, ich muss mich sowieso noch um ein paar andere Patienten kümmern. Deinen Ritter nehme ich mir dann später vor. Aber verschone ihn bitte vorerst mit deinen Heiratsanträgen. Hast du verstanden, Bekka?«

David war sich nicht sicher, was ihn mehr beunruhigen sollte: eine Unterhaltung mit Mme. Rosenbaum oder der Umstand wehrlos diesem Mädchen ausgeliefert zu sein.

Wie sich in den nächsten Wochen herausstellen sollte, war die vor Leben nur so übersprudelnde Rebekka eine sehr fürsorgliche Krankenschwester. Sie verbrachte jede freie Minute an Davids Lager. Wenn er etwas brauchte, dann holte sie es ihm. Und wenn er es nicht benötigte, dann brachte sie es trotzdem. Kein Zweifel, sie hatte einen Narren an ihm gefressen.

Noch am Tage seines zweiten Erwachens musste David eine drängende Frage loswerden.

»Der deutsche Gefreite, dem ich mein Schwert in die ... na, du weißt schon. Er hatte mir kurz vor seinem Tode etwas gegeben.«

»Du meinst den Brief?«, half Rebekka.

»Hast du ihn etwa gelesen?«

»Er war noch in deiner Hand, als du bewusstlos geworden bist. Ich habe ihn an mich genommen. Und da ... Warte!« Rebekka sprang vom Stuhl. Ihr langes Kleid wallte auf, als sie zur Wand lief, wo an einem Nagel der Bügel mit Davids Uniform hing.

»Wir mussten deine Taschen leeren, als wir deine Kleider säuberten und ausbesserten. Aber keine Angst, bis auf den Brief habe ich nichts gesehen – Mama hat alles weggeschlossen. Hier, ich habe ihn in die rechte Außentasche gesteckt.«

Anstatt den Bügel einfach von der Wand zu nehmen, öffnete sie den Knopf über der rechten Brust, hob die Klappe der Tasche und stellte sich auf die Zehenspitzen, um hineinspähen zu können.

»Da ist er ja«, sagte sie vergnügt, zog den Brief heraus und kehrte damit zum Bett zurück.

David öffnete den zweimal gefalteten Zettel. Schon als er die ersten beiden Worte las, schnürte sich ihm die Kehle zu. »Könntest du ihn mir bitte vorlesen?«, bat er Rebekka.

Sie nahm ihm den Abschiedsbrief des Gefreiten ab, überflog kurz den Inhalt und sah David traurig in die Augen. Der nickte noch einmal, wie zur Bestätigung, dass er stark genug war, die letzten Worte des Menschen zu ertragen, den er selbst aus dem Leben gestoßen hatte.

Rebekka holte tief Luft und las den Brief langsam, aber fließend vor:

*Liebe Mutter!*
*Wenn du diese Zeilen liest, bin ich nicht mehr unter den Lebenden.*

Bewegt verfolgte David die melancholischen Schilderungen des jungen Soldaten. Er erklärte seiner Mutter und den beiden Schwestern, die er später im Brief erwähnte, weshalb er sein Studium abgebrochen und sich voll naivem Optimismus zum Militär gemeldet hatte, beschrieb ohne großes Pathos die Phase seiner Desillusionierung angesichts der Kriegsschrecken und endete schließlich mit jenen Abschiedsworten, die David nie vergessen sollte.

*Weint nicht um mich, denn ich bin im Reiche des Lichts, und warum da trauern. Es kam der Krieg und ich zog mit vielen anderen Kameraden auch hinaus und war getreu bis in den Tod. Da ich diese Zeilen schreibe, weiß ich noch nicht, wo mein Grab sein wird; kümmert euch nicht um meine sterblichen Reste. Mögen sie in Schutt und Trümmern vermodern und wieder zu Staub werden, die Seele lebt und ist göttlich. Mögt ihr noch lange leben auf der schönen Welt! Grüßt alle, die ich lieb gehabt und die mir nahe standen. Feinde habe ich nicht gehabt, wie ich hoffe. Und nun seid nicht traurig, denn in einer kleinen Weile werden wir uns wieder sehen.*

*Ich grüße euch und bin bei euch im Geiste.*

*Johannes.*

David konnte lange Zeit nichts sagen. Erst jetzt verstand er die erstaunliche Ruhe, die Johannes Nogielsky im Augenblick des Todes ausgestrahlt hatte. Auch wenn er, David, diese Vorstellungen von der göttlichen Seele nicht teilen konnte, bewunderte er doch den jungen Mann für den inneren Frieden, der ihn bis zuletzt erfüllt hatte. *Feinde habe ich nicht gehabt.* Diese Worte waren wie flüssiges Blei in Davids Eingeweiden. Nachdenklich wanderte sein Blick zu den beiden Schwertern am Bettpfosten hin. Angesichts dessen, was er mit ihnen angerichtet hatte, verspürte er wenig Lust sie jemals wieder in die Hand zu nehmen. Es war schon bewundernswert. Selbst ihn, den Boten des Todes, hatte Johannes nicht hassen wollen, ihm sogar noch vergeben. Als David die Hand nach dem Brief ausstreckte, stand für ihn fest, dass er alles tun wollte, um der trauernden Mutter diese letzte Nachricht ihres Sohnes zukommen zu lassen.

Im Laufe der Zeit wurde David immer kräftiger. Bald konnte er auch wieder auf dem Rücken liegen. Von Marie wusste er inzwischen, wie knapp er dem Tode entronnen war. Das Bajonett des deutschen Gefreiten hatte seine Lunge, die Hauptschlagader und das Herz nur um Haaresbreite verfehlt. Johannes Nogielskys Attacke glich im Nachhinein eher einem komplizierten chirurgischen Eingriff. Und dennoch: Hätte es da nicht noch ein anderes Phänomen gegeben, wäre David vermutlich trotzdem gestorben.

Fasziniert hatte die Ärztin ihm erzählt, sein Herz befinde sich auf der »verkehrten« Seite. Als Medizinerin und Wissenschaftlerin musste sie natürlich anmerken, dass die Pumpe ohnehin fast in der Mitte lag. Aber Maries weniger rationale Hälfte erkannte staunend an, dass die bei David minimal stärkere Orientierung des Organs nach rechts ihm das Leben gerettet hatte. Das Bajonett war dadurch zwischen Zwerchfell und Lunge, dicht neben der Aorta, eingedrungen, ohne größeren Schaden anzurichten. Marie war jedes Mal aufs Neue hingerissen, wenn sie an Davids Krankenbett über die Ergebnisse ihrer Untersuchung referierte.

Für ihn war dieses Wunder nur eines in einer langen Reihe von unerklärlichen Ereignissen. Auf dem Wege vom Totgeglaubten zu einem der jüngsten Kriegsveteranen gelangte er zu einer wichtigen Entscheidung: Er musste endlich seine Bestimmung als Jahrhundertkind akzeptieren.

Auf dem Weg zu dieser Einsicht war ihm noch einmal das unerquickliche Gespräch mit dem fahrigen Feldgeistlichen eingefallen, der ihn nach Nicks Tod wieder zu einem gut funktionierenden Soldaten hatte machen wollen. Die aus dem Zusammenhang gerissenen Bibelzitate hatten David der Kirche nur noch mehr entfremdet, aber etwas von den wirren Worten des Geistlichen war bei ihm dennoch hängen geblieben: die Geschichte vom störrischen Propheten Jona. Nur um sicherzugehen, ließ er sich von Rebekka eine Bibel besorgen und las den Bericht noch einmal nach. Und wirklich: Wie Jona vor Gottes Anweisung, so war auch er geflohen, hatte gleichsam drei Tage im Bauch des Todes zugebracht und war am Ende doch wieder ausgespuckt worden. Der Prophet hatte sein Schicksal angenommen, dem göttlichen Auftrag gehorcht.

Zufällig stieß er beim weiteren Blättern in der Bibel auf die Stelle in der Offenbarung, wo es hieß: »Du bist würdig, o Herr, Herrlichkeit und Ehre und Macht zu empfangen, weil du alle Dinge erschaffen hast, und zu deiner Freude existieren sie und wurden sie erschaffen.«

David war bewegt, regelrecht fiebrig. Erst der Prophet Jona und dann diese Worte: *Zu deiner Freude existieren sie.* Die Gedanken in seinem Kopf begannen völlig neue, aufregende Muster zu bilden. Endlich glaubte er einen Sinn in seinem Leben zu erkennen. Kein Wunder, dass der Gedanke, auf dem Zollstock des eigenen Lebens bis zum letzten vorherbestimmten Skalenstrich zu wandern, so niederschmetternd für ihn gewesen war. Er hatte ja dabei nur auf sich geachtet, einzig für sich selbst gelebt.

Ganz langsam, wie ihm erst jetzt bewusst wurde, war er dann in ein anderes Leben geglitten, eines, das den eigenen Vorteil hintansetzte. Er hatte über Nick gewacht und dutzenden Menschen das Leben gerettet. Durch die grausamen Fehlschläge war ihm das lange Zeit verborgen geblieben. Doch nun, rückblickend, bemerkte er seine eigene Verwandlung. Er war ein Mensch geworden, der sich von Liebe leiten ließ, der sich für andere – zuletzt für diese quirlige Rebekka – aufgeopfert hatte. Und darüber war ihm der Wunsch zu sterben abhanden gekommen.

Nun hatte er auch die Reife erlangt sich seiner größeren Bestimmung zu stellen: Er war geboren worden, um einhundert Jahre zu leben. Dieses Leben war keine Hinterlassenschaft, wie sie manch undankbarer Erbe so gedankenlos verschleuderte. Es war ein wertvolles Gut, gewissermaßen ein Kapital, das er mit Bedacht einsetzen musste, um *eine* große Aufgabe zu erfüllen: den Kreis der Dämmerung zu entlarven und unschädlich zu machen.

Doch dazu musste er erst einmal richtig gesund werden. Und anschließend? Nun, wenn der Krieg erst vorüber war, würde er für Belial selbst zum *Exterminans* werden, zum »Vernichter« und »Entferner«, wie der Feldgeistliche erklärt hatte. Er hatte sogar schon eine Idee, wie er unauffällig die Witterung des Kreises der Dämmerung aufnehmen und, falls nötig, über die ganze Welt verfolgen konnte. Mit dem Camden-Vermögen würde er auch über die nötigen Mittel hierzu verfügen.

Von dem Tage an, da Davids Entschluss gefasst und sein Lebenswille neu entfacht war, machte seine Genesung schnelle Fortschritte. Dabei war Rebekka für ihn weiterhin eine große Hilfe. Ihre Lebenskraft schien regelrecht in ihn hinüberzufließen. Obwohl er das spürte, ahnte er doch in diesen Tagen bei weitem nicht, wie viel wichtiger sie in Zukunft noch für ihn werden sollte.

Jetzt atmete er einfach ihre unbeschwerte Art und revanchierte sich mit täglichen Englischlektionen. Rebekka hatte ihm von einigen Auswüchsen der Kriegspropaganda in den USA erzählt, über die in den französischen Zeitungen berichtet worden war. Sogar die Sprache wurde von ihr nicht verschont. Aus »Sauerkraut« machten die Amerikaner »liberty cabbage«, also »Freiheitskohl«. Für »Hamburger« fanden sie einen ähnlich patriotischen Namen. In Minnesota lynchte ein Bürgerkomitee sogar einen Geistlichen, weil er mit einer Sterbenden, die kein Wort Englisch verstand, ein deutsches Gebet gesprochen hatte. Der Krieg streckte seine Klauen nach allen Bereichen des Lebens aus und David wollte nicht, dass Rebekka noch einmal in *irgendeiner* Weise Opfer dieser Bestie wurde. Also lehrte er sie Englisch.

Wenn Rebekka einmal nicht bei ihm war, beobachtete er gedankenverloren das gläserne Windspiel über seinem Bett, manchmal stundenlang. Hin und wieder schloss er die Augen und ließ sich von seiner Sekundenprophetie sagen, wann der nächste Glockenton erklingen würde. Gelegentlich veränderte er auch die Farbe der gläsernen Stäbe und Kelche oder er versuchte Melodien zu spielen, indem er ihre Schwingungen langsamer und damit die Töne tiefer machte. Einmal hätte ihn Bekka dabei fast erwischt. Angelockt von dem seltsam veränderten Klang des gläsernen Mobiles, lugte ihr dunkler Haarschopf plötzlich durch den Vorhang. Nur weil David ihr Auftauchen vorhersah, konnte er das Windspiel überstürzt wieder zurückverwandeln.

Irgendwann fiel es David unangenehm auf, dass man ihm eine Sonderbehandlung angedeihen ließ. Sein Separee erschien ihm angesichts des offenen Krankensaals der anderen Patienten mit einem Mal wie eine Gefängniszelle. Auch wurde er den Verdacht nicht los, dass Mutter und Tochter Rosenbaum sich seine vorzügliche Beköstigung vom Munde, respektive von ihren eigenen kargen Rationen absparten. Als er bei Marie gegen seinen Sonderstatus protestierte, ließ sie ihn wissen, sie werde den Retter ihrer Tochter notfalls bei sich zu Hause am Bettgestell festschnallen und ihn dort von einem sehr gewissenhaften Mädchen aus der Schnabeltasse füttern lassen. Ob ihm das lieber sei? David bat nie mehr um Haftverschärfung.

Rebekka versorgte ihren Patienten nicht nur mit Brot, Gemüse und in Wasser aufgelöstem Trockenmilchpulver, sondern auch mit Neuigkeiten aus aller Welt. Nachdem sie erst einmal wusste, was ihrem Retter mundete, schleppte sie Nachrichten aus aller Herren Länder an. David hatte keine Ahnung, woher ein dreizehnjähriges Mädchen all diese Informationen bezog, und manchmal beschlich ihn der Verdacht, sie denke sich das alles nur für ihn aus, um ihn zu unterhalten. Bald verwarf er diese Idee wieder, denn warum sollte Rebekka Nachrichten erfinden, die ihre eigenen Gefühle so sehr in Erregung versetzten.

Einmal berichtete sie von Ereignissen, die schon länger zurücklagen, aber David trotzdem nur als vage Gerüchte in Erinnerung waren. Er saß mit dem Rücken am Kopfende seines Bettes, Rebekka am Fußende. Zwischen ihnen lag ein Schachspiel. Es war ein wunderschöner Maimorgen, den die Sonne so sehr verwöhnte, dass selbst die schmalen Fensterschlitze des Krankensaals unter der hereindrängenden Lichtflut fast zu bersten schienen. Irgendwie war das Gespräch auf die Pogrome gekommen, die Anfang des Jahrhunderts tausende Juden aus Russland und Osteuropa fliehen und in den Vereinigten Staaten von Amerika ihr Heil suchen ließen. Die Rosenbaums waren ebenfalls Juden. David wusste das und er hörte den sorgenvollen Unterton in Rebekkas Stimme.

»Aber diese Massaker liegen zehn und mehr Jahre zurück. Seitdem wurde viel für die einfachen Menschen getan. Überall blüht der Sozialismus auf. Ich kann mir nicht vorstellen, dass eine solche Barbarei sich heute wiederholen könnte.«

»Und wie nennst du das, was im Großen Krieg geschieht?«

»Jetzt lenkst du vom Thema ab, Bekka. Ich weiß sehr wohl, dass die Grausamkeiten auf den Schlachtfeldern kaum zu überbieten sind, aber wir haben vom Massenmord an Unschuldigen gesprochen. Als Soldat habe ich kein einziges Mal erlebt, dass man derart unbarmherzig mit Zivilisten umgegangen ist.« David merkte selbst, wie die jüngeren Erfahrungen seiner Stimme die Überzeugungskraft raubten. Und dann ließ ihn eine Bemerkung Rebekkas aufhorchen.

»Du hast wohl die Armenier vergessen?«

David runzelte die Stirn. Er hatte zwar von 1915 an bis zu seiner Verabschiedung in den Krieg hier und da von einigen Übergriffen der Türken auf diese christliche Volksgruppe gehört, aber aus Rebekkas ernstem, fast zornigem Gesicht sprach eine Empörung, die gewichtigere Ursachen haben musste. Behutsam – er wollte das Mädchen nicht noch mehr beunruhigen – fragte er nach den Hintergründen ihrer Bemerkung. Was er darauf von ihr erfuhr, war eine schockierende Nachricht.

Während an der Westfront hunderttausende streng nach Vorschrift uniformiert, damit legitimiert und anschließend liquidiert worden waren, hatte sich am anderen Ende Europas eine Tragödie abgespielt, die jeder Regel der Menschlichkeit Hohn sprach. Zwischen 1915 und 1916 wurden unter dem türkischen Sultan Mehmed V. fast anderthalb Millionen Armenier umgebracht. Er war damit in die Fußstapfen seines großen Bruders Abd ül-Hamid getreten, der die Armenier schon Ende des letzten Jahrhunderts massakriert hatte, weil sie nicht in sein Bild von einem starken und homogenen Imperium passten. Die Armenier waren ja Christen, die Sultane alles andere als das. Erschwerend kam noch hinzu, dass diese »Ungläubigen« im Großen Krieg mit den Russen sympathisierten. Also veranstaltete Mehmed Hetzjagden. Menschen wurden wie Tiere erschlagen, zu hunderttausenden nach Syrien und Palästina getrieben. Unterwegs verhungerten oder verdursteten über eine Million. Erschreckend war das Tempo, zu dem sich der »kranke Mann am Bosporus« dabei aufschwang. Es gehört wohl zur rätselhaften Arith-

metik des Grauens, weshalb seine Höchstleistung hinter
der seiner späteren Nachahmer fast in Vergessenheit geriet. Das Jahrhundert hatte ein neues Wahrzeichen bekommen: den Völkermord.

David und Rebekka mochten das bestenfalls ahnen, und
selbst das genügte schon, um sie in ein minutenlanges be-
troffenes Schweigen zu hüllen. Ein beklemmender Gedanke machte sich in Davids Kopf breit: Konnte es sein,
dass einzelne Männer wie Houston Stewart Chamberlain
Wegbereiter für derart menschenverachtende Pogrome
waren? Dieser Kulturphilosoph hatte sich durch antisemi-
tische Schmähschriften der allergehässigsten Art hervor-
getan. Er rühmte sogar das Germanentum als höchste Ver-
körperung einer »westarischen Rasse«, die er in tödlichem
Konflikt mit der fremden, angeblich alle Kulturen zerstö-
renden jüdischen Rasse wähnte. David erinnerte sich
gerade an ihn, weil er in Portsmouth, also in England, geboren worden war, aber er wusste auch, dass es praktisch überall, wo der Nationalismus und der Imperialismus wu-
cherten, ähnliche Ideenträger gab. War es möglich, dass
Männer wie Chamberlain zu Kristallisationspunkten für
ein in seinen Ausmaßen noch gar nicht vorstellbares Unheil werden konnten? Wenn dies wirklich der Fall wäre,
dann – David erschrak –, dann könnte schon ein relativ
kleiner Kreis sehr einflussreicher Personen sogar eine *globale* Katastrophe heraufbeschwören. Ein Geheimbund
wäre genau das richtige Werkzeug dafür. Eine verschworene Bruderschaft wie der Kreis der Dämmerung.

In den Tagen nach der tiefgründigen Unterhaltung mit
Rebekka musste David viel über das Vermächtnis seines
Vaters nachdenken. Er verspürte den unbändigen Drang

etwas gegen den Kreis der Dämmerung zu unternehmen. Gleichzeitig litt er unter seinem jetzigen Status. Er war immer noch Soldat. Ein Abschiedsgesuch würde bei den zuständigen Stellen erst zu Heiterkeitsausbrüchen und anschließend zur Ablehnung führen. Sobald Marie ihn also für kampftüchtig erklärte, würde er sich wieder zum nächstgelegenen Schützengraben begeben müssen. Wie viele Monate mochte der Krieg wohl noch dauern?

Von Rebekka hatte er erfahren, dass die Vereinigten Staaten nun jeden Tag tausende von Soldaten nach Europa brachten. In Davids früherem Frontabschnitt waren die Anfangserfolge der deutschen Frühjahrsoffensive zum Erliegen gekommen. Weiter südlich war die Lage allerdings noch weniger stabil. Doch mit dem Nachschub an »Menschenmaterial« würden die Alliierten den geschwächten Mittelmächten bald überlegen sein. Aber in diesem Krieg hatte man sich schon oft genug im sicheren Vorteil gewähnt. Wer konnte schon wissen, welche teuflischen Waffen sich das Berliner Kaiser-Wilhelm-Institut als Nächstes ausdachte?

David fühlte sich nun täglich stärker und gesünder. Allmählich beschlich ihn die Vermutung, Marie fessele ihn nur deshalb ans Bett, damit ihm das Schlachtfeld erspart bliebe. Als er sie am Sonntag, dem 26. Mai, ganz offen danach fragte, bestätigte sie seinen Verdacht.

»Du hast Rebekka vor dem vielleicht Schlimmsten bewahrt, was einer Frau passieren kann. Ich lasse nicht zu, David, dass sie dich an die Kanonen verfüttern.«

»Aber …!« David dämpfte seine Stimme, damit ihn die anderen Verwundeten nicht hörten. »Aber ich kann doch nicht bis zum Kriegsende hier liegen bleiben.«

»Wieso denn nicht?«

»Weil ich mich fühle, als wäre ich gerade aus einem Jungbrunnen gestiegen.«

»Das musst du ja niemandem verraten«, flüsterte Marie verschwörerisch.

»Nein, so können wir das nicht machen, Marie. Wirklich nicht. Ich halte es auch gar nicht länger hier aus, so fit wie ich mich fühle.«

»Erstens bin *ich* deine Ärztin und ich sage dir, dass du vor nicht einmal sieben Wochen eine im Grunde tödliche Bajonettstichwunde erhalten hast, und zweitens werde ich dich zum Kriegsinvaliden machen, wenn du von mir auch nur noch einmal verlangst, dass ich dich wieder ins Feld hinausschicken soll.«

David blickte die energische Ärztin erschrocken an. Sie sah wirklich so aus, als wäre sie im Stande ihre Drohung wahrzumachen. Kalt wie Eis rann die Erinnerung an den Rekruten durch seinen Geist, der sich mit der Axt die Hand abgehackt hatte, nur um nicht länger kämpfen zu müssen. Aber dann fiel ihm ein Kompromissvorschlag ein.

»Das wäre eigentlich gar keine so schlechte Idee.«

Jetzt war es an Marie zu stutzen. »Du meinst, ich soll dir einen Fuß amputieren?«

»Ich weiß dein Angebot zu schätzen, aber vielleicht müsstest du dich gar nicht so verausgaben.«

Marie wusste noch immer nicht, was David meinte, und konterte mit Humor. »Ohrläppchen werden nicht anerkannt. Ich müsste dir schon etwas Größeres abschneiden. Vielleicht …«

»Bitte, Marie! Ich habe zwar schon so einiges mit ansehen müssen, aber der Gedanke an herrenlose Glieder bereitet mir immer noch Unbehagen. Nein, was ich meinte, ist mehr eine *schriftliche* Invalidität. Könnte meine Verwundung nicht einen *inneren* Schaden angerichtet haben, der es mir unmöglich macht, weiter für mein Vaterland zu töten?«

Maries Gesicht war eine steinerne Maske. Obwohl sie doch selbst soeben ein nicht ganz korrektes Vorgehen zur Rettung ihres Patienten vorgeschlagen hatte, schien Davids Angebot sie zu schockieren. Etwa zehn Sekunden lang. Dann stahl sich ein verschmitztes Lächeln auf ihre Lippen, das wenig später einem breiten Grinsen wich.

»Wenn es schlecht läuft, werden sie mich dafür als deutsche Spionin erschießen, so wie letzten Oktober diese Nackttänzerin Mata Hari.«

»Das fände ich reichlich übertrieben. Du bist doch stets korrekt gekleidet.«

»Der Tänzerin, die man im Wald von Vincennes exekutiert hat, konnte man ihre Schuld auch nie hieb- und stichfest nachweisen.«

»Still, da kommt jemand«, zischte David mit unerwarteter Heftigkeit und noch ehe sich der Vorhang seines Separees teilte, wurden seine Augen groß vor Staunen.

Marie hatte weder etwas gehört noch begriff sie ganz, was ihren Patienten so erschreckt aussehen ließ. Doch mit einem Mal hörte sie ebenfalls Schritte und bald darauf öffnete sich der Vorhang.

»Balu!« Der Schrei aus Davids Kehle ließ über dreißig – teils stark bandagierte – Köpfe im Saal hochfahren.

Marie blickte argwöhnisch auf den braunhäutigen kleinen Mann mit dem zum Zopf gebundenen schwarzen Haar.

»Ja, Sahib?«, antwortete der Inder. Es war ein Scherz. Eine Sekunde lang spielte er noch den steifen Untergebenen, dann eilte er an Davids Bett und schüttelte seine Hand, als wolle er sie nie wieder loslassen.

Als David sich endlich wieder befreit hatte, umarmte er seinen ehemaligen Leibwächter. In seinen Augen standen Tränen. Jetzt betrat auch Rebekka die Szene und vereinte sich mit ihrer Mutter im Beargwöhnen des Fremden.

»Ich wusste gar nicht, dass du einen Sklaven hast«, sagte das Mädchen schließlich. In ihrer Stimme schwang ein Anflug von Eifersucht.

Balu Dreibein ließ von David ab und musterte nun seinerseits Rebekka mit dem für seinen Beruf typischen Misstrauen.

»Jetzt hört schon auf«, sagte David lachend. Ihm war das gegenseitige Taxieren nicht entgangen. »Das hier« – er deutete auf den Inder – »ist Baluswami Bhavabhuti, ein alter Freund und ehemaliger Bediensteter im Hause meines verstorbenen Vaters. Und dieses hübsche Mädchen dort« – er zeigte auf Rebekka – »ist meine Lebensretterin, Rebekka Rosenbaum. Daneben steht ihre kaum weniger hübsche Mutter, Marie. Seid ihr jetzt alle zufrieden?«

»Ich verheiße dir eine Karriere als großer Herzensbrecher, junger Mann«, sagte Marie, nicht unzufrieden über Davids Kompliment.

»Ich dachte, du wärst ein armer Schlucker«, fügte Rebekka, beinahe enttäuscht, hinzu.

David hielt den Zeigefinger an die Lippen und deutete mit dem Kopf zum Vorhang hin, hinter dem ohne Zweifel mehr als sechzig Ohren lauschten. »Pst! Das ist ein großes Geheimnis. Seid mir nicht böse, aber ich denke, es wäre in unser aller Interesse, wenn wir dieses Thema nicht hier in der Öffentlichkeit besprechen.«

## Nie wieder Krieg!

Heute vor einer Woche haben die Deutschen London bombardiert.«

David sah besorgt in Balus Gesicht. Eher beiläufig registrierte er das verbesserte Englisch des Inders. »Gab es viele Tote?«

»Wie viele sind ›viele‹, Sahib?«

David schluckte. Obwohl er es nicht wahrhaben wollte, hatte der Krieg auch ihn abgestumpft. Er nickte betrübt. »Einer, würde ich sagen.«

Sie befanden sich im Haus der Rosenbaums, das sich im Zentrum von Hazebrouck befand. Der Bauernhof, auf dem David Rebekka zweimal getroffen hatte, gehörte ihren Großeltern. Es war früher Sonntagabend. Um die Gäste vom Hunger abzulenken, hatte Rebekka gerade eine Etüde auf dem Klavier zum Besten gegeben. Dann endlich rief Marie zum Essen. Auf dem Tisch stand ein kunstvoll zubereitetes Huhn, das sich auf wundersame Weise in den Kochtopf ihrer Haushälterin verirrt hatte – in diesen Zeiten eine kulinarische Rarität sondergleichen. Balu Dreibein lehnte trotzdem ab. Als Hindu könne er sich nie ganz sicher sein, ob er mit einem Tier nicht seine eigene Großmutter verspeise. Deshalb tat er sich lieber an den Schwarzrüben gütlich.

David hatte einen ruhigen Augenblick genutzt, um Balu hinsichtlich seiner prekären Lage zu instruieren. Er wolle nicht, dass die Rosenbaums seinen wahren Namen erführen, verlangte er. Balu nickte: Ja, Sahib. Außerdem habe er allen Anlass zu vermuten, dass seine Eltern ermordet worden seien und ihm das gleiche Schicksal drohe, wenn er sich zu erkennen gebe. Das sei doch bestimmt nicht in Balus Sinne? Der schüttelte energisch den Kopf: Nein, Sahib. Schließlich wolle er noch anmerken, sagte David zuletzt, dass er Rebekka und Marie sehr mochte und auf keinen Fall die Aufmerksamkeit irgendeines wahnsinnigen Killers auf sie lenken wolle. Das verstünde Balu doch sicher? Der nickte abermals: Viel zu gefährlich, Sahib.

So bekamen Rebekka und ihre Mutter an diesem Abend also eine sorgsam zensierte Fassung von Davids Lebens- und Leidensgeschichte aufgetischt. Ja, er gehörte dem englischen Adelsstand an. Seine Eltern waren allem Anschein nach Opfer eines Gewaltverbrechens geworden, das die gesamte Familie auslöschen sollte, aber er hatte überlebt. Deshalb war er von zu Hause weggelaufen. Deshalb hatte er sich freiwillig zum Militär gemeldet. Deshalb war er letzten Endes auch verwundet worden.

Balu erzählte – übrigens auf raffiniert unpräzise Weise –, was sich inzwischen in London getan hatte. Das gesamte Dienstpersonal von Davids Eltern sei Dank des beharrlichen Einsatzes des Familienanwalts schon kurz nach dem Brand in neue Stellungen gekommen. Er selbst, Balu, und das Dienstmädchen Elsa hätten bei dem treuen Freund selbst Unterschlupf gefunden.

Sir William habe auch seine nicht unerheblichen Beziehungen spielen lassen, um David zu finden. Nachdem er dessen Brief erhalten hatte, konzentrierte er seine Recherchen natürlich auf die Royal Army. Lange Zeit ergebnislos. Doch dann schnappten seine Agenten immer mehr Berichte von einem weißhaarigen Soldaten auf, die zu haarsträubend waren, um sie zu ignorieren. Einige der Befragten wussten von seltsamen Schwertern zu berichten, die der junge Soldat immer bei sich trug und doch niemals benutzte. Von da an war es nur noch eine Frage der Zeit, bis der Anwalt den Rekruten David Milton aufgespürt hatte.

Nun warf er sein ganzes Gewicht – und der Sahib wisse, was dies bedeute – in die Waagschale, um den Schützen Milton in die Heimat zurückzuholen. Manche Beamten waren auf diesem Ohr völlig taub, aber hier und da konnte diesem Leiden schon durch vergleichsweise geringe Dosen von »Schmiermitteln« abgeholfen werden. Balu grinste voller Stolz, dass ihm dieses Wort eingefallen war.

»Und jetzt bin ich hier, Sahib«, schloss er seinen Bericht.

»Dann darf ich also wirklich nach Hause«, sagte David glücklich, obwohl er diese Nachricht schon am Morgen erfahren hatte.

»Und mir bleibt das Erschießungskommando erspart«, fügte Marie trocken hinzu.

Rebekka und Balu sahen sie bestürzt an.

Die im Lazarett immer so gestrenge Ärztin hob, verschmitzt lächelnd wie ein kleines Mädchen, die Schultern und sagte: »Keine Angst. War nur ein Scherz.«

Ihre Tochter ließ sich dadurch trotzdem nicht aufheitern. Erregt sprang sie vom Tisch auf, stieß dabei ihren Stuhl um und stürzte aus dem Esszimmer.

»Was hat sie, Sahib?«

David antwortete nicht, er studierte die Brüsseler Spitze am Tischtuch.

»Liebeskummer«, antwortete Marie. »Wenn Sie mich bitte entschuldigen würden.« Sie tupfte sich mit der Serviette die Mundwinkel ab und verließ den Tisch.

Rebekka ließ sich an diesem Abend bei den Gästen nicht mehr blicken. Marie war das Verhalten ihrer Tochter sichtlich peinlich. Verlegen lächelnd erklärte sie den beiden am Esstisch Wartenden, dass Bekka wohl etwas länger brauchen würde, um die Nachricht von der unerwartet frühen Abreise ihres »Bräutigams« zu verarbeiten. David dämmerte erst jetzt, wie stark die Gefühle waren, die das Mädchen für ihn empfinden musste. Er hatte ihre Heiratsanträge immer mehr für Scherze gehalten, bestenfalls für die federleichten Schwärmereien eines unreifen Mädchens. Aber nun musste er sich eingestehen, es steckte erheblich mehr dahinter.

Balu Dreibein hatte die Abreise für Mittwoch geplant. Alles war schon festgelegt. Von Hazebrouck würden sie mit der Bahn direkt bis ins nahe Calais fahren. Von dort aus sollte es dann per Schiff weitergehen. Die Amerikaner brachten jeden Monat ungefähr dreihunderttausend Soldaten nach Europa. Eine Passage in die umgekehrte Richtung zu bekommen war einfach. Auch das hatte Balu in Sir Williams Auftrag bereits geregelt. Von Dover aus war es nur noch ein Katzensprung bis nach London.

Am Montag und Dienstag verbrachte David noch einmal viel Zeit mit Rebekka. Sie machten lange Spaziergänge durch Hazebrouck und die nähere Umgebung. Selbst der Krieg hatte dem Wonnemonat Mai nicht alle Schönheit rauben können, wenngleich Rebekka sich nicht recht darüber freuen konnte. David verwickelte sie in stundenlange Gespräche, um sie aufzuheitern. Vergeblich. Er spürte, wie schwer ihr Herz war. Ihr Lachen hatte sie in einen fernen Winkel ihrer verwundeten Seele verbannt.

Am Mittwoch früh hieß es dann am Bahnsteig Abschied nehmen.

Marie bedankte sich noch einmal beim Retter ihrer Tochter und überschüttete ihn mit Segenswünschen für sein weiteres Leben. Etwas von ihrem Glück schwappte auch auf den kleinen Balu über, weil dieser den hageren Helden ja schließlich vor einer Rückkehr aufs Schlachtfeld bewahrt hatte – und weil er gerade zufällig daneben stand. Während Marie noch den verdutzten Inder umarmte und ihm dicke Küsse auf beide Wangen drückte, wandte sich David ihrer Tochter zu.

»Ich werde dir schreiben.« Mit diesem Versprechen hoffte er ihren Schmerz zu lindern und heftigeren Gefühlsausbrüchen vorzubeugen.

»Das sagen die Soldaten immer. Ich kenne das, aus Mutters Lazarett.«

»Ich stecke zwar noch in einer Uniform, aber im Herzen war ich nie ein Soldat. Du wirst deinen Brief von mir bekommen.«

»Nur einen?«

»Ein ganzes Bündel.«

Nun fing Rebekka doch an zu weinen. Sie versuchte die Tränen zurückzuhalten, blickte beschämt zu Boden, aber das Schniefen kam immer häufiger.

David fühlte sich elend wie lange nicht mehr. Auch er war den Tränen nahe. Unbeholfen streichelte er Rebekkas Wange. »Weine nicht, mein kleines Mädchen. Deine ganze Zukunft liegt noch vor dir. Du wirst mich irgendwann vergessen.« Seine Stimme klang brüchig.

»Nein, niemals!«, protestierte Rebekka empört. »Ich werde mein Leben lang keinen anderen Mann ansehen.«

Es war sinnlos, sie auf ihr Alter hinzuweisen. David hatte in den letzten Wochen längst begriffen, dass derart vernünftige Argumente an diesem Mädchen abprallten wie Pistolenkugeln an einem englischen Mark-V-Tank. »Ich werde dich nie vergessen, kleine Bekka. Das schwöre ich dir bei allem, was mir heilig ist. Du hast mir das Leben gerettet. So etwas kann man gar nicht vergessen.«

»Du hast *mich* gerettet«, widersprach Rebekka.

David lächelte mild. »Dann verbindet uns beide jetzt ein Band, das sogar über den Tod gesiegt hat. Trage es in deinem Herzen als ein Geschenk, das wir uns einander gegeben haben.« Er beugte sich, ein wenig linkisch, zu Rebekka hinab und küsste sie leicht auf die Stirn. »Lebe wohl, mein kleiner Engel.«

Rebekkas traurige tränenfeuchte Augen funkelten ihn für einen Moment wie polierte Jettsteine an. Dann stellte sie sich plötzlich auf die Zehenspitzen und küsste ihren Isaak flüchtig auf den Mund. Ehe Davids Verstand dieses interessante Gefühl noch richtig verarbeitet hatte, war das Mädchen auch schon im Bahnhof verschwunden. Das letzte Bild von Rebekka, das David in seinem Herzen aus Frankreich mitnahm, überwältigte ihn durch einen atemberaubenden Kontrast: Es lebte vom Wallen ihres hellen Frühlingskleides unter der dunklen Wolke ihres langen Haars.

Die Überquerung des Ärmelkanals war selbst an seiner engsten Stelle kein ungefährliches Unterfangen. Seit die Deutschen den uneingeschränkten U-Boot-Krieg führten, hatten sie schon hunderte von Schiffen auf den Meeresgrund geschickt. Dabei war es ihnen ziemlich egal, ob die Kähne unter der Flagge eines neutralen Landes liefen oder rein zivilen Zwecken dienten. Zugegeben, in diesen Zeiten gab es im Grunde kaum einen Dampfer, der nicht auch militärische Fracht an Bord hatte. Und außerdem war man in Berlin der Meinung, dass der eiserne Ring, den die britischen Schlachtschiffe vor der deutschen Nordseeküste ausgelegt hatten, nach einer Antwort schrie. Frei nach der

Devise »U-Boot-Krieg gegen Hunger-Krieg« versenkte man daher alles, was einem vor die Torpedos kam.

David blickte beunruhigt über die Reling in das graue Wasser hinab. Das Verflixte an diesen U-Booten war, dass man sie nicht sah. Sie kamen, töteten und verschwanden wieder. Wie ein Schatten in der Nacht. Wie jener vermaledeite Schemen, der seine Eltern ermordet hatte.

Das Glück war ihm und Balu hold. Unbehelligt erreichte ihr Truppentransporter den Hafen von Dover. Zusammen mit einer Reihe von einbeinigen oder einarmigen oder sonstwie verstümmelten Kriegsveteranen verließen sie das Schiff. Schon am Abend trafen sie in London ein.

Sir William H. Rifkind war außer sich vor Freude, als er David in *Hannibal's Court* begrüßen konnte. Beim Dinner gab der Heimkehrer einen ersten Abriss der vergangenen zwei Jahre. Dabei sparte er auch ein für ihn sehr wichtiges Thema nicht aus. Es klang unglaubwürdig, gestand David ein, und Sir William mochte davon halten, was er wolle, aber er war der festen Überzeugung von einer Person verfolgt zu werden, die ihm nach dem Leben trachtete. Er berichtete von der schattenhaften Gestalt, die er am Morgen von Nicks Todestag zuletzt sogar auf dem Schlachtfeld gesehen hatte.

Sir William erzählte, dass die Polizei im Mai 1916 die Untersuchung des mysteriösen Todes von Geoffrey und Margret Camden sowie ihren Begleitern eingestellt hatte. Trotz einiger Ungereimtheiten war man auf keine stichhaltigen Indizien für eine Gewalttat gestoßen. Inzwischen ruhten die Camdens in der Familiengruft außerhalb der Stadt und David war der offizielle neue Earl of Camden.

»Ich werde meinen Namen nie mehr tragen«, sagte der Erbe bestimmt.

Sir William sah den jungen Mann entgeistert an. »Aber wieso denn nicht? Ich meine, selbst wenn deine Theorie einer geheimnisvollen Verschwörung gegen die Camdens stimmt, was ich – bitte verzeih mir –, gelinde gesagt, bezweifle, dann hast du genügend Geld, um dich zu schützen. Du kannst dir neben Baluswami noch ein Dutzend andere Leibwächter anschaffen.«

»Und dann? Ich bin erst achtzehn, Sir William! Möglicherweise werde ich hundert Jahre alt. Glauben Sie wirklich, ich möchte *zweiundachtzig* Jahre lang nicht mehr den Fuß vor die Tür setzen können, ohne befürchten zu müssen von einem dunklen Meuchler umgebracht zu werden?«

Im Gesicht des Anwalts spiegelte sich Betroffenheit. Er begriff wohl erst jetzt, wie ernst dem jungen Earl die Sache war. »Du könntest unter einem anderen Namen leben«, schlug er schließlich aufgeräumt vor. »Ich werde alles so regeln, dass du weiterhin über dein Vermögen verfügen kannst. Was hältst du davon?«

David dachte nur kurz darüber nach. »Das ist eine gute Idee. Den Namen Milton sollte ich allerdings schnellstmöglich ablegen. Wenn Sie ihn mit David Camden in Verbindung bringen konnten, dann gelingt das unter Umständen auch anderen.«

»Wie wär's mit einem englischen Ortsnamen? Debenham klingt nicht schlecht, finde ich.«

David sah nachdenklich in Balus Gesicht. Der Inder nahm auf seinen ausdrücklichen Wunsch hin an dem Abendessen teil. »Newton!«, sagte David mit einem Mal. »Ein Schriftsteller wäre vielleicht zu auffällig. Aber Isaak Newton habe ich schon immer bewundert. Er war ein gottesfürchtiger Mann und ein großes Genie.«

»Isaak?«, wiederholte Balu, wohl wissend, dass sich mit diesem Namen in Davids jüngerer Vergangenheit noch eine andere Geschichte verband, eine, von der Sir William nur Bruchstücke kannte.

Davids Augen trafen sich kurz mit denjenigen seines Freundes. Der junge Earl fühlte sich ertappt und flehte lautlos um Diskretion. Als Balus Gesicht Einverständnis signalisierte, wandte David sich wieder dem Anwalt zu.

»David Newton«, sagte er bestimmt. »So will ich ab heute heißen.«

»Warum nicht auch – wenn schon, denn schon – ein neuer Vorname?«

»Ich heiße ja nicht Goliath. Davids gibt es wie leere Patronenhülsen an der Front. Niemand kann mit diesem Allerweltsnamen etwas anfangen.«

Sir William war anzusehen, wie wenig ihm dieses seltsame Spiel behagte, aber er wollte dem jungen Mann, der in den letzten beiden Jahren so viel gelitten hatte, das Leben nicht noch unnötig erschweren. Irgendwann würde David seine Ängste schon wieder ablegen.


Fünf Tage nach Davids Rückkehr auf die Britischen Inseln meldete sich ein junger Mann namens David Newton im Büro des Direktors der angesehenen Schule von Eton. Die Vorstellung des neuen Schülers war die Krönung einer von Sir Williams erstaunlichsten Manipulationen. Nicht jeder konnte in dieser britischen Nobelinstitution so einfach hereinspazieren und sagen: Guten Tag, ich bin Ihr neuer Schüler.

»Guten Tag, ich bin David Newton, Ihr neuer Schüler«, begrüßte der junge Mann den Direktor mit einer respektvollen Verneigung.

»Der Protegé des ehrenwerten Sir William H. Rifkind«, erinnerte sich der schnauzbärtige Schulleiter sogleich. Sir William hatte behauptet, er plane den jungen Mister Newton zu adoptieren, und David hielt es sogar für möglich, dass der väterliche Freund es ernst meinte (die Vormundschaft hatte er jedenfalls schon in die Wege geleitet). Der Direktor wusste, dass David aus gutem Hause stammte, im Krieg Furchtbares erlitten sowie Heldenhaftes geleistet hatte und mit praktisch unbegrenzten finanziellen Mitteln ausgestattet war. Das Schulgeld hatte der Anwalt gleich für ein Jahr im Voraus auf den Tisch gelegt, in den entbehrungsreichen Kriegsjahren ein für den Direktor wohltuender Anblick.

In den kommenden zwölf Monaten schonte sich David ebenso wenig, wie er es auf den Schlachtfeldern der Somme und in Flandern getan hatte. Nur seine morgendlichen Schwertübungen nahm er nicht wieder auf. Mehr noch als seinen Körper wollte er jetzt seinen Geist stählen und so schnell wie möglich die Versäumnisse zweier Jahre aufholen. Mit dem School Certificate würde er dann nach Oxford gehen. In seinem Kopf stand der Plan schon fest – den formalen Teil würde Sir William schon regeln.

Anfangs vermisste David seinen kleinen Leibwächter, der ihm früher einmal so lästig gewesen war. Aber seit er auf englischem Boden zur Schule gegangen war, hatte Baluswami Bhavabhuti stets über ihn gewacht. Er war sein Schatten gewesen. Sein ständiger Begleiter. Und nun, nach dem überraschenden Wiedersehen auf dem Kontinent, fehlte dieses treuherzige Anhängsel mit einem Mal wieder. Nur gut, dass Balu Dreibein bei Sir William untergekommen war. So konnten sie sich wenigstens ab und zu sehen.

Für seine Mitschüler war David ein sehr schweigsamer Genosse, über den man wenig wusste. Bald ging das Gerücht um, er stamme aus Irland. Die Oberschlauen erhärteten ihre Annahme mit dem Verweis auf Davids hellrotes Haar. (Sie hatten keine Ahnung, dass er es einfach nur mit Henna wusch.) Man hätte ihn zweifellos innerhalb kürzester Zeit als einen eingebildeten Streber abgestempelt, wenn nicht bereits vor den Sommerferien eine Indiskretion geschehen wäre. Man munkelte, dieser junge Newton sei ein Kriegsheld. Er stände sogar ganz oben auf der Auszeichnungsliste der Generalität, nur noch eine Frage von Tagen, bis alle möglichen Orden über ihn niederhageln würden.

Wie immer, wenn Gerüchte die Runde machen, gab es auch an diesem zwei oder drei Wahrheitspartikel. Selbst das mit den Orden stimmte. Die Berichte von Davids unermüdlichem Einsatz zur Rettung von Menschenleben waren zuletzt doch an einsichtige Ohren gedrungen. Über die Vernachlässigung seines Gewehrs sprach nun niemand mehr. Helden haben keine Makel.

Eine der ersten Pflichten, derer sich David von Eton aus entledigte, war ein eindringlicher Brief an Alfred C. W. Harmsworth Northcliffe, *den* Zeitungsimperator des Landes und alten Freund der Familie. Wie David inzwischen wusste, gehörte Northcliffe zu den Männern, die seine vorzeitige Entlassung aus der Armee lanciert hatten, denn der Viscount war neben seiner Eigenschaft als Medienvisionär im letzten Jahr auch der Chef der britischen Kriegsmission in den Vereinigten Staaten gewesen. Außerdem koordinierte er mit dem Titel eines Direktors die britische Propaganda gegen den Kriegsfeind. Sein Einfluss reichte so weit, dass manche ihn schon allein deshalb für größenwahnsinnig hielten. Einige glaubten gar, er könne alles erreichen, was in seinem Kopf herumspuke. Davids Bitte an den Pressemogul war da vergleichsweise bescheiden.

Im Juli 1918 veröffentlichten die Londoner *Times*, die *Daily Mail* sowie fünf andere von Northcliffes unzähligen Blättern das Gedicht eines gewissen Wilfred Owen. Der Abdruck dieser kraftvollen und zugleich bedrückenden Verse gegen den Krieg waren insofern eine Besonderheit, weil Northcliffes Zeitungen sonst immer blumig zur Unterstützung der Armee aufforderten. Aber Alfred und sein Bruder Harold (sie gehörten zu den wenigen, die Davids wahre Identität kannten) wollten dem letzten und einzigen Nachkommen ihres verblichenen Freundes Geoffrey Camden seinen Wunsch nicht abschlagen. Und eingeschnürt in ein Korsett erläuternder Worte gelang es ihnen auch, Owen als einen vorbildlichen Märtyrer der gerechten Sache hinzustellen, für die Großbritannien kämpfe. Die von ihm beschriebenen Gräuel wurden selbstredend ausschließlich vom Feind begangen, so die kriegsfreundliche Presse.

David war nicht sehr glücklich über diese Entstellung, aber als er einige Tage später in den besagten Blättern die Leserbriefe las, beruhigte er sich wieder. Die Macht des toten Poeten hatte sich doch als größer erwiesen als die hohlen Floskeln der Kriegstreiber. Alles in allem war er zufrieden seinem bewunderten Kameraden Wilfred zu diesem letzten großen Sieg verholfen zu haben.

Bis zum Ende des Großen Krieges sollten sich für David noch zahlreiche Anlässe ergeben die beispiellose Ignoranz zu verurteilen, der so viele junge Leben geopfert worden waren. Eines Abends im August – er verbrachte seine Ferien bei Sir William und Balu – stieg er als Einziger in der Station Tottenham Court Road aus der Untergrundbahn. Dabei blieb sein Blick an einem Plakat hängen. Das fröhlich bunte Bild zeigte einen Vater im Anzug auf einem Sessel sitzen, am Boden spielte der Sohn mit kleinen Rotröcken und Kanonen. Die Tochter saß auf der Sessellehne und fragte: »Papi, was hast du im Großen Krieg gemacht?« Der Vater auf dem Plakat antwortete nicht. Er sah sehr schuldbewusst aus.

David sträubten sich die Haare. Da wurde den Familienvätern noch ein schlechtes Gewissen eingeredet, wenn sie ihre Söhne und Töchter nicht zu Waisen machen wollten. Nachdem die *tube* aus dem Bahnhof gerollt war, drehte er sich unauffällig nach rechts und links. Es war gerade niemand zu sehen, der ihn beobachten konnte. Dann packte er einen abstehenden Zipfel des Plakats und riss es von der Tafel. Nachdem er das Pamphlet in einen Papierkorb geworfen hatte, stapfte er zornig davon.

Neben dem Unterrichtsstoff, den David inhalierte, als verfüge er über eigens dafür geschaffene Kiemen, holte er auch alles nach, was in den vergangenen Monaten unbeobachtet an ihm vorübergezogen war. Bei mancher Nachricht musste er an Rebekka denken und daran, wie dieser junge Mensch die Welt betrachtete, in die er hineingeboren worden war. Seltsam, manchmal kam sich David schon unendlich alt vor.

Im Juli 1918 zeichnete sich die große Wende im Krieg ab. Erstmals gelang den Alliierten in der Champagne der große Durchbruch. Bis September hatten die amerikanischen Verbündeten eine Million zweihunderttausend Soldaten nach Europa verschifft. Die Achsenmächte mussten mit dem auskommen, was ihnen an Menschen und Material noch geblieben war. Immer häufiger war nun von Friedensinitiativen die Rede.

Doch inzwischen führte unter den Alliierten längst der amerikanische Präsident Wilson das Wort. In New York trompetete er stolz vom Rednerpult, eine Verhandlung mit Regierungen, die ihre »Politik auf Gewalt stützen«, komme nicht infrage. Es war klar, wonach ihm der Sinn stand: Woodrow Wilson wollte die Monarchien in Deutschland und Österreich-Ungarn stürzen (der russische Zar hatte ja bereits abgedankt).

Wenn er gewusst hätte, welch totalitären Kräften er damit Tür und Tor öffnete, wäre er vielleicht etwas behutsamer vorgegangen. Dazu hätte nicht einmal allzu viel Scharfsinn gehört, denn in Russland tobte bereits ein blutiger Bürgerkrieg. Trotzki, Lenins Waffenbruder, hatte nach dem vorzeitigen Ausstieg seines Landes aus dem Großen Krieg nichts Eiligeres zu tun, als die Rote Armee aus der Taufe zu heben. Lenins Gefolgsleuten war jeder suspekt, der das Wort Bolschewismus nicht buchstabieren konnte. Und wer so gebildet war, es dennoch zu können, war umso verdächtiger. Dazu zählten vor allem die »Weißen«, welche die Gegenregierung der Sozialdemokraten und Sozialrevolutionäre in Samara unterstützten. Die »roten« und die »weißen« Garden schenkten sich nichts – schon gar nicht das Leben.

Woodrow Wilson und seine Verbündeten gingen mit den Achsenmächten schonender um. Ein wenig jedenfalls. Bis zum 11. November ließen sie sich von den drei Mittelmächten Türkei, Österreich-Ungarn und dem Deutschen Reich ihre Waffenstillstandsbedingungen unterzeichnen. Manche – nicht nur im Feindeslager – warfen ihnen dabei eine gefährliche Maßlosigkeit vor. Die so lautstark geforderte Wiedergutmachung, die in diesen Tagen den Namen »Reparation« trug, hatte nichts mit der Heilung von Gefühlen trauernder Witwen und Waisen zu tun, eher schon mit Geld.

Als der französische Marschall Ferdinand Foch der deutschen Waffenstillstandsdelegation unter Matthias Erzberger seine aus Kanonen, Eisenbahnen und dem kompletten linksrheinischen Staatsgebiet bestehende Wunschliste in die Feder diktierte, lieferte er damit zugleich die Munition für neue Kriegshetzer, die bald schon ihre Stimme erheben würden. Diese ignorierten den zuletzt völlig demoralisierten Zustand des Heeres und die Meuterei der deutschen Hochseeflotte. Sie fühlten sich zutiefst gedemütigt und verbreiteten das Gerücht von der »im Felde unbesiegten« Armee, der mit Erzberger ein Zivilist in den Rücken gefallen war. Das von diesem deutschen Zentrumsabgeordneten in einem Eisenbahnwaggon im Wald von Compiègne unterzeichnete Waffenstillstandsabkommen markierte zugleich auch die Geburtsstunde der »Dolchstoßlegende«.

Der Große Krieg hatte das Gesicht der Welt verändert. Fast neun Millionen Soldaten hatten ihn nicht überlebt. Und weil ein Friede anders nicht zu erreichen war, dankten auch viele gekrönte Häupter ab. Bei Zar Nikolaus II. hatten die Bolschewiki nachgeholfen und sicherheitshalber gleich die ganze Familie ausgelöscht. Wilhelm II. zog sich – mehr oder weniger – freiwillig ins Exil nach Schloss Doorn in den Niederlanden zurück. Kaiser Karl I. von Österreich-Ungarn zierte sich bis zum letzten Moment. Erst zwei Tage später – während Matthias Erzberger im Eisenbahnwaggon bei Compiègne noch Marschall Fochs Kapitulationsbedingungen studierte – dankte auch er ab. Einzig der »kranke Mann am Bosporus«, jetzt in Gestalt des Sultans Mehmed VI., hielt noch vier Jahre länger durch. Wie heißt es doch so schön: Totgesagte leben länger.

»Nie wieder Krieg!« Dieser Ruf stand in tausenden von Zeitungen, erscholl aus hunderttausenden von Kehlen. Die Menschen hatten das Töten gründlich satt. Und auch David konnte erst jetzt über seinen Büchern so richtig aufatmen, um die nächste große Hürde seines Lebens zu nehmen.

Das School Certificate absolvierte er mit Auszeichnung. David Newton galt als eines der viel versprechendsten Talente von Eton. Zwei Jahre Schlachtfeld und Schulpause und dieser Schüler überflügelte bis auf einen alle anderen seines Jahrgangs. Wie er das schaffte?

David besaß einen eisernen Willen. Er hatte jetzt eine Aufgabe. Allerdings tat er sich anfangs ziemlich schwer, überhaupt irgendetwas über den Kreis der Dämmerung in Erfahrung zu bringen. Offen gestanden war das handgeschriebene Vermächtnis seines Vaters immer noch das einzige Beweisstück, das von der Existenz dieses Geheimbundes kündete.

Tagelang hatte er in der gewiss nicht unbedeutenden Schulbibliothek von Eton über Geschichtsbüchern gebrütet, Aufsätze über die Tempelritter in sich hineingefressen, jeden zugänglichen Bericht über die Freimaurer und ihre Geheimlogen verschlungen, aber er kam einfach nicht weiter.

Zum Glück gab es da noch Yoshiharu, seinen ältesten Freund. Yoshi – korrekt wie Japaner eben sind – hatte sich altersbedingt nicht für den Tenno Taisho opfern dürfen. Er musste während der Kriegszeit die Schulbank drücken. Dafür konnte er David nun Briefe schreiben und ihm alles mitteilen, was der Familie und seinem Land in den letzten vier Jahren widerfahren war. Im Frühjahr 1919 traf eine für David bestürzende Nachricht aus Japan ein: Yoshiharus

Eltern waren an der »spanischen Grippe« gestorben. Gegen diese heimtückische Influenza war kein Kraut gewachsen. Infolge des Großen Krieges ging die Grippeepidemie wie eine Feuersbrunst über die Erde und raffte in wenigen Monaten mehr als doppelt so viele Menschen dahin, wie auf den Schlachtfeldern gestorben waren. Es gab kaum eine Familie, die keine Opfer zu beklagen hatte.

Auch die Briefe einer anderen Person hinterließen bei David zwiespältige Gefühle, wenn auch wesentlich harmloserer Natur. Über Sir William hielt er weiterhin Kontakt zu Rebekka. Die Rosenbaums waren gegen Kriegsende nach Paris umgesiedelt. Als David seiner Freundin mitteilte, dass er sich den Familiennamen von Sir Isaak Newton ausgeliehen hatte, brachte sie in ihrem Antwortschreiben gleich wieder die Geschichte von Abrahams Sohn, dessen Schwiegertochter und den Kamelen aufs Tapet. David mochte dieses Mädchen wirklich. Aber warum konnte sie nicht einfach seine Freundin sein? Warum wollte sie ihn unbedingt gleich heiraten?

Ein anderes Problem, das David neben seiner Ausbildung beschäftigte, hatte mit einem im Krieg gefallenen deutschen Gefreiten namens Johannes Nogielsky zu tun. Der Abschiedsbrief des Deutschen lag in dem Kästchen mit Vaters Vermächtnis. Beides behandelte er wie einen kostbaren Schatz. Nach Kriegsende hatte David an das Rote Kreuz in Genf geschrieben. Er wollte herausbekommen, wo Johannes' Familie lebte, und ihr den Brief schicken. Auf den Tag genau fünf Jahre nach dem Attentat auf den österreichischen Thronfolger Erzherzog Franz Ferdinand, am 28. Juni 1919, hatte Deutschland den Versailler Friedensvertrag unterzeichnet. David hoffte, damit würde wieder ein normaleres Zusammenleben in Europa möglich werden und bald auch sein eigenes, der Versöhnung dienendes Ansinnen gelingen können.

Als David 1919 am University College in Oxford sein Studium begann, hatte er sich eine feste Marschroute vorgenommen: Er würde Englisch und Geschichte studieren. Für jemanden, der sich für die Honour School of Modern History einschrieb, wurde diese Kombination normalerweise erst gar nicht zugelassen, aber auch hier gelang es Sir William – selbst Oxford-Absolvent und angesehener Förderer der Universität –, für David eine Ausnahme zu erwirken. Der Eton-Absolvent wagte es sogar, noch einige Nebenfächer zu belegen. David wusste zwar noch nicht, ob er seinen Doktor machen würde, aber in jedem Fall wollte er anschließend als Journalist arbeiten. Die ersten Hürden auf diesem Weg hatte er ja schon erfolgreich gemeistert: Da war einmal das hervorragende School Certificate; auch konnte er während seiner Zeit in Eton bereits zwei Essays über japanische Gegenwartsgeschichte und drei kürzere Artikel in Londoner Tageszeitungen veröffentlichen; und last, not least, hatte er von Alfred Northcliffe ein festes Angebot in der Tasche, nach dem Studium bei einer seiner Zeitungen unterzukommen. Er würde ein rasender Reporter werden. Wenn er systematisch die Neuigkeiten aus aller Welt durchforstete, dann *musste* er früher oder später auf die Spur des Kreises stoßen.

## Neubeginn

Die Studienzeit in Oxford war angefüllt mit aufregenden Entdeckungen. Seit der großen Schiffsreise von Japan nach Europa hatte David nicht mehr so in jenem

Vorgang geschwelgt, den manche Kommilitonen abfällig mit dem Wort »Pauken« umschrieben.

Zugleich betrieb er weiterhin seine Suche nach dem Kreis der Dämmerung. Nun war er auf dem besten Weg ein Historiker zu werden. In der ehrwürdigen Universität von Oxford, die sich aus nicht weniger als vierzig Colleges zusammensetzte, standen ihm Möglichkeiten zur Verfügung, gegen die Etons Büchersammlungen erbärmlich waren. Er wusste, ein Gegner war dann am wirkungsvollsten zu bekämpfen, wenn man seine Schliche kannte. Aber diese Erkenntnis allein war für ihn eher frustrierend als motivierend, denn so sehr er sich auch mühte die Geschichte der Menschheit zu durchleuchten, er wollte auf keine Spur des Kreises treffen, die auch nur lauwarm, geschweige denn heiß gewesen wäre.

Studienanfänger im ersten und zweiten Jahr hatten sich, was die Unterkunft betraf, zu bescheiden. Natürlich hätte David auch hier seine Beziehungen spielen lassen können, um ein Zimmer für sich ganz allein zu bekommen, doch das war ihm nicht wichtig. Sein Studium in Oxford und auch die ins Auge gefasste berufliche Laufbahn dienten einem höheren Zweck, aber die zahllosen Nächte in kalten und schlammigen Schützengräben hatten ihn Genügsamkeit gelehrt.

Trotz alledem ergatterte er ein schönes Zimmer in einem großen Langbau, direkt an der High Street. Wenn er das Gebäude morgens verließ, stolperte er sozusagen direkt in das University College hinein. Sein Zimmergenosse nannte sich großspurig Charles W. H. Callington. Wofür das W und das H standen, wollte Charly nicht verraten. Möglicherweise für gar nichts, wie David insgeheim vermutete. Der braunhaarige, etwas rundliche Kommili-

– 410 –

tone stammte aus Cornwall, war auf eine fast liebenswerte Art eitel und verstand sich vortrefflich auf die Unterscheidung von Biersorten. Nebenbei studierte er moderne Geschichte.

Charly hatte eine Gesichtsfarbe wie ein frisch gewaschenes Ferkel und war außerdem ziemlich geschwätzig. Am liebsten sprach er über seine Wirkung auf das weibliche Geschlecht. Das legte sich allerdings nach einem Ereignis, das in den Beginn von Davids Studienzeit fiel. Zu vorgerückter Stunde war Charles W. H. Callington, nachdem er zuvor im *King's Arms* eine nicht näher zu bezeichnende Anzahl *pints* braunen Biers absorbiert hatte, ins Schlafquartier gestürmt. David brütete gerade über einem Geschichtsbuch. Charly wollte ihm von einer Studentenschlägerei im Pub erzählen, aber Davids Interesse war sichtbar gering. Er drehte sich nicht einmal zu seinem Zimmergenossen um. Daraufhin begann der Sohn eines Landadligen mit einer Leidenschaft, die ihm nur seine braune Magenfüllung verliehen haben konnte, über David herzuziehen. Der sei nur neidisch, weil er, Charles W. H. Callington, es sich leisten könne, das Studium in aller Gemütlichkeit an sich vorüberziehen zu lassen. Als Emporkömmling, der nicht mal einen Adelstitel, geschweige denn einen weiteren Buchstaben in seinem Namenszug aufzuweisen habe, *müsse* David sich ja bei den Professoren anbiedern. Aber wer »von unten« stamme, würde nie ganz »nach oben« kommen. Er sei ein Verlierer und würde es auch bleiben – selbst wenn er grün vor Neid werde. Grün, grün …

Als David mit einem Mal sein dickes Buch zuknallen ließ, verschluckte sich Charly am dritten Grün. Der hagere Mr Newton erhob sich langsam vom Tisch, baute sich bedrohlich vor dem fülligen Mr Callington auf und sprach die Wahrheit in einer Weise aus, wie nur er es konnte.

»Wenn hier einer grün vor Neid ist, dann doch wohl du, Charly. Tief in deinem Innern weißt du, dass du ohne deinen Vater und seinen Titel gar nichts bist. Während er dir alles hinten und vorne reinsteckt, erarbeite ich es mir. Ich *kann* es mir erarbeiten, dessen bist du dir sehr wohl bewusst, aber könntest auch du es? Nein, mein Freund. Schau dich doch im Spiegel an: *Dein* Gesicht ist grün vor Neid und nicht meines.«

Charly lachte. Aber nur sehr kurz. Stattdessen beschlich ihn ein beklemmendes Gefühl. Langsam drehte er sich zu dem Spiegel um, der neben der Tür an der Wand hing. Von dort glotzte ihm ein froschgrünes Antlitz entgegen.

Entsetzt wischte sich Charly mit dem Ärmel seiner Jacke über das Gesicht, aber der Spiegel blieb stur. Er zeigte weiterhin Grün. Hierauf begann Charly schreiend aus dem Zimmer zu rennen und sich an die Aufgabe zu machen das ganze Haus aufzuwecken. Nachdem ihm das gelungen war, fing ihn der Hausmeister ein und schleifte ihn wieder ins Quartier zurück. Charlys Bierfahne im Verein mit der unnatürlichen Gesichtsfarbe veranlassten den Pedell eine Tirade von Vorhaltungen über den Studenten auszuschütten und ihm anschließend einen offiziellen Tadel vom Direktorium in Aussicht zu stellen.

Am nächsten Morgen war Charlys Gesicht wieder rosig wie immer. Von diesem Tage an kam David sehr gut mit ihm aus.

Im Frühjahr 1921 versetzten David aufregende Neuigkeiten in eine Unruhe, die er in diesem Grad lange nicht mehr erlebt hatte. Den Anlass gab ein Artikel in der *Times*, für die er ein Abonnement besaß. Diese urenglischste aller englischen Zeitungen beschrieb das, was da kommen sollte, in einer für dieses Blatt erstaunlich überschwänglichen Weise. Während David den Artikel las, holte er höchstens einmal Luft.

> *Der 3. März wird wahrscheinlich als einer der denkwürdigsten Tage der japanischen Geschichte angesehen werden, denn heute ist von Yokohama aus seine Kaiserliche Hoheit Prinz Hirohito zu seiner Reise nach England aufgebrochen. Noch nie zuvor hat ein Thronerbe Japans sein Heimatland verlassen und der hiermit geschaffene Präzedenzfall bezeichnet in der Geschichte der ältesten Dynastie der Welt einen Markstein, der fast mit der Restauration des Jahres 1867 zu vergleichen ist.*

Der Bericht erging sich noch eine Weile über Hirohitos »größte Vorzüge«, die der Schreiber in der frappierenden Ähnlichkeit des Kronprinzen mit seinem Großvater Mutsuhito ausgemacht zu haben glaubte. Selbst die »Würdenträger bei Hof« seien davon »zu Tränen gerührt«. Was David viel mehr in Erregung versetzte, war jedoch ein ganz bestimmtes Detail von Hirohitos Besuchsprogramm: Der japanische Thronerbe würde auch Oxford besuchen.

Hörbar nach Luft ringend ließ sich David in seinen Stuhl zurückfallen. Er wollte erst gar nicht glauben, was er da gelesen hatte. Verwirrt blickte er aus dem Fenster seiner Kammer, die er noch immer mit Charly teilte, auf den ummauerten Garten hinab. Sein alter Freund Hito, der Junge mit den traurigen Augen! Wie hatte er es nur geschafft, sich gegen seine Hofbeamten durchzusetzen, ohne ihnen nicht wenigstens seinen rituellen Selbstmord anzubieten?

Vielleicht, überlegte sich David, war er ja sogar zum *seppuku* bereit gewesen. Vögel in goldenen Käfigen haben oft nur eine geringe Lebenserwartung. Doch aus gewöhnlich gut unterrichteten Quellen wusste er auch, dass es mit der Gesundheit von Hitos schwachsinnigem Vater nicht zum Besten bestellt war. Vielleicht hatte man deshalb den Kronprinzen die Anker lichten lassen.

David lächelte in stiller Zufriedenheit vor sich hin, in seinem Kopf ein seliger Gedanke: Dann hast du also doch auf den Rat deines alten Freundes gehört, kleiner Hito. Das gefällt mir gut!

In den kommenden Wochen fieberte David dem großen Ereignis ungeduldig entgegen. Er verfolgte jeden von Hitos Schritten. Als die *Katori*, das Zwölftausend-Tonnen-Schlachtschiff des Kronprinzen, in Kairo anlegte, überschlugen sich die Zeitungen mit ihren Berichten über diesen zivilisierten, gut aussehenden jungen Mann. Hirohito habe sich köstlich amüsiert, hieß es in einem Blatt, während ein Sandsturm die Frisuren der Damen im Garten der britischen Botschaft von Kairo verwüstete.

Das Besuchsprogramm führte weiter über Malta, Gibraltar bis in den Golf von Spithead, wo Hirohito eine Parade der Royal Navy abnahm. Überhaupt zollte man dem hohen Gast überall großen Respekt. Man führte ihn zu »Othello« in die Oper, ließ ihn Pferderennen besuchen und zeigte ihm sämtliche Variationen der gehobenen westlichen Lebensart.

Über Portsmouth, wo ihn der Prince of Wales in Empfang nahm, näherte sich Hirohito Oxford immer mehr. Als David beim Master des Colleges vorsichtig anfragte, ob

– 414 –

denn irgendeine Möglichkeit bestände den japanischen Kronprinzen zu sprechen, erlitt dieser einen Erstickungsanfall, weil er sich vor Lachen nicht mehr halten konnte. Daraufhin nahm David Kontakt zu Sir William und Sir Northcliffe auf und – siehe da! – die Privataudienz klappte. Fünfzehn Minuten wurden David zugestanden. Wie sollte er es nur schaffen, acht Jahre durch dieses Nadelöhr zu zwängen?

Wäre es nach David gegangen, dann hätte Hirohito sein weiteres Besuchsprogramm getrost zusammenstreichen oder wenigstens ihm zuliebe umstellen können. Aber da der Kronprinz noch nichts von seiner Überraschung wusste, ließ er sich Zeit. Zunächst logierte er noch im Buckingham Palace, besuchte den Tower, das Britische Museum und die Bank von England. Er plauderte mit Premierminister Lloyd George und ließ sich von Lord und Lady Curzon einladen, die eigens für ihn die Pawlowa aus Paris herbeischafften, damit sie für den hohen Gast den »Sterbenden Schwan« tanzte.

Dann endlich war es so weit. Die edlen Karossen von Hirohito und seinen – vornehmlich aristokratischen – Fremdenführern rollten über die Londoner Stadtgrenze nach Nordwesten, stießen bis zum Oberlauf der Themse vor und kreuzten schließlich im Wald der gotischen Türme von Oxford auf.

Vor der eigenen Hochzeit konnte man nicht aufgeregter sein. Dachte David zumindest. Wie ein Trauerzug aus Weinbergschnecken wälzte sich die japanisch-britische Delegation durch das Stadtgebiet, in dem die verschiedenen Colleges von Oxford eingebettet waren. Im vorderen Haupthof des bald siebenhundert Jahre alten University College steckte Graf Yoshinori dem Kronprinzen endlich

– 415 –

einen Umschlag aus Büttenpapier zu, den er selbst zuvor von einem Mitglied der englischen Begleitmannschaft erhalten hatte. Hirohito öffnete das Kuvert, zog eine Karte heraus und las die *Hiragana*-Zeichen, die ein ganz offensichtlich miserabler Kalligraf auf das Papier gepinselt hatte:

*Schön, auf den Rat eines Freundes zu hören.*
*Schön, sich auch nicht am Spaße zu stören.*
*Schön, eine Reise nach England zu machen.*
*Schön, in der Ferne mit Freunden zu lachen.*
*Schön, sich auch nur an der Schönheit zu laben.*
*Die güld'ner Ball und Schwert für uns haben.*

Hirohito hob den Blick und sah den Überbringer der Nachricht mit unbewegter Miene an. Ohne das geringste Zittern in der Stimme sagte er: »Von wem stammt dieses Gedicht, Graf Yoshinori?«

»Es wurde mir bei unserer Ankunft von einem unserer Gastgeber zugesteckt. Er sagte, diese Nachricht sei von großer Wichtigkeit und Eure Hoheit würden es in allerhöchstem Maße missbilligen, wenn man sie Euch nicht noch hier, in Oxford, aushändigte. Der Verfasser dieser Verse, ein junger Engländer, wartet in der Bibliothek dieses Colleges auf Euch, Hoheit.«

Hirohitos Blick wanderte wahllos zu einem der umstehenden Gebäude, das seiner Ansicht nach eine Bibliothek sein konnte (jedoch in Wahrheit die *Chapel Hall* war). Dann sah er wieder in das Gesicht des Grafen. »Bitte bringen Sie mich umgehend zu diesem jungen Mann, Graf Yoshinori.«

Wenig später betrat Hirohito – auf seinen ausdrücklichen Wunsch *allein* – die Bibliothek des University College. Sein Gefolge hatte ihm fünfzehn Minuten für diese außerplanmäßige Unterbrechung des Besuchsprogrammes eingeräumt. Der Kronprinz schritt langsam an den quer stehenden Regalen entlang. Er konnte niemanden entdecken.

Mit einem Mal hörte er eine Stimme auf Japanisch sagen: »Haben Eure Hoheit Ihr *kusanagi* mitgebracht oder doch den goldenen Ball?« David trat hinter einer Wand aus Büchern hervor und grinste Hirohito so breit an, wie es in Japan nur einem Knaben unter zwölf erlaubt war.

Der Kronprinz blieb einen Moment lang starr vor Verwunderung, aber dann gestattete auch er sich ein befreites Lächeln.

»Was hast du mit deinen Haaren angestellt, David-*kun*?«

»Ich wasche sie mit Henna. Das gibt mir eine irische Note, findest du nicht?«

Die beiden fast gleichaltrigen jungen Männer traten aufeinander zu und schüttelten sich die Hände.

»Entschuldige, wenn ich nicht vor dir niederfalle«, sagte David lachend.

»Das macht überhaupt nichts«, erwiderte Hirohito gut gelaunt. »In London haben mich riesige Menschenmengen begrüßt und mir zugewinkt und mich angelacht, ohne dass die Polizei sie dafür eingesperrt hätte.«

»Tja, und da behaupten unsere Nachbarn immer, wir Engländer seien steif. Komm, setzen wir uns.«

Sie suchten sich einen Platz am Ende der verlassenen Tischreihe, die sich fast durch den ganzen lang gestreckten Saal zog. Die Universitätsleitung hatte für diesen Tag sämtliche Studenten aus der Bibliothek herausgefegt.

Hirohito bewunderte kurz die beiden großen sitzenden Statuen vor dem kunstvollen Maßwerk des Fensters, dann wandte er sich wieder seinem alten Freund zu.

»Wie geht es dir?«, fragte David in aller Aufrichtigkeit.

»Ich habe mich noch nie so wohl gefühlt wie hier in England. Ihr seid einfach ein bemerkenswertes Volk! Euer Kronprinz ist so … so *locker*. Er darf in Restaurants essen gehen und Sport treiben.«

»Ach was!«

»Ja, und stell dir vor: Er trägt Knickerbocker.«

»Die habe ich nie gemocht.«

»Sogar euer König behandelt mich wie seinen eigenen Sohn.«

»Sag bloß! Und wie äußert sich das?«

Ein Lächeln huschte über Hitos Gesicht. »Als wir im Buckingham Palace wohnten, ist einmal etwas ziemlich Überraschendes geschehen. Meine Stallmeister waren jedenfalls außerordentlich erschrocken, als Seine Majestät König George V. eines Morgens nur halb angezogen meine Suite betrat. Er trug Beinkleider mit Hosenträgern, ein offenes Hemd und Hausschuhe, ist einfach auf mich zugegangen und hat mir auf die Schulter geklopft.«

»Ein Skandal!«

»Du machst dich über mich lustig.«

»Nur ein wenig.«

»Ich habe dich vermisst, David. Du warst immer so anders als die Kinder am Hof oder im Gakushuin. So offen.«

»Wenn Freunde einander nicht mit Offenheit begegnen können, wer dann? Hast du seit meiner Abreise aus Japan ein paar neue gefunden? Ich hörte, du bist verlobt!«

»Zweimal ja. Erstens ist Prinzessin Nagako ein sehr liebliches Mädchen. Leider habe ich noch nie ungestört mit ihr sprechen können. Du musst wissen, dass wir uns bisher nicht sehr oft treffen durften – ich könnte die Gelegenheiten an einer Hand abzählen. Aber ich glaube, sie ist auch ziemlich gescheit.«

»Das freut mich für dich. Und zweitens?«

Hito sah David fragend an. Dann erhellte sich seine Miene. »Ach so! Ja, ich habe einen Freund gefunden. Er ist älter als ich.«

»Sind das nicht alle, die dich am Hof umlagern?«

»Bis auf meinen Bruder Chichibu schon.«

»Und wer ist dein neuer Freund?«

»Er heißt Dr. Hirotaro Hattori und ist mein Biologielehrer.«

David hatte nie ein besonders inniges Verhältnis zu einem seiner Lehrer unterhalten. Dementsprechend überrascht präsentierte sich nun sein Gesicht.

Hito lächelte schüchtern. »Ich habe eine Schwäche für Meeresbiologie, und das ist auch Dr. Hattoris Spezialgebiet. Ich konnte ein junges Perlentaucher-Ehepaar aus Toba kommen lassen. Sie bewohnen jetzt ein Haus am Strand von Sagami. Wenn ich meinen Eltern in Hayama wöchentlich die Aufwartung mache, kann ich mich jetzt mit Dr. Hirotaro Hattori treffen. Dann fahren wir zusammen mit den Perlentauchern in die Bucht hinaus und fischen vier oder fünf Stunden lang Meerespflanzen aus dem Wasser.«

»Hört sich aufregend an.«

»Mir bereitet es viel Freude.«

»Entschuldige, war nicht so gemeint. Ich freue mich für dich, dass du unter all den intriganten Höflingen wenigstens ein paar Menschen gefunden hast, für die dein Herz schlägt.«

– 419 –

»Und ich beneide dich dafür, dass du *hier* studieren darfst.«

David sah zu dem Bleiglasfenster hin, als könnte er damit ganz Oxford überblicken, und nickte. »In gewisser Hinsicht ist dieser Ort für mich wie die Abgeschiedenheit eines Klosters. Wenn ich keine Zeitung läse, wüsste ich nicht einmal, dass Großbritannien gerade in einer seiner größten Wirtschaftskrisen steckt.«

Hito nickte. »Ich habe darüber mit eurem Premierminister gesprochen.«

Für einen Moment verdüsterte sich Davids Miene und als er den Mund öffnete, klang er verbittert. »Als wenn der Große Krieg den Menschen nicht schon genug Leid zugefügt hätte! ›Nie wieder Krieg!‹, haben die Menschen geschrien, weil ihnen neun Millionen Tote genug des Elends schienen. Aber kaum war das Gemetzel zu Ende, da brach auch schon die ›spanische Grippe‹ aus und löschte weitere zwanzig Millionen Menschenleben aus (manche sagen, es seien sogar doppelt so viele gewesen). Und jetzt? Jetzt hat das Hungern immer noch kein Ende. Es heißt, inzwischen seien eine Million achthunderttausend Menschen arbeitslos. Dieser A. J. Cook hat die walisischen Bergarbeiter zu einem schier endlosen Streik aufgestachelt und dadurch liegt halb England brach. Weil es nicht genug Kohle gibt, ist teilweise sogar der Eisenbahnverkehr zusammengebrochen.«

Hito sah seinen erregten Freund bestürzt an. »So drastisch hat mir Lloyd George die Auswirkungen der Krise nicht beschrieben.«

»Wen wundert's!«, schnaubte David. »Hast du schon einmal erlebt, dass die da oben …?« Er stockte und mit einem Mal musste er losprusten.

– 420 –

»Was ist?«, fragte Hito besorgt.

»Mir war für einen Augenblick ganz entfallen, dass du selbst einer von denen ›da oben‹ bist.«

»Manchmal wünschte ich, mehr Menschen würden das vergessen.«

David wurde wieder ernst. Nachdenklich blickte er in die nun wieder traurigen Augen seines Freundes. Er wollte gerade das Gespräch auf ein weniger verfängliches, gleichwohl für ihn sehr wichtiges Thema lenken, als es zaghaft, aber beständig an der Bibliothekstür klopfte.

»Das werden deine Aufpasser sein.«

»Hoheit, die Zeit ist schon weit fortgeschritten«, ertönte es auch prompt von der Tür her. Irgendwo dort musste eine Uhr viel zu schnell ticken, dachte David grollend.

»Ruhe, ich bin noch nicht fertig!«, rief Hirohito. Das Klopfen erstarb sogleich.

»Ich hätte dir gar nicht zugetraut so energisch aufzutreten«, sagte David ohne jeden Spott.

»Das muss die englische Luft sein. Bestimmt werde ich mich von meinen Beratern, Geheimsiegelbewahrern und wie sie alle heißen zu Hause wieder herumkommandieren lassen.«

»Bevor wir voneinander Abschied nehmen müssen, wollte ich dich noch etwas fragen, Hito.«

Der Kronprinz nickte.

»Erinnerst du dich noch an den Namen Mitsuru Toyama?«

Hito schüttelte den Kopf, aber nicht um die Frage zu verneinen. »Wie könnte ich das Haupt des Schwarzen Drachens vergessen haben? Er war Fürst Yamagatas eifrigster Unterstützer in der Kampagne gegen Prinzessin Nagako.«

»Deine Verlobte? Er hat doch wohl nicht etwa versucht sie zu vergiften oder ihr sonst irgendwelche Fußangeln gestellt?«

»Nein. In diesem Fall gingen der Choshu-Clan und ihr zwielichtiger Komplize Toyama viel hinterlistiger vor. Sie haben niederträchtige Gerüchte in die Presse gesetzt. Mal war Nagako farbenblind, dann wieder unfruchtbar. Sie muss in dieser Zeit sehr gelitten haben.«

David schüttelte ungläubig den Kopf, kam dann aber wieder auf sein eigentliches Anliegen zurück. »Gibt es irgendeine Möglichkeit Mitsuru Toyama wegen seiner Untaten ins Gefängnis zu werfen?« Möglichst eines, zu dem es nur einen Schlüssel gibt, der sehr klein, sehr leicht zu verlieren ist, fügte er in Gedanken hinzu.

Hito dachte nur einen Augenblick darüber nach. »Selbst mein Vater hätte nicht die Macht diesen Mann anzugreifen. Toyama ist gefährlicher als jeder Mensch, den ich kenne. Wenn er wollte, könnte er selbst den Tenno umbringen lassen.«

David nickte traurig. Im Grunde hatte er keine andere Antwort erwartet. »Kennst du den Kreis der Dämmerung?«, fragte er unverwandt.

»Der Name sagt mir gar nichts. Was soll das sein?«

»Eine verschworene Bruderschaft, ähnlich wie Toyamas Amur-Gesellschaft, aber kleiner, viel geheimer und sehr viel gefährlicher.«

Diesmal ließ sich Hito mehr Zeit zum Nachdenken, doch am Ende schüttelte er nur wieder den Kopf. »Tut mir Leid, David-*kun*. Glaubst du, Toyama hat irgendetwas mit diesem Geheimbund zu tun?«

»Ich denke sogar, dass er darin eine führende Position bekleidet, aber ich kann es nicht beweisen.«

»Möglicherweise könnte ich ein paar von meinen Kontakten spielen lassen«, erbot sich Hito, ganz wie es David gehofft hatte.

»Du müsstest aber sehr diskret vorgehen. Ich möchte nicht, dass dir irgendetwas zustößt.«

Hitos Augenbrauen zogen sich fragend zusammen.

»Ich habe Grund zu der Annahme, dass die Ermordung meiner Eltern durch den Kreis der Dämmerung veranlasst wurde.«

Jetzt wurden die Augen des Kronprinzen groß. »Deine Eltern sind …?«

David nickte bedeutungsschwer.

»Ich hatte ja keine Ahnung …! Es tut mir sehr Leid für dich, David-*kun*.«

Dieses Bekenntnis aus Hitos Mund kam einem Gefühlsausbruch gleich. David wusste das zu würdigen und zwang sich zu einem Lächeln. »Vielen Dank, Hito. Die Wunde ist inzwischen vernarbt. Nur ab und zu schmerzt sie noch.«

»Ich glaube, ich sollte mein Gefolge nicht länger warten lassen«, sagte Hito.

David musste schmunzeln. »Wieso? Sie haben sich doch nicht mehr gemeldet.« Aber dann nickte er verständnisvoll. »Dieses Treffen hat mir sehr viel bedeutet, Hito. Vielen Dank, dass du mir deine Zeit geopfert hast.«

Hito schenkte ihm zum letzten Mal sein Lächeln, das in natura sehr viel strahlender wirkte als die zurzeit millionenfach in Druckerschwärze gebannten Kopien in britischen Zeitungen. »Es war auch für mich schön, dich wieder zu sehen, David-*kun*. Ich werde versuchen etwas über Toyamas Verbindung zu einem Kreis der Dämmerung herauszufinden. Wie kann ich dich erreichen?«

David sagte es ihm. Er hatte schon einen Zettel vorbereitet, auf dem alles stand, auch die Adresse von Sir William, der für die beiden als »Briefkasten« herhalten sollte. Anschließend – das lästige Klopfen an der Tür setzte gerade wieder ein – verabschiedeten sie sich.

»Werden wir uns wieder sehen, David-*kun*?«

»Das hoffe ich doch sehr, Hoheit. Vielleicht seid Ihr dann schon der neue Mikado von Japan.«

Der Gedanke schien Hito nicht sonderlich zu beflügeln. »Das ist nicht wichtig, mein Freund. Hauptsache, es wird für uns beide und die Menschen in unseren Ländern eine glücklichere Zeit.«

Der japanische Kronprinz verließ die Bibliothek, wie er sie betreten hatte: allein.

Als er die Tür nach draußen öffnete, erhaschte David einen Blick auf den Grafen Yoshinori, der verzweifelt seine Taschenuhr schüttelte. »Was machen Sie da, Graf?«, fragte Hirohito verwundert.

»Irgendetwas stimmt mit meiner Uhr nicht, Hoheit. Sie tickt zwar, aber nur ganz langsam. Fast so, als wolle sie jeden Augenblick stehen bleiben.«


Als Hirohito am 19. Juli in Begleitung eines japanischen Geschwaders die Bucht von Neapel in Richtung Nippon verließ, endete ein dicht gedrängtes Besuchsprogramm. Späteren Generationen von Japanern sollte es vorbehalten bleiben, daraus jenes Schnellverfahren zu entwickeln, durch das eine umfassende Erkundung Europas in nur einer Woche oder noch kürzerer Zeit möglich wurde.

Im britischen Blätterwald gab es übrigens nicht das geringste Rascheln, was das geheime Treffen des Kronprinzen mit einem Oxfordstudenten betraf. Die wenigen Personen, die davon wussten, respektierten den Wunsch des hohen Gastes und bewahrten Diskretion. Alsbald begann für David wieder ein ruhigerer Abschnitt seiner Oxfordzeit, der ganz seinen vielfältigen Studien gewidmet war. So wie er es Hirohito geschildert hatte, verzog er sich dabei ganz in das kleine Reich der *City of Spires*, der »Stadt der Turmspitzen«, wie man Oxford ob seiner zahlreichen gotischen Uhren- und Kirchtürme nannte.

Eine Zeit lang hielt er sogar alles von sich fern, was von der Welt draußen zu ihm auf den Campus schwappte: Die Menschen der vormals kriegführenden Nationen hungerten. Jeden Tag schien es irgendwo eine Revolution, einen Putsch oder eine neue Regierung zu geben. Russland fraß im Bürgerkrieg seine Kinder gleich millionenfach, auch deshalb, weil diese nichts zu beißen hatten und schlichtweg verhungerten. In Indien meldete sich immer häufiger ein gewisser Mohandas Karamchand Gandhi zu Wort, der sich von der Gewaltlosigkeit der Suffragetten dazu hatte inspirieren lassen, den britischen Kolonialherren auf freundliche, aber bestimmte Weise die baldige Abreise aus seinem Subkontinent nahe zu legen. Deutschland klagte über die Höhe der von den Alliierten festgesetzten Reparationszahlungen – zweihundertsechsundzwanzig Milliarden erschienen ihm irgendwie zu hoch. Zumal bereits ein neues Gespenst am Horizont heraufzog, das den Namen »Inflation« trug. In Rom starb der Papst und ein neuer, der sich Pius XI. nannte, wurde gewählt.

Von all dem (und noch vielem mehr) nahm David kaum Notiz. Als Sir William ihm im April 1922 jedoch einen Brief aushändigte, der gerade aus Japan eingetroffen war, musste er seine Aufmerksamkeit zwangsläufig den profanen Dingen des Lebens zuwenden. Hirohito hatte ihm geschrieben. Der Brief trug den Absender von Dr.

Hirotaro Hattori, Hitos Biologielehrer. Kurz nach seiner Heimkehr hatte der Kronprinz den Meeresbiologen darum gebeten, sich künftig als Mittelsmann in ihrem Schriftwechsel zur Verfügung zu stellen. Wenn David erst den Brief gelesen habe, schrieb der Freund gleich zu Beginn, werde er verstehen, weshalb diese Vorsichtsmaßnahme geboten erscheine.

Hito berichtete nun, was in den vergangenen Monaten geschehen war. Er habe sich bemüht etwas über eine Verbindung Mitsuru Toyamas zu einem Geheimbund mit Namen Kreis der Dämmerung herauszufinden, aber bisher erfolglos. Allerdings hätten sich einige dramatische Vorfälle zugetragen. Etwa vier Wochen nach Hitos Rückkehr aus Europa habe sich ein junger Mann auf Premierminister Hara gestürzt, der vom Shimbashi-Bahnhof nach Kyoto reisen wollte. Der Attentäter, ein Eisenbahnbediensteter namens Konichi Nakaoka, habe dem Premier einen Dolch in den Rücken gestoßen, sich anschließend der Polizei gestellt und gelassen verkündet, er habe als Patriot gehandelt, da von dem Premierminister »die Verfassung besudelt« worden sei. Das Bedeutsame an dem Vorfall war weniger der politische Mord als vielmehr der Name, der damit in Verbindung gebracht wurde: Angeblich soll Toyama selbst den Eisenbahner zum Mord angestiftet haben, schrieb Hito. Gleichwohl konnte man dem Kopf der Amur-Gesellschaft nichts nachweisen. Er sei nicht einmal vor Gericht gestellt worden.

Nun, während David-*kun* wohl gerade seinen Brief in den Händen halte, erwarte Hirohito den Prinzen von Wales zu Besuch. Er freue sich auf dieses Treffen ganz außerordentlich, aber Toyama setze anscheinend alles daran, ihm dieses Vergnügen zu verleiden. Vor wenigen

Tagen habe sich nämlich vor dem Kaiserpalast ein junger Mann mit einer selbst hergestellten Bombe in die Luft gesprengt – nur drei Wochen vor der Ankunft des englischen Kronprinzen. Angeblich habe das Opfer der Gesellschaft Schwarzer Drache angehört und mit seinem Selbstmord gegen die Versuche protestiert, die Reinheit der Kaiserfamilie dadurch zu beflecken, dass man den Prinzregenten zwinge sich mit ausländischen – also minderwertigen – königlichen Personen auf eine Stufe zu stellen.

Vielleicht könne David nun verstehen, weshalb er, Hirohito, so auf Diskretion bedacht sei, was ihre Korrespondenz betraf. Der Chef des Schwarzen Drachens würde sich natürlich nie offen gegen das Kaiserhaus stellen, aber Hito glaube, dass Toyama ihm unterschwellig drohe: Wenn er seine Ermittlungen in Bezug auf Toyamas geheime Machenschaften nicht einstelle und sich dem Diktat dieses mächtigen Mannes nicht füge, dann könne er das nächste Mal auch den Mundschenken des Kaisers in die Luft sprengen oder seinen Geheimsiegelbewahrer oder irgendeine andere Person, mit der Hito ständig Umgang habe.

Als der Prinzregent mit seinem Brief zu Ende kam, klang es wenig ermutigend für David.

*Im Moment führt Mitsuru Toyama seine Angriffe noch indirekt gegen mich aus, aber das kann sich schnell ändern. Erst kürzlich hat er von seinen fanatischen Mitarbeitern einige Artikel in die Presse schleusen lassen. Darin wurden den kaiserlichen Beratern schwere Vorwürfe gemacht. Sie hätten mir untersagen müssen mich dadurch zu erniedrigen, dass ich mit Ausländern und anderen untergeordneten Leuten umgehe, als seien sie mir* ebenbürtig, schrieben die Blätter. Verantwortungsbewussten Japanern wäre natürlich klar, dass wegen der internationalen Beziehungen ein königlicher Gast aus Großbritannien vom Prinzregenten empfangen und mit Höflichkeit behandelt werden müsse – aber sei es denn wirklich nötig, mit ihm zu Fuß spazieren zu gehen und ihn anzulächeln? Erwecke das nicht den Anschein, als sei die Kaiserfamilie unterwürfig?

Du kannst dir vorstellen, David-kun, wie zermürbend Toyamas Propaganda für mich ist. Wie kann ich noch annehmen, dass mein Gast, der Prinz von Wales, bei mir wirklich sicher ist?

Ich werde dennoch meine Nachforschungen in Hinblick auf den Kreis der Dämmerung und Toyamas mögliche Verbindungen dazu weiterführen. Es kann allerdings noch Monate, wenn nicht gar Jahre dauern, bis wir diesem gerissenen Ganoven auf die Schliche kommen, weil ich in aller Verschwiegenheit handeln muss. Bitte habe Verständnis dafür. Und noch einmal: Benutze bitte ausschließlich Dr. Hattoris Adresse, wenn du mir schreiben willst.

Zeit ist der Stoff, aus dem das Leben ist. Vielen Dank, David-kun, für die Bahnen, die wir uns davon teilen durften. So verbleibe ich

in freundschaftlicher Verbundenheit,

Dein Hirohito

Einerseits war David enttäuscht über das dürftige Ergebnis von Hitos Recherchen, in gewisser Hinsicht konnte er sich aber auch eines Gefühls der Erleichterung nicht erwehren, denn was sollte er tun, wenn er wirklich den eindeutigen Beweis für Toyamas Zugehörigkeit zum Kreis der Dämmerung in den Händen hielt? Er würde kaum jemanden finden, der sich bereit erklärte diesen gefährlichen Menschen festzunehmen. Selbst wenn man den Kopf der Geheimgesellschaft Schwarzer Drache ins Gefängnis steckte, wäre er vermutlich in kürzester Zeit wieder auf freiem Fuß.

Die Konsequenz daraus war erschreckend. David würde zwangsläufig selbst handeln müssen. Das hieß für ihn, nach Japan reisen, Toyama ausfindig machen und ihn mit dem *katana* in zwei Hälften teilen – irgendetwas in der Art. Nein, es war schon ganz gut, noch zu warten, bis er von Hito brauchbarere Beweise für Toyamas Schuld bekam.

Mit gemischten Gefühlen verdrängte David die nagenden Zweifel und stürzte sich wieder in seine Studien.

Erst eine Nachricht im Sommer 1922 rüttelte ihn erneut aus seiner ganz dem Wissenserwerb gewidmeten Versenkung. In Berlin war Walther Rathenau, der deutsche Reichsaußenminister, ermordet worden. Unweigerlich fielen ihm Hitos Schilderungen von dem Attentat auf den japanischen Premierminister wieder ein. Es hatte während Davids Studienzeit zahlreiche Vorfälle dieser Art gegeben, aber aus irgendeinem Grund beendete diese Nachricht Davids mentale Entrückung aus der Welt – vielleicht weil die Zeitungsmeldung behauptete, der Anschlag auf Rathenau sei bereits der dreihundertsechsundsiebzigste politische Mord in Deutschland seit 1919.

Mit der Zeitung unter dem Arm – es war die *Times* vom 25. Juni – fuhr er sogleich nach London. Sir William hatte an diesem Wochenende nicht mit ihm gerechnet und deshalb traf David *Hannibal's Court* verwaist vor. Nur eine drei-

köpfige »Notmannschaft« des Dienstpersonals war zurück-
geblieben, auch Balu war außer Haus. Elsa begrüßte den
Earl überschwänglich an der Tür.

David dankte ihr, stattete dem Tresor in Sir Williams
Arbeitszimmer einen kurzen Besuch ab und verzog sich
anschließend in seine Zimmerflucht, die ihm immer zur
Verfügung stand, wenn er in London weilte. Eigentlich
war er ganz froh weder Sir William noch Balu anzutreffen,
so konnte er sich ganz auf den eigentlichen Zweck seines
Kommens konzentrieren: das Diarium seines Vaters.

Es dauerte nicht lang und er hatte die Passage gefunden,
in der das Manifest des Geheimbundes beschrieben wurde,
vorgetragen vom Schattenlord persönlich.

*Lord Belial sagte weiterhin: »Auch Attentate sind ein
adäquates Mittel, um die stützenden Elemente der Gesellschaft zu entfernen und radikaleren Geistern den Weg
zu ebnen.«*

David erinnerte sich einmal mehr an Vaters auffällige
Reaktion bei jeder neuen Nachricht bezüglich eines An-
schlages. Konnte wirklich der Tod einiger weniger Staatsoberhäupter, Politiker oder anderer einflussreicher Männer das ganze Weltengefüge ins Wanken bringen? Eines
stand jedenfalls fest: Mit dem Ende des Krieges war nichts
mehr wie zuvor. Viele Monarchien existierten nicht mehr.
Die Kirche blutete aus, weil ihr die Unterstützung verloren ging. Radikale Elemente kämpften überall um die
Macht. Konnten fast vierhundert Morde in einem Land
wie Deutschland die gemäßigteren Kräfte so weit schwä-
chen, dass dadurch ein gefährliches Machtvakuum entstand? Eine schwache Führung war für die Massen ebenso

unerträglich wie die Anarchie. Aus Italien hörte man, dass ein ehemaliger Volksschullehrer namens Mussolini eine faschistische Partei gegründet hatte, deren gewalttätige Terrorkommandos im Norden des Landes Angst und Schrecken verbreiteten. Waren solche Männer die »radikaleren Geister«, denen Belial den Weg ebnen wollte, einen Weg, der unweigerlich im Niedergang der Menschheit enden musste?

Als David am Abend den Zug nach Oxford bestieg, trug er eine Holzschatulle unter dem Arm. Bisher hatte sie sicher verwahrt in Sir Williams Safe auf den Tag gewartet, da er sie wieder brauchen würde. Jetzt war die Zeit reif dafür. Er musste noch einmal genau den Bericht seines Vaters studieren, jede Einzelheit. Vielleicht hatte er darin irgendetwas Wichtiges übersehen. Und außerdem: Erst wenn er ihn im Schlaf hersagen konnte, würde ihm niemand mehr dieses einzige Zeugnis entwenden können, das er vom Kreis der Dämmerung besaß.

Der Juni verhielt sich absolut unsportlich. Nun hatte der All England Club extra einen Tennisplatz aus der Taufe gehoben, um das traditionelle Wimbledon-Turnier in gebührendem Rahmen bei Erdbeeren und Schlagsahne zelebrieren zu können, und es regnete wie aus Kübeln. Als sich unvermittelt in den Wolken über dem neuen Centrecourt ein Loch auftat, eilten die US-Meisterin Molla Mallory und ihre Kontrahentin Suzanne Lenglen schnell auf den Rasen und malträtierten kleine Gummibälle. Aus Langeweile ließ David einen von ihnen dunkelblau anlaufen.

Der Ball mit dem Bluterguss wurde sofort ausgewechselt.

»Hast du das eben gesehen?«, fragte Sir William verdutzt, während er sich gleichzeitig zu seinem Schützling hinüberbeugte.

David schmunzelte erst in Balus staunende Augen, dann blickte er scheinbar ahnungslos in Sir Williams Gesicht. Schulterzuckend meinte er: »Da muss wohl irgendein Scherzbold mit Farbe herumgespielt haben.«

»Aber ich kann nirgendwo einen Eimer oder einen Pinsel entdecken.«

»Vielleicht hat einer der Balljungen sich einen Spaß erlaubt. Es gibt Chemikalien, die sich an der Luft verfärben. Mit einem getränkten Lappen lässt sich so ein Trick leicht anstellen.«

»Hm.« Sir William wusste darauf nichts zu erwidern, aber es war ihm anzusehen, wie unzufrieden er mit Davids Erklärung war.«

»Sir William?«

»Ja, David?«

»Könnten Sie mir einen Radioapparat besorgen lassen?«

Der Anwalt runzelte die Stirn. »Ich denke, du studierst Geisteswissenschaften und nicht Ingenieurwesen. Was willst du denn mit diesem neumodischen Schnickschnack?«

»In der *Times* stand letztens etwas über die neue British Broadcasting Corporation. Es heißt, sie strahlen regelmäßig klassische Musik aus. Die wird schließlich nicht von Ingenieuren gemacht.«

»Seit wann bist du denn so an Klassik interessiert?«

»Na ja, eigentlich geht es mir mehr um die Nachrichten.«

»Aber es gibt doch Zeitungen, David!«

»Schon, aber der Rundfunk soll angeblich schneller sein als die Druckpressen.«

»Papperlapapp! Das ist doch alles Unsinn. Wahrscheinlich meldet die BBC in ein paar Wochen Konkurs an und dann sitzt du auf deinem famosen Radiogerät fest.«

»Ich wollte Sie ja nur um diesen kleinen Gefallen bitten, weil ich unter der Woche nie Zeit habe. Balu hätte den Apparat für mich besorgen und ihn mir nach Oxford bringen können. Aber wenn es Ihnen so zuwider ist, dann werde ich mich in den Ferien eben selbst danach umsehen.«

Sir William stieß geräuschvoll die Luft aus der Nase aus. »Diese Jugend hat nur Flausen im Kopf! Du kannst mit deinem Geld natürlich anfangen, was du willst, David. Schließlich bist du jetzt volljährig. Wegen mir kann Balu eine ganze Woche nach diesem Drahthaufen herumlaufen und ihn dir bringen.«

»Danke, Sir William.«

»Ja, ja. Schon gut, David.«

## Unter Verdacht

Das Radiogerät war eine ziemlich diffizile Konstruktion. Man musste mit einem Draht auf dem Kristall des »Detektors« herumsuchen und gleichzeitig angestrengt in einen Kopfhörer lauschen. Wenn man Glück hatte, tauchte irgendwann aus dem Rauschen und Knistern das blecherne Klingen von Beethovens Klaviersonate Nr. 8 in c-Moll oder die gewichtige Stimme eines Nachrichtensprechers auf. Auch erfrischend neue Klänge aus den Vereinigten Staaten von Amerika kamen bisweilen über den Äther. Charly wusste bereits, dass man diesen Musikstil Jazz nannte.

Die Ferien verlebte David wie gewöhnlich in *Hannibal's Court* in London. Die meiste Zeit davon verbrachte er in der Reference Division des Britischen Museums. Unter den Millionen Büchern und Dokumenten in der Universität hatte er bisher keinen einzigen Anhaltspunkt finden können, der auf den Kreis der Dämmerung hinwies. Hier, in den verschiedenen Abteilungen des Museums, gab es ein Vielfaches von Büchern, Manuskripten und allem, was die menschliche Schreib- und Druckkunst jemals hervorgebracht hatte. Natürlich musste sich David – in Oxford ebenso wie im British Museum – bei seiner Suche an eine thematische Ordnung halten. Kein Mensch konnte wirklich so viele Schriften auch nur oberflächlich in Augenschein nehmen. Während er daher im Sommer 1922 ein um den anderen Tag erfolglos nach Spuren fahndete, die auf einen *Circle of the Dawn*, den Kreis der Dämmerung oder einen ähnlich benannten Geheimzirkel hindeuteten, beschlich ihn zunehmend der Verdacht seine Suche könnte an einem grundsätzlichen Denkfehler kranken.

Am Montag, dem 14. August, verließ er nach dem Frühstück *Hannibal's Court* durch die Hintertür, wie er es seit seiner Rückkehr aus dem Krieg fast immer tat. Es gab keinen David Camden mehr und er wollte alles tun, damit das auch so blieb. Selbst seine saloppe Kleidung, die er seitdem, sehr zu Sir Williams Missbehagen, trug, gehörte zu dieser Tarnung. David Newton war für jeden, der ihn sah, ein junger Mann aus dem gehobenen Mittelstand, aber niemals ein wohlhabender Earl.

Bei der Rückkehr bemerkte David schon auf der Straße, dass etwas nicht stimmte. Bobbys hatten das gesamte Gebäude umstellt. Als David den Beamten am Hintereingang vorsichtig fragte, was dieser Aufwand zu bedeuten habe, wurde er sofort in Gewahrsam genommen.

Wenig später sah er sich einem gewissen Lieutenant Hastings gegenüber, der im Salon von *Hannibal's Court* ein provisorisches Verhörzentrum eingerichtet hatte. Erst hier erfuhr er den Grund für diesen ganzen Rummel: Sir William H. Rifkind war am Nachmittag tot in seinem Arbeitszimmer aufgefunden worden. Der Butler, der den Tee servieren wollte, hatte den Anwalt gefunden. David war starr vor Schreck. Die Vergangenheit hatte ihn eingeholt.

»Wer sind Sie, Sir, und was hatten Sie am Hintereingang von *Hannibal's Court* zu suchen?«, fragte der Lieutenant in amtlich korrektem Ton.

David erklärte es ihm. Der junge Mann musste dabei auf den Beamten einen sichtlich verstörten Eindruck gemacht haben.

Sein Name laute David Newton und Sir Rifkind sei früher sein Vormund gewesen. Wie das Dienstpersonal bestätigen könne, verbringe er regelmäßig die Ferien und außerdem auch so manches Wochenende im Hause des Anwalts. Sie hätten sich sehr nahe gestanden und er sei, gelinde gesagt, erschüttert über das, was er da gerade erfahren habe. Noch am Morgen hätten er und Sir Rifkind gemeinsam gefrühstückt und nichts hätte auf eine Beunruhigung oder Besorgnis des Hausherren hingewiesen.

»Keine Anzeichen für eine Bedrohung?«, hakte Lieutenant Hastings nach.

»Nein, nichts«, murmelte David benommen. »Befindet sich die Leiche Sir Rifkinds noch am Tatort und könnte ich sie noch einmal sehen, bevor sie von hier …?« Ihm versagte die Stimme.

Der Scotland-Yard-Beamte war noch immer sehr zurückhaltend. Es mochte ja sein, dass David im Hause ein und aus ging. Die meisten Mörder taten das.

Zu Davids Erleichterung wehten in diesem Moment die Fetzen eines heftigen Wortstreites in den Salon. Er erkannte die Stimme sofort.

»Ich bin Bürger des Britischen Reiches und Commonwealth. Und außerdem der Tiger von Meghalaya. Ich bestehe darauf, dass Sie mich da reinlassen.«

Lieutenant Hastings zog unwillig die Augenbrauen zusammen und rief mit seiner leicht knarrenden Stimme: »Was ist denn das für ein Radau da draußen?«

»Das ist Corporal Baluswami Bhavabhuti«, sprang David hilfreich ein, noch bevor eine Antwort durch die Tür sickern konnte. »Dieser ehrenwerte Unteroffizier der Royal Army wird Ihnen vieles von dem bestätigen können, was ich Ihnen gerade erzählt habe.«

David sollte Recht behalten. Nachdem Balu Dreibein die Bastion der Salontür genommen hatte, stürzte er sogleich auf den Freund zu, ergriff dessen beide Hände und beteuerte, wie Leid ihm das Ganze tue. Mehrere Angestellte des Hauses bestätigten darauf Balus Aussage bezüglich Davids besonderer Stellung in *Hannibal's Court*. Aber selbst das war dem gründlichen Ermittlungsbeamten von Scotland Yard noch nicht Entlastung genug. Per Telefon entsandte er einen Polizisten in das Britische Museum.

»Sie wollten den Leichnam sehen?«, fragte Lieutenant Hastings, nachdem er den Telefonhörer auf die Gabel gelegt hatte.

David musste schlucken. Dann nickte er.

»Haben Sie schon einmal einen Toten gesehen, Sir?«

»Ich bin zwei Jahre lang an der Westfront gewesen.

– 436 –

Mein Debüt im Großen Krieg war die erste Schlacht an der Somme. Meinen Sie, das reicht?«

Der Beamte, der dem Vaterland während des Krieges an seinem Schreibtisch gedient hatte, untersuchte den korrekten Sitz seiner Schnürsenkel. Als er wieder aufsah, sagte er, wesentlich respektvoller: »Entschuldigen Sie, Sir. Sie sehen noch so jung aus.«

»Eben, das ist ja das Fatale am Krieg. Kann ich jetzt den Toten sehen?«

»Ja. Kommen Sie bitte.«

»Einen Moment noch.«

Der Lieutenant sah ihn fragend an.

David haderte noch mit sich selbst. Sollte er wirklich sagen, was ihn beschäftigte? Er holte tief Luft. »Haben Sie an Sir Rifkinds Leichnam irgendetwas Ungewöhnliches beobachtet?«

Die Augen des Polizeibeamten signalisierten erhöhte Wachsamkeit. »Wie meinen Sie das, Sir?«

»Ist die Art und Weise, wie der Tote aufgefunden wurde, irgendwie unnormal?«

»Wollen Sie Ihre Frage auf die Körperhaltung des Leichnams beziehen?«

»Das will ich. Ganz konkret: Hat Sir Rifkind einen stark gestreckten oder sagen wir besser, weit nach hinten durchgebogenen Rücken gehabt?«

Die grauen Augen des Beamten musterten David prüfend. Es war ihnen anzusehen, wie gerne Lieutenant Hastings in diesem Moment die Gedanken des jungen Newton gelesen hätte, aber weil ihm das nicht möglich war, sagte er schließlich: »Vielleicht wäre es klüger gewesen, wenn Sie diese Frage nicht gestellt hätten.«

Davids Vermutung war richtig gewesen: Sir William H. Rifkind hatte einen unnatürlich durchgebogenen Rücken. Der Leichnam lag zwischen Schreibtisch und offenem Stahlschrank. Im ganzen Arbeitszimmer waren die Spuren einer hastigen Durchsuchung zu sehen. Der Safe selbst war fast völlig ausgeräumt.

David ahnte, was das bedeutete, und bald sollte es sich bestätigen. Zwar vermisste einer der eilig herbeigeholten Notariatsgehilfen nach der ersten oberflächlichen Prüfung nichts, aber David wusste, dass Sir Rifkind nach dem Brand von *Camden Hall* die Familiendokumente immer unter Verschluss gehalten hatte. Alles – bis vor wenigen Wochen auch Vaters Vermächtnis – war in dem nun geplünderten Tresor gewesen. Darunter auch ein Großteil der Wertpapiere, die nach dem Verkauf diverser Immobilien Davids Hauptvermögen darstellten. Kein Zweifel, dieser Anschlag galt nicht allein dem Familienanwalt der Camdens, er war gegen David selbst gerichtet. Jemand wollte ihn vernichten. Ein Glück nur, dass Sir William im Safe keine Unterlagen über den Oxford-Studenten David Newton aufbewahrt hatte. Diese schlummerten, versteckt in der Anonymität von hunderten anderen, in seiner Kanzlei.

Lieutenant Hastings war Polizist genug, um zu bezweifeln, dass ein so einflussreicher Mann wie Sir Rifkind in einem fünf Fuß hohen und dreieinhalb Fuß breiten Stahlschrank nichts als Luft aufbewahrte. Aber weder der Kanzleigehilfe noch irgendjemand anderer konnte (oder wollte) ihm etwas über den einstigen Inhalt des jetzt so übersichtlichen Tresors sagen. Was ihn wirklich nachdenklich stimmte, war Davids Frage nach dem Zustand der Leiche, noch bevor er diese – angeblich – zum ersten Mal gesehen hatte.

David verbrachte einen langen Abend in einem tristen Büro des *New Scotland Yard* am Ufer der Themse. Lieutenant Hastings stellte ihm unzählige Fragen, die im Grunde alle dasselbe bedeuteten: Haben Sie Sir William Horace Rifkind ermordet?

Inzwischen war der Beamte zurückgekehrt, der eine bestimmte Mitarbeiterin der British Library zu Hause aufgespürt und befragt hatte. Sie konnte sich an die Lesekarte eines gewissen David Newton erinnern. Der junge Mann – wenn sie sich recht entsann, ein Student – habe die fragliche Zeit unter der Kuppel des großen Lesesaals zugebracht, eingegraben in einen Berg von Büchern. Sie habe ihm bei der Zusammenstellung derselben geholfen. David pries sich glücklich die nette Bibliothekarin in ein Gespräch verwickelt zu haben, andernfalls hätte sie ihn wohl längst vergessen.

Aber auch dieses Alibi wollte dem pingeligen Beamten noch nicht genügen. Ebenso gut hätte jemand anderes sich mit Davids Lesekarte in der Bibliothek aufhalten können, während er seelenruhig seinen Mentor umbrachte. David überlegte, ob es irgendetwas nützen könnte, Hastings eine schwarze Nase zu verpassen oder eine gelbe Zunge. Was nützten ihm seine schönen Gaben, wenn er Knall auf Fall im Gefängnis landete und bald vielleicht in einer Todeszelle …

Bei diesem Gedanken wurden ihm zwei Dinge klar. Erstens: Sollte wirklich Negromanus hinter dem Anschlag gegen Sir William stecken, dann konnte daraus vielleicht der perfekte Mord an David werden: Möglicherweise – hoffentlich! – war Negromanus die wahre Identität von Rifkinds Protegé, des Oxford-Studenten David Newton, nicht bekannt. Aber wenn er argwöhnte, dass der Sohn von Geoffrey Camden alias Jeff Fenton noch immer engen Kontakt zum Familienanwalt der Camdens unterhielt, dann musste er früher oder später auf David Newton stoßen. Ein Mord an Sir William Rifkind musste automatisch zur Verdächtigung Davids führen und würde diesen vielleicht sogar an den Strick bringen. Wenn der Henker das Urteil vollstreckte, würde niemand an Lord Belials rechte Hand denken. Genial!, gestand sich David zähneknirschend ein.

Das Zweite, was David beim Durchgehen seiner beschränkten Möglichkeiten klar wurde, war Folgendes: Nur die Wahrheit konnte ihm jetzt noch weiterhelfen. Er musste diesem misstrauischen Polizisten ja nicht alles sagen, aber er besaß immer noch die Gabe der Wahrheitsfindung.

»Hören Sie, Lieutenant, das Criminal Investigation Department des Scotland Yard ist für seine professionelle Arbeit bekannt …«

»Sie werden nichts erreichen, wenn Sie versuchen mir zu schmeicheln«, unterbrach der Beamte.

»Lassen Sie mich doch bitte wenigstens ausreden!«

»Bitte«, antwortete Lieutenant Hastings pikiert.

»Gewiss gibt es im *New Scotland Yard* auch genaue Aufzeichnungen über Fälle, die schon eine *längere Zeit* zurückliegen.«

»Natürlich. Worauf wollen Sie hinaus?«

»Im Jahre 1882 hat es in Tunbridge Wells und Umgebung mehrere mysteriöse Todesfälle gegeben, darunter auch der Gemeindegeistliche, ein gewisser Pater Garrick. Mehrere der Opfer wurden ähnlich verkrümmt aufgefunden wie heute Sir Rifkind …«

»Tunbridge Wells fällt nicht unter die Zuständigkeit von Scotland Yard und außerdem sind *vierzig* Jahre tat-

– 440 –

sächlich eine ›längere Zeit‹. Wir sind 1892 von Whitehall Place hier in das neue Gebäude herübergezogen. Damals wurde ein Haufen vergilbter Unterlagen ausgemistet.«

»Angenommen eines der Todesopfer aus Tunbridge Wells hatte noch einen Wohnsitz in London gehabt – wäre es möglich, dass dann bei dem Umzug, also gerade mal zehn Jahre nach den Todesfällen in dem Kurort, die Akten mitgenommen wurden?«

»Das halte ich sogar für wahrscheinlich. Ich weiß allerdings nicht, in welcher Hinsicht Sie sich davon eine Entlastung versprechen.«

»Warten Sie. Im Jahre 1916, präzise am 18. März, wurden der Earl of Camden, seine Ehefrau, sein Onkel und ihr Chauffeur bei Windsor tot aufgefunden. Ihre Leichen wiesen dieselben Deformationen auf wie diejenigen von Tunbridge Wells und Sir Rifkind.«

Lieutenant Hastings Blick bohrte sich in Davids Augen. Ein seltsames Funkeln entstand darin. »Ich erinnere mich. Kurze Zeit später ist doch auch die Stadtresidenz der Camdens niedergebrannt und der Sohn des Earls verschollen. Einige haben behauptet, der Camden-Erbe sei in den Flammen umgekommen, aber, soweit ich mich entsinnen kann, wurde nie eine Leiche gefunden. Der Fall ging damals durch alle Zeitungen. Er wurde von Lieutenant Barepitch bearbeitet, meinem Vorgänger. Er ist inzwischen im Ruhestand.«

»Wenn wir einmal alle Spekulationen beiseite lassen und nur die Fakten – die mysteriösen Todesfälle – berücksichtigen, halten Sie es dann noch immer für wahrscheinlich, dass *ich* der Mörder bin? Sehen Sie mich an: Wie jemand, der vor vierzig Jahren einen Mord begehen konnte, sehe ich doch wohl wirklich nicht aus, oder?«

Einen Moment lang überlegte Hastings, aber dann schüttelte er den Kopf. »Es hat mich schon immer gestört, dass der Scotland Yard bei Sir Doyle immer wie ein Verein von Pickelheringen dargestellt wird.«

»Wie bitte?«

»Wenn sich Arthur Conan Doyle hier das nächste Mal blicken lässt, um für eine seiner Sherlock-Holmes-Possen zu recherchieren, werde ich ihm gehörig meine Meinung sagen.«

»Ich fürchte, ich verstehe immer noch nicht.«

»Das ist doch ganz einfach, Mr Newton, Sir: Selbst wenn diese Deformationen, von denen Sie sprechen, existieren – möglicherweise durch Einfluss von Gift oder durch eine besonders abnorme Tötungsweise –, dann beweist das doch noch lange nicht Ihre Unschuld. Sie könnten diese Masche ja aufgeschnappt haben, um damit von sich abzulenken!«

David blickte entsetzt in das Gesicht des Beamten. Er sah sich schon am Strick baumeln, den Kopf unappetitlich zur Seite geknickt. Wenn sich die Dinge so weiterentwickelten wie in den letzten Stunden, dann hätte er bald endgültig gegen den Kreis der Dämmerung verloren. Was sollte er tun? Sich ins Gefängnis sperren lassen und darauf hoffen, dass man ihn aus Mangel an Beweisen freilassen würde? Am Ende würde ihm vermutlich nur derselbe Ausweg bleiben, den er schon jetzt wählen konnte.

Zwischen zusammengebissenen Zähnen hindurch sagte er leise: »Es gibt eine sehr enge Verbindung zwischen den einstigen Bewohnern von *Camden Hall* und mir.«

»Wie bitte?«

David wiederholte, was er gesagt hatte. Diesmal etwas deutlicher.

»Wenn Sie mir etwas zu sagen haben, dann tun Sie es. Aber bitte so, dass ich es auch begreifen kann.«

David seufzte. Von der Themse her drang der Laut eines Signalhorns in das Büro. »Ich weiß, was ich Ihnen jetzt zu sagen habe, hört sich für Sie wie eine Räuberpistole an, aber bitte lassen Sie mich erst aussprechen, bevor Sie ablehnen.«

Der Lieutenant nickte.

David erzählte dem Beamten, er hätte früher zu den Bewohnern von *Camden Hall* gehört, zusammen mit Baluswami Bhavabhuti und dem Dienstmädchen Elsa Parnickle, die später in das Personal des verblichenen William Rifkind übergewechselt seien. Sowohl Mr Bhavabhuti als auch Miss Parnickle könnten das bestätigen. Bevor Lieutenant Hastings nun aber die Zeugen daraufhin vernehme, wolle David ihn auf einen sehr wichtigen Umstand hinweisen. Jemand trachte ihm nach dem Leben. Außerdem heiße er auch nicht wirklich David Newton.

Es war dem Scotland-Yard-Beamten anzusehen, wie wenig ihm diese Geschichte schmeckte, aber er hatte versprochen David ausreden zu lassen.

Mithilfe höchster Regierungsstellen, fuhr der daher fort, habe er vor einigen Jahren seine Identität geändert und lebte seitdem mit einer Legende, die bis auf den letzten Punkt erfunden sei. Nur die Papiere, die ihn als David Newton auswiesen, seien echt – Sir Rifkind habe die Angelegenheit damals geregelt. Wenn er, David, nun seine Identität offen legen müsste, um seine Unschuld zu beweisen, dann wäre das vermutlich sein Todesurteil. Deshalb bitte er den Lieutenant um eine fraglos ungewöhnliche Verfahrensweise: Er, Lieutenant Hastings, möge bitte ein Verhör in einem verschwiegenen Rahmen arrangieren, bei

– 443 –

dem die besagten Zeugen sowie Lieutenant Barepitch und Sergeant Abrahams anwesend seien, die seinerzeit die Ermittlungen im Todesfall des Earl of Camden geführt hatten. Nur er, David Newton, dürfe aber den Geladenen Fragen stellen. Lieutenant Hastings müsse sich mit der Rolle eines kritischen Zuhörers begnügen. Wenn das, was er aus dem Munde der Geladenen höre, ihn überzeuge, dann gut. Wenn nicht, dann solle er mit seinem Untersuchungsgefangenen verfahren, wie er es für richtig halte.

Die grauen Augen von Lieutenant Hastings wirkten sekundenlang kalt wie Gletschereis. Sein Gesicht war völlig ausdruckslos. David hatte seine Hände im Schoß gefaltet, damit man nicht ihr Zittern sah. Er war zwar ein Wahrheitsfinder, aber wie wirksam war seine Gabe, wenn er die Wahrheit nur zur Hälfte herauslassen durfte? Mit bangen Blicken verfolgte er das Zaudern des Beamten. Als dieser endlich den Mund öffnete, glaubte David, sein Herz müsse stehen bleiben.

»Sergeant Abrahams ist im Frühjahr 1919 an der ›spanischen Grippe‹ gestorben.«

Es folgte eine weitere, unerträglich lange Pause und weil Hastings die Sprache abhanden gekommen schien, sagte David schließlich: »Und Lieutenant Barepitch? Er war sowieso der Leiter der Ermittlungen.«

Schweigen. Noch nie hatte Lieutenant Hastings aus dem Mund eines Mordverdächtigen eine so absurde Bitte gehört. Nach unendlich langer Zeit holte er endlich tief Luft und sagte: »Lieutenant Barepitch und ich treffen uns manchmal auf ein Bier im *Victoria's Arms*. Ich denke, wir könnten ein Treffen arrangieren.«

David stieß hörbar die Luft aus. »Ich danke Ihnen, Lieutenant.«

Noch immer war Hastings' Gesicht eine steinerne Maske. »Heben Sie sich das besser für den Moment nach dem Verhör auf, junger Mann. Sie …« Ein Klopfen an der Tür ließ den Beamten innehalten. »Ja?«

Die Tür zu seinem Büro öffnete sich einen Spaltbreit, ein bebrilltes Gesicht schob sich herein und sagte: »Lieutenant Dean fragt, ob er Sie für einen Moment sprechen kann, Sir. Es sei sehr wichtig.«

Hastings sah erst David an, dann wieder den Kollegen. Schließlich erhob er sich von seinem Sessel und sagte: »Bleiben Sie vor der Tür, damit uns dieser junge Mann nicht abhanden kommt.«

»Zu Befehl, Sir!«

Lieutenant Hastings blickte noch einmal, um Entschuldigung heischend, zu David hin. »Er war nicht zufällig in derselben Einheit wie Sie?«

Der Anflug von Humor überraschte David. Er sah sich das Gesicht in der Tür an und schüttelte den Kopf. »Nicht, dass ich wüsste.«

»Na ja, macht nichts. Ich bin gleich wieder zurück.«

Während David allein in dem Büro wartete, schossen ihm tausend Gedanken durch den Kopf. Die letzte Szene hatte ihn etwas hoffnungsvoller gestimmt. Hastings gehörte zwar zur Gattung der Staatsdiener, aber vielleicht war er trotzdem zu menschlichen Regungen fähig.

Nach kurzer Zeit wurde hinter Davids Rücken die Tür aufgerissen. Erschrocken fuhr er herum und erblickte Lieutenant Hastings sowie dahinter noch einen anderen Mann, den er bisher noch nicht gesehen hatte.

»Sagt Ihnen der Name Alfred Charles William Harmsworth Northcliffe etwas?«

»Ich müsste auf dem Mond leben, wenn nicht«, antwortete David ausweichend. An seinem Nacken sträubten sich die Haare.

»Sir Northcliffe ist heute unter ungeklärten Umständen gestorben.«

David vermochte sich recht farbig auszumalen, wie Charly reagieren würde, wenn man ihm zu Beginn des neuen akademischen Jahres erzählte, sein Zimmergenosse säße in Untersuchungshaft. Er würde nicken wie jemand, der sagen wollte: Habe ich doch schon immer gewusst. Dann würde er fragen: Was hat er denn gestohlen? Die Antwort: zwei Menschenleben. Ein weiteres Nicken von Charly würde die Sache beschließen: Armer David, warum ist er nicht gleich da unten geblieben, wo er hingehört.

Von dem heimtückischen Verbrechen bis zum Verhör vergingen achtundvierzig Stunden. David hatte noch nie vorher in einer Gefängniszelle gesessen – eine Erfahrung, die er bisher in keiner Weise vermisst hatte.

Zu seiner Verwunderung wurde er am Mittwoch, dem 16. August, nicht in irgendeines der gewiss zahlreichen Verhörzimmer in *New Scotland Yard* geführt, sondern Lieutenant Hastings lud ihn in eine geräumige Limousine, die ein namenloser Beamter nach South Kensington lenkte. An der gleichnamigen Undergroundstation gabelte das Polizeifahrzeug Balu und Elsa auf. Lieutenant Hastings begrüßte die beiden freundlich, dankte ihnen für ihr pünktliches Erscheinen am verabredeten Treffpunkt und bedeutete ihnen zu schweigen.

Auf der Weiterfahrt konfrontierte der Scotland-Yard-Beamte seinen Verdächtigen mit den neuesten Untersuchungsergebnissen im Fall Northcliffe. Der Eigentümer der Londoner *Times* war, ebenso wie Sir Rifkind, in seinem

Arbeitszimmer aufgefunden worden, habe aber nicht dessen Rückenverkrümmung aufgewiesen. Nach der ersten Untersuchung Northcliffes sprach der Arzt von einem Herzversagen. Lieutenant Hastings zweifelte daran – der Verblichene sei gerade erst siebenundfünfzig gewesen.

Der Zeitungsmagnat war für David nie der väterliche Freund gewesen wie Sir William. Vater hatte den drei Jahre älteren Northcliffe während des Studiums kennen gelernt. Es klang daher wenig sentimental, als David bemerkte: »Angeblich hat der Baron es nicht verwinden können, dass Lloyd George sich nicht von ihm die Zusammensetzung des Kabinetts diktieren ließ. Manche behaupten sogar, Sir Northcliffes unbefriedigter Größenwahn hätte ihn aufgezehrt. Ich habe hin und wieder für ihn gearbeitet und weiß, dass er in letzter Zeit sogar einen Zusammenbruch hatte.«

»Das ist Scotland Yard natürlich auch bekannt«, antwortete Hastings. Sein Kopf schaukelte vor und zurück, als der Wagen über eine Bodenwelle rollte. »Aber es widerspricht nicht der These, die Lieutenant Dean – der in diesem Fall ermittelnde Kollege – und ich verfolgen. Wir halten es für möglich, dass eine starke seelische Erschütterung den Baron getötet haben könnte. Der untersuchende Arzt hält unsere Annahme übrigens für realistisch.«

David sah den Beamten fragend an, der erläuternd hinzufügte: »In Baron Northcliffes Privatgemächern sind Spuren eines Einbruchs entdeckt worden. Deshalb wurde Scotland Yard überhaupt in den Fall eingeschaltet. Sir Northcliffes Butler hatte im Arbeitszimmer des Hingeschiedenen eine offene Terrassentür entdeckt, die der Baron angeblich nie benutzte. Daraufhin sah er sich in dem Raum genauer um und glaubt einige Veränderungen festgestellt zu haben.

»Zum Beispiel?«

»Unterlagen, die auf eine für den Baron untypische Weise angeordnet waren. Einrichtungsgegenstände in den Regalen, die vorher anders standen. Dinge in der Art eben.«

»Wenn Sie mich fragen, klingt das ziemlich vage«, brummte David. »Ich hätte eine Bitte, Lieutenant Hastings.«

»Wenn es der Wahrheitsfindung dient.«

»Baron Northcliffe war ein guter Freund der Camdens. Er müsste über Dokumente verfügen, die seine Verbindung zum verstorbenen Earl of Camden, vielleicht auch zu dessen verschollenem Sohn, bezeugen. Sollten Sie keine solche Unterlagen finden, können Sie getrost davon ausgehen, dass sie gestohlen wurden. Könnten Sie das feststellen lassen?«

Der Beamte sah forschend in Davids Augen. »Ich werde mich darum kümmern. Eins würde mich aber doch interessieren, Mr Newton.«

»Ich weiß auch schon, was: Sie würden gerne erfahren, woher ich all diese Informationen über die Camdens besitze. Warten Sie noch ein paar Minuten, dann werden Sie's erfahren.«

Wenig später hielt das Polizeifahrzeug in Bolton Gardens. Das Sträßchen lag in einer netten Wohngegend mit viel Grün drum herum. Hastings Klopfen an der Tür eines weiß gestrichenen Reihenhauses wurde erstaunlich schnell von einer alten Dame erhört. Ein Rudel kleiner grauer Löckchen tummelte sich auf ihrem Kopf und sie lächelte freundlich.

»Sam, du bist pünktlich!«

»Guten Tag, Mary. Ist James auch da?«

»Ja, ja. Kommt ruhig alle herein. James wäscht sich gerade die Hände« – während sie voranwackelte, zwinkerte sie Sam Hastings verschwörerisch zu –, »wenn du verstehst, was ich meine.« Mit einem Blick auf David fragte sie interessiert: »Ist das der Massenmörder?«

»Er ist nichts weiter als ein Verdächtiger, Mary«, stellte Hastings richtig und winkte die anderen durch den schmalen Flur in die gute Stube.

»Was ist mit Barepitch?«, flüsterte David, als er sich an Hastings vorbeizwängte.

»Er hat's mit dem Darm und mit der Prostata und mit wer weiß was nicht allem. Ich habe den Eindruck, er verbringt mehr Zeit auf dem Abort als im Bett.«

Während die vier Gäste sich auf die Sitzgelegenheiten des kleinen Wohnzimmers verteilten, bot Mary Tee an. Als sie aus dem Raum war, fragte David: »Warum fangen wir nicht einfach schon an? Die Frage, die ich an Mr Barepitch habe, können wir ebensogut ans Ende schieben.«

»Meinetwegen«, sagte Hastings.

David wandte sich an Balu und Elsa und erklärte ihnen die Spielregeln dieses ungewöhnlichen Treffens, was ohne Frage auch Lieutenant Hastings zuvor schon getan hatte. Er bat sie noch einmal nachdrücklich jede Äußerung zu vermeiden, die auf seine wahre Identität hinwies. Dann bat er Elsa, der Hausherrin in der Küche zu helfen, damit er zunächst allein mit Balu sprechen konnte. Elsa wirkte verschüchtert. Sie nickte und verließ das Zimmer.

Jetzt spulte David eine Reihe von Fragen ab, die er sich zuvor in der Zelle gründlich zurechtgelegt hatte.

»Seit wann kennst du mich, Balu?«

»Seit 1914, Sahib«, antwortete der Inder.

»Wo hast du mich kennen gelernt?«

»In *Camden Hall*, Sahib.«

»Kannte ich Sir Geoffrey Camden, den Earl, gut?«

»Besser als kaum jemand, Sahib.«

Und so ging es weiter. David reihte eine Frage an die nächste und versuchte dabei so viel wie möglich über sein enges Verhältnis zur Camden-Familie offen zu legen, ohne sich selbst zu verraten. Anschließend richtete er die gleichen Fragen an Elsa. Mary Barepitch störte das Verhör hin und wieder durch Fragen, die nicht zum Thema gehörten, und Lieutenant Hastings hatte jedes Mal Mühe sie höflich, aber bestimmt zum Schweigen zu bringen. Als David seine letzte Frage an Elsa richtete, war der Hausherr noch immer nicht auf der Bildfläche erschienen.

»Wo war ich an dem Abend, als der Earl und die Countess of Camden sowie ihre Begleiter ums Leben kamen, Elsa?«

»Ihr wart in *Camden Hall*«, flüsterte das Dienstmädchen ängstlich, »mit einer schweren Erkältung im Bett. Bis zum nächsten Morgen, als die Polizei kam.«

»Danke, Elsa. Du hast uns sehr geholfen.«

Weil Lieutenant a. D. Barepitch sich nach wie vor die Hände wusch, kümmerte sich die Hausherrin um die Unterhaltung der Gäste. Eine ungezwungene Plauderei wollte allerdings nicht recht in Gang kommen, weshalb sie sich bald in einem ausschweifenden Monolog über ihre Jugendjahre in Devon erging. Ihr exzellenter *cream tea* half die nicht immer ganz schlüssigen Passagen zu überbrücken. Vor allem Elsa konnte man ansehen, welche Last jetzt von ihr genommen war: Sie fiel über Mrs Barepitchs *scones* wie über eine Henkersmahlzeit her.

Mit einem Mal verstummte Mary Barepitch, um gleich darauf mit strahlendem Lächeln einen Namen zu rufen.

»James!«

Der Hausherr hatte David noch nicht näher in Augenschein nehmen können, weil dieser mit dem Rücken zur Wohnzimmertür saß. Er wusste nur, dass ein junger Mann und möglicher Tatverdächtiger, der in irgendeiner Beziehung zu den Camdens gestanden haben wollte, sich bei ihm angemeldet hatte.

David drehte sich zu dem pensionierten Scotland-Yard-Beamten um und erschrak. Barepitch war sichtlich gealtert und zusammengeschrumpelt wie eine Trockenpflaume. Der Mann musste an einer ernsten Krankheit leiden und David wurde bewusst, dass dieser Zeuge im Falle eines Gerichtsverfahrens womöglich bald nicht mehr zur Verfügung stehen würde. Seine Betroffenheit überspielend, zwang er sich zu einem herzlichen Lächeln, streckte Barepitch die Hand entgegen und sagte: »Ich freue mich Sie wieder zu sehen, Mr Barepitch. Es wäre schön, wenn Sie sich auch an mich erinnern könnten, aber ich möchte Sie trotzdem bitten nicht meinen Namen auszusprechen.«

Der Pensionär blickte David nachdenklich an. Mit einem Mal weiteten sich seine Augen und er wollte Davids Hand gar nicht loslassen. »Entschuldigen Sie, Sir. Ich habe Sie nicht gleich erkannt, wegen der …«

»Schon gut«, unterbrach David den aufgeregten Mann. »Ich weiß, warum.«

Den Kopf seinem Kollegen zuwendend sagte Barepitch: »Ich kann es noch gar nicht glauben. Wo hast du diesen jungen Mann gefunden, Sam?«

Hastings hatte die Begrüßungsszene mit wachsamem Blick verfolgt. »Das habe ich dir doch schon erzählt, James. Er ist uns sozusagen direkt in die Hände gelaufen.«

»Ja, aber das ist doch nicht …«

»Bitte«, sagte David. Er merkte, Barepitch war drauf

– 451 –

und dran, doch noch die Spielregeln dieses Treffens zu vergessen. Den alten Mann eindringlich musternd, fragte er: »Halten Sie es für möglich, dass ich den Earl of Camden ermordet habe oder etwas mit dem Tod von Sir Rifkind zu tun haben könnte?«

Barepitchs Miene sah aus, als hätte sich jemand einen absurden Scherz mit ihm erlaubt. Er lachte sogar einmal kurz auf, bevor er sich mit seiner Antwort wieder direkt an Hastings wandte. »Was soll das, Sam? David …«

»Sir!«, fuhr David dazwischen.

»Dieser so genannte David Newton« – Barepitch lächelte wissend – »hat ein hieb- und stichfestes Alibi für den Zeitpunkt des Todes der Camdens. Ich erkenne ihn mit hundertprozentiger Sicherheit wieder. Was Sir Rifkind betrifft, kann ich natürlich nichts sagen, Sam. Aber wenn du auf deinen alten Lehrmeister hören willst, dann glaube mir, dass du hier den verkehrten Verdächtigen festhältst. Mr Newton hätte eher Grund Rifkind zu rächen, als ihn zu ermorden. Und falls du glaubst, das Geld des Anwalts könnte das Motiv gewesen sein, dann lass dir gesagt sein, dieser junge Mann besitzt ein größeres Vermögen als Rifkind, Northcliffe und noch ein paar andere der bedeutendsten Männer dieser Stadt zusammen.«

Nachdem das Polizeifahrzeug Elsa und Balu an einer Undergroundstation abgesetzt hatte, fuhren Hastings, der namenlose Beamte und die Verdachtsperson wieder in Richtung Themse. David erwartete, nun wieder in die Zellenflucht für Untersuchungshäftlinge zu kommen, aber nachdem Lieutenant Hastings seinen Kollegen weggeschickt hatte, sagte er zu David: »Ich werde Sie jetzt laufen lassen, Sir.«

David sah den Beamten aus großen Augen an. »Dann habe ich Sie wirklich überzeugen können?«

Anstatt zu antworten lächelte Hastings nur still in sich hinein.

»Vielen Dank, dass Sie dem Treffen mit Lieutenant Barepitch zugestimmt haben.«

»Keine Ursache. Sie müssen wissen, dass es mir nicht darum geht, *irgendeinen* Mörder zu fassen. Es liegt mir viel daran, die *Wahrheit* herauszufinden.«

»Mir auch, Lieutenant, das können Sie mir glauben. Ich möchte Sie ermutigen den tatsächlichen Verursacher all dieser mysteriösen Todesfälle zu finden. Sehen Sie es mir bitte nach, wenn ich Ihnen aus Gründen meiner eigenen Sicherheit nicht alles über mich erzählt habe.«

Die grauen Augen des Scotland-Yard-Beamten schienen bis zum Grund von Davids Seele zu blicken. Noch einmal lächelte er. »Sie haben mir alles gesagt, was nötig war, und glauben Sie mir, ich möchte gewiss nicht derjenige sein, durch den noch größeres Unheil verursacht wird als das, was Sie schon erleiden mussten.«

David blickte verwirrt in das geheimnisvolle Lächeln des Polizisten. Hastings reichte ihm die Hand, schüttelte sie mit festem Griff und sagte zum Abschied: »Leben Sie wohl, Earl.«

## Helden, Monster und Legenden

David hatte nie erfahren, woher Lieutenant Hastings Wissen stammte. Hatte der gewiefte Polizist ihn zu einer verräterischen Reaktion provozieren wollen, als er ihn mit seinem richtigen Adelstitel verabschiedete? Oder war er einfach ein zu guter Detektiv, um sich von Davids Versteckspiel hinters Licht führen zu lassen? Möglicherweise hatte sich ja auch einer der Beteiligten des Verhörs verplappert. Jedenfalls machte Hastings auf David den Eindruck eines Mannes, der vertrauenswürdig war. Er würde die jetzige Identität des Earl of Camden nicht verraten.

Für den Rest der Ferien hatte David alle Hände voll zu tun den Nachlass des verstorbenen Freundes zu regeln. Zu seiner Überraschung war er nämlich von dem Anwalt, der selbst weder Kinder noch andere lebende Verwandte besaß, testamentarisch als Haupterbe eingesetzt worden. Der Rest von Sir Williams Hinterlassenschaft sollte in eine Stiftung eingehen, deren Bestimmung es war, bedürftige Talente mit Hilfe von Stipendien zu fähigen Juristen zu machen.

Während David sich um einen würdigen Nachfolger für Sir Williams Kanzlei bemühte, sorgte er auch dafür, dass alle Dokumente, die ihn kompromittieren könnten, verschwanden. In Sir Williams vielfältigen Geschäftsverflechtungen war er nun das, was man gemeinhin als »graue Eminenz« bezeichnet – eine Rolle, die zu ihm passte, wie er fand.

Wer immer den Anwalt auf dem Gewissen hatte, er wollte damit in Wirklichkeit ihn, den verschollenen Sohn von Geoffrey Earl of Camden treffen, daran hegte David nicht den geringsten Zweifel. Diesem Jemand – und David ahnte natürlich, welch dunkle Person dies war – gelüstete danach, ihn zu vernichten.

Dem Meuchler war der Inhalt von Sir Williams Tresor und damit auch neunzig Prozent des Camden-Vermögens in die Hände gefallen. David selbst hatte darauf bestanden, dass der Anwalt die Ländereien und Gebäude der Camdens weitgehend liquidierte, weil es für ihn als Mr Newton nur unnötige Probleme bereitet hätte über diese Immobilien zu verfügen. Wenn alle Verkäufe getätigt waren, sollte das in Beteiligungen und anderen Wertpapieren angelegte Vermögen in der Schweiz deponiert werden. Leider hatte diese Strategie David nun fast das Genick gebrochen. Aber sogar die verbliebenen zehn Prozent des Camden-Vermögens, zusammen mit dem Erbe von Sir William, würden ihn für lange Zeit jeder Sorge entheben. Selbst Lord Belial hatte wohl nicht damit gerechnet, dass sein Feind, das Jahrhundertkind, den Verlust so schnell wieder wettmachen würde.

Das tragische Ende von Sir William und die noch immer ungeklärten Umstände von Sir Northcliffes Tod waren für David eine Warnung. Er hatte fast körperlich den Atem seines Verfolgers im Nacken gespürt. Deshalb musste *Hannibal's Court* verkauft werden. Nur wenn er die Brücken zur Vergangenheit hinter sich abbrach, konnte David in der Zukunft seinen Kampf gegen den Kreis der Dämmerung aufnehmen.

Für das Personal des Anwalts schuf David eine großzügige Übergangsregelung, die es den Frauen und Männern, ausgestattet mit hervorragenden Referenzen, erlauben würde, in Ruhe anderweitig nach einer Anstellung zu suchen.

Baluswami Bhavabhuti wurde von ihm sogar mit einer Leibrente bedacht. Der kleine Inder, der mittlerweile schon auf die fünfzig zuging, sträubte sich zwar mit Händen und Füßen dagegen – er wollte viel lieber wieder den Leibwächter für David spielen –, aber diesmal blieb David fest, so schwer es ihm auch fiel.

»Du hast doch einmal behauptet, du würdest gerne ins Land deiner Väter zurückkehren«, sagte er dem Freund zum Abschied. »Mit dem Geld, das ich dir gebe, kannst du dort wie ein Maharadscha leben.«

»Ja, Sahib«, antwortete Balu betrübt. »Ich würde aber doch lieber bei dem Sahib bleiben.«

»Ich weiß, Balu. Aber wie würdest du sagen? ›Zu gefährlich, Sahib.‹ Du würdest mich nur unnötig in Gefahr bringen. Und außerdem könnte ich es mir nicht verzeihen, wenn *dir* etwas zustieße.«

Schweren Herzens hatte sich Balu schließlich unter dem Gewicht der Argumente gebeugt. Er würde immer zur Stelle sein, wenn der Sahib ihn brauche, versicherte er noch einmal. David nahm ihn in den Arm und drückte ihn, so fest er konnte.

Eine andere unangenehme Begleiterscheinung der ohnehin schon schmerzlichen Entwicklungen im August 1922 war der Wegfall von Davids geheimem »Briefkasten«. Der Kontakt zu Rebekka Rosenbaum war ebenso über Sir Williams Adresse gelaufen wie der zu Hirohito. Was den Suchauftrag nach der Familie von Johannes Nogielsky betraf, so beauftragte David jetzt den Nachfolger von Sir Rifkind mit den Ermittlungen. Solange diese im Gange waren, wartete der Brief des deutschen Gefreiten auch weiterhin in Vaters Schatulle auf seine endgültige Zustellung.

Den Briefwechsel mit Rebekka wollte David nicht auf diese unpersönliche Weise abwickeln. Außerdem fürchtete er, der Kreis der Dämmerung könnte auch die Rosenbaums aufsuchen. Nach dem Tod von Sir William und Baron Northcliffe hielt er diese Möglichkeit gar nicht für so abwegig. Deshalb schrieb er Rebekka einen Abschieds-

brief. Es hätten sich Änderungen von großer Tragweite
ergeben. Der plötzliche Tod Sir Williams sei nur die Spitze
eines Eisberges, den er noch gar nicht überblicken könne.
Sie möge ihm verzeihen, aber es wäre besser für sie beide,
wenn sie ihre Brieffreundschaft beendeten. Er wünsche ihr
für ihr weiteres Leben alles Gute.

David fühlte sich zwei Wochen lang so elend, als hätte
er seine eigene Schwester an einen Sklavenhändler verkauft.

Das neue Trimester kennzeichnete für David zugleich den
Anfang zum Endspurt. Er hatte sein Vorhaben aufgegeben
die Universitätslaufbahn mit einer Dissertation abzuschließen. Was, so fragte er sich ganz objektiv, brachte ihm
ein Doktortitel wirklich? Nun gut, die Menschen schmol-
zen dahin, wenn sich einer nur den Anschein eines Aka-
demikers gab. Das jedem Menschen innewohnende Bedürfnis, jemanden oder etwas zu verehren, traf in letzter
Zeit immer mehr auf ein Vakuum, das mit dem schwinden-
den Einfluss der Kirche zusammenhing. Zunehmend drangen in diesen Hohlraum die Wissenschaftler und ihre vermeintlich unfehlbaren, letzten Erkenntnisse ein. Sie
waren die neuen Götter. Jemand musste nur *sagen*, etwas
sei wissenschaftlich erwiesen, und schon bekam es den
Nimbus des Unantastbaren.

David hatte im Großen Krieg erfahren, wie »segens-
reich« die wissenschaftlichen Errungenschaften für die
Menschheit waren. Das Gute tun zu *können*, bedeutete
noch lange nicht, es auch zu fördern. Nein, allein um der
Eitelkeit willen wollte er sich nicht um einen gehobenen
akademischen Grad bemühen. Sein Bakkalaureat hatte er
gerade geschafft; wenn er die Universität als Magister ver-

– 457 –

ließ, sollte das genügen. Außerdem mochte er schon morgen gezwungen sein in eine neue Persönlichkeit zu schlüpfen. Was nützten ihm dann noch all die schönen Titel unter einem »fremden« Namen?

Anfang September sah sich David veranlasst ein Telegramm nach Tokyo zu kabeln. Der Grund war eine beunruhigende Zeitungsmeldung. Genau am Ersten des Monats hatte die japanische Hauptstadt wieder einmal »geblüht«. Diesmal war jedoch nicht der leichtsinnige Umgang mit Zündhölzern die Ursache für die unersättliche Feuersbrunst gewesen, sondern ein verheerendes Erdbeben. Nach einigen Tagen stand die grauenvolle Bilanz fest: Einhunderttausend Menschen hatten ihr Leben verloren. Viele waren einfach erstickt, als ihnen der Feuersturm den Sauerstoff entzog.

Yoshis Antwort kam zwei Tage nach Davids Telegramm. Er habe die Katastrophe unbeschadet überstanden. Auch dem Kronprinzen gehe es gut. David atmete erleichtert auf, schickte aber dennoch einen Brief über Dr. Hattori an Hirohito, in dem er seiner Sorge und seinem Mitgefühl Ausdruck verlieh.

Während noch die japanische Tragödie durch die Presse geisterte, traf sich David mit Harold Sidney Harmsworth Rothermere. Sir Rothermere war der Bruder des hingeschiedenen Northcliffe. Er hatte bisher die zweite Geige in dem größten Zeitungsimperium des Landes gespielt. Was eine Anstellung Davids bei der *Times* betraf, wollte Rothermere nichts versprechen – er trage sich nämlich mit dem Gedanken, das wenig lukrative Nobelblatt abzustoßen, gestand er offen ein –, aber er besitze ja noch »einen Strauß anderer Blätter«. Was Alfred, sein Bruder, David versprochen habe, das wolle er, Harold, gerne erfüllen. Schon bei nächster Gelegenheit könne David ein Volontariat beim *Observer* beginnen. Und dann, wenn er sein Studium erst beendet hätte, würde Rothermere für das hoffnungsvolle Talent auch eine passende Redaktion finden – beim *Observer*, dem *Daily Mirror*, den *Evening News*, der *Daily Mail* ...

Bei allem Trübsinn, der Davids Seele im Spätsommer erfüllte, ging er aus dieser neuerlichen schweren Prüfung dennoch gestärkt hervor. Aus dem Vermächtnis seines Vaters und den eigenen Erfahrungen ließen sich durchaus auch ermutigende Schlüsse ziehen: Offenbar hatte es immer Menschen gegeben, die den Kampf gegen den Kreis der Dämmerung – meistens unbewusst – unterstützten. So war es bei Großvater Edward, der seinen Vater adoptiert hatte, und so verhielt es sich auch bei Sir William, auf dessen Rat und Hilfe sich David stets hatte verlassen können. Und jetzt stand wieder jemand bereit in die Bresche zu springen, die der Tod von Freunden oder zumindest doch Wohltätern gerissen hatte.

Während der letzten Monate des Jahres 1922 wurde David daher von einer kompromisslosen Entschlossenheit vorangetrieben, für die das Prädikat »wild« nur deshalb unpassend war, weil es nicht mit der traditionsverhafteten Welt Oxfords harmonierte. Hier war alles jahrhundertealt. Auch die Professoren. Jedenfalls beschlich David mehr als einmal dieser Verdacht.

Da Studenten per definitionem genau das Gegenteil, also ungemein fortschrittlich sind, entstand im Herbst ein nicht geringer Wortstreit über ein gewisses Werk, dem diverse etablierte Wissenschaftler das Attribut »literarisch« gleich von vornherein absprachen. Es handelte sich um den Roman *Ulysses* des Iren James Joyce. Die Englisch-

– 459 –

studenten forderten leidenschaftlich eine Besprechung desselben, was schon allein deshalb von den Professoren abgelehnt wurde. Die Verantwortlichen des University College begründeten ihre Verweigerung natürlich auf wesentlich subtilere Art und Weise.

Dieser Joyce hätte schon gewusst, reklamierten sie, weshalb er sein Pamphlet – offenbar in weiser Voraussicht der schockierenden Wirkung – nach dem Krieg nur in einzelnen Abschnitten, sozusagen klammheimlich, veröffentlicht habe. Die Zeitschrift *The Little Review*, die ihren Namen für diese Untat hergegeben habe, sei wenigstens gebührend bestraft worden: Die verantwortlichen Redakteure habe man kurzerhand ins Gefängnis gesperrt. Das Schandwerk, das sich hinter der harmlosen Fassade eines Romans verstecke, sei ja dann löblicherweise in den Vereinigten Staaten und in Großbritannien verboten worden. Wegen der »Behandlung sexueller Dinge in der Alltagssprache der unteren Klasse«, lautete die präzise Begründung. Dass Joyce sich in den inneren Monologen seiner Protagonisten in geradezu epischer Breite über die Einzelheiten des menschlichen Verdauungsapparats erging, schockierte selbst die abgebrühtesten Zensoren. Dummerweise sei der Same des unaussprechlichen Machwerks dann aber doch in Paris auf fruchtbaren Boden gefallen – die Franzosen hätten ja noch nie ein Gespür für Sitte und Anstand gehabt. Seitdem begeisterte *Ulysses* die Massen.

Es sollte späteren Studentengenerationen vorbehalten bleiben, James Joyce zu einem Kultautor zu machen. Vielleicht hätte William Shakespeare das Ganze als eine »Komödie der Irrungen« abgetan und frei nach der Devise »Wie es euch gefällt« jedem das Recht zugestanden selbst über Geschmack und Moral zu entscheiden. Wie auch immer: Ihn gab es ja für David und seine Kommilitonen noch, Willy, den »größten Dramatiker und Lyriker«, Willy, den man auf jeder Party in der weisen Voraussicht zitieren konnte, dass einem unverzüglich alle Frauenherzen zuflogen.

Derartige Vorhaben gehörten jedoch nicht zu Davids vordringlichen Zielen. Er wollte sein Studium mit Erfolg abschließen und anschließend ein Journalist werden, der begehrt genug war, um von seinen Auftraggebern über den Globus gejagt zu werden. Nur so glaubte er irgendwann einen Hinweis auf den Kreis der Dämmerung finden zu können. Hirohito hatte sich zwischenzeitlich bei ihm für den letzten Brief bedankt und bedauernd mitgeteilt noch immer nichts über Toyamas mögliche Verbindung zu dem Geheimzirkel sagen zu können. Es könne noch Jahre dauern, wiederholte er einmal mehr, bis man einen konkreten Hinweis auf die verschworene Bruderschaft finde. Da Irren bekanntlich menschlich ist, erscheint es nicht verwunderlich, wenn David dieses ferne Ziel bald schon bis nach Oxford entgegenkam.

Das Ereignis trug sich an einem Montag im Frühling 1923 zu. David saß wieder einmal in der *Isis Tavern*. Um eventuellen Missverständnissen vorzubeugen: Sein Lieblingslokal war nicht etwa eine Taverne im ägyptischen Stil, obgleich das ohne Frage im Trend der Zeit gelegen hätte, denn seit Howard Carter im letzten November das Grab des Tutanchamun entdeckt hatte, war überall ein wahres Ägyptenfieber ausgebrochen. Nein, bei der *Isis Tavern* handelte es sich um ein ganz normales urgemütliches Pub, und »Isis« stand nicht für die gleichnamige ägyptische Göttin, sondern für den Oberlauf der Themse, die hier in Oxford eben so und nicht anders genannt wurde. Dieses Verwirrspiel diente den Einheimischen dazu, Fremde auf bequeme und schnelle Weise zu entlarven.

Wer gerne rudernde Menschen in wahrer Harmonie mit dem Wasser sehen wollte, fand sich hier ein. Ein derartiger Anblick wirkte entspannend auf David. Manchmal fand er ein besonderes Buch, das man atmen musste, anstatt es einfach nur zu lesen. Dann kam er hierher, bestellte sich etwas zu trinken, setzte sich ans Fenster und vergaß die Zeit. Charly hätte sich in diesem Wirtshaus tödlich gelangweilt, er liebte die überfüllten Pubs im Zentrum von Oxford, aber für David war die *Isis Tavern* – vor allem seit jenem verhängnisvollen August des vergangenen Jahres – ein Ort, an dem er sich zu Hause fühlte.

Hier also saß er nun, den Blick auf die vorübergleitenden Ruderer gerichtet, im Schoß den *Beowulf,* ein altenglisches Heldenepos, als ihn jemand von der Seite ansprach.

»Ist an diesem Tisch noch ein Platz frei?«

David war nicht überrascht – seine Gabe hatte ihn vorgewarnt. Er drehte sich zu dem Mann um. »Natürlich. Setzen Sie sich ruhig. Ich erwarte niemanden.«

Der Fremde nickte dankend, ließ etwas Grünes auf den Tisch fallen und nahm gegenüber dem Studenten Platz.

Im Grunde genommen wäre David lieber mit sich, dem Buch und seinen Gedanken allein geblieben. Aber nun war da dieser Fremde, zu dicht, um ungestört in die eigenen tiefen Gedanken zurückzusinken, viel zu nah, um ihn einfach zu ignorieren. Neugierig spähte David zu dem Etwas hinüber, das vor dem Mann auf dem Tisch lag. Es war ein Stadtplan von Oxford, eine *Ordnance Survey District Map* im Maßstab ein Inch zu einer Meile, um genau zu sein. Auf dem Umschlag konnte man eine Flussbrücke vor einem der gotischen Türme Oxfords sehen.

Keine Frage, der Mann musste von außerhalb kommen. David musterte ihn so unauffällig es ging. Für einen gewöhnlichen Studenten war der Fremde zu alt, für einen Professor zu jung – David schätzte ihn auf Anfang dreißig. Der dunkelblonde Mann trug einen Schnurrbart, einen sportlichen, leicht zerknitterten Anzug und hatte einen wachen Blick. Vielleicht ein Tourist.

Der Muße des ungestörten Lesens beraubt, klappte David sein Buch zu, nahm einen Schluck aus seinem Glas und eröffnete den traditionellen Ritus einer englischen Unterhaltung.

»Darf ich mich vorstellen, mein Name ist David Newton. Ich studiere hier, am University College.« Und mit Blick auf die Oxford-Karte fügte er hinzu: »Sie scheinen hier fremd zu sein. Kann ich Ihnen vielleicht irgendwie helfen?«

Der Mann lächelte freundlich, erhob sich andeutungsweise von seinem Stuhl und streckte David die Hand entgegen. »Angenehm. Mein Name ist John Ronald R. Tolkien. Vielen Dank für das Angebot, aber ich habe selbst hier in Oxford studiert und kenne mich gut in der Stadt aus.«

»Oh!«

Tolkien musste schmunzeln. »Der Stadtplan ist nur für einen Freund in Leeds. Ich habe ihn gerade gekauft.«

»Ach so. Wohnen Sie jetzt dort?«

»In Leeds? Ja, ich bin dort als Privatdozent für altenglische Sprache und Literatur tätig, demnächst vielleicht auch mit einer eigenen Professur.«

David staunte. »Also darauf wäre ich bestimmt nicht gekommen.«

»Wieso? Bin ich Ihnen zu jung?«

»Entschuldigen Sie, Sir, aber ehrlich gesagt, ja. Sie können doch nicht älter sein als …« David biss sich auf die Unterlippe. Er war hier schon so vielen arroganten Besserwissern begegnet, dass ihn die offene Art dieses Mannes völlig verwirrte.

Tolkien lächelte nachsichtig. »Ich bin tatsächlich erst einunddreißig. Finden Sie das zu jung für einen Professor?«

David erzählte von der *Ulysses*-Kontroverse im letzten Herbst. Mit einem so jungen Englischprofessor wie Tolkien wäre die Auseinandersetzung um den Joyce-Roman vielleicht anders verlaufen.

Der Dozent aus Leeds gab zu, dass sein Spezialgebiet eher die mittelenglische Literatur sei. Er habe unter anderem zwei Jahre am *Oxford English Dictionary* mitgearbeitet. Mit diesem umfangreichen Nachschlagewerk verfolge man das Ziel, die Entwicklung der gesamten englischen Sprache anhand von Millionen von Literaturverweisen aufzuzeigen. Das sei eher sein Metier als die Fäkalsprache des Iren.

David legte sein Buch auf den Tisch und beugte sich interessiert vor. Dieser Mann faszinierte ihn. »Nach dem Kriegsdienst habe ich mich ebenfalls für Englisch als Studienfach entschieden. Und außerdem noch für Geschichte. Ich bin gerade im dritten Jahr. Nach dem Bakkalaureat mache ich jetzt noch meinen Magister.«

Jetzt war es an Tolkien zu staunen. »Sie scheinen ja einer von der ganz schnellen Truppe zu sein. Bei mir liegen sechs Jahre und ein Krieg zwischen dem B.A. und dem M.A. Wie haben Sie es überhaupt geschafft, sich für diese Kombination von Fächern zu immatrikulieren? Ist der Master des Colleges Ihr Vetter?«

David zuckte mit den Schultern. Was sollte er darauf erwidern?

Tolkien blickte ihn fragend an. »Entschuldigen Sie, wenn mir nichts Neues einfällt, aber Sie sehen auch noch sehr jung aus. Habe ich mich da verhört oder waren Sie wirklich im Krieg?«

»Ja, als Infanterist an der Westfront. Von '16 bis '18.«

»Dann hätten wir uns eigentlich sehen müssen«, scherzte Tolkien. »Mich haben sie auch dorthin geschickt, allerdings schon ein Jahr früher.«

Abgesehen von den traumatischen Folgen des Krieges übte diese schrecklichste aller Krankheiten der Menschheit schon immer eine sonderbare, beinahe rührende Sensibilisierung bei jenen aus, die sie überleben konnten: Sobald zwei Männer sich als ehemalige Kameraden ausmachten, gingen sie miteinander um wie die dicksten Freunde. Den beiden fast noch jugendlichen Kriegsveteranen in der *Isis Tavern* erging es nicht anders. Sie entdeckten schnell weitere Gemeinsamkeiten. Wer ihr Gespräch zufällig anhörte, musste unweigerlich glauben, sie kennten sich schon von Kindesbeinen an.

Tolkien erzählte, wie ihn die Entwicklung der Sprache und die Erforschung alter Schriften fasziniere. Hierauf gestand auch David seine Liebe zum geschriebenen Wort und berichtete von seinen ersten Erfolgen in der Londoner Presse. Als er dem Dozenten von dem toten Poeten Wilfred Owen erzählte, schwiegen beide, als trauerten sie um einen gemeinsamen Freund.

»Man muss in der Tat persönlich in den Schatten des Krieges geraten, um zu erfahren, wie bedrückend er ist«, sagte Tolkien nach einer Weile.

David nickte. »Ich kann mir das Trauma dieses Gemetzels von der Seele schreiben – wenigstens glaube ich das. Aber ich weiß von vielen Männern, die von der Somme zurückkamen und einfach stumm blieben. Sie sprechen fast nie über ihre entsetzlichen Erlebnisse.«

»Das Gleiche habe ich auch beobachtet. Es ist wie eine schockbedingte Betäubung. Ich weiß von einem ehemaligen Kameraden, den ein und derselbe Alptraum immer wieder heimsucht: Er konnte einem verwundeten Kameraden nicht helfen, der nach ihm rief, während er selbst – außer sich vor Angst – durch das Niemandsland zurückkroch. Jede Nacht lässt er den Freund erneut im Stich. Ist das nicht schlimm?«

»Mein bester Freund wurde direkt neben mir erschossen. Manchmal denke ich, er wäre noch am Leben, wenn ich nur eine Sekunde vorher seinen Namen gerufen hätte.«

»Woher solltest du wissen, was ihm im nächsten Augenblick passiert?«

David blickte nur verzweifelt in Tolkiens Augen.

»Komm«, sagte der Ältere und klopfte dem Jüngeren tröstend auf den Unterarm. »Ich habe selbst, bis auf einen, alle meine engsten Freunde im Feld verloren und kann mit dir fühlen. Die Erinnerung ist ein Fluch, wenn du dich von ihr niederdrücken lässt, aber ein Segen, wenn du aus ihr lernst. Das ist mir klar geworden, als ich im letzten Kriegsjahr im Lazarett gelegen habe.«

»Du auch?«, staunte David. »Ich habe von April bis Mai im Krankenbett verbracht, nachdem ich in Flandern …« Die Erinnerung schnürte ihm die Kehle zu.

Tolkien tätschelte noch einmal Davids Arm. »Lass uns über die Zukunft sprechen, Kamerad. *Ich* habe im Lazarett die Weichen für mein zukünftiges Leben gestellt: Ich möchte ein ausgezeichneter Hochschullehrer werden, nach Möglichkeit einer der jüngsten Oxford-Professoren, und ich werde ein Buch schreiben. Und wie sieht *dein* weiterer Lebensweg aus?«

David atmete tief durch. Seine Gedanken liefen schneller, als es die Zunge gestatten wollte. *Ich werde den Kreis der Dämmerung sprengen – oder es wenigstens versuchen.* »Mir ist auf dem Krankenlager klar geworden, dass ich den Menschen und der Wahrheit dienen möchte.«

»Und wie willst du das erreichen?«

*Als journalistisches Trüffelschwein – ich grabe die Welt um, bis ich Belial zu packen kriege.* »Zum Teil so wie du: mit Feder oder Schreibmaschine.«

Tolkiens Augen wanderten über den Tisch zu dem Buch neben Davids verschränkten Armen. Erst jetzt schien er den Kopf stehenden Titel zu entziffern. »Du liest das Beowulf-Epos?«

*Aus reiner Verzweiflung. In den Geschichtsbüchern habe ich noch nichts über den Kreis der Dämmerung gefunden.* »Ja, wieso?«

»Oh, ich habe mich eingehend damit beschäftigt. Vielleicht werde ich sogar eine wissenschaftliche Arbeit darüber veröffentlichen. Darf ich das Buch sehen?«

David reichte es ihm.

»Das ist ja die Ausgabe von 1815!«, staunte Tolkien. »Wo hast du die her?«

*Aus dem Nachlass von Sir William.* »Von einem Freund.«

»Geliehen?«

»Er hat sie mir vermacht.«

»Dann muss er ein wirklich guter Freund gewesen sein.« Tolkien betrachtete den Einband von innen und von außen. »Wunderschön! Was du da hast, ist die erste gedruckte Ausgabe des *Beowulf* überhaupt. Eine echte Rarität! Wie gefällt dir der Inhalt?«

– 467 –

*Er hat mich verunsichert.* »Ein bisschen schwülstig vielleicht. Dieser Beowulf besiegt Monster und Drachen, als kämpfe er gegen Vogelscheuchen.«

»Es ist eine Allegorie auf den ewigen Kampf zwischen Gut und Böse, eingefangen in Beowulfs Leben. Als er Grendel, das erste Monster, besiegt, steht er in der Blüte seiner Kraft. Danach regiert er nicht weniger als fünfzig Jahre als König. Und dann kommt es zu dem entscheidenden Kampf. Beowulf ist schon hoch betagt. Stell dir einen Hundertjährigen vor, der gegen ein Ungeheuer, einen mächtigen Drachen kämpft, dann hast du eine ungefähre Vorstellung, wie sich unser Held vorgekommen sein muss.«

David starrte Tolkien entgeistert an. *Ein Hundertjähriger, der gegen ein Ungeheuer kämpft?* »Wie …« Sein Mund war ganz trocken. Er musste zunächst einen Schluck aus dem Glas nehmen, bevor er seine Frage stellen konnte. »Wie geht die Geschichte aus? Ich habe sie noch nicht ganz gelesen.«

»Ich wollte dir nicht vorgreifen …«

»Nein, nein, schon gut. Was ist das Ende des Epos?«

Tolkien hob die Schultern. »Das Übliche eben: Beowulf stirbt.«

»Oh!«

»Ja, aber der Drache ist auch hin.«

David reckte den Hals im Kragen, als würde sein Kopf in einer Henkersschlinge stecken. »So etwas nennt man wohl Glück im Unglück.«

»Die meisten Kritiker sehen in Beowulfs aufopferndem Tod weniger eine Tragödie als vielmehr das passende Ende eines guten – manche behaupten auch, zu guten – Heldenlebens. Es ist eben nur eine Geschichte.«

*Und wenn es mehr ist? Möglicherweise so etwas wie eine*

*Prophezeiung? Vielleicht hätte ich mich schon viel früher mit mittelalterlicher Lyrik befassen sollen, anstatt meine Zeit mit Geschichtsbüchern zu verplempern.* »Hast du schon einmal etwas vom *Circle of the Dawn*, vom Kreis der Dämmerung, gehört?« David hatte sich weit über den Tisch gebeugt und seine Frage auffällig leise gestellt.

Tolkien schmunzelte. »Du fürchtest wohl einer deiner Kommilitonen könnte dir deine Magisterarbeit stehlen, was?«

*Eher mein Leben.* »Kann schon sein. Beim Kreis der Dämmerung muss es sich um einen Geheimzirkel oder um eine Loge handeln. Bist du bei deinen Studien vielleicht schon einmal auf etwas Ähnliches gestoßen?«

Tolkien dachte auffällig lange über Davids Frage nach. Und als er endlich antwortete, hörte es sich zunächst wie der Auftakt zu einem abendfüllenden sprachwissenschaftlichen Vortrag an.

»Betrachten wir deine Frage doch einmal unter etymologischen Gesichtspunkten: Das englische Wort *circle* – ›Kreis‹ – stammt ebenso wie das mittelenglische *cercle* vom lateinischen *circulus*. Das wiederum lässt sich auf den Stamm *circus* zurückführen ...«

»Schon«, unterbrach David, der nicht begriff, wohin dieser Diskurs führen sollte, »*Circus maximus*, Gladiatorenkämpfe, ›Brot und Spiele‹ – das kenne ich alles. Aber was haben die Römer mit dem Kreis der Dämmerung zu tun?«

»Moment«, antwortete Tolkien beschwichtigend. »Ich komme gleich darauf. Wie du ganz richtig anmerkst, steckt auch im Namen der berühmtesten römischen Arena das Wort *circus*. Und was ist ein solcher Circus?«

»Ein Ei.«

Tolkiens Stirn legte sich in Falten der Verzweiflung. Studenten waren überall gleich. »Sprechen wir lieber von einem lang gezogenen *Ring*. Gehen wir jetzt noch ein wenig weiter in der Geschichte der Sprachen zurück, präzise gesagt, bis zum alten Hellas. Das lateinische *circus* ist nicht zufällig dem griechischen *kirkos* so ähnlich. Das wiederum ist verwandt mit *krikos*, was ebenfalls ›Ring‹ bedeutet.«

David seufzte. »Na schön. Wenn ich dich richtig verstehe, dann könnte der Name des Geheimzirkels, wenn er denn alt genug ist, auch ›Ring der Dämmerung‹ bedeuten. Und was soll mir das nützen?«

»Ich habe dir doch gesagt, dass ich ein Buch schreiben möchte.«

»Über Beowulfs Leben und Leiden, ich weiß.«

»Nein, das meine ich nicht. Was mir wirklich am Herzen liegt, ist ein Roman, der den klassischen Epen nacheifert. Ich möchte darin eine neue Welt erschaffen, ›Mittelerde‹ soll sie heißen. Ein Titel für das Epos schwebt mir auch schon vor: *Der Herr der Ringe*. Wie gefällt dir das?«

David wäre fast vom Stuhl gerutscht. Einen Moment lang drehte sich alles um ihn herum. Einzelne Worte und Satzgebilde schossen durch seinen Geist wie elektrisch geladene Aale. Und immer wieder tauchte darin ein Bild auf, das sein Vater ausführlich in dem Diarium beschrieben hatte. David glaubte fast vor seinen Augen den Kreis der goldenen Ringe erscheinen zu sehen, den der Küchenjunge Jeff vor vierzig Jahren auf einem Schreibtisch im Wald von Kent erblickt hatte.

»Wie … wie bist du gerade auf diesen Titel gekommen?«, stammelte David.

»Dir scheint er nicht besonders zu gefallen. Es gibt da

einige alte Legenden, auf die ich im Verlaufe meiner philologischen Studien gestoßen bin. Sie haben mich zu dem Thema meines Epos inspiriert.«

»Legenden über Ringe?«

»Der Ring oder Kreis ist ein uraltes mythologisches Symbol. Er wird häufig als Sinnbild für die Unsterblichkeit der Seele oder den unendlichen Kreislauf aus Geburt, Tod und Wiedergeburt gebraucht.«

David nickte verstehend. »Daher auch der Brauch den Toten einen Kranz aufs Grab zu legen. Hast du auch etwas über spezielle Geheimbünde, Zirkel oder sonstige Gruppen herausgefunden, für die der Kreis oder die von dir erwähnte Unendlichkeit eine besondere Bedeutung haben?«

»Hinweise auf die Unendlichkeit gibt es zuhauf. Leider bin ich noch kein Universalgenie.« Tolkien grinste. »Meine Kenntnisse erstrecken sich hauptsächlich auf die altnordische und keltische Mythologie. Natürlich gibt es immer noch Druiden oder solche, die sich dafür halten. Aber da ich nicht genau weiß, worauf deine Fragen überhaupt hinauslaufen, vermag ich auch nicht zu sagen, ob die dir weiterhelfen könnten.«

»Hast du schon einmal etwas von einer großen Weltenreinigung gehört, aus der eine neue, sozusagen geläuterte Menschheit hervorgehen wird?«

»Hm, ich würde es mal bei den Kabbalisten versuchen.«

»Bei wem?«

»Die Kabbala ist eine jüdische Geheimlehre. Meine Kenntnisse darüber sind mehr als lückenhaft, aber soweit ich weiß, speist sich ihre Mystik unter anderem aus Elementen des Neuplatonismus. Und der hat ja bekanntlich auch das Urchristentum beeinflusst – hauptsächlich durch die Lehre von der unsterblichen Seele. Und damit schließt sich wieder der Kreis. Denke an König Artus' Tafelrunde. Einmal davon abgesehen, dass der sich auch die Ringform für seinen Konferenztisch ausgesucht hat, mischen sich in dieser Gestalt Christentum und alter keltischer Mystizismus. Ich habe bei meinen Studien einige interessante Verweise auf eine dunkle Person gefunden, die das Element des Bösen versinnbildlicht. Sie stiftet die Menschen zu allen möglichen Bosheiten an, wobei sie sich gelegentlich auch der Gestalt eines Engels des Lichts bedient. Dieser Fürst der Schatten wird in Quellen, die teilweise mehrere hundert Jahre auseinander liegen, auf sehr ähnliche Weise beschrieben – entweder haben die Verfasser also voneinander abgeschrieben ...«

»Oder dieser Fürst denkt nicht daran zu sterben«, murmelte David. Seine Gedanken arbeiteten fieberhaft, um das Gehörte mit dem Wissen über Lord Belial und seinen Zirkel in Deckung zu bringen.

»Oder das«, pflichtete ihm Tolkien bei. »An einigen Stellen wurde dieser dunkle Schattenfürst auch als Herr des Ringzirkels bezeichnet. Das hat mich auf die Idee zu meinem Epos gebracht.«

»Darüber musst du mir unbedingt mehr erzählen!«

Das tat Tolkien. Er freute sich über das Interesse an seinen Studien und plauderte bei einem braunen Bier munter los.

David hatte fast immer einen Bleistift und ein Stück Papier dabei, um plötzliche Eingebungen schriftlich festzuhalten. Jetzt notierte er Namen von Büchern und Manuskripten, Liedern und Heldenepen, Sagengestalten und allem Möglichen, das ihm der Gelehrte erzählte.

Einige Forscher, merkte Tolkien gegen Ende seines nun doch für David sehr aufschlussreichen Diskurses an, hiel-

ten es für möglich, dass der historische Artus ein britanni-
scher Heerführer gewesen sein könnte, der im Jahre 537 im
Kampf gegen die Angelsachsen gefallen sei. Das sei ziemlich genau dieselbe Zeit, zu der auch der echte Beowulf –
Tolkien deutete mit dem Kopf auf Davids Buch – gelebt
haben solle. In beiden Legenden tauchten auch Drachen
auf. Es gebe eine ganze Reihe von Belegen, nicht zuletzt die
biblische Offenbarung des Johannes, die Drachen als Symbole für teuflische Wesen oder Personen mit niederträch-
tigem Charakter verwendeten. So gesehen lasse sich also
durchaus ein Zusammenhang zwischen den mächtigen
Unwesen der Heldenepen und dem Herrn des Ringzirkels,
wie er in jüngeren Quellen genannt werde, konstruieren.

»Wohlgemerkt«, schloss Tolkien seinen Bericht, »hier
befinden wir uns auf dem Boden reiner Spekulationen. Für
ein phantastisches Epos, wie ich es zu schreiben gedenke,
mögen diese einen fruchtbaren Grund liefern, aber falls du
irgendeine wissenschaftliche Arbeit darauf aufbauen willst,
ist wohl noch ein wenig mehr Forschung nötig.«

»Ich glaube, ich werde mir die Zeit nehmen«, antwortete David. Alle seine Sinne waren mit einem Mal sensi-
bilisiert. Das letzte Mal hatte er dieses Gefühl verspürt, als
er in einem Schützengraben stand und auf einen Angriffsbefehl wartete. »Ich danke dir, Ronald.«

»Wofür? Es hat mir doch Spaß gemacht, mit dir zu
reden.«

»Jetzt muss ich aber los. Für morgen steht eine Klausur
auf dem Programm.«

»Hoffentlich treffen wir uns wieder einmal, David.«

»Wer weiß. Es würde mich jedenfalls freuen. Darf ich dir
zum Abschied und als Dank für deine Hilfe ein Geschenk
machen?«

Tolkien runzelte verwirrt die Stirn. »Aber ich sagte dir doch …«

»Ich möchte es aber«, unterbrach David den angehenden Professor. »Hier, nimm den *Beowulf*.«

»Aber das kann ich nicht annehmen …!«

»Doch, du kannst. Er ist bei dir bestimmt besser aufgehoben als bei mir. Wenn ich den Text je wieder brauche, dann kann ich mir aus der Bibliothek genauso gut ein neueres Exemplar ausleihen.«

»Also gut«, sagte Tolkien und nahm das Buch dankend aus Davids Händen. Selig lächelnd bemerkte er: »Jetzt *muss* ich wohl tatsächlich ein Werk über unseren Helden, seine Monster und deren Kritiker verfassen.«

Auch David lächelte, während er Tolkien zum Abschied die Hand schüttelte. »Tu das. Ich werde es bestimmt lesen.« *Ein Hundertjähriger, der gegen ein Ungeheuer kämpft! Wenn mich das nicht interessiert, was dann?*


## Wiedersehen

Als sich der Sommer näherte, steckte David seinen Kopf so gut wie überhaupt nicht mehr in die frische Luft. Während draußen das Leben tobte – die Menschen wollten nicht mehr an den Krieg denken, sondern ihr kurzes Erdendasein in vollen Zügen genießen –, brütete er in den Bibliotheken der Universität über seiner Magisterarbeit. Das Kredo der Universität Oxford lautete zwar *Dominus Illuminatio Mea*, »Der Herr ist meine Erleuchtung«, aber derartige Offenbarungen waren nicht umsonst zu bekommen. Vor den Erfolg hatte der Herr auch hier den Schweiß gesetzt. Selbst der Kreis der Dämmerung wurde für David in diesen Wochen zur Nebensache. Nicht weil er das Interesse an diesem Thema verloren hätte – es fehlte ihm schlichtweg die Zeit.

Die Aufbruchsstimmung der »wilden 20er« konnte nicht darüber hinwegtäuschen, dass Europa noch lange nicht im Frieden lebte. Allein aus dem Ruhrgebiet kamen wochenlang beunruhigende Nachrichten. Dieses an sich deutsche Staatsterritorium war von den Franzosen zwecks Einforderung fälliger Reparationsleistungen besetzt worden, was nicht gerade auf einhellige Begeisterung unter den Deutschen stieß. Es gab Protestmärsche, bei denen tödliche Schüsse fielen, auch Sabotageaktionen, die zu standrechtlichen Erschießungen führten. Immer häufiger sprach man von einem drohenden Bürgerkrieg.

Ein ehemaliger österreichischer Gefreiter namens Adolf Hitler traf sogar Anstalten einem angeblichen Linksputsch entgegenzutreten. Zu diesem Zweck schickte er seine NSDAP-Mannen – bewaffnet, gestiefelt und gespornt – in Bayern auf die Straße. Die Polizei zeigte sich echauffiert. Wozu denn eine Nationalsozialistische Deutsche Arbeiterpartei Gewehre und Pistolen benötige, fragte man höflich an. Zum *Arbeiten* doch wohl nicht. Hitler bestritt jede böse Absicht seiner NSDAP-Jungs, geschweige denn so hochverräterische Vorhaben wie einen Putsch. Die bayerische Landespolizei sammelte das Kampfgerät trotzdem ein und Hitlers Aktion beschränkte sich aufs Exerzieren, einen Umzug und eine Versammlung.

Charly erzählte von diesen Ereignissen, nachdem er an einem Abend Anfang Mai aus seinem Lieblings-Pub zurückgekehrt war. Seiner überschwänglichen Laune nach zu urteilen, musste er mehrere *pints* Gerstensaft intus haben. Wenn ihn eine »unvorhersehbar beschleunigte

Verdauung« nicht dazu gezwungen hätte, wäre er bestimmt noch bis zum Ausruf der Polizeistunde geblieben, entschuldigte sich der aufgekratzte Student. Das glaubte ihm David unbesehen. Aber auch so hatte Charly den Wirt des *King's Arms* bestimmt wieder zu einem glücklichen Mann gemacht.

David saß noch über seinen Büchern. Ab und zu nickte er wie eine Buddhafigur. Seine Beziehung zu Charles W. H. Callington war längst zu einer Art Symbiose geworden. Charly ließ sich von David, akademisch gesehen, unter die Arme greifen und sorgte im Gegenzug für das »Gaudium«, wie er alle Arten von Belustigung zu nennen pflegte. Weil David in dieser Hinsicht sehr genügsam war, kam Charly, unterm Strich gesehen, immer besser weg. Er spielte in ihrer Zweckgemeinschaft somit die Rolle des Schmarotzers.

Die Worte sprudelten immer noch aus Charly heraus, als müssten sie dem eingelagerten Bier Platz machen. David nickte. Normalerweise konnte er das tun, ohne sich in seiner Konzentration beeinträchtigen zu lassen, aber an diesem Abend war Charlys emotionelles Feuerwerk besonders ablenkend. Gerade noch hatte er über die Deutschen und ihre angeblich selbst eingebrockte Inflation gewettert, da fing er urplötzlich auch schon an zu weinen. Sarah Bernhardt – die Aktrice war Ende März verstorben – sei einfach unersetzlich! Selbst als Einbeinige habe sie noch ihre jüngeren Konkurrentinnen an die Wand gespielt. Charlys Augen waren ein Quell bittersüßer Tränen.

David klappte seufzend seine Bücher zu. Aus irgendeinem Grund musste er an Baluswami Bhavabhuti denken. Eine sinnvolle Arbeit war unter diesen Umständen jedenfalls ausgeschlossen. Während Charly noch über seine mögliche Teilnahme am erstmals Ende Mai auszutragenden 24-Stunden-Rennen von Le Mans spekulierte, stand sein Zimmergenosse plötzlich auf und sagte: »Ich gehe noch ein bisschen spazieren.«

Sichtlich konsterniert blieb der angetrunkene Autorennfahrer zurück.

Das Dormitorium des University College wurde durch eine kleine Vorhalle betreten, von der die Treppen in die oberen Etagen abgingen. Eine dieser Stiegen war Davids Fluchtweg nach unten. Obwohl er sich das gewiss nur einbildete, meinte er immer noch Charlys hirnloses Gefasel zu hören. Wenn der gute Junge nicht aufpasste, dann würde er die Universität noch als M. A. verlassen, als *Master of Alcohols*.

David nahm die letzten beiden Stufen auf einmal und hielt zielstrebig auf die innere Tür des Windfangs zu, den man auf dem Weg nach draußen überwinden musste. Über seinem Kopf hallte ein lautes Lachen durch das ehrwürdige Gebäude. Unwillkürlich sah er im Laufen nach oben. Hoffentlich war Charly nicht auf den genialen Einfall gekommen ihn auf seinem Abendspaziergang zu begleiten.

Ganz von selbst machten Davids Beine einen Ausfallschritt nach links. Sein sechster Sinn hatte ihm verraten, dass er sonst mit einer anderen Person zusammengestoßen wäre, die just in dem Augenblick das Foyer betreten haben musste, als er den Kopf umwandte.

»Entschuldigung«, brummte er mechanisch, die helle Gestalt am Rande seines Gesichtsfeldes kaum wahrnehmend. Er wollte nur so schnell wie möglich an die frische Luft.

»David?«

Die fragende Stimme ließ Davids Hand über dem Türknauf verharren. Sie hatte eine Erinnerung in ihm wachgerufen, zwiespältige Gedanken, die einerseits angenehm, andererseits verwirrend für ihn waren. Langsam drehte er sich um.

Was David nun erblickte, lässt sich mit Worten schwer beschreiben. Der Terminus »Engel« wurde ja unvorsichtigerweise schon verbraucht, obgleich – war es nicht dieselbe lichte Gestalt …?

Das wundersame Wesen war in ein luftiges, cremefarbenes Kleid gehüllt, auf dem winzige blaue Blümchen wuchsen (wenigstens hatte es den Anschein, als täten sie das). Der gewagte Saum endete bereits knapp unterhalb der Knie.

Davids Augen erklommen wie zwei trunkene Bergsteiger die angenehm hügelige Landschaft des, trotz allem, zart gebauten Körpers, ruhten für einen Moment auf dem Hochplateau eines züchtigen Dekolletees und setzten dann über den schmalen Grat eines schneeweißen Halses den Aufstieg fort. Ganz oben, auf dem Gipfel, wurde die Luft so dünn, dass es David den Atem verschlug.

Sie war noch viel schöner geworden! Einzig ihre langen schwarzen Haare vermisste er; sie waren einem feschen Pagenschnitt gewichen. Bei genauerem Hinsehen ließ sich in ihrem Lächeln sogar noch jener Ausdruck unbekümmerter Kindlichkeit entdecken, aber sonst wirkte die Achtzehnjährige schon sehr erwachsen. Sie hatte sich zweifellos zu einer atemberaubenden jungen Frau entwickelt.

David wurden die Knie weich, sein Zwerchfell flatterte wie ein Segel beim ungeschickten Halsen und sein Mund war seltsam trocken. Mit einem Mal wusste er, weshalb er sich nach seinem letzten Brief an Rebekka so lange so erbärmlich gefühlt hatte.

»Was ist? Freust du dich gar nicht mich zu sehen oder kennst du mich nicht mehr?«

David schmatzte in dem verzweifelten Bemühen seine Zunge irgendwie zu befeuchten. »Re-Rebekka …!«

»Du erinnerst dich also noch an mich.« Ihre Stimme klang streng. Sie sah David an, als erwarte sie etwas Bestimmtes von ihm – ein Willkommenslied, einen Kniefall oder irgendetwas in der Art.

»Aber … Wie hast du mich gefunden? Ich meine, du kanntest doch nicht einmal meinen jetzigen Namen. Wir haben ja nur immer über Sir Williams Adresse miteinander …«

Rebekka lachte, ein heller Klang wie das Windspiel aus dem Lazarett von Hazebrouck. Sie machte zwei Schritte auf David zu, küsste ihn erst auf die linke und dann auf die rechte Wange. »Warum werde ich nur den Eindruck nicht los, du hältst mich immer noch für das kleine dumme Ding, das fremden Soldaten Heiratsanträge macht? Guten Abend, mein Lebensretter.«

»Guten Abend, Lebensretterin. Vielleicht weil ich nicht damit gerechnet habe, hier und heute eine so selbstbewusste und bezaubernde junge Frau zu treffen, die gekommen ist, um ausgerechnet *mich* zu besuchen.«

»Bezaubernd?«, wiederholte Rebekka.

»Das sagte ich, ja.«

»Und selbstbewusst?«

David runzelte die Stirn. »›Keck‹ wäre vielleicht das passendere Wort.«

Rebekka schlug ihm spielerisch mit der Faust auf die Brust. »Du bist unmöglich, David.«

»Das musst *du* gerade sagen! Aber nun mal ehrlich, wie hast du mich hier aufgespürt?«

»Ich habe ihnen gesagt, du seist der Vater meines Kindes.«

»*Was!?*«

»Meines *ungeborenen* Kindes«, verbesserte sich Rebekka, als wäre damit alles erklärt.

»Aber du kannst doch nicht …! Ich meine, wie kommst du denn …?« David war fassungslos.

Rebekka schlang den langen cremefarbenen Seidenschal, der bisher offen über ihren Schultern gelegen hatte, zweimal um den Hals und antwortete: »Wenn ich mich nicht täusche, wolltest du doch sowieso gerade einen Spaziergang machen. Wie wär's, wenn ich mitkomme? Vielleicht finden wir ja auch noch ein offenes Pub.«

Als Antwort brachte David nur ein wirres Lautgebilde zustande, das man im weitesten Sinne als Zustimmung deuten konnte.


David entführte die Mutter seiner ungeborenen Kinder in das *Three Goats Heads*, das zwischen der Cornmarket Street und St. Peter's College lag. Sie hatten Glück, denn der Wirt brachte gerade den Aufruf zur letzten Bestellung aus. Mit Lloyd Georges Neuregelung der Öffnungszeiten für britische Pubs war schnell ein neuer Brauch entstanden: Man durfte zwar nach Anbruch der Polizeistunde keine neuen Getränke mehr bestellen, aber das, was man bereits vor sich auf dem Tisch stehen hatte, konnte man in aller Ruhe ausschlürfen. Je nach Großzügigkeit des Lokalbesitzers nahmen auf diese Weise vor manchen Gästen noch ganze Batterien von vollen Gläsern Aufstellung. Bei deren Entleerung ließ man sich dann nicht hetzen.

Das junge Paar begnügte sich mit je einem *pint* Bier. David trank ein Guinness, Rebekka ein leichtes *lager*.

Noch immer eher benommen als begeistert folgte David den Schilderungen des hinreißenden Mädchens an seinem Tisch. Ab und zu schaute er sich vorsichtig um und mehr als einmal entdeckte er die neugierigen Blicke, das Grinsen und Tuscheln seiner Kommilitonen an den anderen Tischen. Völlig zu Unrecht genoss David den Ruf eines pedantischen Langweilers. Dass ausgerechnet er nun mit dem hübschesten Mädchen im Umkreis von fünfzig Meilen hier am Tisch saß, bot Anlass zu mannigfaltigen Spekulationen.

Als Rebekka im letzten September den Abschiedsbrief von David erhalten hatte, durchlief sie eine Kaskade unterschiedlicher Gefühle. Zuerst, behauptete sie, habe sie das ganze Haus zusammengeschrien, die Arztpraxis ihrer Mutter eingeschlossen. Einige Patienten sollten sogar aufgeschreckt auf die Straße geflüchtet sein. Danach habe sie geweint, ungefähr sieben Tage lang. Die Tränen mussten schließlich eine Art mentalen Erdrutsch ausgelöst haben, den die Arzttochter als So-einfach-entkommst-du-mir-nicht-Syndrom bezeichnete.

Von nun an lag Rebekka ihrer Mutter mit einem Plan in den Ohren, den sie schon zuvor einige Male erörtert hatten, wie Eltern eben gewisse Wünsche ihrer lieben Kleinen zu bereden pflegen: Du willst zum Mond reisen? Aber gewiss, mein Kind. Lass mich dir nur noch einen warmen Pullover stricken und dann kann's losgehen.

Rebekka blieb hartnäckig. Sie wollte für ein Jahr als Aupairmädchen in eine gute englische Familie gehen, um ihre Sprachkenntnisse zu verbessern, und anschließend ein Universitätsstudium beginnen, am besten in Oxford.

Natürlich habe sie gewusst, dass David dort studierte. Er hatte in einem seiner Briefe den Namen eines Professors erwähnt. Marie, ihre Mutter, habe sich schließlich breitschlagen lassen von Paris aus Erkundigungen anzustellen. Bald wusste sie, dass David am University College studierte. Seine Hauptfächer – Englisch und Moderne Geschichte – kannte sie ebenfalls.

»Und dann bist du in das Sekretariat stolziert und hast behauptet, ich hätte dich geschwängert.«

Rebekka kicherte, als hafte diesem Wort irgendetwas Urkomisches an. »So habe ich mich nicht ausgedrückt. Du wärest der Vater meines ungeborenen Kindes, habe ich gesagt. Das stimmt doch, oder etwa nicht?«

David sah Rebekka erschrocken an. Hatte Reverend Dr. Costley-White bei der Aufklärung seiner Schüler etwa ein wesentliches Detail verschwiegen? »Seit wann kann man auf postalischem Wege Kinder kriegen?«

»Du Dummerchen! Ich habe ja nichts über den Zeitpunkt gesagt, wann das Kind geboren wird. Aber da wir füreinander bestimmt sind, wird es schon irgendwann kommen.«

David nahm einen tiefen Schluck von seinem Guinness. Er fragte sich, ob die Sekretärin, die das Verzeichnis der Studenten führte, Rebekkas Äußerung auch in diesem erweiterten Sinne verstanden hatte. Nachdenklich blickte er in das makellose Antlitz auf der anderen Seite des Tisches, das ihn unschuldig anlächelte. Zwar fehlte ihm jede Erfahrung auf diesem Gebiet, aber er wurde das Gefühl nicht los sich gerade Hals über Kopf zu verlieben.

»Seit wann bist du in Oxford?«, fragte er, nur um das Gespräch vorerst in ruhigeres Fahrwasser zu lenken.

»Vor drei Tagen bin ich in London angekommen. Gestern haben mich dort die Greenboroughs, meine Gastfamilie, abgeholt. Er ist Professor am Balliol College und sie bekleidet diverse ehrenamtliche Ämter in der Stadt.«

David nickte. »Typischer Akademikerhaushalt. Haben sie Kinder?«

»Zwei kleine Monster. Junge und Mädchen. Vier und fünf. Wird ein hartes Stück Arbeit werden.«

»Das hast du auch verdient, Bekka. Schade nur, dass sie nicht vier Kinder haben.«

Rebekka grinste spitzbübisch.»Für das Grobe ist eigentlich die Nanny zuständig. Meine Aufgaben liegen mehr im gesellschaftlichen Bereich. Unter anderem soll ich Mrs Greenborough beim Aufpolieren ihrer Französischkenntnisse helfen.«

»Und was willst du machen, wenn das Jahr um ist?«

Rebekka zuckte die Achseln. »Ich habe so viele Ideen. Manchmal möchte ich am liebsten wie meine Mutter Medizin studieren, dann wieder zieht es mich zur Kunst – ich spiele inzwischen sehr gut Klavier. Aber ich denke, Lehrerin wäre auch ein schöner Beruf.«

David blickte nachdenklich in ihre jettschwarzen Augen, bis er schließlich fürchtete darin versinken zu müssen. Unsicher nahm er einen weiteren Schluck aus seinem Glas. Dann lächelte er. Für Rebekka mochte es gequält aussehen, aber die widerstreitenden Gefühle in seiner Brust ließen kein besseres Lächeln zu. Endlich nickte er, wie zum Einverständnis einer unausgesprochenen Feststellung, und sagte:»Dann werden wir uns in nächster Zeit wohl des Öfteren sehen.«

Einige Wochen lang fühlte sich David wie ein Stück Treibholz auf mächtigen Stromschnellen. Er wurde hin und her geworfen und konnte nicht das Geringste dagegen tun. Die schäumende Gischt seiner Gefühle war natürlich von Rebekka ausgelöst worden. Das Wiedersehen mit ihr hatte in ihm so viele unvorhersehbare Dinge ausgelöst, dass seine Magisterarbeit darüber fast auf Grund ging wie die *Titanic*. Nur unter Aufbietung aller Disziplin (hier machte sich seine japanisch beeinflusste Erziehung bezahlt) gelang es ihm schließlich, den Magistergrad in beiden Hauptfächern zu erwerben.

Bis dahin sahen sich er und Rebekka schmerzlich wenig, also ungefähr nur einmal am Tag. Er arbeitete wie ein Besessener – weniger hätte seine Gedanken sofort zu ihr abschweifen lassen –, währenddessen sie den Greenboroughs bei der Bändigung ihrer Kinder und beim Erwerb französischen Sprachgutes assistierte.

Am Tag der Abschlussfeier, als der Doppelmagister David Newton seine Urkunden in Empfang nahm, war nicht nur Rebekka anwesend. Sogar die Greenboroughs gaben sich die Ehre, weil längst offenkundig war, dass dieser hoffnungsvolle junge Studienabgänger mit ihrem französischen Mädchen liiert war.

Ohne das Vermächtnis seines Vaters hätte nun für David eine unbeschwerte Zeit beginnen können. Er hatte alles, was die meisten Menschen für wichtig hielten: Gesundheit, Geld, eine gute Ausbildung, eine Erfolg verheißende Anstellung und ein bildschönes Mädchen.

Apropos Anstellung: Sir Rothermere war seinem Wort treu geblieben. Obwohl er nach dem Tod des Bruders die *Times* aus der Hand gegeben hatte, sorgte er doch dafür, dass David dort als Reporter anfangen konnte. Damit wurde für ihn ein Traum wahr. Wann bekam schon mal ein frisch gebackener Magister die Chance bei dieser grundenglischen Zeitungsinstitution anzufangen! Bis Oktober sollte er formell noch als Volontär arbeiten, aber anschließend war ihm die Festanstellung so gut wie sicher.

Mit diesen Aussichten genoss David einfach für eine Weile das unbeschreibliche Gefühl der Freiheit tun und lassen zu können, was ihm beliebte. Faktisch gesehen steckte er längst in einer neuen Fessel, aber die war so leicht, dass er sie praktisch gar nicht spürte. Der Grund hierfür lag in besagtem Mädchen, das ihm dieses Band angelegt hatte.

Was daraus folgte, war ein atemberaubender Sommer. Rebekka erwies sich als richtiger Wildfang. Sie schleifte David auf alle möglichen Veranstaltungen. Er hatte noch nie so viel Kunst in so kurzer Zeit an sich vorüberziehen sehen wie in diesem Jahr. Oftmals erwischte ihn Rebekka dabei, wie er sie anstatt ein Gemälde oder eine Plastik anstarrte. Sie sei schöner als jedes Werk, das je ein Künstler schaffen könne, sagte er dann zu seiner Entschuldigung. Aber sie ließ das nicht gelten. Meist setzte sie seinem Schmachten mit einem fröhlichen Gelächter ein Ende und zerrte ihn anschließend zum nächsten Meisterwerk. Rebekka wollte ihm einfach *alles* zeigen. Schließlich war das junge zwanzigste Jahrhundert nicht nur vom Krieg gezeichnet.

In der Malerei hatte schon mit dem ausgehenden neunzehnten Jahrhundert der Impressionismus von sich reden gemacht. Bilder von Vincent van Gogh, Paul Cézanne oder Auguste Renoir ließen Rebekka geradezu dahinschmelzen – an Claude Monet konnte selbst David Gefallen finden. Als er Rebekkas Interpretation von Debussys Arabesque Nr. 1 auf dem Flügel der Greenboroughs hörte, war er sogar regelrecht ergriffen – wobei nicht ganz klar ist, was mehr dazu beitrug, der sinnliche, eng geknüpfte Klangteppich des französischen Komponisten oder die anmutige Pianistin.

Über andere Produkte der zeitgenössischen Kunst geriet das Paar in heftige Diskussionen, die vor allem Rebekka Gelegenheit gaben ihr ganzes Temperament zu entfalten. Wenn David den kantigen Körperformen des Kubismus nur ein angewidertes Schütteln abgewinnen konnte, dann setzte sie sich umso vehementer für Braque, Picasso oder Juan Gris ein. Und wenn sich seine traditionell geprägten Erkenntnismittel beim Betrachten eines surrealistischen Bildes von Max Ernst oder Hans Arp vorzeitig erschöpften, dann kämpfte Rebekka noch ungestümer für die neuen Wege zur Suche nach der Wirklichkeit im eigentlich Unbegreiflichen, Nichtrationalen des Unterbewusstseins.

Auch David hatte in seinem Leben das Unbegreifliche kennen gelernt: Der dunkle Schatten aus der Westminster Abbey, der ihn bis auf die Schlachtfelder der Westfront verfolgt hatte, und dann das Grauen des Krieges – alle künstlerischen Ansätze zur Verarbeitung solcher Schrecken, wie sie etwa die Dadaisten verfolgten, wirkten auf ihn nur befremdend. Keine noch so unwirkliche Farb- und Formgebung, kein noch so kakophonisches Lautgebilde konnte jene bedrückend reale Unwirklichkeit wiedergeben, die in seinem Innern, in seiner Erinnerung, noch immer existierte, dort lauerte wie eine Bestie, die nur auf einen günstigen Moment wartete, um wieder hervorzukommen und neues Unheil zu stiften.

Aber noch hatte David die Luke zu diesem Abgrund seines Unterbewusstseins mit einer dicken Kette aus fast ekstatischem Frohsinn verschlossen. Er konnte sich eben doch nicht ganz diesem Zeitgeist der so genannten »wilden 20er« entziehen, der den Alptraum des Großen Krieges in ungezügelter Lebensfreude zu ersticken suchte.

Mit dem Jazz waren aus den USA auch neue Formen musikalisch begleiteter Körperertüchtigung nach Europa herübergeschwappt. Sie gaben dem Wort »Tanz« eine viel umfassendere Bedeutung. Verständlicherweise fanden rhythmische Übungen dieser Art vor allem bei der durchtrainierten Jugend Anklang. Auch David und Rebekka entdeckten hier bald einen gemeinsamen Nenner.

Rebekka war unglaublich beweglich! Wenn sie beim »Shimmey« ihren Körper in wirbelnde und schüttelnde Bewegungen versetzte, dann musste jedem Zuschauer unweigerlich der Kopf schwirren. David bildete da keine Ausnahme. Ein Journalist schrieb abfällig über die neuen Bewegungsformen: »Als Tanz ist Shimmey kaum zu bezeichnen, sein Rhythmus ist Fieberdelirium.« Obwohl David versuchte seinen Kollegen in Schutz zu nehmen, beharrte Rebekka auf ihrem Urteil: Der Schmierfink trüge zweifellos noch die Gamaschen und Ärmelschoner des letzten Jahrhunderts.

Noch sehr viel breiteren Zuspruch fand dann der Charleston. Auch bei diesem Tanz, der bald zum Kult wurde, bestimmten die engen biologischen Grenzen den Teilnehmerkreis – und einmal mehr hatten die in viktorianischer Prüderie herangewachsenen Alten Grund über die »Verwahrlosung der Jugend« zu klagen. Für David und Rebekka spielten solche Überlegungen nur eine untergeordnete Rolle. Er hatte alle Angehörigen verloren und sie besaß nur noch eine Mutter, die auf dem Kontinent und damit unendlich fern war. Das soll nicht heißen, sie hätten jede Form von Sitte und Anstand einfach über Bord geworfen. Irgendwie waren sie eben doch die Kinder ihrer Eltern und David verstand es als Ausdruck der Stärke, wenn er sich gegenüber Rebekka nicht die Freiheiten herausnahm, die er sich vielleicht hätte erlauben können. Als vollendeter Gentleman beeindruckte er sein Mädchen eher mit Respekt und Zuvorkommenheit als mit ungestümen Liebesbezeugungen. Erotische Abenteuer – das hatte er aus den diversen Eroberungen seines Zimmergenossen Charly gelernt – hinterließen meist nur einen schalen Nachgeschmack, der anscheinend viel mit dem Kater einer durchzechten Nacht gemein hatte.

Wenn David und Rebekka allein sein wollten, dann unternahmen sie Spaziergänge. Sowohl Oxford als auch London boten reichlich Auslauf hierfür. Oh, wie er es liebte, ihre zierlichen Füße über englischen Rasen schweben zu sehen! Auch besuchten sie Museen, botanische Gärten, den Londoner Zoo, Madame Tussauds Wachsfiguren, Konzerte, natürlich Tanzveranstaltungen – und *Kinos*. David war ein leidenschaftlicher Kinobesucher. Er hielt das bewegte Bild für eine der bedeutendsten Erfindungen und prophezeite die baldige Vertonung der flimmernden Streifen. Rebekka erachtete diese Idee für absurd. Wo sollten denn dann all die Kinomusiker hin?

Obwohl Rebekka den Filmproduzenten, die nun immer öfter in Hollywood arbeiteten, das künstlerische Potenzial der von ihr so verehrten Maler, Bildhauer und Komponisten absprach, lachte sie bei Charlie Chaplins Eskapaden dennoch wie ein Seemann auf Landurlaub. Den Film »The Kid« sah sich das Paar sogar dreimal an. Angeblich gestattete sie diesem unaufhörlich stolpernden Engländer, der eigentlich Charles Spencer Chaplin hieß, nur deshalb vor ihr aufzutreten, weil er sich im letzten Oktober mit der

Primaballerina Anna Pawlowa gezeigt hatte, die Rebekka sehr bewunderte. Aber David wusste es besser. Allein schon, wenn *er* den watschelnden Entengang Chaplins parodierte, kicherte sein Mädchen anhaltend. Beim Original – im Kino – schüttelte sich ihr schwarzer Bubikopf vor Lachen, selbst wenn alle anderen im Saal ergriffen schwiegen.

Während das Jahr sich dem Ende entgegenneigte, vollzog sich eine fast unmerkliche Veränderung im Verhältnis des jungen Paares. Zuerst war es David gar nicht aufgefallen, dass Rebekka ihm keine Heiratsanträge mehr machte.

Seit er wie vereinbart bei der *Times* seinen Posten als »stellvertretender Redakteur für außenpolitische Themen, Schwerpunkt Asien, Spezialgebiet Japan« angetreten hatte, war die Zeit für ihn ein knappes Gut geworden. Und dennoch – während Rebekka im März 1924 immer stiller wurde, kam ihm dieser Umstand schmerzlich zu Bewusstsein – lag darin nicht des Problemes wahrer Grund. Er hatte neben der Arbeit und dem anstrengenden Unterhaltungsprogramm auch wieder seine Spurensuche aufgenommen.

Inzwischen bewohnte David ein bescheidenes Etablissement in der Carter Lane, unweit von St. Paul's Cathedral. Von hier aus konnte er nicht nur die Redaktion der *Times* bequem zu Fuß erreichen, sondern er war auch schnell in der Britischen Bibliothek. Die Notizen aus der *Isis Tavern* harrten noch ihrer weiteren Ausarbeitung. Seit jenem aufschlussreichen Gespräch mit J. R. R. Tolkien hatte David nur wenig Neues zutage gefördert. Seine Magisterarbeit und die Monate mit Rebekka waren einfach viel zu aufreibend gewesen.

Seit einigen Wochen war er nun wieder ganz bei der Sache, was nicht ohne Folgen auf sein Verhältnis zu Rebekka blieb. Tolkiens Empfehlung, sich bei den jüdischen Kabbalisten umzusehen, brachte tatsächlich einige nützliche Hinweise. Vor allem in der so genannten »Lurianischen Kabbala« fand David Aufschlüsse, die auf ihn zwar befremdend wirkten, aber möglicherweise einen versteckten Fingerzeig auf den Kreis der Dämmerung enthalten konnten.

Diese nach Isaak ben Salomo Luria benannte Geheimlehre erklärte die Welt als Produkt einer göttlichen Ausscheidung, die Luria als »Emanation« bezeichnete. Die Gottheit selbst war für ihn ein dynamischer Fluss von vielschichtigen Kräften, das von keinem Wissen erreichbare, unwandelbare *En Sof* – das Unendliche.

Der Kreis! Tolkien hatte den Begriff »Ring« vorgezogen. Auch er war ein Sinnbild des Unendlichen, erinnerte sich David.

Gemäß der Lurianischen Kabbala war es im Verlaufe der göttlichen Emanation zu einer kosmischen Katastrophe gekommen, in der die Gefäße des göttlichen Lichtes zersplitterten und die Funken auf der Welt fortan in Scherben des Bösen, des *Kelippoth*, gefangen gehalten wurden.

Während David dies las, wanderte seine Hand wie von selbst zu seiner Brust empor, wo er schon seit Jahren einen außergewöhnlichen Kettenanhänger trug. Konnte es sein, dass der Ring Belials so eine »Scherbe des Bösen« war?

Minutenlang dachte er ernsthaft über diese Frage nach. Seine Hand hielt dabei den verborgenen Ring fest umschlossen. Nicht, dass David plötzlich zu einem Kabbalisten geworden wäre. Was dieser Luria sich da zusammengereimt hatte, war für ihn größtenteils Humbug. Aber –

auch das hatte er während seiner historischen Studien gelernt: Die Gegenwart fußte auf der Vergangenheit. Das war unbestritten. Viele Legenden hatten einen wahren Kern. Religiöse Riten und Symbole waren oft Überbleibsel fast vergessener Kulte. Was würde geschehen, wenn er Vaters Siegelring zerstörte? War *das* der Weg, um den Kreis der Dämmerung zu besiegen? Konnte man wirklich so einfach das Böse zu Staub zermahlen oder es einschmelzen und damit das Gute befreien?

Schon neigte er dazu, diesem bequemen Gedanken Raum zu geben, aber dann wehrte sich etwas anderes in ihm, das ihn warnte. Wenn der Ring erst einmal zerstört war, dann konnte er ihn nicht mehr gebrauchen – für was auch immer. Nein, er musste weiterforschen, die Richtung weiterverfolgen, die Tolkien ihm gewiesen hatte.

Auch die Theosophie der Kabbala reichte, wie David in der darauf folgenden Zeit herausbekam, über die jüdischen Chassidim, die »Frommen«, bis in die Gegenwart. Im Gegensatz zu den Theologen bemühten sich die Theosophen ihr Wissen über Gott und die Welt auf außergewöhnlichen, mystischen Pfaden zu erwerben. Askese, Ekstase, Wahrsagerei und Spiritismus gehörten zu ihren Praktiken. Allein der Gedanke an derart okkultes Treiben ließ David schaudern. Wie könnte er an der Existenz dunkler übernatürlicher Kräfte zweifeln? Aber sie auch noch herauszufordern – das grenzte für ihn an Irrsinn.

Dennoch gab es selbst ernannte Heilspropheten, die diese »außergewöhnlichen Erkenntniswege« sogar als eine willkommene Alternative zu den traditionellen Religionen ansahen. Helena Petrowna Blavatsky, die Mitbegründerin der Theosophischen Gesellschaft, war eine dieser düster schillernden Persönlichkeiten. Sie behauptete mit einem höheren Wesen Kontakt gehabt zu haben, das ihr für die zweite Hälfte des zwanzigsten Jahrhunderts einen neuen Weg zur globalen Beeinflussung der Jugend verhieß.

Mit Schaudern musste David an den Vortrag Lord Belials denken, den er inzwischen auswendig kannte. Konnten die auffälligen Parallelen zu Mme. Blavatskys übernatürlichen Offenbarungen nur ein Zufall sein? Oder diente sie mit ihrer *Geheimlehre* und anderen ihrer Bücher in Wirklichkeit Belial als Medium, als ein Famulus des Bösen?

David hatte schon so lange darum gekämpft, Licht in das Dunkel um den Kreis der Dämmerung zu bringen, dass ihn diese ersten kleinen Erfolge nun unweigerlich zu größeren Anstrengungen anspornten. Doch je weiter er jetzt in dieses Dickicht von Andeutungen vordrang, desto größer wurde die Gefahr sich zu verstricken. Schon stieß er auf verwirrende Verzweigungen.

Ein in Kroatien geborener Österreicher namens Rudolf Steiner hatte sich 1913 von Mme. Blavatskys unheimlichem Club gelöst und anschließend die Anthroposophische Gesellschaft ins Leben gerufen. Seine Überzeugung, die übersinnliche Welt durch wissenschaftliche Erforschung ausloten zu können, mündete schließlich in der Gründung einer besonderen Schule, die er »Goetheanum« nannte.

Lohnte es sich, diese Fährte zu verfolgen? Immer häufiger musste sich David nun diese Frage stellen, nachdem er sich von Tolkien in dieses Labyrinth von verwirrenden Fakten hatte locken lassen.

Ein anderer viel versprechender Hinweis ergab sich aus seinen Nachforschungen zu den Jahrhundertkindlegenden. In Vaters Vermächtnis stand, dass Davids Hebamme diesbezüglich einige Andeutungen gemacht hatte. Wenn er herausfand, wie ein anderes *seiki no ko* das Unheil von der Welt hatte abwenden können, dann ließen sich daraus möglicherweise nützliche Rückschlüsse ziehen. Von dieser Motivation getrieben, wurde er schließlich beim Taoismus fündig.

Diese von Laotse begründete Lehre vertrat die Ansicht, dass Unsterblichkeit durch ein Leben im völligen Einklang mit der Natur erlangt werden konnte. Die chinesische Geschichte berichtete, Kaiser Shih Huang Ti habe im Jahr 219 v. Chr. eine Flotte mit dreitausend Jungen und Mädchen ausgesandt, damit sie die legendäre Insel P'englai entdeckten. Von diesem Aufenthaltsort der Seligen sollten sie das Unsterblichkeitselixier mitbringen. Die meisten Quellen sagten, die Kinder seien ohne den Wundertrunk zurückgekehrt, aber an einer Stelle traf David auf eine Abweichung. Aus der Transkribierung einer alten Handschrift ging hervor, dass sechzig Kinder verschollen blieben. Sie würden immer noch auf der Insel der Seligkeit leben und wenn die Menschen sie benötigten, dann würden sie ihnen zu Hilfe eilen. Jedoch dürften sie die Insel nicht länger als hundert Jahre verlassen, sonst würden sie unweigerlich sterben wie jeder normale Mensch auch.

David schwirrte der Kopf. Das hörte sich ja wirklich so an, als gebe es eine kleine Schar von Jahrhundertkindern, die schon früher in Erscheinung getreten waren. Aber es fehlte weiterhin der entscheidende Hinweis. Er wusste weder, ob er den Ring zerstören durfte, noch, wie seine »Amtsvorgänger« gehandelt hatten. In der Nacht träumte er, die Millionen Bücher der British Library regneten alle auf einmal aus der Kuppel des großen Lesesaals auf ihn herab und begruben ihn unter einem Berg, in dem irgendwo auch die Wahrheit steckte. Aber wo?

Im Frühjahr 1924 kam David zu der Einsicht, dass nicht nur Geheimgesellschaften dazu angetan waren, verschwörerische Pläne zu verbergen, sondern ebensogut auch eine Flut von Informationen die Wahrheit verschleiern konnte. Wenn er nicht aufpasste, würde selbst sein hundertjähriges Leben nicht ausreichen, um den Kreis der Dämmerung zu entlarven.

Es ist somit nicht verwunderlich, dass David abgelenkt wirkte, als Rebekka ihm gegen Ende ihres einjährigen Dienstes bei den Greenboroughs diskrete Signale sendete, die er entweder nicht bemerken konnte oder wollte. Sie hatten sich kennen und lieben gelernt, aber das Thema Heirat war bisher ausnahmslos von Rebekka angesprochen worden.

Sie konnte natürlich nicht wissen, wie intensiv ihn diese Frage tatsächlich beschäftigte. Aber gerade durch seine neuen Erkenntnisse bei der Suche nach dem Kreis der Dämmerung war ihm auch eines bewusst geworden: Er kämpfte gegen einen schlauen, mächtigen und ungemein gefährlichen Gegner. Es grenzte schon fast an ein Wunder, dass ein französisches Mädchen bisher erfolgreicher war als Negromanus, die rechte Hand Lord Belials. Rebekka hatte David aufgespürt, wie lange würde es wohl noch dauern, bis dies auch dem dunklen Schemen gelang?

Daraus ergab sich für David ein Dilemma, das den klassischen Tragödien in nichts nachstand. Einerseits liebte er Rebekka wie keinen anderen Menschen auf der Welt, aber andererseits konnte er sie – gerade *wegen* dieser Liebe – nicht heiraten. Er würde sie doch nur noch mehr in Gefahr bringen, als er es ohnehin schon in den letzten Monaten getan hatte. Sollten Belial oder Negromanus ihn jemals finden, würden sie Rebekka gewiss ebenso wenig verschonen, wie sie das mit seinen Eltern, mit Sir William und wohl auch nicht mit Sir Northcliffe getan hatten.

Also schwieg David. Und litt.

Rebekka tat das Gleiche auf ihre Art. Sie wurde immer ruhiger. Zwar traf sie sich weiterhin mit David – sie hätte es nicht ertragen, sich früher als nötig von ihm abzunabeln –, aber jetzt gingen die beiden nur noch selten tanzen. Im Kino saßen sie nebeneinander und keiner wusste, was überhaupt gespielt wurde. Charly Chaplin verausgabte sich eifriger als je zuvor, doch Rebekka lachte nicht.

Am 4. Mai – sie spazierten gerade Hand in Hand durch den Hyde Park – sagte Rebekka aus heiterem Himmel zu David: »In vier Wochen fahre ich nach Paris zurück.«

Die Ankündigung traf ihn wie ein Donnerschlag. Er blieb sofort stehen und blickte völlig verstört in ihre dunklen Augen. »Aber ... Ich dachte, du wolltest hier studieren oder ein Konservatorium besuchen?«

»Die Sorbonne ist eine ausgezeichnete Universität und wenn ich mich doch für eine musische Ausbildung entschließe, dann finde ich in Paris bessere Institute als auf dieser Insel hier.«

David schluckte. »Und was ist mit *mir*?«

»Ja, David. Was ist mit dir?«

»Ich meine, liebst du mich denn nicht mehr?«

Der beherrschte Ausdruck in Rebekkas Gesicht geriet ins Wanken. Ihre Unterlippe begann zu zittern und in ihre Augen schlich sich ein auffälliger Glanz. »Natürlich liebe ich dich noch. Deshalb werde ich ja nach Frankreich zurückgehen.«

»Jetzt verstehe ich gar nichts mehr.«

»Das ist ja das Problem mit euch Männern!« Nun liefen

Rebekkas Augen über und dicke Tränen rollten ihre blassen Wangen hinab.

David schwitzte in seinem Sonntagsanzug, als stände er vor einem Hochofen. Unbeholfen griff er nach ihrer anderen Hand. »Bekka, nun weine doch bitte nicht. Mir ist immer noch nicht klar, was dich plötzlich zu deinem Entschluss bewogen hat.«

»Du willst mich nicht heiraten«, brach es endlich aus ihr heraus, zusammen mit einem Sturzbach weiterer Tränen.

»Aber …!« Was sollte er ihr nur sagen? Seine Gedanken verschlangen sich mit den Worten zu einem wirren Netz von Andeutungen.

*Belial könnte dich töten. Der Gedanke ist unerträglich für mich.* »Es gibt da gewisse Dinge in meiner Vergangenheit, die du noch nicht weißt.«

Rebekka fischte ein Spitzentaschentuch aus ihrem Handtäschchen und tupfte sich die Tränen ab. »Was soll das heißen? Bist du etwa derjenige, der die Mona Lisa gestohlen hat? Sie hängt doch längst wieder im Louvre. Ich heirate dich trotzdem.«

*Wenn's nur das wäre!* »Unsinn, Bekka. Ich bin kein Verbrecher, aber du weißt selbst, dass ich unter falschem Namen lebe. Hast du dich nie gefragt, warum?«

»Ich denke, weil dir jemand an den Kragen will.«

*Kann sie Gedanken lesen?* »Wie kommst du darauf?«

»Erstens habe ich die Geschichte nicht vergessen, die du Mama und mir damals aufgetischt hast, als Balu in Hazebrouck aufgekreuzt ist, und zweitens kann ich eins und eins zusammenzählen, David.«

*Dass sie sich daran noch erinnert! Also gut. Vielleicht kann ich sie mit einem Teilgeständnis beruhigen.* »Was ich damals in Frankreich über das Schicksal meiner Familie erzählt habe, war eine eher harmlose Fassung der Wahrheit, Bekka. Es gibt da einige Hintergründe, die du noch nicht kennst. Wenn du sie erst erfährst, wirst du es dir dreimal überlegen, ob du mit mir das Leben teilen willst.« David erklärte ihr so wenig wie möglich und so viel wie nötig, damit sie seine wahren Motive begreifen konnte: Er liebte sie, aber er wollte sie nicht in Gefahr bringen. Niemals!

Rebekka hörte sich alles an. Ab und zu schniefte sie und bemühte erneut ihr Taschentuch. Als David endlich fertig war, sagte sie: »Ich glaube, du weißt immer noch nicht, *wie* sehr ich dich eigentlich liebe, David. Sollte die Bande von Meuchlern, die deine Eltern und Freunde umgebracht hat, wirklich noch hinter dir her sein, warum hat sie dich dann noch nicht erwischt? Ich konnte dich doch schließlich auch aufspüren. Und außerdem: Wenn ich als deine Frau gefährdet bin, warum dann nicht auch als deine Braut? Weshalb hat mir im letzten Jahr keiner etwas zuleide getan?«

*Lieutenant Hastings hätte seine wahre Freude an dir, Bekka. Du hast ja Recht. Aber ich habe trotzdem Angst, dass dieser Schatten nur auf unsere Hochzeit wartet, um dich mir dann wegzunehmen. Vielleicht ist das ja sein Plan: Er will mich zerstören, indem er mir alle Menschen nimmt, die mich lieben.* »Ich … Ich weiß nicht, Bekka. Mir kommt es irgendwie verkehrt vor. Können wir nicht einfach noch eine Weile warten?«

Rebekka funkelte ihn eine ganze Weile aus ihren feuchten Jettaugen an. Dann sagte sie entschlossen: »Also gut. Du hast noch Zeit bis Ende Mai.«

Sie war nicht um ein Jota gewichen. Er hatte mit Menschen- und Engelszungen geredet und sie hatte ihm genau so viel Zeit zugestanden wie vor diesem unerquicklichen Gespräch.

Wieder einmal erlebte David einen Mai, dessen Wonnen mit der Lupe zu suchen waren. Dieser Eindruck war natürlich rein subjektiv. Andere hatten ihre helle Freude an den langen warmen Tagen, dem Duft des Flieders, den gelben Signalfeuern des Löwenzahns, dem Geschwebe und Geschwirr von Samen, Insekten und Zeitungsjungen.

David hatte gerade einen Artikel über Kaiser Taishos mangelhafte Gesundheit und die sich möglicherweise daraus ergebenden politischen Konsequenzen verfasst. Inzwischen nahm Hirohito als Prinzregent einen Großteil der Amtsgeschäfte seines Vaters wahr. Für jemanden, der seine Artikel von London aus schrieb, glänzte David durch ganz außerordentliche Detailkenntnisse. Aber der Respekt, den man ihm in der Redaktion mittlerweile als Japan-Kenner zollte, konnte ihn auch nicht fröhlicher stimmen. Er befand sich in einem furchtbaren Dilemma und er wusste nicht, wie er sich daraus befreien konnte.

Er liebte Rebekka. Oh ja! Wenn er jemals einen Menschen geliebt hatte, dann sie. Aber wie konnte er sie dann der furchtbaren Gefahr aussetzen seine Frau zu werden?

Die letzten Tage bis zu Rebekkas Abreise zerrannen ihm förmlich zwischen den Fingern. Rebekka hatte sich nun völlig von ihm zurückgezogen. Er belagerte regelrecht das Haus der Greenboroughs, aber sie ließ sich nicht sehen. An der Tür sagte man ihm, Mlle. Rosenbaum wünsche ihn nicht zu sprechen. David hinterließ Briefe. Als er den fünften abgeben wollte, öffnete ihm ein Dienstmädchen von etwa fünfzig, das sich mit Rebekka gegen ihn verschworen haben musste.

Die Hausangestellte schaffte es, ihn von oben herab zu mustern, obwohl sie mindestens einen Kopf kleiner als David war. Vielleicht entstand dieser Eindruck auch nur, weil er unter ihrem missbilligenden Blick sichtlich zusammenschrumpfte. Als er das ihr angemessen erscheinende Maß erreicht hatte, streckte sie ihm das ungeöffnete Kuvert mit dem vierten seiner Friedensangebote entgegen. Mademoiselle erwarte von ihm eine ganz bestimmte Erklärung, zischte sie ihn an. Er wisse schon, welche. Alles andere sei vielleicht aufrichtig gemeint, breche ihr aber nur das Herz. Er möge sein Billetdoux wieder mitnehmen. Rumms! Das Zufallen der Tür beendete das Gespräch.

David war verzweifelt. Am Tag vor Rebekkas Abreise suchte er Professor Greenborough im Balliol College auf. Das Mädchen benehme sich höchst eigenartig, rede kaum noch und weine viel, berichtete der Professor. Dabei sah er David an, als habe er einen Kapitalverbrecher vor der Nase. »Wenn Sie ein Ehrenmann sind, Sir, dann räumen Sie aus der Welt, was immer zwischen Ihnen und diesem hochanständigen Mädchen steht. Und heiraten Sie es.«

In der Nacht vom 1. auf den 2. Juni wälzte sich David schlaflos im Bett. Am nächsten Morgen würde Rebekka in den Zug steigen und ihn für immer verlassen. Er zerwühlte seine Bettdecke, als könne er in den Tälern ihrer Falten eine Antwort auf seine Fragen finden. Konnte er Rebekka ein Leben in Angst zumuten? Konnte er sie einfach gehen lassen? Konnte er es vor seinem eigenen Gewissen verantworten, ihr diesen Schmerz zuzufügen? Ja, konnte er selbst überhaupt noch ein Leben ohne sie führen?

Irgendwann gegen drei fiel er aus dem Bett. Er hatte es natürlich vorausgesehen, aber alles, was er noch tun konnte, war, den Sturz zu verlangsamen. Seine Reaktionen waren träge wie die eines Betrunkenen. Minuten später hatte er sich aus dem Haus geschlichen.

London schlief zwar nie, aber um diese frühe Stunde war die Stadt beinahe ebenso lethargisch wie der junge Mann, der da an der Themse entlang Richtung Süden stapfte. Sein Ziel stand fest: Victoria Station.

Endlich hatte er seinen Entschluss gefasst. Er musste Rebekka zurückhalten. Es ging nicht anders. Ohne sie würde ihm die Kraft fehlen das durchzustehen, was noch vor ihm lag. Er musste sich ihr anvertrauen, ihr die ganze schreckliche Wahrheit seiner Bestimmung verraten. Und wenn sie ihn dann immer noch haben wollte, dann …

»Haben Sie einen Schilling für mich, Sir?«

David erschrak. Der Mann war plötzlich hinter einem Baum bei den Victoria Tower Gardens hervorgetreten und versperrte ihm den Weg. Er trug einen zerrissenen Mantel, einen ausgebeulten Hut und einen ungepflegten Vollbart. Seine linke Hand war David entgegengestreckt, aber die rechte steckte in der Manteltasche. Eine Alkoholwolke umschwebte ihn.

»Scher dich fort!«, fuhr David den Mann barscher an, als es sonst seine Art war. Seine tiefe Versunkenheit hatte offenbar selbst die Sekundenprophetie außer Kraft gesetzt. Diese Unvorsichtigkeit war unentschuldbar. David haderte mit sich selbst und der Bettler bekam es nun zu spüren.

Der Mann griff die plumpe Vertraulichkeit des reichen Pinkels auf und erwiderte: »Ich habe dich höflich gefragt. Du könntest mir ruhig eine Kleinigkeit geben. Dir tut's doch nicht weh.«

David bedauerte längst, dass er diesen armen Hund so schäbig behandelt hatte. Er konnte sich noch gut an die

Zeit erinnern, als er selbst ohne feste Bleibe durch die Straßen von London gestreunt war.

»Warte«, sagte er und langte in seine Brusttasche. Erst in diesem Moment entdeckte er, was der Strolch wirklich beabsichtigte.

Noch ehe das Messer in der Hand des Mannes aufblitzen konnte, hatte David schon seinen Gegenangriff eröffnet. Er machte einen schnellen Schritt auf seinen Gegner zu, packte dessen rechten Arm und wirbelte den ganzen Mann herum. Ein lauter Schmerzensschrei verriet David, dass etwas nicht stimmte.

Natürlich hätte er jetzt fortlaufen können. Die Redakteure der *Times* waren ja nicht gerade dafür verschrien, dass sie frühmorgens Penner abstachen. Aber was war, wenn dieser Mann verblutete, nur weil er seinen Raubüberfall zu einer ungünstigen Zeit verübt hatte? Nein, er musste etwas tun.

Seltsamerweise steckte die Hand des Schurken noch samt Stilett in dessen Tasche. Er schrie und jammerte, als David die Klinge herauszog und die Wunde notdürftig versorgte, so wie er es unzählige Male auf dem Schlachtfeld getan hatte. Dann bedeutete er dem Verletzten zu warten, bis er Hilfe geholt habe.

Vermutlich hätte er sowieso nicht weglaufen können, sagte sich David, während er die Houses of Parliament umrundete. In der Hand hielt er das blutige Messer. Er war hier – direkt auf der anderen Straßenseite – lange genug zur Schule gegangen, um zu wissen, wie groß in dieser Gegend die Bobby-Population war. Beim Bewachen eines der größten Heiligtümer des britischen Empire konnte man sie praktisch zu jeder Tages- und Nachtzeit antreffen. Bald hatte David einen Uniformierten ausgemacht.

– 501 –

Als er für den Bobby die Situation umrissen und ihm die Tatwaffe gezeigt hatte, blies der zunächst in seine Trillerpfeife, nahm dann David das Stilett ab und lief anschließend in sein Wachhäuschen, wo er eilends telefonierte. Sobald die Verstärkung angerückt und instruiert war, lief David in Begleitung zweier Uniformierter zu den Grünanlagen zurück, wo er den verunglückten Raubmörder zurückgelassen hatte. Der wollte sich gerade aus dem Staub machen, hatte dabei aber wenig Erfolg. Seine Wunde blutete wieder stark und er konnte sein rechtes Bein so gut wie gar nicht bewegen.

»Was haben Sie mit dem Mann gemacht?«, fuhr Constable Smith, einer der beiden Polizisten, David an.

»*Ich*, mit *ihm?*« David verschlug es für einen Moment die Sprache.

»Er wollte mich umbringen. Beschützen Sie mich, Officer!«, griff der Verletzte das Thema dankbar auf.

»Kein Sorge, wir haben alles im Griff.«

»*Er* wollte *mich* mit seinem Messer massakrieren«, fand David endlich zu Worten.

»Mein Kollege sagte mir, *Sie* hätten ein Messer bei sich gehabt.«

»Ja, natürlich. Weil ich diesem Trunkenbold nicht die Gelegenheit geben wollte noch größeren Schaden damit anzurichten.«

»Die Stichwunde geht von der Innenseite der Tasche direkt in den Unterleib des Opfers«, konstatierte der andere Bobby, der gerade bei dem jammernden Alkoholzerstäuber kniete.

»Wie ist es Ihnen gelungen, seine niederträchtige Absicht zu erraten, wenn er die Tatwaffe noch in der Tasche hatte?«, fragte wieder der erste Polizist.

David warf verzweifelt den Kopf zurück und schloss die Augen. *Weil ich ein Sekundenprophet bin.* Er sah dem Beamten wieder ins Gesicht. »Gegenfrage: Wenn *ich* hier der Meuchler sein soll, meinen Sie wirklich, ich suche mir mit einem sperrigen Stilett erst den Weg in seine Tasche, um ihn an dieser völlig unzugänglichen Stelle aufzuspießen, wo er vermutlich sowieso überleben und gegen mich aussagen wird? Warum nicht einfach in sein Herz stechen? Das wäre doch viel effektiver. Ich habe in der Armee gedient! Glauben Sie mir, wenn ich einen Mann töten will, dann *kann* ich das auch.« *Was bist du nur wieder polemisch, David! Aber vielleicht hilft's.*

Der Constable kniff auf merkwürdige Weise das rechte Auge zusammen, als sei das eine amtliche Methode zur Überführung von Schwindlern. Zu allem Übel kamen nun auch noch zwei Sanitäter und stellten störende Fragen. Die beiden Bobbys waren von der Situation sichtlich überfordert.

»So kommen wir nicht weiter«, sagte Constable Smith schließlich streng. »Sie müssen mich auf das Revier begleiten. Dort werden wir Ihre Aussage zu Protokoll nehmen. Anschließend sehen wir weiter.«

*Anschließend?* Das Wort schlug in Davids Ohr ein wie eine Mörsergranate und verteilte tausende von Splittern in seinem Kopf. Während er abgeführt wurde, versuchte er die Konsequenzen dieser behördlich simplen Anordnung zu begreifen. »Anschließend« konnte viel zu spät sein. Wenn er Rebekka nicht am Bahnhof erwischte, dann würde er sie vielleicht niemals wieder sehen.

Die Nachtbesetzung des Reviers machte sich gerade für den Schichtwechsel bereit. Hierzu gehörte das Einpacken von Brotdosen, das exakt parallele Anordnen von Bleistiften auf dem Schreibtisch und das Verschleppen von Zeugenanhörungen.

David tobte. Er verlangte, sofort den Reviervorsteher zu sprechen, aber der war angeblich unabkömmlich. In welcher Angelegenheit wollte niemand verraten. Endlich, gegen sieben, kam Chief Inspector Langman, der für die Frühschicht zuständige Leiter vom Dienst. David hatte inzwischen genug Zeit gehabt, um seine Situation zu überdenken.

Er verlangte telefonieren zu dürfen. Der Chief Inspector dachte, David wolle seinen Anwalt anrufen, aber der wählte eine andere Nummer. Zwanzig Minuten später trat Lieutenant Hastings von Scotland Yard in die Revierstube.

»Ich dachte erst, Sie wollen sich einen Scherz mit mir erlauben«, begrüßte er David unter den strengen Blicken des Reviervorstehers.

»Nein, es stimmt. Man will mir schon wieder einen Mord anhängen.«

»Ich denke …«

»Ja, ja, er ist noch nicht tot. Wenn er keine gefährliche Infektion bekommt, wird er auch nicht sterben. Lieutenant Hastings, dieser ganze Fall wäre eigentlich ein Witz, und da ich inzwischen für die *Times* arbeite, wäre es mir ein großes Vergnügen, einen Insiderbericht über die Arbeitsweise der Londoner Stadtpolizei zu schreiben, aber ich habe ein ganz anderes Problem.«

Lieutenant Hastings hob die rechte Augenbraue. »Sie sind anscheinend immer für eine Überraschung gut, *Mr Newton.*«

Dieser Name hörte sich auffällig sperrig an, so wie er aus Lieutenant Hastings Mund kam, aber David ignorierte das. In aller Kürze schilderte er die Vorgänge der zurückliegenden Stunden und dann verriet er, worum es ihm wirklich ging: Wenn er nicht in einer Stunde am Bahnsteig der Victoria Station war, dann würde sein Mädchen – die einzige Liebe seines Lebens – nach Paris abreisen. Er *musste* sie erreichen, um ihr einen Heiratsantrag zu machen.

Hastings sah David ungefähr drei Sekunden lang mit unbewegter Miene an. Dann begannen seine Mundwinkel zu zucken. »Mr Newton, jetzt ist es an der Zeit, mich für einen gewissen Vorfall zu revanchieren, der Ihnen noch recht gut in Erinnerung sein dürfte.«

David sah den Lieutenant erschrocken an. Doch ein Strahlen auf Hastings Gesicht ließ ihn sich schnell wieder entspannen.

»*Ich* werde jetzt mit Ihnen, dem Reviervorsteher und einem Protokollanten ein Verhör führen, *ich* werde die Fragen stellen und *Sie* werden nur antworten, wenn es vonnöten ist. Haben wir uns verstanden?«

Anstatt etwas zu sagen, nickte David nur.

Es erfolgte eine etwa zwanzigminütige Vernehmung, in der endlich einmal jemand die richtigen Fragen stellte. David lieferte dem Scotland-Yard-Beamten alle Steinchen für ein vollständiges Mosaik. Anhand von Indizien und den schriftlich vorliegenden Berichten der Polizisten aus der Nachtschicht konnte er ein Bild zusammensetzen, das alle Verdachtsmomente gegen David entkräftete. Hinzu kam, dass Scotland Yard über den verletzten Spitzbuben eine dicke Akte besaß. Schon vor dem Großen Krieg hatte er sich einer größeren Anzahl kleinerer Delikte schuldig gemacht, anschließend einige Jahre im Gefängnis pausiert und sich später mit noch schäbigeren Straftaten, darunter auch einige Fälle von Körperverletzung, über Wasser gehalten. Die Polizei könne Mr Newton danken, dass er ihr diesen gesuchten Verbrecher endlich zugespielt habe.

Die letzten Ausführungen von Lieutenant Hastings flogen nur noch an David vorbei, wirklich hören tat er sie nicht. Seine ganze Aufmerksamkeit galt der Uhr, die über dem Schreibtisch des Reviervorstehers hing. Es war zwanzig Minuten vor neun. Vermutlich war Rebekka schon längst irgendwo auf der riesigen Victoria Station. Er würde sie verpassen.

»… Mr Newton!«

David erwachte aus seinem Alptraum. »W-Was?«

Lieutenant Hastings lächelte. »Ich hatte Sie gefragt, ob Ihnen die Polizei als Zeichen der Dankbarkeit für Ihre Dienste zur Verbrechensbekämpfung einen Gefallen tun könnte. Ich hatte da an etwas Praktisches gedacht – vielleicht eine Autofahrt zur Victoria Station.«

Davids riss die Augen auf. »Das würden Sie für mich tun? Lieutenant Hastings, man sollte Sie zum Chef des ganzen CID machen.«

Unter starker Geräuschentwicklung brauste Hastings' schwarze Limousine die Victoria Street hinauf. Der Lieutenant steuerte das Geschoss höchstselbst. Er hupte, ließ die Reifen quietschen, den Motor aufheulen und schimpfte noch dazu, wenn ihm andere Fahrzeuge oder unvorsichtige Fußgänger in die Quere kamen. In einer Benzin-und-Gummi-Wolke kam das Fahrzeug vor dem Bahnhof zum Stehen. Sein Abschied war kurz und anfeuernd.

»Holen Sie sich Ihr Mädchen, Mr Newton! Und verschonen Sie mich in Zukunft mit Ihren Scheinverbrechen.«

David grinste, drückte eine halbe Sekunde lang die

Schulter des über das ganze Gesicht strahlenden Mannes und sprang aus dem Automobil.

Mit wehenden Schößen lief er in den Bahnhof. Es war sieben vor neun. In sechs Minuten sollte der Zug nach Dover abfahren. Auf dem Weg zu den Bahnsteigen machte er einen Uniformierten mit einem dicken Buch unter dem Arm aus. Wie ein Torpedo hielt er auf den Mann zu, packte ihn, Sekundenbruchteile, bevor eine elegante Lady ihn ansprechen konnte, und schrie: »Schnell, Sir, es ist lebenswichtig. Auf welchem Gleis fährt der Zug nach Dover ab?«

Der Bahnhofswärter sah David erschrocken an. War es nun das Gesicht dieses aufgeregten jungen Mannes oder seine verborgene Gabe aus den Menschen die Wahrheit herauszukitzeln – jedenfalls antwortete der Schaffner: »Gleis sechs.«

Kopfschüttelnd blickte er dem forteilenden jungen Mann nach.

Aus einem Lautsprecher ertönten die mahnenden Worte, man möge sich bequemen und in den Zug nach Dover mit Anschluss nach Paris einsteigen. Diese Aufforderung werde gewiss kein zweites Mal wiederholt.

David brach der Schweiß aus. Er rannte den Zug entlang und machte immer wieder kleine Sprünge, um besser in die Abteile sehen zu können. Hatte sie erste oder zweite Klasse gebucht? Vermutlich zweite. Die Waggons der zweiten Klasse standen natürlich weiter unten am Bahnsteig. David lief und sprang, lief und hüpfte, lief und …

Er hatte sie entdeckt. Schnell klopfte er an das Fenster. Aus dem Abteil wandten sich ihm sechs Gesichter zu. Eines – dasjenige eines jungen Mädchens mit einem schwarzen Bubikopf – drehte sich sogleich wieder weg.

– 507 –

David klopfte weiter und rief Rebekkas Namen. Einige der Passagiere beäugten ihn neugierig, aber andere runzelten bereits unwillig die Stirn.

»Rebekka!« Er ließ nicht locker.

Im Waggon Kopfschütteln. Was für ein komischer Affe hampelte da draußen herum?

Für David waren die Leute im Abteil eher wie Fische im Aquarium, die ihre Mäuler auf- und zuklappten und dabei ein empörtes Gesicht machten. Ein Seedrache von Frau hatte endlich mitbekommen, dass die dramatische Pantomime des Mannes vor dem Fenster dem Mädchen galt, das da so auffällig unbeteiligt inmitten der anderen hockte. Zweifellos war dieses junge Ding der Schlüssel zu dem ganzen Theater. Als sie – David konnte das nur vermuten – eine dementsprechende Bemerkung machte, begannen auch die anderen Bewohner des Aquariums auf sie einzureden.

Endlich erhob sich Rebekka. Ein älterer Mann, dem Gesicht nach ein Wolfsbarsch, öffnete ihr das Fenster, damit sie eine Frage auf ihn hinabwerfen konnte.

»Was willst du?«

Die Fische im Becken blickten abwechselnd die Seejungfrau, dann wieder den jungen Mann an.

»Dich zurückhalten, Bekka.«

»Das haben wir doch schon alles besprochen, David. Ich möchte, dass du dich ganz für mich entscheidest oder gar nicht.«

Vielseitiges Nicken im Hintergrund, vor allem von den Frauenfischen.

»Aber das will ich ja, Bekka. Ich liebe dich!«

Ergriffenes Seufzen.

»Ich liebe dich auch. Aber das reicht nicht, David.«

»Oh!« Diesmal von allen Parteien.

»Ich weiß. Deshalb muss ich dir alles sagen, Liebling, die ganze Wahrheit, und wenn du mich dann immer noch willst …«

Offene Mäuler. Gespanntes Schweigen.

»Was ist dann, David?«

»Ja, was ist dann?«, wiederholte der Hintergrundchor.

Eine Trillerpfeife eröffnete den finalen Akt. Den ganzen Zug entlang wurden Handküsse in die Waggons und wieder hinaus geworfen. Zischend stieß die Lokomotive eine Dampfsäule aus.

»Willst du meine Frau werden, Bekka?«

Plötzlich schien die Welt innezuhalten. Kein Geräusch drang mehr zu dem Paar und seiner Zuhörerschaft vor. Rebekkas Augen füllten sich schnell mit Tränen. Ihr Mund war halb geöffnet. Ihre Brust hob und senkte sich in schnellem Rhythmus.

David sah für eine halbe Sekunde zur Dampflok nach vorne, dann wieder zu Rebekka. *Warum überlegt sie noch?* Der Zug ruckte an. *Ich brauche noch einen winzigen Moment.* Er nahm alle seine Kraft zusammen. Die Lok setzte sich in Bewegung. Aber sie tat es noch langsamer als gewöhnlich. Selbst der Dampf, der mit seltsam tiefem Zischen aus den Ventilen strömte, verhielt sich wie dicker zäher Brei.

»Willst du mich heiraten, damit wir zusammen bleiben, bis der Tod uns scheidet?«, rief David zu der sprachlosen Rebekka hinauf.

»Ja«, hauchte sie. Erst ganz leise. Aber dann wiederholte sie es in einem Tonfall unendlichen Glücks. »Ja, David! Ich will. Ich möchte deine Frau werden. Was immer es gibt, das du mir sagen willst. Ich werde nicht Nein sagen.«

Tosender Applaus brandete hinter Rebekka auf. Beifallsrufe. Selbst die Stockfische waren weich geworden.

»Dann komm schnell heraus!«, rief David. »Ich kann den Zug nicht mehr lange aufhalten.«

Rebekka verstand zwar nicht genau, was er damit meinte, aber sie reagierte mustergültig. Mit flinken Bewegungen riss sie die Jacke ihres Kostüms von einem Haken, setzte sich ihr Käppi auf und dirigierte zwei hilfreiche Taschenkrebse zu den korrekten Koffern. Während der Zug wie eine benebelte Raupe über die Gleise kroch, entwand David die Koffer dem Zangengriff der beiden Helfer. Er warf ihnen ein Danke zu und lief schnell zur Waggontür. Ehe der Schaffner auf dem Bahnsteig eingreifen konnte, hatte er die Tür des fahrenden Zuges aufgerissen und das Wesen aufgefangen, das ihm, leicht wie eine Bachelfe, in die Arme sprang.

In diesem Moment verlor David alle Konzentration. Der Zug schien wie von einem Gummiband befreit davonzuschießen. David und Rebekka vernahmen weder sein letztes Pfeifen noch die Beschwerden des Bahnhofsaufsehers. Alles, was sie hörten, war der Herzschlag des anderen, alles, was sie sahen, sein glückliches Gesicht.

## Eine schottische Hochzeit

Das Gespräch dauerte lang. Noch nie hatte David so viel und so offen über sich selbst gesprochen wie an diesem Tag. Rebekka hörte aufmerksam zu. Sie hatte sich bei ihm eingehakt und drückte manchmal seinen Arm, als fürchte sie ihn jeden Moment zu verlieren. Ihr Gesicht war ernst, aber auf eine stille Art auch zufrieden. Die Koffer hatten sie bei der Gepäckaufbewahrung gelassen. Sie wandelten durch Straßen und Parks und verschmolzen dabei durch das, was sie einander anvertrauten. Natürlich war es für Rebekka nicht ganz einfach zu verstehen – geschweige denn zu glauben –, was ihr Bräutigam da alles von sich gab. Doch David konnte einem Menschen wie kein anderer die Augen öffnen. Wenn er die Wahrheit beschrieb, dann vermochte man sich ihr nicht zu verschließen. Um jegliche Zweifel auszuräumen, überraschte er Rebekka mit einigen Kostproben seiner besonderen Fähigkeiten.

Als Big Ben um elf die Stunden zählte, sorgte er nach dem vierten Glockenschlag für eine außergewöhnlich lange Verzögerung. Die Passanten rissen irritiert ihre Uhren vors Gesicht. Als das Schlagwerk dann zögernd seinen Dienst wieder aufnahm, hatten viele Leute vergessen, was sie gerade tun wollten, und liefen aufgeregt durcheinander, um irgendjemanden zu finden, dem sie brühwarm berichten konnten, dass Big Ben neuerdings stotterte.

Rebekka konnte kaum fassen, was sie da erlebte. »Hast wirklich *du* den Glockenschlag angehalten?«, fragte sie ungläubig.

David grinste. »Nur stark verlangsamt. Wirklich aufhalten kann ich den Lauf der Dinge nicht, sobald sie einmal begonnen haben.«

»Was soll das nun wieder heißen?«

»Ich kann Dinge voraussehen, die in wenigen Augenblicken geschehen werden. Oftmals – leider nicht immer – konnte ich dadurch auch schon ein Unheil verhindern.«

»Ach komm! Jetzt willst du mich auf den Arm nehmen.«

David drückte Rebekkas Hand, die er in der seinen hielt, etwas fester. »Warte!«

Sie blieben genau an einer Hausecke stehen. »Was ist?«

Er schloss die Augen, konzentrierte sich und sagte mit einem Mal: »Jetzt wird gleich ein *gelber* Bobby um die Ecke biegen.«

»David, du spinnst!«

Im nächsten Moment schlenderte ein Polizist um die Ecke. Seine sonst eher triste dunkle Uniform leuchtete in fröhlichem Kanariengelb. Er konnte sich beim besten Willen nicht erklären, weshalb ihn alle Passanten so überrascht ansahen, empört mit den Köpfen schüttelten oder hilflos zu kichern begannen.

»David, mach ihn sofort wieder normal!«, verlangte Rebekka streng.

Er zuckte mit den Schultern. »Von mir aus.«

Die helle Uniform sah mit einem Mal verwaschen aus, dann himmelblau und wurde schließlich immer dunkler, bis sie wieder ihren amtlichen Einheitston angenommen hatte.

»Vorher hat er mir besser gefallen«, murrte David.

Nun fing Rebekka an zu lachen. »Du bist unmöglich!«

»Nicht wahr? Das sage ich mir auch immer. Aber irgendwie kann ich alle diese merkwürdigen Dinge trotzdem tun.«

Rebekka wurde wieder ernst. »Obwohl ich weiß, dass du die Wahrheit sprichst, kann ich deine ungewöhnliche Geschichte trotzdem kaum glauben.«

Während sie auf den Wellington Arch zuschlenderten, stellte David die alles entscheidende Frage: »Willst du mich jetzt immer noch heiraten, Rebekka? Ich meine, du wirst möglicherweise nie ein Heim haben wie andere Frauen. Vielleicht müssen wir vor dem Schemen in fremde Länder fliehen und immer wieder neue Namen annehmen. Glaubst du wirklich, ein Leben mit mir ist das Richtige für dich?«

Rebekka blieb wieder stehen und wandte sich David zu. Sie hielt sich an seinen Unterarmen fest, zog sich auf die Zehenspitzen hoch und küsste ihn auf die Lippen. »Ich kann mir kein Leben mit jemand anderem vorstellen, David. Es wäre schön, wenn wir Kinder haben könnten, aber selbst wenn das nicht ginge, würde ich mich nicht anders entscheiden wollen.«

In David explodierte ein Feuerwerk. Er schlang seine Arme um Rebekkas zarten Körper, drückte sie an sich und begann haltlos zu weinen.

»Was ist mit dir?«, fragte sie besorgt. Einige Fußgänger sahen sich neugierig nach ihnen um.

»Ich bin so glücklich!«, schluchzte er in ihr linkes Ohr.

»Aber, David, du zitterst ja!«

»Ich dachte, ich würde dich verlieren. Als ich heute früh auf dem Revier festsaß, hatte ich schon beinahe jede Hoffnung verloren. Und jetzt …« Wieder erbebte er am ganzen Leib. »Jetzt bist du hier. Bei mir. Und ich werde dich nie wieder loslassen.«

»Das könnte aber schwierig werden, David.«

»Wieso?«

»Nun, es gibt gewisse Dinge, die eine Frau …«

Die Londoner Herren- und Damenausstatter waren für ihre gediegene Eleganz bekannt. Und für ihre Arroganz. Die Unverfrorenheit, mit der an diesem Montagnachmittag ein junges Paar seine saloppe Straßenkleidung in ihre Geschäftsräume trug, verursachte den Konfektionären daher zunächst Schwindelanfälle. In Ermangelung von Riechsalz hielt David ihnen einige Pfundnoten unter die Nase, was wahre Wunder wirkte. Eine Konfektioneuse, die zuvor ziemlich verschnupft reagiert hatte, atmete sogleich befreit auf und präsentierte Rebekka eine Kollektion atemberaubender Abendkleider. David legte sich anschließend noch einen Cutaway zu. Dem festlichen Anlass wäre maßgeschneiderte Ware natürlich angemessener gewesen, aber dazu fehlte den beiden jungen Leute die Zeit. Sie hatten für acht Uhr abends einen Tisch bestellt.

Die Verlobung wurde im Ritz gefeiert. Dort quartierte David auch seine Braut ein. Rebekka protestierte energisch gegen die »Geldverschwendung«. Sie war zwar nicht in ärmlichen Verhältnissen aufgewachsen, aber ihr fehlte jegliches Vorstellungsvermögen für das, was Familien wie die Camdens unter einer »akzeptablen Unterbringung« verstanden.

Für gewöhnlich pflegte David sein Geld mit jener englischen Tugend auszugeben, die man schlicht *understatement* nannte. Auch gegenüber Rebekka hatte er im letzten Jahr nie mit seinem Vermögen geprotzt. Was sie gebraucht hatten, war einfach immer da gewesen, und was er für unnötig hielt, musste er auch nicht haben, nur um sie zu beeindrucken. Aber jetzt hatte sich alles geändert. Sie liebte ihn um seiner selbst willen. Sogar sein schweres Vermächtnis wollte sie mit ihm tragen. Sie war ein Juwel, ein engelsgleiches Wesen. Am liebsten hätte er für sie eine Wolke im Himmel reserviert, egal was es gekostet hätte. Aber das ließ sich auf die Schnelle nicht arrangieren.

Einige Tage nach der Verlobung erhielt Marie Rosenbaum in Paris ein aufregendes Telegramm.

```
liebe mutter — stopp -
werden am 8. juli in schottland
heiraten — stopp -
du bist herzlich eingeladen —
```

```
stopp -
bring bitte einen regenschirm
mit - stopp -
```

```
bekka und david
```

Der Juni ging wie im Fluge vorüber. Marie, Rebekkas Mutter, hatte zugesagt mit den Brautleuten nach Schottland zu reisen. Das Paar wollte sich konfessionslos trauen lassen. Rebekka war im jüdischen Glauben erzogen worden und David christlich. Aber der Krieg hatte ihre religiösen Empfindungen verändert. Für David spielte es keine Rolle, welcher Nationalität, Religion oder Rasse ein Mensch angehörte, und er konnte sich nicht vorstellen, dass Gott in dieser Hinsicht kleinlicher war. Engstirnigkeit gehörte zu den typisch menschlichen Eigenschaften. Die religiösen Führer aller Kriegsparteien machten da leider keine Ausnahme. Er erinnerte sich noch sehr gut an den jungen deutschen Soldaten, auf dessen Koppelschloss die Formel »Gott mit uns« gestanden hatte. Nein, Gott würde sich gewiss nicht durch solche Fetische beeindrucken lassen.

Rebekka dachte ähnlich wie er. Weil es der Wunsch ihres damals bereits gefallenen Vaters gewesen war, hatte sie bis zu ihrem Bat-Mizwa noch die Synagoge besucht. Sie war damit zwar zu einem aktiven Mitglied der jüdischen Gemeinde geworden, aber äußere und innere Nöte – beide hervorgerufen durch den Krieg – hatten sie ihrem Glauben entfremdet.

In Großbritannien konnten nicht nur Staatsbedienstete Trauungen durchführen, sondern auch Geistliche aller anerkannten Konfessionen und manchmal eben auch ein Schmied. Wie der Handwerker aus Aberfeldy sich die

Lizenz zum Trauen erworben hatte, wussten David und Rebekka nicht, aber auf jeden Fall war er für sie genau der richtige Mann. Außerdem stellten sie sich eine Trauung in einer Hufschmiede ungemein romantisch vor.

Sobald alle Einzelheiten feststanden, telegrafierte David nach Tokio. Er schickte eine Einladung an Yoshi sowie – über den kaiserlichen Biologielehrer – eine zweite an seinen Freund Hito. Natürlich rechnete er nicht ernsthaft mit dem Kommen seiner Freunde, aber er war einfach so glücklich über seine baldige Vermählung, dass die ganze Welt daran Anteil nehmen sollte – oder wenigstens die wenigen Freunde auf dem weiten Erdenrund, die ihm noch geblieben waren.

Zu Rebekkas Entsetzen traf wenige Tage vor der Hochzeit ein Telegramm aus Paris ein. David war, wie jeden Morgen seit drei Wochen, gleich nach dem Aufstehen ins Ritz gefahren, um mit seiner Verlobten zu frühstücken. Ein Hotelpage überbrachte die Nachricht. Noch während Rebekka auf das Fernschreiben blickte, füllten sich ihre Augen mit Tränen.

»Was ist?«, fragte David besorgt.

»Lies selbst«, antwortete sie und reichte ihm das Blatt. Ungläubig überflog er den knappen Text.

```
liebe bekka, lieber david —
stopp -
bin an einer schweren guertelrose
erkrankt — stopp -
die schmerzen sind furchtbar —
stopp -
bis ich wieder ganz gesund bin,
kann ich unmöglich zu euch kommen
```

```
— stopp -
bitte lasst euch die hochzeit
durch mich nicht verderben —
stopp -
ich denke an euch und wuensche
euch gottes segen — stopp -


eure mutter
```

»Wollen wir mit der Hochzeit nicht trotzdem warten, bis sie wieder gesund ist?«, fragte David, nachdem er tief durchgeatmet hatte.

Rebekka wischte sich mit der Serviette die Tränen ab. »Ich kenne meine Mutter. Sie sagt immer, was sie denkt. Es würde ihr nicht gefallen, wenn wir unsere Trauung verschöben.«

»Dann reisen wir also am nächsten Montag?«

Rebekka griff nach Davids Hand und drückte sie ganz fest. »Ja, Liebling. Und am Dienstag sind wir Mann und Frau.«

Bevor das Paar seiner Lebensplanung den amtlichen Stempel aufdrücken konnte, wurde David noch von zwei weiteren Nachrichten überrascht. Die erste erreichte ihn am Donnerstag, dem 3. Juli, in Form eines Telefonats aus New York City. Seit ein Transatlantikkabel die Alte mit der Neuen Welt verband, waren derartige Ferngespräche zwar keine Zukunftsvision mehr, aber nur wenige Menschen leisteten sich wirklich den Luxus solcher Plaudereien über den halben Globus hinweg. Eine dieser Personen war Briton Hadden.

»Hallo, hier spricht David Newton.«

»Briton Hadden am Apparat.«

»Hadden? Etwa *der* Briton Hadden?«

»Ich nehme an, wir sprechen von demselben, Mr Newton. Sie kennen also mein jüngstes Baby schon.«

David griff nervös nach einem Bleistift. »Mr Hadden, ich bitte Sie! Seit Sie Ihr *Time*-Magazin letztes Jahr aus der Taufe gehoben haben, spricht die ganze Welt davon.«

»Nun ja, sagen wir, die kleine Welt der englischsprachigen Journalisten.«

»Keine falsche Bescheidenheit, Mr Hadden. Ihre Idee ein selbstbewusst-kritisches und zugleich unterhaltsames Magazin herauszubringen, war genial: Gut recherchierte Hintergrundreportagen über das Weltgeschehen, die nicht unter der Geißel der Tagesaktualität leiden – das ist meiner Meinung nach das Erfolg versprechendste Konzept, das in den letzten Jahrzehnten auf dem Zeitungsmarkt realisiert wurde. Welchem Anlass verdanke ich die Ehre Ihres Anrufes, Mr Hadden?«

»Mir gefällt es, wie Sie über *Time* sprechen, Mr Newton. Ich wollte Sie fragen, ob Sie nicht Lust hätten für unser Magazin zu arbeiten.«

Knack! Der Bleistift in Davids Hand war zerbrochen wie ein Streichholz.

»Mr Newton? Sind Sie noch dran?«

»Ja, Mr Hadden. Ich höre Sie noch. Ihr Angebot kommt nur etwas überraschend für mich. Wie sind Sie gerade auf mich gekommen?«

»Der erste Anstoß kam eigentlich von Henry, meinem Partner. Er wurde in China geboren. Anscheinend interessiert er sich deshalb für alles Asiatische. Ihm ist in der Londoner *Times* ein Artikel von Ihnen aufgefallen, irgendetwas über Japan. Anschließend haben wir beide dann noch weitere Ihrer Arbeiten gelesen – mit großem Wohlwollen, muss ich anmerken. Wenn ich Ihre Stimme richtig einschätze, dann müssen Sie noch sehr jung sein. Woher stammen Ihre erstaunlich detaillierten Japan-Kenntnisse, Mr Newton?«

»Ich bin dort geboren«, gab David zu. Er war so perplex, dass ihm erst nachher aufging, was er damit preisgegeben hatte.

»Das wird Henry freuen«, erklang Haddens amüsierte Stimme aus dem Hörer. »Damit ist Ihr Geburtsort erheblich dichter an dem seinen wie der meinige. Und das will etwas heißen – Henry und ich sind nämlich zusammen zur Schule gegangen. Aber nun zum Geschäft. Was halten Sie von meinem Vorschlag, Mr Newton?«

In Davids Kopf wirbelten Worte und Sätze durcheinander, als wäre ein Windstoß in einen Stapel Manuskriptseiten gefahren. »Also ehrlich gesagt wäre mir ein wenig Bedenkzeit nicht unlieb, Mr Hadden.«

»Oh.« Hadden klang enttäuscht. »Anscheinend sind wir Amerikaner tatsächlich impulsiver als die sprichwörtlich steifen Briten – nichts für ungut, Mr Newton.«

Jetzt musste auch David kurz auflachen. »Keine Sorge, Mr Hadden. Ich bin nicht empfindlich.«

»Na ja, hätte ich mir denken können, dass ein junger Reporter, der bei der nobelsten Zeitung arbeitet, mit der das britische Empire aufwarten kann, nicht so Knall auf Fall seine Stellung aufgibt.«

»Ich möchte nur nichts überstürzen, Mr Hadden. Es ist nämlich …« David zögerte. Sollte er das wirklich diesem wichtigen Mann anvertrauen? Ach, was sollte es. »Ich heirate nächsten Dienstag und wollte anschließend mit meiner Braut die Flitterwochen in Schottland verbringen.«

»Gratuliere! In dem Fall könnte ich auch an nichts

anderes denken. Ich freue mich für Sie, Mr Newton.«
Haddens Herzlichkeit klang aufrichtig. Nach einer kurzen
Pause fügte er hinzu: »Aber in Schottland regnet es doch
ständig. Was halten Sie davon, wenn Sie Ihre Flitterwochen in den Vereinigten Staaten von Amerika verbringen?«

»Wie bitte?«

»Ich würde ja selbst gerne nach Europa kommen, aber
das wird wohl noch bis nächstes Jahr warten müssen. Also
lade ich Sie ein. Kommen Sie mit Ihrer Braut zu uns nach
New York in die 39. Straße und schauen Sie sich den
Laden an. Wenn er Ihnen gefällt, dann können Sie nach
Ihrem Honeymoon gleich hier bleiben.«

David ließ die zersplitterten Reste des Bleistiftes auf den
Schreibtisch rieseln und atmete tief durch. In den USA
könnte er ein ganz neues Leben beginnen. Unter einem
neuen Namen. Er würde Rebekka jene Sicherheit geben
können, die er sich so sehr für sie wünschte. Das Angebot
war verlockend. Aber sollte er sie nicht zumindest vorher
fragen?

»Mr Hadden?«

»Ja?«

»Geben Sie mir bitte eine Woche Bedenkzeit.«

Aus dem Hörer drang einige Sekunden lang nur ein leises Rauschen. David biss sich auf die Unterlippe. Seine
Bitte konnte ihm schnell als Unentschlossenheit ausgelegt werden. Hoffentlich kam jetzt aus der Muschel nicht
gleich ein schroffes Nein. David lauschte. Er hörte nur ein
Geräusch, das ihn an die Brandung des Atlantischen Ozeans über dem Telefonkabel denken ließ.

»Also gut«, kam endlich die Antwort aus der Neuen
Welt. »Sie müssen natürlich Ihre Braut fragen. Das sehe

ich ein.« Hadden gab David zwei Telefonnummern, unter denen er so gut wie immer zu erreichen war, verabschiedete sich knapp und legte auf.

Als Rebekka von dem Angebot hörte, war sie sich unschlüssig. »Können wir das nach unserer Hochzeit entscheiden?«, fragte sie David.

Er nickte. Ein solcher Entschluss sollte wirklich gut überlegt sein.

Schon am übernächsten Tag wurde das Paar aufs Neue in Erstaunen versetzt. Gerade noch rechtzeitig vor ihrer Abreise war ein Telegramm aus Japan eingetroffen, unterzeichnet vom kaiserlichen Biologielehrer. Aber David wusste, dass die Worte von jemand anderem stammten!

```
lieber david-chan,
liebe rebekka-chan — stopp -
herzlichen glueckwunsch zu eurem
entschluss das leben miteinander
zu teilen — stopp -
ich habe mir eine kleine ueberra-
schung fuer euch ausgedacht —
stopp -
wenn ihr folgendes raetsel loesen
koennt, wisst ihr, was es ist: ich
kann euch keine goldenen baelle
schenken, sondern nur einen bunten
ball — stopp -
reist bitte nach eurer trauung
gleich nach blair atholl weiter
und meldet euch auf dem schloss
des herzogs — stopp -
alles weitere wird sich dann schon
```

```
ergeben — stopp -
euch beiden wuensche ich glueck,
gesundheit, kinder und frieden


dr. hirotaro hattori
```

»Und du bist sicher, dass es von dem Prinzregenten stammt?«, fragte Rebekka ungläubig, nachdem sie das Telegramm gelesen hatte.

David schmunzelte still in sich hinein. »Ganz sicher. Niemand sonst würde ausgerechnet bedauern, mir keine goldenen Bälle schenken zu können. Das ist ein versteckter Hinweis. Als ich fünf Jahre alt war, habe ich einmal für ihn einen blauen Ball umgefärbt. Soweit ich weiß, besitzt er das Spielzeug heute noch.«

»Aber warum will er uns einen *bunten* Ball schenken? Hat er denn vergessen, dass ihr beide keine Kinder mehr seid?«

David streichelte Rebekkas Wange. »Ich habe da so eine Ahnung, aber es wäre ja keine Überraschung mehr, wenn ich dir heute schon verraten würde, worum es geht.«

Rebekkas jettschwarze Augen funkelten erwartungsvoll. »Ich wollte schon immer mal einen waschechten Herzog kennen lernen. Zum Glück geht die Reise übermorgen endlich los. Ich bin schon ganz aufgeregt!«


Das Ross schnaufte. Sein Atem ging pfeifend und stoßweise. Dabei stiegen weiße Wölkchen in den Himmel auf. Ab und zu quietschte es auch beängstigend laut und schüttelte sich dabei. Es war aus Stahl und sein Gehabe beunruhigte nur wenige der Bahnreisenden.

Obwohl David und Rebekka ihrem Ziel entgegenfieberten, genossen sie doch die Reise. Grüne Wiesen, eingerahmt von Mauern und Hecken, machten die wogende Landschaft zu einem gigantischen Fischernetz, in dem sich hier und da immer wieder ganze Schwärme von Schafen verfingen. Häufig konnte man rechter Hand auch auf die echte See hinausblicken, weil der Schienenweg häufig an der Küste entlangführte.

Die erste Etappe ihrer Reise endete in Edinburgh. Von der Waverley Station ließen sie sich mit einer Benzindroschke ins Royal Terrace Hotel bringen, ein hundert Jahre altes Haus am Carlton Hill. Hier würden sie die Nacht verbringen. David hatte zwei Hotelzimmer reserviert. Sogar auf zwei verschiedenen Etagen, um Rebekka in keiner Weise zu kompromittieren. Er war zwar in einem Land aufgewachsen, in dem Konkubinen ebenso zum Leben gehörten wie andernorts edle Katzen oder anderes Getier, aber seine Eltern hatten ihn auch gelehrt sich stets wie ein Ehrenmann zu benehmen. Ungezügelte Wollust konnte schnell den Sinn für jene Attribute der Liebe trüben, deren Haltbarkeit über die Zeit von Jugend und Schönheit hinausging. Seine Liebe zu Rebekka aber sollte etwas Besonderes sein, etwas Reines, Ewiges. Obwohl es ihm manchmal nicht leicht fiel, übte er sich daher in Selbstbeherrschung.

Den Nachmittag verbrachte das Paar in der Opulenz des Tearooms sowie bei einem Spaziergang im wunderschönen Garten des Hotels. Eine Weile lang saßen sie auf einer Bank am Springbrunnen des begrünten Hofes und sahen zwei Herren zu, die mit großem Ernst lebensgroße Figuren über ein Riesenschachbrett schoben. Am Abend wandelten sie dann unter üppigen Kronleuchtern entlang zum Dinner. Sie ließen sich beim Essen viel Zeit und sprachen über ihre gemeinsame Zukunft, über ein gemütliches Heim, aufregende Reisen und herumtobende Kinder.

Am Dienstagmorgen wuchteten David und Rebekka ihr Gepäck an der Waverley Station wieder in einen Zug, der sie in die schottischen Highlands bringen sollte. David hatte seine wertvollsten Besitztümer mit auf die Reise genommen: die Schatulle seines Vaters und die beiden japanischen Schwerter. Obwohl er die Waffen seit dem Ende seiner Armeezeit nie mehr benutzt hatte, hing er doch immer noch an ihnen. Vielleicht war es so etwas wie eine Vorahnung, eher jedoch die im Laufe vieler schmerzlicher Erfahrungen gewonnene Vorsicht, die es ihm unmöglich machte, sich für längere Zeit von seinen kostbarsten Schätzen zu trennen.

Nachdem Perth hinter ihnen lag, kreuzten sie mehrmals den Fluss Tay, bis sie schließlich Ballinluig erreichten. Von dort ging es mit einer Kutsche weiter nach Aberfeldy. Natürlich hätte David auch eine Limousine mieten können, aber sie hatten Zeit und das Getrappel und Geschnaufe der Pferde war allemal romantischer als das Geknatter und Gepuffe eines Automobils.

Der kleine Ort Aberfeldy lag in einer atemberaubenden Landschaft. Zwar konnten sich die schottischen Berge nicht mit den kontinentalen Riesen der Alpen oder anderer Gebirgszüge messen, aber allein die urwüchsige Kargheit dieser hauptsächlich aus Felsen und Wiesen bestehenden Bergwelt strömte eine Kraft aus, der sich kein Betrachter auf Dauer entziehen konnte. Man fühlte sich dem Himmel näher, der hier – wohl auch wegen der von häufigen Regenfällen stets sauber gewaschenen Luft – tiefer zu hängen schien als anderswo auf der Welt.

Weil sie ihr Reiseziel pünktlich erreicht hatten, blieb

David und Rebekka noch genügend Zeit sich in einem winzigen Gasthaus eine mit Schafsfleisch gefüllte Pastete zu teilen. Der Wirt ahnte schon, was sie in den Ort geführt hatte, als sie sich nach der Schmiede von Adam Arbuthnot erkundigten, dem Mann, der sie trauen sollte. Er beschrieb ihnen den Weg und sie bestellten noch eine Kanne Tee.

Die Schmiede von Mr Arbuthnot war ein schneeweißes riedgedecktes Haus mit einem großen Tor in der Mitte und zwei blumengeschmückten Fenstern zur Straße. Wie ein Gebäude, in dem Pferde beschlagen wurden, sah es eigentlich nicht aus. Nirgendwo war Dung, Asche oder sonstiger Schmutz zu sehen. Vermutlich schmiedete der Mann längst hauptberuflich Herzen zusammen und hatte schon lange keinen echten Hammer mehr geschwungen.

Als David den Brustkasten von Adam Arbuthnot sah, war er sich seiner nicht mehr so sicher. Zumindest früher musste diesem Mann körperliche Arbeit nicht fremd gewesen sein. Ungefähr einen halben Kopf kleiner als David, war er oben wie eine Tonne gebaut, in den Hüften aber bestenfalls wie ein Tönnchen. Seine roten Haare waren dick wie ein Rossschweif und im Nacken ziemlich lang.

»Herzlich willkommen. Sie müssen Mr Newton und Miss Rosenbaum sein«, begrüßte er das Paar freundlich und ziemlich laut.

David und Rebekka bestätigten diese Vermutung und ließen sich die Finger quetschen.

»Wo ist Ihre Trauzeugin?«, fragte der Schmied gleich als Nächstes.

»Die Mutter meiner Braut ist leider kurzfristig erkrankt und konnte uns nicht auf unserer Reise begleiten«, antwortete David. »Wir dachten, es müsste doch hier in Aberfeldy bestimmt auch jemanden geben, der …«

»Selbstverständlich«, brüllte der Schmied lachend. »In diesem Ort gibt es mehr Trauzeugen als anderswo – jedenfalls was die Anzahl der Urkundeneintragungen betrifft. Meine acht Haupttrauzeugen sind viel beschäftigte Leute. Das kostet allerdings eine Kleinigkeit extra.«

David sah glücklich lächelnd zu seiner Braut hinüber. »Wäre Ihnen dieses Mädchen nicht auch einen kleinen Zuschlag wert?«, wandte er sich wieder an den Schmied.

»Sie sind unvorsichtig, Sir«, feixte der mit einem Augenzwinkern. »Für dieses schöne Kind wäre sogar eine Vervielfachung des Preises nicht zu viel verlangt. Aber seien Sie unbesorgt. Ich bin ein seriöser Mann. Bei mir ist noch nie jemand über den Tisch gezogen worden. Allerdings …« Mr Arbuthnot zögerte.

David sah den plötzlich sehr ernsten Schmied fragend an.

»In Ihrem Interesse wäre es mir lieber, wenn wir die Trauung auf morgen früh verschieben könnten. Um halb acht hätte ich noch einen Termin frei.«

»Aber … Was soll denn das nun schon wieder heißen? Sind Ihre Trauzeugen etwa für heute schon alle ausgebucht?«

Mr Arbuthnot legte den Kopf schief und lächelte säuerlich. »Nein, das wäre kein Problem. Es ist nur …«, druckste er herum.

»Ja?«

»In Kürze erwarten wir einen Trauerzug im Ort. Was ist, wenn Sie sich gerade das Jawort geben, während hinter Ihnen ein Sarg vorüberzieht?«

David zuckte die Achseln. »Ja, was wäre dann?«

»Es könnte ein böses Omen sein.«

»Ich habe schon gehört, dass ihr Highlander Spukgeschichten liebt«, erwiderte David schmunzelnd. Erst dann bemerkte er den bestürzten Ausdruck in Rebekkas blassem Gesicht. Sicherheitshalber erkundigte er sich bei ihr: »Du bist doch auch nicht abergläubisch, oder?«

Sie schüttelte den Kopf. »Aber ehrlich gesagt habe ich mir doch einen etwas heitereren Rahmen für meine Hochzeit vorgestellt.«

David sah wieder den Schmied an. »Können wir die Trauung nicht um ein oder zwei Stunden verschieben, nur, bis der Leichenzug vorüber ist?«

»Tut mir Leid, Sir, aber da habe ich noch zwei weitere Paare. Und heute Abend geht's bei mir auch nicht. Morgen früh um halb acht wäre wirklich der frühestmögliche Ersatztermin, den ich Ihnen anbieten kann.«

»Sie müssen ja das Wohnzimmer voller goldener Hufeisen hängen haben«, brummte David missmutig.

»Dann heiraten wir eben doch jetzt sofort«, sagte Rebekka tapfer.

Adam Arbuthnot machte zwar überhaupt keinen glücklichen Eindruck, aber er akzeptierte die Entscheidung seiner Klienten. Er wies dem Paar zwei Kammern an, in denen sie sich umziehen konnten. Er selbst wollte derweil die Trauzeugen besorgen. Eine halbe Stunde später verweilten die Brautleute mit ihren Trauzeugen vor dem Amboss der Schmiede, der die Funktion eines Traualtars erfüllte. Mr Arbuthnot hatte sich »für eine Sekunde« entschuldigt.

Links hinter Rebekka wartete ein Mann mit rot geädertem Gesicht, der so ernst dreinblickte, als sei er nebenbei auch noch der Totengräber der Gemeinde und im Augenblick nicht ganz schlüssig, zu welchem Anlass er eigentlich herzitiert worden war. Hin und wieder schwankte der Trauzeuge leicht, als könne er dadurch besser seine Whiskyfahne im Raum verteilen.

Leicht versetzt hinter David stand eine üppige Frau mit rosigen Pausbacken und einer niedlichen Knollennase. Sie hatte erst in der Schmiede ihre Schürze und Haube abgelegt und versuchte nun ihre schmutzigen Finger in den Ärmeln ihrer braunen Strickjacke zu verbergen.

Das verschämte Schweigen vermischte sich im Raum mit der Alkoholwolke aus des Trauzeugen Mund. David verspürte das dringende Bedürfnis diese irgendwie peinliche Situation für Rebekka etwas erfreulicher zu gestalten. Deshalb wandte er sich zu seiner Trauzeugin um, lächelte sie freundlich an und sagte leutselig, aber etwas unbeholfen: »Schön, dass Sie so kurzfristig kommen konnten. Was machen Sie so?«

Die Frau gab sich erschrocken. Offenbar gehörte Sprechen nicht zu ihren Pflichten. Doch dann, ganz überraschend, strahlte sie wie ein Honigkuchenpferd und erwiderte: »Hühner schlachten.«

David blinzelte verwirrt. Rebekka stöhnte. Die Situation schien nun endgültig abzurutschen. Aber da kehrte zum Glück Mr Arbuthnot zurück.

»Unsere Selma arbeitet als Haushälterin bei Reverend Martin«, sagte er heiter. »Unser Gemeindegeistlicher sieht in meiner Schmiede so etwas wie ein Konkurrenzunternehmen und ist nicht gerade begeistert, wenn ich ihm seine Selma ab und zu entführe.«

»Aber besser bezahlen tut er mich auch nicht!«, versetzte die Haushälterin voll gerechten Zorns.

»Schon gut, Selma. Deine Bereitschaft, uns heute Mittag hier auszuhelfen, wird nicht zu deinem Schaden sein.«

»Dann beeil dich, Adam, ich will den Trauerzug sehen.«

Der Rotgesichtige an Rebekkas Seite nickte eifrig. (Vermutlich hatte er doch ein fachliches Interesse an dem Trauerzug.)

»Also dann, liebes Brautpaar«, hob Adam Arbuthnot in feierlichem Ton an und erging sich sodann mit kräftiger Stimme in einem Monolog über die ehelichen Rechte und Pflichten. Was er sagte, hatte wirklich Hand und Fuß, aber es war nicht zu überhören, wie eingeschliffen jeder Satz, jede einzelne Formulierung war. Der Widerhall seiner Worte musste an den weißen, mit Schmiedewerkzeugen verzierten Wänden des Raumes schon sichtbare Spuren hinterlassen haben (bestimmt sahen sie nur deshalb so rau und wellig aus).

Endlich kam Arbuthnot zu der entscheidenden Willst-du-Formel, die von den Brautleuten mit einem deutlichen Ja beantwortet werden sollte. Sie taten ihm den Gefallen.

Das Paar schickte sich gerade an, seine Namen unter die Heiratsurkunde zu setzen, als die Pfarreiangestellte Selma bekümmert aufseufzte.

Zuerst verstand David überhaupt nicht, was die füllige Frau so betrübt haben konnte, aber da bemerkte er, in welche Richtung sie sah. Seine Augen folgten ihrem Blick zum Fenster hinaus.

Vor der Schmiede trieben dutzendweise Köpfe vorüber. Wie aus weiter Ferne drang die melancholische Melodie einer Hirtenflöte in den Raum.

»Das habe ich befürchtet«, knurrte der Schmied. Auch er blickte nach draußen.

Eher interessiert als betroffen ging David zum Fenster. Es mussten weit über zweihundert Menschen sein, die das schwarze Pferdegespann begleiteten, welches in diesem

– 529 –

Moment die Schmiede passierte. Auf dem Kutschbock saßen drei alte Männer in Schwarz. Einer von ihnen sah aus wie ein Aristokrat, die anderen beiden waren möglicherweise seine Diener.

»Aber der Sarg ist ja leer!«, entfuhr es Rebekka, die sich wie ein verängstigtes Kind an Davids Arm festklammerte.

Sie hatte Recht. David konnte zunächst gar nichts erwidern, so befremdend war für ihn dieses Bild. Alle Menschen sahen rechtschaffen bekümmert aus, als gelte es tatsächlich, das Hinscheiden eines geliebten Freundes zu betrauern. Aber der schien sein eigenes Begräbnis verschwitzt zu haben. Den schwarz gebeizten Totenschrein füllte nur eine weiße Seidenfüllung, sonst nichts. An der Außenseite war er mit zwei schneeweißen Rosen verziert, die sich über einer Flöte kreuzten. David fiel auf, dass besonders viele Schäfer mit ihren langen Stäben den Wagen begleiteten.

»Was hat das zu bedeuten?«, fragte er, nun doch etwas beklommen, den Schmied.

Der rothaarige Mann stand direkt neben ihm. Die Heiterkeit von vorher war wie weggeblasen. Ohne den Blick vom Fenster zu nehmen, antwortete er: »Vor zwei Monaten ist der Enkel von Lord Jabbok gestorben. Genauer gesagt, er ist von ihm gegangen – im wahrsten Sinne des Wortes. Der Junge war gelähmt und zuletzt sterbenskrank. Soll sich nicht mal von alleine aufrichten haben können. Man sagt, er habe in einem verschlossenen Zimmer im Obergeschoss von *Jabbok House*, dem Stammsitz der Familie, gelegen und auf den Tod gewartet. Als sein Großvater nach ihm sehen wollte, war er plötzlich verschwunden. Bei uns in der Gegend schätzen alle den alten Lord sehr.«

David blickte ungläubig in Arbuthnots kantiges

Gesicht. »Ein gelähmter Junge, der zu schwach war sich auch nur zu bewegen?« Es war ihm deutlich anzuhören, was er von dieser Geschichte hielt.

»Es gibt mehrere Zeugen für den Vorfall«, antwortete der Schmied, als müsse er sich für eine persönliche Missetat verantworten. »Nachdem Jonathan Jabbok – so hieß der Enkel des Lords – verschwunden war, beschloss sein Großvater noch drei mal drei Wochen auf ihn zu warten. Heute nimmt er endgültig Abschied von ihm.«

David sah wieder zum Fenster hinaus. Der Sarg stand schräg auf der offenen Ladefläche des Wagens. Deshalb konnte er immer noch in das leere Behältnis blicken. Ein Schauer lief über seinen Rücken.

»Ich möchte jetzt gehen.« Rebekkas leise Stimme drang wie durch einen dichten Vorhang zu Davids Bewusstsein vor.

»Die Trauzeugen müssen die Urkunde noch unterschreiben, sonst ist sie nicht rechtsgültig«, sagte Mr Arbuthnot.

Die Formalitäten waren schnell erledigt. Alles wurde in einer sehr sachlichen, für den Anlass viel zu ernsten Atmosphäre abgewickelt. Mit je einer großzügig bemessenen Pfundnote bedankte sich David bei den Trauzeugen, die es eilig hatten, nach draußen zu kommen, um sich dem Trauerzug anzuschließen. Dann bezahlte er auch den Schmied und nahm die Heiratsurkunde in Empfang. Hiernach schlüpften sie wieder in ihre unauffällige Reisekleidung und verabschiedeten sich vom Schmied.

»Schade, dass Sie nicht auf mich gehört haben. Ich wünsche Ihnen trotzdem viel Glück«, sagte der Schotte.

»Schon gut. Sie brauchen sich nichts vorzuwerfen. Leben Sie wohl, Mr Arbuthnot.«

Davids und Rebekkas Abschied vom Ort ihrer Trauung

glich einer heimlichen Flucht. Wenn sie nicht im Voraus eine Limousine für die Rückfahrt nach Ballinluig reserviert hätten, wären sie vermutlich nicht einmal aus Aberfeldy weggekommen. Das Abschiednehmen von diesem Jungen namens Jonathan Jabbok schien die Menschen hier ganz und gar zu beanspruchen.

Als das Automobil sich langsam an dem Trauerzug vorbeizwängte, erhaschte das Paar noch einen letzten Blick auf die Trauergemeinde.

Alte und junge Leute begleiteten das Pferdefuhrwerk. Einige liefen besonders dicht bei dem Sarg, als hätten sie einst zu den Vertrauten des Fortgegangenen gehört. Da gab es einen kleinen rothaarigen Jungen mit einem Hund, den Flöte spielenden Hirten, neben dem Kutschbock einen hoch gewachsenen schlanken Mann mit bronzefarbener Haut sowie die drei Alten darauf. Einer von ihnen war bestimmt schon achtzig, die anderen beiden – darunter auch der, den der Chauffeur als den Lord identifizierte – mochten fünfzehn oder zwanzig Jahre jünger sein. Erst jetzt bemerkte David, dass diese beiden schneeweiße Rosen in der Hand hielten, wie er sie noch nie zuvor gesehen hatte: Sogar die Stängel und Dornen waren bleich wie Kalk. Vermutlich gehörte auch das zu den hiesigen Bestattungsbräuchen.

Als der Trauerzug hinter einer Straßenbiegung zurückblieb, atmete Rebekka erleichtert auf. Sie schmiegte ihren Kopf eng an Davids Arm und er streichelte ihr rabenschwarzes Haar. Nach einem tiefen Atemzug meldete sie sich zum ersten Mal seit geraumer Zeit wieder zu Wort.

»Puh! Irgendwie habe ich mir meine Hochzeit immer ganz anders vorgestellt. Hoffentlich haben *wir* Recht und nicht der Schmied.«

»Wie meinst du das, Liebes?«

»Na, seine Bemerkung mit dem bösen Vorzeichen. Er hat mir damit wirklich einen ganz schönen Schrecken eingejagt.«

Nur mit knapper Not erreichten David und Rebekka den Zug nach Blair Atholl. Als sie erst einmal in dem rumpelnden und ratternden Waggon saßen, fiel die bedrückende Stimmung des eigenartigen Trauerzuges schnell von ihnen ab. Schließlich waren sie jung vermählt. Während draußen die wilde Landschaft vorüberzog, hatten sie drinnen nur Augen füreinander. Sie neckten sich und scherzten. Ab und zu hauchte Rebekka ihrem Prinzen etwas ins Ohr, was bei ihm jedes Mal eine wohlige Gänsehaut heraufbeschwor, bei ihr aber meist in einem hellen Kichern endete. Hin und wieder knabberte sie auch an seinem Ohrläppchen, was ihn nur um so stärker in Erregung versetzte.

Eine ältere Dame im Abteil räusperte sich vernehmlich.

»Wir haben gerade geheiratet«, sagte Rebekka mit vorgeschobenem Kinn. »In Aberfeldy.«

Das schien von der pikierten Dame zumindest strafmildernd anerkannt zu werden, denn sie schaffte es, ein Lächeln herauszudrücken und »Herzlichen Glückwunsch!« zu sagen.

»Danke«, antwortete das Paar im Chor. Dann beschäftigte sich Rebekka wieder mit Davids Ohr.

Bis zur nächsten Etappe ihrer Reise waren es nur etwa fünfzehn Meilen. Nach Davids Geschmack hätten es auch ruhig ein paar mehr sein können. Aber die innige Zweisamkeit mit diesem engelsgleichen Wesen an seiner Seite begann ja gerade erst. Sie würden noch viel Zeit haben, um einander zu erkunden.

Was würde sie wohl auf *Blair Castle* erwarten?

David wusste, dass Hirohito während seiner Europareise auch dem Schloss des Herzog von Atholl einen Besuch abgestattet hatte. In einem Brief hatte er einmal angedeutet, wie unvergesslich die Begegnung mit dem schottischen Aristokraten und seiner Gemahlin gewesen sei. Was genau hatte der Prinzregent sich nur für sie ausgedacht?

Bald tauchte das Dorf Blair Atholl hinter einer weiten Linkskurve auf.

Zu ihrer Verwunderung wurden sie bereits am Bahnhof erwartet. Ein Chauffeur in schwarzer Uniform wollte wissen, ob sie Mr und Mrs Newton seien, und als sie bejahten, fragte er David: »Wie lautet der Spitzname des japanischen Prinzregenten?«

David stutzte. Brauchte man hier etwa eine Parole, um den Ort betreten zu dürfen? »Hito«, antwortete er stirnrunzelnd.

Der Chauffeur begann über das ganze Gesicht zu strahlen. David und Rebekka wurden nun umgehend in den Fond einer silber blitzenden Rolls-Royce-Limousine verfrachtet. Sie würden auf *Blair Castle* bereits erwartet, versicherte der Fahrer dem erstaunten Paar.

In zügigem Tempo rollte der Royce auf der Hauptstraße von Perth nach Inverness, überquerte das Flüsschen Tilt und bog bald darauf nach Norden ab. Einander an den Händen haltend, betrachteten David und Rebekka die vorbeiziehende Landschaft, eine wildromantische Gegend mit bewaldeten Bergen und malerischen Flüssen. Zuletzt durchfuhren sie eine große Lindenallee, die von Osten her direkt auf den Familiensitz derer von Atholl zuführte. Als die weißgraue Fassade des Anwesens vor dem Paar auftauchte, wurde ihnen ein wenig mulmig.

Das so genannte Schloss war ein ebenso monumentales wie planloses Gewirr aus Türmen, Erkern, flachen und hohen Gebäudeteilen mit spitzen und stumpfen Dächern, manche mit Gauben versehen, sowie unzähligen Schornsteinen.

Auf Davids Frage hin erklärte der Chauffeur, *Blair Castle* sei im Verlaufe seiner fast sechshundertsechzigjährigen Geschichte ständig aus- und umgebaut worden. Was einst nur ein Wehrturm gewesen war, wurde später zu einer Burg und bekam erst allmählich die Gestalt des heutigen Schlosses, das aus einem zentralen dreistöckigen Hauptbau und mehreren ein- oder zweigeschossigen Nebengebäuden bestand.

Es hieß, zum Inventar dieses pompösen Gemäuers gehörte auch die letzte Privatarmee Großbritanniens, bestehend aus achthundert Hochländern im Kilt. Als die Nobelkarosse über einen Kiesplatz vor den südlichen Haupteingang rollte, erhob ein Chor von Dudelsäcken seine Stimmen. Möglicherweise hatten sich nicht alle achthundert Highlander zu diesem Ständchen hier versammelt, aber der Klang der näselnden Pfeifen war dennoch atemberaubend.

»Gilt dieser Empfang wirklich uns?«, fragte Rebekka verzückt.

»Scheint so«, brummte David, während er durch das Wagenfenster nach berockten Musikanten Ausschau hielt. Vermutlich standen sie hoch oben auf dem zinnenbewehrten Turm, der rechts neben dem Eingang aufragte.

Sobald die Limousine vor der Eingangstreppe zum Stillstand gekommen war, wurde der Schlag aufgerissen. Davor standen zwei Diener, die Köpfe der vorgebeugten Oberkörper etwa auf Kniehöhe.

»Willkommen auf *Blair Castle!*«, übertönte eine tiefe Stimme das Dudelsackgeplärr. David und Rebekka blickten in das bärtige Strahlen eines nicht sehr großen Mannes Anfang fünfzig, dessen Kilt vorne etwas spannte. Daneben stand eine feine Lady mit einem atemberaubenden Dekolletee, das zu einem Abendkleid aus Chiffon, Perlen und noch einer Reihe weiterer glitzernder und schillernder Ingredienzen gehörte.

David musste sich zusammenreißen, damit er nicht vor Lachen aus dem Wagen stolperte. Die ganze Situation hatte etwas Groteskes. Er und Rebekka wurden hier empfangen wie ein Königspaar, dabei wusste doch nicht einmal jemand, dass er ein Earl war. Auf Fotos hatte er den Herzog von Atholl und seine Gemahlin schon früher gesehen, daher hatte er gleich erkannt, wen er da vor sich hatte. Gleichwohl war es etwas ganz anderes, einem so bedeutenden Mann von Angesicht zu Angesicht gegenüberzustehen – und nicht ständig auf seine haarigen Knie zu starren, die unter dem Schottenrock hervorlugten.

»Sind Euer Gnaden sich auch wirklich sicher, dass Ihr hier die Richtigen mit Ehren überhäuft?«

Der Herzog lachte. »Ich habe Daniel – meinem Chauffeur – aufgetragen nur das echte Ehepaar Newton hierher zu schaffen. Er ist sehr zuverlässig! Also bin ich mir sicher.«

David nickte. *Daher also die Parole!* Inzwischen hatte er auch Rebekka aus dem Wagen geholfen, sodass er sich nun wieder ganz seinem Gastgeber widmen konnte.

»Es ist mir eine große Ehre, Mylord …

»Oh bitte, nennen Sie mich doch John!«, unterbrach der Herzog seinen Gast und warf dabei den Kopf zurück. Auf die Dame mit dem glitzernden Abendkleid deutend

– 536 –

fügte er hinzu: »Dieses schillernde Juwel an meiner Seite ist Katherine Marjory, die Duchess of Atholl …«

»Alter Charmeur«, fiel die Herzogin ihrem Gatten ins Wort. An die Gäste gewandt versicherte sie: »Katherine genügt vollauf, meine Lieben. Übrigens, auch von mir ein herzliches Willkommen! Und nun lasst uns hineingehen. Bei diesem Gedudel hier draußen versteht man ja sein eigenes Wort nicht.«

Gemeinsam wurde das Brautpaar vom Herzog und der Herzogin ins Schloss geführt. Im Hintergrund balgten sich dienstbeflissene Hände um das Gepäck der Gäste.

»Unser gemeinsamer japanischer Freund hätte keine größere Überraschung für meine Gemahlin und mich aushecken können«, vertraute David dem Herzog an.

Der achte Duke of Atholl lachte. »Ich mag den japanischen Prinzregenten sehr und ich glaube – in aller Bescheidenheit –, das beruht auf Gegenseitigkeit. Als er mir schrieb, er habe einen alten englischen Jugendfreund, dem er für seine Hochzeitsnacht ein besonderes Geschenk machen wolle, war ich sogleich Feuer und Flamme. Er berichtete, Sie seien so eine Art verzauberter Prinz, ohne jedoch weitere Einzelheiten zu nennen. Ist das wahr?«

David räusperte sich. *War das unbedingt nötig, Hito?* »Sagen wir, die Asiaten lieben es, sich blumig und geheimnisvoll auszudrücken.«

Wieder lachte der Herzog. »Ich verstehe schon. Hirohito hat auch geschrieben, ich soll nicht weiter in Sie dringen, um Ihr kleines Mysterium zu ergründen. Aber einen Versuch war's trotzdem wert. Ich hoffe, Sie sehen mir das nach, David.«

»Schon gut, John.« Irgendwie ging der Name David noch schwer über die Lippen. Der Murray-Clan, dem der

Herzog angehörte, ließ sich bis ins zwölfte Jahrhundert zurückverfolgen. Dieser Mann war der Chef einer der angesehensten Familien im Land. Und er, David, sollte ihn einfach John nennen.

»Wir dachten uns, ein kleiner Festschmaus wäre dem Anlass angemessen, David. Ich habe dazu ein paar Gäste eingeladen. Was halten Sie davon?«

David wechselte einen kurzen Blick mit Rebekka. Die zog nur grienend den Kopf zwischen die Schultern und nickte. Sich wieder an den Herzog wendend, antwortete er: »Gerne, Mylord … Verzeihung, ich meine *John.*«

»Schon gut, David. Ich denke, im Verlauf des Abends werden wir diese kleinen Holprigkeiten schon noch loswerden, was?« Der Herzog lachte wieder. »Nun werde ich Ihnen aber erst einmal Ihre Räumlichkeiten zeigen, damit Sie sich etwas frisch machen können. Das Dinner beginnt dann in etwa anderthalb Stunden.«

Nun folgte eine kleine Schlossbegehung, notgedrungen, denn die Hochzeitsgemächer befanden sich im obersten Stockwerk. *Blair Castle* war von innen mindestens ebenso unübersichtlich wie von außen. Mit viel gutem Willen konnte man dem Hauptgebäude zwar einen rechteckigen Grundriss zugestehen, aber es fehlte – abgesehen vom Erdgeschoss – ein durchgehender Flur. Ohne diese Längsachse gab es für den Orientierungssinn der Besucher wenig Anhaltspunkte zur exakten Positionsbestimmung.

Über die quadratische Haupttreppe im Cumming Tower, dem ältesten Teil des Schlosses, führte der Herzog die Gäste vorbei an Jagdtrophäen, Musketen, Ölgemälden, einer Ritterrüstung – eben dem üblichen Hausrat alteingesessener Adelsfamilien. In *Camden Hall* hatte es früher ganz ähnlich ausgesehen, weswegen sich

David mehr für das vernehmliche Knarren der hölzernen Stufen interessierte als für den Zierrat des Treppenturms. Einzig ein absonderlicher Stuhl, der, abgesehen vom braunledernen Sitzpolster, ganz und gar aus Hirschgeweihen bestand, ließ ihn erstaunt innehalten. Das Ding musste enorm unbequem sein – vermutlich eine Art Strafmöbel zur Disziplinierung des herzoglichen Nachwuchses, dachte David.

Der Herzog erwies sich als ein aufmerksamer Führer. So ganz nebenbei gab er einen Überblick der etwa achthundertjährigen Clan-Geschichte. Als er Davids nachdenklichen Blick beim Betrachten des Familienwappens auf einem Gemälde bemerkte, ergriff er die Gelegenheit sogleich beim Schopf und fing an darüber zu dozieren. Auf dem Abzeichen standen sechs Worte:

**Furth ✦ Fortune ✦ And ✦ Fill ✦ The ✦ Fetters**

»Das Motto des Clans geht noch auf die Eroberungen des 1st Stewart Earl of Atholl im fünfzehnten Jahrhundert zurück.«

»So liest es sich auch«, entgegnete David trocken.

Der Herzog lachte. »Sie gefallen mir, David! ›Das Glück erzwingen und Gefangene machen‹ – so würde man den Wahlspruch unserer Familie wohl heute wiedergeben.«

»Ganz schön martialisch.«

»Das kommt Ihnen nur so vor. Heutzutage sind die Zeiten auch nicht friedlicher als damals.«

»Wenn ich an den Großen Krieg denke, dann haben Sie allerdings Recht.«

»Wollen Sie damit sagen, Sie haben gedient? Sie sehen noch so jung aus, David.«

Für den Rest des Weges war damit das Gesprächsthema der beiden Herren gesichert. Rebekka, die, mehr noch als David, jede Form von Gewalt verabscheute, klammerte sich schweigend an seiner Hand fest. Das Schlusslicht der Besichtigungsgruppe bildete ein livrierter Diener, den der Herzog als Ben vorgestellt hatte. Katherine, die Herzogin, hatte sich bereits in der Eingangshalle entschuldigt, sie müsse für die kleine Feier noch einiges vorbereiten.

Am Ende der Haupttreppe ging es nach links durch einen engen Gang, der in einen Vorraum so schmal wie ein Handtuch mündete. Der Herzog konnte sich ein Schmunzeln nicht verkneifen, als er sich umwandte und die verwirrten Gesichter seiner Gäste bemerkte.

»Ich muss mich für meine Vorfahren entschuldigen. Auf jemanden, der wie Sie zum ersten Mal *Blair Castle* besucht, muss dieses Durcheinander aus Treppen, Fluren und Zimmern sehr verwirrend wirken. Glauben Sie mir, man findet sich schneller hier zurecht, als sich auf den ersten Blick erahnen lässt. Aber gleich haben wir es geschafft und Sie können sich in Ihren Gemächern ausruhen. Dies hier ist übrigens das Glenlyon-Vestibül. Dort« – er deutete auf eine Tür zu seiner Rechten – »befinden sich die Banvie-Zimmer, deren Mobiliar Königin Victoria einst benutzte, als sie auf dem Schloss verweilte.«

»Oh!«, hauchte Rebekka verzückt. »Hoffentlich haben Sie für uns etwas Bescheideneres vorgesehen, John.«

Das Lächeln des Herzogs war schwer zu deuten. »Ich denke, wir haben da eine Zimmerflucht, die für Brautleute wie geschaffen ist. Hier entlang bitte.«

Sie durchquerten das Vestibül. Anschließend bog der Gang um fünfundvierzig Grad nach rechts ab. Auf eine Tür zu seiner Linken deutend machte der Herzog auf einen weiteren Treppenturm aufmerksam, den er persönlich nur selten benutze, weil er ihm viel zu eng sei. Nach einem neuerlichen Fünfundvierziggradknick, diesmal wieder nach links, gelangten der Herzog und seine Begleiter endlich in jenen Teil des Schlosses, der die Hochzeitsgemächer beherbergte.

Als sie die Tür zu den besagten Zimmern erreichten, schnaufte der Herzog, als hätte er gerade einen ganzen Klafter Holz gehackt.

»Dieses Haus ist einfach zu groß für mich.«

»Es ist wirklich exorbitant!«, pflichtete ihm David bei. »Kommen Sie und Katherine sich hier nicht völlig verlassen vor?«

Der Herzog lachte. »Das würden wir bestimmt! Aber vielleicht ist Ihnen der niedrigere Gebäudetrakt an der Westfront des Schlosses, gleich hinter dem Uhrenturm, aufgefallen. Dort wohnen Katherine und ich. Das Haus ist nicht nur übersichtlicher als das Hauptgebäude, sondern auch erheblich komfortabler. Diesen alten Kasten hier benutzen wir nur noch für repräsentative Zwecke.«

»Und zur Unterbringung Ihrer Gäste.«

»Genauso ist es. Ich hoffe, die Gemächer sagen Ihnen zu. Wir mussten noch ganz kurzfristig umdisponieren. Meine Gemahlin hatte eigentlich darauf bestanden, das jung vermählte Paar im blauen Schlafzimmer unterzubringen. Es liegt ein Stockwerk tiefer, dicht bei der Haupttreppe, womit wir Ihnen die Odyssee durch unser Schlosslabyrinth hätten ersparen können, aber leider hat es dort heute Morgen ein kleines sanitäres Problem gegeben, wenn Sie verstehen, was ich meine.« Der Herzog gab dem Bediensteten einen Wink, worauf dieser die schwere Tür aufstemmte.

– 541 –

»Ich kann es mir ungefähr vorstellen.«

Mit ausgestrecktem Arm lotste der Herzog seine Gäste in die Zimmerflucht, die Rebekka einen neuerlichen Laut der Verzückung entlockte.

»Dies hier ist das so genannte Derby-Ankleidezimmer. Wenn ich es mir recht überlege, geben die Derby-Räume sowieso viel bessere Hochzeitsgemächer ab als das blaue Schlafzimmer unten.«

Rebekka glaubte das unbesehen. Das Ankleidezimmer war ganz in Weiß gehalten. Das Mobiliar bestand fast ausschließlich aus hellem Ginsterholz. An den Wänden hingen Bilder der Isle of Man und den Boden bedeckten mehrere Lagen von Perserteppichen. Rechts konnte man durch eine offen stehende Tür bereits einen Blick in das Schlafgemach erhaschen, das der Herzog als Nächstes ansteuerte.

Auch dieser Raum schmeichelte dem Auge mit hellen freundlichen Tönen und gediegenem Mobiliar. David spürte, wie sich Rebekkas Griff an seiner Hand festigte, als ihr Blick auf das hohe Himmelbett fiel. Die cremefarbenen Bettvorhänge waren kunstvoll bestickt und die indoportugiesische Zierdecke mit pastellfarbenen Blumenmotiven geschmückt. Kommoden, kleine Nebentische, Stühle, eine Wanduhr und sogar eine Bank waren mit der gleichen scheinbaren Zufälligkeit in dem großen Zimmer verteilt wie die Pflanzen und Ruheplätze in einem englischen Garten.

Die zwei Fenster des Schlafzimmers boten einen herrlichen Rundblick auf den Park des Schlosses. David und Rebekka konnten sich in diesem Moment nichts vorstellen, was ihrem Glück noch gefehlt hätte. Arm in Arm ließen sie ihren Blick über die Wiesen nach Norden schweifen, wo sie in einiger Entfernung den Wald von Atholl sehen konnten. Unter ihnen, an der Rückseite des Schlosses, befand sich ein viereckiger Fest- und Exerzierplatz, auf dem eine muntere Schar von durcheinander laufenden Hochländern im Kilt zu sehen war.

Fast so, als wäre es ihm unangenehm, das stille Glück des Brautpaares zu stören, fragte der Herzog: »Sind Sie zufrieden?«

»Im siebten Himmel, John!«, schwärmte Rebekka.

»Warten Sie erst einmal ab, was nun kommt!« Der Herzog hob viel sagend den Zeigefinger und griente von einem Ohr zum anderen. Ben, der Diener, öffnete unterdessen wieder eine Tür, die – nur unterbrochen von dem schon bekannten Flur – auf eine weitere zuführte.

Dorthin deutete John Stewart-Murray jetzt mit der Hand und verkündete mit großen Augen: »Diese Überraschung wollte ich mir bis zum Schluss aufbehalten. Hier entlang bitte. Sie können sich vorstellen, dass es vor sechshundertfünfundfünfzig Jahren, als man den Grundstein zu dieser Burg hier legte, noch kein fließend warmes und kaltes Wasser auf den Gemächern gab, geschweige denn so etwas wie ein Wasserklosett – entschuldigen Sie den Ausdruck.«

»Schon gut«, antwortete David und folgte, seine erwartungsvolle Frau an der Hand, dem Hausherren auf den Flur hinaus. Der Herzog von Atholl stieß mit großer Geste die gegenüberliegende Tür auf und deutete, unübersehbar stolz, in ein *Badezimmer*.

David und Rebekka schoben sich an ihm vorbei, um diese »modernste Sanitäreinrichtung« von *Blair Castle* zu bewundern. Nur im Stockwerk darunter gebe es noch eine ähnlich ausgestattete Zimmerflucht, erklärte der Herzog,

– 543 –

aber die sei ja aus den angedeuteten Gründen gerade nicht verfügbar. Im Laufe des kommenden Tages müsste das Problem allerdings behoben sein, und wenn es das Paar wünsche, ließe sich dann noch ein Umzug arrangieren.

»Wir sind mit diesen Räumen vollauf zufrieden. Vielen Dank für Ihre Gastfreundschaft, John«, sagte David und versuchte sich sein Erstaunen nicht allzu sehr anmerken zu lassen.

»Es ist ein Traum!«, stieß Rebekka ergriffen hervor, während ihre Augen das Badezimmer in allen Einzelheiten erforschten. Dieses war ein Raum so groß, wie ihn in London manch sechsköpfige Familie nicht zum Leben hatte. Fußböden und Wände waren mit venezianischen Fliesen verziert, die Wasserhähne glänzten golden. Vor der gegenüberliegenden Wand, unter dem Fenster, stand eine riesige runde Badewanne.

»Wenn es Ihnen gefällt, freue ich mich«, sagte der Herzog in aller Aufrichtigkeit. »Dann möchte ich Sie nicht länger mit meiner Anwesenheit belästigen, in« – er zog seine Taschenuhr aus der Jacke, ließ den Deckel aufspringen und blickte blinzelnd auf das Zifferblatt – »gut einer Stunde wird Ihr Hochzeitsmahl beginnen. Ich hoffe, das reicht Ihnen, um sich frisch zu machen.«

»Vollauf, John.« David machte eine halbe Drehung, hob beide Hände und deutete mit den Zeigefingern nach links und rechts. »Wie war das noch gleich? Wenn wir aus dem Zimmer kommen, müssen wir da entlang, stimmt's?« Er deutete nach rechts.

Der Herzog trat auf den Gang hinaus und lachte. »Ganz richtig. Durch das Vestibül zum Hauptaufgang und dann zwei Stockwerke nach unten. Wenn Sie den Turm gleich rechts nehmen, kommen Sie zum Schlossgespenst. Aber keine Angst, ich lasse Sie rechtzeitig von Ben abholen. Abgesehen von den beiden tapferen Kofferträgern dort ist er der Einzige, der Sie im Augenblick hier finden würde.«

David und Rebekka folgten dem ins Schlafzimmer deutenden Arm des Herzogs, wo sich die beiden Bediensteten befanden, die in dem Handgemenge um das Gästegepäck obsiegt hatten. Der Herzog und sein Gefolge verabschiedeten sich und mit einem Mal waren David und Rebekka allein.

Die junge Braut zog ihren frisch gebackenen Ehemann an der Hand ins Schlafzimmer zurück und ließ die Tür hinter ihnen ins Schloss fallen. Dann schob sie sich ganz dicht an ihn heran, umschlang ihn mit den Armen und legte den Kopf in den Nacken, damit sie ihm in die Augen sehen konnte. »Sag bloß, du hast das alles gewusst und mir nichts davon verraten?«

David lächelte schief. »Ich wusste, dass Hito auf seiner Europareise auch hier beim Herzog und seiner Gemahlin Zwischenstation eingelegt hatte. Er fand ihre natürliche Art sehr erfrischend, wie er mir in einem Brief anvertraute. Da habe ich mir so einiges zusammengereimt, aber einen derart pompösen Empfang hätte ich mir niemals vorgestellt.«

»Nach der merkwürdigen Trauung heute Mittag kommt mir das alles wie ein wunderschöner Traum vor.«

»Dann genieße ihn, mein Schatz.«

»Am liebsten würde ich jetzt schon ein Bad in dieser himmlischen runden Wanne nehmen.«

»Ich fürchte, eine Katzenwäsche muss vorerst genügen. Sonst kommen wir noch zu spät zu unserem eigenen Fest.«

»Meinst du, wir sind passend gekleidet, wenn ich mein Verlobungskleid anziehe und du deinen Cut trägst?«

»Perfekt! Es ist sowieso schon ausgemacht, dass du das schönste Mädchen des Abends bist.«

Rebekka blickte verstohlen an David vorbei auf das cremefarbene Bett. »Wie lange werden wir wohl hier bleiben dürfen?«

David legte die Stirn in Falten. »Weshalb fragst du?«

»Ach, nur so. Es wäre doch schade, wenn wir dieses hübsche Liebesnest da drüben nicht ausgiebig benutzen könnten. Was meinst du?«

Die Begriffe Dinner, Festschmaus oder Hochzeitsmahl waren, gelinde gesagt, eine schamlose Untertreibung. Als David mit der untergehakten Herzogin und Rebekka an der Seite des Clan-Chefs in den großen Festsaal von *Blair Castle* einzogen, verschlug es ihnen schlichtweg die Sprache.

Sie erblickten eine lange, festlich gedeckte Tafel, an der bereits viele der Hochzeitsgäste Platz genommen hatten. Andere standen noch in kleinen Grüppchen herum, unterhielten sich, scherzten und lachten. Als ein livrierter Page mit seinem Stab auf den Boden hämmerte und hernach John George Stewart-Murray, 8th Duke of Atholl, seine Gemahlin Katherine Marjory und zuletzt das Brautpaar ankündigte, wandten sich den beiden jungen Eheleuten ungefähr zweihundertfünfzig bis dreihundert Gesichter zu.

»Wo haben Sie *die* denn alle aufgetrieben?«, raunte David dem Herzog verunsichert zu.

Der lachte, wie er es fast ständig tat, und antwortete: »Unser Clan ist ziemlich weitläufig. Außerdem gibt es da noch ein paar Nachbarn, die auch gerne feiern und … Ach, fragen Sie lieber Katherine. Die hat die Gästeliste zusammengestellt. Ich hoffe, es macht Ihnen nichts aus, Ihren Glückstag in Gesellschaft so vieler fremder Menschen zu verbringen.«

»Wenn alle so freundlich sind wie Sie, John, dann habe ich da keine Sorge. Nochmals, vielen Dank für diese wirklich gelungene Überraschung.«

»Wir Highlander sind vielleicht ein etwas verschrobener, aber ich denke doch sehr anständiger Menschenschlag.« Der Herzog zwinkerte dem Paar zu. »Ich kann natürlich nicht die Garantie für jeden Einzelnen übernehmen. Im Übrigen ist es noch etwas früh, sich zu bedanken. Der Abend hat ja gerade erst begonnen. Kommen Sie. Ich führe Sie zu Ihren Plätzen.«

Das Bankett war einfach großartig. Die Herzogin staunte, wie viel die junge Braut essen konnte. Das Paar saß am Kopfende der wie ein langes U geformten Tafel. Der Duke speiste an Rebekkas, die Duchess an Davids Seite. Fasziniert beobachtete David die ungezwungene Atmosphäre in dem großen Raum. Er erinnerte sich noch recht gut an einige Empfänge aus seiner Kindheit. Unter den Diplomaten in Tokyo oder Wien – zum großen Teil ja auch aus Aristokraten unterschiedlichster Provenienz bestehend – hatte nie eine so ausgelassene Stimmung geherrscht.

Der Ballsaal von *Blair Castle* war erst ungefähr ein halbes Jahrhundert alt. Man erreichte ihn durch einen schmalen Gang an der Ostfront des Schlosses. Die im rechten Winkel zum Hauptbau liegende Halle besaß innen einen offenen Giebel, sodass man ungehindert bis zum Dachgebälk emporblicken konnte. Oberhalb der hölzernen Wandverkleidung hingen unzählige Hirschgeweihe. Außerdem konnte David altertümliche Waffen verschiedener Machart sowie etliche Fahnen und Banner entdecken. Aus goldenen Rahmen blickten wie durch Fenster der Vergangenheit ernste Gesichter auf die Hochzeitsgesellschaft herab.

Die Gäste ließen sich davon nicht die Laune verderben. Schon nach kürzester Zeit hatten Rebekkas einnehmendes Wesen sowie Davids bescheidenes und zugleich selbstbewusstes Auftreten das Eis gebrochen (wenn es denn je welches gegeben hatte).

Der Herzog und die Herzogin behandelten die Brautleute fast wie ihre eigenen Kinder und sie bestanden darauf, dass auch das junge Paar sich nicht durch Adelstitel oder Alter einschüchtern ließ.

Schmunzelnd erzählte die Herzogin vom Besuch Hirohitos im Mai 1921. Sie seien dem Prinzen damals mit der gleichen Offenheit begegnet wie jetzt dem Brautpaar, was der japanische Thronfolger zunächst überhaupt nicht verstanden hatte, aber schon bald sichtlich genoss. Wohl wissend, welches anstrengende Besuchsprogramm der Kronprinz absolvieren musste, habe John für ihn keinen starren Terminplan ausarbeiten lassen, sondern nur Angelfahrten, Besichtigungen, Konzerte, Bälle und andere Zerstreuungen vorgesehen und dem Prinzen die Wahl überlassen. Sie, die Herzogin, erinnere sich noch ganz genau an jenen 23. Mai, den letzten Abend auf *Blair Castle,* als man nach schottischem Brauch das Abschiedslied gesungen und das dazugehörige Ritual begangen habe. Hirohito war so ergriffen, dass er gar nicht mehr fortgehen wollte.

Im Stillen freute sich David für den Prinzen mit den traurigen Augen. Wie bewegend musste doch für seinen Freund diese ungeheuchelte Herzlichkeit gewesen sein, wo er sonst immer von steifen, starrgesichtigen Höflingen umgeben war, von denen man nie wusste, ob sie einem nicht im nächsten Moment ein *wakizashi* in den Rücken stießen. Aus Hitos Briefen wusste er, dass der Prinz durchaus auch eine heitere Seite besaß. Als David gegenüber dem Herzogspaar ein paar diesbezügliche Bemerkungen machte, wurde diesem erst bewusst, welch intimen Kenner des japanischen Kaiserhofes sie an ihrer Tafel hatten. Mit einem Mal war ihr Gast es, zum dem *sie* aufblickten anstatt andersherum.

Mitten im zweiten Gang bemerkte David hinter sich eine Bewegung. Erst im nächsten Moment, als sich der Kopf eines wispernden Bediensteten an das Ohr des Herzogs schob, wurde ihm bewusst, dass seine Sekundenprophetie ihm den Flüsterer angekündigt hatte. Der Diener war übrigens Ben, der die Newtons auch von ihrem Zimmer zum Festsaal gelotst hatte. David bemerkte, wie sich die Stirn des Herzogs unter der getuschelten Mitteilung unwillig in Falten legte. Der Anflug von Ärger dauerte höchstens eine Sekunde. Dann erhellte sich das Gesicht des Schlossherrn – offenbar infolge eines genialen Geistesblitzes – und er wisperte Ben eine Anweisung ins Ohr. Jetzt grinste sogar der Diener und zog sich umgehend zurück.

»Irgendetwas Unangenehmes?«, fragte David über Rebekkas Suppenteller hinweg.

Der Herzog griente. »Wie man's nimmt. James und Dorothea Smail sind gerade angekommen.«

David sah den Gastgeber fragend an, was dieser mit seiner knappen Antwort offenbar genau bezweckt hatte. Jetzt konnte er die Brautleute über seinen verschlagenen Plan aufklären.

»Die Smails gehören zu den zahlreichen Stämmen des Murray-Clans, genauso wie die Dinsmores, Morays, Spaldings, Balneaves, Flemings, Pipers und wie sie alle heißen

– 549 –

– sie sind *alle* hier.« Er deutete theatralisch die Tafel hinab. »*Fast* alle jedenfalls. James und Dorothea Smail waren nicht eingeladen. Er ist das, was man gemeinhin als ›schwarzes Schaf‹ der Familie bezeichnet, und sie ist eine Frau wie ein Bandwurm: lang, dürr und gefräßig. Die beiden passen ausgezeichnet zueinander. Niemand kann sie leiden. Aber das stört sie nicht. Sie haben eine fast hellseherische Fähigkeit, wenn es darum geht, irgendwelche Familienfeiern oder sonstige Festivitäten im Voraus zu wittern. Dann packen sie ihr Zeug zusammen, reisen an und laden sich selbst ein. Meistens kommen sie trotzdem noch etwas zu spät, weswegen sie im Clan spöttisch *snail* – ›Schnecke‹ –, anstatt Smail genannt werden. Die beiden sind wie der Floh im Pelz eines Hundes – Schmarotzer allererster Güte!«

»Und warum war da vorhin dieses diebische Grinsen auf Ihren Lippen, als Sie Ben fortgeschickt haben?«

Der Herzog wiederholte noch einmal das schadenfrohe Grienen. »Ich habe ihnen das Brautgemach zugewiesen!«

»Wie bitte?«

»Nicht Ihre Zimmer, sondern das blaue Schlafzimmer, also die *ursprünglich* vorgesehenen Gemächer, wo die Ausdünstung der verstopften Retirade die ganze Etage verpestet. Mit den drei, vier anderen Gästen, die ich in diesem Stockwerk unterbringen musste, empfinde ich echtes Mitgefühl, aber bei dem Gedanken, dass die Smails jetzt direkt neben dem Abflussloch nächtigen müssen, überkommt mich nur Schadenfreude.«

David erinnerte sich noch gut an den Gestank der Latrinen beim Kommiss. Der Herzog musste wirklich keine sehr hohe Meinung von den »Schmarotzerschnecken« haben, wenn er sie einer solchen Tortur aussetzte. Er verzog angewidert das Gesicht. »Also jetzt wird mir allmählich klar, wie das vorhin gemeint war, als Sie von der ›Verschrobenheit‹ der Hochländer gesprochen haben.«

»Nicht wahr!«, freute sich der Herzog. »Ein schönes Beispiel.«

Nach dem Bankett stand leichtere Unterhaltung auf dem Programm. Jetzt kam Großbritanniens einzige gesetzlich zugelassene Privatarmee zum Zuge. Auf dem quadratischen Kiesplatz hinter dem Schloss führten die Krieger in den karierten Röcken klassische schottische Freizeitbeschäftigungen vor wie Exerzieren, Tanzen, Dudelsackpfeifen und Baumstammwerfen.

Als die Sonne sich dem Horizont näherte – es war bereits nach neun Uhr abends –, standen David und Rebekka hoch oben auf der Zinne des uralten Nordturmes und lauschten der schwermütigen Melodie eines einzelnen Dudelsackpfeifers. Sie hatte sich mit dem Rücken an seine Brust gelehnt und er hielt sie mit seinen Armen fest. Gemeinsam ließen sie ihre Blicke über das raue Hochland schweifen. In der Ferne leuchtete der Gipfel des Beinn-a-Ghloe im Abendrot.

»Hier ist es wunderschön«, sagte Rebekka leise, um sich sogleich zu verbessern. »Es ist wunderbar, mit *dir* diesen Augenblick zu erleben. Ich möchte, dass er nie zu Ende geht.«

»Hito hat mir einmal geschrieben: ›Zeit ist der Stoff, aus dem das Leben ist.‹ Demnach ist dieser Augenblick nur ein winziger Fetzen davon. Ich freue mich schon auf mehr davon.«

Rebekka rieb sich an David wie eine Bärin an einem Baumstamm. »Stell dir vor, wie es sein wird, wenn wir ganz und gar in diesen Stoff eingewickelt sind. Ganz dicht beieinander, ganz fest, damit man uns nie mehr auseinander bekommt.«

David küsste Rebekkas Hals. Die Wärme ihres Körpers ließ ihn den frischen Abendwind vergessen. Da ertönte unvermittelt eine Stimme vom Kiesweg unterhalb des Turmes. Es war Ben, des Herzogs »Mädchen für alles«. Der Diener hatte die Hände am Mund zu einem Trichter geformt und rief mit lang gezogenen Vokalen: »Mr Newton, Sir! Der Herzog bittet Sie und Ihre Gemahlin nun zum Ball zu kommen.«

Das Paar ließ den romantischen Augenblick entfliegen. Fast widerwillig kehrten sie über eine schmale Treppe ins Schloss zurück. Ben erwartete sie schon am Fuße des Hauptaufganges, um sie in den Festsaal zurückzugeleiten, wo sie schon ungeduldig von dem Herzog erwartet wurden.

»Der Prinzregent Hirohito hat mir ausdrücklich aufgetragen, ich solle Ihnen einen *bunten Ball* schenken. Hier ist er«, begrüßte John Stewart-Murray die Brautleute und deutete auf die Festgesellschaft im Raum, der nun, bis auf zwei lange Stuhlreihen an den Längsseiten des Saals, leer geräumt war. Auf sein Zeichen hin stimmten zwei Dudelsackpfeifer eine fröhliche Melodie an und vier andere Highlander begannen über am Boden gekreuzte Schwertklingen zu hüpfen. Die Vorführung diente nur als Auftakt für einen wahrhaft »bunten Ball«. Bald tanzte fast jeder zu den mal volkstümlichen, mal klassischen Melodien des Orchesters. Viele der ausgelassen springenden und sich drehenden Gäste kamen David und Rebekka bekannt vor, wenn sie sich auch nicht erinnern konnten sie zuvor an der Tafel gesehen zu haben. Als Rebekka eine diesbezügliche Frage an die Herzogin richtete, hatte diese eine ganz einfache Erklärung parat.

»Das ist unser Dienstpersonal, das sich da so prächtig amüsiert.«

»Und ich habe immer gedacht, alle Briten seien Snobs«, erwiderte Rebekka scherzhaft in ihrem französischen Akzent.

Die Herzogin lachte. »Ich weiß, aber hier sind wir in *Schottland*, meine Liebe. In ganz England klagt man über zu wenig Personal. John und ich kennen dieses Problem überhaupt nicht. Wir brauchen in unserem Haus neben dem Schloss nicht viele Dienstboten. Und wenn wir hin und wieder einen Empfang wie diesen hier geben, dann drängen sich die Dorfbewohner regelrecht auf, uns helfen zu dürfen. Männer und Frauen, jung und alt, strömen dann zu uns herauf, was uns jedes Mal aufs Neue mit der Schwierigkeit konfrontiert, die richtige Wahl zu treffen. Wir … Oh, entschuldigen Sie mich bitte, meine Liebe.«

Ein Mann, der aussah wie ein Bauer, hatte die Herzogin zum Tanz aufgefordert, was diese umgehend annahm. Offenbar gehörte es hier zur Bezahlung, mit der Dienerschaft zu tanzen, dachte Rebekka, die den beiden davonhüpfenden Schotten kopfschüttelnd nachblickte.

Als der Abend schon fortgeschritten war, unterbrach der inzwischen nicht mehr ganz nüchterne Hausherr die Lustbarkeiten der Hochzeitsgesellschaft für eine kurze Bekanntmachung. Er wolle als Chef des Murray-Clans – sozusagen hochoffiziell – dem Hochzeitspaar noch einmal zu seiner Eheschließung gratulieren.

»Ich habe mir lange überlegt«, fuhr er dann fort, »was ich Ihnen schenken kann. Schließlich bin ich mit mir und meinem geliebten Weib übereingekommen, dass die Erinnerungen an schöne, gemeinsam verlebte Stunden zu unseren kostbarsten Besitztümern gehören. Deshalb wollen wir Ihnen, abgesehen von diesem Abend, ein paar unvergessliche Tage in den Highlands schenken. Bleiben Sie so lange Sie wollen auf *Blair Castle*. Essen und trinken Sie und lassen Sie es sich wohl ergehen. Und wenn Sie beide glauben, die Zeit zu gehen sei gekommen, dann behalten Sie uns in guter Erinnerung.«

Der ganze Saal applaudierte.

Das Brautpaar war gerührt. David dankte, auch im Namen der Braut, für die Gastfreundschaft des Herzogs und der Herzogin. Schon dieses Fest sei unbeschreiblich, das ganze Hochzeitsgeschenk gewiss unvergesslich.

»Damit Sie uns aber doch nicht ganz mit leeren Händen verlassen, möchte ich Ihnen ein kleines, sagen wir *symbolisches*, Geschenk überreichen. Es ist ein Tartan mit dem Muster der Familie Murray von Atholl. Möge es Sie immer an die glücklichste Zeit Ihres Lebens erinnern.«

Sichtlich bewegt nahmen David und Rebekka gemeinsam den Umhang entgegen. Das dicht gewebte Tuch bestand aus Wolle und Seide, war blaugrundig und mit einem Karomuster aus dicken grünen sowie sehr dünnen rotbraunen Streifen überzogen. Der Herzog half David den Tartan so zusammenzulegen, dass er ihn nach Art der Hochländer über der Schulter tragen konnte.

Hiernach flammte die Ausgelassenheit erneut und in noch größerer Lautstärke als zuvor auf. Zwischendurch deutete der Herzog mit sichtlich abfälliger Miene auf zwei besonders wild tobende Gäste und meinte, dies seien die »Schmarotzerschnecken«.

David und Rebekka mussten feststellen, dass sich James und Dorothea Smail, abgesehen von ihrer erkennbaren Mühe sich zu amüsieren, kaum von den anderen Gästen unterschieden. Die beiden waren etwa Ende zwanzig. Ihre Garderobe sah stellenweise schon etwas abgewetzt aus, aber andere Gäste kamen noch viel ärmlicher daher. Auch musste man einräumen, dass der gedrungene James neben seiner spindeldürren hoch geschossenen Dorothea einen etwas unterentwickelten Eindruck machte. Aber sonst taten die beiden wirklich ihr Bestes das Fest in allen seinen Facetten auszukosten. Ihre Gesichter strahlten ekstatisch und sie glänzten buchstäblich – ob vom Fett der gereichten Kanapees oder vom Schweiß, war aus der Entfernung nicht auszumachen.

Irgendwann gegen Mitternacht verabschiedete sich das Brautpaar. Man sei müde und wolle ins Bett. Der Herzog zwinkerte dem Bräutigam grinsend zu, enthielt sich aber sonst jeden Kommentars.

Ben steuerte das Paar wieder sicher über Treppen und durch Flure zu seinen Gemächern zurück. Dort angelangt deckte er das Bett auf und als die Brautleute seine Frage nach irgendwelchen offenen Wünschen verneinten, verabschiedete er sich mit einer Verbeugung.

»Endlich allein!«, seufzte David. Erschöpft ließ er sich aufs Bett sinken.

Rebekka stand unschlüssig vor ihm und spielte mit einer Locke ihres Haars herum. »Gehst du zuerst ins Badezimmer oder soll ich?«

Erst in diesem Augenblick wurde David klar, worauf diese Frage hinauslief. Schließlich war das ihre Hochzeitsnacht. Anstatt zu antworten, glotzte er Rebekka nur an, wie ein Forscher eine bisher unentdeckte Riesenblume betrachten würde, von der er nicht ganz sicher war, ob sie zu den Fleisch fressenden Pflanzen gehörte.

Rebekka bemerkte zweifellos diesen bangen Ausdruck

in seinen Augen, denn sie trat dicht an ihn heran, beugte sich zu ihm herab und flüsterte in sein Ohr: »Ich kann ja vorgehen und du machst es dir hier schon mal gemütlich. Was hältst du davon, Liebling?«

Der Hauch ihres Atems ließ wieder diesen wohligen Schauer über seinen Rücken laufen, den er schon auf der Fahrt nach Blair Atholl genossen hatte. Aber jetzt war das Gefühl viel heftiger als in der rüttelnden Bahn. Durch ein rasches Kopfnicken signalisierte er Einverständnis.

Eher schwebend als schreitend begab sich Rebekka zum Bad. Die Tür zum Flur hatte sie offen gelassen, sodass David sehen konnte, wie sie langsam die Badezimmertür hinter sich zuzog.

Endlich konnte er wieder frei atmen. Beinahe ängstlich drehte er sich um und betrachtete das weiße Bettzeug. Was sollte er jetzt tun? »Es sich gemütlich machen«, hatte Rebekka gesagt. Er atmete tief durch.

Über den Flur hinweg drang gedämpftes Rauschen aus dem Badezimmer. Hin und wieder auch ein fröhliches Summen. Die Dudelsackpfeifer hatten dieselbe Melodie angestimmt, aber aus Rebekkas Mund hörte sie sich ungleich besser an. Auf Zehenspitzen schlich sich David in den Gang hinaus und drückte das Ohr an die Badezimmertür. Zum Glück waren sie allein im obersten Stockwerk. Eine Entdeckung war also nicht zu befürchten. David runzelte die Stirn. Wenn der Schein ihn nicht trog, dann war seine muntere Nachtigall gerade dabei, ein Bad zu nehmen.

»Was machst du da drin?«, fragte er die Tür.

»Ich lasse mir nur kurz etwas Wasser ein«, antwortete Rebekka. »Es dauert nicht lang, Liebling. Der Tag war so anstrengend und ich rieche wie ein Waschweib.«

»Hm«, brummte David.

»Bist du mir jetzt böse?«, fragte sie.

»Nein, nein. Lass dir nur Zeit.«

»Du hättest mal die Badewanne bei den Greenboroughs sehen sollen«, quietschte Rebekka vergnügt. »Das hier ist das reinste *Meer* dagegen!«

Gedankenverloren nestelte David an seinen Hemdknöpfen herum. Er bemerkte kaum, was seine Hände taten. Seine ganze Aufmerksamkeit war auf das Gurgeln, Blubbern und Planschen hinter der Tür gerichtet. Während die Zeit wie zäher Sirup dahinfloss, verlor er immer mehr seiner Kleidungsstücke. Allein die Vorstellung dessen, was hinter dieser verflixten Tür vor sich ging, versetzte ihn schon in Erregung.

Auf der anderen Seite summte Rebekka derweil wieder das Hochlandlied. Das Badesalz der Murrays gefiel ihr ausgesprochen gut. Sie steckte bereits bis zum Hals in dichtem weißem, herrlich knisterndem Schaum. Der Duft ätherischer Öle strömte in ihre Lungen und verbreitete im ganzen Körper ein wunderbar frisches Gefühl. Sie schloss die Augen und stellte sich vor in einer heißen Quelle im Wald zu sitzen. Als sie wieder zwischen den Wimpern hindurchsah, wurde ihr klar, dass sie nicht allein war. Interessiert blickte sie auf Davids hüllenlosen Körper.

»In Japan finden die Leute nichts dabei, wenn Frauen und Männer gemeinsam baden.«

Rebekka kicherte. »Sehen da alle Männer so aus wie du?«

David blickte zuerst an sich herab und dann wieder zu dem Gesicht, das aus dem Schaum ragte und überall hinblickte, nur nicht in seine Augen. »Die meisten Japaner sind etwas kleiner als ich.«

»Das stört mich nicht im Geringsten. Ich finde deine

Größe sehr schön.« Rebekkas Kopf rutschte etwas tiefer in den Schaum. »Überall.«

David betrachtete unsicher das Auf und Ab der Schaumwolken in der großen runden Badewanne. Er war sich seiner Nacktheit noch nie so bewusst gewesen wie gerade jetzt. Aber irgendwie gefiel ihm dieses Gefühl auch wieder. »Soll ich dir noch mehr über die japanischen Badehäuser erzählen?«, fragte er zögernd. Es wäre für ihn unerträglich, wenn sie jetzt Nein sagte.

»Das wäre wundervoll!«, antwortete Rebekka mit spitzbübischem Lächeln. »Wir können das Ganze ja nachstellen.«

»Dann müsste ich aber zu dir ins Wasser kommen. Darf ich?«

»Ich habe schon gedacht, du fragst nie danach.«

»Eigentlich müsste ich mich zunächst waschen. Es wäre ein Affront, wenn man schmutzig zu den anderen ins Wasser steigt. In guten Badehäusern gibt es Angestellte, die einem den Rücken schrubben. Meistens sind es Frauen.«

»Du meinst, Frauen scheuern nackten Männern den Rücken?«, fragte Rebekka ungläubig.

David hockte sich neben die Wanne und schöpfte mit der hohlen Hand etwas Wasser heraus. »Ja, warum denn nicht?«

Sie kicherte erneut und machte Anstalten, zu ihm herauszusteigen. »Soll ich dir dabei helfen?«

Als David ihre Brüste aus dem Schaum auftauchen sah, wurde ihm heiß und kalt zugleich. »Nein, nein!«, wehrte er schnell ab. »Bleib nur sitzen. Man kann es natürlich auch allein machen.« Zur Unterstreichung seiner Worte schöpfte er weitere Portionen des Badewassers aus der Wanne und massierte es mit großer Sorgfalt in seine Haut ein.

»Und wann steigt man endlich rein?«, fragte Rebekka nach einer Weile. Ihre Stimme klang erkennbar ungeduldig.

»Wenn man sauber ist. Also ungefähr jetzt«, antwortete David und kletterte vorsichtig ins Wasser.

»Huuuh, das ist aber heiß!«

»Stimmt, aber auch schön!«

»In Japan muss das Wasser so heiß sein, dass man sich wie ein Hummer auf dem Opfergang fühlt.«

Als sich David auf den schrägen Wannenboden sinken ließ, glitt er langsam zur Mitte, dorthin, wo Rebekka schon auf ihn wartete.

Seite an Seite lagen sie nun nebeneinander. David hatte ganz seinen Einführungskurs in japanische Badekunst vergessen. Er spürte nur die Haut Rebekkas auf der seinen und obwohl das Wasser eigentlich viel zu heiß dazu war, glaubte er auch ihre Wärme zu fühlen.

»Und was passiert dann?«, weckte sie ihn aus dem lustvollen Schwelgen seiner Sinne.

»Man spricht miteinander.«

»Ach.« Das klang irgendwie enttäuscht.

»Na ja, manchmal schäkern die Männer auch mit einem Mädchen, das ihnen gefällt. Oder die Frauen kokettieren mit den Herren.«

»Und das in aller Öffentlichkeit?« Rebekka gab sich entrüstet. Doch nur einen Augenblick lang. »Wie sieht das aus, dieses Kokettieren, meine ich? Ungefähr so?« Dabei drehte sie sich David zu, schmiegte ihren Körper an den seinen und begann seine Brust zu massieren.

»Also das würde für ein öffentliches Badehaus schon ziemlich weit gehen«, entgegnete David erschrocken.

»Du meinst, ich soll wieder aufhören?«

»*Nein!* Nein, so war das nicht gemeint. Es ist schön, wenn du das tust.« Etwas unbeholfen schob er seinen Arm unter ihrem Körper hindurch und begann auch sie zu liebkosen.

Erst begannen seine Hände ihren Körper zu erkunden, bald auch seine Lippen. In der prächtigsten Badewanne von *Blair Castle* entdeckte David so viele neue verführerische Details an seiner bezaubernden Frau, dass er sich wünschte, diese Expedition möge nie zu Ende gehen. Und jedes Mal, wenn sie sein Liebesspiel erwiderte, explodierte er fast. Sein ganzer Leib war wie elektrisiert. Er schien immer nur aus jenem Fleckchen Haut zu bestehen, wo ihre Finger oder ihre Lippen ihn berührten. Bald wusste er nicht mehr, ob sein Blut schon kochte oder nur das Wasser, in dem sie sich liebten. So wurde das runde Bassin für sie zu einem Tiegel, in dem nicht nur ihre Körper miteinander verschmolzen, sondern auch ihrer beider Leben.

## Nächtlicher Besuch

Irgendwann war das Wasser zu kalt geworden. In einer Atempause der Leidenschaft hatte David, nass wie sie waren, Rebekka zum Himmelbett getragen. Wie leicht ihr elfengleicher Körper war! Er hatte sie sanft auf die Tücher und Kissen herabgelassen, wofür sie sich mit einem langen Kuss bedankte. Er begann sie erneut zu liebkosen und es dauerte nicht lang, bis sie wieder vom Rausch der Sinne mitgerissen wurden.

Aneinander gekuschelt und auf eine unbeschreiblich angenehme Art erschöpft schliefen sie schließlich ein.

Später erwachte David von einem Geräusch. Oder war

es nur eine Ahnung? Er spürte Rebekkas warmen Leib, der halb über dem seinen lag. Ihr Gesicht ruhte auf seiner Brust. Er blickte sich um. Durch ein Fenster ergoss sich das Mondlicht in den Raum, hüllte ein in der Nähe stehendes Tischchen in einen zarten silbernen Schleier und trieb mit den Gegenständen darauf ein seltsames Farbenspiel. David lauschte angestrengt, doch er konnte nur Rebekkas gleichmäßiges Atmen vernehmen, sonst nichts.

Irgendetwas beunruhigte ihn und weil er die Ursache für dieses unklare Gefühl nicht ausloten konnte, wurde er noch nervöser. Vorsichtig befreite er sich aus Rebekkas Umklammerung. Sie seufzte kurz auf und schmatzte vernehmlich, als hätte sie gerade Kuchenteig aus einer Backform genascht. David küsste zärtlich ihr Haar und schob sich aus dem Bett. Nachdem er sich vergewissert hatte, dass seine Liebste gut zugedeckt war, machte er sich auf die Suche nach dem Morgenrock. Das Mondlicht stand ihm dabei hilfreich zur Seite und so hatte er bald das gesuchte Kleidungsstück sowie zwei passende Pantoffeln entdeckt. Derart gerüstet konnte er sich nun auf den Flur hinauswagen.

Schon hatte sich David dem Ausgang zugewandt, als er – einer plötzlichen Eingebung folgend – innehielt. Warum sollte ihn denn etwas *im* Schloss geweckt haben? Es konnte ja genauso gut jemand oder etwas *außerhalb* des Gebäudes gewesen sein.

Er machte wieder kehrt und schlich sich zum Schlafzimmerfenster. Im Nordwesten konnte er den Mond am Himmel sehen. Sein fahles Licht gerann über der Landschaft zu hunderten von Grautönen. Unten, an der rückwärtigen Fassade des Schlosses, brannten ein oder zwei Nachtlichter, aber weiter draußen regierte nur noch das Himmelsgestirn. Der Exerzierplatz war ein hellgraues Quadrat im dunkelgrauen Rasen. Rechts davon, noch weiter draußen, befanden sich einige Bäume und Büsche, aufgereiht in einer lockeren Linie, die in ein Wäldchen mündete.

Der nächtliche Park von *Blair Castle* bot einen absolut friedlichen Anblick. Von Gefahr keine Spur. David wusste, dass einige von Johns Söldnern auf dem Areal Wache hielten, mehr eine Ehrenbezeugung für das Brautpaar als eine ernst gemeinte Schutzvorkehrung. Der Herzogin war zu vorgerückter Stunde herausgerutscht, dass Hirohito seinerzeit nicht weniger als fünfzig Highlander als private Leibwache zur Verfügung gestanden hätten. An diesem Abend – für David und Rebekka – seien es nur zwölf. Trotzdem ein nettes Geschenk für ein Brautpaar, dachte David. Er reckte sich wie ein gerade aufgewachter Kater und verspürte schon wieder Sehnsucht nach seinem Kätzchen. Es war einfach ein herrliches Gefühl, ein Ehemann zu sein. Schon wollte er sich umwenden, um den Rückweg zum Liebesnest anzutreten, als er plötzlich erstarrte.

Aus den Augenwinkeln hatte er eine Bewegung gesehen. Unten bei dem Wäldchen. Doch jetzt, wo er bewusst die Bäume und Büsche absuchte, sah er nur deren unbewegliche Schatten im Mondlicht. Die Erscheinung war zu vage gewesen, um sie eindeutig zu identifizieren. Eine der Wachen vielleicht? Soweit David wusste, patrouillierten sie nur zu zweit. Vielleicht musste ja einer der Hochländer nur kurz sein Röckchen lüpfen, weil ihn die Blase drückte. Auch diese Erklärung konnte David nicht wirklich zufriedenstellen. Er wusste nicht genau warum, aber er hatte das Gefühl …

Da! Diesmal sah er die Gestalt ganz deutlich. Selbst nur ein Schemen, hatte sie sich aus dem Schatten eines Baumes nahe dem Exerzierplatz geschält und näherte sich nun dem Schloss. Ein eisiger Schauer lief über Davids Rücken, als er ihre fließenden Bewegungen bemerkte. Er kannte die Gestalt im Park. Vor mehr als acht Jahren war er ihr zum ersten Mal begegnet. In London. An einem kalten verregneten Wintermorgen in der Westminster Abbey.

Für David gab es keinen Zweifel. Die hoch aufragende Statur, der weite Umhang, der markante breitkrempige Hut – alles stimmte. Aber wie konnte das sein? Warum hatte Negromanus ihn ausgerechnet hier aufgespürt? Nach so langer Zeit! Warum gerade heute?

Während sich David noch den Kopf zermarterte, bewegte sich der Schemen mit fließenden Bewegungen, scheinbar ohne große Eile, auf den Kiesweg zu, der hinter dem Ballsaal begann, um diesen herumführte und zuletzt der Rückfront des Schlosses folgte. Durch das Fenster war nicht zu hören, ob Negromanus' Füße auf den losen Steinen des Weges irgendwelche Geräusche verursachten. Die ganze unheimliche Szene spielte sich völlig lautlos ab. Kein Zweifel, David musste sich der grauenhaften Erkenntnis stellen: Der Schemen wollte tatsächlich ins Schloss, *zu ihm!*

Mit einem Mal hatte David nur noch einen Gedanken: Rebekka! Nicht in seinen schlimmsten Alpträumen wäre er darauf gekommen, schon in seiner Hochzeitsnacht um ihr Leben kämpfen zu müssen. Irgendwann vielleicht, ja – aber *so* bald? Er fuhr herum, war mit wenigen Schritten bei der Tür zum Ankleidezimmer, öffnete sie so leise es ging und eilte in den Raum.

In einer Ecke standen ihre beiden Koffer und die Reisetasche. Letztere barg Davids Schwerter. Er kniete sich nieder und öffnete das lederne Gepäckstück. Ohne lange zu überlegen, wählte er das Langschwert, das *katana*. Als er die Klinge aus der Scheide riss, fauchte sie, als freue sie sich nach langen Jahren des Schlafes endlich wieder von ihrem Herrn geweckt worden zu sein. Schon war er wieder auf den Beinen. In der Schlafzimmertür traf er auf eine dunkle Gestalt und bekam einen Riesenschreck.

»Rebekka! Was tust du denn hier?«

Seine Frau war in ein langes Laken gehüllt, das sie wie eine antike Schönheit aussehen ließ. Er glaubte im Mondlicht ihre verständnislose Miene erkennen zu können, als sie knapp erwiderte: »Im Augenblick wohne ich hier. Ich bin von einem Geräusch aufgewacht und du warst nicht da.« Aber dann stutzte sie. »Wozu brauchst du denn das Schwert? Du bist ja ganz aufgeregt, David! Was ist mit dir?«

»Der Schemen!«, hauchte David gehetzt.

»Welcher …?« Ihr Atem stockte. »Etwa …!«

Rebekka kannte inzwischen so ziemlich jedes Detail von Davids bewegtem Leben. Daher ließ seine angespannte Haltung sie genau die richtigen Schlüsse ziehen. David sprang an ihr vorbei ins Schlafgemach, lief zum Nordfenster und spähte in den Park.

Trotz ihrer langen Toga brauchte Rebekka für dieselbe Strecke nur unwesentlich länger. Als sie David erreichte, schmiegte sie sich Schutz suchend von hinten an ihn. Ihr Kinn lag auf seiner rechten Schulter, von wo aus sie Davids suchendem Blick folgte. »Ich kann niemanden entdecken«, flüsterte sie neben seinem Ohr.

»Entweder steht er auf der Eingangstreppe und macht sich gerade an der Hintertür zu schaffen oder er befindet sich längst im Terrassenzimmer.« Weil das Schlafgemach ein wenig aus der Nordfassade des Schlosses herausragte, befand sich besagter Nebeneingang in einem toten Winkel. Es war also nicht festzustellen, welche von Davids Vermutungen zutraf. Dennoch deutete er nach unten.

Rebekkas Finger krallten sich in seine Brust. Der Gedanke, dass sich der Schatten bereits im Schloss befinden könnte, war für sie fast unerträglich. »Ich habe Angst, David.«

»Ich werde dich beschützen.«

»Meinst du dieses... *Wesen* lässt sich durch dein Schwert beeindrucken?«

David musste daran denken, was er in Vaters Diarium über das Gespräch Lord Belials mit Negromanus gelesen hatte. Getrennt seien sie kaum mehr als gewöhnliche Menschen. Erst wenn sie ihre Macht verschmölzen, würden sie unbesiegbar sein.

Und dazu brauchten sie den Ring!

Hatte womöglich sogar der Ring Negromanus hierher geführt? Nein, das war unwahrscheinlich. David trug ihn schon seit Jahren um den Hals und ... Seine Linke fuhr erschrocken hoch zur Brust, aber da, wo sonst die filigrane goldene Kette mit dem Ring war, befanden sich jetzt nur Rebekkas verkrampfte Hände.

»Ja, ich glaube, dass mein Schwert diesem Schemen etwas anhaben kann«, antwortete er fest. »Aber zunächst muss ich dich in Sicherheit bringen. Warte ...«

Ungläubig sah Rebekka, wie er das *katana* auf den Boden legte und im Zimmer umherzulaufen begann. Sie hatte keine Ahnung, was ihm im Kopf herumging. Sie hatte nur Angst.

David wusste genau, was er wollte. Er musste sich etwas anderes anziehen. Der Morgenrock war im Falle eines Kampfes keine besonders vorteilhafte Bekleidung. Hektisch hielt er nach seiner Hose Ausschau. Auf einem Stuhl wurde er fündig. Schnell schlüpfte er in die Beinkleider.

Schon wollte er mit Rebekka den Raum verlassen, als ihm wieder Lord Belials Ring einfiel. Vielleicht hätte er ihn ja doch nicht ablegen sollen …

»Einen Augenblick noch«, stieß er hervor und sah sich nach der Halskette um.

Rebekka konnte vor Angst kaum noch ruhig stehen. »Was suchst du denn *jetzt* noch, David?«

»Da, ich hab ihn schon.«

Halskette und Ring lagen neben einem Glas Wasser auf dem Tischchen beim Fenster. Für einen Moment verharrte Davids Hand über der Kette, als ihm die seltsame Lichtreflexion auf der Tischplatte auffiel. Das Mondlicht traf erst den rubingeschmückten Siegelring und projizierte durch das Wasserglas einen exakten Kreis aus zwölf kleinen roten Punkten auf den Tisch. Vor Schreck stieß er das Trinkgefäß um, als er die Kette vom Tisch raffte und damit das unheimliche Arrangement zerstörte.

Im Gehen legte er sich die Kette an. Als der rubingeschmückte Ring wieder über seinem Herzen hing, hatte er auch seine ungeduldig wartende Frau erreicht. Er klaubte das Langschwert vom Boden und nickte ihr entschlossen zu.

»Und jetzt komm!«

Schnell schob er Rebekka auf den Flur hinaus. Irgendwo in diesem riesigen Schloss musste es doch ein Versteck geben, wo sie sicher war. Die nächste Tür, auf die sie stießen, war verschlossen, aber dann, gegenüber dem runden Treppenturm, fanden sie ein offenes Zimmer. David bugsierte seine verängstigte Frau hinein. Verzweifelt blickte er sich um. Sie befanden sich in einem ziemlich großen

– 566 –

Salon. Das Mondlicht flutete gleich durch vier Fenster herein. Nein, dieser Raum war, trotz der zahlreichen Möbel, viel zu übersichtlich, kein gutes Versteck.

Aufgeregt versuchte David die vielen Türen mit seinen unvollkommenen Kenntnissen vom Grundriss des Schlosses in Einklang zu bringen. Mindestens eine dürfte wieder auf den verwinkelten Flur hinausführen, eine andere – der pompösen stuckverzierten Einfassung nach zu schließen – wohl in eine größere Zimmerflucht. Aber dann fiel sein Blick auf eine schmale, fast unscheinbare Tür beim letzten der vier Fenster.

»Komm, da hinüber!«

Hastig durchquerte er den großen Salon. Rebekka stolperte an seiner Hand hinterher. Ein paarmal hätte sie mit ihrem Laken fast eine der Uhren, Vasen oder anderen Pretiosen von den Tischen gefegt, die hier aufgestellt waren wie die Hindernisse in einem Parcours. Endlich erreichten sie die angepeilte Tür. Zum Glück war sie nicht abgesperrt, aber von innen steckte ein Schlüssel im Schloss.

Unter dem Türsturz hätten bequem vier Personen hintereinander Platz finden können, so dick waren die Mauern. Aus dem Gemach dahinter schlug dem Paar ein muffiger Geruch entgegen. Rasch schob David seine Frau hinein.

Der Raum musste sich in dem Nordturm befinden, von dem aus sie am Abend die Aussicht genossen hatten. Im Vergleich zum benachbarten Salon war er geradezu winzig. Genau das Richtige, dachte David beim eiligen Inspizieren des Verstecks. Die Einrichtung bestand nur aus einem kleinen Himmelbett, einer Korbtruhe und einem Stuhl. Im spärlichen Mondlicht konnte man erkennen, dass Teppiche, Bettvorhänge und Tagesdecken kariert waren – vermutlich Tartan. Durch ein Fenster, das angesichts der mächtigen Außenmauern eher einem Tunnel glich, konnte man in den Park hinuntersehen.

»Ausgezeichnet!«, sagte David zufrieden. »Dieser Raum ist eine Burg in der Burg. Du bleibst hier drinnen und verriegelst hinter mir die Tür. Erst wenn ich zurückkomme, machst du wieder auf. Hast du mich verstanden?«

Rebekka klammerte sich krampfhaft an seinem Arm fest. »Und wenn du *nicht* wiederkommst?«

»Ich meinte, du sollst niemandem aufmachen, den du nicht kennst. Aber keine Sorge: Ich werde zurückkehren. Das verspreche ich dir.«

»Aber wie kannst du das versprechen, wenn dieses Scheusal da unten schon so viele Menschen auf dem Gewissen hat?«, jammerte Rebekka ängstlich.

»Hast du schon vergessen, dass ich ein Jahrhundertkind bin? Meine Zeit ist noch nicht gekommen, Schatz.«

Die Absolutheit in seiner Stimme entsprach nicht unbedingt seiner tiefsten Überzeugung. Das Bajonett von Johannes Nogielsky hatte ihm schon vor Jahren den Glauben an die eigene Unverwundbarkeit genommen. Aber das musste er seiner zitternden Frau ja nicht gerade jetzt gestehen. Er löste sich behutsam aus ihrem Griff und schärfte ihr noch einmal ein keinem Fremden zu öffnen. Dann ließ er sie allein.

Nachdem er sicher war, dass Rebekka die Tür hinter ihm wirklich abgeschlossen hatte, huschte er wieder durch den Salon. Am östlichen Kamin vorbei, hielt er auf den erstbesten Ausgang zu, hinter dem er den Flur vermutete. Mit der Linken öffnete er äußerst behutsam die Tür, während seine Rechte den Griff des *katana* umklammerte. Da sich seine Sekundenprophetie noch nicht gemeldet hatte, hoffte er ungesehen hinausschlüpfen zu können. Je weiter er von Rebekka entfernt war, desto schwerer würde Negromanus sie finden.

Davids ausgeprägter Ortssinn hatte ihn nicht getäuscht – er betrat den Gang genau auf Höhe der Haupttreppe. Wie viel Zeit mochte seit der Entdeckung des Schemens im Park verstrichen sein? Wo befand sich Negromanus jetzt?

Mit freiem Oberkörper, das Langschwert aufrecht vor sich haltend, trat David an das hölzerne Geländer heran und spähte vorsichtig nach unten. Er konnte bis zum Erdgeschoss blicken. Dort unten brannte sogar ein schwaches Nachtlicht. Aber nichts bewegte sich. Alles war ruhig. Doch was hieß das schon? Hier gab es so viele dunkle Winkel, in denen Negromanus lauern konnte.

Davids Sinne waren bis zum Äußersten angespannt. In seinem Kopf tobte ein Sturm. Was sollte er nur tun? Alle möglichen Schreckensszenarien kamen ihm in den Sinn. Mühsam zwang er seine Gedanken zur Ruhe. Nur wenn er den nächsten Schritt seines Gegners vorhersah, würde er ihm zuvorkommen können.

Erneut rief sich David die Erinnerung an seine bisherigen Erkundungsgänge ins Gedächtnis. Soweit er wusste, befanden sich die meisten Aufgänge des Schlosses auf der Ostseite. Hier gab es demnach die besten Fluchtmöglichkeiten. Je länger Negromanus die Räume von *Blair Castle* durchsuchte, desto größer wurde für ihn die Gefahr einer Entdeckung. Demnach würde er sich bestimmt von Westen nach Osten vorarbeiten. Und im Westflügel lagen ja auch die Derby-Räume, das Hochzeitsgemach.

Noch einmal blickte David vorsichtig über das Geländer nach unten. Auf der Haupttreppe war es immer noch still. Er wusste aus eigener Erfahrung, diese hölzernen Stufen würden sich selbst von Negromanus nicht ohne ein protestierendes Ächzen oder Knarzen überwinden lassen. Im Westflügel gab es noch einen zweiten Aufgang, die so genannte Gemäldetreppe, die genauso schnell Alarm schlagen würde. Allerdings endete sie bereits im ersten Stock. Der West-Ost-Theorie folgend, würde sich für Negromanus nur ein Weg nach oben als einigermaßen sicher anbieten: der durch den runden Treppenturm, ebenjener, den der Herzog ob seiner Enge immer so geflissentlich mied.

Unsicher blickte David zum Glenlyon-Vestibül hin, hinter dem sich der fragliche Turm befand. Seine Hypothese hatte zwei empfindliche Schwachpunkte: Erstens würde Negromanus ihr nur folgen, wenn er den Grundriss des Schlosses genauestens kannte, und zweitens gab es noch eine vierte Treppe. Ben hatte sie ihnen gezeigt, als sie auf den Nordturm gestiegen waren. Sie verlief unmittelbar östlich des Hauptaufganges. Das bedeutete – der Gedanke ließ David erschauern –, sie endete nur drei oder vier Schritte vor der Tür hinter ihm. Durch diesen Eingang gelangte man in den Salon und von dort im Handumdrehen zu Rebekkas Versteck.

Noch nie war David eine Entscheidung so schwer gefallen. Schließlich rang er sich doch dazu durch, seinem Instinkt zu vertrauen. Auf Zehenspitzen schlich er sich den Gang hinauf, huschte durch das schmale Vestibül und stand wenig später vor der Tür zum runden Treppenturm. Er legte sein Ohr an das Holz. Auch hier war alles still. Befand sich Negromanus vielleicht noch im Erdgeschoss? Oder hatte David doch die falsche Entscheidung getroffen?

Er versuchte seinen rebellierenden Verstand mit den Vorzügen dieses strategisch wichtigen Punktes zu beruhigen. Schließlich befand sich gleich gegenüber der Turmtür der andere Eingang zum großen Salon, den er zuvor mit Rebekka durchquert hatte.

Und jetzt? Sollte er hier einfach auf den Schemen warten? Der schmale finstere Flur bot die denkbar schlechtesten Voraussetzungen für einen Schwertkampf. Mit Grauen erinnerte sich David der von Negromanus niedergestreckten Opfer. Welche Waffe dieser Schemen auch benutzte, sie war ohne jeden Zweifel tödlicher als das schärfste Schwert – jedenfalls wenn sie zum Einsatz kam.

Er musste das Überraschungsmoment nutzen. Nur dann hatte er gegen Negromanus eine reelle Chance. Jetzt, wo David eine Atempause hatte und alles überdenken konnte, wurde ihm das immer klarer. Seine Finger schlossen sich fester um den langen Griff des *katana*. Er musste Negromanus zuvorkommen.

Noch einmal lauschte er an der Tür. Weder sein Ohr noch sein sechster Sinn verrieten ihm eine unmittelbare Gefahr. Mit äußerster Vorsicht öffnete er die Turmtür. Er wagte auch nicht, sie wieder zu schließen, nachdem er erst einmal die Wendeltreppe betreten hatte. In dem Turm war es fast ebenso finster wie im Flur davor. Eine Zeit lang stand er einfach nur da, die Klinge des Langschwertes aufrecht vor sich haltend, und lauschte.

Nicht der geringste Laut war zu hören. Für einen normalen Menschen wäre es selbst auf den Steintreppen so gut wie ausgeschlossen, sich absolut geräuschlos zu bewegen. Aber was hieß das schon bei einem wandelnden Schatten wie Negromanus? Dessen gleitende, fast könnte man sagen, *schwebende* Fortbewegungsweise war David in diesem Augenblick nur allzu bewusst. Deshalb verließ er sich völlig auf seine Sekundenprophetie. Wenn Negromanus aus der Deckung der Finsternis heraus einen Angriff gegen ihn führte, dann würde er es voraussehen. Die Frage war nur, wie viel Zeit ihm dann für eine Reaktion blieb.

Früher, im Schwertkampfunterricht, hatte er gelernt, die Füße parallel zueinander dicht über den Boden rutschen zu lassen, um jederzeit festen Stand zu haben, aber nun bewegte er sich so gut wie lautlos über die Stiegen hinab. David war selbst zu einem tödlichen Schatten geworden.

Ganz langsam gewöhnten sich seine Augen an die Finsternis, die selbst hier nicht absolut war. Durch schmale Fensterschlitze drang wenigstens etwas Licht von der Nachtbeleuchtung beim Haupteingang herein. Davids Ohren meldeten nur das Rauschen des eigenen Blutes. Behutsam wie eine Raubkatze stieg er Stufe um Stufe weiter hinab. Sein Herz raste. Ohne Rebekka hätte er vielleicht einfach die Flucht ergriffen, aber nun war sie ein Teil von ihm geworden. Sie zu beschützen war für ihn nur mehr als ein Akt der Selbstverteidigung. Also musste er sich dem bedrohlichen Gegner stellen – jetzt und hier.

Als David die Tür zum Flur des nächsten Stockwerkes erreicht hatte, hielt er inne. Sollte er sich bis ganz nach unten schleichen? Dann wäre der Weg nach oben für Negromanus frei. Vielleicht wartete der Schatten ja nur darauf. Möglicherweise wollte er erst jenen Menschen umbringen, dessen Tod David mehr als der eigene treffen würde: Rebekka.

David schloss die Augen und sandte ein stilles Stoßgebet gen Himmel. In diesem Moment meldete sich sein sechster Sinn: Die Tür würde sich öffnen und er würde sich von Angesicht zu Angesicht dem Schemen gegenübersehen und …

Genau so traf es ein. Langsam kam ihm die Tür entgegen, fahles Licht schwappte in den Treppenturm. Das Erste, was David von Negromanus sah, war dessen schwarze Hand am Türgriff. Eine kalte Welle des Schreckens brandete durch David hindurch. Obwohl sein Verstand Nein! schrie, konnten seine angespannten Muskeln nicht länger warten. Die sehnigen Arme des Schwertkämpfers fuhren nach unten. David spürte den dumpfen Widerstand, als sein *katana* durch Haut, Muskeln, Sehnen und Knochen schnitt. Doch seiner von Furcht und Sorge gespeisten Kraft konnte selbst ein Wesen wie Negromanus nichts entgegensetzen.

Ein greller, durch Mark und Bein gehender Schrei zerriss die Stille im Turm. Es war nicht nur der Schmerz, der diesem Laut Substanz gab. Mit der gleichen Sicherheit, die David schon so oft verspürt hatte, wenn er die Empfindungen anderer auslotete, wusste er jetzt, dass Negromanus überrascht war. Ja, sogar schockiert. Und das nicht etwa infolge des Hinterhalts, sondern ganz allein wegen des *Angreifers*. Für die Dauer eines Herzschlages starrten phosphoreszierende Augen auf den wilden Schwertkämpfer. Ein lähmender Schauer lief David über den Rücken, als er gewahr wurde, dass Negromanus auf den rubingeschmückten Siegelring an seiner Halskette blickte. Zweifellos wurde auch dem Schemen in diesem Augenblick klar, wen er da vor sich hatte.

Die Gesichter von Vater, Mutter, Onkel Francis und so vielen anderen, die Negromanus schon getötet hatte, tauchten unvermittelt vor Davids innerem Auge auf. Sie schienen ihm zuzurufen: Da steht unser Mörder, David. Jetzt hast du die Gelegenheit unseren Tod zu rächen. Schlag zu!

Ihre nur für ihn hörbaren Stimmen zersprengten die Fesseln der Angst. David stieß einen wild entschlossenen Kampfschrei aus, wie er es dereinst von Meister Yoneda gelernt hatte, und ließ das Schwert durch die Luft sausen. Aber die rasiermesserscharfe Klinge des *katana* traf nur noch die Stelle, an der sich gerade eben noch Negromanus' Hals befunden hatte.

Der Schatten selbst war unter dem Hieb weggetaucht und huschte nun wie ein Rabe im Sturzflug den Treppenturm hinab. David setzte ihm nach. Er schrie noch immer, aber nun eher vor Wut. Warum hatte er nur so lange gezögert? Einen Wimpernschlag früher und er hätte diesen skrupellosen Mörder seiner gerechten Strafe zugeführt. Und was noch viel wichtiger war: Der Kreis der Dämmerung hätte einen empfindlichen Schlag erlitten, vielleicht sogar den Todesstoß …

Unten wurde eine Tür aufgerissen. Als David sie erreichte, blickte er in den schnurgeraden Flur des Erdgeschosses. Der Gang war schwach beleuchtet. Zu seiner Rechten, bereits auf Höhe der Haupttreppe, entdeckte David einen schwarzen wallenden Umhang. Als Negromanus nach links in das Terrassenzimmer stürmte, konnte David noch für die Dauer eines Wimpernschlages den Armstumpf erkennen. Er musste würgen, als er die Farbe des herauslaufenden Blutes sah. Es war hellblau.

Mit einem neuen Kampfschrei setzte er dem Schemen nach. Als er das Terrassenzimmer erreichte, blickte er durch zwei offen stehende Türen in den nächtlichen Park hinaus. Er hütete sich davor, Hals über Kopf in den Raum zu stürzen. Vielleicht war Negromanus gar nicht hinausgeflohen, sondern lauerte ihm da drinnen irgendwo auf. Aber dann bemerkte er das Glitzern in den feuchten Blutspuren draußen auf dem Treppenabsatz, fasste sich ein Herz und betrat vorsichtig das Zimmer.

Abgesehen von einer nicht näher bestimmbaren Anzahl von Pistolen und anderen Feuerwaffen an den Wänden war der Raum leer.

David lief weiter zum Ausgang hin. Wachsam, jeden Moment mit einem Angriff rechnend, wagte er sich hinaus auf die Treppe. Zu seiner Rechten lag der Ballsaal, der jetzt ebenso friedlich wirkte wie der Exerzierplatz und der Park. Nicht einmal die fernen Schatten der Bäume bewegten sich mehr.

Schwer atmend gab David die Verfolgung auf. Mond und Nachtbeleuchtung zeigten ihm zwar eine feucht schimmernde Fährte am Boden, aber es wäre viel zu gefährlich gewesen, sich jetzt in den Park zu wagen. Dort draußen gab es einfach zu viele Schlupfwinkel und Hinterhalte. Es hatte keinen Zweck, sich dem Risiko auszusetzen doch noch in Negromanus' Fänge zu geraten. Außerdem – Rebekka war allein!

Vermutlich würde sie, verlassen in dem dunklen Turmzimmer, Todesängste ausstehen. Aus dem Hintergrund ertönten Stimmen, aber David wollte nicht warten, bis Hilfe kam. Er drehte sich um und rannte zur Haupttreppe zurück, den kürzesten Weg zu seiner Frau.

Unterwegs beschlich ihn ein bedrückender Gedanke. Konnte es sein, dass sich Negromanus durch einen Nebeneingang in den Ballsaal geschlichen hatte und von dort zurück ins Schloss? David hatte sich in Sicherheit gewiegt, weil der große Aufgang im Cumming Tower durch die offene Flurtür des Terrassenzimmers gut zu überwachen war. Aber was, wenn der Schemen die schmale Wendeltreppe daneben genommen hatte?

Dann wäre er genau in diesem Augenblick bereits oben im zweiten Stock. Bei *Rebekka!*

Diese Vorstellung versetzte David einen Schock. Unwillkürlich strauchelte er und hätte sich beim Abfangen des Sturzes fast mit dem eigenen Schwert verletzt. Er rappelte sich wieder auf und rannte weiter die Treppe empor.

Besaß Negromanus wirklich die Kaltblütigkeit, um auf diese Weise seine Niederlage doch noch in einen Triumph zu verwandeln? Nein, das durfte nicht sein. Das *konnte* nicht sein! Himmelblaues Blut schoss an Davids innerem Auge vorbei und machte seine selbst eingeredete Zuversicht zunichte.

»*Bekka!*«, schrie er aus vollem Hals und nahm die letzten Stufen nach oben mit weiten Sprüngen. Er riss den Eingang zum großen Salon auf und war wenige Augenblicke später bei Rebekkas Versteck. Die Tür zum Turmgemach war verschlossen. Hoffentlich war das ein gutes Zeichen! Er hämmerte dagegen.

»Bekka! Schatz! Ich bin's, David. Schnell, öffne die Tür.«

Er lauschte in den Raum, konnte aber nichts hören. Nicht das Geringste. Nein!, schrie sein Geist, während er sich die Unterlippe zerbiss. Nicht Rebekka! Nicht sie! »Bekka, nun öffne doch, *bitte!*«

Mit einem Mal ertönte eine gedämpfte Stimme: »David?«

Dem wurden die Knie weich. Vor Erleichterung. »Ja! Ich bin es, Schatz. Ich glaube, ich habe den Urian vertrieben.«

– 576 –

Er hörte, wie hinter der Tür ein Lichtschalter betätigt wurde und sich dann der Schlüssel im Schloss drehte. Ungeduldig zog er die Tür auf. Rebekka – immer noch im Laken eingewickelt – blickte ängstlich auf das blutverklebte Schwert, dann in Davids Augen. »Ist er wirklich fort?«

David nahm sie in den Arm, drückte sie und verteilte unzählige Küsse auf ihr Haar und ihr Gesicht. »Ja, jetzt fühle ich, dass wir ihm entkommen sind.«

»Woher willst du das so genau wissen?«

»Ich habe gespürt, als er sich uns näherte. Vielleicht hängt es mit meinen sonderbaren Begabungen zusammen. Es ging eine Bedrohung von ihm aus, die ich jetzt nicht mehr wahrnehmen kann.« Er löste sich vorsichtig von ihr, um – mit einem Mal sehr ernst – in ihre dunklen Augen zu blicken. »Für *heute* bist du sicher, meine Liebste. Aber ich glaube, wir müssen uns etwas ausdenken, damit es auch dabei bleibt.«


## Emigriert

Erst gingen die Lichter an. Dann näherten sich Schritte. Davids Geschrei hatte zuletzt doch die Schlosswache alarmiert. Ein Hochländer in normaler Uniform (also nicht im Kilt) stürmte die Haupttreppe hinauf und fiel mit gezückter Pistole in den Salon ein. Als er im Dämmerlicht das ineinander verschlungene Paar entdeckte, prallte er zurück. Ein zweiter Wachtposten, ebenfalls von dem Lärm herbeigerufen, betätigte den Lichtschalter. Amüsiert beobachtete dieser, wie sein Kollege rot wurde und verlegen ins grelle Licht blinzelte, während die jungen

Brautleute sich langsam und widerwillig voneinander lösten.

Der erste Wachmann räusperte sich. Rebekkas altrömische Toga schien ihn mindestens ebenso zu verwirren wie das fleckige Schwert in Davids Hand. »Verzeihung, Sir, aber haben Sie auch eben diese Schreie gehört?«

Zwei weitere Wachleute erstürmten den Raum und schienen beim Anblick von Rebekkas anmutiger Gestalt sogleich zu versteinern.

David ließ sich davon nicht beirren und antwortete: »Das kann man wohl sagen. Die Schreie kamen von mir, Colonel …«

»MacRhynie, Sir. Verzeihung, ich habe vergessen mich vorzustellen. Warum haben Sie gerufen? Was ist geschehen?«

»Jemand ist in das Schloss eingedrungen. Ich habe ihm eine Hand abgehackt und ihn dann fortgejagt.«

Rebekka stieß ein japsendes Geräusch aus.

»Sie haben *was*, Sir?«

»Colonel MacRhynie, ich werde gerne jede Ihrer Fragen beantworten, aber Sie haben sicher Verständnis dafür, wenn ich meine Frau zunächst in unsere Gemächer zurückbringen möchte. Sie ist ziemlich verängstigt und außerdem für eine solche Unterredung nicht ganz passend gekleidet.«

»Selbstverständlich, Sir.«

Mittlerweile hatten sich aus den unteren Stockwerken auch einige der im Haus untergebrachten Hochzeitsgäste eingefunden. Sie verfolgten das Gespräch des Offiziers mit dem Bräutigam aufmerksam und – abgesehen von gelegentlichem Tuscheln – äußerst diszipliniert.

»Könnten Sie auch einen …«, David korrigierte sich,

»besser *zwei* Mann zur Bewachung unserer Zimmer abstellen? Der Schurke wird wohl kaum zurückkehren, aber es trüge sicherlich zur Beruhigung meiner Frau bei.«

»Der Herzog hat ein ganzes Dutzend Männer zu Ihrer persönlichen Verfügung abkommandieren lassen. Ich werde das obere Stockwerk des Westflügels umgehend von vier Posten abriegeln lassen. Außerdem sorge ich dafür, dass der Herzog von Atholl umgehend über den Vorfall informiert wird.« Er drehte den Oberkörper leicht nach links, machte mit der Hand eine Geste, die einen von Rebekkas versteinerten Bewunderern sogleich zum Leben erweckte. Der Mann machte ein enttäuschtes Gesicht und entschwand über die Haupttreppe nach unten.

David führte Rebekka diagonal durch den Salonparcours zu jenem Ausgang zurück, der den Derby-Räumen am nächsten lag. Dabei achtete er eifersüchtig auf die züchtige Bedeckung seiner Liebsten, weil die Blicke der nachfolgenden Hochländer ein Maß an Wachsamkeit erkennen ließen, das mit normalem Diensteifer kaum noch zu erklären war. Immerhin sorgten sie dafür, dass ihnen keine Schaulustigen in den Bereich jenseits des Vestibüls folgen konnten.

Wieder allein im Schlafgemach, protestierte Rebekka erst einmal energisch, weil David sie gleich allein lassen wollte. Er musste einiges an Überredungskunst aufwenden, bis er sich wenigstens aus ihrer Umklammerung lösen konnte, um sich ein Hemd überzuziehen.

»Ich bin so bald wie möglich wieder zurück, mein Schatz.«

»Und wenn dieses Scheusal zurückkehrt?«

»Er wird sich hüten. Im Moment herrscht hier das reinste Tohuwabohu. Außerdem bewachen die Highlander unsere Gemächer.«

David musste seine zitternde Frau erst mit einigen Küssen bestechen, bevor sie ihn kurzzeitig beurlaubte. Nachdem er die Flurtür hinter sich ins Schloss gezogen hatte, bat er die beiden Hochländer gut auf die Braut aufzupassen. Die salutierten schneidig und versprachen glaubhaft, diese bis zum letzten Blutstropfen zu verteidigen – Rebekka hatte die raue Schale der Schotten offenbar im Handumdrehen geknackt.

David hielt noch immer das *katana* in der Hand. Die ungeschützte Klinge des befleckten Langschwerts rief ein unwilliges Stirnrunzeln auf Colonel MacRhynies Stirn, aber er war von den bisweilen ziemlich exzentrischen Gästen des Herzogs einiges gewohnt. Gleichwohl ließ er David den Vortritt, als sie nun dem Eingang zum Treppenturm entgegenstrebten.

»Sagten Sie vorhin nicht etwas von einer ›abgehackten‹ Hand, Sir?«, fragte der Offizier auf dem oberen Treppenpodest.

»Geduld, Colonel«, antwortete David. »Der Zwischenfall hat sich ein Stockwerk tiefer zugetragen.«

Sie stiegen die Wendeltreppe nach unten, bis sie die noch offen stehende Tür zum zweiten Stock erreicht hatten. David starrte verdutzt auf den Boden. Wofür ihm die Worte fehlten, fand sein Begleiter eine militärisch korrekte Lagebeschreibung.

»Also, da ist auch keine herrenlose Hand, Sir.«

David rief sich noch einmal die Ereignisse ins Gedächtnis zurück – die sich langsam öffnende Tür, der übereilte Schwerthieb … Er wusste ganz genau, dass Negromanus *ohne* seine Hand geflohen war. Sie *musste* hier irgendwo liegen. Vielleicht war sie ja in den Gang des ersten Stockwerks gekullert. Wer konnte schon wissen, welch unseli-

– 580 –

ges Leben sie womöglich sogar noch ein Stück weit hatte zittern und zappeln lassen, wie es gelegentlich ja auch Aale zu tun pflegten, selbst wenn sie schon sämtlicher Eingeweide verlustig gegangen waren? Fieberhaft suchte David den Teppich ab. Zwar gab es bei der Tür noch die dunklen Flecken des Blutes, das sich in einem dicken Schwall aus Negromanus' Armstumpf ergossen hatte, aber … Ein Schauer lief über Davids Rücken. Die Hand war tatsächlich verschwunden.

Konnte dieser Schemen etwa doch hierher zurückgekehrt sein und das auf Abwege geratene Körperteil aufgeklaubt haben? Wenn ja, dann befand er sich womöglich immer noch im Schloss.

In diesem Moment betrat der Herzog die Bühne des Geschehens. Aus seiner Stimme sprach ernste Sorge, als er sich an den ratlosen Bräutigam wandte.

»Was ist geschehen, David?«

»Wir suchen eine entlaufene Hand«, antwortete dieser knapp.

»Wie bitte?«

»Ich bin gerade eben Ihrem Schlossgespenst über den Weg gelaufen.«

»Hat er einen Schock erlitten?«, erkundigte sich der Herzog bei seinem Colonel.

Der zuckte mit den Schultern. »Abgesehen von seiner abenteuerlichen Geschichte kam er mir bis jetzt ganz normal vor.«

Allmählich wurde der Herzog ungeduldig. Seine Stimme hatte einen merklich schärferen Ton, als er sagte: »Würde mir vielleicht einmal irgendjemand verraten, was hier eigentlich passiert ist?«

David zeigte dem Herzog die schmutzige Klinge des

*katana.* Erst in diesem Moment wurde ihm bewusst, dass man dem getrockneten Blut nicht mehr ansehen konnte, welche außergewöhnliche Farbe es einmal besessen hatte. Es sah schwarzgrau aus. Ebenso die Flecken auf dem Fußboden. Man hätte glauben können, sie seien schon einhundert Jahre alt. Aber immerhin existierten sie.

»Wie Sie sehen, John, war es mehr als ein Alptraum, der mich heute Nacht aufgeschreckt hat. Ich bin zwar fest überzeugt, einer Person mit meinem Schwert die Hand abgesäbelt zu haben, aber selbst wenn ich mich darin täuschen sollte, spricht all das Blut hier doch wohl für sich. Es hat einen Kampf gegeben. Dabei wurde jemand ernstlich verletzt. Und dieser Jemand« – David drehte sich mit erhobenen Armen einmal um seine Achse, was die Unversehrtheit seines Körpers zweifelsfrei belegte – »bin nicht ich gewesen.«

Der Herzog kniff das rechte Auge zusammen und musterte seinen Ehrengast eindringlich. David begann sich schon unwohl zu fühlen, als John Stewart-Murray sagte: »Verschweigen Sie mir etwas, David?«

Dem Gefragten wurde mit einem Mal heiß. »Wie kommen Sie darauf, John?«

Der Herzog blickte mit ernster Miene zu dem Offizier der Leibwache. »Colonel MacRhynie, würden Sie uns bitte einen Augenblick allein lassen?«

Der Hochländer salutierte und verschwand im Treppenturm nach oben. Als er außer Hörweite war, wandte sich der Schlossherr wieder an seinen Gast.

»So, David, jetzt einmal ganz offen: Wie du weißt, hat mir Hirohito angedeutet, dass du ein Spross aus einer angesehenen Adelsfamilie bist. Trotzdem reist du als der *Times*-Schreiber Mr Newton durch die Lande. Wenn ich

auf meine Mitmenschen auch manchmal einen etwas ver-
trottelten Eindruck mache, so bin ich doch nicht dumm,
mein Junge. Dein Versteckspiel muss ernste Gründe haben. Wenn ich in Betracht ziehe, dass der japanische
Prinzregent dir die Stange hält, dann können diese nur
ehrenhaft sein. Aber welcher Bräutigam läuft schon in seiner Hochzeitsnacht mit einem Schwert durch die Gegend
und hackt anderen Leuten Gliedmaßen ab? Für dich war
dieser ›Einbrecher‹, den du ertappt hast, nicht irgendwer.
Du hast dich persönlich – und auch Rebekka – von ihm
bedroht gefühlt und dich verteidigt. Erzähl mir nicht, das
sei nicht wahr! Wer war also dieser Strolch, der es wagte,
meine Gastfreundschaft in den Schmutz zu ziehen?«

David konnte dem bohrenden Blick des Herzogs nur
mit Mühe standhalten. Er fühlte sich wieder einmal
durchschaut, so wie zuletzt bei Lieutenant Hastings. Sein
Gefühl sagte ihm, er könne dem Herzog vertrauen, aber es
warnte ihn auch vor den möglichen Konsequenzen – zu
viele Freunde hatten schon seinetwegen sterben müssen.

Der Herzog war es gewohnt, sich Herausforderungen zu
stellen, anstatt sie totzuschweigen. Deshalb blieb er hartnäckig. »David, mir geht es nicht darum, dir irgendwelche
Familiengeheimnisse zu entlocken. Ich merke, dass du in
ziemlichen Schwierigkeiten steckst, und ich will dir *helfen!* «

Unsicher blickte David in das entschlossene Gesicht
des Herzogs. Unter seinen buschigen Augenbrauen brannte ein wildes Feuer. In einem letzten schwachen Versuch,
sein Geheimnis zu wahren, erwiderte er: »Wenn ich Sie zu
einem Mitwisser mache, dann könnten auch Sie gefährdet
sein. Möglicherweise sogar Katherine. Mit diesem finsteren Gesellen ist nicht zu spaßen. Er hat schon viele Menschenleben auf dem Gewissen.«

Die Augen des Herzogs musterten David eindringlich. Während er nachdachte, mahlten seine Kiefer aufeinander. Schließlich sagte er mit fester Stimme: »Katherine und ich haben schon mehr als ein halbes Jahrhundert gelebt. Wir hatten eine schöne Zeit. Nicht dass mir besonders viel daran gelegen wäre, aber wenn wir morgen von dieser Welt abberufen werden, dann soll es eben so sein. Ich werde meine Ehre nicht der Furcht vor einem ominösen Meuchler opfern. Du kennst doch inzwischen unser Familienmotto, David: *Furth Fortune and Fill the Fetters,* ›das Glück erzwingen und Gefangene machen‹. Ich habe immerhin achthundert Highlander, die mir zur Verfügung stehen. Du kannst mir glauben, mein Junge, sie sind ein sehr wirksames Mittel das Glück bei der Stange zu halten.«

David fuhr sich mit den Fingern durch das Haar und seufzte. »Also gut, ich werde Ihnen meine Geschichte erzählen und danach können Sie entscheiden, ob Sie mir immer noch helfen wollen. Erst möchte ich jedoch zu Rebekka. Sie hat gerade Furchtbares durchgemacht. Ich möchte, dass sie bei mir ist, wenn wir alles besprechen.«

Der Herzog nickte. »Selbstverständlich. Dann schlage ich vor, wir treffen uns in einer Viertelstunde im Teesalon. Er befindet sich gleich hier rechts.« Er deutete auf die betreffende Tür. »Ich lasse euch von Colonel MacRhynie abholen, damit er euch nach unten geleitet. In der Zwischenzeit sorge ich für einen kleinen Imbiss. Krisen machen mich immer unheimlich hungrig.«

Wenig später saßen David, Rebekka und der Herzog von Atholl im Teesalon des Schlosses. Es war ein helles gemütliches Zimmer mit einem geblümten Teppich, rotbraunen

Geschirrschränken, gepolsterten Sitzmöbeln, einer leise tickenden Standuhr und den obligatorischen Ölschinken an der Wand. Die Herzogin war nicht zugegen – John Stewart-Murray hatte die Angelegenheit zur Chefsache erklärt und sogleich die oberste Geheimhaltungsstufe angeordnet.

David war inzwischen mit sich übereingekommen, seinem Gönner eine verkürzte Fassung der Familienchronik zu geben. Es hatte keinen Sinn, dem Herzog Geschichten von verselbstständigten Schatten aufzutischen. Wenn er ihm von einer weitreichenden Verschwörung eines Geheimzirkels berichtete, der schon etliche Morde verübt hatte, dann musste das genügen. Bei der Erwähnung seiner fruchtlosen Bemühungen, dem Kreis der Dämmerung auf die Spur zu kommen, machte der Herzog plötzlich einen bemerkenswerten Einwurf.

»Warum konzentrierst du dich nur auf den Kopf des Drachen, wenn du ihn doch viel leichter am Schwanz packen könntest?«

David stutzte. »Wie meinen Sie das?«

»Na, dieser Toyama, vor dem sich selbst der japanische Prinzregent zu fürchten scheint – wenn ich dich richtig verstanden habe, ist er ein führendes Mitglied in dem Geheimbund. Hast du noch nie die Redewendung gehört: ›Die Kleinen hängen sie, die Großen lassen sie laufen‹? Wenn du dieser geheimen Bruderschaft auf die Schliche kommen willst, dann musst du ihre schwächste Stelle finden. Du hast gesagt, sie korrumpieren und manipulieren Menschen auf der ganzen Welt, um ihren ›Jahrhundertplan‹ voranzutreiben. Ich will jetzt nicht davon reden, dass es mir schwer fällt, an eine so gewaltige Verschwörung zu glauben, aber an deiner Stelle würde ich nach einer Hintertür Ausschau halten. Wenn es dir gelingt, einen der Helfer des Zirkels zu finden, dann kannst du über ihn womöglich an die eigentlichen Drahtzieher gelangen.«

David nickte still vor sich hin. Der Vorschlag klang vernünftig. Seine Suche in den historischen Quellen war zwar nicht völlig vergebens gewesen. Er konnte sich inzwischen fast sicher sein, dass ein – vielleicht sogar ein und derselbe – Großmeister des Geheimzirkels schon seit Jahrhunderten im Verborgenen sein Unwesen trieb. Das hatte ihm den Ernst der Lage, die ganze Tragweite dieser Verschwörung vor Augen geführt. Dennoch besaß er, abgesehen von ein paar vagen Vermutungen bezüglich des rubingeschmückten Siegelrings, so gut wie keine Handhabe gegen den Kreis der Dämmerung, keine Waffe, die er zur Niederschlagung des Jahrhundertplans hätte einsetzen können. Vielleicht sollte er wirklich seine Strategie ändern, so wie der Herzog es empfohlen hatte.

Es fiel David schwer, den Faden wieder dort aufzunehmen, wo er ihn bei Johns Unterbrechung verloren hatte. Manche Ereignisse seines Lebens streifte er nur noch kurz, entweder weil er sie für zu nebensächlich oder, aus Sicht seines Zuhörers, für zu unglaubwürdig hielt. In Bezug auf seine Abstammung schenkte David dem Herzog reinen Wein ein. Er erzählte sogar, dass Jeff, sein Vater, einst der Sohn eines Silberschmieds gewesen und erst später vom Earl of Camden adoptiert worden war. Der Herzog hatte Edward George, Geoffreys Adoptivvater, gekannt und sehr geschätzt, ebenso wie Großonkel Francis. Jetzt war er umso entschlossener, dem jüngsten Earl of Camden zu helfen.

Während im Osten die Sonne aufging, wurde diskutiert, wie David und Rebekka vor weiteren Übergriffen des Kreises der Dämmerung geschützt werden konnten. Die Geschichte von einer globalen Verschwörung erschien dem Herzog derart unwahrscheinlich, dass er sie kaum zu glauben vermochte. Doch er kannte das tragische Ende von Davids Vater und zweifelte keinen Moment daran, dass dem jungen Paar – von wem auch immer – ernste Gefahr drohte. David berichtete, wie er schon mehrmals seinen Namen hatte ändern müssen, um Negromanus, den Obermeuchler des Großmeisters Lord Belial, abzuhängen. Als er dann von dem Telefonat berichtete, das er kürzlich mit Briton Hadden geführt hatte, begannen die Augen des Herzogs zu leuchten.

»Das ist es!«, rief er begeistert.

David und Rebekka saßen Hand in Hand auf einer Zweiercouch und blickten sich ratlos an.

»Du gehst nach Amerika«, erklärte der Herzog seinen Einfall.

»Daran hatte ich auch schon gedacht, aber die Einwanderungsbehörden der Vereinigten Staaten sollen ziemlich gründlich sein. Bestimmt werden sie Aufzeichnungen darüber führen, wen sie in ihr gelobtes Land hereinlassen, und der Kreis der Dämmerung hat überall wachsame Zuträger. Wenn wir als David und Rebekka Newton in die USA einreisen, würde vermutlich kein Monat vergehen, bis uns Lord Belials Schergen erneut aufgespürt hätten.«

»Nicht wenn ihr wieder euren Namen wechselt.«

Auch das war für David keine neue Überlegung. »Das Problem ist nur, wie komme ich so schnell an gültige Papiere heran? Jetzt, wo Negromanus meine Identität kennt, könnte er auch alle meine alten Kontakte überwachen lassen. Früher hat mir Sir William H. Rifkind geholfen, aber nun …«

»Helfe *ich* euch beiden«, vervollständigte der Herzog den Satz, den David in seiner Ratlosigkeit offen gelassen hatte.

»Sagen Sie bloß, der Herzog von Atholl unterhält Kontakte zu einer Fälscherbande?«

John Stewart-Murray zeigte sein breitestes Hochländergrinsen. »Die brauche ich gar nicht. Wie euch schon an meiner Privatarmee aufgefallen sein dürfte, genieße ich einige Privilegien, die man durchaus mit den Hoheitsrechten eines selbstständigen Staates vergleichen könnte. Auf der Isle of Man bin ich so etwas wie der König – na ja, ich trage nicht diesen Titel, aber sonst kann ich so ziemlich alles beeinflussen, was dort in den Amtsstuben an Dokumenten fabriziert wird.«

»Und das bedeutet?«, fragte Rebekka gespannt.

»Dass ich David adoptieren werde.«

Der Herzog lehnte sich mit strahlender Miene in seinem Sessel zurück, um sich an der Reaktion des Paares zu weiden.

David und Rebekka waren fassungslos. Er spürte, wie sich der Griff ihrer Hand festigte. Sie tauschten fragende Blicke. Sichtlich irritiert wandte sich David dann wieder dem Herzog zu.

»Ist das nicht …? Ich meine … Verstehen Sie mich bitte nicht falsch, John, aber eine *Adoption* … Wozu …?«

John Stewart-Murray schüttelte in gespielter Entrüstung den Kopf. »Für jemanden, der seinen Master in Englisch gemacht hat – und das in Oxford! –, lässt dein Redestil sehr zu wünschen übrig, David. Sei's drum, ich werde euch erklären, was mir im Kopf herumspukt. Darum ging es dir doch, nicht wahr?«

David nickte und Rebekka schloss sich seiner Geste an.

Für den Herzog war die Aufnahme Davids in den weitläufigen Murray-Clan offenbar schon eine beschlossene
Sache. Wie gesagt, er wollte David Newton adoptieren,
auf dass er hinfort Murray heiße. Keinen Adelstitel, einfach nur David Murray. Eigentlich wäre es sogar besser,
sich auch ein oder zwei neue Vornamen auszudenken. Was
er denn – der Herzog kniff beim Grübeln wieder das rechte
Auge zusammen – von John halte?

»Die männliche Bevölkerung der halben Welt heißt
John«, antwortete David und an seinen ermordeten Großonkel denkend, fügte er hinzu: »Francis halte ich für angemessener.«

»Francis Isaak«, schlug Rebekka vor.

Obwohl die Situation alles andere als heiter war, musste David sie anlächeln. »Du gibst es wohl nie auf, was?«

Sie zog den Kopf zwischen die Achseln und grinste.
»Wieso sollte ich?«

»Da wir für dich auch einen neuen Namen brauchen,
mache ich einen Gegenvorschlag: Mich nennen wir Francis *Jacob* und dich Rahel.«

»Rahel und Jacob?« Rebekka seufzte selig, als hätten sie
sich gerade für Romeo und Julia entschieden. »Weißt du,
was Jacob alles auf sich genommen hat, um seine Rahel zu
bekommen?«

»Nicht weniger würde ich für dich tun, mein Schatz.«

»Also was ist denn nun?«, drängte sich der Herzog
ungeduldig dazwischen. »Seid ihr beiden Turteltäubchen
euch endlich einig?«

Rebekka legte den Kopf in den Nacken, schloss die
Augen und murmelte ganz langsam: »Rahel Murray.« Man
hätte glauben können, der Name sei ein süßer Fruchtbon-
bon, den sie sich auf der Zunge zergehen ließ. Die beiden

– 589 –

Männer sahen ihr dabei erwartungsvoll zu. Trotzdem waren sie überrascht, als Rebekka plötzlich wieder in des Herzogs gespanntes Gesicht blickte und verkündete: »Ich glaube, das passt uns. Dann sind wir also ab heute Mr Francis J. Murray und seine Gemahlin Rahel.«

»So schnell wird es nun auch wieder nicht gehen«, bremste John Stewart-Murray die temperamentvolle junge Ehefrau. »Wenn ich im Laufe des Vormittags meinen Anwalt informiere und ihn telegrafisch alles in die Wege leiten lasse, dann müssten die fertigen Papiere, sagen wir« – wieder kniff er das Auge zusammen – »am kommenden Montag zur Verfügung stehen. Das gibt dir, David, zugleich genügend Zeit, alles Notwendige zu veranlassen, um deine Zelte in London abzubrechen. Wenn wir das Ganze über einen Strohmann abwickeln, dürfte es für diesen Negromanus so gut wie unmöglich sein, deine Spur zurückzuverfolgen.«

»Darum würde ich schon allein aus Sorge um Ihre und Katherines Sicherheit bitten«, antwortete David. »Auf jeden Fall muss ich Ihnen für Ihre Hilfe danken, John. So furchtbar dieses Erlebnis heute Nacht auch war, können Rebekka und ich doch jetzt etwas hoffnungsvoller in die Zukunft blicken. Das haben wir ganz allein Ihnen zu verdanken. Ich weiß gar nicht …«

»Rahel.« Rebekkas Stimme ließ die beiden Männer aufhorchen.

David runzelte die Stirn. »Wie bitte, Schatz?«

»Es gibt keine Rebekka Newton mehr, Mr Francis J. Murray. Die Newtons sind am Morgen des 9. Juli 1924 im schottischen Hochland verschollen. Ihre Spur wird sich bei Blair Atholl verlieren und niemand wird je erfahren, wohin sie verschwunden sind.«

Der Herzog zimmerte an der neuen Legende von Francis und Rahel Murray wie an einem antiken Möbelstück, das er, nur so zum Spaß, restaurierte und polierte, bis es glänzte wie neu. Im Laufe des Vormittags setzte er seine Frau davon in Kenntnis, dass sie gerade einen Sohn bekommen hatte. Katherine zeigte sich davon einigermaßen überrascht. Aber nachdem John ihr in groben Zügen geschildert hatte, in welch übler Lage das jungvermählte Paar stecke (alle wirklich geheimen Details sparte er dabei wohlweislich aus), lächelte sie ergriffen und gratulierte ihrem Gemahl zu seiner außergewöhnlichen List.

Um der erweiterten Runde Rechnung zu tragen, hatte man die Krisensitzung derweil in den Speisesaal des ersten Stockes verlegt, einen Raum von zartem Grün mit einer Tafel für zwölf Personen. Wände und Decken waren hier mit Stuckornamenten geradezu überbordet. Vom marmornen Kaminsims blickte ein versteinerter Apollo auf die konspirative Gruppe. Der griechische Götterschönling stand für Recht und Ordnung – er würde bestimmt nichts verraten. Dennoch empfand es David als angenehm, dass hier großflächige Landschaftsgemälde die Wände zierten und nicht wie anderswo ein Haufen todernster Gesichter, die alle so aussahen, als wollten sie ja kein Wort verpassen.

John Stewart-Murray schien in seinem Leben nie etwas anderes getan zu haben, als fremde junge Männer zu adoptieren, ihre Vergangenheit auszulöschen und ihnen eine neue Zukunft auf den Leib zu schneidern. Er beschaffte für David und Rebekka nicht allein einen neuen Namen, sondern sorgte auch für die Ausstellung aller möglicher anderer Dokumente. Seine Geheimformel lautete: amtlich beglaubigte Abschrift.

Natürlich hätte er auch »echte« Fälschungen anfertigen lassen können, aber so weit ging die Schlitzohrigkeit des Herzogs nun doch nicht. Keine Gewissensbisse plagten ihn jedoch, als er seine Beamten auf der Isle of Man telegrafisch anweisen ließ, verschiedene Zweitschriften von »verloren gegangenen Originalen« auszustellen. Dazu gehörten beispielsweise Geburts- und Heiratsurkunden sowie Schul- und Universitätszeugnisse. Als er sich sogar dazu hinreißen ließ, David einen Doktortitel anzubieten, lehnte dieser ab. Er wollte nicht mehr für sich und Rebekka bekommen, als ihnen rechtmäßig zustand.

Im grünen Speisesaal gingen die verschiedensten Leute ein und aus. Ein jeder bekam vom Herzog sehr exakte Anweisungen, gerade genug, um den Befehl zu befolgen, aber viel zu wenig, um auch nur den Schimmer einer Ahnung zu erblicken, was hier eigentlich gespielt wurde.

Während John Stewart-Murray gerade dabei war, seinen Verwalter mit der Einrichtung verschiedener Bankkonten zu beauftragen, auf die Davids Vermögen transferiert werden sollte, drang plötzlich vom Gang ein aufgeregtes Stimmengewirr ins Zimmer.

»Was ist denn da draußen los?«, fuhr der Herzog seinen Verwalter an, der in rechtschaffener Ahnungslosigkeit die Handflächen von sich streckte.

Als es an der Tür klopfte und der Herzog »Herein!« gerufen hatte, wartete ein Offizier der Leibwache mit einer bösen Überraschung auf: »Das Dienstpersonal hat gerade zwei Eurer Gäste gefunden, Mylord.«

Der Herzog blickte verwirrt auf David und Rebekka, die für ihn im Augenblick die einzigen Gäste waren, die ihn wirklich interessierten. »Was soll das heißen, sie haben sie ›gefunden‹?«, wandte er sich dann an den Offizier.

Dem Uniformierten stand ins Gesicht geschrieben, wie

unangenehm ihm diese Pflicht war. Er versuchte seine eigene Betroffenheit durch eine stramme Haltung zu überspielen. »Es handelt sich um das Ehepaar Smail, Mylord. Sie liegen beide tot in ihren Betten.«

»Die *Schnecken*!?«

»Mylord?«

»Schon gut, Colonel. Gehen Sie schon einmal voraus. Ich komme gleich nach, um mir selbst ein Bild zu machen.«

Nachdem der Offizier den Raum verlassen hatte, ließ der Herzog zornig die Faust auf den Tisch krachen, dass die Tassen klirrten. »Die haben sich bestimmt totgefressen.«

»John!«, schnappte seine Gattin entsetzt. »So etwas sagt man nicht, selbst nicht bei einem solchen Pack wie den Smails.«

Die Kaltschnäuzigkeit des Herzogs war nur eine Maske, hinter der er seine Betroffenheit verbarg. David hatte ihn längst durchschaut. Vorsichtig fragte er: »Könnte ich sie sehen?«

Der Herzog hob verwundert die Augenbrauen. »Wen, die Schnecken?«

»Sie sind *tot*, John! Warum sprechen Sie so abfällig von ihnen? Immerhin haben Sie sie auf Ihrem Fest tanzen lassen.«

»Nur weil sie zur Familie gehören. Der Clan muss zusammenhalten, auch wenn Einzelne wie die Smails diese Tradition immer wieder weidlich ausnutzen …« Der Herzog verstummte jäh, als sei ihm sein barscher, wenig pietätvoller Ton erst jetzt bewusst geworden. Mit mahlenden Kiefern blickte er auf die Teetasse vor seiner Nase. Als er David wieder in die Augen sah, wirkte er wie umgewandelt. Zerknirscht murmelte er: »Ich hätte sie nicht so schäbig behandeln dürfen. Die Smails waren zwar eine Landplage – aber *das* haben sie nicht verdient.«

»Sie hören sich fast an, als würden *Sie* sich für ihren Tod verantwortlich fühlen. Aber dazu haben Sie keinen Grund, John. Ich denke, ein Besuch im Schlafzimmer der Smails wird Ihre Selbstvorwürfe zerstreuen. Kommen Sie, ich begleite Sie.«

John Stewart-Murray schüttelte sich, als habe er gerade ein ausgesprochen unappetitliches Bild vor Augen. »Ist bestimmt kein angenehmer Anblick, sie so verendet auf ihrem Bett zu sehen.«

»Schlimmer als das, was ich im Krieg erlebt habe, kann es auch nicht sein. Ich möchte die Leichname aus einem ganz bestimmten Grund ansehen. Sie erinnern sich doch noch, was ich Ihnen über den Tod meiner Angehörigen erzählt habe?«

»Was denn, glaubst du etwa …?«

David nickte. »Haben Sie die Smails nicht in genau der Zimmerflucht einquartiert, die Sie zuvor Rebekka und mir geben wollten?«

»Das blaue Schlafzimmer. Natürlich! Aber das hieße ja, dieser Negromanus wusste ganz genau, wo er euch zu suchen hatte.«

Diesmal ersparte sich David das Nicken. Es lief ihm eiskalt den Rücken hinunter, als er an die nächtliche Begegnung mit Negromanus denken musste. Deshalb hatte der Schemen also so lange gebraucht, um in dem Treppenturm aufzukreuzen. Beim Zusammenstoß mit David mussten die Smails bereits tot gewesen sein. Aber warum hatte Negromanus dann überhaupt den runden Turm aufgesucht, wenn doch die schmale Treppe, gleich beim blauen Schlafzimmer, ein viel schnellerer und auch sicherer

– 594 –

Fluchtweg für ihn gewesen wäre? David hatte nur eine Erklärung dafür: Negromanus musste seinen Irrtum bemerkt haben, nachdem es für die Smails schon zu spät war.

Auf dem Weg zum Tatort versuchte sich David mit dem Umstand zu beruhigen, dass der Schemen ihn sowieso erkannt hatte. Mit Schaudern erinnerte er sich noch der grünlich phosphoreszierenden Augen, die auf den Ring an seiner Brust gestarrt hatten. Nein, Negromanus war keinesfalls im falschen Glauben geflohen sich seines Erzfeindes entledigt zu haben. Er würde nun erst recht Jagd auf David und Rebekka machen. Umso wichtiger war es, so schnell wie möglich unterzutauchen.

Die Herzogin hatte dem Drängen ihres Gatten nachgegeben sich den Anblick der leblosen Smails zu ersparen. Rebekka war stur geblieben. Im Krieg, auch im Lazarett ihrer Mutter, hatte sie schon unzählige Leichen gesehen. Als sie jedoch die beiden Toten in dem Himmelbett sah, stieß sie trotzdem einen erstickten Laut aus. Es war nicht der Anblick der Leichname selbst, der sie so reagieren ließ, sondern das plötzliche Bewusstsein um ein Haar selbst *dieses* furchtbare Schicksal erlitten zu haben: Die gebrochenen Augen der Toten waren noch schreckensweit geöffnet, ihre Rücken auf groteske Weise durchgebogen.

Auch John Stewart-Murray war sichtlich erschüttert. Zugleich aber auch zornig. Er fühlte sich persönlich geohrfeigt von Negromanus' dreister Tat. Ein Mord auf *Blair Castle*! An einem Mitglied des Clans! Es war unmöglich abzuschätzen, ob die Betroffenheit und die Wut des Herzogs noch größer ausgefallen wären, wenn der Tod einen der anderen Gäste auf dem Stockwerk ereilt hätte.

David quälten beim Anblick der Ermordeten ganz andere Gedanken. Verzweifelt schloss er die Augen, aber damit beschwor er nur das Bild von Sir Williams Leichnam herauf. Mit tränenfeuchtem Blick wandte er sich dem Herzog zu.

»Das habe ich nicht gewollt, John. Die beiden mussten wegen mir sterben, nur weil Negromanus mich und Rebekka in dem Zimmer vermutet hatte.«

Der Herzog unterdrückte für einen Moment seinen Zorn, legte David die Rechte auf die Schulter und schob ihn behutsam auf den Flur hinaus. Mit der Linken angelte er sich Rebekkas Arm und zog sie mit sich.

»Ich will von diesem Unsinn nichts mehr hören, verstehst du?«, sagte er zu David, sobald die toten Smails außer Sichtweite waren. »Man kann ein Menschenleben wohl nur schwer gegen ein anderes aufwiegen, aber – vielleicht klingt es hart, wenn ich das sage – mir ist es lieber so, David. Wir Murrays halten zwar zusammen wie Pech und Schwefel, doch wären du und Rebekka die Opfer gewesen, dann hätte dieser Negromanus ebenso gut meine eigenen Kinder töten können. Frag mich nicht, warum ich so fühle. Ich kenne dich und deine Braut ja nicht einmal seit vierundzwanzig Stunden. Aber es ist die Wahrheit. Und nun kommt, lasst uns hinunter in meine Privatgemächer gehen. Ich möchte euch dieses Schloss nicht länger zumuten.«

Den Rest des Tages verbrachte das junge Ehepaar unter der Obhut der Herzogin. Das Privathaus des Duke of Atholl war hermetisch abgeriegelt. Im Park patrouillierte ein Heer von bewaffneten Hochländern. Für den Augenblick waren die jüngsten Mitglieder des Murray-Clans sicher.

Am Nachmittag meldete sich aus dem Dorf ein Apotheker. Der Besuch des Salbenmischers ging auf eine Idee zurück, die David geäußert hatte. Während er, Rebekka und das Herzogspaar an seiner neuen Identität feilten, machte er den Vorschlag seine Haare umzufärben. Der Herzog äußerte sich zunächst mit Befremden. Ihm war die Vorstellung, ein Mann könne zu derartigen Mitteln greifen, suspekt. David hatte bisher unerwähnt gelassen, dass auch seine jetzige hellrote Haarfarbe nicht natürlich war. Zuletzt wurde dem Plan einmütig zugestimmt, was zugleich ein weiteres Problem aufwarf: Im Dorf gab es keinen Coiffeur, der eine derartig moderne Haarbehandlung ausführen konnte.

Katherine hatte den rettenden Einfall. Der Apotheker von Blair Atholl war ein außergewöhnlich findiger Mann. Er stellte nicht nur Pillen, Tropfen und Salben her, sondern bot seiner Kundschaft auch Lebertran, Insektenvertilgungsmittel, Liebestränke, Benzin, Tinte und eine ganze Reihe anderer Produkte an, von denen einige eher alchemistisch als chemisch-pharmazeutisch waren. Vielleicht besäße er ja ein geeignetes Färbemittel oder könne es zumindest herstellen.

Er konnte. Ein eiliges Telefonat brachte die frohe Nachricht: »Kastanienbraun.«

David sah Rebekka an und sie musterte ihn. Ihre Augen sprangen zwischen seinem Gesicht und den rötlichen Haaren hin und her. Schließlich nickte sie. »Warum nicht. Dann wird unser Baby auf jeden Fall dunkelhaarig.«

Als David den verwirrten Ausdruck auf dem Gesicht der Herzogin sah, musste er sich ein Grinsen verkneifen. »Also gut«, sagte er zu ihr. »Dann wird Francis Jacob Murray kastanienbraune Haare bekommen.«

Der Herzog unternahm einen letzten verzweifelten Versuch, seinen zukünftigen Adoptivsohn vor einer – wie er glaubte – weibischen Tat zu bewahren. »Und wenn du sie nicht rechtzeitig nachfärbst, dann wird »deine schöne neue Identität wie eine Seifenblase zerplatzen.«

»Keine Angst, ungefärbt ist mein Haar so hell, dass ich immer behaupten kann, ich wäre frühzeitig ergraut und würde mir nur aus Eitelkeit die Haare dunkel färben.«

John Stewart-Murray verließ brummend den Raum. Eigentlich störte es ihn mehr, seine Meinung nicht durchgesetzt zu haben. Als er am späten Abend wieder in den Privatgemächern aufkreuzte, fand er die Idee der radikalen Identitätsveränderung sogar »außerordentlich raffiniert« und berichtete, dass er schon veranlasst habe die entsprechenden Eintragungen in den einschlägigen Dokumenten vornehmen zu lassen.

Im Verlaufe des Tages hatte er noch einiges mehr geregelt. Der Mordfall musste den Behörden gemeldet werden, ohne daraus gleich eine Staatsaffäre zu machen. Für David und Rebekka käme nichts ungelegener als tagelange Verhöre durch die Polizei. Deshalb sorgte der Herzog für eine Untersuchung in diskretem Rahmen.

»Die Polizei wird euch in Ruhe lassen«, berichtete er am Abend seinem inzwischen braunhaarigen Adoptivsohn in spe. »Alles, was sie wissen müssen, werden sie von mir erfahren. Bald wird es nicht einmal mehr eine Akte von dem Vorfall der letzten Nacht geben. Die Blutspuren sind jetzt schon weg …«

»Was?«, entfuhr es David.

»Hatte ich das noch nicht erwähnt?«

»Ich glaube nicht.«

»Wo habe ich nur wieder meinen Kopf! Mir war wirklich so, als hätte ich es schon erzählt. Aber bei all den Dingen, um die ich mich heute kümmern …«

»John«, fiel David dem Herzog ins Wort. »Was ist mit dem Blut passiert?«

Der Duke zuckte die Achseln. »Eine ganz merkwürdige Sache. Also, ich habe heute Mittag dem Polizeiinspektor die Flecken beim Treppenturm gezeigt, dort, wo du mit dem Schurken gekämpft hast. Als dann kurz darauf ein Fotograf kam, um die Spuren abzulichten, waren sie nicht mehr da.«

»Was heißt das, sie waren nicht mehr da? Hat sie ein übereifriges Dienstmädchen weggeputzt …«

»Nun beruhige dich doch, David«, unterbrach der Herzog seinen aufgeregten Gast. »Der Inspektor hat mich natürlich das Gleiche gefragt und es war gar nicht so einfach, ihn vom Gegenteil zu überzeugen. Aber um auf deine Frage eine klare Antwort zu geben: Nein, niemand hat die Flecken entfernt, sie sind ganz von allein verschwunden.«

»Genauso wie die Hand!«, hauchte Rebekka. Drei Augenpaare wandten sich ihr zu.

David musste an Negromanus' wahre Natur denken. Lord Belials Gehilfe war ja im Grunde nur ein Schatten und bei Licht betrachtet blieb von solchen selten sehr viel übrig.

Es muss wohl an der traditionellen Schwäche der Briten für transzendentes Gesindel jeglicher Art liegen, dass der Duke of Atholl diese mysteriösen Vorfälle mit großer Gelassenheit hinnahm. »Allmählich wird mir klar, was du gestern Nacht gemeint hast, als du sagtest, dir sei gerade unser Schlossgespenst über den Weg gelaufen.«

»Seien Sie mir nicht böse, John, aber ich bin froh, wenn Rebekka und ich endlich von diesem Ort hier wegkommen.«

Der Herzog lächelte gequält. »Das trifft mich zwar hart,

aber ich kann euch verstehen. Wartet ab, was ich heute noch so alles erreicht habe. Das wird eure Laune möglicherweise wieder etwas aufpolieren.«

John Stewart-Murray sollte Recht behalten. Ausführlich erklärte er dem Paar – und seiner argwöhnisch lauschenden Gemahlin – das weitere Vorgehen. Schon im Morgengrauen des nächsten Tages sollten David und Rebekka aufbrechen. Teils mit dem Automobil, später auch mit dem Zug würden sie bis zur schottischen Westküste reisen und von dort ein Schiff zur Isle of Man nehmen. Als Mitglieder des Murray-Clans würden sie auf Schloss Mona, der alten Inselresidenz des Herzogs, logieren. Sobald sie mit den nötigen Papieren versorgt seien, könnten sie dann nach Amerika abreisen, wann immer es ihnen beliebe.

David wurde nicht müde sich bei dem Herzog und seiner Gattin zu bedanken. Im Stillen nahm er sich vor bei nächster Gelegenheit auch einen Brief an seinen Freund Hito zu schreiben. Ohne ihn hätte wohl selbst seine Gabe der Wahrheitsfindung die herzoglichen Herzen nicht derart schnell erobern können. Als habe John Stewart-Murray seine Gedanken erraten, bot er sich an, David auch zukünftig zur Seite zu stehen, wenn Not am Mann sei. Er wolle gerne für ihn als Vermittler dienen, wenn es gelte, alte Kontakte zu pflegen, die an Davids frühere Identität geknüpft waren.

Was noch folgte, war eine schlaflose Nacht. Bevor die Sonne am östlichen Horizont aufging, klopfte es an der Tür des Gästezimmers. David und Rebekka wurde ein opulentes englisches Frühstück vorgesetzt, wie es selbst der japanische Kronprinz dereinst geschätzt hatte. Das jedenfalls behauptete die Herzogin. Das Paar aß nur wenig. Sie waren übermüdet und gleichzeitig zum Zerreißen angespannt.

Der Abschied von *Blair Castle* verlief dann erheblich unspektakulärer als die Begrüßung. Der Herzog klagte, dass er seine Highlander nicht das Abschiedslied spielen lassen durfte. Im ersten Grau des jungen Tages rollte eine unauffällige schwarze Limousine aus dem herzoglichen Fuhrpark die Lindenallee hinab. David und Rebekka bedauerten nicht wenig, dass ihre Flitterwochen ein so jähes Ende gefunden hatten.

Colonel MacRhynie gehörte neben dem Chauffeur zur Eskorte des Paares. Nach einigem Hin und Her hatte David zuletzt nachgegeben und dieser minimalen Leibwache zugestimmt. Seine Schwerter waren mit zwei Ledergurten außen am Koffer festgeklemmt. Er konnte sich also ganz gut selbst verteidigen. Aber der Herzog wäre untröstlich gewesen, wenn er seinem zukünftigen Adoptivsohn nicht wenigstens diesen einen Highlander hätte mit auf den Weg geben können.

Infolge der geänderten Umstände statteten David und Rebekka dem Örtchen Aberfeldy einen zweiten Besuch ab, genau genommen war es nur eine Durchreise. Mit leisem Seufzen sah Rebekka die Schmiede vorbeirauschen, in der sie getraut worden waren. Das Automobil wagte sich auf eine halsbrecherische Piste, die am Loch Tay entlang nach Ardchyle führte. In Tarbet, am Loch Lomond, bestiegen sie wieder die Bahn in Richtung Glasgow. Colonel MacRhynie hätte das Paar gerne noch bis zur Küste begleitet – die Genehmigung seines Befehlshabers dazu besaß er –, aber David beharrte auf seinem Standpunkt: Je unauffälliger er und Rebekka, nein, *Rahel*, reisten, desto größer war ihre Chance unentdeckt von den britischen Inseln verschwinden zu können.

In Glasgow stiegen der zukünftige Mr Murray und seine Gattin in den Zug nach Adrossan. Bei der Fährgesellschaft waren hier für sie Tickets reserviert. Am frühen Nachmittag standen sie an der Reling des Schiffes, das sie zur Isle of Man bringen würde, und blickten auf die im Meer versinkende Küste Schottlands. Knapp sieben Stunden später trafen sie in Douglas, der Hauptstadt der Insel, ein.

Weil Amtsschimmel von Natur aus eher lahme Klepper als feurige Rosse sind, konnte das Paar seine Flitterwochen nun doch noch in einer noblen Herberge verlängern, die in einer Landschaft von wilder Schönheit lag. Die Isle of Man befand sich ungefähr auf halber Strecke zwischen Schottland und Irland. Von Douglas gingen regelmäßig Fähren nach Dublin. Die Insel in der Irischen See war also der ideale Stützpunkt, um sich unauffällig aus Großbritannien zu verabschieden.

Obwohl David und Rebekka am Donnerstagabend die Strapazen der Reise in den Knochen spürten, waren sie doch nicht zu erschöpft, um das nachzuholen, was sie in ihrer Hochzeitsnacht versäumt zu haben glaubten. Sicher ließ sich ihr anfangs zartes, später leidenschaftliches Liebesspiel auch als eine Therapie auffassen, die sie sich selbst verordneten, um die durchlebten Schrecknisse zu verdrängen. Rebekka kicherte, als David an ihr herumzuzupfen begann. Später kamen noch ganz andere Geräusche hinzu. Zum Glück verfügte Schloss Mona nur über eine kleine Dienerschaft, die zudem ihre Nachtruhe in sicherer Entfernung zu den Herrschaftsgemächern suchte. So blieb die Intimsphäre der Jungvermählten gewahrt. Irgendwann übermannte die Müdigkeit dann das ineinander verschlungene Paar und es sank in einen tiefen Schlaf.

David erwachte schon im Morgengrauen. Eine Zeit lang

betrachtete er einen Engel im Zwielicht – Rebekka lag halb unter ihrem Kopfkissen vergraben und wandelte noch auf den Pfaden der Träume. Liebevoll strich er ihr eine dunkle Locke aus dem Gesicht. Sie gab ein schnorchelndes Geräusch von sich und drehte den Kopf zur anderen Seite.

Behutsam schob David die Bettdecke weg und schlich sich aus dem Schlafzimmer. Während der Reise des vergangenen Tages hatte er einen Entschluss gefasst, der ihm nicht leicht gefallen war. Jetzt hieß es, ihn in die Tat umzusetzen.

Wenig später wurde Rebekka von einem Geräusch geweckt. Die aufgehende Sonne warf ihr gleißendes Licht durch die Fenster herein. Rebekka stemmte sich vom Laken hoch und sah sich blinzelnd um. Das Bett neben ihr war leer. Von David fehlte jede Spur. Da bemerkte sie einen frischen Lufthauch auf ihrem Rücken. Sie drehte den Kopf und sah die offen stehende Tür zum Ankleidezimmer.

Schnell befreite sie sich aus der Umklammerung der Bettdecke, zog ihren Morgenrock von einem in der Nähe stehenden Stuhl und machte sich auf die Suche nach ihrem Gemahl.

Das Ankleidezimmer besaß eine Tür, die auf die Terrasse hinausführte. Sie stand offen. Vor dem grünen Hintergrund jahrhundertealter Bäume bewegte sich ein schlanker, sehniger Körper in einer Art geheimnisvollem Tanz. Rebekka sah, wie die Morgensonne in blankem Stahl blitzte. David hatte seine Schwertübungen wieder aufgenommen.

»Was tust du da?«, fragte sie von der Terrassentür her.

David hatte nur einen Wimpernschlag vorher, mitten

in einem waagerechten Schwertstreich, innegehalten und sich ihr zugewandt. Ihre Frage kam für ihn nicht überraschend, seine Antwort für sie dafür umso mehr.

»Ich hasse Gewalt, Bekka.«

Für einen Augenblick war sie sprachlos. Langsam trat sie auf die Terrasse hinaus und umrundete ihren schwitzenden Gatten wie jemand, der eine altgriechische Kriegerstatue betrachtet. Schließlich blieb sie, die Hände in die Hüften gestemmt, genau vor der im Osten aufgehenden Sonne stehen und antwortete spitz: »Du hast eine merkwürdige Art, das zu zeigen, Liebster.«

David ließ kraftlos die Hände mit den beiden Schwertern sinken. Erst jetzt, als er sich entspannte, war die Niedergeschlagenheit in seinem Gesicht zu erkennen. Während er nach Worten rang, betrachtete er bekümmert den Menschen, den er so sehr liebte. Vor der rotgoldenen Sonnenscheibe sah Rebekka für ihn überirdisch schön aus. Das helle Licht ließ ihren Morgenrock wie einen zarten Dunst erscheinen, der ihren wohlgestalteten Körper nur unvollkommen umhüllte. Aber es war nicht nur diese äußerliche Schönheit, die sein Herz für sie schlagen ließ. Längst hatte ihr Wesen ihn verzaubert, ihre Unbekümmertheit, ihr Lachen, der Klang ihrer glockenhellen Stimme. Sie war wie ein seltenes Vögelchen für ihn, das alle für zu scheu hielten, um sich den Menschen zu nähern. Und dennoch war sie zu ihm gekommen, ganz von selbst, um für immer bei ihm zu bleiben. Obwohl …

»Was ich eigentlich sagen wollte, ist …« Er schluckte. Seine Stimme klang leise, sie bebte unter dem Ansturm seiner Gefühle. »Bekka, ich mache mir so schreckliche Sorgen um dich!«

Erst jetzt begriff sie, was ihn zur Wiederaufnahme der

Schwertübungen bewogen hatte. Es ging ihm gar nicht um sein eigenes Leben. Er wollte *sie* beschützen und dazu war ihm so gut wie jedes Mittel recht – selbst das Schwert, welches ihm solche Gewissenspein bereitet hatte. Unvermittelt lief Rebekka auf David zu und ließ sich in seine Arme sinken. Er hatte Mühe die Klingen von ihr fern zu halten. Sie küsste ihn zärtlich und sagte: »Oh David! Kannst du mir verzeihen?«

»Verzeihen? Was denn?« ·

»Ich war für einen Moment ganz verwirrt. Als ich aufgewacht bin, lag ich allein im Bett. Ich habe sogar befürchtet, du könntest fortgegangen sein. Deshalb bin ich so barsch zu dir gewesen, als ich dich hier mit den Schwertern entdeckte.«

David nahm das *wakizashi* in die Hand, in der er schon das *katana* hielt, damit er Rebekka streicheln konnte. »Es ist gut, Schatz. Du brauchst dir keine Sorgen zu machen. Unsere Ehe hat zwar etwas anders begonnen, als ich es mir erhofft habe, aber glaube mir: Ich werde alles in meiner Kraft Stehende tun, damit sich die Vorfälle von *Blair Castle* nicht wiederholen. Sollte sich Negromanus noch einmal in deine Nähe trauen, werde ich ihm mehr als nur eine Hand abschneiden.«

Rebekka legte ihr Ohr an seine Brust und lauschte eine Weile seinem kräftigen Herzschlag. Schließlich flüsterte sie: »Das weiß ich.«

»Dann hast du also nichts dagegen, wenn ich die Schwertübungen fortsetze?«

»Ich verabscheue die Gewalt ebenso wie du, aber ich denke, du bist ein zu guter Mensch, um sie jemals zu missbrauchen.«

»Danke, Bekka.«

Sie rieb ihren Kopf an seiner Brust, als wäre diese ein Kopfkissen. »David?«

»Ja?«

»Du hast eben gesagt, unsere Ehe habe anders begonnen, als du es dir gewünscht hast.«

»Nun ja, in mancherlei Beziehung hat sie meine Erwartungen sogar noch übertroffen.«

»Wirklich?«

»Oh ja!«

»Könntest du mir zeigen, welche Beziehung du meinst?«

»Jetzt gleich?«

Rebekka legte ihren Kopf in den Nacken und sah mit spitzbübischem Grinsen hoch in sein Gesicht. »Wieso? Hast du etwa schon etwas Besseres vor?«

»Etwas *Besseres?*« Davids traurige Augen begannen zu leuchten. »Nein, wie könnte ich?«

Er legte die Schwerter nieder und hob dafür seine junge Frau vom Boden auf. Ein paar schnelle Herzschläge später waren sie im Schloss verschwunden.


Das erzwungene Exil begann den beiden zu gefallen. Während des Wochenendes genossen sie es sogar. Tagsüber erfreuten sie sich an der Natur und in der Nacht aneinander.

Am Montag, dem 14. Juli, war es dann endlich so weit: In einer unscheinbaren Amtsstube, durch deren Fenster man die Brecher der Irischen See beobachten konnte, wurde aus David und Rebekka höchst offiziell das Ehepaar Murray gemacht.

Noch am selben Tag bestiegen die beiden die Fähre nach Dublin. Sie hätten gut und gerne noch zwei oder drei Wochen auf der kleinen Insel verbringen können, aber

David wollte kein Risiko eingehen. Je schneller sie aus der Welt verschwanden, die einst die ihrige war, desto schwerer würden sie vom Kreis der Dämmerung aufgespürt werden können.

Der Duke of Atholl hatte sich bereit erklärt, Rebekkas Mutter auf Umwegen darüber in Kenntnis zu setzen, dass sie auf Grund besonderer Umstände möglicherweise eine Zeit lang nichts von ihren Kindern hören würde. Sie solle sich deshalb keine Sorgen machen. David hätte auch gerne die Herausgeber des *Time*-Magazins über seine Absichten in Kenntnis gesetzt, aber zuletzt verzichtete er doch darauf. Sollte der Kreis der Dämmerung von dem Telefonat mit Briton Hadden wissen, dann würden sie eine diesbezügliche Nachricht womöglich abfangen. Nein, David musste das Risiko eingehen und Hadden mit seinem Besuch überraschen.

Die Fähre nach Dublin brauchte nur etwa fünf Stunden, aber dann dauerte es weitere fünf Tage, bis sie mit einem Ozeandampfer nach New York weiterreisen konnten.

Sie vertrieben sich die Wartezeit mit Besichtigungen und Ausflügen in die nähere Umgebung von Dublin. Zwei- oder dreimal besuchten sie abends auch einen Pub. Die Iren waren zwar tief im Katholizismus verhaftet, lebten ihren Glauben aber auf eine erfrischend natürliche Weise. In dieser Hinsicht fand Rebekka sie den Franzosen erheblich ähnlicher als die viktorianisch steifen Anglikaner in England.

Noch drei Jahre zuvor hatte in Irland ein blutiger Bürgerkrieg getobt. Eamon de Valera, der Führer der irischen Unabhängigkeitsbewegung, hatte vor dem Parlament in London das Verhalten der britischen Truppen angeprangert. Er beschuldigte sie schwerer Verbrechen wie Gefan-

genenfolter, Mord an Kindern und Vergewaltigungen.
Darauf besetzte die britische Armee im Februar 1921 Dublin. Ganze Stadtviertel fielen in Trümmer. Zehn Monate
später wurde dann der »Irish Free State« ausgerufen. Irland
erhielt den Status eines Dominions des britischen Commonwealth. Damit war es Ländern wie Kanada, Australien, Neuseeland und Südafrika gleichgestellt. Die sechs
überwiegend protestantischen Grafschaften im Norden
verblieben bei Großbritannien – für das irische Volk eine
schmerzliche Amputation, die noch auf Jahrzehnte bluten
sollte.

Obwohl sich Mr und Mrs Murray im jungen irischen
Freistaat pudelwohl fühlten, fieberten sie doch schon dem
entgegen, was noch vor ihnen lag: die Vereinigten Staaten
von Amerika. Als sie daher am 19. Juli den Ozeandampfer
bestiegen, der sie zu diesem Ziel bringen sollte, fiel ihnen
der Abschied nicht wirklich schwer.

Das Schiff benötigte für die ungefähr viertausend Seemeilen knapp anderthalb Wochen. Auch für diese Passage
hatte der Herzog von Atholl bereits eine komfortable
Suite in der ersten Klasse gebucht. David musste sich also
um nichts anderes kümmern als um seine hübsche Frau.
Das tat er dafür umso gründlicher.

Die Überfahrt war alles in allem ruhig. Tagsüber verbrachten David und Rebekka viel Zeit auf dem Promenadendeck. Weil sie überwiegend mit sich selbst beschäftigt
waren, knüpften sie nur wenige Bekanntschaften. David
war der blasierten Gesellschaft auf dem Oberdeck ohnehin
nicht besonders zugetan. Er wusste, dass in dem fensterlosen Bauch des Schiffes hunderte von Aussiedlern steckten,
die kaum an die frische Luft kamen. Diese armen Schlucker, die manchmal ihre letzten Ersparnisse für eine

– 608 –

Schiffspassage ins »gelobte Land« hergaben, waren die eigentliche Geldquelle, aus der die großen Reedereien ihren Reichtum schöpften, die Steifhälse, die sich im Erste-Klasse-Speisesaal näselnd über die Qualität des Kaviars mokierten, dagegen nur Reklameschilder auf Beinen.

Wenn Rebekka ihrem Ehemann gelegentlich eine Ruhepause gönnte, widmete der sich hauptsächlich seiner Zukunftsplanung. So auch an jenem Sonntag südlich von Grönland, als er auf dem Sonnendeck in einem Liegestuhl saß und zwei munteren kleinen Herren fortgeschrittenen Alters dabei zusah, wie sie mithilfe von tennisschlägerartigen Werkzeugen Bälle ins Meer schossen. Der Sinn des Spieles mochte vielleicht ein anderer sein, aber trotzdem amüsierten sich die beiden Pensionäre köstlich.

Bald achtete David nicht mehr auf ihre vergeblichen Versuche, wenigstens einen kurzen Ballwechsel zu Stande zu bringen, und seine Gedanken schweiften ab. Der Ozeandampfer war für ihn wie eine schwimmende Festung, die selbst für Negromanus schwer einnehmbar sein dürfte. Daher konnte er hier auf See seine Sorge um Rebekka ein wenig in den Hintergrund drängen und sich mehr um strategische Überlegungen kümmern.

Der Rat des Herzogs von Atholl beschäftigte ihn besonders. Er hatte vorgeschlagen, den Drachen beim Schwanz zu packen, gewissermaßen durch die Hintertür in den Kreis der Dämmerung einzudringen, um ihn von innen zu sprengen. Je länger David über diese Möglichkeit nachdachte, desto besser gefiel sie ihm. Allerdings wurde ihm auch bald klar, welche Schwierigkeiten ihn dabei erwarten konnten.

Wie sollte er wissen, wer mit dem Kreis zusammenarbeitete? Nicht jeder Attentäter war per definitionem auch ein Handlanger Lord Belials. Wie auch immer, die Idee war reizvoll und wenn Briton Hadden ihm wirklich die Stelle gab, die er ihm in Aussicht gestellt hatte, dann würde er ausreichend Gelegenheit bekommen mit den unterschiedlichsten Menschen zusammenzutreffen. Viele von ihnen würden an wichtigen Schlüsselstellen der Macht sitzen. Warum sollte sich unter ihnen nicht auch ein Adlatus des Schattenlords befinden?

Voll wärmender Zuversicht lehnte sich David in seinem Liegestuhl zurück und widmete sich wieder dem Studium der betagten Ballspieler. Gerade hatte einer der beiden einem anderen Passagier das Sodawasser aus der Hand geschossen.

Die meisten Schiffsreisenden waren aufgeregt, als an einem wolkenverhangenen Dienstag Ende Juli die Freiheitsstatue am Horizont auftauchte. Für viele sollte hier ein glücklicheres Leben beginnen. Während jedoch für David und Rebekka wie auch für die anderen Passagiere der ersten und zweiten Klasse die Einreise in die Neue Welt nur eine Formalität war, begannen für die Übrigen nun Stunden des Bangens. Die lebende Fracht aus den Zwischendecks wurde auf Ellis Island gelöscht, einer kleinen Insel im New Yorker Hafen. Dort stand auf einer Tafel am Kai: »Willkommen in den USA. Jetzt sind Sie in einem freien Land.« Ellis Island war das größte Einwanderungszentrum Amerikas.

In den letzten dreißig Jahren hatten sich mindestens zwölf Millionen Menschen durch dieses Nadelöhr gezwängt. Zwölf Millionen Schicksale. Für jeden fünften Ankömmling erwies sich die Pforte als zu eng, entweder weil er krank war oder weil er den Eindruck erweckte, der öffentlichen Hand nur zur Last zu fallen. Solche Menschen wurden auf Kosten der Reedereien wieder zu ihrem Ausgangshafen zurückbefördert, zurück in Armut und Elend. Für sie war der schriftliche Willkommensgruß auf Ellis Island blanker Zynismus.

Da David und Rebekka weder krank noch arm noch Asiaten waren – allesamt K.-o.-Kriterien bei der Einreisekontrolle –, hatten sie gute Aussichten, unter den strengen Blicken des Immigration Officers zu bestehen.

»Mr Murray, Ihre Dokumente sind ja gerade mal zwei Wochen alt«, stellte der Beamte nach einem nervtötend langen Studium der Papiere fest.

»Fünfzehn Tage, um exakt zu sein«, bestätigte David.

»Das ist zu kurz.«

»Wie bitte?« David fühlte, wie sein Blut zu kochen begann. Rebekka ergriff seinen Arm und drückte ihn.

»Die Vorschriften besagen, dass ein Personalausweis oder ein demselben Zweck dienender amtlicher Identitätsnachweis mindestens drei Monate alt sein muss.«

»Ja, glauben Sie denn, das ist eine Fälschung?«, erboste sich David. Hinter seiner selbstsicheren Fassade brach ihm der Angstschweiß aus.

»Das wäre immerhin möglich.«

»Und warum habe ich mir dann nicht gleich ein Datum ausgedacht, das vor Ihren strengen Einwanderungsvorschriften bestehen kann?«

»Diese Frage steht hier nicht zur Debatte, Mr Murray. Ich kann Sie und Ihre Gattin mit diesen Papieren – ob falsch oder echt – nicht in die Vereinigten Staaten von Amerika einreisen lassen.«

David blickte benommen in Rebekkas bleiches Gesicht, dann wieder zu dem Einwanderungsbeamten. »Ich empfinde es als eine zum Himmel schreiende Ungerechtigkeit, dass ein unbescholtener Bürger des Vereinigten Königreiches offenbar nicht einmal seine Papiere verlieren darf.«

Auf der Stirn des Immigration Officers bildete sich eine steile Falte. »Ich fürchte, ich kann Ihnen nicht folgen, Sir.«

»Na, sehen Sie denn nicht, dass diese Dokumente Ersatzausfertigungen sind? Meine bisherigen Papiere waren für mich … *unbrauchbar* geworden« – damit hatte David nicht einmal gelogen – »da haben mir die Behörden meines Vaters diese Zweitschriften ausgestellt.«

»Die Behörden Ihres Vaters, Sir?«

»Ja doch, des Herzogs von Atholl. Wie Sie dort sehen« – David hämmerte mit dem Finger auf die betreffende Stelle des Dokumentes in der Hand des Beamten – »wurden die Papiere auf der Isle of Man ausgestellt, und die gehört zum Herzogtum meines Vaters.«

»Sie meinen den schottischen Duke of Atholl? Er ist *Ihr* Vater?«

David verdrehte die Augen zur Decke, zwang sich aber zur Ruhe. »Möchten Sie gerne die Urkunden sehen?«

»Vielen Dank«, erwiderte der Beamte pikiert. »Es gibt keine Vorschrift, welche die Inaugenscheinnahme derartiger Dokumente verlangt. Zukünftig sollten Sie besser gleich auf den Ersatzcharakter Ihrer Ausweispapiere aufmerksam machen. Dadurch hätten Sie sich und auch mir eine Menge Zeit ersparen können.«

*Ich kann ja nicht ahnen, dass Sie nicht lesen können.* David gab nur einen undefinierbaren Laut von sich.

»Wie bitte?«

»Nichts.«

»Zu welchem Zweck wollen Sie in die Vereinigten Staaten von Amerika einreisen, Sir?«

David sah wieder in Rebekkas Gesicht, was ihm half ein Lächeln hervorzubringen. »Wir sind auf Hochzeitsreise, Officer.«

Diese Antwort war genau richtig. Wie durch Zauberkraft verwandelte sich der strenge Beamte in einen liebenswürdigen Amerikaner. Während er David die Papiere aushändigte, sagte er: »Herzlichen Glückwunsch Ihnen beiden und einen angenehmen Aufenthalt in den Vereinigten Staaten.«

»Danke, Officer.«

David atmete auf. Er wollte Rebekka schon an dem Einwanderungsbeamten vorbeischieben, als der ihn plötzlich am Arm fest hielt.

»Einen Moment noch, Sir.«

David bekam einen Riesenschreck. Hatte er sich etwa doch noch irgendwie verraten? »Was ist denn noch, Officer?«

Der Beamte nahm seine Mütze ab, schob sein Gesicht ganz dicht an dasjenige Davids und flüsterte: »Das wollte ich schon immer mal fragen: Stimmt es eigentlich, dass die Schotten unter ihrem Röckchen nichts drunter haben?«

## Neue Zeiten

Warum hast du dem Schnösel nicht gesagt, dass du bald der wichtigste Schreiber des *Time*-Magazins sein wirst?«

»Erstens, weil ich ja vielleicht nur der *zwei*wichtigste

Schreiber sein werde, und zweitens, weil der Officer uns
dann womöglich zurückgeschickt hätte.«

»Wieso? Ich denke, die Amerikaner wollen in ihrem
Land nur keine Leute haben, die Vater Staat auf der
Tasche liegen.«

David küsste Rebekkas Hand, die er fest in der seinen
hielt. »Das ist auch schwer verständlich, Schatz. Mit
einem Anstellungsvertrag in der Tasche wäre ich für die
Behörden ein Kontraktarbeiter, und die sind hier nicht
willkommen, weil sie der amerikanischen Arbeiterschaft
angeblich Konkurrenz machen.«

»Verrückte Welt!«

»Wem sagst du das?«

»Ich fand's richtig, dass du dem Schnösel nicht verraten
hast, was die Schotten unter dem Kilt tragen.«

David musste grinsen. »Vielleicht hätte ich's ja getan,
aber ich weiß es doch selbst nicht.«

Rebekka schüttelte in gespielter Empörung den Kopf.
»Und das will der Sohn des Duke of Atholl sein!«

Gleich am Pier wartete eine lange Reihe von Taxis auf
Kundschaft. David winkte einen Wagen herbei. Der Fahrer war ein kleiner schwarzhaariger Wirbelwind mit – das
ließ er innerhalb kürzester Zeit erkennen – italienischer
Herkunft. Während er das Gepäck verstaute, half David
seiner Frau beim Einsteigen.

»Wo wollen Sie hin, Sir?«, fragte der Taxifahrer mit
starkem mediterranem Akzent.

»Bringen Sie uns bitte in ein schönes Hotel.«

»Sir?«

»Gibt es in New York City etwa keine schönen Hotels?«

Der Wirbelwind wirbelte mit seinen Händen vor dem
eigenen Gesicht herum. »Wollen Sie sich mit mir machen

eine Scherz, eh? Sie sind hier in größter Stadt von Welt. Was wollen Sie für eine Hotel? Groß? Klein? Teuer? Billig? In Downtown, Midtown oder Uptown? In Brooklyn oder ...«

»Verzeihen Sie«, unterbrach David den Taxifahrer, bevor er völlig in Ekstase geriet. »Meine Frau und ich sind zum ersten Mal in dieser Stadt. Wir sind auf Hochzeitsreise ...«

»*Spozalizio?*«, entriss der Wirbelwind ihm das Wort. Seine dunklen Augen sprühten vor Begeisterung und seine Hände drohten endgültig außer Kontrolle zu geraten. »Ah! *Amore! Bambini!* ...«

»Noch keine *Bambini*«, stellte David richtig.

»Wir arbeiten noch daran«, präzisierte Rebekka.

»Wenn ich noch einmal auf mein Anliegen zurückkommen dürfte«, sagte wieder David. »Was mir vorschwebt, ist ein ruhiges Hotel, das vielleicht ein wenig im Grünen und trotzdem zentral liegt. Ich muss dieser Tage die 39. Straße aufsuchen. Der Zimmerpreis ist zweitrangig. Ich möchte meiner Braut ein unvergessliches Erlebnis bereiten.«

»Ich verstehe, Sir. Aber ruhig und zentral? Das ist hier unmöglich! Warten Sie.« Der Taxifahrer hob den Zeigefinger. Für einen Moment war es so still wie im Auge eines Taifuns. »Ich hab's!«, jubilierte er unvermittelt. »*The Plaza Hotel.* Wunderschöne Zimmer! Liegt direkt am schönen Central Park. Und ist schön teuer. Wirklich schöne Hotel für *honeymoon!*«

David zuckte die Achseln. »Das hört sich viel versprechend an. Also gut, bringen Sie uns ins *Plaza*.«

Der Wirbelwind machte eine halbe Drehung, was es ihm ermöglichte, durch die Windschutzscheibe zu sehen. »Sie werden nicht bereuen«, freute er sich über seine gute

Empfehlung, während er an einigen Hebeln und Knöpfen herumhantierte. Gleich darauf gab der elektrische Anlasser ein leierndes Jammern von sich. Dann sprang der Motor an. »Sie werden bestimmt nicht bereuen. Schöne neue Hotel. Nicht mal zwanzig Jahre alt. Wunderschön! Meisterwerk von Sir Henry Hardenbergh. *Magnifico!* ...«

Den nicht enden wollenden Lobpreisungen des Wirbelwinds zufolge musste das angekündigte Hotel eine Art Filiale des Himmels sein. Erst als das Taxi sich in den fließenden Verkehr einreihte, wurde seine verbale Brise immer öfter von heftigen Böen unterbrochen, die den anderen Automobilisten galten. Offenbar konnte niemand in New York richtig ein Fahrzeug lenken – ausgenommen der italienische Wirbelwind natürlich.

Die schnaufende Limousine kämpfte sich von der Südspitze Manhattans am Battery Park vorbei und von dort auf dem Broadway immer weiter nach Norden. Wenn einmal kein gegnerisches Fahrzeug wortgewaltig in die Flucht geschlagen werden musste, betätigte sich der Taxifahrer als Fremdenführer. Die turbulente Tour vermittelte David und Rebekka gleich von Anfang an einen sehr farbigen Eindruck von ihrer neuen Heimat.

Rebekka hatte einige Jahre in Paris gelebt. Sie glaubte zu wissen, was man unter einer Metropole verstand. Doch hier, in New York City, bekam dieser Begriff eine ganz neue Dimension. Alles war furchtbar bunt, enorm laut und riesig groß.

»Das ist berühmte *Woolworth Building*«, kommentierte der Wirbelwind, als sie die Hausnummer zweihundertdreiunddreißig passierten. »Größtes Gebäude von Welt!«

Das Paar war beeindruckt und blickte schon gespannt der nächsten Attraktion entgegen. Als sie die 39. Straße überquerten, machte David einen langen Hals. Hier irgendwo mussten sich die Büroräume von Hadden und Luce befinden. Der Wirbelwind peitschte seine Droschke erbarmungslos über die Kreuzung, die genaue Lokalisierung des *Time*-Büros musste warten. Endlich, nach einigen lebensbedrohlichen Fahrmanövern, erreichte das Taxi unversehrt die Auffahrt des *Plaza*. David bedankte sich beim Taxifahrer mit einem fürstlichen Trinkgeld und erntete dafür einen langen italienischen Segen, in dem mehrmals das Wort *bambini* vorkam.

Die Pagen zeigten sich außerordentlich zuvorkommend, obwohl das junge Paar nicht unbedingt die vornehmste Garderobe trug. David besaß jedoch eine natürliche Glaubwürdigkeit, der sich selbst der kritischste Portier nicht verschließen konnte. Als er selbstbewusst nach einer angemessenen Unterkunft für ein frisch vermähltes Paar bat, das einen Ausblick auf den Central Park sehr schätzen würde, bot man ihm anstandslos eine Suite im elften Stock an.

»Die Räume werden Sie bestimmt zufrieden stellen, Sir«, versprach der Portier und reichte einem Pagen den Schlüssel, damit er die Gäste in ihre Zimmerflucht geleite.

»Es ist traumhaft!«, lautete Rebekkas erstes Urteil, nachdem besagter Hoteldiener die Tür der Suite aufgeschlossen und das Paar eingelassen hatte.

Ihre geseufzte Anerkennung stimmte David glücklich, was sich für den Pagen in barer Münze bezahlt machte. Er versprach jederzeit zur Stelle zu sein, wenn die Herrschaften etwas wünschten.

Da es erst früher Nachmittag war, beschloss das Paar einen Tee im Palmenhof zu nehmen und anschließend einen kleinen Spaziergang durch den Central Park zu machen. Rebekka wollte auch unbedingt den Schaufenstern der Umgebung einen Besuch abstatten. Als sie am Abend im Restaurant des *Plaza* dinierten, war David bereits um einige Dollars leichter. Im Stillen hoffte er, der Enthusiasmus, mit dem seine Ehefrau den örtlichen Einzelhandel förderte, würde sich nicht zu einer missionarischen Lebensaufgabe auswachsen.

Am nächsten Morgen ließ sich David allein mit einem Taxi in die 39. Straße chauffieren. Rebekka hatte ihn getröstet, er solle sich um sie keine Sorgen machen. Sie werde sich die Zeit schon vertreiben. Vielleicht werde sie einige Einkäufe machen.

Als David dann vor der Adresse seiner Träume ausstieg, war er zunächst enttäuscht. Das *Time*-Magazin residierte in einem ehemaligen Brauhaus. An der Fassade konnte man noch den verblichenen Schriftzug erkennen: *Hupfel's Brewery*. Nach Ansicht des Staates waren Bierbrauereien Brutstätten des Lasters. In ihren Kupferkesseln wallten Verstöße gegen das staatliche Alkoholverbot, die Prohibition. Der Name der Brauerei sagte David überhaupt nichts. Er fragte sich jedoch, ob Hupfels Brauerei irgendwie inspirierend auf die jetzigen Nutzer des Gebäudes gewirkt haben konnte.

Wie sich bald herausstellen sollte, gehörte zumindest einer der *Time*-Herausgeber zu den leidenschaftlichen Liebhabern des Gerstensaftes. Aber auch in sinnbildlicher Weise war die einstige Verwendung dieses Hauses zum Programm geworden, braute man hier doch jenes Magazin zusammen, das wie kein anderes amerikanische Geschichte schreiben sollte – in jedem Sinne des Wortes.

Doch noch war *Time* jung, mit seinen zwei Jahren ein publizistisches Baby, und seine Herausgeber vielleicht mehr stolze Väter als ernst genommene Nachrichtenleute. Für David, einen selbst noch unerfahrenen Jungjournalisten, sollte sich dies jedoch als Glück herausstellen.

Als er vor dem Schreibtisch einer Sekretärin auflief, aus deren wasserstoffblonden Haaren links und rechts je ein rosiges Ohr hervorlugte, rechnete er sich wenig Chancen aus sofort mit den Herausgebern sprechen zu können. Unter dem Namen David Newton hatte er sich nicht anmelden können und als Francis Murray wäre er vermutlich nur auf Ablehnung gestoßen. Sein Tagesziel bestand deshalb darin, zunächst einen Termin zu bekommen. Ihm war nur noch nicht ganz klar, wie er das schaffen sollte.

»Haben Sie einen Termin mit Mr Hadden, Mr Murray?«

»Ja. Das heißt nein.« David schloss die Augen, atmete tief durch und sah die ihn verwirrt musternde Sekretärin wieder an. »Also die Sache ist die: Briton Hadden hat vor einiger Zeit mit mir telefoniert und mich zu einem Bewerbungsgespräch eingeladen. Ich war damals … nicht in der Stadt. Jetzt bin ich es – mehr oder weniger überraschend. Deshalb wollte ich fragen, ob Sie mir möglichst bald einen Termin bei ihm verschaffen können.«

»Mr Hadden ist ein viel beschäftigter Mann.«

»Das glaube ich Ihnen unbenommen.«

Die Sekretärin taxierte den nervösen jungen Mann mit dem kastanienbraunen Haar und den strahlend blauen Augen. David brachte ein passables Lächeln zustande, das sie jedoch nur zögernd erwiderte. Schließlich begann sie aber doch in einem dicken Kalendarium herumzublättern. Dabei murmelte sie: »Also gut, warten Sie. Ich werde mal sehen, was ich für Sie tun kann, Mr Murray.«

»Einen Moment!« Schlagartig war David klar gewor

den, dass ihn Hadden unter seinem neuen Namen womöglich gar nicht erst empfangen würde.

Die Sekretärin blickte gereizt von ihrem Terminkalender auf. »Was ist denn nun schon wieder? Wollen Sie etwa doch keinen Termin, Mr Murray?«

»Nein … Ich meine, natürlich will ich einen, aber …«

»Was ist denn, Charlotte?«, fragte plötzlich eine Stimme, die auf eine energische Art und Weise durchdringend war, ohne dabei unangenehm zu klingen.

»Dieser junge Herr hier hat um einen Vorstellungstermin bei Ihnen gebeten, Mr Hadden. Er sagte, Sie beide hätten bereits telefonisch miteinander Kontakt gehabt.«

Briton Hadden trat lächelnd aus einem offenen Büro heraus und reichte David die Hand. Der Mitherausgeber des *Time*-Magazin war ein drahtiger Mann in Davids Alter, vielleicht auch ein oder zwei Jahre älter. Er hatte welliges braunes Haar und einen buschigen Schnurrbart. Seine dunklen Augen funkelten wie bei einem Goldgräber, der jeden Augenblick auf eine Ader zu stoßen hoffte. Mit seinen gut fünfeinhalb Fuß war er kleiner als David, aber sein selbstbewusstes, wenn auch nicht überhebliches Auftreten ließ ihn irgendwie größer erscheinen.

David fand diesen Mann auf Anhieb sympathisch. Er ergriff Haddens Hand und schüttelte sie. »Es ist mir eine große Freude, Sie kennen zu lernen, Mr Hadden.«

»Und mit wem habe ich die Ehre?«

»Das ist Mr Murray«, schaltete sich die Sekretärin ein. Ihre abstehenden Ohren schienen noch gewachsen zu sein, was es ihr zweifellos möglich machte, damit auch leise gesprochene Worte aufzufangen.

Hadden runzelte die Stirn, lächelte aber immer noch. »Der Name sagt mir nichts.«

David begann zu schwitzen. Wenn er vor dieser Sekretärin seine alte Identität preisgeben würde, dann wäre es bestimmt nur noch eine Frage der Zeit, bis jeder hier wusste, dass er eigentlich Newton und nicht Murray hieß. Wie sollte er sich nur aus dieser verflixten Lage herauswinden, ohne sich von Hadden eine Abfuhr einzuhandeln?

»Ich hörte, Sie suchen einen Asienkenner, Mr Hadden.«

Das Lächeln auf Haddens Lippen erstarb. »Schickt Sie jemand von der Konkurrenz?«

»Nein, ich habe es gewissermaßen von einem Freund erfahren.«

»Gewissermaßen?«

»Von ihm weiß ich, dass Ihr Partner in China geboren wurde und jemanden schätzen würde, der vielleicht auch einige Jahre in einem asiatischen Land gelebt hat.«

Haddens Augen verengten sich. In seinem Kopf schien sich ein Druckwerk in Gang gesetzt zu haben, das jeden Moment ein Blatt voller Informationen ausspucken konnte. »Sie meinen ein Land wie Japan.«

»Zum Beispiel, ja.«

»Kann es sein, dass dieser Freund ziemlich unzuverlässig ist und sich nicht bei mir meldet, obwohl er es versprochen hat?«

David lächelte schief. »Wenn Sie erst wissen, warum er Sie nicht zurückgerufen hat, dann werden Sie ihm seine Unterlassungssünde vielleicht vergeben, Sir.«

Das Gesicht der blonden Sekretärin wirkte sehr angespannt. Obwohl sie meinte, jedes Wort aufgefangen zu haben, ergab das Gespräch für sie doch keinen Sinn.

Haddens Schultern strafften sich und er sagte aufgeräumt: »Möchten Sie einen Tee trinken, Mr Murray?«

David glaubte, seine Beine würden ihm den Dienst versagen, nicht mehr aus Angst abgewiesen zu werden, sondern vor Erleichterung. »Sehr gerne, Sir.«

Hadden sah die blonde Abhöreinrichtung an und sagte nur ein Wort: »Charlotte.«

Diese schien wie aus einer Trance zu erwachen, nickte eilfertig und sprang aus dem Raum.

»Hier entlang bitte«, sagte Hadden darauf und deutete mit ausgestrecktem Arm in sein Büro.

Nachdem David den ihm angebotenen Platz an einem runden Besprechungstisch eingenommen hatte, begann er zunächst sein sonderbares Benehmen zu erklären. Er benutzte hierzu eine stark gekürzte Fassung seines Lebenslaufs: Wie Hadden wohl ganz richtig vermute, sei er in Wirklichkeit nicht Francis J. Murray, sondern ebender David Newton, der Anfang des Monats mit Hadden telefoniert habe. Er, Francis Murray, wolle mit seiner Ehefrau in Amerika ein neues Leben beginnen. Nein, er habe nichts ausgefressen. Es seien persönliche Gründe, die ihn dazu bewogen hätten, alle Brücken hinter sich abzubrechen und selbst seinem alten Namen Lebwohl zu sagen.

»Persönliche Gründe?«, hakte Hadden nach.

»Es geht um die Sicherheit meiner Frau. Kürzlich wurde ihr Leben bedroht und ich weiß, dass der Wahnwitzige in Wirklichkeit mich treffen will«, gestand David offen ein.

»Haben Sie Ihre Frau jemandem ausgespannt, dass er zu solchen Maßnahmen greift?«

David atmete tief durch. Er wollte die Beziehung zu seinem neuen Arbeitgeber nicht auf einem Lügengebäude errichten. Deshalb sprach er jetzt mit einer Kraft, deren Wirkung ihm zwar nicht fremd, aber in diesem Augenblick nicht bewusst war. Er vermochte mit Aufrichtigkeit und

– 622 –

Wahrheit Menschen für sich zu gewinnen und nichts wünschte er sich mehr, als dies gerade jetzt zu tun.

»Mr Hadden, ich weiß, es ist sehr viel, was ich von Ihnen erbitte, aber dringen Sie nicht weiter in mich. Ich schwöre Ihnen bei allem, was mir heilig ist, dass mein Schweigen nichts mit irgendeinem unehrenhaften Verhalten zu tun hat. Sie kennen meine Artikel und ich bin gerne bereit auch für eine gewisse Zeit als Volontär bei Ihnen zu arbeiten. Doch um eines muss ich Sie bitten: Verlangen Sie nie von mir mein Geheimnis preiszugeben. Ich würde wer weiß was dafür geben, bei *Time* zu arbeiten, aber das kann, nein, das *darf* nur unter dem Namen Francis Jacob Murray geschehen – besser noch unter mehreren Pseudonymen.«

Der junge Verleger blickte seinen Gesprächspartner eine ganze Weile mit versteinerter Miene an. David hätte es Hadden nicht verübeln können, wenn er jetzt ablehnte. Er war sich nicht einmal sicher, ob er selbst einen Bewerber unter diesen Bedingungen einstellen würde.

Mit einem Mal begann Hadden zu nicken. »Sie glauben doch nicht im Ernst, dass wir einen Journalisten der Londoner *Times* als Volontär bei uns beschäftigen werden.«

David wagte nicht zu atmen. War das nun ein Ja oder ein Nein?

»Sie werden natürlich bei vollem Gehalt eingestellt.«

»Das heißt … Sie wollen wirklich …?«

»Ich weiß nicht genau, wie Sie es geschafft haben, mich zu überzeugen – bei Gelegenheit müssen Sie mir diesen Trick mal verraten –, aber ich bin von Ihrer Vertrauenswürdigkeit und Aufrichtigkeit überzeugt. Um es zu einem Senior-Schreiber zu bringen, müssen Sie sich allerdings zuerst ein paar Sporen verdienen, *Francis*.«

»Sie meinen, Sie wollen es wirklich mit mir versuchen, Sir?«, wiederholte David noch einmal.

»Brit.«

»Wie bitte?«

»Wir beide könnten Brüder sein. Also sagen Sie bitte einfach Brit zu mir, einverstanden?«

»Ja, gerne.«

»Da gibt es allerdings noch eine Hürde, die wir beide nehmen müssen.«

»Und die wäre?«

»Henry, mein Partner.«

»Oh! Den hatte ich fast vergessen.«

»Das sollten Sie ihm nicht unbedingt auf die Nase binden, wenn wir jetzt zu ihm hinübergehen. Kommen Sie.«

Hadden erhob sich schwungvoll von seinem Schreibtisch und schob David aus dem Büro hinaus. Nachdem er bei seiner Sekretärin die Getränkebestellung umdirigiert hatte, lotste er seinen Gast einen schmalen Gang entlang zu einem benachbarten Büro. Nach einmaligem Anklopfen trat er ein.

»Henry, ich muss dir einen jungen Mann vorstellen.«

»Tu nicht immer so, als ob du ein vergreister Zeitungsmagnat wärst«, antwortete ein aschblonder Mann, der hinter einem wuchtigen Schreibtisch saß, auf dem sich Berge von Papier häuften. Haddens Partner hievte sich aus einem drehbaren Sessel hoch und kam David entgegen.

Luce besaß ein kantiges Gesicht. Er war vermutlich im gleichen Alter wie sein Kompagnon, jedoch etwas größer und kräftig, ohne dabei dick zu wirken. Sein Blick verriet mehr als nur den Enthusiasmus der Jugend. David glaubte darin etwas Raubvogelhaftes zu sehen, einen sicheren Beuteinstinkt, aber auch eine eiserne Entschlossenheit.

»Henry Robinson Luce«, stellte sich Haddens Partner vor, »erfreut Sie kennen zu lernen, Mr ...?«

»Sein Name ist Francis Jacob Murray«, sprang Briton Hadden hilfreich ein.

»Murray? Etwa so wie das schottische Adelsgeschlecht?«

»Der achte Herzog von Atholl ist mein Adoptivvater«, sagte David.

Luce hob die Augenbrauen. »Das klingt interessant. Bitte setzen Sie sich doch. Was bringt Brit dazu, Sie hierher in mein Büro zu schleifen?«

In diesem Moment bummerte es an der Tür. Hadden sprang hin und öffnete sie. Die Sekretärin balancierte ein rundes Tablett mit Tee herein. Nachdem sie Kanne, Geschirr, Zucker und einen Teller mit Keksen auf einem Besprechungstisch verteilt hatte, bekam David endlich Gelegenheit zu einer umfassenden Vorstellung. Im Wesentlichen wiederholte er für Luce die Informationen, die er zuvor auch schon Hadden anvertraut hatte.

Anschließend präsentierte er einen gerafften Lebenslauf in umgekehrt chronologischer Reihenfolge. Er begann bei seiner Hochzeit in Schottland, widmete seiner Beschäftigung bei der *Times* in London etwas mehr Zeit und bewegte sich dann zügig in Richtung Vergangenheit, über das Studium in Oxford, den Großen Krieg, den Aufenthalt in Wien und seine Kindheit in Japan. Als er damit schloss, exakt am 1. Januar des neuen Jahrhunderts in Tokyo geboren worden zu sein, schmunzelten die beiden *Time*-Herausgeber einander an.

David hatte sie in seinen Bann geschlagen. Seltsam, wie oft ihm das schon passiert war. Vom kleinen Hito über Tolkien, Lieutenant Hastings, den Herzog von Atholl bis hin

– 625 –

zu diesen beiden hochintelligenten Männern erlebte er immer wieder denselben erstaunlichen Vorgang: Menschen vertrauten ihm. Ja, mehr noch, sie empfanden den Wunsch ihm zu helfen. Auch Henry Luce, der auf David bestimmt nicht den Eindruck eines leichtgläubigen Mannes machte, war mit einem Mal offen wie ein Buch.

Er und Hadden seien selbst auch nur zwei Jahre älter als Francis, gestand Luce und begann darauf offenherzig aus seiner eigenen Vita zu plaudern. Er, Luce, habe in Tengchow, in der chinesischen Shantung-Provinz, das Licht der Welt erblickt und sei dann im Alter von zehn auf ein britisches Internat in Chefoo im Norden des Landes geschickt worden. Später ging er allein erst nach England, dann in die Vereinigten Staaten, wo er in Yale studierte. Dort begann er mit Hadden, den er schon von der Schule in Hotchkiss her kannte, die Idee eines völlig neuartigen Magazins auszuhecken, das sie beide, kaum drei Jahre nach dem Studium, aus der Taufe hoben. Momentan werfe ihr »Baby« zwar noch keine Gewinne ab, aber wenn David mit einem bescheidenden Anfangseinkommen zufrieden sei, dann könne er zu denjenigen gehören, die einer völlig neuen Idee des Journalismus Leben einhauchten. Er würde vielleicht – im wahrsten Sinne des Wortes – Geschichte schreiben.

»Mr Luce …«

»Henry!«

»Entschuldigung. Henry, Sie ahnen ja nicht, wie dankbar ich Ihnen bin. Bisher war Egon Erwin Kisch immer mein Vorbild. Sein Buch *Der rasende Reporter* hat mich fasziniert. Er reist durch die Welt und bringt die Dinge auf den Punkt …«

»Wobei wir nicht vergessen dürfen, dass Kisch hauptsächlich für liberale Tagesblätter in Berlin schreibt«, merkte Luce an. »Ich habe ihn einmal kennen gelernt. Mir gefällt vieles von dem, was er schreibt. Er hat eine neue Form der Berichterstattung geschaffen, die kritische Wirklichkeitsdarstellung als gesellschaftsveränderndes Kampfinstrument versteht. Auch *Time* ist ein kritisches, manchmal auch ein etwas exzentrisches Magazin, wenn ich auch zugeben muss, dass wir die Welt so sehen, wie sie sich dem *Amerikaner* darstellt. Wir wollen der wachsenden Bedeutung unseres Landes als führender Nation der Erde Rechnung tragen.«

»Angenommen, Ihr ›Baby‹, wie Sie es nannten, wäre schon zehn Jahre alt, wie hätten Sie dann über den Krieg berichtet?«, fragte David ernst. Ihm war die britische Kriegspropaganda noch gut in Erinnerung und er hatte das Gefühl diese Frage stellen zu müssen.

Die beiden Publizisten wechselten einen raschen Blick, bevor Luce antwortete: »Ihre forsche Art gefällt mir, Francis, und ich kann mir denken, worauf Sie hinauswollen. Aber wie könnte ich Ihnen eine klare Antwort geben, da es *Time* im Großen Krieg noch nicht gegeben *hat*? Lassen Sie uns also nicht hypothetisch werden. Brit und ich können Ihnen Folgendes zusichern: Wir verfolgen in unserem Magazin ein disziplinierendes, moralisches Verständnis der Geschichte. Nach der Lektüre eines *Time*-Artikels soll der Leser besser in der Lage sein ein bestimmtes Thema zu beurteilen. Natürlich mag das auch seine persönlichen Entscheidungen beeinflussen, aber im Gegensatz zur Propaganda wollen wir keinem eine Meinung aufzwingen, sondern den Menschen helfen sich selbst eine Meinung zu bilden.«

»Das klingt ziemlich pathetisch.«

Hadden musste lachen. »Lassen Sie sich nicht von

Henrys kleiner Ansprache irritieren, Francis. Es ist ihm schon so in Fleisch und Blut übergegangen, für unser Baby Werbung zu machen, dass er es selbst kaum noch bemerkt. Aber glauben Sie mir, Sie werden es nicht bereuen, bei *Time* angefangen zu haben. Einiges hier wird Ihnen neu erscheinen und gerade am Anfang wird es nicht immer leicht für Sie sein, Ihre Arbeitsweise umzustellen, aber lassen Sie sich bitte nicht davon entmutigen.«

»Keine Sorge, das war mir schon vorher klar. Ich habe mich bereits mit dem besonderen Konzept Ihres Magazins vertraut gemacht – nur als Leser, versteht sich.«

»Es ist nicht nur das andere Selbstverständnis, das unser Magazin von herkömmlichen Zeitungen unterscheidet«, sagte Luce leise und jetzt formulierte er die Sätze sehr präzise. »Auch unsere Arbeitsweise wird Ihnen anfangs ungewöhnlich vorkommen. Wir bevorzugen Teamarbeit. Ich nenne das ›Gruppenjournalismus‹. Der Reporter sammelt die Informationen und konzipiert den Artikel. Der Redakteur feilt so lange am Rohtext, bis dieser den strengen Maßstäben unseres Magazins genügt. Jede *Time*-Ausgabe ist wie aus einem Guss. Das Magazin muss einen eigenen, unverwechselbaren Charakter haben, mit dem sich der Leser identifizieren kann. Erst wenn dieser glaubt, die Ausgabe, die er gerade liest, sei von derselben Hand geschrieben wie die davor und auch die, welche er nächste Woche kaufen wird, dann haben wir es richtig gemacht.«

David nickte. »Ich kann mir gut vorstellen, weshalb Sie das sagen, Henry. Die meisten Schreiber sind in ihre Texte verliebt und mögen es nicht besonders, wenn ein anderer sie manipuliert. Aber wie ich Ihnen bereits sagte, liegt mir nichts daran, meinen Namen herauszustreichen. Eher das Gegenteil ist der Fall.«

»Fein. Ich denke, es wird das Beste sein, Sie vorerst einem unserer erfahreneren Schreiber zuzuweisen.«

»Was hältst du von John?«, fragte Hadden dazwischen.

Luce lächelte. »Meinetwegen.« An David gewandt erklärte er: »John Martin ist Haddens Cousin. Ein fähiger Redakteur. Er wird Ihnen das nötige Handwerkszeug mitgeben, das Sie brauchen, um ein echter *Time*-Schreiber zu werden.«

Nun erging sich Henry R. Luce in einem längeren Monolog über die Besonderheit seines Magazins, der eindeutig darauf abzielte, David auf seinen neuen Arbeitgeber einzuschwören. Das zwanzigste Jahrhundert habe, so erklärte Luce, Veränderungen eingeleitet, die viele der klassischen Nachrichtenblätter immer noch nicht begriffen hätten. Das Leben werde immer schneller und hektischer – übrigens nicht nur in den USA. Bald werde es mehr rastlose städtische Angestellte als Land- oder Fabrikarbeiter geben. Die sich aufblähenden Verwaltungen der immer größer werdenden Firmen saugten mehr und mehr Menschen auf. Diesen jungen Männern – immer häufiger auch Frauen – winke eine hübsche Karriere, bei der man sich nicht mehr die Finger schmutzig machen müsse. Gebildet und mit einem guten Einkommen ausgestattet wollten sie längst mehr als nur arbeiten und eine Schar hungriger Mäuler stopfen. Das seien die Leser ihres Magazins, betonte Luce mit Nachdruck, nicht die Aristokraten, Großindustriellen, Politiker und Akademiker – jedenfalls nicht hauptsächlich.

Die Amerikaner müssten lernen über ihren eigenen Tellerrand zu blicken, erklärte er weiter. »Unsere Zeitungen haben auf diesem Gebiet bisher leider keine allzu löbliche Arbeit geleistet. Aber die Welt wird sich verändern. Nur wer begreift, was andere Nationen tun, wird zukünftig verstehen, was in der eigenen vor sich geht. Deshalb wollen Brit und ich die Leute umfassend und *akkurat* informieren, Francis. Alles, was wir bringen, muss bis auf das i-Tüpfelchen genau sein. Meine Schreiber verbringen viel kostbare Zeit damit, in Nachschlagewerken oder Bibliotheken nach Hintergrundinformationen zu suchen. Die aktuellen Informationen beziehen wir aus Zeitungsausschnitten oder anderen gängigen Nachrichtenquellen. Nichtsdestoweniger sind wir ein *wöchentlich* erscheinendes Magazin. Das heißt, wir können und wollen nicht die Tagesaktualität zu unserem Ziel machen.«

»Und wie schaffen Sie es, die Leser mit Ihrem derart genau recherchierten Material nicht zu erschlagen?«

»Durch einen neuen Stil und eine neue Orientierung. Wie Sie sehr bald – und manchmal leidvoll – feststellen werden, ist mein alter Klassenkamerad Brit ein Korinthenkacker …«

»Wie bitte?«

Briton Hadden verzog das Gesicht. »Musst du dieses Wort immer wieder in den Mund nehmen, Henry!«

»Genau darum geht es«, erklärte Luce seinem neuen Mitarbeiter gut gelaunt. »Wenn Sie Brit einen Text mit zweitausend Wörtern vorlegen, dann kann es Ihnen passieren, dass Sie nur noch tausend von ihm zurückbekommen. Er ist der ungekrönte Meister eines flotten, frischen und trotzdem präzisen Schreibstils. Aber das ist nur eine Zutat aus unserer Giftküche. Eine andere ist die konsequente Orientierung auf Personen.«

»Das ist mir schon aufgefallen. Auf Ihren Titelblättern sind fast immer Köpfe zu sehen.«

Luce nickte grinsend. »Vorzugsweise menschliche. Ich

halte es mit Thomas Carlyle, der meinte, große Ereignisse würden auch von großen Männern und – wie ich persönlich glaube – auch bedeutenden Frauen herbeigeführt. Je früher Sie sich das einprägen, desto besser, Francis: *Time* ist ein Magazin von Menschen, über Menschen, für Menschen. Nichts ist ermüdender, als über trockene *Themen* zu schreiben. Was die Menschen wirklich interessiert, sind *Leute*. Frauen wie Marie Curie, Mata Hari oder Joséphine Baker und Männer wie Woodrow Wilson, Albert Einstein, Mohandas Gandhi oder Adolf Hitler …«

»Hitler?«

»Ja, dieser unbegabte Künstler aus Österreich, der im Krieg als Meldegänger im bayerischen Regiment List an der Westfront gedient hat und seit '21 die NSDAP anführt. Er lässt sich mit Vorliebe in Lederhosen fotografieren.«

David nickte. »Hat er im letzten November nicht von München aus einen Staatsstreich gegen Stresemann versucht?«

»Von genau dem spreche ich. Sein Putsch ist jämmerlich gescheitert. Im April wurde Hitler übrigens zu fünf Jahren Festungshaft verurteilt, aber keiner glaubt, dass er so lange einsitzen wird – wir haben ausführlich über den Prozess berichtet. Heute lebt er wie die Made im Speck auf seiner bayerischen Burg und genießt in Gesellschaft seiner Mitverschwörer eine Haftstrafe, die eher dem Stubenarrest eines unartigen Pennälers entspricht.«

»Und warum glauben Sie, dass die Menschen sich ausgerechnet für diesen Hitler interessieren?«

»Sein alberner Putschversuch wäre bestimmt kaum eine Randbemerkung wert gewesen, aber der *Mensch* – wer ist dieser Mann, der nicht einmal die Realschule schaffte und plötzlich an der Spitze einer Partei steht? Hat er etwas, das ihn im carlyleschen Sinne zu einem Großen macht, der möglicherweise bedeutende Ereignisse auslösen könnte? Und wer sind die Gesichter hinter ihm? Dieser Hermann Göring, der bei dem Aufruhr schwer verletzt wurde und den Behörden nach Österreich entkommen ist. Oder eher noch dieser andere, sein Sekretär – wie hieß er noch gleich? Rudolf Heß! Ja. Warum ist er freiwillig aus Österreich zurückgekehrt, um mit dem ›Führer‹ die Festungshaft zu teilen (abgesehen davon, dass dort wahrscheinlich die Verpflegung besser ist)? Und was hat es mit dem Buch auf sich – ich glaube, es soll *Mein Kampf* heißen –, das Hitler angeblich in seinem Nobelkerker diktiert? Die Antworten auf solche Fragen zu finden, bedeutet Geschichten über Menschen zu schreiben.«

David nickte. »Ich glaube, ich verstehe, was Sie meinen, Henry.«

»Und? Können Sie sich mit unserer neuen journalistischen Philosophie anfreunden?«

»Das Interesse an Menschen hat mich bewogen diesen Beruf zu ergreifen. Es bleibt dabei: Ich würde sehr gerne für *Time* schreiben.«

Wieder wechselten Luce und Hadden einen kurzen Blick, offenbar eine letzte Abstimmung. Zwar konnte David nicht erkennen, wie die alten Klassenkameraden miteinander kommunizierten, aber jedenfalls erhob sich Briton Hadden unvermittelt, streckte ihm die Hand entgegen und sagte: »Herzlich willkommen bei *Time*, Francis.«

Louis Armstrong galt als der »größte Trompeter der Welt«. So wurde er auf Konzerten angekündigt. David – noch viel mehr aber Rebekka – liebte dessen virtuose Art Dur- und Molltöne miteinander zu verquirlen und daraus jenen unverwechselbaren Klangcocktail zu erschaffen, den inzwischen viele andere zu imitieren versuchten – die meisten nur mit bescheidenem Erfolg. Von Schallplatten und Rundfunksendungen kannten David und Rebekka den schwarzen Musiker bereits, aber als sie ihn jetzt in einem illegalen Club in Harlem sahen, waren sie restlos begeistert. Rebekka quietschte jedes Mal vor Vergnügen, wenn sich die Backen des Trompeters wie bei einem liebeshungrigen Frosch blähten und er dabei mit seinen großen Augen rollte.

Die Idee stammte von Briton Hadden. Brit war ein Stadtmensch und brauchte das, was er als »Leben« bezeichnete. Sein Steckenpferd waren häufige Besuche in Pubs. Wegen des seit 1920 bestehenden Alkoholverbots artete diese Freizeitbeschäftigung nicht selten in waghalsige Abenteuergeschichten aus. Es förderte nicht unbedingt das Ansehen, wenn man während einer Polizeirazzia in einem verbotenen Ausschank aufgegriffen wurde. David sollte seinen lebenslustigen Chef noch oft schnauben hören, die Prohibition stelle eine der größten Narreteien amerikanischer Politik dar. Da New York City über ungefähr einhunderttausend illegale Kneipen verfügte, war die Enthaltsamkeit seiner Bürger allerdings auf keine allzu harte Probe gestellt.

Der Besuch in dem Jazzlokal gehörte zu Brits nachträglichem Hochzeitsgeschenk für die Murrays. Er hatte Rebekka unbedingt kennen lernen wollen. Mit ihrem einnehmenden Wesen und dem entzückenden französischen Akzent eroberte sie Davids neuen Chef sogleich im Sturm. Brit bestand darauf, mit den beiden Brüderschaft zu trinken, und wiederholte sodann das schon zuvor an David gerichtete Angebot sich für die Flitterwochen ruhig noch zwei, drei Wochen Zeit zu nehmen. »Einer so hübschen Frau muss man etwas Besonderes bieten, und davon hat Amerika mehr als genug.«

Wie sich herausstellte, hatte Brit Recht. Nach einigen viel zu kurzen Tagen in New York City brach das Paar zu einer Rundreise auf, die sie unter anderem zu den Niagarafällen und bis nach Washington, D. C., führte. Weil es sehr unbequem gewesen wäre, Rebekkas zahlreiche Einkäufe mit auf die Besichtigungstour zu nehmen, zog das Paar kurz vor der Abreise in eine kleine Pension in Greenwich Village um.

Das *Abingdon Guest House* stammte aus der ersten Hälfte des vorigen Jahrhunderts, war mit liebevoll restaurierten Möbeln eingerichtet und wurde von einem netten älteren Ehepaar geführt. In der familiären Atmosphäre dieses überschaubaren Etablissements würde sich Rebekka gewiss wohler fühlen als in der überladenen Noblesse des riesigen *New York Plaza*, hatte David ihr erklärt. Außerdem sei es erheblich billiger.

Rebekka hatte nie ernstlich angenommen, dass sich ihrer beider Leben weiter in jenem Luxus fortsetzen würde, der für ihre letzten Unterkünfte kennzeichnend gewesen war. Sie zeigte sich sogar glücklich mit den bescheideneren Räumlichkeiten, weil sie eher den Verhältnissen entsprachen, die sie von ihrer Kindheit und Jugend her kannte. Sie werde sich im *Abingdon Guest House* gewiss wohl fühlen, flüsterte sie daher David ins Ohr, als sie das Zimmer besichtigten. Bis zum Bezug einer eigenen Wohnung stand damit ihre neue New Yorker Adresse fest. Sie lautete 13 Eighth Avenue.

Am Montag, dem 18. August 1924, morgens um acht begann für David ein neuer Lebensabschnitt. Mit einer ledernen Aktentasche, in der sich nicht viel mehr als ein Sandwich befand, erschien er in den Redaktionsräumen des *Time*. Charlotte, die nicht nur Haddens Sekretärin war, sondern auch als Empfangsdame fungierte, begrüßte ihn wie einen alten Mitarbeiter und schleifte ihn umgehend in John Martins Büro.

Der Cousin von Briton Hadden war für das Wochenmagazin das, was man gemeinhin als Mann der ersten Stunde bezeichnete. Er besaß das Wesen einer Wüstenrennmaus, war ständig in Bewegung und konnte selbst beim Überarbeiten eines Manuskriptes nicht still sitzen. Trotzdem brachte er brillante Artikel von geradezu literarischer Qualität zustande.

John selbst (auch er bestand sogleich auf den »vereinfachten Umgangsformen« des Hauses) benutzte übrigens ständig Metaphern aus dem Tierreich. Auf seine geringe Körpergröße anspielend, stellte er sich als »Terrier von fünf Fuß und dreieinhalb Inch« vor. Sein dunkler Kinnbart und die ständig in Bewegung befindlichen braunen Augen unterstrichen diesen bildhaften Vergleich durchaus. Allerdings wollte David beim besten Willen kein Tier einfallen, das ständig mit einer Meerschaumpfeife herumlief.

»Brit hat strenge Regeln aufgestellt, wie eine *Time*-Ausgabe aussehen muss«, erklärte John und zog an seiner Pfeife, was den Tabak zum Erglühen brachte. Obwohl er erst in Davids Alter war – vielleicht sogar ein, zwei Jahre jünger –, war er im Verlag eine wichtige Person. Er verfasste eigene Artikel von bemerkenswertem Tiefgang, trimmte aber auch die Texte anderer Reporter auf die

Handschrift der Herausgeber. »Das bezieht sich nicht nur auf die grafische Gestaltung, sondern noch viel mehr auf die Wortwahl. Brit ist wie ein Specht, der nur einmal in dein Manuskript zu picken braucht, um sofort einen Wurm herauszuziehen.«

»Und was ist für ihn ein ›Wurm‹?«, erkundigte sich David lernbegierig.

»Das klassische Beispiel ist ein Bandwurmsatz. Versuche dich so kurz wie möglich auszudrücken. Wenn du in deinem Text schreibst: ›Am Anfang des Jahrhunderts‹, dann wird er das garantiert durchstreichen und ›Zum Jahrhundertanfang‹ daraus machen.«

»Zwei Wörter statt vier«, sagte David nickend.

»Du hast es verstanden. Mit Eigenschaftswörtern ist es ähnlich. Brit ist verliebt in zusammengesetzte Adjektive. Wenn ein mexikanischer General einen feurigen Blick hat, dann komm ja nicht auf die Idee und schreibe: ›General Soundso hat Augen, die so wild sind wie die eines Jaguars.‹ Brit würde dich rauswerfen. Wenn du aber textest: ›Der wildkatzenäugige General‹, dann ist er glücklich. Du darfst ruhig neue Adjektive erfinden, damit dein Text etwas literarischer klingt, das ist *Time-like*, wenn du verstehst, was ich meine.«

David kratzte sich am Kopf. »Ich denke schon.«

»Solltest du mal ein Exemplar von Homers *Ilias* auf Brits Schreibtisch sehen, dann nimm dich in Acht. Er hat aus dem Epos über den Trojanischen Krieg ein Lehrbuch für Textgestaltung gemacht und wird es vermutlich benutzen, um deinen Artikel daran zu messen.«

»Die *Ilias?*«, fragte David ungläubig.

»Genauer gesagt, die Brit'sche Version davon. Sie ist gespickt mit Anmerkungen. Auf den hinteren Buchseiten hat er hunderte von Wörtern, besonders Verben und zusammengesetzte Adjektive, aufgelistet, die er für frisch und kraftvoll hält.«

David stieß hörbar die Luft aus. »Ich muss mich mit Homer messen! Also damit habe ich wirklich nicht gerechnet.«

Wie sich bald herausstellen sollte, wurde David von seinen Arbeitgebern mehr für seine außergewöhnliche Fähigkeit mit Menschen umzugehen geschätzt und weniger wegen seines literarischen Stils. In den Anfangsjahren von *Time* wurden die meisten Artikel am Schreibtisch geboren und nicht irgendwo draußen am Ort des Geschehens. Man zerschnitt Zeitungen, reduzierte die dabei entstehenden Schnipsel, bis nur noch wenige übrig waren, und fing dann an daraus Artikel und Essays zu verfassen.

David gehörte zu den ersten, die auch hinausgingen und Leute – den »Rohstoff« des *Time*-Magazins – befragten. Es war immer wieder das gleiche Spiel: Er sprach bei einer Sekretärin vor, die ihn eigentlich abwimmeln wollte. Aber sobald er die Notwendigkeit des Interviews dargelegt hatte, konnte sie ihm nicht mehr widerstehen. Genauso verlief es, wenn er endlich zum gewünschten Gesprächspartner vorgelassen wurde. Seine Vorgehensweise hätte natürlich nicht funktioniert, wenn er mit Lügen oder windigen Methoden vorgegangen wäre. David war ein Wahrheitsfinder und als solcher musste er selbst auch wahrhaftig sein.

Es gab allerdings einen Trick, der nicht unehrenhaft war und daher von seiner Gabe auch nicht durch peinliche Fehlschläge geahndet wurde. Wichtige Personen genießen ihren Ruf zu einem nicht unerheblichen Teil aufgrund der

Tatsache, dass sie nie Zeit haben. Wenn er daher das Gespräch mit einer solchen viel beschäftigten Person eröffnete, lautete seine obligatorische Bitte stets: »Geben Sie mir nur fünf Minuten. Wenn Sie glauben, unsere Unterhaltung führt zu nichts, dann werde ich mich anschließend sofort verabschieden.« Nach Ablauf der Frist wollte ihn so gut wie nie jemand gehen lassen.

Davids größter Triumph in seinem ersten Jahr bei *Time* war zweifellos das Interview mit Calvin Coolidge, der erst im Vorjahr mit dem Wahlspruch *Keep Cool with Coolidge* das Rennen um die Präsidentschaft gewonnen hatte. Das Gespräch fand im Frühjahr 1925 statt. Weil Briton Hadden zu einer längeren Europareise aufgebrochen war, begleitete ihn Henry Luce ins *Weiße Haus*. Es war schon ein enormer Vertrauensbeweis, als der Herausgeber seinen Jungreporter dieses wichtige Interview führen ließ. Manchmal juckte es Henry in den Fingern, wenn David eine besonders provozierende Frage stellte.

»Mr President, der Völkerbund hat seit seiner ersten Sitzung am 15. November 1920 keine besonders erfolgreiche Partie gespielt. Seitdem starben und sterben immer noch tausende Menschen in bewaffneten Konflikten. Gegen Wilsons Bestreben hatte der amerikanische Senat den Vertrag nicht ratifiziert. Den Wahlsieg Ihres Vorgängers Warren G. Harding hat man gar als ein überwältigendes Votum des Volkes *gegen* diesen angeblichen Friedensbund ausgelegt. Andererseits hatte der Nationalrat der Kirchen Christi in Amerika schon am 18. Dezember 1918 erklärt, ich zitiere: ›Ein solcher Bund ist nicht bloß ein politischer Friedensbehelf, er ist vielmehr der politische Ausdruck des Königreiches Gottes auf Erden ... Der Völkerbund ist im Evangelium verwurzelt.‹ Hierzu meine

Frage, Mr President: Wie stehen Sie zum Völkerbund? Hat die Kirche Unrecht oder Ihr republikanischer Parteigenosse und Amtsvorgänger?«

Als David und Luce später mit einem dicken Schreibblock voller Notizen zum Washingtoner Bahnhof fuhren, schüttelte der *Time*-Herausgeber den Kopf und gestand: »Du bist ganz schön mutig, Francis, den Präsidenten vor die Alternative ›Gott oder die Partei‹ zu stellen. Dir musste doch klar sein, dass du – egal wie er antworten würde – nicht drucken kannst, was er sagt. Wenn er sich gegen Harding ausspricht, heizen ihm die Republikaner ein, andererseits hat er seinen Präsidenteneid auf die Bibel abgelegt. Dass Gott ihm die Hölle heiß macht, kann wohl auch nicht in seinem Interesse liegen.«

David grinste. »Ich hatte eigentlich gedacht, er würde sich seinen eigenen Wahlspruch zu Herzen nehmen: *Keep Cool with Coolidge*.«

»Na, einen kühlen Kopf hat er ja bewahrt. Ich wundere mich immer wieder, wie du es schaffst, die Leute mit der Nase auf Wahrheiten zu stoßen, ohne dass sie dich zum Teufel jagen.«

»Ich wollte den Präsidenten nur aus der Reserve locken. Als er sagte, die Kirche solle sich lieber um ihre Schäfchen kümmern, als sich in die Politik einzumischen, hat er mir jedenfalls aus der Seele gesprochen.«

»Das hat er dir aber unter dem Mantel der Verschwiegenheit anvertraut!«

»Keine Angst, ich halte mein Wort. Wir haben auch so genug Stoff, um einen interessanten Artikel über Coolidges härtere Gangart in der Außenpolitik zu schreiben.«

Die ersten Monate von Davids Arbeit für *Time* waren nicht alle so aufregend wie das Präsidenteninterview.

Schon bald erinnerte sich Luce seiner hervorragenden Japankenntnisse und David wurde damit beauftragt, entsprechende Themen zu recherchieren. Auf diese Weise begründete er eine bemerkenswerte Tradition im Hause des eigentlich doch so amerikanischen Wochenmagazins: *Time* brachte mehr Titelstorys über Japan als über die meisten anderen Länder.

Manchmal waren es aber auch ganz banale Themen, die David auf seiner Schreibmaschine zu interessanten Stoffen verarbeitete. Als am 12. Oktober 1924 ein deutscher Zeppelin nach erstmaliger Atlantiküberquerung in New York City landete, verfasste er einen Bericht über den kühnen Kapitän des Luftschiffes, Hugo Eckener. Natürlich gelang es David, den stolzen Luftfahrtpionier persönlich zu befragen.

Rebekka unterstützte David, so gut sie konnte, und er ließ sie immer fühlen, wie wichtig sie für ihn war. Weil ihr die fast beschauliche Atmosphäre von Greenwich Village so gut gefiel, ermunterte er sie, dort eine Wohnung zu suchen. Im September nach ihrer Ankunft wurde sie fündig und bevor der Monat zu Ende ging, wohnten sie in einem hübschen Reihenhaus mit fünf Zimmern in der Charles Street.

David wurde von seinen Chefs kreuz und quer durch die Vereinigten Staaten geschickt und wenn immer es möglich war, nahm er Rebekka mit. Trotzdem musste er sie häufig alleine lassen, weshalb er sie ermutigte, ihren Klavierunterricht wieder aufzunehmen. Bald willigte sie ein und als New York im November nass und kalt wurde, erwärmten die Töne von Bachs *Wohltemperiertem Klavier* das ganze Haus.

Die junge Ehe, die vielen neuen beruflichen Herausforderungen und die vermeintliche Sicherheit in der Anonymität der größten Stadt der Welt trugen dazu bei, dass David seine Suche nach dem Kreis der Dämmerung etwas schleifen ließ. Doch als ihm Anfang April 1925 in der Redaktion eine winzige Nachricht in die Hände fiel, erwachte die Vergangenheit wieder schlagartig.

Davids Blick fiel zufällig auf einen Zeitungsausschnitt, der mit vielen anderen bereits im Papierkorb lag, weil die Meldungen für *Time* nicht verwertbar waren. Er stutzte. Da lugte ein Name unter einem anderen Schnipsel hervor, der davon berichtete, dass Generalfeldmarschall a. D. Paul von Hindenburg am 26. April zum zweiten deutschen Reichspräsidenten gewählt worden war. David schnippte das lebende Kriegerdenkmal beiseite und zog den darunter liegenden Zettel hervor. Nur seine Lippen bewegten sich, während er leise den Artikel las.

Am 30. März war in Dornbach bei Basel Rudolf Steiner verstorben. Der Name löste in Davids Kopf eine Gedankenkette aus: Steiner war der Gründer der Anthroposophischen Gesellschaft, deren Weltbild sich neben goethischen Gedanken auch aus indischen, gnostischen, kabbalistischen, christlichen und theosophischen Elementen zusammensetzte. In der Britischen Bibliothek hatte David über ihn gelesen. Damals war er auch auf den Namen von Mme. Blavatsky gestoßen, die meinte von überirdischen Wesen erleuchtet worden zu sein. Beide, Steiner und Blavatsky, hatten ihre Wurzeln unter anderem in der Kabbala. Die Lurianische Variante dieser Geheimlehre wollte das göttliche Licht in den Scherben des Bösen, des *Kelippoth*, eingeschlossen wissen.

Unwillkürlich wanderte Davids Hand wieder zu dem Ring, den er an seiner Halskette trug. Auf *Blair Castle* hatte er ihn abgelegt – er erinnerte sich noch an das seltsame Farbspiel, als das Mondlicht das Abbild des Schmuckstückes vielfach durch ein Wasserglas projiziert hatte. Er konnte sich nicht erklären wie, aber mit einem Mal war er sich fast sicher, dass er den Ring nicht hätte abnehmen dürfen. Nur so konnte Negromanus ihn finden.

Zum dritten oder vierten Mal las David die Nachricht von Steiners Tod. John Stewart-Murray, Davids neuer Adoptivvater, hatte gesagt, er solle den Schwanz des Drachen packen, den Kreis der Dämmerung von innen her sprengen. Konnte es sein, dass Steiner ein Helfer des Zirkels gewesen war? Oder wenn nicht er, dann vielleicht diese Helena Petrowna Blavatsky?

Selbst wenn dies der Fall war, würde es David nicht viel nützen – beide Theosophen lebten nicht mehr. Es war zum Verzweifeln! Wo konnte er nur einen konkreten Anhaltspunkt finden? Bisher war er in seinen zahlreichen Interviews noch keiner Person begegnet, der er auch nur im Entferntesten zugetraut hätte ein wissentlicher Unterstützer des Geheimbundes zu sein. Manipuliert wurden gewiss viele Menschen, aber …

Toyama! Der Name leuchtete wie ein Fanal in Davids Geist. Der Kopf der Amur-Gesellschaft war der Einzige, von dem David ziemlich sicher sein konnte, dass er zum Kreis der Dämmerung gehörte. Inzwischen war es David mithilfe des Herzogs von Atholl gelungen, den Briefwechsel zu Hito wieder aufzunehmen. Aber der japanische Prinzregent konnte ihm entweder nicht weiterhelfen oder er wollte es nicht, weil er Toyamas Macht fürchtete. Auch Ito Yoshiharu hatte David in seine Suche eingespannt, aber dessen Einfluss war längst nicht so weit reichend wie derjenige Hitos. Yoshi hatte nichts gefunden, um Toyama festzunageln. Seit längerer Zeit war sogar der Aufenthaltsort Toyamas unbekannt – vermutlich hatte er bemerkt, dass man ihm nachspionierte. Das war auch schon alles, was David über diesen ominösen Mann wusste.

Und daran würde sich nichts ändern, wenn er weiterhin in New York City hinter einem Schreibtisch hockte und nette Geschichten über prominente Persönlichkeiten zu Papier brachte.

David fasste einen schwer wiegenden Entschluss. Wenn er an die Konsequenzen dachte, dann fühlte er sich jämmerlich. Er würde Rebekka aus einem Haus vertreiben müssen, in dem sie sich gerade heimisch zu fühlen begann. Aber es half nichts. Er konnte nicht so tun, als wüsste er nichts von einem Jahrhundertplan. Nur wenn er an den Ort seiner Kindheit zurückkehrte, konnte er den Schlüssel finden, der ihm Zugang zum Kreis der Dämmerung verschaffen würde.


## Schatten der Vergangenheit

Du willst *was?* « Rebekkas Gesicht glühte vor Zornesröte.

»Ich habe es dir doch schon zweimal erklärt, Schatz. Ich bin nicht dazu geboren, eine schöne Zeit zu haben und irgendwann wieder von dieser Erde zu verschwinden. Ich habe eine Aufgabe.«

Rebekkas Augen füllten sich mit Tränen. »Meinst du, das weiß ich nicht? Aber ich denke, du bist ein Jahrhundertkind. Du bist erst fünfundzwanzig, David. Und ich gerade erst zwanzig. Kannst du dir mit deiner unseligen

– 643 –

Jagd auf diesen Zirkel nicht noch ein paar Jahre Zeit lassen?«

»Lord Belial muss nicht erst bis zum Ende des Jahrhunderts warten, um seinen Plan zu verwirklichen. Er könnte die Menschen genauso gut auch schon früher dazu bekommen, sich selbst zu vernichten. Stell dir nur vor, es würde ein zweiter Weltkrieg ausbrechen. Ich wage gar nicht daran zu denken. Nein, mein Schatz, so sehr mir deine Sicherheit am Herzen liegt, kann ich doch meiner Berufung nicht abschwören. Du weißt, dass ich es einmal versucht habe, aber kläglich gescheitert bin.«

»Du hast mich gerettet. Was ist daran kläglich?«

David nahm Rebekka in die Arme und sie legte ihren Kopf an seine Brust. »So habe ich es nicht gemeint, Bekka.«

»Ich bin noch nicht einmal schwanger«, schluchzte sie.

Sein Blick fiel durch das Fenster auf die Bäume in der Charles Street. Der Malermeister Frühling hatte seine Restbestände von Grün über Greenwich Village ausgeschüttet. Auf der Straße spielten Kinder. Mit einem Mal fühlte er, was seine Frau wirklich bewegte.

»Wir können auch in Japan Kinder bekommen, Schatz.«

»Damit sie dann von diesem Negromanus abgeschlachtet werden?«

»Bekka, du weißt, dass das so nicht stimmt. Wenn uns eine Gefahr von Lord Belials rechter Hand droht, dann hier ebenso wie an jedem anderen Ort der Welt. Außerdem ist Japan nicht das Schlechteste, um kleine Schreihälse aufzuziehen. Die genießen dort Narrenfreiheit. Schau mich an! Findest du mich irgendwie missglückt?«

Rebekka löste sich ein Stück von ihm, um sein Gesicht einer kritischen Prüfung zu unterziehen. Sie wischte sich

– 644 –

mit dem Handrücken die Tränen aus den Augen und lächelte. »Nein, für mich bist du der schönste Mann der Welt. Ich möchte keinen anderen und so weit es von mir abhängt, werde ich dich begleiten, wohin du auch gehst.« Mit den Fingern durch seine kurz geschnittenen Haare fahrend, fügte sie hinzu: »Nur schade, dass du dein wahres Wesen unter dieser Maske verstecken musst.«

»Dann gehen wir also nach Japan?«

Rebekka schniefte noch einmal und nickte entschlossen. »Wir gehen und du wirst diesen Mitsuru Toyama zur Strecke bringen.«

Henry R. Luce sah David entsetzt an. »Das ist doch nicht dein Ernst, Francis.«

»Ich habe mir alles genau überlegt, Henry. Mein Entschluss steht fest.«

»Aber du bist eine unserer größten Hoffnungen. Du darfst uns nicht einfach verlassen!«

»Dann schicke mich als Korrespondenten nach Japan. Du würdest es nicht bereuen. Ich könnte vor Ort von den fremdenfeindlichen Übergriffen in China berichten. Gib mir die Chance, Henry! Brit hätte es bestimmt getan.«

»Brit ist in Europa. Du musst schon mit mir vorlieb nehmen. Außerdem würde er dir genau dasselbe sagen wie ich. Im Moment schreiben wir noch rote Zahlen. Wenn *Time* erst Gewinne einfährt, können wir über ein Korrespondentennetz sprechen, aber noch ist es zu früh dazu. Wir müssen sparen. Was glaubst du, warum ich unsere Redaktion nach Cleveland, Ohio, verlegen will?«

»Du möchtest *was?*«

»Du hast schon ganz richtig gehört. Wir verabschieden uns aus New York.«

»Brit hat mir gar nichts davon erzählt.«

»Er weiß es ja auch noch nicht.«

»Henry! Du kannst doch nicht hinter dem Rücken deines Partners …«

»Die Entscheidungen über die Führung meines Hauses musst du schon mir überlassen, Francis.«

David schluckte. Verärgert murmelte er: »Dann hätten Bekka und ich sowieso bald umziehen müssen.«

»Wer?«

Aus Davids Kragen schien mit einem Mal heißer Dampf aufzusteigen. Rebekkas Spitzname war ihm in seiner Erregung einfach herausgerutscht. Um von seinem Lapsus abzulenken, ging er zum Gegenangriff über. »Nichts, nur so ein Kosename für Rahel. Henry, es fällt mir schwer, dir deine Sparmaßnahmen als wirklichen Grund für den Umzug nach Cleveland abzunehmen. Du und Brit, ihr beide seid sehr verschieden. Er ist ein Stadtmensch, ein Kosmopolit, aber du bist auf dem Land geboren und aufgewachsen. Ist nicht vielmehr das der Beweggrund, weshalb du nach Ohio gehen willst?«

Henry drehte sich zur Seite, um Davids Blick auszuweichen, aber er konnte sich der Macht seiner Worte nicht entziehen. »Es hat keinen Zweck, dir irgendetwas vorzumachen«, gab er unwillig zu. »Doch das ändert nichts an meinem Entschluss. Wenn du nach Japan gehen willst, dann musst du bei *Time* kündigen.«

David atmete tief durch. Wie sehr hatte er sich gewünscht für Hadden und Luce arbeiten zu dürfen! Und jetzt warf er das alles weg? *Nein, du darfst deine Grundsätze nicht einer Karriere opfern.* »Dann soll es halt so sein, Henry. Es tut mir sehr Leid. Vielleicht kann ich ja als freier Mitarbeiter weiter für das Magazin schreiben. Sobald ich in Tokyo angekommen bin, werde ich mich mit Brit und dir in Verbindung setzen.«

Henry hatte sich noch nicht wieder zu David umgedreht. Wie wenig ihm, dem energischen Jungherausgeber, dem sonst alles zu gelingen schien, Davids Ansinnen schmeckte, konnte man nur an seinen mahlenden Kiefern sehen. Sein Blick lag auf dem Verkehr der 39. Straße. Zum Fenster hin sagte er: »Schade. Ich hatte Großes mit dir vor, Francis. Jetzt kann ich dir und Rahel nur noch viel Glück wünschen.«


Der Zug verließ die Grand Central Station am Montag, dem 4. Mai. David und Rebekka durchquerten die Vereinigten Staaten von Osten nach Westen. Von San Francisco aus setzten sie die Reise per Schiff fort. In Hawaii legten sie einen Zwischenstopp von wenigen Tagen ein. Dann stachen sie Richtung Japan in See.

Es war ein Gefühl schwer zu beschreibender Erregung, das David erfüllte, als Nippons Küstenlinie aus dem Meer auftauchte. So mochte vielleicht sein derzeitiger Namensvetter, Sir Francis Drake, empfunden haben, als die zweite Weltumsegelung seit Menschengedenken sich dem Ende näherte. Doch in diesem Augenblick war sich David gar nicht bewusst, den Globus bereits einmal umrundet zu haben. Seine Nervosität entsprang einfach der Erkenntnis, endlich – nach zwölf langen Jahren – wieder zu den Wurzeln seiner Kindheit zurückzukehren. So gesehen fand er sein emotionales Vorbild eher in Odysseus, als dieser nach langen Jahren der Irrfahrt aus dem Trojanischen Krieg heimkehrte. Dabei kam David die *Ilias* in den Sinn, ein bekritzelter Buchdeckel auf Briton Haddens Schreibtisch, eine vertane Chance –

manchmal konnten Assoziationen etwas ziemlich Nerv-
tötendes sein!

Als das Schiff im Hafen von Yokohama einlief, stand er
an der Reling und musste an seinen Freund Yoshi denken,
der ihm einst zum Abschied vom Pier aus zugewinkt hatte.

»Wie fühlst du dich?«, fragte Rebekka leise. Sie stand
neben ihm, ihre Schulter an die seine gelehnt, und schien
seine Bewegtheit zu spüren.

»Es geht mir gut.«

»Bereust du die Entscheidung nach Japan zurückgekehrt zu sein?«

Er legte seinen Arm um ihre Schulter und küsste sie auf
die Schläfe. »Nein. Ich musste so handeln. Mir bereitet
nur Sorge, wie du das alles verkraften wirst.«

»Kennst du das Hohelied?«

David sah Rebekka verdutzt an. Innerlich musste er
lachen. *Kennen? Ich habe es regelrecht verschlungen, als
Reverend Dr. Costley-White uns Jungen über unsere »Männ-
lichkeit« aufklärte.* »Ja, ich habe die ganze Bibel gelesen.
Aber wie kommst du ausgerechnet jetzt darauf?«

Sie schmunzelte. »Meine Mutter hat mir daraus vorgelesen. Es war zu der Zeit, als mein Vater schon nicht mehr
lebte und ich mich für Jungen zu interessieren begann.«

»Hauptsächlich für gut aussehende britische Soldaten.«

»Richtig. Mutter wollte mir zeigen, dass die Sexualität
nichts Schmutziges ist, wenn man sie in Einklang mit Gottes Sittenmaßstäben ausübt. Ich habe glühende Ohren bekommen, als ich von der Liebe der Sulamith zu ihrem Hir-
tenjungen hörte. Ein Satz aus dem Hohelied ist mir bis
heute haften geblieben.«

*Kommt mir irgendwie bekannt vor.* »Und der wäre?«

»›Leg mich wie ein Siegel auf dein Herz, wie ein Siegel

– 648 –

auf deinen Arm; denn die Liebe ist so stark wie der Tod.‹«

»Das klingt wunderschön.«

»Für mich sind es mehr als nur romantische Worte, David. Ich sehe darin Gottes Versprechen, dass nichts uns trennen kann, solange unsere Liebe bestehen bleibt. Sie ›ist so stark wie der Tod‹. Deshalb kann mich nicht schrecken, was noch vor mir liegt.«

David drückte Rebekka an sich und küsste sie auf ihre weichen sinnlichen Lippen. »Ich liebe dich, Bekka. Selbst wenn die Erde sich zwischen uns teilte, wenn der Abgrund des Todes uns trennte, wird unsere Liebe nie zerrissen werden. Das schwöre ich dir.«

Rebekka schob ihn wieder etwas von sich, um in seine blauen Augen blicken zu können. »Wusstest du, dass du ein richtiger Poet sein kannst?«

David zuckte die Achseln. »Da siehst du mal, was die Liebe alles fertig bringt.«

Während die Passagiere die Gangway herunterkamen, fand am Kai ein Wettlaufen der Kofferträger statt. Ein für japanische Verhältnisse ungewöhnlich großer, schlaksiger Bursche von höchstens achtzehn errang den Preis der Murrays: einen Koffer in Schrankgröße, fünf kleinere sowie zwei Taschen. Erstaunlich, wie Rebekka ihre Garderobe in nur neun Monaten aufgestockt hatte!

Mit dem Zug ging es zum Shimbashi-Bahnhof. David erzählte unterwegs einmal mehr die Geschichte seines ersten Zusammentreffens mit Hirohito. Ab und zu deutete er aus dem Fenster: Dort bin ich mit meinem Vater gewesen. Oder: Dahin haben mich die Itos einmal mitgenommen.

Für Rebekka war Japan eine fremde, wenn auch aufregend neue Welt. Die ersten Tage verbrachte das Paar in einem Hotel, aber schon Anfang Juli machte sich Yoshis Vorarbeit bezahlt und er überraschte die beiden mit einem hübschen Holzhaus im Stadtteil Sangubashi, am Rande des Yoyogi-Parks, wo man zu Ehren von Hitos Großvater einen Schrein errichtet hatte.

Yoshiharu Ito war auf höchst unjapanische Art aus dem Häuschen, als er seinen ältesten Freund nach so langer Zeit wieder sah. Jetzt, als erwachsener Mann, sah man erst, wie sehr er seinem verstorbenen Vater ähnelte. Er war ihm förmlich wie aus dem Gesicht geschnitten. Obgleich der kleine Japaner nicht ganz so schlank wie die Mehrzahl seiner Landsleute war, trieb ihn eine tief sitzende Rastlosigkeit zu ständiger Aktivität an. Rebekka überhäufte er mit blumigen Komplimenten, wie sie nur in fernöstlichen Köpfen entstehen können. Er selbst habe leider noch keine passende Ehefrau gefunden. Derzeit verdiene er sich, wie sein Vater zuvor auch, im Auswärtigen Amt erste Lorbeeren auf dem diplomatischen Parkett.

Yoshi sollte in den kommenden Monaten ein munter sprudelnder Quell für Informationen jeder Art werden. Bereits in den ersten Tagen, während das Ehepaar Murray noch im Hotel wohnte, begann David an einem gewagten Artikel über den Schwarzen Drachen zu arbeiten. Als er Mitte Juli fertig war, schickte er das Manuskript an Henry Luce nach Cleveland, Ohio. David wollte endlich den Kampf gegen Toyama aufnehmen, ihn, wenn möglich, aus der Reserve locken. Der Kopf der geheimen Amur-Gesellschaft sollte seine Umtriebe nicht länger im Verborgenen schüren dürfen.

David besaß noch einen weiteren Informanten, um den ihn jeder Auslandsreporter beneidet hätte: den zukünftigen Mikado von Japan. Schon kurz nach ihrer Ankunft in

Tokyo waren David und Rebekka in den Kaiserpalast eingeladen worden. Die junge Mrs Murray vermochte vor Aufregung kaum still zu sitzen, als sie in einer leise vor sich hin schnaufenden Limousine durch den Park des Palastbezirks rollten. David konnte sich noch gut entsinnen, wie es ihm ergangen war, als er in einer Pferdekutsche mit seinen Eltern zum ersten Mal durch den Hintereingang in das einhundert Hektar große Areal eingefahren war, das wie eine fremde Welt anmutete, die ganz allein aus Hainen, Gärten, Teichen und Pavillons bestand. Wie damals fand das Treffen in einem verschwiegenen, fast konspirativen Rahmen statt – sowohl David wie auch Hirohito war daran gelegen.

Hito brachte seine Freude über das Wiedersehen zwar nicht so überschwänglich zum Ausdruck wie Yoshi, aber David kannte seinen alten Freund gut genug – nach höfischen Maßstäben war es eine herzzerreißende Szene. Die diskreten Umstände des Zusammenseins machten auch etwas anderes möglich, das bei offiziellen Anlässen undenkbar gewesen wäre: Prinzessin Nagako, die bezaubernde Gemahlin des Prinzregenten, nahm an der Teegesellschaft teil.

David freute sich ganz besonders, sie endlich persönlich kennen zu lernen.

Er wusste noch genau, wie er am 26. Januar des vergangenen Jahres in der Londoner *Times* über die Hochzeitsfeierlichkeiten im Palastbezirk geschrieben hatte: »Über 700 Personen waren anwesend, darunter alle kaiserlichen Prinzen und Prinzessinnen, alle Hof- und Regierungsbeamten, jeder in der Tracht oder der Uniform seines Ranges.« (Nicht nur Hadden und Luce verstanden es, aus einigen wenigen schriftlichen Notizen vermeintliche Augenzeugenberichte zu verfassen.)

Hito hatte seine kleine Prinzessin also doch bekommen, trotz aller Intrigen Fürst Yamagatas und Mitsuru Toyamas.

»Was nicht heißen soll, dass der Schwarze Drache seine Zähne verloren hat«, erläuterte Hito, nachdem er sein Teeschälchen auf den flachen Tisch zurückgestellt hatte. Er und David waren jetzt allein, weil Nagako und Rebekka miteinander unbedingt noch einige »Frauenangelegenheiten« besprechen wollten.

David suchte in Hitos unbewegter Miene nach weiteren Aufschlüssen. Er glaubte in der Stimme seines Freundes ein unterschwelliges Zittern wahrgenommen zu haben. »Hat er denn schon wieder irgendwo zugeschlagen?«

»Er wäre nicht der Kopf der Amur-Gesellschaft, wenn man das so genau sagen könnte. Mir ist nur aufgefallen, dass sich Fürst Yamagata, nachdem er so heftig gegen die Heirat von Nagako und mir intrigiert hatte, leise auf sein Landhaus zurückzog und starb.«

»Hat er etwa …?«

»*Seppuku* begangen? Nein. Man hat keine äußerlichen Anzeichen von Gewalt an seiner Leiche gefunden.«

»Wies Fürst Yamagatas Körper sonst irgendwelche Anomalien auf?«

Hito dachte eine Weile nach, bevor er antwortete. »Ich glaube, Graf Makino, mein Geheimsiegelbewahrer, hat mir berichtet, Yamagatas Leib sei auf eine eigenartige Weise starr gewesen. Der Rücken war wie in Habachtstellung weit durchgedrückt.«

»Das dachte ich mir«, sagte David leise.

Hito blickte ihn fragend an.

»Bei meinen Eltern und einer Reihe von Freunden und Bekannten war es genauso. Sie wurden alle vom Kreis der Dämmerung umgebracht.«

»Hast du Beweise dafür, David-*kun?*«

»Nur mein Wort, Hito.«

»So habe ich es nicht gemeint. Ich glaube dir natürlich.«

»Schon gut. Ich vermute, Toyama hat Fürst Yamagata töten lassen, weil er ihm nicht mehr nützen konnte.«

»Die beiden hatten sich sowieso nicht besonders gut verstanden. Als Toyama damals meine Reise nach Europa verhindern wollte, stand Yamagata noch auf meiner Seite. Damals fürchtete ich tatsächlich, die Amur-Gesellschaft könne dem Fürsten nach dem Leben trachten, aber nun …«

»Nun hat Toyama dafür gesorgt, dass man den Drachen nicht beim Schwanz packen kann.«

Hito nickte ernst. »Jetzt weißt du, warum ich dir nie eine positive Nachricht nach Europa oder Amerika schicken konnte. Wie soll man einen Feind fangen, der wie der Wind ist? Du kennst ihn, spürst ihn, fühlst seine Macht, aber du greifst doch nur in die Luft.«

David erklärte seinem Freund, dass er es trotzdem versuchen wolle. Toyama war nicht nur eine Bedrohung für Japan, der von ihm mitgetragene Geheimbund gefährdete die ganze Menschheit.

Hito schilderte, wie er im Anschluss an ihr Treffen in Oxford vergeblich nach dem Kopf des Schwarzen Drachens hatte fahnden lassen. Seit Beginn des Jahrzehnts lebte Toyama sehr zurückgezogen. Ohne konkrete Beweise konnte man seine diversen Häuser auch nicht von der Polizei durchsuchen lassen. Damit war es so gut wie ausgeschlossen, seiner habhaft zu werden.

»Jeder am Hofe würde für mich sein Leben geben«, sagte Hito am Ende seines Berichts. »Und trotzdem werden allenthalben Ränke gegen mich geschmiedet, sodass es nur wenige gibt, denen ich wirklich vertrauen kann, David-*kun*.«

»Das heißt, ich bin auf mich allein gestellt.«

»Ich lasse einige von Toyamas Anwesen heimlich beobachten, aber du siehst ja – es hat bis heute nichts gebracht.«

»Ich wäre dir dennoch dankbar, wenn du es weiter versuchst. Solltest du irgendeinen Hinweis bekommen, wo er sich aufhält, dann gib mir bitte Bescheid.«

»Und was willst du dann tun, David-*kun*?«

David zögerte. Seine Stimme klang ausdruckslos, als er endlich antwortete: »Ich werde ihm mein *katana* an die Kehle halten und ihn fragen, ob er ein Mitglied des Kreises der Dämmerung ist.«

»Angenommen, er antwortet mit Ja – was dann?«

»Dann frage ich ihn, ob er nicht gerne *seppuku* begehen möchte.«


»Und, wie ist es, mit einer zukünftigen Kaiserin zu plaudern?«

Sie saßen wieder in der dunklen Limousine, die sie zurück nach Sangubashi brachte. Rebekka warf den Kopf in den Nacken und lachte.

»Nicht so leicht, sie muss noch an ihrem Englisch arbeiten.«

»Oder du an deinem Japanisch.«

»Ich war ganz stolz auf meinen Mann, als ich ihn mit dem Prinzregenten fließend in dessen Landessprache palavern hörte.«

»Hito und ich sind doch keine alten Indianerhäuptlinge! Nagako macht einen netten Eindruck. Was hat sie so erzählt?«

»Sie bekommt ein Kind.«

»Was? Und das hat sie dir anvertraut.«

»Das ganze Land weiß es inzwischen.«

»Oh! Da muss mir wirklich etwas entgangen sein.«

Rebekka schmiegte sich auf dem Autositz an ihn. »Kann es damit zusammenhängen, dass du selbst noch an dieser Aufgabe arbeitest?«

David räusperte sich und sah zu dem Chauffeur nach vorne, der aber kein Englisch verstand. »Sagen wir, meine Frau hat mich in letzter Zeit ziemlich in Anspruch genommen. Da mag mir dieses winzige Detail entgangen sein. Wann ist denn mit dem kaiserlichen Nachwuchs zu rechnen?«

»Im Dezember. Nagako ist hin- und hergerissen.«

»Ich kann mir schon denken, warum: Sie fürchtet keinen Jungen zu bekommen, stimmt's?«

»Woher weißt du?«

»Ich bin in Japan aufgewachsen – schon vergessen?«

»Du hast Recht. Einerseits freut sie sich, weil sie endlich guter Hoffnung ist. Anscheinend hat die Presse tagelang über nichts anderes gesprochen. Die Menschen im ganzen Land sind begeistert und beten um einen Thronfolger.«

»Sie werden enttäuscht sein, wenn es ein Mädchen wird.«

»Das finde ich ungerecht. Was würdest du tun, wenn unser erstes Kind eine Tochter ist?«

»Na, was schon? Sofort das nächste in Angriff nehmen.«

Rebekka blickte betroffen in Davids Gesicht. Doch als dieser sich ein Grinsen nicht mehr länger verkneifen konnte, boxte sie ihm gegen die Brust und schimpfte: »Ich habe einen Frauenhasser geheiratet, ich fasse es nicht!«

Nun blickte der Chauffeur doch in den Rückspiegel, um den Turbulenzen im Fond auf den Grund zu gehen.

David fing mühelos Rebekkas Handgelenke ein und brachte sie durch einen anhaltenden Kuss zum Schweigen. Anschließend sagte er liebevoll: »Ich würde mir den schönsten Namen der Welt ausdenken.«

Rebekka lächelte selig. »Ich liebe dich. Wie würdest du dein Töchterchen denn nennen?«

Er zuckte mit den Schultern. »Keine Ahnung. Ich denke, wir sollten einen Namen auswählen, der in eure Familientradition passt. Vielleicht Dina oder Sarah oder …«

»Du bist ein Schatz! Hast du für heute Abend schon etwas vor?«

»Wieso?«

»Na ja, Nagako und Hito werden wir zwar nicht mehr einholen, aber …«

Am 6. Dezember kam Prinzessin Nagako nieder – mit einem Töchterchen. Das Volk nahm die Nachricht gefasst auf und äußerte höflich seine Freude. Einmal ist keinmal. Vielleicht klappte es beim nächsten Versuch ja schon besser.

Rebekka konnte leider noch nicht mit einer frohen Meldung aufwarten. Noch nahm sie es leicht, aber der Wunsch, selbst ein zappelndes Bündel im Arm zu halten, wurde auch nicht gerade kleiner, während die Zeit verstrich.

Bei aller Offenheit, die David sonst gegenüber seiner Frau pflegte, verschwieg er ihr doch in diesem Punkt seine innersten Gedanken. Er machte sich schon genug Sorgen um Rebekka, da wollte er nicht auch noch um das Leben eines Kindes bangen. Vermutlich erwarteten sie unruhige Zeiten. Mitsuru Toyama konnte nicht ewig mit ihm Versteck spielen. Früher oder später musste er sich verraten. Dann würde David ihn jagen. Und ihn zur Strecke bringen.

Für ihn war Toyama zumindest mitschuldig am Tod seiner Eltern. Der Lieblingsjünger Lord Belials hatte damals, im Winter 1913, versucht die ganze Familie Camden auszulöschen. Ohne ihn hätte Davids Vater vielleicht noch viele Jahre leben können. Zweifellos hatte Toyama aber die Informationen weitergegeben, die Negromanus schließlich halfen das mörderische Werk zu vollenden. Und jetzt litten David, Rebekka und bald vielleicht sogar ihre Kinder unter Toyamas Niedertracht. Nein, er würde zwar eine Chance bekommen sich zu verteidigen, aber mit Gnade konnte er bei David nicht rechnen.

Während die Monate ins Land strichen, entstand wieder eine feste Beziehung zum *Time*-Magazin in den USA. Den Auftakt hierzu hatte Davids erster, auf eigene Faust verfasster Artikel über die Geheimgesellschaft Schwarzer Drache gegeben. Zwar behielt David seinen Status als freier Mitarbeiter, aber Hadden hatte bei Luce wieder alle Vorbehalte ausgeräumt und nun nahmen die beiden jeden seiner Artikelentwürfe an, wenn sie auch manche erst nach einer für David schmerzhaften Überarbeitung veröffentlichten. Inzwischen bediente sich der inoffizielle Japankorrespondent des Magazins sechs verschiedener Pseudonyme. Nur Hadden und Luce wussten, dass ihre vielen Nachrichtenlieferanten in Japan tatsächlich nur aus einem einzigen Mann bestanden.

Der erste – wenn auch noch inoffizielle – Auslandskorrespondent von *Time* erlebte in Japan eine Zeit tief greifender Veränderungen. Weltweit war der Aufschwung der Industrialisierung ins Stocken geraten. In Großbritannien lähmte 1926 ein Generalstreik beinahe die ganze Industrie und die meisten öffentlichen Verkehrsmittel. In London mussten angeblich wieder viele mit dem Kahn über die Themse rudern, wenn sie zur Arbeit kommen wollten. Der Streik verschärfte die ohnehin schon tiefe Spaltung der englischen Klassengesellschaft. Selbst in den Vereinigten Staaten, deren Wirtschaft aus dem Großen Krieg sogar Kapital geschlagen hatte, kriselte es. Es verwundert daher nicht, wenn auch Japan die entzweienden und radikalisierenden Auswirkungen zu spüren bekam, die fast immer zu beobachten sind, wenn die Menschen sich um den Rest vom Wohlstandskuchen zu streiten beginnen.

Mit Besorgnis berichtete David über den erstarkenden Nationalismus und die damit einhergehende Militarisierung des Landes. In der Armee herrschte Unruhe. Das Militär war gewohnt verhätschelt zu werden. Warum verlangten nun mit einem Mal nichts ahnende Zivilisten den Etat zu kürzen? Etwa nur weil sich die allgemeine Wirtschaftslage verschlechterte? Absurd! Sollten doch die anderen den Gürtel enger schnallen. Unter den jungen Offizieren wurden aufrührerische Stimmen laut. Immer häufiger grassierten Gerüchte von bevorstehenden Putschversuchen. Nicht gegen den Kaiser – der war über alle Zweifel erhaben –, aber gegen jene unbesonnenen Politiker, denen augenscheinlich der Patriotismus abhanden gekommen war.

Das sich einer kritischen Größe nähernde Nationalgefühl Japans wurde noch von außen angeheizt. In der außerolympischen Disziplin des Patriotismus waren die

Vereinigten Staaten nämlich Weltspitze. Einige ihrer Leistungsträger, vornehmlich Kongressabgeordnete europäischer Abstammung, hatten eine Gefahr erkannt. Auf Hawaii und an der amerikanischen Westküste lebten ganze Kolonien von Japanern. Weil aber sogar in den USA der wirtschaftliche Aufschwung abebbte, musste vor den Räubern von Arbeitsplätzen gewarnt werden.

Auf irgendeine Weise gelang es den Bedenkenträgern herauszufinden, dass vor allem von solchen Ausländern eine Bedrohung ausging, deren Hautfarbe nicht weiß war. Gelb zählte zu den besonders bedenklichen Farben. Auf einigen Gemüseplantagen in Kalifornien kam es zu Prügeleien zwischen Weißen und Gelben. Mit Quoten wurde festgelegt, aus welchen Ländern wie viele Immigranten ins Land gelassen werden sollten. Die Quote für Asiaten lag bei exakt null Einwanderern. Da man die Chinesen schon durch ein älteres Gesetz aus dem gelobten Land ausgesperrt hatte, nahmen die Japaner die neue Verordnung persönlich.

Wie im Tennis, so basierte auch im »Patriotismusspiel« alles auf dem Prinzip des Zurückschlagens. Folgerichtig verschlechterte sich auch in Japan die Stimmung gegenüber Ausländern von Monat zu Monat. Dennoch waren die traditionell freundlichen Menschen gegen die in ihrem Land lebenden Gäste noch nicht in einem Maße aufgebracht, das bedrohlich anmutete.

Der Schwarze Drache setzte sich besonders hingebungsvoll für Japans »Reinheit« ein. Er war gegen »Modernismus« und Frauenemanzipation, gegen Jazz und andere Ausdrucksformen der westlichen Gesellschaft, eben gegen alle neuen Gedanken, ausgenommen den Fremdenhass. Ohne selbst in Erscheinung zu treten, manipulierte

Mitsuru Toyama die Menschen wie ein Puppenspieler seine Marionetten.

Wie in westlichen Städten auch, konnte man im Tokyoter Geschäftsviertel Ginza junge Damen mit Bubikopf herumlaufen sehen, nur dass sie dazu hier einen Kimono trugen. Andere waren noch progressiver und kleideten sich mit Bluse und Jackenkleid. Sie waren als *mogas*, *modern girls*, verschrien. Das Gegenstück zu diesen »modernen Mädchen« stellten die, man kann sich's denken, »modernen Jungen« dar, die *mobas*. Für Toyamas Gefolgsleute gehörte die ganze Brut abgeschafft.

Das Zweiergespann aus Nationalismus und Militarismus förderte als Kontrapunkt zu den zersetzenden Elementen des Westens alte japanische Tugenden. Dazu gehörten Tapferkeit, Disziplin, absolute Ergebenheit gegenüber dem Gottkaiser und das Baden in eiskalten Gebirgsbächen.

Letzteres wurde dem Kaiser gleich scharenweise vorgeführt. Junge Männer, deren Bekleidung im Wesentlichen aus einem weißen Stirnband bestand, sprangen in die frostigen Fluten und ließen sich von ihren Führern – gelegentlich auch von deren Gemahlinnen – bewundern. Einer derartigen Kaltblütigkeit hatte der Westen nichts entgegenzusetzen.

Kein Wunder, dass der Leitgedanke des *hakko ichi u* in den Köpfen immer weiter um sich griff. »Die acht Ecken der Welt unter einem Dach« – das war das Fernziel. Es versteht sich von selbst, dass dies nur ein japanisches Dach sein konnte.

Noch aus seinen Kindertagen wusste David, wie groß die Opferbereitschaft der Japaner war. Manche rissen sich förmlich darum, ihr Leben dem Kaiser hinzugeben. Ihn zu enttäuschen war eine Untat, für die es nur eine Sühne gab.

Mit Betroffenheit las David eine Zeitungsmeldung, die von einem jungen Leutnant berichtete, der sich beim Verlesen eines kaiserlichen Erlasses vor seinen Männern verhaspelt hatte. Alle wussten, es gab nur einen Ausweg für ihn, um sein *giri*, seine »Ehre«, zu retten: Er stürzte sich umgehend in sein Schwert.

In Taten wie dieser kam eine Lebensauffassung zum Ausdruck, ohne die es nicht möglich war, die Welt unter das japanische Dach zu quetschen. Man musste den jungen Soldaten nur sagen, ein Befehl stamme vom Tenno (auch wenn das gar nicht stimmte), sie würden ihn befolgen, gleichgültig wie unsinnig er war. Selbst wenn jemand auf die Idee käme ihnen einzureden, sie könnten den Göttlichen Sturm *kamikaze* imitieren, indem sie sich samt Flugzeug auf ein feindliches Schiff stürzten, sie würden es tun.

Leider waren sich nicht alle über diese Wesensart im Klaren, weshalb ein dummer amerikanischer Journalist, dessen Name an dieser Stelle ungenannt bleiben soll, die Söhne Nippons als »polierte Barbaren« hinstellte. Damit lieferte er Toyama und Konsorten die Munition, um jene Freunde, die nach dem großen Erdbeben des Jahres 1923 noch so großzügige Hilfe geleistet hatten, als Feinde des japanischen Volkes zu diffamieren.

Am Ende konnten sich nur noch Rivalen gegenüberstehen. Für David war klar, was eine solche Entwicklung bedeuten musste. Aber wie sollte er sie aufhalten? Mitsuru Toyama blieb wie vom Erdboden verschluckt.

Fieberhaft begann David erneut die internationale Presse nach anderen Hinweisen auf den Kreis der Dämmerung zu durchsuchen. In Washington, D. C., hatte es im August '25 die erste »nationale Tagung« des Ku-Klux-

Klans gegeben. Der Klan war bekannt dafür, dass er gegen religiöse und rassische Minderheiten kämpfte, gegen Juden und Katholiken, Schwarze und Ausländer. Hin und wieder wurde auch jemand gelyncht. Der Klan nannte sich zwar Geheimorden, aber wenn man in Betracht zog, dass sich zu Füßen des Capitols zweihunderttausend Anhänger registrieren ließen, dann konnte es mit der Verschwiegenheit dieses ominösen Ordens nicht allzu weit her sein. Im ganzen Land sollte er gar fünf Millionen Mitglieder zählen. Bestenfalls mochte es unter den Großmeistern des Klans eine Verbindungsperson zum Kreis der Dämmerung geben. David beschloss den Geheimorden im Auge zu behalten.

Eine andere Zeitungsnotiz setzte, wie schon so oft, bei David eine Assoziationskette in Gang: In Deutschland hatte Adolf Hitler den ersten Band seines Werkes *Mein Kampf* veröffentlicht. Ursprünglich sollte das Buch *Viereinhalb Jahre Kampf gegen Lüge, Dummheit und Feigheit* heißen, aber dem Verleger war das irgendwie nicht griffig genug gewesen. Ungläubig las David, dass ein gewisser Pater Bernhard Stempfle, der Herausgeber eines kleinen antisemitischen Blattes im oberbayerischen Miesbach, den polemischen Hitlertext redigiert haben sollte. Ein Geistlicher? Wie kam ein Pater dazu, antijüdische Hetzschriften zu lancieren?

Luce hatte von diesem Hitler gesprochen und sogar die Frage in den Raum gestellt, ob der untalentierte österreichische Maler einer jener Großen sein könnte, die große Ereignisse auszulösen vermochten. Wenn ja, dann musste David auch ihn weiter beobachten, ebenso wie seine politischen Weggenossen Heß, Göring, Maurice, Ludendorff und wie sie alle hießen.

Bald kamen noch andere hinzu. Während die Wochen

über einer ergebnislosen Suche nach Mitsuru Toyama ins Land zogen, baute David ein regelrechtes Archiv auf, das Dossiers über alle möglichen Personen enthielt. Er nannte es das *Schattenarchiv*, weil er hoffte irgendwann in einem der darin dokumentierten Menschen den Schatten des verhassten Geheimzirkels zu entdecken. In Davids Schattenarchiv befanden sich nicht nur solche Namen wie Hitler, Mussolini oder Stalin, die alle auf eine mehr oder weniger geniale Weise schizophren waren. Er sammelte auch andere, die er für besonders anfällig gegenüber Manipulationen hielt oder die allein wegen ihrer Schlüsselstellungen in Politik, Militär, Wirtschaft und Religion zu entweder begehrten oder verhassten Objekten des Kreises der Dämmerung werden konnten. Sogar Leute wie Eugenio Pacelli, der päpstliche Nuntius in München und Berlin, der sich vor wenigen Wochen nach Rom verabschiedet hatte, gehörten dazu.

Während Davids Schattenarchiv ständig Zuwachs bekam, blieb die Bewohnerzahl seines Häuschens am Yoyogi-Park unverändert. Die Liebe zwischen ihm und Rebekka war ungebrochen und es verging selten ein Tag, an dem sie sich das nicht bewiesen, aber Kinder wollten auf diesem glückgetränkten Boden dennoch nicht gedeihen.

Statt mit Babygequake und müffelnden Windeln beschäftigte sich das Paar in seiner Freizeit mit Konzertbesuchen und Spaziergängen im Grünen. In stundenlangen Gesprächen tauschten sie Gedanken und Gefühle aus. Sie besuchten Theater, wobei Rebekka den klassischen Formen der japanischen Bühnenkunst nicht viel abgewinnen konnte. Weder das *Noh*-Theater noch das *kabuki* entlockten ihr das laute begeisterte Jauchzen und Kichern, das sie nach wie vor im Kino entwickelte. Einzig das *bunraku*, ein

Puppentheater, bei dem die wichtigen Figuren von jeweils *drei* Spielern bewegt wurden, faszinierte sie.

Was den Glamour des Films betraf, so erlebte David an Rebekkas Seite Höhen und Tiefen. Sie schleppte ihn in das neueste Buster-Keaton-Werk *Go West*, in dem der »Mann mit dem gefrorenen Gesicht« einen Cowboy mimte. Sie versuchte ein Kino zu finden, das Sergej Eisensteins *Panzerkreuzer Potemkin* zeigte, was zurzeit aber gar nicht oder nur in stark zensierter Form möglich war. Und sie weinte eine einzelne bittere Träne, als Rudolph Valentino am 23. August 1926 im Alter von nur einunddreißig Jahren verstarb. David war ganz froh, dass ihre Trauer sich im Rahmen hielt, denn aus der Zeitung war zu entnehmen, dass sich andere das Leben nahmen, nur weil sie diesen drittklassigen Leinwandliebhaber auf seinem schwersten Gang begleiten wollten. Dabei musste David unweigerlich an General Nogis Reaktion auf Meijis Tod denken. Vielleicht unterschieden sich die harakiribesessenen Japaner ja doch nicht so sehr vom Rest der Menschheit.

Die Nagelprobe sollte schon in Kürze folgen. Als die westliche Welt vier Monate später mit der Glorifizierung des ewig kindlichen Heilands – dem Weihnachtsfest – beschäftigt war, schockierte der japanische Kaiser Taisho die ausländische Presse mit einer Tat, die zu dieser Zeit unpassender nicht hätte sein können: Er starb.

Das Ereignis kam nicht völlig überraschend. Über mehrere Monate hinweg waren dem Kaiser die Kräfte geschwunden, wie Lebenswasser, das man vergeblich in den Händen zu halten versucht. Nur dass er ausgerechnet am 25. Dezember ableben musste!

Als Jüdin feierte Rebekka kein Weihnachten. Und weil David die scheinheilige Verlogenheit ablehnte, die vielerorts mit dem »Fest der Liebe und des Friedens« einherging, sorgte ihre abstinente Haltung in der Ehegemeinschaft auch nie für Konfliktstoff. Das vorwiegend shintoistische Japan verehrte so viele Ahnen, dass es keinen Sinn machte, den Geburtstag eines einzelnen Menschen hervorzuheben. In aller Regel habe ein Neugeborener ja ohnehin noch nichts geleistet, das zu Lobeshymnen Anlass gäbe, meinten nicht wenige. Deshalb fiel der Tod des Mikado in Japan auf einen ganz gewöhnlichen Arbeitstag.

Für David bedeutete das Ableben des Tenno gleichwohl mehr als Arbeit. Er konnte sich in etwa vorstellen, was im Augenblick in seinem Freund Hito vorging. Er würde keine Miene verziehen, aber Yoshihito war sein Vater gewesen und er würde trotzdem trauern. Nicht allzu sehr vielleicht, denn er hatte ebenso wie viele Höflinge unter den exzentrischen Anfällen Yoshihitos gelitten. Im Stillen mochte so mancher Untertan aufatmen, dass der zuletzt doch unübersehbar schwachsinnige Tenno sich endlich auf den Weg zu seinen Ahnen gemacht hatte. Die Japaner besaßen zwar die Neigung den Tod ihrer Herrscher zu beklagen, aber über Hitos Vater vergoss kaum jemand eine Träne. Ein publizistischer Kollege Davids schrieb über den Verblichenen: »Sein ganzes Leben hindurch war der Tenno wenig mehr als eine Null gewesen, ein Schattenkaiser, der von den Männern hinter dem Thron gegängelt wurde, ein Mann, der nicht nur verrückt war, sondern auch keinerlei Macht besaß.«

Würde sich das bei Hirohito ändern? Diese Frage stellte sich nicht nur David, als er seinen Bericht über die Trauerfeierlichkeiten verfasste. »Wenn ein Kaiser aus dem irdischen Leben geschieden ist«, informierte der Hof die internationale Presse, »besteigt sein Nachfolger unmittelbar danach den Thron, denn der erhabene Stuhl darf keinen einzigen Tag leer stehen.« Damit war Hirohito nicht nur dem Titel nach, sondern auch de facto der neue Mikado. Obgleich die feierliche Inthronisierung erst nach einer angemessenen Trauerzeit erfolgen würde, fand unverzüglich ein kleiner Festakt anlässlich Hirohitos Thronbesteigung statt.

Jede Art von Pomp war in Davids Augen nur Blendwerk, das die menschlichen Sinne benebeln und von Unzulänglichkeiten ablenken sollte. Dementsprechend sachlich fiel sein Bericht über die Einsetzung Hitos in Amt und Würden aus – sollte sich doch John Martin oder ein anderer Redakteur um die zusammengesetzten Eigenschaftswörter und *Time*-gerecht verdrehten Sätze kümmern.

Der Zeremonienmeister des Hofes würde verkünden, der neue Kaiser verfüge nun über Japans Heiligtümer – *yata no kagami*, den heiligen Spiegel seiner göttlichen Ahnfrau, der Sonnengöttin Amaterasu, das heilige Schwert *ame no murakamo no tsurugi* ihres blutrünstigen Bruders Susanoo und, nicht zu vergessen, *yasakani no magatama*, das heilige Juwelenhalsband ihrer Schwester Tsuki-no-kami, der Mondgöttin. Anschließend würde der Kaiser im Palast zu seinen Ahnen beten und sie um Hilfe bitten. Nach diesen unverzichtbaren Präliminarien stand eine eingehende Unterredung mit den Beratern auf dem Programm. Es galt, die Devise festzulegen, unter der die Regentschaft des neuen Mikados stehen würde.

Hitos Vater hatte das Motto *Taisho*, »Erhabene Rechtschaffenheit«, ja nicht unbedingt mit Leben erfüllt. Am erhabensten war noch sein Begräbnis. Aber wie würde sich der stille, nachdenkliche Sohn entscheiden?

Zwei Tage nach Yoshihitos Tod wurde die neue Devise verkündet: *Showa* sollte sie lauten, »Leuchtender Friede«.

Später – es war während einer geheimen Privataudienz am 31. Dezember – gratulierte David seinem Freund zu dieser Wahl, wenngleich er auch Bedenken äußerte, ob Hito sein Kredo gegen die im Land zunehmend stärker werdenden Militärs würde durchsetzen können.

Hito lächelte schwach. Er war jetzt offiziell ein Gott, auch wenn ihm noch das amtliche Siegel dazu fehlte. Aber David kam er nicht verändert vor. »Ich hoffe, David-*kun*, deine Bedenken werden sich zerstreuen. Dennoch glaube ich wenigstens für dich eine gute Nachricht zu haben.«

Davids Augenbrauen hoben sich erwartungsvoll.

Hito verzog keine Miene, als er sagte: »So hinterhältig Mitsuru Toyama auch ist, hat er sich bis heute doch noch nie gegen das Kaiserhaus gestellt. Er war immer eifrig darauf bedacht, als standhafter Patriot dazustehen. Ich verabscheue diesen Mann, aber für dich, David-*kun*, werde ich ihn zu meiner Inthronisierung einladen. Selbstverständlich wirst auch du anwesend sein. Ich überlasse dir die Entscheidung, was du aus dieser Gelegenheit machst.«

## Die Krönung

Wenn man nach langer Winterzeit den Frühling herbeisehnt und er verspätet sich, so glaubt man, eine neue Eiszeit würde heraufziehen. Das war in etwa die Stimmung, in der sich David in dem Jahr befand, das auf den Tod des Tennos folgte. Eigentlich hätte er es ja besser wissen müssen. Nach Meijis Ableben waren drei Jahre vergangen, bis dessen Spross Yoshihito inthronisiert wurde.

Wie lange würde man wohl um einen geisteskranken Gott trauern?

Wieder gingen Wochen ins Land, aus denen Monate wurden. Mehrmals suchte David den Kaiserpalast auf, um mit Hirohito einen Plan auszuarbeiten, wie man Toyama stellen könnte. Alles musste so unauffällig wie möglich vonstatten gehen – darauf bestand der designierte Mikado. Für den Gedanken einer wilden Schießerei oder eines Schwertkampfes während der Krönungsfeier konnte er sich nicht erwärmen. Aber das war auch nur die äußerste Maßnahme in Davids Planspielen. Noch hatte er nicht die endgültige Sicherheit, dass Mitsuru Toyama wirklich derselbe war, den sein Vater vor über vier Jahrzehnten zum ersten Mal gesehen hatte.

Seine erste Aufgabe musste somit darin bestehen, Toyama zu entlarven. Unglücklicherweise wusste er nicht, wie er das anstellen sollte. »Toyama-*san*, sind Sie vielleicht der Lieblingsbruder Ihres Großmeisters Belial?« Nein, mit dieser Frage würde er wohl nicht ans Ziel kommen. Deshalb galt sein erstes Bestreben der Gefangennahme des Kopfes des Schwarzen Drachens.

Da er Yoshi jederzeit treffen konnte, Hito aber nur nach dem komplizierten Austausch von Kassibern, war vor allem Davids ältester Freund eine Stütze bei der Entwicklung eines Schlachtplanes. Gemeinsam mit Rebekka verbrachten sie ganze Nächte damit, verschiedene Szenarien durchzuspielen oder Möglichkeiten zu erörtern, wie man Toyamas vielleicht doch noch vor der Inthronisierung habhaft werden konnte. Da Rebekkas Japanischkenntnisse noch zu unterentwickelt waren, wurden diese Gespräche grundsätzlich in Englisch geführt.

Oft mussten viel versprechende Ansätze gleich wieder

aufgegeben werden, weil man sich allzu leicht im Dickicht des Nationalismus verfangen hätte. So auch an jenem Abend, als sie im Haus der Murrays beisammensaßen und über die Möglichkeit diskutierten die Geheimpolizei in die Suche mit einzubeziehen. Vor ihnen standen die Reste des *oyako donburi,* eines Reisgerichts mit Hühnerfleisch und Zwiebelrührei, das Rebekka extra für Yoshi gekocht hatte. (Rebekkas Eingewöhnung in die japanische Kultur machte beachtliche Fortschritte.)

»Deine Idee ist im Prinzip sehr gut«, kommentierte Yoshi den Vorschlag seines Freundes. »Die Geheimpolizei hat ihre Spione überall im Land. Aber wir begeben uns da auf ein gefährliches Terrain, das von den Anhängern des *kodo* beherrscht wird.«

»Wer ist das?«, fragte Rebekka, der das japanische Wort nichts sagte.

David streichelte ihre Wange. »Du hättest besser fragen sollen, *was* es ist, Schatz. Der Begriff *kodo* bedeutet ›Weg des Kaisers‹. Um von ihren eigenen Machtgelüsten abzulenken, stellen sich die radikalen Patrioten gerne als glühende Anhänger des Tenno dar. Leider rekrutieren sich die Jünger des *kodo* zu großen Teilen aus den Militärs.«

»Und Toyamas Gefolgsleute hocken in der Armee wie die Flöhe im Pelz eines Straßenköters«, setzte Yoshi hinzu. »Selbst wenn meine Kontakte zur Geheimpolizei besser wären, als sie tatsächlich sind, sollten wir diese Möglichkeit besser vergessen.«

David nickte enttäuscht.

So war es fast immer. Der einzige Fortschritt, den die Jäger des verborgenen Zirkels seit Hirohitos Thronbesteigung erzielt hatten, war die Entdeckung neuer Schlupfwinkel der Amur-Gesellschaft. Jedes Mal, wenn sie wieder ein Haus oder ein Grundstück aufspüren konnten, das Mitsuru Toyama gehörte, informierten sie über Dr. Hirotaro Hattori den Tenno. Meist meldete sich der kaiserliche Biologielehrer schon nach kurzer Zeit wieder bei David und überbrachte Hitos Antwort.

Dessen Geheimsiegelbewahrer hatte einen listigen Sekretär namens Kido, der einen eigenen Geheimdienst unterhielt. Kidos Leute observierten inzwischen über zwanzig Objekte, die der Geheimgesellschaft Schwarzer Drache angehörten. David war sich durchaus des Risikos bewusst, Hirohitos Hofbeamte mit in die Suche nach Toyama einzubeziehen. Er empfand ein elementares Misstrauen gegen jede Art von Spionen. Aber was sollte er tun? Ohne Helfer war er dem Kreis der Dämmerung hoffnungslos unterlegen. Nur mithilfe des japanischen Kaisers konnte er diese Treibjagd in Gang bringen, die früher oder später zu einem Ergebnis führen musste.

Diese Hatz nahm David immer stärker in Anspruch. Manche Ereignisse, die fast die ganze Welt in Aufruhr brachten, gingen fast unbemerkt an ihm vorüber. Es war Rebekka, die ihm am Morgen des 22. Mai 1927 aus der Zeitung vorlas, dass der Postflieger Charles A. Lindbergh tags zuvor in Paris gelandet war, nachdem er als erster Mensch in einem Flugzeug den Atlantik überquert hatte. Was Kolumbus noch Wochen abnötigte, schaffte Lindbergh mit seiner *Spirit of St. Louis* in knapp dreiunddreißigeinhalb Stunden.

Rebekka war für David in jeder Hinsicht eine große Stütze, und das, obwohl ihre Kinderlosigkeit sie manches Mal bedrückte. Als vom Hofe bekannt gegeben wurde, dass Nagako zum zweiten Mal schwanger war, brach Rebekka in Tränen aus. Es gab Zeiten, da war sie sogar unausstehlich. Ohne Davids ungebrochene Liebe wäre sie vielleicht in Depressionen versunken, aber er hielt zu ihr, wohl wissend, was die Ursache für ihre Schwermut war. Zum Glück verbarg sich in der so zerbrechlich scheinenden Frau eine starke Persönlichkeit. Rebekkas Betrübtheit hielt nie sehr lange an und bald schon erfüllte wieder ihr unbekümmertes Lachen das Haus am Yoyogi-Park.

Die Prüfungen, die sie an Davids Seite durchstehen musste, machten sie reifer, selbstbewusster und für ihren Ehemann noch begehrenswerter. Während noch die *mogas*, die »modernen Mädchen«, mit ihren Pagenschnitten und den neuerdings sogar kniefreien Röcken die radikalen Traditionalisten schockierten, entwickelte Mrs Rahel Murray ihren eigenen Stil. Ihr Haar wurde zusehends länger, was sie weiblicher und weniger burschikos erscheinen ließ. Auf einem Presseempfang, den die Murrays besuchten, fragte ein Kollege David, aus welchem Palast er denn diese »Prinzessin aus Tausendundeiner Nacht« entführt habe.

Kennzeichnend für die charakterliche Entwicklung, die Davids »Prinzessin« durchmachte, war auch ihre Wiederaufnahme des Klavierunterrichts. Sie hatte beschlossen irgendwann in naher Zukunft selbst zu unterrichten. Am liebsten wollte sie Kindern beibringen »die Sprache der Musik zu erlernen«. So drückte sie sich aus, wenn sie David klarmachte, Menschlichkeit sei immer auch mit den schönen Künsten verbunden gewesen. Ihre Doktrin lautete: »Unmenschen sind selten überzeugte Ästheten.«

Über die musikpädagogischen Ambitionen hinaus erinnerte sich Rebekka ihrer Zeit in Oxford, als sie mit nicht geringem Erfolg das Französisch von Mrs Greenborough aufgefrischt hatte. Wenn David und Rebekka Bekannte trafen oder eine Gesellschaft besuchten, machte sie hier und da einige wohl platzierte Andeutungen. Das Ableben von Claude Monet im Dezember '26 hatte auch im europaversessenen Japan zu einem Aufleben des Interesses an französischer Kultur geführt und so verwundert es nicht, wenn Rebekkas Bemerkungen auf fruchtbaren Boden fielen. Bald schon konnte sie sich nicht mehr vor Anfragen von Japanerinnen retten, die sich unterkultiviert fühlten und gerne die weich schwingende Sprache von Monet, Renoir und Debussy erlernen wollten.

Im Sommer 1927 verbrachten David und Rebekka drei traumhafte Wochen am Strand von Sagami. Das gab ihnen beinahe täglich Gelegenheit mit dem Kaiserpaar zusammenzutreffen. Zwischen Rebekka und der in guter Hoffnung befindlichen Nagako entwickelte sich ein herzliches Verhältnis. Hin und wieder fuhr David auch mit Hito und Dr. Hattori aufs Meer hinaus, um nach Algen und anderen Pflanzen zu fischen. Der Biologielehrer des Kaisers war ein gewitzter kleiner Mann mit einem erstaunlich großen Wissen.

Niemand durfte erfahren, dass sich der Kaiser mit Ausländern »besudelte«. Während daher die im feuchtwarmen Klima Tokyos schwitzenden Menschen der Vorstellung nachhingen, ihr Tenno befinde sich irgendwo in der Zentralregion des Himmels, genossen die beiden Paare und der Gelehrte wie eine verschworene Gemeinschaft die lauen Abende im Strandpalast von Hayama. Die Bezeichnung »Palast« ist zugegebenermaßen eine Übertreibung, denn der kaiserliche Sommersitz war eher ein einfaches Landhaus am Meer mit einem Garten, der bis ans Ufer reichte und auf der Landseite von einer Mauer umgeben war. Die meisten Zimmer verfügten über Fenster, die sich zum Garten und damit auch zur See hin öffnen ließen. Die Räume waren japanisch sparsam mit Tatamis und wenigen Möbeln eingerichtet. Nur im Obergeschoss gab es ein im westlichen Stil möbliertes Arbeitszimmer, von dem Hirohito einen Rundblick über die ganze Bucht bis hin zum Berg Fuji-yama und zum rauchenden Schlot des Mihara hatte.

In diesem Raum führten David, Hito und oft auch Dr. Hattori Gespräche, die bis tief in die Nacht hinein dauerten. Die Leibwache patrouillierte derweil vor der Mauer des Anwesens und ahnte nicht im Geringsten, welch irdischen Interessen ihr entrückter Gottkaiser im Palast nachging.

Nach der Rückkehr aus Sagami fühlte sich David motiviert wie lange nicht mehr. Hito hatte ihm klargemacht, dass bis zur Inthronisierung mindestens noch ein Jahr verstreichen würde, aber allein das Bewusstsein, Freunde wie den Kaiser (und auch dessen Biologielehrer) zu besitzen, schien David regelrecht zu beflügeln.

Um die Zeit zu nutzen, spornte er Yoshi zu noch intensiveren Bemühungen bei der Suche nach Toyamas Schlupfwinkel an. Gleichzeitig pflegte David sein Schattenarchiv. Mit Bedauern musste er zwei Dossiers ad acta legen. Sie trugen die Namen von Nicola Sacco und Bartolomeo Vanzetti. Die beiden italoamerikanischen Anarchisten waren nach langem Tauziehen und mehreren Verschiebungen der Urteilsvollstreckung am 23. August schließlich doch auf dem elektrischen Stuhl hingerichtet worden. Angeblich sollten sie einen schweren Raubmord begangen haben, aber sie selbst hatten die nur auf Indizien gestützte Anklage bis zuletzt als Lüge bezeichnet. Angesehene amerikanische Juristen sprachen von einem Fehlurteil. David erinnerte sich noch sehr gut, wie argwöhnisch, ja ängstlich sein Vater gerade die Attentate der Anarchisten als Ausdruck des Jahrhundertplans aufgenommen hatte. Nun fragte er sich, ob ihm mit Sacco und Vanzetti nicht vielleicht wichtige Zeugen in seinem Kampf gegen den Kreis der Dämmerung genommen worden waren. Konnte es möglich sein, dass der Geheimzirkel selbst dieses »Fehlurteil« lanciert hatte, um verräterische Spuren zu verwischen?

Während Rebekkas Klaviersonaten das Haus erfüllten, kam der Termin der Inthronisation immer näher. Endlich hatte der Hof verlautbaren lassen: Am 9. November 1928 sollte der neue Kaiser in einer prunkvollen Zeremonie auch formal die Würde übertragen bekommen, die er bereits seit fast zwei Jahren besaß.

Die Ereignisse des Jahres rauschten nur so an David vorüber. Abgesehen von den Themen, über die er selbst schrieb, interessierte ihn kaum noch etwas. Am 1. Mai gaben die deutschen Opelwerke bekannt, mit dem Flieger Antonius Raab einen Vertrag über den ersten Raketen-Weltraumflug abgeschlossen zu haben. Hunderte Begeisterte hätten sich bereits freiwillig gemeldet ihn auf seinem Jungfernflug zu begleiten. Na und? David ignorierte es.

Im August begann die Daven Corporation aus Newark, New Jersey, mit dem Verkauf von Fernsehempfängern zum Stückpreis von fünfundsiebzig Dollar. In Davids Hinterkopf ging bei dieser Nachricht zwar ein Warnlicht an, aber weil er dieses Gefühl nicht einordnen konnte, schrieb er nur eine Notiz und legte sie unter der Rubrik »Sonstiges« in seinem Schattenarchiv ab.

Er hörte auch kaum zu, als Rebekka ihm im Monat vor der Inthronisierung beim Frühstück erzählte, im Londoner

St. Mary's Hospital habe ein gewisser Alexander Fleming mit grünlichen Schimmelpilzen herumexperimentiert und dabei eine erstaunliche Entdeckung gemacht. Die flauschigen Pilze seien unter dem malerischen Namen *Penicillium notatum* bekannt, weshalb der neue Wirkstoff Penicillin heißen solle.

David schüttelte sich. *Schimmelpilze! Ekelhaft!* »Was kann er da schon Gescheites herausgefunden haben?«

»Sie fressen Staphylokokken«, erwiderte die Tochter einer der ersten Medizinerinnen des Jahrhunderts pikiert. »Du hast wahrscheinlich noch nie unter einem Karbunkel gelitten.«

David sah seine verstimmte Ehefrau an wie jemand, der gerade ein epochales Ereignis verschlafen hatte. Natürlich besaß er genug medizinische Vorbildung, um sich etwas unter einer eitrigen Hauterkrankung vorstellen zu können. Was ihn so betroffen machte, war jedoch weniger seine mangelnde Würdigung der wissenschaftlichen Entdeckung als vielmehr die Teilnahmslosigkeit gegenüber Rebekka. »Entschuldige, Schatz, ich war mit meinen Gedanken gerade ganz woanders.«

Rebekkas Blick wurde unvermittelt weich. Sie nahm lächelnd Davids Hand und sagte mit sanfter Stimme: »Das bist du in letzter Zeit sehr häufig, Liebster. Es hängt mit Hirohitos Inthronisierung im nächsten Monat zusammen – habe ich Recht? Du weißt nicht, was passieren wird, wenn du auf Toyama triffst.«

David zog ihre zarte Hand an seine Lippen und küsste sie. »Ich wünschte, diese Jagd hätte endlich ein Ende. Toyama muss inzwischen ungefähr achtzig Jahre alt sein, aber nach den wenigen jüngeren Zeugenaussagen, die Yoshi bekommen konnte, sieht er nicht einmal wie ein

Vierzigjähriger aus. Ich weiß nicht, was ich davon halten soll. Entweder er ist wirklich nur Teruzo Toyamas Sohn oder er besitzt mehr Macht, als mir lieb sein kann.«

Die beiden Schwerter steckten tief im Gepäck vergraben. Es war Donnerstag, der 8. November, als David mit seiner Frau den Zug nach Kyoto bestieg. Dort, in der alten Kaiserstadt, würde Hirohito in zwei Tagen inthronisiert werden. David wusste selbst noch nicht, ob er das *wakizashi* heimlich zu den Feierlichkeiten mitnehmen sollte.

Natürlich würde sich niemand mit einer Waffe in die Nähe des Tennos wagen dürfen, aber Hito hatte David zugesichert, er und Rebekka ständen unter seinem persönlichen Schutz. Offiziell waren sie (ebenso wie auch Yoshiharu Ito) Ehrengäste des Hofes. Polizei und kaiserliche Leibgarde würden sie nicht mit Durchsuchungen behelligen.

Hito hatte seinem Jugendfreund weder zu- noch abgeraten sich gegen Mitsuru Toyama zu bewaffnen. Seine diesbezügliche Äußerung klang eher wie ein delphisches Orakel. Die japanische Sprache eignet sich hervorragend, um jemanden zu verunsichern. Ihr Wortschatz ist wie geschaffen, um indirekte Äußerungen auszusprechen, die als Zustimmung, aber auch als Ablehnung ausgelegt werden können. Vielleicht lag es ja in Hitos Absicht, David ein Zugeständnis einzuräumen, das er ihm als Mikado offiziell nicht geben durfte.

David und Rebekka bezogen eine Suite im *Grand Hotel*, das zwischen dem *Nishi-Honganji*, dem *Higashi-Honganji* und dem Toji-Tempel lag. Kyoto war mit Schreinen und Tempeln gepflastert wie sonst kaum eine Stadt in Nippon. Hier hatten die Kaiser über ein Jahrtausend lang residiert,

Edo war erst von Hirohitos Großvater Mutsuhito zum Tokyo einer neuen Ära gemacht worden.

Weil die bald zweitausendsechshundertjährige Kaiserdynastie auf den Säulen einer tief verwurzelten Ahnenverehrung ruhte, unterlag auch die Inthronisierung einem uralten religiösen Ritus. David beherrschte den Ablauf inzwischen fast so gut wie der neue Kaiser.

Hirohito und Nagako sollten erst am kommenden Abend, also am Freitag, aus Nagoya anreisen. Vermutlich würden sie in der Nacht wenig schlafen, denn sie mussten höchst komplizierte Kleidungsstücke anlegen: Dem Kaiser war ein feierliches Gewand aus weißem Seidendamast vorgeschrieben; Nagako würde in einem kunstvollen Damastkleid mit Schleppe und einer unübersichtlichen, von zahllosen Ziernadeln stabilisierten Frisur unter die Augen der Öffentlichkeit treten. Am Morgen mussten sie sich auf den Weg zum *Kashiko-Dokoro* machen. Dabei würden auch die in- und ausländischen Gäste sie bestaunen dürfen. Dort – in dem Kaiserlichen Heiligtum – angekommen, oblag Hirohito die Aufgabe seiner Ahnin, der Sonnengöttin Amaterasu, die Thronbesteigung mitzuteilen. Um ihre Aufmerksamkeit zu wecken und ihren Segen zu erbitten, sollte er ihr fernerhin – begleitet von Gebeten und ritueller Musik – etwas zu essen anbieten. Mit dem Speiseopfer endete dann auch jener Teil der Feier, der unter Ausschluss der Öffentlichkeit, also nur im Familienkreis, begangen wurde.

Am Nachmittag bekamen dann mit der prunkvollen Inthronisierung wieder alle etwas zu sehen, damit »die lebende Welt erfahre, was am Morgen der Welt der Geister bekannt gegeben worden war«. Herolde eilten dem Kaiserpaar voraus, damit auch niemand etwas verpasste.

Vorhänge wurden gelüftet, was den Versammelten einen unverstellten Blick auf die Thronsitze unter dem Baldachin gewährte: Hirohito trug jetzt Orange, die Farbe der aufgehenden Sonne. Nun musste er gegen Trommel- und Zimbelklang sowie dröhnende Glockenschläge ankämpfen, um all jenen, die es noch nicht wussten, mitzuteilen, dass er der neue Mikado war. Auf diese Auskunft hin hatten sich alle Anwesenden zu verneigen.

Für Hirohito waren die Strapazen damit noch nicht vorüber. Den nächsten Tag verbrachte er mit kunstvollen Tänzen, Glockenklang und – schließlich war er ein japanischer Machthaber – mit rituellem Baden. Durch diese Verrichtungen sollte die Aufmerksamkeit seiner Ahnen geweckt werden.

Danach, am dritten Tag, stand der geheimnisvolle Ritus des *daijosai*, der Danksagung, auf dem Programm. »Das Geheimnis der Einweihung in die Herrscherpflichten« war eine Zeremonie, der kein Ausländer beiwohnen durfte, auch David nicht. Hierzu hatte man eigens im Palastbezirk zwei heilige Hütten aus ungeschälten Kiefernstämmen errichtet, die von den Ranken wilder Weinstöcke zusammengehalten wurden. Die Stämme waren von Arbeitern geschlagen worden, deren Reinigung gewissenhafte Shinto-Priester vollzogen hatten. Der erste der gefällten Stämme war sogleich verbrannt worden, um den Gott der Wälder wohlgesinnt zu stimmen, die übrigen wurden von Bauern in alter Tracht durch die Straßen Kyotos gezogen. Leider war all die Mühe nicht von Bestand. Nachdem Hito über seine Pflichten in Kenntnis gesetzt sein würde, sollten die heiligen Häuslein wieder abgerissen werden.

Doch bis dahin war auch eine Menge zu tun. Zunächst

– 678 –

musste er wieder baden. In einer bewusst schlicht gehaltenen, viereckigen Tonne hatte er sich von allen Unreinheiten zu befreien. Anschließend durfte er sich in ein weißes Gewand hüllen. Nun reinigte ein Priester ihm rituell die (vom vielen Baden inzwischen schrumplig gewordenen) Hände. All diese Strapazen dienten einzig dem Zweck, den Kaiser für die Kommunikation mit der »großen Göttin« vorzubereiten.

Nachdem die Sonnengöttin ihn ins Gebet genommen hatte, folgte wieder ein eher heiterer Abschnitt der Feiern. Dieser bestand unter anderem in alten Tänzen und einer von Fackelträgern begleiteten sakralen Prozession. Hito musste barfuß über Binsenmatten schreiten, die man hinter ihm unverzüglich einrollte, damit kein anderer sie betrete. Es wäre zu ermüdend, all die Handlungen zu beschreiben, denen sich Amaterasus Nachkomme noch unterziehen musste, und es mag Mitgefühl wecken, wenn man erfährt, dass dieses komplizierte Ritual in und vor der zweiten Kiefernhütte noch einmal wiederholt wurde. Sicher war, dass Hirohito auch in dieser Nacht wenig Schlaf finden würde, denn vor dem Morgengrauen ließ sich ein derart ausgedehntes Zeremoniell kaum bewältigen.

Davids Artikel für *Time* war schon so gut wie fertig, noch bevor Hirohito zum ersten Mal gebadet hatte. Er durfte sich Hoffnungen auf eine Titelgeschichte machen. Wenn Brit und Henry gewusst hätten, wie wenig ihn das im Moment interessierte, wären sie vermutlich enttäuscht gewesen.

Als er am Samstagmorgen in Begleitung von Rebekka und Yoshi vor dem *Kashiko-Dokoro* auf das Kaiserpaar wartete, war David so aufgeregt, dass er kaum die Hände ruhig halten konnte. Er wusste im Grunde herzlich wenig über Toyamas Äußeres, nur dass er für einen Japaner ungewöhnlich groß war. Es war Yoshi nicht einmal gelungen, eine Fotografie von dem Kopf des Schwarzen Drachens zu bekommen. Einige der befragten Zeugen hatten den geheimnisvollen Mann zumindest beschreiben können – allerdings auf ziemlich widersprüchliche Weise. Es würde also eine gute Portion Glück dazu gehören, Toyama in der Menge zu entdecken.

Als Trommeln und Zimbeln das Herannahen des Kaiserpaares ankündigten, entstand Unruhe in der Menge. Anders als am Nachmittag säumten die Zuschauer hier mehr oder weniger ungeordnet den Weg, welchen Hirohito und Nagako nehmen würden. Die kaiserliche Leibgarde sorgte nur dafür, dass niemand dem himmlischen Machthaber in die Quere kam.

Davids Hals wurde lang. Seine Augen tasteten wie Fühler über die Gesichter der Zuschauer. Obwohl sich die Ehrengäste gesittet benahmen, war die Szene doch alles andere als übersichtlich. Japaner, Europäer und Amerikaner, Staatsmänner, Diplomaten und Pressevertreter – alle zusammen bildeten einen Pulk aus Leibern, in dem man leicht einen Elefanten hätte verstecken können. Wie sollte er da einen einzelnen Menschen ausmachen?

Dann schwoll das Stimmengewirr an. Würdevoll schritten Hirohito und Nagako in ihrem weißen Damast auf das Heiligtum zu. Die Menschen jubelten: »*Banzai! Banzai!*« Zehntausend Jahre wünschten sie ihrem neuen Mikado und weil er, anders als sein launischer Vater, auch die Sympathien vieler Ausländer besaß, schlossen diese sich dem Beifall an.

Verzweifelt reckte David den Hals. Hin und wieder

– 680 –

musste er drängelnde Körper auf Abstand halten. Rebekka klammerte sich an ihn.

»Kannst du ihn sehen?«, fragte er Yoshi.

»Unmöglich. Es ist einfach zu viel los. Wir müssen wohl warten, bis der Mikado sich den Geistern seiner Ahnen vorgestellt hat.«

Enttäuscht verließen die drei kurz darauf den Schauplatz des Spektakels. Yoshi hatte Recht. Wenn die geladenen Gäste erst auf ihren Tribünen saßen und auf die offizielle Vorstellung des neuen Kaisers warteten, würde sich Mitsuru Toyama nicht so leicht in der Menge verstecken können. Dafür sorgte schon die Sitzordnung.

Leises Gemurmel erfüllte den Platz vor dem Kaiserpalast. Alle blickten auf die geschlossenen Vorhänge unter dem Baldachin. Die Tribünen davor waren in U-Form angeordnet. Der Platz zwischen den ansteigenden Sitzreihen war ebenfalls mit Stühlen ausgefüllt. David und Rebekka saßen auf der Mitteltribüne bei den Ausländern, Yoshi unten bei den Untertanen des Kaisers. Alle drei hielten nach einem auffällig großen Japaner um die vierzig Ausschau.

Unter den vielen ausgebrüteten, diskutierten und wieder verworfenen Plänen hatte sich schließlich einer gefunden, zu dem sich das Trio durchringen konnte. Die Idee dazu ging auf ein nächtliches Ereignis im Londoner Amüsierviertel Soho zurück. Ein Dutzend Jahre waren seitdem vergangen, doch Davids Gedächtnis hatte die Erinnerung zum richtigen Zeitpunkt wieder zu Tage gefördert. Allerdings war der jetzige Plan ungleich gewagter, weil David seine Gabe noch nie auf *diese* Weise eingesetzt hatte. Yoshi war nur im Groben mit Davids Fähigkeiten vertraut, was ihn eine ziemlich kritische Einstellung gegenüber dem Vorhaben einnehmen ließ.

Wieder einmal trafen sich Davids und Yoshis Blick über eine Distanz von ungefähr zwanzig Yards. David hob in einer fragenden Geste die Handflächen, der gedrungene Japaner antwortete mit einem ratlosen Schulterzucken. Nichts. War der fanatische Patriot Mitsuru Toyama vielleicht doch nicht erschienen, um seinem Kaiser die Reverenz zu erweisen?

David zuckte zusammen, als er plötzlich die Stimmen der Herolde vernahm. Er hatte sich ganz und gar auf die Gesichter der Menge konzentriert. Dabei war ihm der Auftritt der Männer in ihren traditionellen Hofgewändern überhaupt nicht aufgefallen. In dem Moment, als sie in getragenem Ton die Stimme erhoben, um das Kommen des Kaisers und der Kaiserin anzukünden, bemerkte er einen hoch gewachsenen schwarzhaarigen Asiaten, der wie aus dem Nichts hinter der Tribüne zu seiner Linken erschien und sich auf einen reservierten Randplatz setzte.

Davids Herz begann schneller zu klopfen, seine Hände verkrampften sich, was Rebekka sogleich bemerkte, weil sie seine Linke hielt.

»Was ist?«, flüsterte sie.

»Dort!«, antwortete David und deutete unauffällig mit dem Kopf zu dem späten Gast hin. Der große Mann trug eine Marineuniform mit weißen Handschuhen. Warum musste Yoshi nur gerade jetzt wie gebannt auf die Vorhänge starren! »Bleib hier sitzen und rühr dich nicht von der Stelle«, befahl David und ehe Rebekka protestieren konnte, hatte er sich schon vom Platz erhoben.

Da! Endlich drehte sich Yoshi um. David sah auffällig in die Richtung des Mannes, den er für Toyama hielt. Sein

Freund folgte dem Blick und fand schnell das richtige Gesicht. Es war flach, breit und kantig, wirkte fast ein wenig koreanisch. Yoshi wandte sich wieder David zu und nickte unmerklich.

Von nun an blieb ihnen nicht viel Zeit. In dem Moment, als sich unter dem Baldachin die Vorhänge öffneten, erhob sich Yoshi von seinem Sitz und ging zielstrebig auf Toyamas Tribünenplatz zu. David bewegte sich seinerseits nach links an den Rand der Ausländertribüne. Er ignorierte die vereinzelten Proteste. Die meisten Zuschauer waren ohnehin damit beschäftigt, den Kaiser und die Kaiserin durch Hochrufe und andere Beifallsbekundungen willkommen zu heißen.

Als die Trommeln und Zimbeln erklangen, war die Aufmerksamkeit aller Zuschauer abgelenkt. Genau in diesem Moment überreichte Yoshi mit einer ehrerbietigen Verneigung eine kleine gefaltete Karte an den mutmaßlichen Toyama. David sah, wie der große Japaner etwas zu dem Boten sagte, offenbar eine Frage. Warum machte sich Yoshi nicht endlich aus dem Staub?

David hatte den »Sperrbezirk« verlassen. Er steuerte nun direkt auf die Tribüne zu, die ausschließlich den Japanern vorbehalten war. Jeden Moment konnte ihn einer der Leibwächter aufhalten. Aber im Augenblick achteten alle nur auf den Mikado.

Yoshi sagte etwas zu dem vermeintlichen Marineoffizier, dann endlich verbeugte er sich ein letztes Mal und verließ eilig die Tribüne. David schlich sich näher. Immer noch unbehelligt. Auf dem Rücken unter seiner Jacke trug er sein *wakizashi*. Wenn er jetzt von einem übereifrigen Leibwächter aufgegriffen würde, dann konnte man ihn leicht für einen Attentäter halten und … Besser, er dachte später darüber nach. Jetzt war der Augenblick gekommen, sich hundertprozentig auf den vermeintlichen Toyama zu konzentrieren. Gleich würde sich herausstellen, ob er zum Kreis der Dämmerung gehörte.

Der Riese verzog keine Miene. Geschickt öffnete seine behandschuhte Rechte das zusammengefaltete Kärtchen und hob es vor das breite Gesicht. David bemerkte, wie ein Ruck durch den Körper des Mannes ging, als sei er gerade irgendwo eingerastet. Jetzt mussten die ausdruckslosen Mandelaugen die Schriftzeichen gelesen haben.

*Teruzo!*
*Dein Verrat ist unverzeihlich.*
*Wir verfluchen dich.*
*Beachte das Schuldmal an deiner Hand:*
*Deine Rechte soll dir augenblicklich am Arm verfaulen.*
*Erwarte Unser Urteil aus Negromanus' Hand.*

David murmelte: »Wenn du der Verräter meines Vaters, wenn du ein Mitglied des Kreises der Dämmerung, wenn du Teruzo Toyama bist, dann soll deine rechte Hand jetzt *blau* werden.«

Der große Japaner ließ mit einem Mal das Kärtchen fallen und blickte entsetzt auf sein Handgelenk. Der schmale Streifen Haut zwischen dem Ärmel der Uniformjacke und dem weißen Handschuh hatte sich tiefblau verfärbt, als stürbe ihm gerade der Arm ab.

»Wenn du derjenige bist, für den ich dich halte«, sagte David, während das jubelnde Publikum sich ringsum allmählich zu beruhigen begann, »dann wird deine Rechte augenblicklich wie die des Negromanus werden: *schwarz wie das Grab.*«

– 684 –

Toyama riss sich schreckensbleich den Handschuh herunter. Alles, was er dabei entblößte, war modrig schwarze Haut. Bis auf eine Ausnahme: An einem Finger glitzerte ein schwerer, goldener Siegelring.

David stand nun zu ebener Erde neben der Tribüne, genau auf Höhe von Toyamas Sitzreihe. Zwischen ihm und seinem Widersacher befand sich nur der Aufgang. Er konnte deutlich das Emblem auf der Siegelfläche erkennen: eine durchbrochene Scheibe, um die sich zwölf kleinere Halbkreise gruppierten. Bis auf den Rubin war das Schmuckstück völlig mit jenem identisch, das David um den Hals trug. Bis hierhin hatte der Plan funktioniert. Anders als damals in Soho sollte sich die Hand des anderen hier nur verfärben, wenn er der Gesuchte war. Der Siegelring hatte den Beweis erbracht. Davids Gabe war unbestechlich. Sie hatte Toyama entlarvt.

»Ich bin hier, falls du mich suchst«, übertönte David das langsam ersterbende Gemurmel der Menge.

Toyamas Kopf ruckte herum. Er sprang von seinem Sitz auf. Seine eben noch schreckensweiten Augen verengten sich gefährlich, als er Davids Gesicht über der Treppe entdeckte. »Wer bist du?«, zischte er.

»Exterminans – der Vernichter. Ich bin gekommen deinen Umtrieben ein Ende zu bereiten.« David packte das Geländer mit der Rechten, um sich auf die Tribüne zu schwingen.

Toyama reagierte sofort. Er schnellte auf den Gang hinaus und trat mit seinem schwarzen Stiefel gegen den Handlauf.

David hatte zwar den Angriff vorausgesehen und seine Finger rechtzeitig in Sicherheit gebracht, konnte aber nicht mehr verhindern, dass die hölzerne Balustrade wie ein Streichholz entzweibrach. Haltlos taumelte er zurück.

»Bleib stehen!«, schrie er Toyama nach, der den Tribünengang hinaufstürmte.

Mittlerweile waren auch die ersten Zuschauer auf den Unruheherd aufmerksam geworden. Wieder entstand Gemurmel, jetzt aber mit einem empörten Unterton. Wer wagte es da, die Inthronisierung des göttlichen Mikado zu stören?

David zog sich durch das zersplitterte Geländer auf die Tribüne und setzte Toyama nach. Der hatte bereits einen Vorsprung von mindestens zehn Yards. Als er neben der obersten Sitzreihe angelangt war, drehte er sich zu seinem Verfolger um und bohrte den pechschwarzen Zeigefinger in die Luft, als wolle er damit auf ihn schießen.

»Du wirst mich nie bekommen, Exterminans.« Toyamas Worte trieften vor Verachtung. Neben ihm sprang ein älterer Japaner von beachtlicher Leibesfülle schimpfend auf.

Bestürzt sah David voraus, was im nächsten Augenblick geschehen würde. Toyama stieß den ihm hoffnungslos unterlegenen Landsmann die Treppe hinunter. Der Alte würde sich unweigerlich das Genick brechen, Davids Sekundenprophetie verriet ihm auch das. Mit drei, vier langen Sätzen eilte er der menschlichen Lawine entgegen. Er hatte Mühe, von dem gewichtigen Mann, dessen Figur zum Rollen wie geschaffen war, nicht mitgerissen zu werden. Obwohl er sich mit aller Kraft gegen den herankugelnden Leib anstemmte, taumelte er wieder eine Stufe zurück und dann noch eine. Nachdem er den Alten gerettet hatte, war Toyama verschwunden.

Er überließ den Gestürzten hilfreichen Händen und machte sich wieder an die Verfolgung Toyamas. Als er die obere Sitzreihe erreicht hatte und dahinter fast vier Yards in die Tiefe blickte, fehlte von seinem Widersacher noch immer jede Spur.

Toyama hatte den Sprung gewagt, um sich zu retten, David tat es aus Verzweiflung. Als er sich auf dem Rasen unterhalb der Tribüne abrollte, waren seit dem Bersten des Geländers kaum sechzig Sekunden vergangen. Viele der Zuschauer vor dem Baldachin hatten den Zwischenfall nicht einmal bemerkt. Und der Kaiser, dem er sehr wohl aufgefallen war, tat alles, um das Zeremoniell wieder in geordnete Bahnen zurückzuführen. Derweil sah sich David mit einem neuen Problem konfrontiert: Von allen Seiten stürmten Leibwächter auf ihn zu.

»Verfolgt den Attentäter!«, schrie er in bestem Japanisch, deutete in eine beliebige Richtung und begann loszulaufen. Er hoffte auf diese Weise wenigstens nicht gleich erschossen zu werden.

Das Areal des alten Kaiserpalastes von Kyoto hatte zwar nicht die Ausmaße der neuen Tokyoter Residenz, bot aber dennoch eine fast unbegrenzte Anzahl von Schlupfwinkeln. David rannte über Parkwege, blieb an Kreuzungen stehen, stürzte weiter, aber im Grunde war es nur noch ein verzweifeltes Herumlaufen, das einzig dem Zweck diente sich nicht der unbequemen Wahrheit zu stellen: Mitsuru Toyama war entkommen.

Endlich blieb David mit auf die Knie gestützten Händen keuchend stehen und ließ sich von Hitos Leibgarde einfangen. Er hatte Toyama unterschätzt. Trotz seiner außergewöhnlichen Gaben war er wie ein dummer Junge auf seine Finten hereingefallen. In seiner Niedergeschlagenheit und ohnmächtigen Wut zitterte er am ganzen Körper. Eine größere Anzahl kräftiger Hände packte ihn.

»Sie haben die Zeremonie gestört!«, schrie ihn ein junger Offizier an.

»Und Sie haben einen Attentäter laufen gelassen«, antwortete David mit bitterer Stimme.

»Wer sagt mir, dass nicht Sie der Attentäter sind?«

»Waren Sie nicht auf dem Festplatz?«, fauchte David den Soldaten an. »Haben Sie nicht gesehen, wer der Jäger und wer der Verfolgte war? Dieser Riese hat mit irgendetwas Schwarzem auf mich gezielt und er hätte einem verdienten alten Ehrenmann fast das Genick gebrochen, wenn ich ihm nicht zu Hilfe gekommen wäre. Handelt so etwa ein Attentäter?«

Davids Erbostheit war nur zum Teil echt. Wenn man ihn durchsuchen und das Kurzschwert bei ihm finden würde, dann hatte er beste Aussichten von einem übereifrigen Leibwächter in kleine Stücke gehauen zu werden. Wie erleichtert war er doch, als in diesem Moment hinter ihm eine Stimme erklang, die ihm nur allzu vertraut war. »Behandeln Sie diesen britischen Staatsbürger mit dem ihm gebührenden Anstand, Oberst. Er ist ein treuer Freund des Kaiserhauses.«

David drehte sich um. Ihm fiel ein Stein vom Herzen, als er nicht nur Yoshi, sondern in dessen Begleitung auch seine Ehefrau sah. Rebekka eilte sogleich zu ihm und umklammerte ihn mit ihren Armen. David umfasste ihre Taille und sagte zu seinem ältesten Freund: »Yoshiharu, du hättest ruhig etwas früher kommen können, um diesen Herren Manieren beizubringen.«

Der untersetzte Japaner grinste säuerlich. »Schau dir doch meine kurzen Beine an, Francis-*kun*. Wie hätte ich das anstellen sollen?«

»So einfach ist das nicht«, mischte sich der Oberst der

Leibwache in das Gespräch der beiden Freunde ein. »Wer sind Sie überhaupt?«

»Ich bin Graf Yoshiharu Ito«, antwortete Yoshi und nahm Haltung an, um gleich darauf eine sparsame Verbeugung zu machen. Dem Soldaten schien der Name nicht viel zu sagen, weshalb Davids Freund hinzufügte: »Der Oheim meines Vaters war Prinz Hirobumi Ito. Sie können im Übrigen den Sekretär des Geheimsiegelbewahrers um ein Leumundszeugnis für mich und Mr Murray bitten. Er wird Ihnen bestätigen, was ich Ihnen gesagt habe.«

Die geballte Nennung derart wichtiger Persönlichkeiten warf den jungen Offizier fast um. Er machte mehrere tiefe Verbeugungen und entsandte sogleich einen seiner Männer, die nötigen Erkundigungen einzuziehen. Dann ließ er Yoshi und das Ehepaar Murray in einen nahe gelegen Wachraum eskortieren, in dem man ihnen eisgekühlten Tee anbot.

Wenig später war der vermeintliche Attentäter voll rehabilitiert. Nachdem man Kido über den Vorfall in Kenntnis gesetzt hatte, informierte der sogleich den Kaiser. Hito war wenig erfreut über Davids zirkusreifen Auftritt, aber er befahl »den treuen britischen Freund des Kaiserhauses unverzüglich freizulassen«.

Sogar der alte Mann, dem David das Leben gerettet hatte, kreuzte in der Wachstube auf und obwohl ihm zahlreiche Prellungen erhebliche Schmerzen bereiteten, wurde er nicht müde sich bei seinem jungen Retter zu bedanken.

Für David war das nur ein schwacher Trost. Der Tag, auf den er fast zwei Jahre lang hingefiebert hatte, war zu einem der größten Fehlschläge seines Lebens geworden. Weder Rebekka noch Yoshi konnten seine aufgewühlten Gefühle beruhigen. Die Verzweiflung rollte wie ein Wellenbrecher über ihn hinweg. Denn – darüber hatten Frau und Freund anscheinend noch nicht nachgedacht – von nun an würde Toyama *ihn* jagen.

## Wettlauf mit dem Tod

David und Rebekka reisten umgehend aus Kyoto ab. Hirohito musste an den beiden verbliebenen Tagen seiner Inthronisierung allein zurechtkommen. Zwar beklagte sich Rebekka – sie schien den Ernst der Lage nicht wirklich zu begreifen –, aber natürlich fügte sie sich in ihr Los.

»Wir müssen untertauchen.« Davids Entschluss überraschte Rebekka im Zug, kurz hinter Kyoto.

»Oh nein! Nicht schon wieder, David.«

»Ich hatte dich gewarnt, Schatz. Es ist nicht leicht, mit mir verheiratet zu sein.«

»Musst du das ausgerechnet jetzt sagen?«

»Entschuldige. Aber es ist wirklich besser, wenn wir für eine Weile von der Bildfläche verschwinden.«

»Aber Toyama hat dich doch nur einige Sekunden lang gesehen. Wie soll er wissen, wer du bist?«

»Er ist wie ein schleimiger Giftpilz, dessen Wurzeln in jede Pore dieses Landes greifen.«

»Myzel.«

»Wie bitte?«

»Pilze haben keine Wurzeln, sondern ein Myzel. Man kann auch Thallus dazu sagen.«

»Bekka! Mir ist jetzt wirklich nicht danach zu Mute, über …«

»Mir doch auch nicht«, brach es aus Rebekka heraus.
Sie lehnte sich an ihn. »Ich verarbeite eben auf diese
Weise meine Verzweiflung. Hast du dir denn nicht überlegt, was es bedeutet, schon wieder allem Lebewohl zu
sagen? Meine Schülerinnen werden wütend unsere Haustür einschlagen, weil ich nicht öffne. Mein Klavierlehrer
wird lautstark nach der noch ausstehenden Bezahlung verlangen ...«

»Und ich werde dir schon wieder ein neues Piano kaufen müssen. Das wäre dann das dritte, glaube ich.«

»Du nimmst mich nicht ernst.«

»Doch, mein Schatz. Aber ich muss genauso wie du
meinen Kummer verarbeiten. Es ist ja nicht gesagt, dass
wir uns gleich wieder eine neue Identität zulegen müssen.
Lass uns für eine Weile das Land verlassen, während Yoshi
unsere Suche unauffällig fortsetzt. Deinem Lehrer senden
wir sein Geld und deine Schülerinnen schicken wir in die
Ferien. Möglicherweise werden wir früher zurück sein, als
Toyama lieb ist. Überlege doch, er ist endlich aus seinem
Loch gekommen. Vielleicht werden wir ihn mit Yoshis
und Hitos Hilfe ja nun endlich fangen und du kannst bald
in dein normales Leben zurückkehren.«

Rebekka legte seufzend ihren Kopf an seine Brust. »Ich
glaube fast, das wäre zu schön, um wahr zu sein.«

David blickte mit glasigen Augen über ihr schwarzes
Haar hinweg. Nach einem langen Schweigen sagte er:
»Das nächste Mal entkommt er mir nicht.«

Die Abreise aus Tokyo glich einer Flucht und in gewisser
Weise war sie das ja auch. Am Montag, dem 12. November, stachen sie Richtung Kanada in See. Toyama sollte
keine Gelegenheit bekommen seine Schwarzen Drachen

oder gar Negromanus auf Rebekka zu hetzen. David hatte Yoshi gebeten alle Hebel in Bewegung zu setzen, um den Kopf der Amur-Gesellschaft aufzuspüren. Sobald ihm das gelungen sei, solle er ein Telegramm mit einer verschlüsselten Botschaft in die Vereinigten Staaten schicken. David würde umgehend nach Japan zurückkehren, um sein Werk zu vollenden.

Die Kabine auf der *Philadelphia* war, gemessen an früheren Schiffsunterkünften, eine reine Notlösung. Auf die Schnelle hatte David keine bessere Unterbringung bekommen können. Der Raum in der zweiten Klasse war bescheiden eingerichtet und nicht besonders groß, aber wenigstens besaß er zwei Bullaugen, durch die man aufs Meer hinaussehen konnte. Zusätzlich zu den Schlafkojen gab es außerdem eine Sitzgarnitur mit zwei winzigen Sesselchen und einem runden Tischchen. Zwischen Bett und Innenwand war zudem ein Sekretär geklemmt, was David sehr begrüßte, weil er während der Reise für Briton Hadden einige Artikel schreiben wollte.

Nach dem Ablegen im Hafen von Yokohama verlor das junge Paar allmählich seine Nervosität. Die Gleichförmigkeit des Stillen Ozeans übte eine beruhigende Wirkung auf sie aus. Als bereits eine beträchtliche Strecke Wasser zwischen David und dem Versteck seines Feindes lag, raffte er eines Abends beim Dinner seine Serviette zusammen und warf sie verärgert auf den Tisch.

»Was ist?«, fragte Rebekka erschrocken.

»Mir ist gerade etwas eingefallen.«

Sie seufzte. »Es hat mit Toyama zu tun, stimmt's?«

Er wirkte erschrocken. »Woher weißt du das?«

»Francis« – in der Öffentlichkeit benutzte sie inzwischen meist diesen Namen – »du denkst an nichts anderes als an diesen Schurken. Was ist dir denn in den Sinn gekommen?«

»Erinnerst du dich, wie Toyama in Kyoto mit Yoshi gesprochen hat, während die Herolde das Kaiserpaar ankündigten?«

»Natürlich. Ich hatte mich schon gefragt, ob sie überhaupt nicht mehr aufhören wollen über das Kärtchen zu reden.«

»Wer sagt denn, dass meine Botschaft ihr Thema war?«

»Was denn sonst?«

»Ich weiß nicht. Das ist es ja gerade, was mich beunruhigt. Als wir so übereilt abreisen mussten, habe ich völlig vergessen Yoshi danach zu fragen. Ich muss ihm unbedingt ein Telegramm schicken.«

»Du musst endlich versuchen abzuschalten, Francis. Wenn es etwas Wichtiges gewesen wäre, worüber sich die beiden unterhalten haben, dann wüsstest du es bestimmt längst. Nimm wieder deine Serviette und iss dein Soufflee auf. Der Hauptgang kommt gleich.«

David folgte dem Rat seiner Frau, aber er tat es voller Zweifel. »Wenn ich nur nicht das Gefühl hätte, etwas Wichtiges übersehen zu haben.«

»Wie meinst du das?«

Er nippte an seinem Weißwein und blickte abwesend auf das Tischtuch. »Ich habe mir den Kopf über das Vermächtnis meines Vaters zermartert. Er hat die Ereignisse seines Lebnes bis ungefähr zum Kriegsbeginn erstaunlich detailliert aufgezeichnet. Vielleicht steckt irgendwo in den Seiten des Diariums etwas, das ich überlesen habe. Ein versteckter Hinweis oder vielleicht auch nur eine unbewusste Anmerkung, die mir dabei helfen könnte, dem Kreis der Dämmerung auf die Schliche zu kommen.«

»David?«

Er sah verwundert zu ihr auf. »Pst! Nenn mich nicht so, wenn uns andere Leute hören können.«

Rebekka ignorierte seine Schwarzseherei. »Ist dir eigentlich schon bewusst geworden, dass du mir zwar alles – zumindest glaube ich das – über dein Leben erzählt hast, ich aber noch keinen einzigen Blick in das Buch deines Vaters werfen durfte?«

Die Frage überraschte David. »Nein … Ich meine, ja. Was ich sagen will, ist, ich habe es nicht mit Absicht getan. Ich dachte, du wüsstest sowieso alles, was in dem Diarium steht.«

»Warum zeigst du es mir dann nicht? Du hütest es in deiner Holzschatulle wie einen Kronschatz.«

Erst in diesem Augenblick, als David darüber nachdachte, bemerkte er, welches Unbehagen ihm dieser Gedanke bereitete. Das Vermächtnis war für ihn eine sehr persönliche Sache. Nicht Misstrauen ließ ihn zögern, Rebekka Einblick in das Buch zu gewähren, sondern die Furcht, die letzte Verbindung zu seinem Vater zu zerreißen. Er konnte sich dieses Gefühl selbst nicht erklären, aber …

»David? Warum antwortest du nicht?«

Er blinzelte benommen. »Was?«

»Ich möchte dir so gerne helfen, Liebster. Lass mich das Buch deines Vaters lesen. Vielleicht fällt mir ja etwas auf, das du übersehen hast.«

David langte über den Tisch hinweg und drückte ihre Hand. »Entschuldige meine Zerstreutheit. Ich werde dir die Schatulle geben. Gleich nach dem Essen.«

Rebekka erwiderte sein etwas unglückliches Lächeln. »Danke, David. Mir liegt sehr viel an deinem Vertrauen.

Danke!« Überrascht hob sie den Blick, als er sich mit einem Mal vom Tisch erhob.

»Fang schon mal mit dem Hauptgang an, Schatz. Ich muss nur schnell in den Funkraum und ein Telegramm aufgeben. In ein paar Minuten bin ich zurück.«

Rebekka las die ganze Nacht hindurch. Sie tat es wohl sehr gründlich, denn David fiel auf, wie langsam sie die Seiten umblätterte, während er sich auf seinem Bett hin und her warf. Hoffentlich erreichte das Telegramm Yoshi überhaupt. Er hatte die Möglichkeit erwogen für eine Weile zu Freunden zu ziehen, nur für den Fall der Fälle.

Als die Morgensonne bereits durch die Kabinenfenster blinzelte, wurde David von Rebekkas Stimme geweckt.

»Ob Ohei Ozaki noch lebt?«

David war nicht sofort bei sich. Er drehte sich auf den Bauch und stemmte sich vom Laken hoch. Rebekka saß in einem der beiden Sesselchen. Mit zusammengekniffenen Augen – die Sonne war entschieden zu hell – fragte er: »Was hast du gesagt?«

Rebekka drehte ihm das aufgeschlagene Diarium zu und tippte auf eine Zeile, die David beim besten Willen nicht erkennen konnte. »Hier, dein Vater schreibt: ›Ich wurde einem japanischen Koch zugewiesen, der Ohei Ozaki hieß, wenigstens glaube ich, mich an diesen Namen zu erinnern. *The Weald House* hatte sonst nur englischsprachiges Personal, deshalb nannten alle den mandeläugigen Küchenchef nur Double-O.‹ Meinst du, Ozaki könnte noch am Leben sein?«

David war mit einem Mal hellwach. »Schreibt mein Vater nicht, die Bediensteten seien kurz nach dem Brand alle umgekommen?«

»Schon, aber er könnte das auf die Stammdienerschaft von *The Weald House* bezogen haben. An anderer Stelle erwähnt er nämlich, dass es Lord Belial seinen Logenbrüdern freigestellt hatte, mit ihrem Personal zu verfahren, wie sie es für richtig hielten. Überlege doch einmal, David: Toyama war das einzige Mitglied im Kreis der Dämmerung, das seinen eigenen Koch mitgebracht hatte. Double-O muss für ihn sehr wertvoll gewesen sein, wie ein Schmuckstück, von dem man sich nur ungern trennt.«

Inzwischen befand sich David bei Rebekka und blickte über ihre Schulter in das handgeschriebene Buch. Ab und zu suchte er nach einer Passage, um sich zu vergewissern, ob seinem Gedächtnis keine wichtigen Einzelheiten verloren gegangen waren.

»Ich glaube, du könntest Recht haben, mein Schatz. Hier steht, Ohei Ozaki sei Mitte bis Ende dreißig gewesen. Lass ihn vierzig gewesen sein, dann wäre er heute ungefähr« – David rechnete kurz im Kopf – »*sechsundachtzig!* Das ist ziemlich alt.«

Rebekka nutzte die Gelegenheit, küsste das Gesicht, das mit ihr in das Diarium blickte, und sagte vergnügt: »Aber er *könnte* noch leben. Als Koch wird er in dem Alter wohl kaum noch arbeiten. Wenn ihn sein Herr wirklich so geschätzt hat, wie es der Bericht deines Vaters nahe legt, könnte er Double-O sogar mit einer kleinen Rente bedacht haben. Das heißt, wir suchen einen greisen Pensionär, der irgendwo seinen Lebensabend verbringt.«

»Ich werde Yoshi unverzüglich ein zweites Telegramm schicken, in dem ich ihm deine Entdeckung mitteile. Wenn Ozaki noch irgendwo unter seinem richtigen Namen lebt, dann werden Yoshi und Kidos Geheimdienst es herausfinden. Ich bin stolz auf dich, mein Schatz. Du bist wirklich genial!«

»Schön, dass dir das auch schon auffällt. Darf ich dich noch etwas fragen?«

»Natürlich. Alles, was du willst.«

»Warum bewahrst du immer noch den Brief von Johannes Nogielsky in deiner Schatulle auf?«

Davids Begeisterung erlosch wie eine Kerzenflamme im Wind. Schließlich war es seine Schwertklinge gewesen, die dem deutschen Gefreiten auf dem Gehöft bei Hazebrouck zum Verhängnis geworden war. Nie hatte er den überraschten Ausdruck im Gesicht des jungen Soldaten vergessen können. Obwohl es in Notwehr geschehen war, drückte der Tod dieses Mannes noch immer schwer auf sein Gewissen. Das Rote Kreuz hatte zwar viele Schicksale der auf den Schlachtfeldern Verschollenen klären können, aber die Mutter, der Johannes Nogielskys Abschiedsbrief galt, war unauffindbar geblieben. Verzweifelt blickte er in Rebekkas Augen.

Sie lächelte ihn tröstend an und küsste seine bebenden Lippen. »Du brauchst nicht zu antworten, Liebster. Ich habe schon verstanden.«


Der Zielhafen der *Philadelphia* war Vancouver. Zur Zeit des großen Eisenbahnbaus, der Kanadas Osten mit Britisch Kolumbien verband, waren viele chinesische und japanische Hilfsarbeiter in diese Stadt geströmt, die man zu Recht als die »Perle am Pazifik« bezeichnete. Und weil Asiaten schon von alters her sehr familienorientiert waren, herrschte ein regelmäßiger Pendelverkehr zwischen dem Fernen Osten und der nordamerikanischen Westküste.

Als Rebekka vom Schiff aus die schneebedeckten Berge nördlich von Vancouver in der Abendsonne glühen sah, seufzte sie voll Melancholie. Wie gerne wäre sie noch in der Stadt geblieben, aber Davids Unrast ließ das nicht zu. Schon am nächsten Morgen bestiegen sie den Zug, der sie quer durch Kanada tragen sollte, um sie schließlich, nach mehrmaligem Umsteigen, in New York City abzusetzen.

Henry Luces Cleveland-Experiment war schon nach zwei Jahren gescheitert. Als er selbst für längere Zeit im Ausland weilte, verlegte der eingefleischte Großstädter Hadden die Redaktion des *Time*-Magazins kurzerhand nach New York zurück.

David hatte im Stillen schmunzeln müssen, als er davon erfuhr. Die beiden ehemaligen Klassenkameraden waren schon ein seltsames Gespann. Immerhin – und das machte es Luce vielleicht leichter, die einsame Entscheidung seines Kompagnons hinzunehmen – schrieb das Magazin seit der Rückkehr in die pulsierende Metropole schwarze Zahlen.

Hadden freute sich wie ein Schneekönig, als David in Begleitung Rebekkas die Redaktionsräume betrat. Seit der Sturm-und-Drang-Zeit des Magazins hatte sich viel verändert, aber einige Gesichter waren immer noch da.

»Schön, dich zu sehen, Francis. Lass uns nachher ein Bier trinken gehen«, begrüßte John Martin seinen alten Schüler, klopfte ihm auf die Schulter, steckte sich seine Meerschaumpfeife zwischen die Zähne und war im nächsten Augenblick schon wieder verschwunden.

»Ich denke, die Prohibition ist noch nicht aufgehoben«, sagte David erstaunt zu Hadden. »Gib's zu, Brit, du hast während meiner Abwesenheit das ganze Büro kriminalisiert.«

Dem schlanken Mann, der David inzwischen wie einen Bruder behandelte, bereitete dieser Dialog ein diebisches Vergnügen. »Vor dir konnte man noch nie etwas geheimhalten, Francis. Kommt in mein Büro und erzählt mir, was euch zu der überstürzten Abreise aus Japan bewogen hat.« Und während er David und Rebekka mit einladender Geste in einen schmalen Gang hineindirigierte, rief er in die wachsamen Fledermausohren einer (jetzt) rothaarigen Sekretärin: »Charlotte, bitte Tee für drei.«

Nachdem David die Tür von Brits Büro hinter sich geschlossen und in einem Sessel neben Rebekka Platz genommen hatte, begann er zu berichten. Wie immer, wenn er mit anderen über sein Privatleben sprach, vollzog er dabei einen verbalen Balanceakt. Eigentlich vertraute er Brit, aber er wollte trotzdem nicht zu viel sagen.

»Du willst mir wirklich erzählen, du hättest dir mit einem japanischen Geheimbündler – während Hirohitos Inthronisation! – eine Verfolgungsjagd durch die kaiserlichen Gärten von Kyoto geliefert?«

»Ich wusste, du würdest die Ereignisse noch knapper zusammenfassen können als ich, Brit.«

Der Verleger sah in Rebekkas ernstes Gesicht, dann wieder zu David. »Aber *warum?*«

»Wenn du dich noch an meinen ersten Artikel erinnerst, den ich dir und Henry von Tokyo aus zugesandt habe, dann müsstest du wissen, weshalb ich diesen Mann jage.«

Brits braune Augen schienen David regelrecht zu durchleuchten. »Ich besitze auch etwas Menschenkenntnis, David. Dein Eifer geht mir ein wenig über den eines fleißigen Reporters hinaus. Ich meine – die Inthronisation eines Gottkaisers! Hast du nicht den Artikel in der *New*

York Times gelesen? An einen Satz erinnere ich mich noch besonders: ›Kann ein Sterblicher ein solches Erlebnis jemals vergessen?‹ Und du veranstaltest auf dieser Feier Hasenjagden!«

»*Drachen.*«

»Was sagst du?«

»Toyama ist kein flaumweicher Mümmelmann. Er ist ein Feuer speiender Drache.«

»Ach komm, Francis, mach mir doch nichts vor. Da gibt es doch noch etwas anderes, was dich zu solchen Maßnahmen greifen lässt. Rück raus damit!«

Jetzt steckte David in der Zwickmühle. »Wir haben vor über vier Jahren ein Abkommen getroffen. Weißt du nicht mehr, Brit? Kein Privatleben.«

»Mein Gedächtnis ist besser, als du denkst. Ich habe dir damals versprochen, nicht in deiner Vergangenheit herumzuschnüffeln. Dazu stehe ich auch. Aber das hier ist die Gegenwart. Ich werde euch beide nicht aus diesem Büro herauslassen, bis ihr mir endlich gesagt habt, was hier gespielt wird. Meinst du, ich merke nicht, dass dich etwas bedrückt? Ich will euch doch nur helfen!«

»Das rechne ich dir auch wirklich hoch an, Brit, aber ...«

»Kein Aber, Francis. Sieh es doch mal so, mein Freund: Henry und ich genießen inzwischen ein beträchtliches Ansehen. Wir haben Kontakte zu einflussreichen Personen. Vielleicht können wir Dinge für dich tun, die dir allein unmöglich wären.«

David sah verunsichert in Rebekkas Gesicht. Sie war ein Teil von ihm. Kein anderer Mensch kannte ihn als Person, seine Lebensgeschichte und seine Bestimmung so genau wie sie. Gedankenaustausch war für sie längst nicht allein auf Worte beschränkt. Ein unmerkliches Aufleuchten in Rebekkas jettschwarzen Augen gab David die Antwort, nach der er suchte.

Er atmete tief durch. »Also gut, Brit. Ich werde dir mehr erzählen. Nicht alles, das will ich dir nicht verschweigen, aber genug, um dich wissen zu lassen, wie sehr wir beide dich schätzen. Und vielleicht kannst du uns ja wirklich helfen.«

In einem etwa einstündigen Monolog, der nur ab und zu von knappen Zwischenfragen Haddens unterbrochen wurde, erzählte David seine Geschichte, so wie er sie zuvor auch John Stewart-Murray, seinem jetzigen Adoptivvater, anvertraut hatte. Im Falle des *Time*-Herausgebers legte er dabei besonderes Gewicht auf jene Aspekte, die bei einer Suche nach dem Kreis der Dämmerung nützlich sein konnten. Als David endlich schloss, war Brit sichtlich aufgewühlt.

Eine ganze Weile musterte er David schweigend, als könne er dadurch den Wahrheitsgehalt des eben Gehörten abwägen. Dann holte er tief Luft und sagte: »Das ist wirklich starker Tobak! Ein Jahrhundertplan zur Vernichtung der Menschheit. Wenn ich dich nicht kennen würde, müsste ich annehmen, du hättest dir das alles gerade erst ausgedacht.«

»Ich wünschte, so wäre es, Brit. Aber leider …«

Hadden hob die Hand. »Schon gut, ich glaube dir. Du schleppst diese Bürde ja schon ewig mit dir herum. Das ist mir nicht entgangen. Sei mir nicht böse, wenn ich der Meinung bin, dass dieser Kreis der Dämmerung ein Haufen schizophrener Fanatiker ist, aber leider macht ihn das nicht harmloser. Auch einflussreiche Männer sind gegen fixe Ideen nicht immun. Warum sollten nicht ein paar von ihnen Attentate befohlen und vielleicht sogar den einen oder anderen Krieg angezettelt haben?«

David nickte. »Große Menschen lösen große Ereignisse aus.«

Brit musste lächeln. »Du hast von Henry und mir viel gelernt. Ich will versuchen dir zu helfen.«

»Sei bitte vorsichtig, Brit. Ich habe dir erzählt, was einigen meiner Wohltäter passiert ist.«

»Ich fürchte mich nicht vor schwarzen Schatten, Francis – oder sollte ich besser David sagen?«

»Im Moment genügt Francis vollauf. Trotzdem: Behalte bitte alle Einzelheiten unseres heutigen Gesprächs für dich. Lass meinetwegen deine Nachrichtenfänger, Reporter und Redakteure nach einem Kreis der Dämmerung fahnden, aber es ist besser für sie, wenn sie nicht zu viel wissen.«

»Schon gut, Francis, ich habe verstanden.« Brit lächelte Rebekka aufmunternd zu, bevor er sich wieder an David wandte. »Was wollt ihr beiden jetzt tun? Hier in New York bleiben? Du weißt, bei *Time* steht immer ein Schreibtisch für dich bereit.«

»Darüber sind wir uns selbst noch nicht ganz im Klaren, Brit. Eigentlich bin ich nur hierhergekommen, damit Toyama meiner Elfe hier nichts antun kann.« David lächelte Rebekka zu und streichelte ihre Wange. »Aber sobald ich von meinem Verbindungsmann in Tokyo erfahre, wo ich den Kopf des Schwarzen Drachens finden kann, werde ich wieder nach Japan zurückkehren.«

»Hm.« Brit rieb sich das Kinn. »Ich hätte da eine Idee.«

David hob die Augenbrauen. »Und die wäre?«

»Du weißt ja, unsere Finanzdecke ist inzwischen wesentlich stärker als noch vor zwei Jahren. Henry und ich haben deshalb – nicht zuletzt wegen der guten Erfahrungen mit dir – darüber nachgedacht, ob wir nicht ein Korrespondentennetz aufbauen sollen. Was uns vorschwebt, wäre ein erster Stützpunkt in Chicago. Wie wär's, hättest du Lust?«

»Chicago«, murmelte David. »Dort würde uns so schnell keiner finden. Vielleicht sollte ich unter einem neuen Namen auftreten.«

»Ist das nicht die Stadt, in der Al Capone und seine Männer mit Maschinengewehren arglose Leute beim Spaghettiessen stören?«, entsetzte sich Rebekka.

David musste lächeln. »Meistens gehören seine Opfer einer rivalisierenden Bande an, Schatz. Wir sind für ihn höchstens potenzielle Kunden für seinen illegalen Schnaps, und solche erschießt man nicht.«

»Francis hat Recht«, pflichtete Brit bei. Er begann zusehends Gefallen an seiner Idee zu finden. »Überleg doch mal: der erste offizielle *Time*-Korrespondent. Dein Mann wäre ein Pionier, Rahel.«

»Das ist er sowieso«, versetzte sie, wohl wissend, dass die Sache ohnehin schon beschlossen war.


Unter dem Namen Hulburd trug sich am 2. Februar 1929 ein junges Ehepaar in das Gästebuch des noblen Chicagoer *Drake-Hotels* ein. Die für einen *Time*-Korrespondeten reichlich luxuriöse Suite im *Drake* sollte eine kleine Entschädigung für Rebekka sein, die in den letzten Wochen so viele Strapazen hatte hinnehmen müssen.

Im März mietete David eine nette möblierte Wohnung am Washington Square. Tagsüber war er nun damit beschäftigt, Nachrichten aufzuspüren und fähige Journalisten zu finden, die entweder als freie oder auch als Teilzeitreporter für *Time* arbeiten wollten. Ihm war klar, er befand sich nur auf Abruf in der Stadt, aber wenn er irgendwann – vielleicht sehr plötzlich – seine Jagd wieder aufnahm, dann wollte er in Chicago keinen Scherbenhaufen hinterlassen.

Wenn man einmal von den häufigen Zeitungsmeldungen absah, dann bekam der normale Bürger wirklich nicht sehr viel von den Bandenkriegen mit, die Rebekka so beunruhigt hatten. Bald begann sie sogar die angenehmen Seiten der Stadt zu genießen. Im Vergleich zu den New Yorkern waren die Bewohner von Chicago wesentlich lockerer und allem Neuen gegenüber sehr viel aufgeschlossener. Das konnte man schon an den zahlreichen Wolkenkratzern erkennen, die es hier gab. Daran gemessen war New York – wenn man einmal vom *Woolworth Building*, dem nach wie vor höchsten Gebäude der Welt, absah – noch ein Freilichtmuseum für die Architektur des letzten Jahrhunderts, wenn auch ein ziemlich großes.

Die Jazzszene Chicagos war weit über die Grenzen der Stadt hinaus berühmt, was vor allem Rebekka zu schätzen wusste. Sie wurde nie müde David abends zu einem »kleinen Spaziergang« zu drängen. Obwohl er längst wusste, wo diese Ausflüge regelmäßig endeten, schmolz sein tagesmüder Widerstand meist sehr schnell dahin. Wenige Blocks von ihrer Wohnung entfernt lag das legendäre *Blue Chicago*. Im Lokal konnte sich dann auch David kaum mehr der vor Leben nur so sprühenden Virtuosität der überwiegend schwarzen Musiker verschließen. Und wenn er erst Rebekkas glühende Augen sah, während sie den beschwingten oder schwermütigen Klängen lauschte, dann entschädigte ihn das für so manch kurze Nacht. Rebekka hatte an seiner Seite bisher nicht viel Anlass zur Freude gehabt. Wenn er ihr auf diese Weise ein wenig Glück

– 704 –

schenken konnte, dann hatte sie das mehr als verdient.

Unter dem Namen David Hulburd leistete der neue Chicagoer *Time*-Korrespondent wahre Pionierarbeit. Bald hatte David im Gebiet der Großen Seen ein Netz von so genannten *Stringern* aufgebaut, die für ihn Augen und Ohren offen hielten, um den Rohstoff des Magazins – Nachrichten – möglichst schon im Entstehen auszumachen. Einige freie Mitarbeiter lieferten ihm zudem regelmäßig Artikelentwürfe, die er meist noch überarbeitete, um sie anschließend nach New York zu schicken, wo sie ein weiteres Mal auf den *Time*-Stil zurechtgefeilt wurden, damit Hadden und Luce dann das fertige Magazin noch einmal zerpflücken konnten.

Davids Aufbauarbeit für *Time* wurde ein wenig dadurch erleichtert, dass es während der ersten Jahreshälfte aus der Region wenig Weltbewegendes zu berichten gab. Da gehörte der Sturmlauf auf die neuen Tonfilme der Stadt schon zu den Topnachrichten. Al Johnson feierte mit seinem Streifen *Der singende Narr* Erfolge. Gleichwohl war das neue Medium ziemlich umstritten. Vor allem die Kinomusiker beschwerten sich. Sie glaubten herausgefunden zu haben, dass der Tonfilm Gehör und Augen verderbe und zudem höchst nervenzerrüttend wirke. Nur das »alte« Kino mit Bühnenschau und Orchester könne die gesuchte Entspannung und Erbauung bieten.

Ein halbes Jahr nach Davids und Rebekkas Rückkehr in die Vereinigten Staaten kam dann das ersehnte Telegramm. Der Text war kurz.

```
Habe den Schwanz des Drachens
entdeckt - stopp -
Y - stopp -
```

Das war die vereinbarte Parole. Hätte Yoshi Toyama selbst ausfindig gemacht, so wäre in der gekabelten Nachricht vom »Kopf des Drachen« die Rede gewesen. Davids Antwort an den Freund in Japan fiel noch kürzer aus.

```
Der Drachentöter kommt — stopp -
D — stopp -
```

Ende Juni saßen David und Rebekka schon wieder im Bauch eines Schiffes. Nur diesmal dampften sie nach Osten. Am 23. Juli lief der Liner in den Hafen von Yokohama ein. Nachdem der Ankunftstermin feststand, hatte David seinen Freund informiert, aber Yoshi wartete nicht am Pier und winkte.

»Wir haben einen halben Tag Verspätung«, sagte David, mehr um sich selbst zu beruhigen.

»Am besten, du rufst ihn gleich an. Dann können wir uns nicht verpassen«, antwortete Rebekka.

Ungeduldig ließ David die Einreiseformalitäten über sich ergehen. Hätte in seinem Pass noch Tokyo als Geburtsort gestanden, wäre es wohl etwas schneller gegangen, aber nun reisten sie wieder als das schottische Ehepaar Murray.

Sobald sie an Land gegangen waren, suchte David ein Postamt auf, von dem aus er telefonieren konnte. Immer wieder wählte er Yoshis Anschluss, aber keiner hob ab. Als die Dame am Schalter ungeduldig wurde, weil die Öffnungszeit schon um ganze zwei Minuten überschritten war, gab er schließlich auf.

Vor dem Amt hob er die Schultern und blickte enttäuscht in Rebekkas Gesicht. »Es hat keinen Zweck. Vielleicht ist er gerade auf dem Weg nach Hause. Versuchen wir es später noch einmal.«

Mit dem Zug legten sie die kurze Strecke nach Tokyo zurück. Sie kamen genau in den Feierabendverkehr. David hatte im Stadtteil Nishi-Ikebukuro ein Zimmer in einem kleinen Hotel gebucht, das hauptsächlich von einheimischen Geschäftsleuten genutzt wurde. Sobald sich das Gepäck auf dem Zimmer befand, versuchte er von der Hotelhalle aus erneut Yoshi zu erreichen. Wieder nahm niemand ab. Ihn beschlich ein ungutes Gefühl. Yoshi war sehr zuverlässig. Wenn er eine Verabredung nicht einhalten konnte, dann hinterließ er gewöhnlich eine Nachricht. Oder er schickte jemand anderen. Aber sich nicht zu melden, das war einfach nicht seine Art. Allmählich machte sich David Sorgen.

Als die Abendsonne sich bereits dicht über dem Horizont befand, sagte David zu Rebekka: »Lass uns ein Taxi nehmen und zu Yoshis Haus fahren.«

»Du denkst doch nicht, ihm könnte etwas zugestoßen sein?«

»Ich möchte lieber nicht darüber nachdenken, Schatz. Er hat in letzter Zeit intensiver als je zuvor nach Toyama gefahndet. Vielleicht ist der Kopf des Schwarzen Drachens ihm dabei auf die Schliche gekommen.«

David hätte das Taxi am liebsten auf Flügeln getragen, während es sich durch das Straßengewirr von Nordwesten her auf das Koji-machi-Viertel zuquälte. Nach dem großen Erdbeben von 1923 waren zwar viele der vom Feuer zerstörten Holzhäuser durch steinerne Bauten ersetzt worden, aber das Stadtbild hatte davon wenig profitiert. Die neuen Gebäude waren nicht nur hässlicher als die traditionellen Häuser und Hütten, sie standen auch noch in derselben, ja, vielleicht sogar in schlimmerer Unordnung durcheinander als ihre leicht brennbaren Urahnen.

Yoshi bewohnte noch das Haus seiner Eltern, das von der Katastrophe verschont geblieben war. Der schnurrende schwarze Wagen, ein bejahrter Ford T, wich mit erstaunlicher Wendigkeit anderen Automobilen sowie Fußgängern und Rikschas aus. Abseits der großen Verkehrswege konnte man gelegentlich sogar noch Pferdekutschen sehen. Als die »Tin Lizzie« endlich die namenlose Straße westlich des Kaiserpalasts erreichte, war die Sonne untergegangen.

David bezahlte den Fahrer und half Rebekka aus dem Wagen. Das Grundstück des Grafen Ito lag friedlich in den Schatten der Abenddämmerung. Nirgendwo brannte Licht.

»*Zu* friedlich«, murmelte David.

»Was hast du gesagt?«, erkundigte sich Rebekka.

»Diese Stille gefällt mir nicht. Da, sieh doch, die Pforte ist offen.« David deutete auf die besagte Stelle neben dem Haus, von wo aus man direkt in den Garten gelangen konnte.

»Vielleicht hat Yoshi sie mit Absicht offen stehen lassen, weil er damit rechnete, dass wir hier aufkreuzen«, sagte Rebekka.

»Das werden wir gleich wissen. Komm!«

David nahm Rebekka bei der Hand und betrat den Garten. Gemeinsam schritten sie einen kiesbestreuten Weg entlang, der um das Holzhaus herumführte. Abgesehen von einem künstlichen Wasserlauf, den es früher noch nicht gegeben hatte, sahen die Anlagen genauso aus wie vor zwanzig Jahren.

»Da drüben befindet sich die Terrasse«, sagte David leise und deutete in die entsprechende Richtung. »Pass auf, dass du nicht stolperst. Die Wege hier sind der Natur

– 708 –

nachempfunden – das heißt, man kann sich schnell einen Knöchel verstauchen.«

Weil es schon fast kein Tageslicht mehr gab, kamen sie nur langsam voran. Als sie endlich die Rückseite des Hauses erreichten, fiel ihnen sogleich die offen stehende Terrassentür auf. Genau genommen war es eine verschiebbare Wand aus Reispapier.

»Du bleibst besser hier draußen«, sagte David und legte seine Hand an die Seite, wo er unter dem weiten Hemd sein *wakizashi* trug.

»Aber ich möchte lieber bei dir bleiben.«

»Bekka! Bitte, nicht jetzt. Tu, was ich dir gesagt habe.«

»Schon gut. Aber mach schnell. Ich finde es irgendwie unheimlich hier draußen.«

Im Haus hatte die Dunkelheit bereits Einzug gehalten. Als David durch die offene Schiebetür trat, war er daher so gut wie blind. In diesem Reich der Schatten musste er sich ganz auf seine übrigen Sinne verlassen – einschließlich der, die ihm zusätzlich gegeben waren. Er fühlte die schwüle Tageshitze, die sich vor der Nacht in das Haus verkrochen zu haben schien. Irgendwo sirrte ein Insekt, unschlüssig, ob es seinen Stachel in den Eindringling stechen sollte. Als es sich endlich dazu durchrang, besiegelte es damit sein Todesurteil: David hatte es aus der Finsternis geschnappt, ehe es seinen schweißnassen Nacken auch nur ritzen konnte.

Zum Glück sind traditionelle japanische Häuser sehr spartanisch eingerichtet, weshalb das Risiko, im Dunkeln gegen ein Hindernis zu stoßen, vergleichsweise gering ist. David überlegte, ob er den nächstgelegenen Lichtschalter ansteuern sollte, entschied sich aber dagegen. Es war nur so ein unbestimmtes Gefühl, aber wenn sich wirklich noch ein Fremder im Haus befand, dann wollte er ihn nicht aufschrecken. Langsam, damit er kein Geräusch verursachte, zog er das Kurzschwert.

Problemlos gelangte er in den Flur, von dem aus man zu den Tatami-Zimmern gelangte. Seine Zehenspitzen tasteten nach Schuhen auf dem Erdboden. Wenn Yoshi in einem der Räume war, dann würden diese hier draußen stehen. Mittlerweile hatten sich Davids Augen so weit an die Dunkelheit gewöhnt, dass er unterschiedliche Schwarztöne erkennen konnte. Vor ihm befand sich eine offene Schiebetür.

David lauschte. Noch immer war nicht der geringste Laut zu hören. Er schlich auf den offenen Raum zu. Wenn die Schatten ihn nicht täuschten, dann musste es das große Zimmer sein, in dem die Itos früher immer ihre Gäste empfangen hatten. Lautlos trat David ein. Und erstarrte.

Auf der Reisstrohmatte am Boden befand sich etwas, das wie eine dunkle Wolke aussah. David streckte die linke Hand aus und fand blind den Lichtschalter. Als die Glühlampe den Raum erleuchtete, wusste er, dass seine schlimmsten Befürchtungen eingetroffen waren. Yoshi lag reglos vor ihm. In seinem eigenen Blut. Es war noch nicht einmal ganz geronnen. Er konnte noch nicht lange da liegen.

Eine Woge der Übelkeit stieg in David auf. Er hatte im Krieg wahrhaft viele grausige Bilder gesehen, aber das hier unterschied sich von ihnen in einem wesentlichen Punkt: Es war sein bester Freund, aus dessen aufgeschlitztem Leib da ein *wakizashi* ragte.

In diesem Moment nahm David hinter sich eine Bewegung wahr und fuhr herum.

»Ich wollte dich nicht erschrecken«, sagte Rebekka

schnell, als sie die blitzende Klinge seines Kurzschwertes und seinen entsetzten Blick bemerkte.

»Bleib da, wo du bist, Rebekka.«

»Aber wieso? Ich habe von draußen das Licht gesehen. Ist Yoshi nicht zu Hause?«

»Ich wünschte, er wäre es nicht.«

Jetzt weiteten sich auch Rebekkas Augen. Sie blickte zu der Reispapierwand hin, die von innen her beleuchtet wurde.

»Ist er … da drin?«

Tränen traten in Davids Augen und er nickte.

»Doch nicht …?«

»Wir sind zu spät gekommen. Er ist tot, Rebekka. Jemand hat es so aussehen lassen, als hätte er *seppuku* begangen.«

»Aber bist du auch ganz sicher …«

»Bleib, wo du bist!«, hielt David seine Frau zurück, die unbedingt durch die offene Schiebetür sehen wollte. »Ich überzeuge mich selbst von seinem Tod.«

David zweifelte nicht daran, dass Toyamas Meuchler ganze Arbeit geleistet hatten. Als er Yoshis Halsschlagader betastete, war es nur das Siegel auf einer dunklen Gewissheit. Sein ältester Wegbegleiter lebte nicht mehr.

Rebekka hatte sich nicht zurückhalten lassen. Im Lazarett ihrer Mutter war sie so vielem Elend begegnet, dass nicht Yoshis Blut sie schreckte. Aber wie bei David war es der Anblick des leblosen Körpers eines treuen Freundes und geliebten Menschen, der sie laut schluchzen ließ. David entledigte sich seines Kurzschwerts und eilte zu ihr. Als er sie in den Armen hielt und ihren Rücken massierte, fühlte er das Beben ihres Körpers. Sanft schob er sie aus dem Raum.

»Warum er?«, fragte Rebekka immer wieder. »Warum Yoshi? Er hat Toyama doch nichts getan.« Natürlich wusste sie, dass es nicht so war. Jeder, der Toyama oder irgendeinem anderen Mitglied des Kreises der Dämmerung nachspionierte, begab sich dadurch in Gefahr.

Hätte David seine zitternde Frau nicht beruhigen müssen, wäre er vermutlich selbst weinend zusammengebrochen. So aber musste er stark sein, ihr helfen. Als es ihr endlich ein wenig besser ging, sagte er leise: »Ich muss noch einmal zu ihm.«

»Sollten … Sollten wir nicht besser die Polizei rufen?«, schluchzte sie.

»Das können wir immer noch tun. Warte hier. Ich bin gleich zurück.«

David ging noch einmal in das große Tatami-Zimmer. Seine Augen suchten nach etwas ganz Bestimmtem, aber er konnte es nicht entdecken.

»Komm«, sagte er, nachdem er wieder auf dem Gang bei Rebekka war. Er zog sie zum Nachbarzimmer, schob die Tür auf und blickte sich um. Wieder nichts. Dieselbe Prozedur wiederholte er in drei weiteren Räumen. Endlich blieb er stehen und schüttelte resigniert den Kopf.

»Es hat keinen Zweck. Mir fehlt die Zeit, um das Haus gründlich auf den Kopf zu stellen.«

»Aber was suchst du denn überhaupt?«

»Irgendeine Nachricht. Überleg doch mal: Er hat den ›Schwanz des Drachen entdeckt‹. Das heißt, er hat Double-O gefunden. Yoshi muss geahnt haben, wie gefährlich dieses Wissen für ihn werden könnte. Ich kann einfach nicht glauben, dass er dieses Geheimnis mit ins Grab genommen hat.«

»Dann denk gefälligst nach!«, fuhr ihn Rebekka unerwartet heftig an. Es war die Wut über den infamen Mord, die ihre Stimme so unerbittlich klingen ließ. »Gibt es einen Tresor in diesem Haus? Einen Schreibtisch, in dem wichtige Dokumente aufbewahrt werden? Irgendeinen Ort, an dem Yoshi diese Nachricht versteckt haben könnte und der euch beiden bekannt ist?«

Davids Hirn arbeitete auf Hochtouren. »Nein«, flüsterte er. Es waren mehr gesprochene Gedanken. »Natürlich gibt es solche Orte im Haus, aber das wäre zu auffällig. Ich wette, Yoshis Arbeitszimmer im Oberstock ist durchwühlt. Wenn er mir eine Botschaft hinterlassen hat, dann …«

»Was ist?«

»Die Schildkröte!«

»Welche …?«

»Komm!« David zog Rebekka unsanft den Flur hinab in Richtung Garten. »Die Itos haben einen Steingarten. So ein stilles Fleckchen für besinnliche Augenblicke, das …«

»Ich weiß, wie ein Zen-Garten aussieht, David.«

»Na, jedenfalls haben Yoshi und ich ihn, als wir noch klein waren, öfters auf den Kopf gestellt.« David schleppte seine Frau durch den dunklen Garten. Ab und zu, wenn sein sechster Sinn ihn warnte, gab er den Hinweis an Rebekka weiter. »Pass auf, da kommt ein Stein!« Oder: »Jetzt einen großen Schritt machen.«

Endlich erreichte er die bewusste Stelle. Der Steingarten gehörte zu den unangetasteten Relikten der Vergangenheit. Yoshis Vater hatte ihn immer besonders liebevoll gepflegt. Vermutlich war er deshalb nicht den Modernisierungsmaßnahmen zum Opfer gefallen.

David kniete sich zu einem großen Stein nieder, der für Rebekka im Zwielicht nur wie ein ovaler Riesenkiesel aussah.

Mit beiden Händen drehte David die Steinschildkröte auf den Rücken. Unter ihr kam ein helles Rechteck zum Vorschein.

»Was ist das?«, fragte Rebekka aufgeregt.

»Ein Umschlag. Es steckt ein Zettel drin.« Davids Stimme zitterte. Mit einem Mal brach der Damm seiner Beherrschung und er fing mit hängendem Kopf haltlos an zu weinen. Das Gefühl, in diesem Wettlauf mit dem Tod vielleicht nur knapp unterlegen zu sein, war unerträglich für ihn. »Yoshi hat bis zuletzt zu mir gehalten. Ich hätte ihn nicht in diese Sache mit hineinziehen dürfen. Jetzt habe ich auch noch *sein* Leben auf dem Gewissen.«

Rebekka umarmte ihren am Boden knienden Mann. Er bettete sein Gesicht in ihren Schoß und weinte wie ein kleines Kind. Jetzt war sie es, die ihm Kraft geben musste. Yoshi sollte nicht umsonst gestorben sein. Wenn er den »Schwanz des Drachens« entdeckt hatte, dann wurde es Zeit, ihn daran zu packen.


## Drachenfeuer

Meinst du, Negromanus hat ihn umgebracht?« Rebekka schmiegte sich enger an Davids Seite.

Er zog die Bettdecke um ihrer beider Körper. Obwohl die Nacht schwül war, fror er. »Nein. Negromanus hätte ihn auf andere Weise getötet.«

Wieder trat ein längeres Schweigen ein. Nachdem David von Yoshis Anwesen aus anonym die Polizei verständigt hatte, waren sie beide in die Nacht geflohen, als wären sie selbst die Meuchler. Was hätte David den Polizisten auch sagen können, das wenigstens einigermaßen glaubhaft klang? Alles sah nach der Selbstentleibung eines Mannes aus, der sein Gesicht verloren hatte. Derlei passierte fast täglich irgendwo in Japan.

Mitsuru Toyama zu belasten, hätte die Lage für David und Rebekka höchstens noch verschlimmert. Vermutlich wären sie in einer Zelle gelandet und bald selbst mit einer Klinge im Leib entdeckt worden. Der Kopf des Schwarzen Drachens besaß tausende von Spitzeln und willfährigen Handlangern. Nein, sagte sich David voll bitterem Gram, dieses Werk musste er allein verrichten. Wieder brachte ihn Rebekkas leise Stimme in die Wirklichkeit zurück.

»Seitdem du Negromanus auf *Blair Castle* verstümmelt hast, hat es keinen dieser Todesfälle mehr gegeben, bei denen die Rücken der Opfer so seltsam verkrümmt waren. Wäre es möglich, dass er verblutet ist?«

»Wie kommst du darauf?«

»Du hast doch erzählt, wie sein Lebenssaft aus ihm herausgeschossen ist. Die roten Flecken waren ja überall zu sehen.«

»Blau.«

»Was?«

»Sein Blut war hellblau.«

Rebekka stützte sich auf Davids Brust, um in der Dunkelheit nach seinen Augen zu suchen. »Davon hast du mir gar nichts erzählt.«

»Wirklich nicht? Ich muss wohl damals zu aufgeregt gewesen sein. Aber es stimmt wirklich: Sein Blut war nicht rot, sondern so blau wie der Himmel heute Mittag über dem Meer.«

»Eigentlich logisch«, sagte Rebekka nach einem Moment des Nachdenkens.

»Was soll daran logisch sein?«

»Dein Vater beschreibt doch in seinem Diarium, wie sich Negromanus von Lord Belial gelöst hat. Er ist sein Schatten.«

»Und ein ziemlich lebendiger obendrein – aber was hat das mit himmelblauem Blut zu tun?«

»Cyan.«

»Was bedeutet das nun schon wieder?«

»Cyan – du nennst es Himmelblau – ist die Komplementärfarbe von Rot. Wenn man beide Töne mit dem Pinsel mischt, dann kommt Schwarz heraus.«

»Tatsächlich? Jetzt verstehe ich, warum du das folgerichtig findest. Belial ist wirklich eine ziemlich dunkle Person.«

»Nicht nur das. Als er sich von Negromanus trennte, sagte er, sie seien in diesem Zustand kaum mächtiger als Menschen. Mit Sicherheit würde Belial wie jeder normale Mensch rotes Blut vergießen, wenn du ihn mit deinem Schwert verletzt. Aber wenn sich die beiden jemals wieder vereinen, dann kommt dabei Schwarz heraus.«

»Schwarzes Blut? Abscheulich!«

»Schwarz kann auch für das Nichts stehen: kein Blut also, weil Belial kein menschliches Wesen ist.«

»Das heißt, ich muss seiner habhaft werden, bevor er sich wieder mit Negromanus vereinen kann.«

»Und das wird ihm nicht gelingen, solange du seinen Ring um den Hals trägst.«

Davids Hand wanderte unwillkürlich zu dem schweren Schmuckstück. Wie oft hätte er es schon am liebsten zerstört oder ins Meer geworfen, aber solange er nicht das Geheimnis der zwölf Ringe kannte, wäre das womöglich eine nicht wieder gutzumachende Dummheit. Vielleicht würde er Belial damit sogar einen Dienst erweisen, weil er eine wertvolle Waffe gegen den Schattenlord aus der Hand gab. David ließ den Ring wieder los und streichelte über Rebekkas warme Haut.

»Morgen früh machen wir uns auf den Weg nach Iyo-Saijo.« Das war der Ort, der auf Yoshis geheimer Nachricht gestanden hatte. Allein der Gedanke an den toten Freund ließ David erneut erzittern. Er fühlte, wie die Tränen zurückkehrten. Und wie Rebekkas sanfte Hände ihn erneut zu trösten begannen.

Iyo-Saijo war dem Vernehmen nach ein winziges Nest auf Shikoku, der kleinsten der japanischen Hauptinseln. Es gab mehrere Möglichkeiten, das Gebirge im Meer zu erreichen – genau das war Shikoku nämlich: ein fast sechstausendfünfhundert Fuß hohes Massiv im Pazifischen Ozean. David und Rebekka entschieden sich für eine Seereise. Weil die vier Hauptinseln alle untereinander durch einen regelmäßigen Schiffsverkehr verbunden waren, bereitete es keine große Schwierigkeit, zwei Fahrkarten zu bekommen. Der Mann am Schalter hatte gesagt, das Schiff würde für die ungefähr dreihundertsechzig Seemeilen etwa achtzehn Stunden benötigen. Deshalb buchte David eine Kabine mit zwei Kojen.

Nachdem sie an Bord gegangen waren, verstauten sie ihr weniges Gepäck unter Deck. David vergewisserte sich noch einmal, dass ein zufällig hereinschauender Steward seine beiden Schwerter nicht sehen konnte. Dann führte er Rebekka wieder hinauf an die frische Luft. Beide hatten seit der Entdeckung ihres toten Freundes am vergangenen Abend noch nichts gegessen. Als das kleine Fährschiff auf offener See war und ihnen der frische Meereswind eines wolkenverhangenen Sommertages in die Gesichter blies, wich allmählich das flaue Gefühl aus Davids Magen.

Er saß mit Rebekka auf einer Bank des Oberdecks. Sie hielt seinen Leib mit ihren Armen umschlungen. Ihr Kopf lag an seiner Schulter. Wie von allein schob sich Davids Hand in die Brusttasche seiner Jacke, wo sich Yoshis Abschiedsbrief befand. Er zog ihn heraus und entfaltete ihn. Es schien, als wolle der böige Wind verhindern, dass er sich selbst quälte und die Zeilen wieder und wieder las, aber David klammerte sich an das Papier und ließ einmal mehr die letzten Worte Yoshiharu Itos auf sich wirken.

*Seiki-kun!*
*Mein lieber Freund. Wenn du diese Zeilen liest, bin ich entweder verschleppt worden oder ich lebe nicht mehr. In den letzten Tagen hatte ich das Gefühl beobachtet zu werden. Dann bekam ich sogar einen Drohbrief, ich solle nicht weiter hinter Toyama herschnüffeln. Ich glaube, mein Leben ist in Gefahr.*
*Du fragtest in deinem ersten Telegramm, weshalb ich während Hirohitos Inthronisation so lange mit Toyama gesprochen habe. Ganz einfach: Er sagte mir auf den Kopf zu: ›Sie sind der Sohn von Graf Yukio Ito, nicht wahr?‹ Du kannst dir vorstellen, wie schockiert ich war. Mein Vater hat vor vielen Jahren zusammen mit deinem einen diplomatischen Empfang besucht, auf dem sie ein ziemlich unangenehmes Gespräch mit Toyama führten. Diese Bestie von Mensch muss ein unglaubliches Gedächtnis haben, dass er mich nach so langer Zeit anhand dieser Erinnerung identifizieren konnte. Ich schätze, diesem Umstand verdanke ich die Schwierigkeiten, in denen ich jetzt stecke.*

*Nun aber zu der erfreulichen Nachricht. Ja, es stimmt:
Ich habe den ›Schwanz des Drachens‹ gefunden. Und
das, obwohl der ›Kopf‹ versucht hat ihn gründlich zu verstecken. Double-O lebt nämlich unter dem Namen
Ryutaro Kawamura in Iyo-Saijo, im Norden von Shikoku. Besäße Toyamas ehemaliger Koch nicht noch eine
Enkelin, die nach wie vor den Namen Ozaki trägt, hätte
ich den alten Mann nie aufgespürt. Frage im Dorf nach
einer Momoko Ozaki. Alles Weitere überlasse ich deiner
legendären Überredungskunst. Falls wir uns nicht mehr
wieder sehen, wünsche ich dir und deiner Frau Glück,
Frieden und ein langes Leben.*

*Der siebenundvierzigste der Ronin.*

David zuckte erschrocken zusammen, als er in seinem
Gesicht eine Berührung spürte. Sie war weich und sanft,
aber selbst seine Sekundenprophetie war im Moment wie
betäubt.

Rebekka steckte ihr Taschentuch wieder ein. »Entschuldige, Schatz. Ich wollte nur deine Tränen abwi-
schen.«

»Schon gut.«

»Wer sind diese Ronin?« Sie deutete auf den Brief.

David lächelte ob der rührenden Bemühungen seiner
Frau ihn abzulenken. »Ein Haufen wilder Samurai. Als
Yoshi und ich noch klein waren, sind wir immer in ihre
Rollen geschlüpft. Damals hat uns die steinerne Schild-
kröte oft als Versteck gedient. Die Ronin haben der
Legende nach ihren Landesfürsten gerächt, der von üblen
Gesellen …« Er stockte und seine Augen wurden groß.

»David?«

»... zum *seppuku* gezwungen wurde«, beendete er den Satz und sah Rebekka aufgeregt an.

Sie wusste, was in diesem Moment in seinem Kopf vor sich ging. »Du glaubst, Yoshi wollte dir damit einen Hinweis geben, nicht wahr?«

David nickte. »Vielleicht stand in dem Drohbrief, den er erwähnte, eine Andeutung, die ihn ahnen ließ, was man mit ihm vorhatte. Ja, so muss es gewesen sein. Er wollte uns mit seinem Abschiedsbrief mitteilen, dass er sich niemals freiwillig das Leben genommen hätte.«

»David, pass auf!«

Rebekkas Warnung kam zu spät. Eine heftige Bö hatte David den Abschiedsbrief Yoshis aus der Hand gerissen. Sie sahen noch, wie er eine Zeit lang über dem aufgewühlten Meer hin und her flatterte und schließlich im Wasser niederging. Gleich darauf war er verschwunden.

»Oh nein!«, jammerte Rebekka.

»Lass nur«, beruhigte sie David. »Vielleicht ist es sogar besser so.« Und während er sich an die Schläfe tippte, fügte er hinzu: »Ich habe jedes einzelne von Yoshis Worten hier oben archiviert. Jetzt bin ich der letzte der Ronin und es obliegt mir ganz allein, den gemeinen Mörder zur Strecke zu bringen.«

Als David und Rebekka am nächsten Tag im Hafen von Kochi an Land gingen, war ihre Reise noch lange nicht zu Ende. Sie mussten die Insel erst von Süden nach Norden durchqueren, um das Fischerdorf Iyo-Saijo zu erreichen.

Zu diesem Zweck bestiegen sie einen Autobus, der Rebekka schon von außen einen Riesenschrecken einjagte. Das Ding sah aus wie eine blecherne Seegurke und David hoffte inständig, es würde sich nicht wie seine Artverwandten im Meer überraschenderweise umstülpen und seine Innereien – die Passagiere – über irgendeiner Gebirgsschlucht herausschleudern.

Der Busfahrer, ein kleiner, hagerer Japaner mit einem langen fadenartigen Schnurrbart, machte jedenfalls einen zuversichtlichen Eindruck. Nachdem er alle Passagiere in sein Monstrum komplimentiert hatte, setzte er sich hinter das enorm große Steuerrad und begann japanische Volksweisen zu singen. Ob diese Maßnahme eher der Beruhigung oder einfach nur der Unterhaltung der Fahrgäste dienen sollte, war nicht ganz klar. Jedenfalls konnte die Tenorstimme nur unvollkommen das quietschende, knarrende und ratternde Orchester des Fahrzeugs übertönen. Als David und Rebekka schließlich nach einer unermesslich langen Zeit in Iyo-Saijo lebend die Gurke verließen, taten sie das in der festen Überzeugung den gefährlichsten Teil ihrer Reise glücklich überstanden zu haben.

Iyo-Saijo lag zu Füßen des mächtigen Ichizuchi am so genannten »Binnenmeer«. Weil im Ort mehrere der Inselstraßen zusammenliefen, war er nicht ganz so winzig, wie man sich ein klassisches Fischerdorf vorstellen mochte. Aber Japans Bevölkerung musste sich auf den gebirgigen Inseln ohnehin sehr zusammendrängen, damit sie in den schmalen Küstenregionen unterkam.

Über das Postamt erfuhr David sehr schnell, wo Momoko Ozaki, die Enkelin des Gesuchten lebte. Sie bewohnte mit ihrer Familie ein unscheinbares Holzhaus im Süden des Ortes. Wenig später standen David und Rebekka einer kleinen Frau Anfang dreißig gegenüber. Sie besaß ein hübsches rundes Gesicht, in dem sich das Lächeln ihrer Besucher allerdings auf ziemlich argwöhnische Weise widerspiegelte.

»Ich habe keinen Großvater«, antwortete sie barsch und wedelte mit ihren kleinen Händen, als wolle sie böse Meergeister vertreiben.

David machte ihr klar, dass es um eine Angelegenheit von größter Wichtigkeit ging. Er war sowieso kein Mann, der zu Lügen Zuflucht nahm, um sich einen Vorteil zu erringen, aber hier merkte er schnell, dass nur seine besonderen Gaben ihm weiterhelfen konnten. Wenn er diese Frau überzeugen wollte, dann musste er offen mit ihr sprechen.

Also erklärte er Momoko Ozaki geduldig, ihr Großvater Ohei Ozaki sei ohne Frage ein ehrenwerter Mann. Aber er habe einst einem Herrn gedient, dessen Umtriebe alles andere als ehrbar seien. Dieser mächtige Mensch habe den Tod vieler Unschuldiger zu verantworten. Aber das sei nicht einmal das Schlimmste: Oheis einstiger Herr sei in einen Plan verwickelt, der nicht nur Nippons Bevölkerung, sondern sogar die der ganzen Welt bedrohe.

Normalerweise hätte nun vielleicht ein Zuhörer den Kopf geschüttelt und ausgerufen: Alles Humbug! Aber wenn David einem die ungeschminkte Wahrheit vor Augen hielt, dann war das anders. Momoko Ozaki sah ihn eine Weile lang entsetzt an. Dann machte sie mehrere kurze Verbeugungen und sagte: »Kommen Sie mit mir, Murray-*san*, ich werde Sie zu meinem Großvater bringen.«

Was nun folgte, war ein mittelschwerer Aufstieg, der David, Rebekka und ihre Führerin Momoko in Richtung Süden aus dem Ort herausführte. Unterwegs warnte die mit einem Mal sehr freundliche Frau vor der Launenhaftigkeit ihres Großvaters. Wie alte Leute eben so seien. Was er sage, meine er meistens nicht persönlich. David beruhigte Momoko. Er besitze ein dickes Fell.

Bäume und Büsche säumten ihren Weg und an jeder Wegbiegung hatte man neue atemberaubende Ausblicke auf das Binnenmeer im Norden. Endlich bog Momoko in einen kleinen Seitenweg ein, nicht mehr als ein Trampelpfad, und bald darauf standen sie vor einem hübschen Häuschen im traditionellen Stil der Gegend.

»Toyama muss seinen Koch wirklich sehr geschätzt haben, wenn er ihm diesen Altersruhesitz verschafft hat«, flüsterte David in Rebekkas Ohr, nicht daran zweifelnd, dass es genau so gewesen sein musste.

»Großvater!«, rief Momoko und lächelte ihren beiden Begleitern zu.

Kurz darauf waren Schritte zu vernehmen. Es hörte sich eher wie ein Schlurfen an, allerdings in erstaunlich schneller Folge. Eine Tür wurde geöffnet und ein alter Greis erschien. Sein Gesicht sah aus wie eine Luftaufnahme der Insel – über und über mit Furchen durchzogen. Wie die meisten Japaner war er nicht sehr groß und erheblich hagerer, als David ihn sich anhand der Beschreibungen seines Vaters vorgestellt hatte.

»Was soll das, Momo?«, fauchte er in Richtung seiner Enkeltochter. »Weshalb schleppst du mir diese Langnasen an?«

Momoko verneigte sich ehrfürchtig vor dem alten Mann, doch ehe sie ihm antworten konnte, hatte David schon das Wort ergriffen.

»Ich überbringe einen Gruß von einem Ihrer alten Küchenjungen, Double-O. *Jeff Fenton.* Sagt Ihnen der Name etwas?«

Es gehört zu dem geheimnisvollen Wesen alter Leute, die Ereignisse ihrer Jugendtage wie kostbare Schätze in den Kammern ihrer Erinnerungen aufzubewahren, wäh-

– 723 –

rend sie Begebenheiten jüngeren Datums oft wie billigen Tand mit Eile herauskehren. So war es auch bei Ohei Ozaki, dessen frühere Identität jetzt das Pseudonym Ryutaro Kawamura verbarg. Seine dunklen Augen begannen zu glänzen wie polierte Obsidiane in einem faltigen, blassgelben Seidenbett.

»Wo-Woher kennen Sie diesen Namen?«, stotterte er sichtlich erregt. Momoko eilte herzu, um ihn zu stützen, aber er wehrte sie empört ab.

»Der Küchenjunge Jeff Fenton war mein Vater.«

»War? Ist er im Krieg gefallen?«

»Mein Vater wurde ermordet. Teruzo Toyama hat ihn ans Messer geliefert.«

Jetzt wankte Ohei doch bedrohlich. Momoko überwand geschickt seine in die Luft schlagenden Hände und stützte ihn. »Ich glaube, es ist besser, wir gehen hinein«, sagte sie streng.

Bald hockten Ohei, seine Enkelin (die er ausnahmslos Momo nannte), Rebekka und David auf einer Matte aus Reisstroh. Momoko hatte Tee zubereitet, der in kleinen Schälchen vor ihnen dampfte. Inzwischen war es zu einer gründlichen Vorstellung der Gäste gekommen. David hatte daraufhin einige Meilensteine aus seiner und seines Vaters Lebensgeschichte beleuchtet, um Ohei Ozaki das wahre Gesicht seines Herrn zu zeigen.

Aber der alte Mann war erstaunlich stur. »Was Sie da behaupten, Murray-*san*, ist ungeheuerlich! Ich habe Toyama seit meinem zwanzigsten Lebensjahr gedient – fünfzig Jahre lang! Natürlich weiß ich, dass er der Kopf der Amur-Gesellschaft ist, aber was Sie da über diesen Kreis der Dämmerung sagen …« Einmal mehr schüttelte er den Kopf.

David war der Verzweiflung nahe. Natürlich wusste er von der unerschütterlichen Treue der Japaner gegenüber ihren Dienstherren, ein Verhalten, das noch in den alten Feudalstrukturen des Landes wurzelte. Aber allmählich fürchtete er, der Alte könne überhaupt nicht auf die Gabe der Wahrheitsfindung reagieren. David holte tief Luft und legte noch einmal alle Überzeugungskraft in seine Stimme.

»Hören Sie mich bitte an, ehrenwerter Ozaki-*san*. Die Gesellschaft Schwarzer Drache wurde erst zu Beginn dieses Jahrhunderts gegründet, um Japan für seinen Krieg gegen Russland vorzubereiten. Ist Ihnen nie die Frage in den Sinn gekommen, weshalb Toyama 1882 mit Ihnen nach Europa reiste?«

»Ich habe mich nicht in die Angelegenheiten meines Herrn eingemischt. Niemals.«

»Aber *jetzt* wissen Sie, was sich damals in *The Weald House* zugetragen hat. Toyama ist zwar die graue Eminenz hinter zahllosen Verbrechen, aber der Jahrhundertplan ist niederträchtiger als alle infamen Verschwörungen der Vergangenheit zusammen. Und Ihr ›ehrenwerter Toyama-*san*‹ spielt eine führende Rolle in diesem Frevel an Gott und der Menschheit. Haben Sie sich denn nie gefragt, warum Toyama zwölfmal langsamer altert als jeder normale Mensch?«

»Es ist fast so, als hätte er alle Zeit gestohlen, um sie nur für sich zu haben«, hauchte Momoko ungläubig.

Der Greis sagte gar nichts. Er hockte nur reglos auf seinen Knien und wirkte dadurch noch winziger und zerbrechlicher, als er ohnehin schon war. Man hätte glauben können, er wäre nun endgültig eingetrocknet. David fühlte sich müde, richtiggehend ausgelaugt. Immer wenn er seine besonderen Fähigkeiten einsetzte, kostete ihn das viel Kraft. War etwa alles vergeblich gewesen?

Mit einem Mal kehrte das Leben in den alten Mann zurück. Alle sahen, wie sich seine Augen mit Tränen füllten. Als er endlich zu sprechen begann, klang seine Stimme brüchig wie altes Pergament: »Ich weiß zwar nicht, wie Sie das geschafft haben, Murray-*san*, aber ich werde Ihnen helfen diesen Teufel zu finden.« Er ließ den Kopf hängen, während er ihn zugleich schüttelte: »Ich hätte niemals geglaubt, einmal meinen Herrn zu verraten. Und er ganz gewiss auch nicht.«

Am nächsten Morgen ging das Ehepaar Murray in Begleitung von Ohei Ozaki und seiner Enkelin an Bord eines Fischerbootes, das David mit seiner nun schon bekannten Überredungskunst und einem Bündel Geldscheinen einem Seebären abgetrotzt hatte. Genauer gesagt waren die vier nur Passagiere des verrosteten kleinen Kutters, der den bewegenden Namen *Taifun* trug. Kapitän Wang hätte seinen verkappten Wirbelsturm niemals auch nur eine Sekunde lang in fremde Hände gegeben. Der kleine Seemann war der Sohn eines chinesischen Steinsiegelschneiders, dessen ganze Sippe Anfang des Jahrhunderts nach Japan ausgewandert war. Auch die Hälfte seiner vierköpfigen Besatzung hatte chinesische Wurzeln.

Ohei Ozaki war ein alter Dickkopf. Er hatte darauf bestanden, David und Rebekka persönlich den geheimsten Schlupfwinkel Toyamas zu zeigen. Angeblich sei es selbst mit einer genauen Ortsbeschreibung so gut wie unmöglich, das Anwesen zu finden. Die letzte Nacht hatte die Reisegesellschaft bei Verwandten der Ozakis in den Bergen nahe bei Kochi verbracht. David hielt es für zu gefährlich, in Iyo-Saijo zu bleiben, weil er damit rechnete, dass der Kopf des Schwarzen Drachens seinen Plan erahnen und seinem geliebten Koch ein Schwert in den Leib stoßen lassen könnte.

Beim gemeinsamen Abendessen war man sich näher gekommen und inzwischen behandelte Ohei das »langnasige« Ehepaar aus Europa wie seine besten Freunde – mit der ihm eigenen ruppigen Art von Herzlichkeit, versteht sich. Aus den anfänglichen Zweifeln des Alten war unterdessen ein glühender Eifer gegen Toyama und für den Tenno geworden. Die seinem Sinneswandel zugrunde liegende Logik war typisch japanisch: Toyama hatte sich immer als großer Patriot ausgegeben, aber er war in Wahrheit ein hintertriebener Ränkeschmied, der durch seine Intrigen den göttlichen Kaiser besudele. Weil er, Ohei, ihn, Toyama, in all den Jahren durch seine Kochkunst auch noch bei Kräften gehalten habe, trage er eine nicht unwesentliche Mitschuld an diesem Hochverrat. Einige Minuten lang mussten seine Anverwandten und die Gäste ernsthaft um den Alten bangen, weil er sich auf die Suche nach einem Schwert machen wollte, um sich schnellstmöglich in selbiges zu stürzen. David gelang es schließlich, Ohei zu beruhigen. Wodurch könne er sein *giri* besser wiederherstellen als durch die Entlarvung des Verräters, hatte er gefragt. Damit war die Zusammensetzung der Reisegesellschaft endgültig besiegelt gewesen.

Später am Abend – der Greis stand inzwischen unter dem Einfluss einer nicht näher bestimmbaren Menge von Sake – begann Ohei eine phantastische Geschichte zu erzählen. Und zwar, so behauptete er, gebe es, versteckt in einer fast unzugänglichen Schlucht südlich von Toba, einen Felsenpalast. Ja, das sei wohl der passende Begriff, bekräftigte er zufrieden. Nach einigen, nicht immer ganz klaren Schilderungen wussten David und Rebekka wenigstens ungefähr, wohin sie ihre Reise führen würde.

Toba befand sich auf Honshu, der größten der japanischen Hauptinseln. Die Stadt am Irako-Kanal lag ziemlich genau auf halber Strecke zwischen Kochi – dem Heimathafen der *Taifun* – und Tokyo. Neben der Perlenzucht war Toba über seine Grenzen hinaus auch wegen *Myoto-iwa*, den »Vermählten Felsen«, bekannt. Die beiden küstennahen Klippen symbolisierten das Götterpaar Izanagi und Izanami und ihr heiliges »Band der Ehe« – ein dickes, aus Reisstroh geflochtenes Tau – wurde jedes Jahr in einer feierlichen Zeremonie erneuert. Südlich der Hafenstadt erstreckte sich eine unübersichtliche Küstenlinie aus zahllosen kleinen Buchten und vorgelagerten Inseln. Das Hinterland war von subtropischen Wäldern überwuchert. Toyama hätte sich kaum eine bessere Gegend für sein Versteck aussuchen können.

Als die *Taifun* sich bis auf wenige Seemeilen ihrem Ziel genähert hatte, schaltete Wang die Motoren aus und überließ das Boot dem Wind. Sein Kutter verfügte über einen Groß- und einen Besanmast, war also auch ohne den Dieselmotor noch manövrierfähig. Bald breitete sich an Bord eine bedrückte Stimmung aus. David hatte, nachdem sie erst auf See waren, Kapitän Wang informiert, welch gefährliche Mission ihn in diese Gewässer führe. Es gelte den Chef eines Geheimbundes zur Strecke zu bringen, der seit der Meiji-Zeit gegen die Krone intrigiere. Seine Offenheit trug einmal mehr willkommene Früchte: Wang und seine Mannschaft erklärten sich spontan bereit unter Beisteuerung eines zusätzlichen Obolus den Kampf gegen den Erzschurken aufzunehmen.

»Noch zwei Buchten«, erklärte Ozaki, als sie eine kleine Landspitze umrundeten. »Es gibt nur einen einzigen Zugang zu Toyamas Felsenpalast: vom Meer aus.«

Wie David inzwischen wusste, befand sich Toyamas Schlupfwinkel in einer schmalen Bucht, deren steil abfallende Klippen jeden Zugang vom Hinterland her ausschlossen. Schon im letzten Jahrhundert hatte er hier ein weites Areal erworben. Verborgen im wild wuchernden Grün, lag der Palast ungefähr fünfzig Yards über dem Meeresspiegel. Man konnte ihn nur über eine schmale Treppe erreichen, die in die Felsen geschlagen war, oder über einen Flaschenzug, der hauptsächlich dazu verwendet wurde, Lebensmittel oder andere Güter in das Haus zu befördern.

Der Begriff »Haus« sei eigentlich nicht ganz passend, hatte der Greis hinzugefügt, denn bis auf einen kleinen Teil der Fassade, hinter dem sich Toyamas meistbenutzte Aufenthalts- und Arbeitsräume befanden, verbarg sich der größte Teil des Palastes tief im Felsen. Soweit Ohei wusste, hatte sein Herr dereinst eine natürliche Höhle, die früher von Piraten benutzt worden war, erweitern lassen, um sein ungewöhnliches Domizil zu schaffen.

*Seine List wird ihm zum Verhängnis werden.* Davids Gedanken waren wieder bei den Beschreibungen des ehemaligen Kochs. Die Unzugänglichkeit des Palastes bedeutete genau genommen doch nichts anderes, als dass man auch nur über das Meer *fliehen* konnte. Darin bestand seine Taktik. Sie würden in der Nachbarbucht auf den Einbruch der Dunkelheit warten und sich anschließend mit einem Ruderboot zu Toyamas Versteck heranpirschen. Während Wang und seine Leute dann dafür sorgten, dass etwaige Schiffe des Gegners auf Grund gesetzt wurden, würde er,

David, sich in Begleitung Oheis zum Palast hochschleichen – der Alte war nicht davon abzubringen, an der Operation »Drachenfeuer« (der Name stammte von ihm) teilzunehmen.

So weit, so gut. Da gab es nur eine winzige Schwierigkeit: Rebekka wollte David und Ohei partout begleiten. Noch auf dem Fischerboot hatten sie stundenlang darüber diskutiert. Und obwohl längst alles gesagt war – David meinte, das Unternehmen sei zu gefährlich für sie, und Rebekka beharrte darauf, dass sie ihn niemals im Stich lassen würde –, musste schließlich ein Dritter vermittelnd eingreifen, um endlich einen Kompromiss zu erzielen. Es war Momoko, die vorschlug, dass die beiden Frauen auf die Ruderboote aufpassen sollten, »während die Männer ihrem Handwerk« nachgingen. Bei dieser Gelegenheit könnten Rebekka und Momoko auch nach möglichen Gefahren Ausschau halten und »durch einen Pfiff die Herren Piraten warnen«. Auf dem Rest der Reise lernte Rebekka, wie man mit zwei Fingern im Mund schrille Geräusche erzeugte.

»Ich würde sagen, jetzt ist es dunkel genug.« Oheis Fistelstimme war leiser, als es die Umstände erforderten. Noch lag die *Taifun* ja in der Nachbarbucht versteckt.

»Ich hoffte schon, du würdest das nie sagen«, brummte Kapitän Wang.

David verzog keine Miene. Seine Nerven waren jetzt schon bis zum Zerreißen angespannt. Seit mindestens zwei Stunden hatte er im Geist alle möglichen Szenarien durchgespielt. Er war hoch konzentriert. Noch einmal kontrollierte er den Sitz der beiden Schwertscheiden. Dann nickte er.

»Meinetwegen kann es auch losgehen.«

Acht Personen verteilten sich auf die zwei Ruderboote. David saß mit Rebekka, Ohei und einem »Piraten« in dem einen, Kapitän Wang mit zweien seiner Leute und Momoko in dem anderen. Nur eine einzige Wache blieb bei der *Taifun* zurück.

Mit kräftigen Ruderschlägen lösten sich die beiden Boote aus den Schatten der mächtigen Bäume, hinter denen das Fischerboot versteckt lag. David hatte sich zuletzt auf der Isis in Oxford in die Riemen gelegt, aber gemeinsam mit dem chinesischen Fischer fiel es ihm nicht schwer, mit den anderen gleichzuziehen. Als sie die Landzunge umrundet hatten, hinter der Toyamas Privatbucht lag, schalteten sie auf »Flüstergang« um, wie Wang es bezeichnet hatte – die Ruderblätter schnitten die Wasserlinie jetzt nur noch sehr behutsam und mit der geringstmöglichen Fläche.

Langsam glitten die Boote die enge Bucht hinauf. Das Meer war in dieser Nacht ruhig, fast zu ruhig. In dem engen Kessel der Bucht schien das Wasser wie ein Resonanzboden zu wirken. Wenn in den Bäumen der Schlucht ein Vogel schnarrte oder irgendwo ein Fisch aus dem Wasser sprang, dann glaubte man, das Tier befände sich im Innern des Bootes. Ein dünner Schleier aus Wolken umhüllte den Mond. Hier und da konnte man die Sterne sehen. Sie gaben gerade genug Licht, um sich zu orientieren. Oder um entdeckt zu werden.

David wünschte sich, es würde regnen. Dann wäre alles viel leichter. Aber so – wenn irgendwo dort draußen in der Dunkelheit wachsame Augen auf das Meer hinausblickten, dann mussten sie die massiven Schatten der Ruderboote unweigerlich sehen. Vorsichtig zog er die Ruderblätter durchs Wasser, stets darauf achtend, mit dem Fischer an seiner Seite im Takt zu bleiben. Rebekka saß ihnen gegenüber und war mucksmäuschenstill.

Plötzlich drang über das spiegelglatte Wasser ein tiefes Lachen zu ihnen herüber. Auch ohne Worte waren sich die »Piraten« über die Bedeutung dieses Lautes einig: Am Ende der Bucht musste ein Schiff liegen, in dem unbekümmerte Männer saßen. Ohei, der neben Rebekka saß, beugte sich ganz dicht zu David vor und deutete nach Süden. Er hatte von einem schmalen Pfad erzählt, der versteckt hinter Büschen und Bäumen zu der Treppe hinführte. Wenn sie dort an Land gingen, mussten sie zwar weiter laufen als von der Hauptanlegestelle, aber sie waren auch weniger leicht zu entdecken.

Der Kurs der beiden Ruderboote gabelte sich. Wang hielt mit seinen Männern auf Toyamas Yacht zu oder was immer dieser für ein Schiff benutzen mochte. Dessen Ankerplatz war jedenfalls vom Meer aus nicht zu sehen, weil er hinter einem ins Wasser ragenden Felsen lag. Wangs Auftrag war klar umrissen. Er sollte die Besatzung von Toyamas Schiff oder mögliche Wachen finden und unschädlich machen. Bei einem vereinbarten Zeichen hatte er sich zurückzuziehen. Bei der *Taifun* wollten sie sich wieder vereinen.

David hatte gegenüber den Fischern darauf bestanden, Gewalt nur im äußersten Notfall und so sparsam wie möglich einzusetzen. Ihm ging es einzig darum, den Kopf des Schwarzen Drachens abzuschlagen. Ohne sein Haupt würde das Monstrum vermutlich sowieso bald auseinander brechen oder sich selbst zerfleischen, wie es bei derartigen Geheimbünden keine Seltenheit war.

Nachdem Ohei sie zu dem Anlegeplatz gelotst hatte,

kletterten die Männer sogleich aus dem Boot. Der Fischer half dem zwar noch rüstigen, aber doch nicht mehr ganz so gelenkigen Greis an Land. Sobald der Alte festen Boden unter den Füßen hatte, schüttelte er seinen Helfer verärgert ab.

David küsste noch einmal Rebekkas Lippen. Während der Wartezeit in der Nachbarbucht hatten sie ein langes Gespräch unter vier Augen geführt. Es war ein Abschied, ohne dass einer der beiden dieses Wort geduldet hätte. Aber jeder von ihnen wusste, wie gefährlich dieses Vorhaben war.

Während David den beiden Männern folgte, blieb Rebekka am felsigen Strand beim Boot zurück. Ihre Aufgabe war es nun, nach verdächtigen Bewegungen Ausschau zu halten und, wenn nötig, Alarm zu schlagen. Das von ihr erlernte Pfeifzeichen ahmte einen einheimischen Vogel nach, dessen Namen Rebekka noch nie gehört hatte. Momoko meinte, auf diese Weise würde ein Fehlalarm nicht gleich die ganze Bucht in Aufruhr versetzten.

Auf der Felsentreppe ließen David und Ohei ihren Gefährten zurück. Seine Bewaffnung bestand in einem Seemannsmesser, das bereits zahllose Fischbäuche aufgeschlitzt hatte, sowie in Wangs »bestem Stück«, einem preußischen Gewehr samt Bajonett, das er sich während des Boxeraufstandes von einem deutschen Infanteristen »ausgeliehen« hatte. Der aus der Mandschurei stammende Fischer fühlte sich außerordentlich geehrt die Furcht erregende Waffe seines Kapitäns zur Verteidigung des Tennos tragen zu dürfen.

Ohei besaß eine für einen fast Neunzigjährigen unerhörte Ausdauer. Gegen alle vereinbarten Vorsichtsmaßnahmen flüsterte er, das läge an seinem Berghäuschen in

Iyo-Saijo. Momo hätte ihn schon längst verhungern lassen, wenn er nicht mehrmals die Woche den Weg zu ihrem Haus und wieder zurück absolvierte.

Das war eine glatte Lüge. David wusste das auch. Aber um sich langatmige und verräterische Diskussionen zu ersparen, raunte er nur: »In deinem Alter möchte ich auch gerne so gut beisammen sein. Wann sind wir denn endlich oben?«

»Es dauert nicht mehr lang.«

Die Treppe machte noch viermal eine Kehrtwende um einhundertachtzig Grad, dann betraten die beiden Männer einen schmalen Balkon. Vermutlich hatte man tagsüber von hier oben einen atemberaubenden Ausblick, wenn man durch die Zweige der Bäume spähte, die sich wie waghalsige Akrobaten an die steile Uferböschung klammerten, von denen man jetzt aber nur dunkle Schatten sah.

David und Ohei tauschten die Plätze. Jetzt ging der Jüngere voran. In der Rechten hielt David sein Langschwert, jederzeit bereit es auch zu gebrauchen, aber sein sechster Sinn blieb ruhig. Toyama fühlte sich entweder so sicher, dass es hier draußen keine Wachen gab oder – David schluckte, immer wieder hatte er diesen Gedanken aus seinem Kopf vertrieben – er war nicht zu Hause.

Mit drei Stakkatopfiffen in schneller Folge gab David eines der verabredeten Signale. Dann warteten er und Ohei. Bald drangen dumpfe Laute zu ihnen herauf. Eine Weile lang war alles still. Hierauf brach sich ein gurgelndes Geräusch an den Klippen der Bucht. Nach ungefähr zehn Minuten war alles vorbei.

»Sie haben die Männer überwältigt und die Flutventile des Schiffes geöffnet. Jetzt liegt es auf dem Grund dieses herrlichen Plätzchens«, hauchte David in Oheis Ohr.

»Offenbar hat hier oben niemand etwas bemerkt. Ich gehe jetzt hinein.«

»Ich komme mit.«

»Das war nicht verabredet, Ohei-*san!*«

»Ist mir egal. Ich muss meine Ehre wiederherstellen.«

»Nein, Ohei-*san!*«

»Doch, Francis-*san!*«

»Alter Narr!«

»Junger Grünschnabel!«

David seufzte. Wenn er noch lange hier herumstand und mit dem Alten stritt, dann würden sie doch noch entdeckt werden. Sollte er ihn einfach niederschlagen? Einen Atemzug lang erwog er ernstlich diese Möglichkeit, aber dann musste er wieder an Oheis *giri* denken. Der Greis würde sich womöglich wirklich selbst entleiben, wenn man ihm die Chance raubte seine Ehre rein zu waschen. David bewegte seine Lippen ganz dicht an Oheis Ohr.

»Also gut, aber du bleibst immer schön hinter mir – hast du verstanden?«

»Meinetwegen. Und nun mach schon. Mir schlafen gleich die Beine ein.«

Auf Zehenspitzen schlich sich David zu der schweren hölzernen Eingangstür. Ohei schlurfte hinterher. David hob vorsichtig den Riegel an. Das leise Quietschen klang in seinen Ohren wie ein markerschütterndes Gekreische. Endlich konnte er die Tür einen Spaltbreit aufziehen. Er spähte in das Innere des Hauses. Irgendwo brannte ein unstetes Licht. Er konnte deutlich die Inneneinrichtung erkennen: Bambusmöbel im europäischen Kolonialstil. Schnell zog er die Tür weiter auf und schlüpfte ins Haus. Dabei hielt er Ohei am Ärmel seines Kimonos fest, damit der Alte schneller nachkam.

Die beiden Eindringlinge befanden sich in einer Art Teesalon, der durch zwei Papierlaternen erleuchtet wurde. Das Haus war also auf jeden Fall bewohnt. Fragte sich nur, von wem. Behutsam bewegte sich David tiefer in den Palast hinein. Ohei folgte ihm, so leise er konnte. Nach wenigen Schritten betraten sie durch eine Schiebetür einen runden Raum, eine Art Innenhof, der sich bereits mitten im Fels befinden musste. An den glatten weißen Wänden standen links und rechts zwei Leuchter, in deren ölgefüllten Schalen muntere Feuer flackerten. David musste unweigerlich an ein anderes Domizil denken, das er aus seines Vaters Diarium kannte. Der Fußboden hier war mit einem farbigen Mosaik geschmückt, das Felsen, Bäume, einen Wasserfall und schillernde Vögel zeigte. Wie um diesen künstlichen Sängern Leben zu verleihen, drang aus den Tiefen des Palastes ein sorgloses Trällern zu den Eindringlingen herüber. Beiderseits der Eingangstür sah man die Stufen einer geschwungenen Treppe.

Der ehemalige Koch deutete zum rechten Aufgang und meinte: »Da geht es zu seinem persönlichen Wohnsalon hinauf. Zu den Schlafgemächern auch, aber die liegen weiter hinten in der Höhle.« Dann zeigte Ohei nach links und sagte: »Dort kommt man zum Arbeitszimmer, zur Bibliothek und zum großen Besprechungs- und Festraum hinunter, wo er immer mit seinen Hauptleuten zusammengesessen ist. Weiter unten, tief in den Felsen, gibt es noch einen Weinkeller.« Zuletzt deutete der Greis gerade durch die runde Eingangshalle hindurch. »Und da hinten sind noch viele weitere Räume: Gästezimmer, Waffenkammern, die Küche, Vorratsräume, dann die Kammern für das Dienstpersonal und zum Schluss die Zellen für Toyamas persönliche Gefangene.«

Davids Augen hingen ungläubig an den blassen Lippen des alten Mannes. Obwohl er diese Beschreibung nicht zum ersten Mal hörte, wurde ihm doch erst jetzt so richtig bewusst, wie weitläufig dieser Felsenpalast war. Ja, der Name passte wirklich: Toyama hatte sich hier ein Schloss in den blanken Fels graben lassen.

»Pass auf!«, zischte er plötzlich. »Da kommt jemand.«

David zerrte den Greis unsanft zur Seite, damit man sie nicht von dem Gang aus sehen konnte, der geradewegs in das Gestein hineinführte. Gleich darauf kam ein hagerer Mann in mittleren Jahren aus einer der Seitentüren, lief ein paar Schritte über den Flur und verschwand wieder hinter einer anderen Tür.

»Woher hast du gewusst, dass Hachiro in den Gang treten würde?«, fragte der Greis erstaunt, nachdem er seinen Ärmel aus Davids Griff befreit hatte.

»Später, Ohei-*san*. Wer ist Hachiro?«

»Mein Nachfolger. Ein lausiger Koch!«

»Kann ich mir denken. Dann komm.«

Wie im Voraus bereits besprochen, wollten sie den Felsenpalast von oben nach unten durchsuchen. Wenn sie auf jemanden vom Personal stießen, würde David das Überraschungsmoment nutzen und ihn betäuben. So lautete jedenfalls der Plan. Sofern sie eine Möglichkeit fanden jemanden zu befragen, ohne sich dadurch gleich zu verraten, dann würden sie auch das tun. Leise schlichen sie die weit geschwungene Wendeltreppe hinauf.

Im Obergeschoss des Palastes herrschte absolute Stille. Toyama verfügte hier über ein geräumiges Tatami-Zimmer. Eine breite Fensterwand ließ tagsüber das Sonnenlicht herein. Jetzt brannten auch hier nur Laternen und kleine Öllichter.

»Gibt es hier keinen elektrischen Strom?«, fragte David verwundert.

»Als ich den Palast verließ, hieß es, Toyama-*san* wolle einen Generator anschaffen, aber wie ich ihn kenne, macht er keinen Gebrauch davon. Vielleicht genehmigt er dem Personal das elektrische Licht, aber er selbst ist ein sehr altmodischer Mann.«

David nickte und hielt dann auf die nächste Tür zu. Dabei bewegte er sich mit großer Vorsicht. Unablässig lauschte er auf seinen sechsten Sinn. Doch weder Auge noch Ohr, weder Nase noch Sekundenprophetie meldeten eine akute Gefahr. Hinter dem Wohnraum befand sich eine quadratische Diele. Die Tür gegenüber war größer als die beiden rechts und links.

»Da ist sein Schlafzimmer und dort sind die beiden seiner Konkubinen«, erläuterte Ohei.

David öffnete eine Tür nach der anderen, jederzeit zu einer Verteidigung bereit. Zwischen dem großen und den beiden kleineren Räumen befand sich jeweils ein luxuriös ausgestattetes Bad. Alle Zimmer waren leer.

»Was nun?«, fragte Ohei.

»Weiter nach Plan: Erst wird das Untergeschoss durchsucht und dann arbeiten wir uns durch das größte Stockwerk in der Mitte.«

Leise schlichen sie wieder die Treppe hinab. Gerade als sie in die runde Eingangshalle treten wollten, hielt David den hinter ihm gehenden Ohei mit dem Arm zurück. Er drückte sich eng an die Wand und der Alte folgte sofort seinem Beispiel.

Aus dem Gang zu ihrer Rechten trat ein ziemlich großer Mann in die Eingangshalle. Davids Faust spannte sich um den Griff des *katana*. Er konnte voraussehen, was der

Mann vorhatte. Als der Ahnungslose schon fast an ihm vorüber war, schnellte er aus seinem Versteck und betäubte ihn durch einen Schlag gegen das linke Schläfenbein. Um jeden Lärm zu vermeiden, fing David den schlaff zusammensackenden Körper auf und ließ ihn zum Boden hinab. Der Mann trug ein Pistolenhalfter am Gürtel und ein Gewehr über der Schulter.

»Vermutlich ein Wächter, der gerade seinen Rundgang antreten wollte«, erklärte David dem erstaunt starrenden Alten. »Unser mandschurischer Fischer hätte sich mit ihm wahrscheinlich das schönste Feuergefecht geliefert. Mit unserer Heimlichkeit wäre es dann zu Ende. Jetzt komm, wir müssen uns beeilen, weil ich nicht genau sagen kann, wann der Mann wieder aufwachen wird.«

David packte den Bewusstlosen unter den Achseln und schleifte ihn in den Teesalon, wo er ihn hinter einer Bambuscouch deponierte. Ohei schlurfte ihm hinterher und fragte ungläubig: »Wie konntest du nur so schnell reagieren? Ich habe den Wächter gar nicht bemerkt.«

David grinste listig. »Wir Grünschnäbel haben vielleicht doch wachere Sinne als ihr …«

Ohei hob schnell den Zeigefinger. »Wage es nicht, dieses ungehörige Wort noch einmal auszusprechen.«

»Schon gut. Jetzt lass uns weitermachen.«

Diesmal nahmen sie die Treppe zu ihrer Linken. Das Untergeschoss war weniger übersichtlich als die Räume oben. Von der Wendeltreppe her trat man in einen u-förmigen Flur, von dem mehrere Türen abgingen. Auch hier brannten Ölleuchter. David bedeutete Ohei, am Treppenabsatz stehen zu bleiben und ihn zu warnen, wenn sich oben etwas rührte. Er selbst ging das kürzere Flurstück hinunter, um zunächst den hinteren Quergang abzusuchen.

Nacheinander öffnete er vier Türen. Hinter der einen befand sich eine erstaunlich große Bibliothek, die völlig vom Fels umschlossen war. Die Nebenräume hinter den übrigen Türen dienten als Abstellkammern, in einem stand sogar ein Bett. Als David wieder zum kurzen Gangstück bei der Treppe zurückkehrte, war Ohei verschwunden.

*Was stellt er nun schon wieder an?* David hätte am liebsten laut geschimpft. Er eilte zur Wendeltreppe, um dort hinaufzuschauen, als er zu seiner Linken eine Bewegung ausmachte.

Es war der Greis, der ihm fröhlich zuwinkte. Durch Gesten signalisierte er David: Keine Angst, ich lausche nur an den Türen und sehe durch die Schlüssellöcher; sieh du in der Zwischenzeit nur schon vorne nach.

David ließ resignierend die Luft durch die Nase strömen und nahm die Türen in Angriff, die zur Vorderfront des Palastes gingen. Die erste führte in ein großes Besprechungszimmer, in dem sich ein Tisch mit zwölf Stühlen befand. Ob der Kreis der Dämmerung hier auch schon getagt hatte? Jedenfalls war der sparsam möblierte Raum unübersehbar leer. Auch hier brannten Ölschalen. David machte sich gar nicht die Mühe weiter ins Zimmer zu treten, sondern kehrte auf den Flur zurück. Dort sah er, wie Ohei gerade hingebungsvoll durch ein Schlüsselloch schielte. David verlor ihn aus den Augen, als er sich nach links dem nächsten Raum zuwandte. Als er die Hand auf den Türgriff legte, vernahm er ein Geräusch.

Es hatte wie das Rascheln von Papier geklungen. Sein Herz begann heftiger zu schlagen. Schnell rief er sich Oheis Beschreibung des Palastes in den Sinn. Ja, hinter dieser Tür musste das Arbeitszimmer von Toyama sein.

Und wo sonst sollte sich ein so eifriger Förderer des Jahrhundertplans aufhalten?

David schloss die Augen, um sich noch einmal zu konzentrieren. Rebekkas Gesicht tauchte vor ihm auf. Sie schien den Kopf zu schütteln und Nein! zu rufen. Mit einem Ruck stieß David die Tür auf und sprang in den Raum.

Er hörte, wie die Tür gegen ein Hindernis prallte und einen Wimpernschlag später wieder hinter ihm ins Schloss zurückfederte. Seine Augen bekamen davon nichts mit. Seine Blicke flogen durch den Raum, registrierten Regale, Bücher, einen Globus, einen brennenden Ölleuchter und einen Schreibtisch voller Papiere, an dem ein Mann saß.

Toyama reagierte ungewöhnlich gelassen. Nur für einen Moment flammte in seinen Augen so etwas wie Überraschung auf, doch seine Stimme klang bemerkenswert ruhig, als er in bestem Englisch sagte: »Ich habe mir gedacht, dass Sie früher oder später hier aufkreuzen werden. Mr Newton, nicht wahr? Oder soll ich besser David Milton zu Ihnen sagen? Oder Camden? Welchen Namen bevorzugen Sie gerade?«

»Und ich habe geahnt, dass Sie meiner Familie all die Jahre nachspioniert haben«, antwortete David in nicht weniger flüssigem Japanisch. Irgendetwas an Toyamas Aufzählung ließ ihn stutzen. »Vielen Dank für die Bestätigung, Mitsuru-*san*. Oder ist Ihnen der Name Teruzo lieber?«

Toyamas breites Gesicht grinste unverschämt. »Nachdem wir das geklärt haben, sollten wir uns darüber einig werden, wie es nun weitergeht, Camden. Ich für meinen Teil …«

»Wagen Sie es nicht!«, sagte David und machte mit dem ausgestreckten Langschwert einen Schritt auf den

Schreibtisch zu, an dem Toyama gerade eine Schublade öffnen wollte.

»Wie haben Sie das gemacht?«

»Ich blicke in Ihre Augen.«

Toyama lehnte sich wieder im Stuhl zurück und zeigte demonstrativ seine Hände. David bemerkte den goldenen Siegelring am Finger des großen Japaners, dessen Rechte immer noch etwas dunkler aussah als die Linke. »Ich tue nichts, was Sie beunruhigen müsste, Camden. Aber sagen Sie mir bitte, was Sie nun mit mir vorhaben. Wollen Sie mich etwa mit Ihrem *katana* aufspießen? Sie sind doch kein Barbar, oder?«

»Als Sie meinen Freund, den Grafen Ito, haben umbringen lassen, waren Sie weniger kultiviert, Toyama.« Nein, David war kein kaltblütiger Mörder. Aber er spürte trotzdem, wie der Gedanke an Yoshis Tod seinen Zorn entfachte. Er hob das Schwert wie zum Schlag, umklammerte dessen Griff fest mit beiden Händen. Seine Finger bewegten sich nervös. Mit einem einzigen Streich konnte er Toyamas Treiben jetzt ein Ende setzen. Für die ermordeten Eltern Vergeltung üben …

Und Toyama einen letzten Sieg verschaffen.

David kämpfte gegen das Rachegefühl an; er wollte sich nicht zum Sklaven seines Hasses machen lassen. Außerdem wäre eine Kurzschlusshandlung alles andere als vorteilhaft für ihn. Er ließ das *katana* wieder etwas tiefer sinken. Es musste ihm gelingen, Toyama etwas von dem unschätzbaren Wissen zu entreißen, das er über den Kreis der Dämmerung besaß. Mit diesen Kenntnissen – und all den Dokumenten in diesem Raum – würde er den Geheimzirkel ein für alle Mal zerschlagen können. Er hatte sich zwar immer gewünscht Toyama im Kampf gegenüberstehen zu können, aber jetzt waren ihm die Hände gebunden. Und dieses Scheusal von einem Menschen saß einfach nur ruhig da, weil er das alles ganz genau wusste.

»Ihr Freund hat unseren Plan in Gefahr gebracht«, sagte Toyama voll triefender Geringschätzung. »Ito war ein Dummkopf sich mit mir anzulegen …«

»Halten Sie den Mund!«, fiel David dem Kopf des Schwarzen Drachens drohend ins Wort. Aber er behielt sich in der Gewalt. Toyama spielte sein Spiel mit ihm. Er wollte ihn zu einer unüberlegten Tat reizen. Und jetzt versuchte er es mit einer anderen List.

»*Sie* könnten für uns sehr nützlich werden, Camden. Es schlummern ungewöhnliche Kräfte in Ihnen – wie ich ja am eigenen Leib erfahren habe. Wenn Sie sich mir anschließen, wären Sie innerhalb kürzester Zeit reicher und mächtiger als Sie es je einem Sterblichen zutrauen würden. Sie und ich, wir beide gemeinsam könnten so gut wie unbesiegbar …«

»Hören Sie auf!«, unterbrach David erneut den säuselnden Vortrag Toyamas. Er musste den Spieß umdrehen, ihn dazu bringen, seine Geheimnisse preiszugeben. »Ich lasse mich von Ihnen nicht korrumpieren. Von niemandem! Dieses Gerede von der Unbesiegbarkeit scheint eine Masche in Ihrem Zirkel zu sein. Belial hat das Gleiche zu seinem Liebling Negromanus gesagt …«

»Woher wissen Sie …?«, brach es aus Toyama heraus. In seinen Augen war nun doch Erstaunen zu sehen, aber noch etwas anderes …

»Bleiben Sie sitzen!«, schrie David.

Toyama erhob sich trotzdem von seinem Stuhl. Der Hüne schien wie ein Geysir aus dem Boden zu wachsen. Plötzlich sah David eine furchtbare Katastrophe nahen.

Hinter ihm öffnete sich die Tür und Ohei stürzte herein. Seine alten Beine waren derartige Hast nicht mehr gewöhnt und kamen ins Stolpern. In seiner Hand hielt er eine Pistole. (Vermutlich hatte er den Lärm im Arbeitszimmer gehört, war zu dem bewusstlosen Wachmann nach oben gelaufen und hatte diesem die Waffe abgenommen.) Ein Schuss hallte durch den Raum. Die Kugel zischte an Davids Ohr vorbei und verfehlte Toyama um Schrankesbreite.

»Weg mit der Waffe! Du wirst noch den Falschen töten«, schrie David über die Schulter und wurde auch schon von dem strauchelnden Ohei angerempelt.

Der kurze Augenblick, in dem er seine Aufmerksamkeit von Toyama abgewandt hatte, genügte diesem seinerseits die Schublade des Schreibtisches aufzureißen, blitzschnell eine Pistole herauszuziehen und auf die beiden Eindringlinge zu richten.

»Nein!«, schrie David entsetzt. Ein schreckliches Bild blitzte durch seinen Geist – sein Freund Nick, von einer tödlichen Kugel im Auge getroffen.

Wieder ein Schuss. David hatte ihn schon vorhergesehen.

Ungläubig beobachtete der Meisterschütze Toyama, wie *nichts* geschah. In seiner Verwunderung entging ihm völlig die kleine Bleikugel, die wie eine Schnecke durch die Luft zu schleichen schien.

David machte einen Ausfallschritt und versuchte Oheis Sturz aufzufangen. Dabei achtete er nicht auf den Ölleuchter, der ihm mitten im Weg stand. Die schlanke, fast mannshohe Metallsäule mit der Schale obenauf kippte auf den Schreibtisch zu. Als sie gegen dessen Kante prallte, ergoss sich ein brennender Schwall Öls über Tisch und

Boden. Toyama sprang erschrocken zurück, doch einige Spritzer hatten auch seine Füße benetzt. Er schrie entsetzt auf, trampelte herum und suchte nach etwas, mit dem er seine brennenden Schuhe löschen konnte.

David entließ die Kugel in die normale Zeit und sie zischte auf die Wand gegenüber dem Schreibtisch, wo sie im Holz stecken blieb.

Der halbe Raum stand bereits in Flammen. Der Teppich, der Schreibtisch, der Stuhl dahinter, etliche Papiere – alles brannte lichterloh. Toyama war in der hinteren Ecke des Raumes von Flammen eingeschlossen und schrie wie wahnsinnig. Sein Rücken war an ein Regal gepresst. Mit seiner Jacke, die er sich irgendwie vom Leib gerissen hatte, versuchte er das Feuer an seinen Beinen zu ersticken und merkte gar nicht, wie die Flammenwand vor ihm immer größer wurde.

Jeden Moment konnte hier alles in einer riesigen Feuersbrunst aufgehen. Alles brannte wie Zunder. David zerrte Ohei wieder auf die Beine. Sie mussten raus hier. So schnell wie möglich. Die Hitze war bereits unerträglich. Der Qualm machte das Atmen schwer.

»Schnell, Alter«, schrie David, um das Fauchen der Flammen zu übertönen. »Wir müssen weg hier.«

Ohei ließ sich widerspruchslos zur Tür schieben. David blickte ein letztes Mal zu seinem Widersacher hin, der irre schreiend mit dem Feuer kämpfte. Die Flammen züngelten an Toyamas Beinen empor wie bei einer Hexenverbrennung der Inquisition. Sein Gesicht glühte hinter der lodernden Wand, die immer näher auf ihn zurückte. David riss sich von dem schaurigen Anblick los und stieß den völlig benommenen Ohei den Gang entlang zur Treppe.

Kaum hatte er diese erreicht, gab es ein neues Problem.

Von oben kam ein Leibwächter heruntergerannt. Erst die Schüsse und nun Toyamas Schreie aus dem Arbeitszimmer waren für ihn wie ein Leuchtfeuer, dem er nur folgen musste. Überrascht sah sich der Wachmann plötzlich zwei blitzenden Klingen gegenüber. Die eine befreite ihn von seiner Pistole, wobei er eines Fingers verlustig ging, die andere traf ihn mit der flachen Seite an der Stirn. Der Mann kippte wie ein nasser Reissack um.

David schleifte den vom Qualm schon fast bewusstlosen Ohei weiter. Zu seinem Schrecken lauerten oben noch zwei weitere von Toyamas Banditen, einer rechts und der andere links vom Aufgang. Er fühlte es, als er in die runde Eingangshalle treten wollte. Unschlüssig blieb er stehen.

Was sollte er tun? Er konnte nicht beide Wächter gleichzeitig überwältigen. Sie hatten Pistolen und würden sie ohne zu zögern gebrauchen – das hatte er gesehen. David blickte an Ohei vorbei die Wendeltreppe hinab. Unter ihm kroch das Feuer bereits wie eine jagende Bestie auf den Gang hinaus. Es würde ihn über die Teppiche schneller erreichen, als ihm lieb sein konnte. Nein, es gab nur einen Weg hier hinaus, und der führte an diesen beiden Wächtern vorbei. David spannte noch einmal alle seine Nerven an. Neben sich hörte er das Röcheln des alten Mannes.

In diesem Moment sah er die Rettung kommen. Er sprang mit einem gewaltigen Satz die letzten drei Stufen hinauf und ließ sein Langschwert nach rechts schwingen. Fast im selben Augenblick ertönte ein lauter Schuss. Während Toyamas Leibwächter beiderseits von David schwer verletzt zu Boden sanken – einer vom *katana*, der andere von einer Kugel getroffen –, blickte David erleichtert in das grinsende Gesicht des chinesischen Fischers.

»Feines Gewehr, das unser Kapitän da hat«, sagte der

mandeläugige Mann und schüttelte den Karabiner in Siegerpose.

David drehte sich wieder zu Ohei um und steckte sein Kurzschwert in die Scheide zurück, damit er den Alten bei der Hand nehmen und ihm heraufhelfen konnte. Da spürte er schon den nächsten Angriff. Ehe Ohei und der Fischer sich versahen, wirbelte er herum, ließ das *katana* durch die Luft sausen und zerschnitt etwas in zwei Teile.

»Hachiro!«, zischte Ohei hinter seinem Beschützer. »Du konntest noch nie mit dem Fleischerbeil umgehen.«

Toyamas derzeitiger Koch blickte ungläubig auf den Axtkopf, der klirrend über den Boden schlitterte. In seiner Hand hielt er noch immer den Stiel, der viel zu kurz war, um ihm irgendwie von Nutzen sein zu können. Als er seine eigene Wehrlosigkeit endlich begriff, starrten seine Augen voller Todesangst in diejenigen des unheimlichen Schwertkämpfers.

»Hilf deinem Kumpan, der da unten auf der Treppe liegt«, fuhr David den Koch an und ließ ihn völlig benommen stehen.

Der kräftige Fischer nahm den zerbrechlichen Ohei kurzerhand huckepack und stürmte mit ihm aus dem Palast. David trug Kapitän Wangs »bestes Stück« hinterher. Als sie den oberen Treppenabsatz beim Balkon erreichten, bekam er noch einmal einen Riesenschreck.

»Rebekka! Was suchst du denn hier?«

Sie eilte ihm entgegen und fiel tränenüberströmt in seine Arme. »Ich habe es nicht länger da unten ausgehalten. Die Schüsse und dann das Feuer – ich dachte, ich würde dich niemals wieder sehen.«

David konnte den Druck ihrer Hände nicht erwidern, weil die seinen vor Waffen starrten. Außerdem waren sie noch nicht in Sicherheit. Wer konnte schon sagen, welche Gefahren immer noch in diesem Felsenpalast lauerten? »Kommt!«, drängte er laut. »Wir müssen zurück zu unseren Booten, bevor uns doch noch eine verirrte Kugel trifft.«

So schnell es ging, eilten sie über die Klippentreppe hinab. Dabei kam ihnen das Feuer zu Hilfe, das die gesamte Bucht auf gespenstische Weise beleuchtete. Aus dem ganzen Untergeschoss des Felsenpalastes leckten riesige Flammenzungen und auch oben glühten die Fenster bereits von dem Brand, der schon im Innern tobte. Dunkle Silhouetten bewegten sich auf dem Balkon vor dem gelblich roten Schein. Glücklicherweise hatten einige der Menschen im Palast also doch noch vor den Flammen fliehen können.

Am Fuße der Treppe wurden sie von Momo, Kapitän Wang und seinen Leuten empfangen.

»Ich habe den Plan kurzfristig geändert. Konnte ja nicht wissen, ob ihr Hilfe braucht«, sagte der Seebär und nahm sein »bestes Stück« aus Davids Hand entgegen.

Momoko herzte ihren Großvater, der schon wieder schimpfen konnte. Der bullige Fischer hielt wacker dem Trommelfeuer seiner Fäuste stand. Erst als die Enkelin energisch wurde, gab der Greis endlich Ruhe.

»Jetzt aber nichts wie weg hier«, sagte David und trieb seine Gefährten zu den Booten.

Etwa in der Mitte der Bucht stießen die beiden Wasserfahrzeuge wieder zu einander. Während sich die Männer in die Riemen legten, sahen sie über sich das Fanal eines großen Sieges. Auf einer weiten rechteckigen Fläche schienen die Klippen selbst in Brand geraten zu sein. Einige der Bäume, deren Äste zu neugierig die Fenster des Felsenschlosses umlauert hatten, standen nun ebenfalls in Flammen. Dann verschwand die Lohe hinter einer hoch aufragenden Felswand. Das Wasser trug nicht mehr das Brodeln und Prasseln herüber. Es war plötzlich still geworden. Nur das gleichmäßige Eintauchen und Abheben der Ruderblätter war noch zu hören.

»Es muss furchtbar sein, bei lebendigem Leibe zu verbrennen.«

Rebekka lehnte mit dem Rücken an Davids Brust und er spürte, wie ihr Leib in seinen Armen zitterte. Sanft küsste er ihren Nacken. Sie standen am Bug der *Taifun*, die mit halber Kraft nach Osten fuhr. Die Wolken waren aufgerissen. Über ihnen funkelten die Sterne. Von unten drangen gedämpft die Siegeslieder der »Piraten« herauf. Nur der Steuermann harrte schweigend auf der Brücke aus und hielt den Fischkutter auf Kurs.

»Wenn je ein Mensch einen solchen Tod verdient hat, dann Toyama«, sagte David ohne großes Mitgefühl für den Verblichenen. Er umschlang Rebekka noch ein wenig fester, gab ihr so Wärme und Geborgenheit. Was sie jetzt brauchte, war Ruhe und das Gefühl der Sicherheit, nicht die Zweifel und bangen Fragen, die in seinem Kopf für Aufruhr sorgten.

*Wer ist der wirkliche Sieger dieser Nacht?* Nun gut, Toyama war verbrannt. Aber er hatte alle Geheimnisse des Kreises der Dämmerung mit in den Tod genommen: sein Wissen und auch alle verräterischen Dokumente, die es zweifellos in dem Felsenschloss gegeben haben musste. Rebekkas nachdenkliche Stimme drang wie durch einen dichten Vorhang in Davids Bewusstsein vor.

»Im Grunde genommen hast du Recht. Wenn ich mir überlege, mit welcher Ausdauer er dir und deiner Familie nach dem Leben getrachtet hat! Er kannte alle deine

Namen. Das heißt, er muss dir sogar bis nach Europa nach-
gespürt haben.«

*Und wer weiß, welcher Bluthund mir nun folgen wird.
Allerdings ...* »Alle nicht.«

»Wie bitte?«

»In Toyamas Liste fehlte der Name Murray. Ich brauchte selbst eine Weile, bis mir das bewusst geworden war.«

»Und was bedeutet das?«

*Wenn ich das wüsste, Liebes! Vielleicht eine Verschnauf-
pause. Aber für wie lang?* »Anscheinend ist es ihm nicht
gelungen, unsere jetzige Identität aufzudecken. Und
Negromanus hat sich seit Schottland auch nicht mehr blicken lassen.«

»Das klingt wie Musik in meinen Ohren! Überleg doch
einmal, was das heißt: Wir können uns endlich frei bewe-
gen. Wir müssen nicht mehr ständig Angst haben, dass die
Schergen dieses Geheimzirkels uns hinter der nächsten
Ecke auflauern, um uns umzubringen – ein herrlicher
Gedanke, findest du nicht?«

*Oh Bekka, könnte ich diese Zuversicht doch nur für dich zur
Gewissheit machen!* Während David zärtlich den Körper
seiner Frau streichelte, wog er in Gedanken seine Chancen ab. Er hatte an diesem Tag eine wichtige Schlacht
gewonnen, aber keineswegs den ganzen Krieg. Der Kreis
der Dämmerung hatte einen, möglicherweise sogar zwei
seiner mächtigsten Unterstützer verloren. Aber war damit
wirklich schon ein tödlicher Schlag gegen den Geheimbund gelungen? Wohl kaum. Belial trieb immer noch sein
Unwesen. Und mit ihm wohl auch zehn weitere Logen-
brüder, deren Identität David nicht einmal kannte.

Die Bitterkeit dieser Erkenntnis machte es ihm schwer,
Rebekkas Freude unbeschwert zu teilen. *Ich möchte dir Zeit*

schenken, Bekka! Wochen, Monate, vielleicht sogar ein paar Jahre, in denen du dich, wie jetzt, nicht zu fürchten brauchst. Trotzig verbannte er alle düsteren Ahnungen ins Verlies seines Unterbewusstseins. Dieser Augenblick war zu schön, um ihn mit solchen Gedanken zu vergiften. Einmal mehr küsste er ihren Hals. Seine Hände streichelten sanft über ihren Leib, während er leise in ihr Ohr hauchte: »Wusstest du, dass Gott von jedem seiner funkelnden Kinder da oben den Namen kennt?«

Rebekka drehte sich in seinen Armen um, sodass ihre Gesichter ganz nah beieinander waren. »Willst du mir damit etwas sagen, Liebster?«

David küsste zärtlich ihre warmen Lippen. Für einen langen Augenblick waren sie der Welt entrückt und damit auch jeder Gefahr, die ihnen von dort drohte. Die Zeit schien einfach stillzustehen. Und als sie sich eine Pause gönnten, um die milde Abendluft zu atmen, blickte David zum Sternenmeer hinauf, wiegte dabei sanft Rebekkas Körper und gab eine Antwort, die sie sehr glücklich machte.

»Ich habe mir nur überlegt, wie viele Kindernamen wir uns wohl merken könnten.«


(Davids Erfolg gibt uns Gelegenheit innezuhalten und Luft zu holen. Wie sich zeigen wird, sind seine Ahnungen nicht unbegründet. Seine größte Bewährungsprobe muss er erst noch bestehen. Auf Wiedersehen in *Der Kreis der Dämmerung*, Teil II: Der Wahrheitsfinder)


Das vorliegende Buch ist ein frei erfundener Roman. Den Kreis der Dämmerung gab es nicht. Soweit historische Personen oder Institutionen auftauchen, werden sie in ein fiktives Geschehen gestellt.

*»Ein rätselhaftes Volk im
Dschungel von Guyana«*

Ralf Isau
DER SILBERNE SINN
Roman
**768** Seiten
ISBN 3-404-15234-4

Eine junge Anthropologin, getrieben von dem Drang nach Wahrheit. Und mächtige Männer, entschlossen, die Wahrheit um jeden Preis zu verschleiern. Ein gefährliches Spiel. Unerbittlich und mit allen Mitteln geführt: Denn Macht kennt keine Moral.

»Ralf Isau gelingt es, seine fiktiven Ideen mit den realen Ereignissen unseres Jahrhunderts so zu verbinden, dass nach der Lektüre mancher Leser wohl nicht mehr wissen wird, was er im Geschichtsbuch und was er in dem Roman gelesen hat.«
Frankfurter Rundschau

Bastei Lübbe Taschenbuch